신 없는 세계의 비참

신 없는 세계의 비참

조형래 평론집

문학동네

책머리에

일찍이 '무한한 공간의 영원한 침묵'이 환기하는 두려움에 전율했던 파스칼은 결국 호교론(護敎論)으로 귀의하지 않을 수 없었다. 수학과 과학의 천재로서 인간 본유의 지성적 역량에 입각하여 우주(cosmos)와 자연의 비의를 응시하거나 해명하는 평정(平靜)한 관찰자였던 그는, 사고와 질병 같은 운명의 불가사의에 직면하여 결정적으로 회심(回心)한다. 인간 존재의 미소(微小)함과 무력함에 대한 통렬한 자각에 사로잡혔던 그에게 있어서 신앙은 그야말로 절체절명의 출구였을지 모른다. 반면 이로부터 백여 년 후 칸트는 "내 위의 별이 빛나는 하늘"의 압도적인 규모와 필연적으로 상동하는 무한한 "내 안의 도덕 법칙"을 통해 그러한 비극적 인식으로부터 벗어날 수 있었다. 다시 백여 년이 흘러 루카치는 『소설의 이론』의 서두에서 "별이 빛나는 창공을 보고, 갈 수가 있고 또 가야만 하는 길의 지도를 읽을 수 있던 시대는 얼마나 행복했던가?"라고 탄식했다. 파스칼적인 신성(神性)으로의 전회는 무한의 우주를 우러러보는 미소한 개인에게 있어서 더이상 유효하지 않은 가능성이 되었다. 알다시피 이와 같은 종교로부터의 분리는 진리를 탐구하고 역사를 창출하는 주체로서의 인간

상에 관한 새로운 휴머니즘의 신앙을 정립했다. 소설의 주인공 역시 오로지 내면의 빛에 의존하여 이러한 신 없는 세계 속을 방랑하는 각양각색의 모험을 떠나는 것이 가능해졌다.

다시 백여 년이 지난 오늘날은 또 어떤가. 우주와 인간에 관한 과학의 이해는 비약적으로 진보했다. 그에 따라 사물과 생명의 법칙을 넘어서는 신성이나 형이상학, 인간 본연의 능력에 관한 믿음은 근본적인 차원에서 이제 허락되지 않는다. 예컨대 알폰소 쿠아론의 영화 〈그래비티(Gravity)〉에서 우주는 그 압도적인 규모를 온몸으로 실감할 수 있는 대단히 구체적인 환영으로 주어졌다. 케슬러 효과에 의해 뜻밖의 사고로 조난당한 라이언 스톤과 매트 코왈스키에게 있어서 의지할 수 있는 대기와 중력과 지반이 부재하다는 사실 자체가 재앙이 된다. 위성궤도에 고립된 그들의 신체는 오로지 물리적 힘과 질량, 속도에만 좌우되는 사물로 전락하여 그 어떤 시작도 끝도 없고, 상하좌우도 분간하기 어려운 광막한 시공 속에서 길 잃고 부유하지 않을 수 없다. 그런 만큼 그들은 우주의 보편상태 즉 무기체로 회귀하려는 죽음충동에 치명적으로 이끌리는 한편으로 동시에 유기체로서의 존립 근거에 충실하게 생존 자체를 위해서만 분투할 수밖에 없다. 실제로 〈그래비티〉의 시각적 연출은 이와 관련하여 의미심장한 부분이 많다. 스톤이 국제우주정거장에 진입하여 산소가 떨어진 우주복을 벗어던지는 우아한 장면은 태아의 형상을 단적으로 연상시킨다. 과거 황당한 사고로 딸을 잃은 이래 삶의 이유를 찾지 못하고 있었던 그녀가 거듭되는 난관에 자포자기하여 죽음을 맞이하려 할 때 나타나 대책을 일러주는 매트의 환영은 부지불식간의 삶충동 자체라고 해도 무방할 것이다. 대기권에 돌입하는 과정에서 텐궁의 파편과 함께 불타오르는 선저우의 귀환캡슐 또한 마치 난자에 착상되는 정자의 모습처럼 연출되고 있다. 스톤이 온갖 시련과 위기를 경유한 끝에 지구의 중력을 이겨내고 자신의 두 다리로 일어서 걸음을 내딛는 대단원은 새롭게 탄생하여 약동하는 생명의 의지 자체로서 의미심장하다. 〈그래비티〉의 스크린에서 생명을 지향하는 에너지와 이미지 일체는 한없이 어둡고 고요한 우주라는 근원적 상태로 재귀하려는 치명적인 유혹을 압도한다.

비교적 단순한 플롯과는 별도로 〈그래비티〉가 환기하는 시각적 스펙터클의 성취는 상당한 것이며, 만유인력의 법칙과 생명의 원리, 삶충동과 죽음충동 사이의 복잡다단한 관계에 대한 함의 또한 풍부한 편이다. 하지만 허문영과 신형철 같은 여러 비평가들이 의구심을 품었던 것처럼 이 영화는 지구로의 귀환을 무한한 우주의 불모성으로부터 생명력이 충만한 성적 존재로의 갱생 과정과 동일시하며 또한 그것으로 이끌리거나 낙하하는 중력을 만유인력의 물리법칙으로 자연화한다는 점에서 여러모로 외설적이다. 이러한 논의와 관련하여 나는 오직 문자 그대로 "새까만 밤이 밀려나가고 밀려와 부디치"(정지용, 「유리창 1」)는 것을 목도하고 있는 더없이 미약한 개인들의 형상에 구애되지 않을 수 없었다. 물리법칙 또는 살아남고자 하는 필사적인 본능 외에 어떤 실체도 부재한 우주는 그저 체감되는 거대한 크기만큼이나 황량한 '새까만 밤' 자체다. 〈그래비티〉에서 더할 나위 없이 핍진하게 재현된 것처럼 거대한 우주의 진공과 무중력, 끝없는 어둠 속에 내던져진 인간은 그저 사물과 생명의 법칙에 따라 정처 없이, 무력하게 부유하는 것 외에 아무것도 할 수 없다. 그것은 인간이 한낱 유기체에 불과하다는 지극히 새삼스러운 진실에, 그러나 결정적으로 당면하도록 한다. 인간이 움켜잡을 수 있는 것은 단지 살아남아야 한다는 절체절명의 명제뿐이다. 그러므로 부단히 생명을 유지하려는 불가사의한 지향성과 중력에 좌우되는 질량 외에 어떤 의지할 만한 신성도, 내면의 빛도 찾을 수 없다. 대기와 중력과 지반이 없다면 인간은 우주를 관조하는 평정한 관찰자로서 존립하는 것조차 불가능할 정도로 무력하다. 그러므로 인간은 아무것도 아니다. 다시 말한다. 삶과 죽음의 모든 원리를 포섭하는 우주 전체의 도저한 실재와 법칙 앞에 인간은 그 일부에 불과할 뿐 결국 아무것도 아니다. 이 엄연한 사실을 수긍하거나 또는 그 앞에서 두려움에 전율하는 것 외에 어떤 선택지도 주어져 있지 않다. 그 어떤 신성도 내면의 빛도 결코 구원이 되지 못한다. 이러한 새삼스러운 자각 또한 철저히 무의미한 것으로 전락한 시대다.

지상에 발 딛고 선 이상 단지 살아가지 않을 수 없다. 도무지 거스를 수 없는 중력과 에너지에 입각한 이 같은 세계관 앞에서 이외의 대타자는 일체가 무효이며 또한 무의미한 것이 되고 있다. 따라서 단지 저마다의 목숨을 위해 분투하고 떠밀리는 개체들의 아비규환이 불가항력의 숙명처럼 주어져 있을 뿐이다. 이러한 사실에 선행하며 또는 그것을 초월하는 그 어떤 신앙이나 원리도 무망한 것이 되거나 역사적으로 낱낱이 탈구축되고 있다. 그러므로 인간에게 있어서 어떤 의지할 수 있을 법한 지반도 비전도 미리 주어져 있기는커녕 전적으로 부재하다. 파스칼과 부르디외의 문장을 빌려 표현하자면 그야말로 신 없는 세계의 비참인 것이다. 이 부정할 수 없는 인식 앞에서 결국 아무것도 아닌 인간인 나 자신 역시 사물과 생명의 법칙에 구애되지 않을 수 없다는 사실에 매몰되어 망연자실하지 않을 수 없었다.

단지 두려움에 전율하며 텍스트를 읽고 또 쓰고자 했을 뿐이다. 내 시선이 그러한 무저갱의 어둠을 향해서만 두어져 있어서인지 이러한 사태로부터 완전히 자유로운 텍스트를 발견할 수 없었다는 사실만큼은 밝혀두어야겠다. 따라서 그 어떤 숨은 신을 섣불리 찬양하지도, 인간과 사회의 잠재적인 가능성을 타진하거나 발견하지도 못한 채, 그저 텍스트의 언어와 표상이 형성하고 있는 시작도 끝도 없는 미로 속을 하지만 기꺼이 방황했던 것이다. 그곳에서 사물과 생명의 법칙에 속박된 채 무수한 타자의 형해화된 욕망만을 향락하거나 또는 이야기가 이야기를 낳는 장르적 관습의 상호텍스트성이 호출하는 증강현실에만 구애되는 식으로 단지 서성거리기만 할 뿐인 인간을 닮은 형체들과 무수히 조우했다. 그러나 도리어 아무것도 아닌 인간이 그 어떤 근거나 구원에 의지하거나 얽매일 수 없다는 것은 이러한 신 없는 세계의 비참에 대한 인식 이전에 이미 보편타당한 기정사실이었다. 다만 이제 비로소 이러한 가혹한 사실을 직시할 수 있게 된 것뿐이다. 그것은 역설적인 의미에서 우리 스스로를 전례 없이 엄혹한 자유와 해방의 조건에 입지하도록 한다. 한편으로 단지 그 암흑의 미로 속을 더듬거리며 헤맬 수밖에 없었던 나 자신에게 있어서 각양각색의 텍스트가, 그중에서도 특히 소설이 어스름한 빛을 발하는 길잡이로 놓여 있었으므로 그저 따라갔다는 사실만큼은 또한 시인해야겠다. 그 어떤 다른 언어로 환원되거나 치환될 수 없는 단독적인 사건이자 소우주로 창출된 텍스트 각각과 대면할 때마다 나는 그 무한의 심연을 측량하는 일에 문득 아연해지곤 했다. 그러나 그 무수한 텍스트의 인력이 끝없이 표류하던 나 자신을 여기까지 이끌었던 것도 사실이다.

이 책에 수록된 모든 글들은 대체로 발표 당시의 상태에서 일부만 수정한 것이다. 다만 「구명도생(苟命徒生)의 소설, 그 무상(無常)의 역설」의 경우는 원래 한 편의 글로 기획되어 집필되었으나 당시의 지면 사정으로 인해 부득이 두 편으로 나누어 발표했던 글이다. 평론집에 수록하면서 본래의 모습을 회복한 것이다. 아울러 「재앙의 시대, 자기(自己)라는 운명」 또한 발표 당시에 비해 수정의 폭이 크다는 점을 밝혀둔다.

이 책은 여러 은인들의 인력에 이끌린 결과다. 황종연 선생님께서 베풀어주신 은혜는 실로 무한하여 말로 다 표현할 수 없다. 이 책에서 개진한 모든 의견과 논의는 전적으로 당신의 가르침으로부터 기원했다고 조심스럽게 말할 수 있을 뿐이다. 문학비평이라는 글쓰기를 시작하게 된 것은 2009년 당시 『문학동네』 편집위원 선생님들의 권유에 힘입은 것이었다. 보잘것없는 책에 분에 넘치는 문장을 덧붙여준 신수정 선생님, 이수형 형, 허병식 선배의 후의 덕택에 나는 다시금 읽고 쓸 힘을 얻게 되었다. 이 모든 도움의 인연에 대해 한없이 감사드리지 않을 수 없다. 아울러 중구난방의 원고를 훌륭한 책으로 만들어준 편집자 강윤정 선생님의 한없는 인내심과 너그러움에 대해서도 고맙고도 미안한 마음을 동시에 전한다.

2013년 3월, 아버지가 갑작스럽게 세상을 떠났다. 그는 일생 동안 병약하고 쓸쓸했으며 그래서 독한 술을 좋아했고 괴팍했다. 그에 대한 애증은 내 삶을 이끌어온 동기 중 하나였다. 생전에 이 책의 출간을 봤다면, 아들이야 그러거나 말거나 누구보다 기뻐했을 그다. 그 이름 세 글자를 이 책의 한켠에 부질없이 새겨넣는 애도 외에 아무것도 할 수 없다는 엄연한 사실이 사무친다.

황종연 선생님 그리고 故 趙浣濟, 내 아버지께 바친다.

2015년 12월

조형래

차례

4부 / 기계의 이야기, 이야기의 기계

5부 / 우리는 원무(圓舞)를 추며 추측하지만, 비밀은 가운데 앉은 채 알고 있다

1부

파국과 파견 사이

고유명(固有名)의 포스트모던, 탈-내면화의 성장

— 정미경, 서하진, 정이현, 이홍의 소설

1. 고백의 딜레마

정미경의 단편 「내 아들의 연인」(『내 아들의 연인』, 문학동네, 2008)은 아들 현이와 그의 연인 도란 사이의 해소 불가능한 계급적 · 문화적 차이를 목도하고 있는 부유한 중년 여인의 자기 고백이다. 무허가 컨테이너에 거주하는 결손가정 출신의 도란이, 현이 및 그의 가족이 속해 있는 집단의 라이프스타일과 생래적으로 불화할 수밖에 없는 이질적인 존재임을 부단히 확인하게 되는 여러 에피소드를 통해, 그녀는 연민이나 애착이라 부를 수 있을 법한 대단히 착잡한 심경에 사로잡히고 있다. 그럼에도 불구하고 미묘한 불화를 거듭하던 두 사람이 마침내 결별에 이르게 되는 예정된 수순에 있어서, 그녀 자신 또한 어느 정도 도란에게 이끌리려는 마음을 애써 다잡으면서 일정한 거리를 유지하려들고 있다는 사실을 결코 부인하지 못한다. 다만 도란을 외면할 수밖에 없는 자신과 그러한 자신을 구성하는 동일시(identification)의 조건이 전혀 별개의 것이 아님을 자각하게 되는 고심참담한 과정에 대한 자책이 이 소설의 주조(主潮)를 형성하고 있다고 해도 과언이 아니다.

화자는 도란이 자수성가형의 수재일 뿐 아니라 조숙하고 사려 깊은 품성의 소유자라는 사실을 누구보다도 잘 알고 있다. 따라서 도란에 대한 일정한 애착을 좀처럼 떨치지 못하고 있는 것도 사실이다. 그럼에도 불구하고 도란이라는 존재에게서 결코 탈각할 수 없을, 삶의 신산함과 가난의 흔적을 읽어내면서 위화감을 느끼고 당혹스러워하는 이 또한 다름아닌 그녀 자신이다. 현이와 그 가족들에 있어서는 그저 자연스러운 일상의 장소에 지나지 않는 백화점과 고급 레스토랑 등에 융화되지 못하고 겉돌기만 하는 도란의 면모를 확인할 때마다 그러한 분별은 극대화되고 있다. 사실상 도란은 현이와 그 가족들이 영위하는 평온하고 풍요로운 일상의 문화 및 라이프스타일 전체로부터 배척당하고 있다고 해도 무방하다. 심지어 "얼굴 전체를 보면 묘하게 역경을 지나온 신산함이 새겨져 있다"(149쪽)는 도란과 "허름한 식당에 들어가 밥을 먹긴 해도 두루마리 화장지가 식탁에 올라 있으면 비위가 확 상하는, 뼛속 깊은 부르주아 청년"(140쪽) 현이는 어쩌면 운명적인 불화를 경험해야만 하는 것일지도 모른다. 그들의 차이는 환경이라는 선천적인 것(a priori)에 의해 조장된 것이며 따라서 일종의 지울 수 없는 낙인처럼 그들의 신체에 아로새겨져 있기 때문이다. 그것을 식별해내는 화자 자신의 고뇌 및 도란을 외면할 수밖에 없는 데 따른 그리 간단치 않은 자책에도 불구하고, 도란과 화자의 가족 모두를 아울러 구원할 수 없는 방편이란 그 어디에서도 발견되지 않는다고 하는 편이 정확하다. 이러한 딜레마가 근본적으로 빈부와 신분에 근거한 라이프스타일의 차이를 의식하는 데서 연유한 것임을 상기할 때, 「내 아들의 연인」은 마치 한국사회에 엄존하는 그러한 종류의 격차를 둘러싼 어떤 인정세태에 관한 문제의식을 직접적으로 환기하는 소설처럼 읽힌다고 해도 잘못은 아니다.

그렇지만 「내 아들의 연인」의 초점이 비단 '내 아들의 연인'에게 국한되어 있는 것은 아니다. 이를테면 앞집 여자가 운전 미숙으로 벤츠의 백미러를 부수는 현장을 우연히 목격하게 된 화자는 운전기사인 최기사가 자리를 비웠다는 이유로 변상의 책임을 뒤집어쓰게 된 사정을 듣게 되었음에도 주저 끝에 결국 침묵으로 외면해버리고 만다. 자신과 무관한 일에 가급적 개입하지 아니하며 스스로에게 해가 될 법한 행동을 결코 하지 않는다는 무위(無爲) 또는 프라이버시(privacy)의 이해타산이 한 개인의 불운을 불식시키기 위한 실천을 중단시키는 것이다. 그러나 알다시피 이러한 종류의 "생활의 지혜"란 비단 부유층의 전유물이 아니며, 오히려 아파트와 같은 공동주택에 거주하는 이 시대의 한국인 일반에게 보편화된 것임을 간과하지 말아야 한다. 더욱이 이와 관련하여 당사자인 최기사를 제외하면 앞집 여자를 비롯한 주민 누구도 심각하게 받아들이지 않고 있는 이 사태에 대해 유독 화자만 민감하게 반응하고 있다는 사실이 무엇보다 중요하다고 할 수 있다. 예컨대 (그것을) 잊어버리라는 남편의 조언을 간단히 수긍해버리는 자신이 결국 남편과 크게 다르지 않은 인간임을 확인하는 데 따르는 그녀 내부의 미묘한 자책과 동요가 가장 중요한 것으로 (오직 그녀 자신에게만) 실감된다는 것이다. 역설적인 의미에서 그러한 죄의식의 실감을 중심으로 한 내면의 드라마가 자신을 포함한 가족이나 주민, 또는 세계 그 자체를 쉽게 용서하지 못하도록 한다. 실상 「내 아들의 연인」은 바로 이와 같은 고유한 내면적 진실의 탐색에 보다 초점을 맞추고 있다는 점에서 "자기의 테크놀로지"의 한 전범적 형식으로 읽힐 수 있다.

그중에서도 도란과의 만남은 스스로가 한낱 죄인에 지나지 않는다는 내면적 진실을 결정적으로 환기하는 가장 중대한 계기에 해당한다. 이것이 사실상 도란에 대해 무심한 남편, 도란을 "어리숙한 얼굴로 계산 빤한"(139쪽), 신분상승에 눈먼 영악한 여자아이쯤으로 치부하는 명이, 그녀의 불가해성으로 인해 당혹스러워하다가 결국 이 이별을 선택하게 되는 현이 등의 지배적인 태도와 대조적이라는 것은 말할 필요도 없다. 말하자면 그녀의 가족들은 해소 불가능한 차이에 직면했을 때 굳이 이해(라는 형식을 통해 동일자로 환원)하려 들지 않으며, 오히려 불가피한 사실로 합리화하여 수긍해버린다고 하는 편이 보다 정확하다. 그러나 이러한 차이에 대한 방임은 어디까지나 그들 자신을 위한 것이라고 해도 과언은 아니다. 말하자면 도란이 계층적으로나 문화적으로 그들과 완전히 다른 존재라면 그 역도 마찬가지라는 것이다. 이것은 다름을 존중받아야 하는 영역, 즉 무엇으로도 침해되어서는 안 되는 개인성이 비단 도란에게만 국한되는 것이 아니라 그들 자신에게도 부여되어 있다는 사실을 부지불식간 확신할 수 있도록 한다. 역설적인 의미에서 현이나 명이 같은 이들이 자신들을 구성하는 조건과 환경에 대해서 조금도 회의하지 않아도 되는 상대주의의 보편화를 구성하고 있다고 해도 무방하다. 요컨대 현재의 한국 사회에 만연해 있는 무관심과 적대, 결별 등의 차이에 대한 일반적인 인정의 형식이 그들 자신의 삶을 확고부동한 것으로 유지시키고 있다. 그리고 어느 누구도 이것을 이상하게 여기지 않는다.

도란, 최기사, 초펀을 경유하면서 그녀가 임하게 되었던 세 가지 시험은 결국 자신 또한 그들과 같은 '지극히 작은 자'들을 배제하는 형식으로부터 결백하지 않다는 사실을 통감하는 과정이라고 할 수 있다. 그러나 알다시피 「내 아들의 연인」의 고백이라는 형식 자체가 바로 이와 같은 공모된 자명성의 연쇄로부터 스스로를 소외시킨다. 오직 화자 자신에게만 실감되는 죄의식은 바로 이러한 조건에 입각하여 가능해진다. 즉, 여타의 가족이나 주민들과는 구별되는, 그들을 상대화하고 또한 응시하는 '나'를 창출한다고 해도 과언이 아니다. 다시 말해서 그녀 자신만이 죄의식을 담보한 내면적 인간으로서의 특수성을 확보하게 되는 것이다. 말할 필요도 없이 이것은 역사적으로 고백이라는 형식의 일반적인 메커니즘에 해당한다. 그러나 이러한 문제를 의식하고 있는 그녀 자신이 예외가 되고 있다는 점에서 명확하게 드러나듯이 이것이 인간 내부의 어떤 특정한 자질,

즉 자의식의 과잉에서 비롯된 것임은 틀림없다. 이러한 과잉이 '내'가 근본적으로는 그들과 다르지 않다는 사실을 명확하게 자각함으로써 오히려 그들과 구별된다는 아이러니에서 초래되며 여기에서 조명되고 있는 것이 모종의 누구보다도 화자 자신이 가장 민감하게 구애되고 있는 도덕적 딜레마라는 것도 분명하다. 또한 그럼에도 불구하고 도무지 결백할 수 없는 자신에 관한 가차없는 혐오를 표출하는 행위 및 그것 자체가 내포하고 있는 마조히스틱한 쾌감[1]과 관련되어 있다고 해도 무방하다. 「내 아들의 연인」이 이러한 내면의 딜레마 및 아이러니에 관한 고백이며 그러므로 '소설'이 되고 있다는 점을 결코 간과해서는 안 될 것이다. 죄의식이야말로 그러한 고백을 진정성 있는 것으로 구성하는 필수불가결한 의장에 해당한다. 이 소설의 페이소스는 바로 이 점에서 환기된다고 해도 과언이 아니다. 요컨대 이 소설은 어디까지나 자기 자신이 처한 딜레마에 초점을 맞추고 있으며 이외의 문제는 사실 부차적인 것이 되고 있다. 도란은 바로 이러한 성찰을 환기하는 어떤 거울과도 같은 존재라고 해도 무방하다.

2. 세상의 이치라는 거울

반면 서하진의 단편 「침이 마르는 시간」(『현대문학』 2009년 5월호)에 등장하는 '아들의 연인'은 보다 위협적이다. 화목하고 부유한 가정의 현숙한 아내로서 교양과 품성을 겸비한 P는 누구나 선망할 법한 삶을 살아왔지만, 착하디착한 아들 진영을 유혹하여 임신까지 한 약삭빠르고 당돌한 '여자애'의 출현에 경악을 금치 못한다. 천박한 외모에 뻔뻔스럽고 되바라진 성품, 최악의 가정환경에서 성장한 그녀가 아들과의 결혼을 기정사실화하고 있는 데에 P는 단순히 할말을 잃는 지경을 넘어서 입이 마르는 증세에 시달리게 된다. P의 절친한 친구이자 변호사인 화자가 대리하여

---

1) 피터 브룩스, 『육체와 예술』, 이봉지 · 한애경 옮김, 문학과지성사, 2000, 93~96쪽.

그녀를 만나 사태를 수습하는데, 그것은 쉽게 예상 가능하듯이 낙태 및 결별의 대가로 돈을 주고 무마하는 것이다. 삶에 있어서 어떤 그늘도 없었던 P는 결국 이것이 자신이 욕망한/사주한 결과라는 자기 질책에서 벗어날 수 없을 터이며, 따라서 "언제나 양지였던 P의 나날이 그늘로 옮겨갈 것"(70쪽)이 분명해진다.

평소 P에 대해 선망과 시기가 뒤섞인 양가적인 감정을 갖고 있었으며 그녀에게 불행이 닥쳤다는 사실을 인지하게 되었을 때, "드디어 P에게도 인생의 쓴맛을 맛볼 기회가 온 모양"(58쪽)이라고 생각하면서 가학적인 흥분에 사로잡혔던 화자에게 있어서도 그러나 이것은 다분히 씁쓸한 결과이다. 이것은 무엇보다도 그녀 자신을 절박한 처지로부터 구원하고자 했던 '여자애' 나름의 신분상승을 향한 (주도면밀한 계획을 동반한) 처절한 희망을 두 여성이 공모하여 결사적으로 저지한 결과가 아닌가. 뿐만 아니라 '여자애'뿐 아니라 자신이 장학 지원 여부를 심사했던 남자 고학생에게도, 더 나아가 P에게까지, 세상이 그리 녹록지 않은 곳임을, 다시 말해 스스로를 좌절케 할 장애와 시련이라는 어둠으로 충만한 곳이라는 '세상의 이치'를 일러주고자 했던 화자 자신의 모호한 악의가 결정적으로 작용한 것임에 틀림없다. "어둠 속에서 길을 가는 그 아이가 만날 급경사와 튀어나온 바위와 무릎을 꺾게 만들 진창들…… 그것이 진실 쪽에 가깝다는 것을 그 아이가 알았으면, 나는 바랐다. 절망적인 분노가 그 아이를 앞으로 나아가게 하기를 나는 바랐다."(69~70쪽) 이러한 예언이 비단 고학생에게만 적용되지는 않을 것이라는 사실은 말할 필요도 없다. 역설적으로 이것은 마치 『맥베스』에서의 (모든 인물의 운명을 좌우하는) 마녀의 예언과도 같은 것으로 화자 자신의 비관주의가 장차 모든 삶에 적용될 바로 그 순간을 목도하고자 하는 것이라고 해도 좋다. 따라서 마치 P가 '여자애'를 자신의 삶으로부터 배제하려는 것이 스스로의 욕망의 실체임을 명확하게 알게 되었을 때 입이 말랐던 것처럼, 모든 이들에게 그러한 인생의 어둠이 드리워질 것을 예견한/보고자 하는 화자가 갈증을 느끼는 것은 지극히 당연하다. 이것은 공모한 사실을 통감하는 전염의 결과이기도 하지만 동시에 그녀 자신의 어떤 욕망을 관철시키고자 하는 데에 따르는 어떤 징후적인 것이라고 해도 잘못은 아닐 것이다. 실제로 갈증이란 결코 해갈될 수 없는 욕망 그 자체에 관한 지극히 일반적인 그러나 가장 적실한 은유가 아닌가.

그러나 이러한 세계관을 보편적인 것으로 간주하는 그녀 자신의 확신은 어디까지나 스스로를 성인으로 간주하는 자의 나르시시즘에서 비롯된 것이다. 여기에서 '아들의 연인'으로서의 '여자애'는 묘한 질투를 야기하는 젊음, 만만치 않은 욕망의 크기 및 수완을 지니고 있는, 그녀들의 삶과 일상을 송두리째 뒤흔드는 침입자로 형언되지만 뜻밖에도 화자가 제시한 거래에 순순히 응하고 있다. 그것은 '여자애' 또한 화자 자신이 확신하고 있는 '세상의 이치'를 잘 체득하고 있는 데서 기인한 것으로 나타난다. "탁자 아래, 까닥거리는 여자애의 다리가 보였다. 애써 차분한 척하고 있지만 여자애는 초조해하고 있었다. 잠깐 동정심이 일었다. 여자애도 이 사회의 부스러기일 뿐이었다. 중심으로 가고자 기를 쓰겠지만, 그건 그저 기일 뿐, 이 아이를 아무런 곳으로 데려다주지 않을 것이었다."(63쪽) 화자의 단언처럼 진영과의 결혼이 애초부터 불가능하다는 사실을 누구보다도 잘 알고 있기 때문에 정작 초조해하고 있는 이는 다른 누구도 아닌 바로 그녀 자신이다. 그렇다면 화자와 여자애는 사실상 세계관 자체를 공유하고 있는 동종의 인간이 아닌가. "좁은 이마와 약간 넓은 미간, 하관이 빤, 평생 빈곤에 시달릴 운을 타고난 얼굴"(63쪽)이라는 단언은 실상 여자애가 막판에 화자 자신의 정체를 정확히 파악했던 것처럼 유사한 종류의 인간이 서로를 알아본 것에 지나지 않는다. 그들은 스스로에게 결여된 것을 의식하면서(신의 모습으로 비치는 타인의 욕망을 부단히 모방하면서) 세상에 대한 복수를 꿈꾸지만, 결과적으로 결별과 낙태를 대가로 돈을 받거나 대신해서 일을 처리한 것으로 부채를 탕감받는 식의 '거래' 이외에는 무엇도 하지 않는/못하는 개인들이라고 할 수 있다. 심지어 장학 지원이라는 세상의 호의를 그다지 기대하지 않을뿐더러 또한 화자의 결정에 의해 지원 대상에서 탈락하는 남자 고학생 또한 그러한 세계관을 내면화하고 있다. 다만 그는 거래를 하지 않을 뿐이다.

심지어 P조차 이러한 그늘의 인력(引力)으로부터 결코 자유롭지 않을 것이라는 예견은 화자 자신이 이러한 '세상의 이치', 즉 성장의 원리가 일반적으로 적용되는 것임을 확신해 마지않는다는 사실을 단적으로 보여준다. 그러나 「침이 마르는 시간」에 등장하는 대부분의 개인들이 마치 어디선가 본 적이 있는 듯한 기시감을 연출하고 있는 것은, 다시 말해서 그야말로 TV드라마 등에서 일상적으로 발견되는 캐릭터로 양식화되어 있다는 것은 '세상은 다 그렇고 그런 것'이라는 식의 인식이 거꾸로 작용한 결과가 아닐까. 말하자면 화자는 모든 개인의 삶을 부지불식간 스테레오타입화하여 인식하고 있으며, 따라서 그러한 양식으로부터 벗어나는 어떠한 삶의 영역도 존재하지 않는다는 것을 확신하고 있는 것이라고 해도 무방하다. 물론 '연기(演技)하는 자아'의 의장을 위한 다종다양한 삶의 모델로서 항상적으로 제시되지 않으면 안 되는 이와 같은 양식화의 총체가 문화 그 자체를 가리킨다는 사실을 부인할 수는 없다. 다시 말해 다종다양한 인간의 불특정한 언행과 사고를 식별 가능한 어떤 전형으로 환원시키는 이러한 종류의 스테레오타입은 그것을 공유한 개인들에게 인간의 사교와 유대 일반에 관한 사회적인 행동 양식의 모범을 제시한다. 이러한 모범은 무엇보다도 자기 아닌 다른 개인들의 언행을 예측 가능한 것, 다시 말해 의미 부여가 가능한 일종의 랑그 같은 것으로 전환한다고 해도 좋다. 그렇다고는 해도 「침이 마르는 시간」의 화자에게 있어서 이것으로부터 이탈할 수 있는 개인이 그 어디에도 없다는 것은 분명 일종의 과잉(excess)이 아닌가. 화자가 입각하고 있는 성인의 위치란 삶의 유형에 관한 이와 같은 의식적인 한정에 의해 가능해지는 것으로, 어떤 의미에서 이것은 자신이 동일시할 수 없는 삶을 인식 불가능한 것, 달리 말해 존재하지 않는 것으로 치부하는 사고에 지나지 않는다. 즉 모든 타자를 근본적인 의미에서 동일자로 환원하는 것이라고 해도 과언이 아니다. 그들은 단지 각양각색의 캐릭터를 연기하고 있을 뿐인 것이다. 이 점에서 이 소설은 모든 개인들이 연기하는 자아로 환원되는 현상의 보편성에 대해 부지불식간 강조하는 것은 아닐까. 다시 말해서 단지 타자의 욕망에 부합하기 위해 (본심이라고 간주되는) 내면을 감추는 것을 전제하는 연기를 필수적인 의장으로 간주하는 라이프스타일이 일반화되어 있다는 것이다.

이러한 세계관이 과연 타당한 것인가에 관한 의문은 일단 차치해두도록 하자. 어떤 의미에서 이러한 랑그의 과잉은 인간 존재 및 커뮤니케이션의 제반 활동을 가능하도록 하는 필수불가결한 조건에 해당한다고도 할 수 있다. 그렇다고는 해도 지나치게 완벽하기에 도리어 통속적인 삶을 영위하던 P, 세상 물정을 모른 채 단지 순진하고 성실하기만 한 아들, 그를 유혹하여 임신한 후 낙태를 대가로 보상받는 '여자애', 그녀의 출현에 어쩔 줄 모르는 친구를 대신하여 사태를 수습하는 변호사, 그리고 변호사의 선택에 의해 좌절하지 않을 수 없는 고학생 등등, 더할 나위 없이 기시감을 환기하는 유형화된 삶 너머의 그 무엇은 근본적으로 인식 불가능한 것일까. 이러한 의문과 관련하여 사태의 당사자인 아들 진영 그리고 '여자애'의 역할은 의미심장하다. 진영은 "수재이며 인물 좋고 키 크고, 게다가 착하기만 한 아들"(57쪽), "헛똑똑이"(62쪽) 등의 철저히 전언(傳言)으로서만 존재하는 인물 이상도 이하도 아니다. 사실상 이름 외에 그 자신의 언행은 전혀 존재하지 않는다고 해도 무방하다. 그에 반해 '여자애'는 물론 당돌하게 말하고 있다. 하지만 화자가 상정하는 예측에 정확히 호응한다고 할 수 있는 '여자애'의 언행을 과연 온전히 그녀 자신만의 것이라고 말할 수 있을까. 앞서 언급한 것처럼 '여자애'는 실상 화자 자신의 동종 내지는 거울로서 존재하는 것이라고 할 수 있다. 바꾸어 말하자면 양식화된 '연기' 이상의 스스로의 언어를 갖지 못한 자로 비치고 있는 것일지도 모른다. 이런 점에서 완전히 파악될 수 있다고 가정된 유형화된 주체들만이 범람하고 있는 것은 자신의 언어 내지는 투명한 내면을 가지고 있는 이가 오로지 화자 자신뿐이라는 것을 말해주는 것은 아닐까.

물론 이것은 고백이라는 형식이 부여하는 특권임에 틀림없다. 하지만 화자 또한 부지불식간 이와 관련된 모종의 위화감을 의식하고 있는 것인지도 모른다. 그러한 운명이 보편타당하게 관철될 것임을 예견하면서 동시에 그녀 자신의 '침이 마르는 시간'을 병리적인 것으로 환기하지 않을 수 없는 것은 분명 이러한 무의식적인 자각이 중첩된 결과라고 해도 좋다. 이를테면 화자가 가장 불안을 느끼는 시점이란 확실히 '여자애'라는 침입자가 자신이 유형화한 삶의 '연기' 이상의 무엇이 될 수도 있을 잠재성을 표출하는 매 순간이 아닌가. P와 화자에게 '여자애'의 존재가 위협적이었던 것은 실상 "네 전직이 의심스럽기 때문에"(63쪽)라는 추측처럼 그녀 자신에게 파악되지 않는 무엇이 있을지도 모른다는, 즉 양식화하거나 정의할 수 없다는 부정성(否定性)에 관한 불안 자체 때문이 아니었던가. 그렇다면 역설적인 의미에서 그것을 절실하게 의식하고 있는 자는 다른 누구도 아닌 바로 그녀들 자신이다. 즉 거울에 비친 상이 자기 자신의 의사에 반하여 움직이는 것을 상상하는 유서 깊은 불안과 일정 부분 상통한다.

이와 관련하여 「내 아들의 연인」의 도란이 대개 화자 자신의 물음에 수동적으로 답하는 것 외에는 거의 말하지 않고 있는 것 역시 의미심장하다. 사실 도란의 모든 언행은 전적으로 화자 자신의 내면의 부침과 연루되어 있다. 앞서 누차 언급했다시피 화자에게 있어서 그녀는 성찰의 계기로서 내부로 투영된 하나의 상이라고 해도 좋다. 심지어 현이 또한 '아들'이라는 위치하에 항상 미성숙한 개인으로 치부되지 않는가. 그가 도란과의 관계에 관해 품는 모든 의문은 일기를 통해 있는 그대로 드러나는 것처럼 보이지만 그의 내면은 전혀 투명하지 않으며 정작 그것에 답하고 있는 이는 실상 어머니인 화자 자신이다. 어떤 의미에서 그녀는 아들의 통과의례라는 형식에 가탁하여 나이들어가면서 소중한 것을 버리지/외면하지 않으면 안 되는 스스로의 세속적인 경사(傾斜)에 대해 말하고 있는 것은 아닐까. 이와 관련하여 "어릴 때부터 변기까지 들여다보며, 우리 아기 예쁜 똥, 미운 똥? 물어가며 키운 내 자식인데 그 속을 내가 모르겠니"(159쪽)와 같은 독백에서 두드러지는 아들과의 결정적인 동일시는 실제로 각별한 의미를 갖는다.

3. '고유명'의 포스트모던

정이현의 「어금니」(『오늘의 거짓말』, 문학과지성사, 2007)는 원조교제를 하려고 술을 마신 채 17세의 가출 소녀를 차에 태우고 고속도로를 질주하다가 교통사고를 낸 아들 현우가 혼자만 살아남은 것을 착잡한 심경으로 바라보는 어머니의 입장에서 서술된다. 그런데 정작 현우는 기억이 나지 않는다는 두루뭉술한 말로 자신의 행위를 은폐하면서 동승한 소녀에 대해서도 함구하고 있다. 더욱이 자신이 죽인 것이나 다름없는 그녀의 운명에 대해서 이상할 정도로 무관심하다. 사고가 일어난 다음날 밤, 아무렇지도 않게 만화책을 보며 킥킥 웃음을 터뜨리는 그에게서 (화자가 우려했던 바처럼) 소녀의 사망에 대한 죄의식이나 가책의 기색이란 전혀 찾아볼 수 없는 것처럼 보인다. 반면 자동차에 대해서 "폐차되었다는 소식을 듣자 이마를 우그려뜨렸다"(92쪽)는 식으로 즉각적으로 반응하고 있는 것은 섬뜩하기까지 하다. "갖고 싶은 것이 있으면 꼭 가져야 했고 하기 싫은 일이 있으면 죽어도 하지 않았으나, 외동으로 귀하게 큰 요즘 아이들이 대부분 그러리라 여겨졌다"(82쪽)는 식으로 스스로의 욕망에 대한 어떤 절제도 없는, 덩치만 커다란 철없는 '요즘 아이'로서 일반화되고 있는 것을 보면, 골치 아픈 일 따위는 자연스럽게 망각해버릴 수 있는 능력을 가진, 마치 내면 같은 것은 전혀 존재하지 않는 괴물처럼 비친다고 해도 무방하다. 하물며 아들이 자신의 원조교제를 친구에게 자랑스럽게 떠벌리는 "변태새끼"임을 우연찮게 알게 된 어머니의 입장에서는 더욱 그러할 것이다.

그런데 이 사고가 하필 어머니인 화자 자신의 생일에, 그리고 그녀가 어금니의 통증으로 치과에 방문했던 바로 그 순간에 일어났다는 사실을 간과해서는 안 된다. 무엇보다도 부모라는 혈연은 이 불행한 사건의 책임이 온전히 현우 자신에게만 귀속되도록 방치하는 것을 결코 용납하지 않는데, 이에 있어서 이와 같은 우연적 · 사후적 연루는 지극히 '상징적'인 의미를 갖는다고 해도 좋다. 실제로 아버지는 갖은 수단을 동원하여 이후에 문제가 생기지 않도록 이 사고를 무마하고 있다. 아무것도 부족할 것 없이 성장한 현우 자신의 유복한 가정환경은 이 과정에서도 큰 힘을 발휘한다. 그리고 무엇보다도 어머니는 전혀 죄의식을 느끼지 못하는 것으로 보이는 아들을 대신하여 그 죄를 영원히 대속해야만 한다는 가책을 짊어지고 살아가야 할 터이다. 그렇게 하여 현우 자신은 철저히 보호되고 있다. 그것은 남편이 실정적인 차원에서, 아내가 윤리적인 차원에서 아들의 죄를 나누어 지면서 가능해진다. 그중에서도 특히 아들의 죄에 결정적으로 연루되어버리지 않을 수 없는 어머니의 불가피한 운명이란 「내 아들의 연인」이나 「침이 마르는 시간」의 경우와 유사한 종류의 딜레마라고 할 수 있다.

그러나 과연 현우는 죄의식이 결여된 괴물인 것일까. 현우 자신의 언어 역시 거의 박탈되어 있다고 해도 무방하지만, 적어도 그는 깨어난 직후 허리의 통증을 호소하면서 짐짓 작고 어눌한 말투로 사고의 기억이 나지 않는다고 말하고 있다. 그러나 다음날 만화책을 보며 킥킥거린다든지, 이송 중에 냉면과 불고기를 먹고 싶다고 칭얼거리는 그에게서 사고의 충격 자체가 그리 대수로운 것이 아니라는 사실 정도는 누구나 알 수 있다. 그럼에도 불구하고 그는 사고 및 남보라라는 소녀에 관해 한마디도 하지 않고 있다. 이것은 그가 의식적으로, 그리고 어떤 의미에서는 필사적으로 사고에 대한 이야기를 회피하고 있다는 것을 의미한다. 물론 그렇게 침묵하기만 하면 부모가 알아서 사태를 수습해줄 것이라는 확고한 믿음이 작용했던 것일 터이다. 하지만 그는 스스로의 안위를 위해 결코 말해서는 안 된다는 금기를 준수하고 있는 동안, 역설적인 의미에서 죽어버린 소녀에 관한 자신의 죄를 늘상 의식하고 있는 것임에 틀림없다. 그렇다면 현우의 침묵은 바로 스스로의 죄를 시인하고 있는 형식이라고 해도 무방하다.

그렇다면 현우에 대한 부모의 근본적인 책임이 추궁되어야 하는 것은 불가피하다. 실질적으로는 사고 후 침묵 외에 무엇도 하지 않는 현우를 대신하여 적극적으로 사태를 은폐하는 이가 그의 부모라는 것은 말할 필요도 없다. 이미 저질러진 죄를 대속하고자 하는 그들의 행위로 말미암아 공모라는 새로운 죄가 창출되고 있는 것이다. 그리고 그것은 죄를 의식하고 침묵을 통해 책임을 회피하고자 하는 현우 자신의 명백한 의지를 어떤 죄의식도 발견되지 않는 모종의 공백 같은 것으로 환원하면서 비로소 가능해진다. 이것을 통해 보존되고 있는 것은 (현우의 죄, 그리고 그것에 대한 그 자신의 죄의식이 어떻든 간에) 주체로서의 현우의 내면이 아니라 모범적인 아들 내지는 미래가 보장된 명문대 학생으로서의 스펙이라는 레테르가 붙은, 누구나 선망할 법한 '양식화된 삶'으로서의 한 형태라고 할 수 있다. 그러므로 그의 내면이 불투명한 대신 단지 욕망만이 비대한 모습으로 나타나는 것은 지극히 자연스러운 현상이다. 그리고 단언컨대 이를 조장하는 자는 다름아닌 부모, 그중에서도 현우의 죄를 대속함으로써 그의 내면을 보다 완전하게 박탈하고 있는 어머니라고 해도 좋다. 아무리 아들을 위해 소녀의 죽음을 방기한 자신의 불의를 의식하게 된다고 해도, 그것이 닳아빠진 어금니의 통증이라는 신체의 징후로 환유된다고 "아마도 나는, 나와 영원히 화해하지 못할 것이다"(94쪽)라면서 스스로를 자책

한다고 해도, 아들의 죄는 결코 사라지지 않는다. 다만 그는 그들이 타고 있는 벤츠라는 레테르와 근본적인 의미에서 그다지 다를 것도 없을, 단지 상대적인 우위를 담보하고 차이만을 부단히 확인시키는 일종의 '고유명'[2]으로만 남게 된다. 그러한 고유명에 대해 죄를 물을 수 있는 자는 그 어디에도 없으며 따라서 현우는 영구히 면책된다고 할 수 있다. 그러므로 현우의 존재 자체가 애초 이와 같은 내용 없는 형식을 담보했다고 말하는 것보다 오히려 혈연을 무상(無常)의 형식으로 추종한 나머지 한사코 현우를 그와 같은 형해화(形骸化)된 외양으로 유지하려 애쓰는 부모의 욕망이 보다 속물적[3]이라고 하는 편이 정확하다. 현우를 고유명으로 유지한다는 것은 그의 내면을 불투명한 것, 다시 말해 접근 불가능한 것으로 두고자 하는 (장애를 설정하는) 시도라는 점에서 "자신의 욕망을 작동시키는 다가갈 수 없는 대상으로 유지하기 위해 사회적 코드에 스스로 복종"[4]하는 사랑의 정식(正式)에 적실하게 부합하는 한 사례가 아닌가.

이홍의 소설에 이와 같은 고유명들이 만연해 있는 것은 그러므로 우연이 아니다. 이를테면 「드레스 코드」(『세계의문학』 2007년 겨울호)에서 강렬한 욕망의 대상으로 환기되고 있는 '샤넬 원피스' '발렌티노' 등의 레테르들은 단순한 시뮬라크르의 의장(意匠)에 그치는 것이 아니다. 오히려 바로 그것들이 욕망의 대상 그 자체로 전치(displacement)되고 다시금 진정성(authenticity)이 기입되기 위한 일종의 주형(le corps)[5] 같은 것으로 전도되는 다분히 역설적인 사태가 나타나고 있다. "정해진 코드에 맞

2) 가라타니 고진, 「무라카미 하루키의 풍경—『1973년의 핀볼』」, 『역사와 반복』, 조영일 옮김, 도서출판b, 2008.

3) Alexandre Kojeve, Edited by Allan Bloom, *Introduction to the Reading of Hegel: Lectures on the Phenomenology of Spirit*, Ithaca and London: Cornell Univ. Press, 1980.

4) 레나타 살레클, 『사랑과 증오의 도착들』, 이성민 옮김, 도서출판b, 2003, 30쪽.

5) 피터 브룩스, 같은 책, 99~103쪽.

지 않으면 웃음거리가 될 수 있다. 그러니까 약속된 코드 안에서 어떤 방식으로 최대한 자신을 드러내는지가 관건이다. 그들만의 코드 안에서 그들은 유일한 자신만의 코드를 찾으려 한다"(261쪽)와 같은 문장에서 단적으로 드러나듯이 일반적인 숭배의 대상인 레테르에 속한 다종다양한 의상들 중 하나를 선택한다는 일은 그것의 가치를 자기의 것으로 전유하는 동시에 "내게 가장 잘 어울리는 옷"(267쪽)이라는 유일무이성의 획득이라는 의미를 내포한다. 이것은 또한 단독성과 일반성 사이를 부단히 길항하지 않을 수 없는 주체의 장에 관한 지극히 시의적절한 환유가 아닌가. 더 나아가 화자인 미나가 연인 현으로부터 샤넬 원피스라는 옷 자체로 욕망되고 동시에 그녀 자신이 현을 오직 나만이 알고 있는 "발렌티노" "내게 가장 잘 어울리는 옷"(267쪽)으로 명명하는 순간 충만한 생의 약동을 체감하는 것은 이러한 역설이 사랑의 보편적인 형태임을 시사하는 단적인 사례라고도 할 수 있다. 그러므로 모든 대상이 그러한 명명은 그저 단순한 수사적인 비유에 불과한 것이 아니다. 이러한 고유명은 모든 개인에게 보편적으로 적용되고 있는 존재론의 "포스트모던적 조건"을 단적으로 표현하고 있다고 해도 좋다. 말하자면 '발렌티노'야말로 현의 진짜 이름인 것이다. 이러한 레테르야말로 「드레스 코드」의 개인들이 자기 자신 및 서로를 식별하는 유일무이한 기표로서 작용하고 있지 않은가.

「50번 도로의 룸미러」(『문학과사회』 2008년 겨울호)에서 지은 자신이 시인하고 있듯이 아들 지우는 '5캐럿 다이아 반지'나 '78평 초고층 아파트' 'BMW535'와 '은빛 카이엔'처럼 선택(입양)되었던 존재이다. 그러나 그는 성장하면서 점차 폭력적인 본성을 드러내기 시작하는데 집 바깥에서는 그것을 은폐하기 위해 명석하고 천진난만한 어린이로서의 연기를 완벽하게 수행해내는 교활한 면모까지 갖추고 있다. 예전에 지우에게 물어뜯기고 일을 그만둔 가정부 외에 이 사실을 알고 있으며 또 고통받고 있는 이는 오직 지은 자신뿐이다. 그녀는 도무지 원인을 알 수 없는 지우의 이와 같은 괴물과도 같은 양면성이 그의 친부라고 추측되는 이로부터 유전된 것임을 확신한다. 그러한 그녀의 심증은 지우의 출생연월이 한 살인자의 약혼녀가 산부인과에서 태아를 출산하고 유기한 시기와 공교롭게도 일치한다는 (그러나 근거가 불확실한) 사실로부터 기인한다. 지우의 양면성에 질려 있던 그녀는 그렇지 않아도 일을 하고 싶은 욕구를 갖고 있던 차에 새로운 TV 교양 프로그램의 아나운서 직을 제의받고, 또한 지우가 클 때까지 일을 하지 않겠다는 조건하에 시부모가 내주었던 78평 아파트의 명의 이전이 시의적절하게 이루어지면서 마침내 이러한 고통으로부터 근본적으로 벗어나기 위해 지우를 유기하기로 결심한다.

그러나 우리는 근본적으로 이러한 사태가 지우의 선천적인 악(惡)에서만 비롯된 것이 아님을 어렵지 않게 알 수 있다. 단적으로 말해서 지은 자신도 의식하고 있듯이 그것은 교활하기 그지없는 "아이에게 볼모로 잡힌 여자의 참담한 미래"(163쪽)를 타개하기 위함이다. 남편이 사고로 죽은 마당에 아파트가 온전히 자기의 것이 되었으므로 이제 입양아인 지우는 그녀의 인생에 더이상 무의미하다. 지우는, 한때 잘나가던 아나운서였던 그녀가 새로운 인생을 설계하는 데 있어서 중대한 장애가 되는 존재일 뿐이다. 여기에 이 아이가 선천적인 악의로 충만한 존재로서 그녀에게 부단한 공포와 위해의 가능성을 환기했다는 것은 유기를 합리화하는 데 더할 나위 없이 적합한 핑계가 된다. 그러므로 그녀는 어떤 의미에서 지우가 다른 누구도 아닌 살인범의 피를 이어받은 괴물이라는 확인 불가능한 사실을 믿고 싶어했던 것이 아닐까. 누구보다도 그녀 자신이 그 사실을 잘 알고 있다. 실제로 "룸미러에 점 박힌 흰자위가 사라지지 않았다. 따라오는 전조등인가 싶었지만 그것은 사람의 눈이다. 아무리 먹어도 채워지지 않을 굶주린 새하얀 눈자위. 영원히 감기지 못할 두 눈, 바로 자신의 눈"(165쪽)에서 알 수 있는 것처럼 지우의 모습 대신 룸미러에 비친 것은 그녀 자신의 무한한 욕망이 번뜩이는 눈이다. 괴물은 지우가 아니라 바로 그녀 자신이다.

그렇다면 지우는 「어금니」에서의 현우의 또다른 모습이 아닐까. 무자비한 폭언과 폭력을 행사하기 때문에 지은이 한사코 괴물로 간주하고 싶어하는 대상인 그는 그러나 어떤 의미에서 공부나 채식 등과 같은 바람직한 미래를 위한 (궁극적인 목적을 위해 즉물적인 욕구를 유예시키는) 자기 절제의 형식에 기꺼이 순응할 뿐 아니라 자신의 폭력성을 은폐하고 순진한 소년의 모습을 능숙하게 가장(假裝)할 줄 아는 범상치 않은 자의식의 소유자이다. 실상 지은이 두려워하는 것은 지우의 폭력성이라기보다 일곱 살짜리 아이로서는 어울리지 않는 그와 같은 자의식이며 동시에 그것을 역설적으로 드러내는 형식으로서의 연기 그 자체이다. 더 나아가 그러한 자의식이 포착해낸/포착해낼지도 모를 어떤 결정적인 진실이다. 그것은 지우를 살인자의 자식으로 확신하고 있었던 자신의 속마음을 들킨 것, 그리고 궁극적으로는 그녀 자신이 숨겨두고 있었던 욕망을 "날 죽이고 싶어?"라는 말로 정확히 지적해낸 것이다. "어디선가 쿵 소리가 울렸다거나 무언가 와르르 무너졌다면 그건 자신의 내부였을 것이다."(155쪽)

이것은 지우의 존재를 '5캐럿 다이아 반지'나 '78평 초고층 아파트' 'BMW535'와 '은빛 카이엔' 등의 레테르와 결정적으로 구별한다. 지은으로서는 한낱 레테르로 간주하고 싶어했던 대상이 해석 불가능한 독자적인 내면의 심연을 가진 주체로 진화하여 마침내 그녀 내부의 욕망을 관통하는 사태를 결코 용납할 수 없었던 것이다. 말하자면 그녀는 바로 지우의 주체를 혐오했으며 그것과 대면하기는커녕 어떻게든 배제하고 싶어했던 것이다. 그런 점에서 지우의 유기가 아파트의 명의 이전과 맞바꿔진다는 것은 다분히 의미심장하다. 나아가 "이 악순환의 구조 속에서 살아남기란, 주차장에 나란히 세워진 두 대의 차를 보며, 오늘은 세단을 탈까 SUV를 탈까를 고민하는 것처럼 간단한 문제가 아니었다"(147쪽)는 대수롭지 않은 비유에서 알 수 있는 것처럼, 한국사회의 특유한 필사즉생(必

死卽生)의 인정 투쟁으로서 사교육의 무한반복이라는 해소 불가능한 딜레마는 그러나 지은에게 있어서는 BMW와 포르셰 중 무엇을 선택할까라는, 특정할 수 없는 기호나 취향의 문제와 등가를 이루는 것으로 환원되고 있다. 서로가 서로에게 신으로 비치는 욕망의 상호 모방 또는 인정 투쟁이 주체를 구성하는 일반적인 형식으로 간주되어왔다는 사실을 감안할 때, 모든 타자를 단지 상대적인 차이만을 부각하는 일종의 레테르, 즉 고유명으로서만 파악하려드는 것이 일종의 자기기만에 불과하다는 사실은 말할 필요도 없다. 그러나 이것은 다른 주체의 욕망과 대면하거나 또는 경쟁하는 것을 회피할 수 있도록 하는 더할 나위 없이 편리한 방식이다. 따라서 그녀는 지우의 불가사의한 자의식을 새로운 고유명, 즉 그가 '살인자의 자식'임에 틀림없다는 스스로의 망상으로 대체하고 또 그것을 필사적으로 유지하려드는 것이라고 해도 좋다.

그리고 앞서 언급한 소설들에서도 공통적으로 나타나는 것처럼 이러한 태도는 오늘날 지배적인 삶의 양식이 되지 않았는가. 이를테면 성인이 되기 위한 통과의례를 거치는 주체 내부의 질풍노도는 부모에게 있어서 이제 단순히 번거로운 것을 넘어서 전혀 관심 밖의 것이 된 지 오래다. 보다 중요한 것은 착하고 성실하며 궁극적으로는 입시에서 우수한 성적을 거두는 모범생의 삶의 양식, 이른바 '엄친아/딸'의 레테르가 붙은 옷을 자녀가 확실히 자신의 의장으로 삼았는가의 여부이다. 고유명의 범람은 결국 이와 같은 내면을 배제한 풍경 내지는 유형화된 삶의 양식에 부합하는 사물과 개인이 양산되고/일반화되어 있는 포스트모던의 전형적인 징후와 무관하지 않다. 이들 소설에서 레테르라는 일반성으로 수렴되지 못하는 것들이 대부분 용납되지 않는 것은 그러므로 결코 우연이 아닌 셈이다. 공교롭게도 희생자 또한 대개 그러한 레테르를 향수하는 이들의 후속 세대이다. 그렇다면 고백이라는 형식 외부로 배제된 그것들이 잠자고 있는 연옥은 과연 어디인 것인가.

4. 동일화라는 성장의 지도

다시 「내 아들의 연인」에게로 돌아가보자. 도란은 화자의 생일 선물로 뜨개질한 목도리를 선물한다. 화자는 이 "살냄새 나는 선물"을 진심으로 반기고 있다. 그것은 "목뿐만 아니라 어째 뱃속까지 뭔가가 몽글몽글 피어나며 따뜻해지는 기분이다"(141쪽)에서 알 수 있는 것처럼 인간 대 인간의 소박한 대면이나 1차원적인 접촉이 환기하는 친밀한 교감을 단적으로 환기시킨다. 물론 그것은 현이의 관점에서는 "철 지난 분홍 목도리"(147쪽)에 불과한 것으로 곧바로 "요즘 유행이 핸드메이드 아니니"(141쪽)로 전환되지 않으면 안 되는 것임에 틀림없다. 그럼에도 불구하고 이것은 화자 자신이 이러한 종류의 교감이 불가능한 세태에 대한 깊은 아쉬움을 토로하는 것은 분명해 보인다.

여기에서 우리는 「내 아들의 연인」의 화자가 가장 최초에 들었던 시험 하나를 상기하지 않으면 안 된다. 초핀을 별 볼 일 없는 재수생이 아닌 한 사람의 남자로 대면했던 유일무이한 순간은 시골의 원두막 밑에서 함께 비를 긋고 벗은 옷을 짜면서 웃어대던, 서로의 몸에 물든 연두색과 노란색을 보면서 야릇한 성적 흥분에 휩싸이게 되었던 스무 살 여름의 어느 한때이다. 소설 「소나기」를 패러디한 것처럼 보이는 이 에피소드에서 그들은 마치 '소년'과 '소녀' 같은 자연인으로 환원된다. 말하자면 그들의 신분과 의장이 일시적으로 불식되어버리는 순간이라고 해도 무방하다. 자연 상태에서의 인간 대 인간으로서의 평등한 대면, 이것이 명백히 루소를 연상시킨다는 것은 말할 필요도 없다. 그러나 그녀가 '타이밍'이라는 운명의 이름을 빙자하여 미래에 대한 이해득실을 따진 끝에 초핀을 버렸다는 진실은 그러한 자연 상태가 근본적으로 불가능해진 어떤 시점을 암시한다. 그렇다면 이것은 마치 그녀 자신의 본격적인 타락이 시작되기 이전의 원초적 낙원처럼 몽상되고 있는 것은 아닌가. 화자에게는 분명 이러한 자연인 및 순수한 인간적 유대의 상실에 관한 강렬한 노스탤지어가 잠복해 있다.

그러나 화자 자신이 실제로 그토록 친밀한 인간적 유대를 맺는 것이 가능했던 유일무이한 대상은 다름아닌 유년 시절의 현이뿐이지 않을까. 그야말로 세속으로부터 완전히 무연(無緣)한 아이를 단지 어머니로서 보듬어 안는 것만큼 직접적이고 친밀한 교감의 형태가 또 어디에 있을 것인가. 그러므로 현이에 대한 화자의 동일시는 분명 예사로운 것이 아니다. '내 아들의 연인' 도란에 대한 화자 자신의 이율배반적인 감정을 술회한 "그 아이가 좋았던 나는, 사실은 그래서, 친해지지 않으려고 무척 애를 쓴 것 같다"와 같은 문장이 그래서 도처에서 발견되는 것일 터이다. 도란에 대한 감정의 미묘한 동요를 결코 숨기지 않고 있는 데서 충분히 짐작 가능한 것처럼 '내 아들의 연인'은 실제로는 도란과 화자 자신을 아울러 가리키는 것일지도 모른다. 그럼에도 불구하고 이미 "초핀과 내가 그날 느꼈던 몸의 열기가 이제 식물성으로 기억"되는 그녀로서는, 아직은 뜨거운, 그래서 팥빙수를 좋아하는 도란의 열정적인 청춘이 사실은 부럽고도 두려운 것일지도 모른다. 그러나 화자 자신은 "뜨거움은 곧 가시고 돌은 천천히 식어갈 것이다"(160쪽)라는 운명으로부터 결코 자유로울 수 없을 것이다.

그러나 "이제 누구도 내게, 넌 무얼 원하느냐고 묻지 않지만 늙고 시든 채로, 손에 쥔 먼지만큼의 날들을 살아내야 할 무녀처럼 생이 아득하게 느껴지는 순간이 내게도 있다"(158쪽)라는 이 아름다운 문장이 도란이 좋아하는 엘리엇의 시로부터 온 것이듯이, 팥빙수를 맛있게 먹고 있는, 즉 스스로의 열기를 식히는 것을 그녀 자신의 욕망으로 삼고 있는 도란은 앞으로 어떻게 될 것인가. 화자가 도란에게 스스로를 투영하듯이 그녀 역시 화자와 마찬가지로 식어가지 않으면 안 될 어떤 날이 도래하지 않겠는가. 또한 도란을 포기하는 것이 현이뿐 아니라 화자 자신의 선택이기도 했던 것처럼, 사실상 많은 부분에서 화자를 대행하고 있는 현이 역시 어머니에게로 수렴되고 있다고 말할 수 있지 않겠는가. 결국 '내 아들의 연인'이란 화자 자신의 성장의 경로를 답습하지 않으면 안 될 운명의 도란과 현이, 그리고 화자 자신 모두를 아울러 이르는 이름이 아니겠는가. 그리고 그것은 그토록 간절하게 친밀한 타자와의 교감을 원했던 화자 자신의 내밀한 욕망이 전혀 예기치 않은 경로를 통해 실현된 결과이다.

이 조화로운 일체화를 달성하는 화자의 고백은 그러나 근본적으로 현명한 성인의 언어이다. 도란과 현이의 아직 말해지지 않은/결코 말할 수 없는 청춘의 언어는 이러한 현철(賢哲)에 의해 미적으로 말살되고 있다고 해도 과언이 아니다. 그러한 성인들이 체득한 세상의 이치는 청춘이라는 불가사의한 타자의 리비도를 결코 방기하지 않으며 좋든 싫든 동일자로 수렴하기 위해 부심한다. "(부르주아) 그들은 다른 어떤 계급보다 우리 삶에 내재되어 있는 일상의 관습적이고 상투적인 측면을 견디고 정련해낸 '삶의 예술가'에 가깝다"[6]는 신수정의 통찰은, 역설적인 의미에서 그들이 향락하고자 하는 일상이 전적으로 '예술가'적 내면의 자기 동일성-완결성의 투사(projection)의 결과, 즉 미적인 것으로 축조된 것임을 확인하고 있다고 해도 무방하다. 그리고 성장의 미적인 경로를 제시하든, 레테르를 붙여 내면을 상실한 고유명으로 관리하든 간에 소설이 다종다양한 삶의 양식에 관한 모범적인 통합과 수렴을 위해 더할 나위 없이 적합한 형식이라는 것은 잘 알려져 있다. 그리고 앞서 언급한 소설 대부분이 그러한 성인의 언어를 내면화하고 있다는 것은 확실하다. 이러한 동일화로 수렴되는 성장의 완결된 지도를 제시하고 또 수렴될 것을 종용하면서 청년들의 불가해한 내면으로 접근하는 것을 스스로 차단하는 성인들의 선의 넘치는 안내가 후속 세대에 대한 그들 나름의 '사랑'의 한 표현이라는 것은 말할 필요도 없다. 물론 이에 대응하여 2000년대 한국소설에서 그것에 포

6) 신수정, 「뉴 밀레니엄 시대 부르주아 사생활의 재구성」, 『문학동네』 2009년 가을호, 430쪽.

섭되지 않을, 어떤 청년의 언어가 구체화되고 있는가는 전혀 다른 문제가 될 터이다. 하지만 앞서 언급한 소설들에서 공통적으로 재현되고 있는, 한국사회에서 일반화된 성장의 경로, 바로 그것에 충실한 청춘들이 그 자신의 언어를 갖지 못하고 조로(早老)해버린 최근의 기이한 현상에 비하면 소위 '강남문학'이나 '칙릿' 등의 정련되지 않은 용어가 환기하는 애매모호한 영역이란 그야말로 사소한 것에 지나지 않는다는 것은 분명하다.

(『문학수첩』 2009년 겨울호)

반사회적 상상력과 상호부조라는 간극

— 최진영 소설을 중심으로

1. 유년의 유토피아

최진영의 데뷔작 「팽이」에서 남매가 서로에게 가장 몰입했던 지고의 순간은 아마도 엄마가 집을 나갔다는 사실을 공유하게 되었던 바로 그때가 아니었을까.[1] 오직 서로에게만 의지해야 한다는 것을 남매 모두 절감하게 되었던 순간 말이다. 어둠 속에서 빛을 발하는 밤하늘의 달과 별 그리고 무엇보다 야광 팽이 등이 중요한 의미를 갖고 다가오게 되는 것도 이 때문이다. 그러나 자전하는 이상 시차(時差), 각자의 시공간이 형성되는 것은 불가피하다. 거대하고 밀도가 낮은 토성 같은 별에서 서로 간의 거리는 그 원심력의 세기만큼이나 멀어질 수밖에 없는 것이다. 이전까

1) 2011년 10월을 기준으로 최진영이 발표한 작품 목록은 다음과 같다. 「팽이」, 『실천문학』 2006년 가을호; 「새끼, 자라다」, 『실천문학』 2007년 가을호; 「크레파스」, 『문학과의식』 2008년 겨울호; 「아빠!」, 『실천문학』 2009년 여름호; 「남편」, 『실천문학』 2010년 겨울호; 「첫사랑」, 『창작과비평』 2010년 겨울호; 「악어」, 〈문장 웹진〉 2011년 1월호; 「창」, 『작가세계』 2011년 봄호; 「엘리」, 『문학동네』 2011년 가을호. 장편소설로 『당신 옆을 스쳐간 그 소녀의 이름은』, 한겨레출판, 2010. 이하 본문에서 해당 작품을 인용할 때는 작품명과 쪽수만 표기하도록 한다.

지 남매를 보살폈던 엄마의 가출 자체는 이 아이러니한 진실을 실감하도록 하는 계기가 된다. 그들 간 유대가 가장 긴밀해졌던 바로 그 순간에 역설적으로 죽을 때까지 서로를 책임질 수 없다는 것, "아무도 아무를 책임질 이유는 없다"(「팽이」, 110쪽)는 진실 또한 잉태되고 있다고 해도 좋다. 따라서 서로를 바라보며 공전했던 남매간의 유대가 시간이 흐를수록 느슨해져가는 것은 예정된 수순이다. 혈육이기 전에 개인이라는 것, 동시에 남성과 여성으로서의 성장이 서로를 밀쳐내게 만드는 원인으로 작용하고 있다는 사실을 부인할 수는 없다. 어떤 형태로든 서로의 존재를 간절히 원했다는 사실 자체가 남매를 갈라서게 만드는, 그들 자신을 혼자로 만드는 결정적인 원인이 되어버린다. 화자는 애써 그 원죄의 의미를 알지 못하는 유년의 상태에 머무르려고 하지만 결국 오빠 역시 엄마와 마찬가지로 집을 떠나 돌아오지 않는 길을 택한다. 그러나 그들이 서로를 원했다는 사실만은 변하지 않는다. 이후 화자는 뒤늦게나마 그것을 깨달았지만 유년기로 퇴행(temporal regression)하고자 하는 지향만은 그만두지 않고 있다. 그것은 자신을 책임지고 아껴준 오빠와 밀착되었던 유년의 유토피아에 대한 애착이다. 이를 포기하지 않는 한 오빠와 재회할 수 없게 될 것임에도 말이다.

요컨대 성장의 유예다. 「팽이」를 비롯한 여러 소설에서 신체의 성숙이라는 자연은 아무렇지도 않게 받아들여지고 있지만 반면 그에 수반되어야 할 성장의 통과의례는 대수롭지 않은 것으로 애써 간과된다. 그도 그럴 것이 아버지의 법 등이 애초부터 결락되어 있거나 제대로 작동하지 못하는 세계로 설정되어 있기 때문일 것이다. 그것은 공백으로 남은 채 증오되거나 또 그만큼 선망된다. 부모의 존재는 일차적으로 부인되지만 곧 그것을 대체할 만한 대상을 발견하기 위한 탐색이 이어지는 것이다. 그러므로 그 어떤 호명(interpellation)에도 애써 뒤를 돌아보지 않는 소녀로 남고자 한다. 언제까지나 같은 자리에서만 회전하려는 그녀가 좀처럼 거울을 보는 일이 없다는 것도 의미심장하다. 단지 오빠와 같은 친밀성(intimacy)의 형성, 원초적인 애착을 보존하고 있는 대상을 발견하기 위해 길을 나설 뿐이다. 그녀의 소설이 종종 근대 이전의, 설화나 동화와 같은 이야기의 형식을 연상케 하는 것은 그러므로 결코 우연이 아니다. 소녀의 여정은 바로 이렇게 시작된다.

2. 회귀와 헌신

길을 떠난 소녀가 맞닥뜨리게 되는 세계는 그러나 대단히 비정한 장소다. 부모는 자식을 버리고 형제는 서로를 책임지지 않는다. 「새끼, 자라다」와 같은 우화에서처럼 한 어미에게서 출생했지만 결코 같은 종이라고 할 수 없을 정도로 상이한 새끼들이 사막이라는 가혹한 환경 속에서 자신의 생존을 위해 서로 먹고 먹힌다. 부모는 자연의 섭리라는 미명하에 그런 자식들을 방임하며, 때로 그러한 운명에 항변하는 새끼를 집어삼키기까지 하는 세계인 것이다. 또한 그 세계는 세상에 대한 좌절과 분노를 주체하지 못하는 아버지가 방화를 저지른 지하철 객차 내부에 하필 이제 막 그런 아버지를 이해하기로 결심한 딸이 타고 있다는 불운한 사례들로 충만하다(「아빠!」). 배후에서 유리 너머로 자신을 감시하는 시선 및 동료들의 적의를 부단히 의식하면서 위축되지 않을 수 없는 한 직장인 여성은 자신을 보호하기 위해 폭주한다(「창」). 어느 날 남편이 갑작스럽게 성폭행범으로 지목되면서 주변의 모든 사람들이 자신으로부터 등돌리는 사태에 직면한 아내는 자신이 알고 있던 남편의 모든 것에 대해 회의하지 않으면 안 되는 지극히 당혹스러운 과정을 거치게 된다(「남편」). 아버지가 의붓딸을 강간하고 그 딸은 의부에 대한 살의를 불태우다가 투신하고 마는 세계다(『당신 옆을 스쳐간 그 소녀의 이름은』). 유년 시절 오 년에 걸쳐 오빠로부터 강간당했던 소녀는 성장한 후 자신의 손으로 그를 끝장내지 못했음을 한스럽게 여기면서 자신의 허벅지를 칼로 찌르기도 한다(「악어」). 세계는 개인에 대해 철저히 무심하거나 적대적이다. 남보다 못한 혈육이나 동료, 이웃들이 저마다의 욕구에 따라 서로를 집어삼키는 난장에서는 혈연조차 개개인의 안전을 보장하지 못한다. 가족이나 사회 등과 같은 제도의 보호 장치가 온전히 작동하고 있지 않음은 물론이다.

그런 만큼 여행을 시작한 소녀가 정착할 수 있는 장소나 성장의 단계란 세상 그 어디에도 없다. 따라서 그녀는 정처 없이 방황하지 않을 수 없다. 그러나 그 고달픈 여정 도중에 오히려 혈연 이상의 호의와 온정을 그녀에게 베풀거나 또는 도무지 거부할 수 없는 인연을 공유하게 되는 몇몇의 완전한 타인들을 발견하게 된다. 이를테면 「크레파스」의 이발소 할아버지나 「첫사랑」과 「악어」의 같은 이름을 가진 각각의 연인인 J를 비롯하여 『당신 옆을 스쳐간 그 소녀의 이름은』에 여러 차례 그 모습을 달리하여 등장하는 무수한 "진짜엄마/아빠" 및 "삼촌 · 이모 · 자매 · 남편"의 형상들이 바로 그들이라고 할 수 있다. 그중에서도 사실상 여러모로 『당신 옆을 스쳐간 그 소녀의 이름은』의 원형에 해당할 법한 단편 「크레파스」는 그러한 점에서 흥미롭다. 부모를 잃은 후 홀로 생활하던 소녀는 이웃의 눈먼 이발소 할아버지를 만나게 된다. 담임선생님과 같은 여타의 이들과 달리 그는 그저 이야기를 끝까지 들어주고 섣불리 부정하지 않는 것으로 소녀와 그녀의 세계를 존중할 줄 아는 흔치 않은 어른이다. 무엇보다도 성장의 문턱에서 성인들의 비루한 세계에 대한 진실을 이제 막 엿보고 있는 그녀를 여러 차례 자신의 등뒤로 돌려 보호하는 사려 깊은 인물이기도 하다. 그런 만큼 소녀는 할아버지의 세계를 궁금해하는 동시에 자신이 보고 있는 사물의 색채나 모양을 있는 그대로 전해주고 싶어한다. 물론 그 사이에는 언어로 메울 수 없는 간극이 존재하는 만큼 소녀는 애써 이야기하고 노인은 그것을 들어주며 허허 웃을 뿐, 각자의 진실이 끝내 소통되지 않은 채 이별했다는 것도 부정할 수 없는 사실이다. 그럼에도 불구하고 이와 같은 이발소 할아버지에 대한 애착을 간직하는 것으로 말미암아 그녀는 유년기의 소중한 장소를 포기하지 않을 수 있었다. 그 소통불가와 상실의 체험이 오히려 역설적인 의미에서 자신만의 오롯한 체험을 보존하도록 하는 것이다. 마치 「첫사랑」에서 자신이 처음으로 사랑하게 되었던 J를 따라가다가 놓친 그 슬프고도 애틋한 상실의 체험이 이후 모든 타인에 대한 최초의 경험을 가능하지 않게 만들었던 것처럼 말이다. 그 더할 나위 없이 생생하고 충만한 "날카로운 첫사랑의 추억"은 모든 접촉에 있어서 결코 채워지지 않을 근본적인 결여를 의식하도록 만든다. 그 체험의 구체성에 견주어 성인이 된 이후의 모든 관계는 진정한 것이 되지 못하며 항상 공허한 것으로만 남게 된다. 이러한 의미에서 그녀는 모든 관계에 있어서 영원히 상쇄되지 않을 첫사랑의 순정한 감각을 오롯이 간직할 수 있게 되는 셈이다. 바로 자신이 그토록 애착했던 J가 '나'의 존재를 알고 있지 못할 가능성을 미지의 영역으로 남겨두고자 했던 외면이 역설적으로 그렇게 만드는 것이다. 상실될 수밖에 없지만 그렇기 때문에 오히려 다른 무엇으로 상쇄될 수 없는 단독적인 경험이 되어버리는 것이다.

조금 다른 의미에서 『당신 옆을 스쳐간 그 소녀의 이름은』은 이러한 상실의 여정에 관한 소설이다. 물론 소녀는 '진짜 부모' 또는 '가족'을 찾아 세상을 떠돈다. 그리고 그러한 탐색은 언제나 잠정적으로나 부분적으로만 성공을 거두게 된다. 집을 떠난 그녀는 실제로 장미 언니와 할머니, 폐가 안의 남자 그리고 각설이패의 대장과 달수 삼촌, 유미와 나리와 상호 등과 함께 제각기 다른 형태의 가족을 방불케 하는 공동체를 형성한다. 그들은 그녀를 피붙이처럼 돌보고자 하는 "진짜엄마"로서, 세상으로부터 함께 유폐되어 서로에 대해서도 적당한 거리를 유지하는 동거인으로서, 가족을 찾아 함께 세상을 떠도는 동료이자 후견인으로서, 유사한 경험을 공유한 거리의 동세대 친구이자 연인으로서 다양한 얼굴을 갖고 있다. 그들이 마련한 세상으로부터 차단된 장소에서 그녀는 성장을 강요받지 않으며 무심코 엿보게 된 세계와 인간의 비속한 진실에 대해 짐짓 무지한 척하는 것도 용인된다. 그들이 이룩한 공동체는 아무 말도, 아무것도 하지 않아도 되도록 그녀를 보호한다는 점에서 결코 사회적 관계로 진화하거나 환원되지 아니한다.[2] 그런데 이러한 유대는 결코 혈연과 같은 필연성에 기초한 것이 아니며 대개 우연적인 만남에 의해 이루어진다. 이 점에서 그들의 공동체는 보다 순수한 의미의 타인 간의 얼굴을 마주하는 관계, 원초적인 친밀성에 기초하여 구성되고 유지되는 것이다. 여기에 그러한 범주 바깥에 존재하는 추상적인 질서, 이를테면 종교의 진리에 기초한 전도사의 교화적인 온정이 배척되는 것은 당연하다.

그러나 이것은 어디까지나 한시적이다. 대체로 그들의 다른 '진짜' 가족 또는 그것과 인접한 욕망이 출현하여 그녀를 그러한 유대로부터 분리시킨다. 그녀는 간신히 이룩한 가족의 유토피아를 상실하며 그때마다 다시금 세상으로 내몰리기를 반복한다. 그 어디에도 없을 진짜 부모를 향한 여정은 결코 끝나지 않는다. 그리고 그러한 탐색을 계속하는 한 그녀에게 '유년기의 끝' 역시 결코 도래하지 않는다. 그녀가 성징(性徵)이라든가 성적 관계에 관한 직간접적인 체험에 초연하거나 또는 그것의 의미를 알지 못하는 듯한 태도를 보이는 것도 바로 이 때문이다. 그녀에게 그저 인간의 자연에 지나지 않는 이것이 터부가 될 리 만무하다. 예컨대 소녀는 동년배의 소년 찬수에게 성에 관한 비밀을 아무렇지도 않게 알려주며 이를 계기로 그는 이성에 눈뜨게 되어 그녀의 주위를 배회한다. 그런데 정작 그녀는 그 사실을 번연히 알고 있으면서도 그 의미를 알지 못하는 척 대수롭지 않게 평소대로 행동한다. 이때 찬수에게 했던 이야기는 후에 그녀의 성징에 직면하여 대장과 달수 삼촌과 같은 남성 앞에서 고스란히 반복되는데, 만취한 대장이 미남이 이모 대신 그녀에게 성관계를 시도했을 때 그것을 단지 귀찮은 것으로만 여길 뿐 터부시하지 않고 오히려 다음날 대

2) 이러한 공동체가 시사하는 궁극적인 가능성에 대해서는 장 뤽 낭시의 글 「무위의 공동체」(『무위의 공동체』, 박준상 옮김, 인간사랑, 2010) 참조.

장이 자신을 버리는 것이 아닐까 불안해하기만 한다. 그 의미를 알지 못하는 척 태연하게 행동하는 것은 앞서 찬수의 경우와 일맥상통하는 부분이라고 할 수 있다. 후일 상호와의 직접적인 성관계가 이루어질 때에도 이러한 그녀의 초연한 태도는 일관되고 있다. 알다시피 이것은 사실상 그녀의 성장에 있어서 결정적인 장애로 작용한다. 그리고 그녀가 진짜 부모를 찾을 때까지 이러한 태도는 고수될 것이다. 그렇지만 결혼하여 새로운 가족을 구성한다는 것, 다시 말해 그녀 자신이 부모가 되어 진짜 부모를 찾는 일 자체를 대체해버린다는 것 자체가 근본적으로 난망한 일이 되어버린다.

그런데 이와 같은 회피는 사실상 부모의 성관계를 직접 반복해서 목격한 데서 오는 것이라고 해도 좋다. 그녀가 성기에 관한 비속어를 사용하여 태연하게 성관계 자체를 입에 올리고 있는 것도 알다시피 이러한 원초적 장면(Urzene)에 입각한 것이다. 성관계 자체의 터부나 금지와 관련된 의미를 완전히 몰각한 채 오로지 성기의 결합 자체를 지칭하는 데만 열중하는 그녀 특유의 고착은 역으로 그것으로 인한 트라우마가 얼마나 심각한 것이었는지를 단적으로 일러준다. 무엇보다도 프로이트의 정식에 따르면, 어머니에 대한 아버지의 가학으로 받아들여지면서 그녀 자신에게 공포와 흥분을 아울러 불러일으켰을 이것은 실제로 아버지가 어머니를 반복해서 구타하고 견디다못한 어머니가 아버지를 살해하는 최악의 사태로 현실화된다. 이 지옥의 체험이 그녀로 하여금 다른 '진짜' 부모를 부단히 찾아 나서도록 종용하는 것이다. 바로 그러한 지옥을 불러온 혈연과 같은 어떤 필연적 이유가 아닌, 오로지 친밀성의 유대에 입각한 관계의 구성 같은 것 말이다. 단적으로 말해 이것은 이러한 비극이 초래되기 이전으로 회귀하고 싶어하는 지향에서 비롯된 것이라고 할 수 있다. 그러니까 포유(哺乳)와 같은 직접적인 신체 접촉, 부모와 일체화되어 있는 감각만을 세계의 전부로 영위했던 상상계의 어떤 시점으로의 퇴행에 대한 열망이 그녀로 하여금 여행을 떠나게 하고 또한 반복적인 실패를 경험하게 하는 것이라고 해도 좋다. "나는 엄마 속으로 들어가고 싶었다. 원래 내가 살던 곳. 세상에서 가장 평화롭고 안락한 그곳에 들어가 죽을 때까지 태어나고 싶지 않았다."(『당신 옆을 스쳐간 그 소녀의 이름은』, 206쪽) 그러나 인간으로 태어난 이상 이것은 불가능하다. 이 점에서 가족을 찾고자 하는 간절한 여정은 도리어 성장을 거부하는 그녀 자신이라는 원인으로 말미암아 근본적으로는 실패할 수밖에 없는 것이다. 그녀의 행복은 그 어디에도 있을 수 없다.

단지 불행의 경험이 전이될 뿐이다. 실제로 그녀를 보듬어주거나 친밀성의 경험을 공유했던 모든 이들은 대개 불행한 이들이었다. "나를 알아보는 건 나만큼 가난하고 배고프고 추운 사람들이다. 할머니도 그랬고 대장도 그랬다. (……) 나의 진짜엄마 역시 가난하고 배고프고 추워야만 한다. 그래야 나를 알아볼 테니까."(237~238쪽) 자신의 불행과 결핍에 기초하여 타인의 그것을 알아보는 일, 그 속에 친밀성의 유대에 의한 소소한 행복이 가능해진다. 그리고 가짜 아빠로 인한 결코 상쇄될 수 없는 트라우마에 시달리고 끝내 자살에 이르게 된 나리의 고통을 그녀가 알아보는 일 또한 이러한 불행의 전이에 의해 가능해졌다고 할 수 있다. 그녀가 나리의 의부를 살해하기로 결단한 것은 이러한 동질성에 기초한 것이다. 이 '최초의 행동'이 그녀의 어머니가 아버지를 살해하는 장면과 겹쳐지는 것은 결코 우연이 아니다. 나리의 의부를 죽이는 것은 사실상 그녀 자신의 아버지를 살해하는 것과 같다. 이때 그녀는 아버지를 살해하던 어머니를 정확히 반복하면서 어머니와 일체화된다. 실제로 그 종국에 그녀는 어머니의 자궁 속으로 회귀하고 있다. 아예 자신이 어머니가 됨으로써 그렇게 진짜 엄마를 찾게 된 것이다. 그렇다면 이 최초의 친밀성에 대한 동경이 타인의 불행을 자신의 것처럼 여기고 대신 처벌하려는 결단으로 예기치 않게 진화하는(진화한) 것이다. 바꾸어 말해 불가피한 상실에 대한 원초적 열망이 타인을 위해 스스로를 헌신하는 행동으로 나아가는 역설이 성립한다고 해도 무방하다.

3. 상호부조의 자연

물론 이것을 가리켜 전적으로 타자를 위한 희생이라고는 할 수 없다. 오히려 자신과의 동질화가 없었다면 불가능했을 것이라는 점에서 어떤 의미에서는 사실상 거울에 비친 그녀 자신을 위한 행위였다고 해도 과언이 아니다. 따라서 그녀의 이와 같은 희생을 칸트적 의미에서 보편적 법칙에 부합하는 윤리적 행위라고는 결코 말할 수 없다. 오히려 그녀가 불행의 전이와 공유를 거듭하는 역정의 배후로부터 좀처럼 언어로 환원되지 않는 유아기적 경험이 돌출하고 있다는 것이 보다 중요하다고 할 수 있다. 이와 관련하여 그녀가 애초에 그 무엇으로도 치환되지 않는 '드드덕'과 같은 언어를 자신의 이름으로 내세우는 것은 다분히 의미심장하다.[3]

또한 최진영 소설의 윤리 그리고 이와 같은 경험의 문제를 언급하는 데 있어서 결코 간과해서는 안 될 단편이 바로 「남편」이라고 할 수 있다. 남편은 열다섯 살 소녀를 강간하고 잔혹하게 살해한 혐의로 갑작스럽게 체포된다. 화자인 아내는 처음에는 남편의 결백을 믿지만 수사가 진행되면서 남편이 범인이라는 것을 입증하는 의심할 수 없는 증거들이 하나둘 드러나기 시작한다. 주변의 모든 이들 또한 남편의 유죄를 확신하고 있는 상황에서 그녀의 믿음은 근본적으로 흔들린다. 무엇보다도 자기가 잘 알고 있다고 생각했던 남편의 전혀 낯선 모습들이 경찰의 조사를 통해 밝혀지면서 그녀는 동요와 혼란에 휩싸이게 된다. 남편이 범인임을 추궁하는 경찰을 비롯한 사람들의 물음과 남편의 결백에 대해 의심하기 시작한 자신에 대해 애써 '남편은 그런 사람이 아니다'라고 항변해왔던 그녀는 결

3) 조르조 아감벤, 『유아기와 역사』, 조효원 옮김, 새물결, 2010.

국 "그는 내가 알던 그가 아닌지도 모른다"(「남편」, 125쪽)며 객관적 사실을 받아들이기 시작한다. 그럼에도 불구하고 남편의 편이 되어주어야겠다고 결심했던 그녀는 정작 면회소에서 그를 대면하자마자 그의 죄를 강경하게 추궁하게 된다. 자신은 범인이 아니라는 사실을 믿어달라고 필사적으로 말하는 남편에게 그녀는 그가 초래한 배신과 불행에 대해서만, 다시 말해 자신의 고통에 대해서만 항변하고 그 자리로부터 도망친다. 그런데 무엇보다도 흥미로운 것은 그녀의 마지막 말이다. "난 아니야. 절대 아니야. 정말, 정말 억울해."(128쪽)

물론 이는 일차적으로 남편이 초래한 사태로 말미암은 이 모든 고통의 원인이 자신으로부터 연유한 것이 아님을 호소하는 언어다. 그런데 동시에 이것은 애초 그녀가 남편을 만나기 전에 그로부터 듣고자 했던 말이며 실제로 면회소에서 남편이 자신의 결백을 호소하면서 수없이 반복했던 문장과 정확히 일치한다. 남편이 저질렀다고 여겨지는 죄와 자신이 전적으로 무관하며 동시에 그로부터 배신당했다는 사실을 부단히 확인해왔으면서도, 아내는 부지불식간 남편의 결백을 표현하는 이 문장을 고스란히 반복하고 있는 것이다. 어떤 의미에서 그녀는 남편이 불가해한 심연을 간직한 별개의 존재임을 결정적으로 확인했던 바로 그 순간에 결백을 호소하는 남편의 언어를 자신의 것으로 전유하게 되는 기이한 전도를 경험하고 있는 셈이다. 이로 인해 남편에게 부여된 혐의는 그것이 사실이든 그렇지 않든 간에 더이상 자신과 무관하지 않은 것이 된다. 결코 언어로 치환되지 않을 불가해한 경험이 그녀에게 가장 결정적인 형태로 그러나 어떤 필연성도 없이 그저 전이된 것이라고 해도 좋다. 여기에 어떠한 이해관계나 사회적 질서가 개입할 여지가 없음은 물론이다.

이것은 결코 언어로 환원되지 않는 경험을 매개로 하고 있다는 점에서 앞서 『당신 옆을 스쳐간 그 소녀의 이름은』에 대한 분석에서 언급했던 불행의 전이와 근본적으로 유사하다. 다만 「남편」의 경우 그것이 무조건적으로 이루어진다는 점에서 보다 윤리적이다. 그 윤리는 언어로 추상화되기 이전, 결코 쉽게 다른 무엇으로 치환될 수 없을 리비도 내지는 경험에 기초하고 있다는 점에서 이채롭다. 그것은 자타불이(自他不二)의 상상계로부터 비롯된다는 점에서 또다른 의미의 인간의 본유적인 자연이라고 해도 무방하지 않을까. 최진영 소설의 인물들은 그러한 자연이 환기하는 어떤 부분에 의존하여 일시적으로 행복하거나 또는 부지불식간에 불행과 죄를 나누어 가진다. 이러한 인간의 자연이 이 시대에 변경할 수 없는 진리로 받아들여지고 있는 약육강식의 자연과 결정적으로 구별된다는 것은 말할 필요도 없다. 최진영의 소설은 흔히 부정되지만 인간이 본유적으로 내포하고 있을지도 모르는 상호부조의 자연에 대한 새로운 상상력의 한 가능성을 보여주고 있다고 할 수 있다. 인간은 자신도 모르는 사이에 서로의 행복과 불행을 나누어 갖는 존재일지도 모른다.

(『문학동네』 2011년 겨울호)

구명도생(苟命徒生)의 소설, 그 무상(無常)의 역설
— 김영하의 『빛의 제국』과 김훈의 『남한산성』

대체 나는 무슨 더러운 음모의 표적이 되어 있었단 말인가,
아니면 어떤 짓궂은 운명이 나를 이렇게 욕보이고 있었던가?
—보들레르, 「일곱 늙은이들」

1. 종언 이후의 반복—"그리고 삶은 계속된다."

김영하의 『빛의 제국』(문학동네, 2006)은 북에서 내려온 복귀 지령을 계기로 남한에서의 이십 년간의 삶에 대해 새삼스러운 위화감에 직면하게 된 남파공작원 김기영의 특별한 하루의 편력에 관한 소설이다. 최종적으로 그는 남한의 정보기관에 체포되어 투항을 결심하는 것으로 그 자신의 방황을 종결하고 있다. 이것이 기영 자신의 결정적인 전회(轉回)라는 것은 말할 필요도 없다. 그는 간첩으로서의 신분을 박탈당한 대신, 정보기관에 협력하면서 일정 부분 자유를 제한당하는, 다분히 무기력한 삶을 살지 않으면 안 될 것이다. 뿐만 아니라 기영의 아내 장마리도 딸 현미도 유사한 형식으로 체험하고 있었던 '내 생에 꼭 하루뿐일 특별한 날' 역시 삶이 분명 이전과는 달라질 것 같은 계기를 제공하고 있다. 기영과 마리가 확인하게 된 서로의 진실로 말미암아 부부 관계는 파국에 이르게 될지 모른다. 무엇보다도 자기 내부의 '그것(das Es, ça)'이라고 할 법한 것을 인식하게 된 현미 또한 예측불허의 질풍노도를 경험할 것이다. 이와 같은

위태로운 전회를 경유한 그들 모두의 삶이 다분히 불확실한 미래에 봉착할 것이라는 점은 자명하다. 이 점에서 『빛의 제국』의 대단원이 「새로운 하루」로 명명되어 있는 것은 지극히 의미심장하다. 이러한 특별한 하루가 자본주의 및 시간을 둘러싸고 반복되는 사소한 것들로 구축된 완강한 필연성을 결코 초극하지 못한다는 것이야말로 기영 자신이 계속해서 직면하지 않으면 안 되었던 아이로니컬한 진실이었기 때문이다.

그럼에도 불구하고 그들의 '새로운 하루'가 『빛의 제국』의 서장의 반복이라는 원환적 구조에 기초하고 있는 것처럼 평범한 나날이라는 데자뷰의 순환이 불식되지는 않을 것이다. 특히 현미의 시선에 의해 시작되고 있는 새로운 하루는 기영과 마리 사이에 흐르는 미묘한 기류에 의해 "오늘은 어제와도 달랐고 어제 이전의 그 어떤 날과도 달랐다"(390쪽)고 생각되지만 곧바로 "둘이 또 한바탕 싸운 모양"(391쪽)이라는 기존의 형식으로 전환된다. 진국과의 키스의 여운 또한 현미의 신체에 각인되어 있지만, 그것은 애써 망각되어야 할 것이며 그렇지 않다면 '새로운 하루'는 불가능해질 것이다. 뿐만 아니라 학교에 오지 않았느냐는 현미의 물음에 직면하여 기영은 소지현을 찾아갔던 사실을 잊고 있을 뿐 아니라 엉겁결에 부정하기까지 하는 자기 자신을 발견하고 있다. 마리 또한 기영이 돌아오게 된 곡절을 이해하려들지 않고, 다시 말해 기영에 대한 또다른 무지로 방임한 채 안방으로 들어가버린다. 그렇다면 "사실 가정생활이라는 게, 좋은 일도 있고 나쁜 일도 있는 것 아닙니까? 그리고 서로의 잘못을 알면서도 덮어주고 애써 이해하고 그러면서 사는 거죠. 그러니 들어가셔서 문제를 해결하시고 평소처럼 살아가시면 됩니다"(379쪽)라는 정팀장의 예언은 이미 그들 자신에 의해 온전히 실현될 준비가 되어 있는 것은 아닌가. 그러므로 "그녀(현미)에겐 평소와 다름없을 하루가 기다리고 있었다"(390쪽)고 단언되는 것은 오히려 당연하다. 뭔가 달라졌지만 근본적으로 달라진 것은 아무것도 없는 셈이다. 무엇보다도 이러한 특별한 하루가 자본주의 및 시간을 둘러싸고 반복되는 사소한 것들로 구축된 필연성을 초극하지 못한다는 것이야말로 기영이 반복해서 직면해야 했던 아이로니컬한 진실이 아닌가.

『빛의 제국』은 그러므로 반복되는 일상 내지는 필연성이라는 이름의 운명에 굴복하지 않을 수 없었던 무력한 남파공작원의 신변에 관한 이야기에 지나지 않는 것인가. 그렇다면 기영은 역사의 진보에 대한 비전, 혁명에의 의지를 가졌던 이들이 '역사의 종언' 이후의 최후의 인간 내지는 소시민의 삶으로 완전히 투항해버렸던 남한의 특정 세대의 대변자 또는 전형으로 간주될 수 있을 터이다. 물론 『빛의 제국』에는 1990년대 이후 남한사회에 미만해 있는 것으로 일반적으로 간주되는 동물과 속물의 다종다양한 형상이 구체화되고 있다. 그리고 그들의 삶에는 어떠한 출구도 예비되지 않는다. 이것은 2000년대, 좀더 정확히 말하자면 1998년 IMF 사태 이후의 십여 년간 남한사회의 개개인들이 직면하지 않을 수 없었던 삶의 구체적 영역에 관한 해소 불가능한 딜레마를 체현하고 있는 것으로 보인다. 그러나 과연 그것이 전부일까. 『빛의 제국』의 결말은 결국 기영 자신의 패배이자 투항에 지나지 않는 것인가.

그런데 이와 같은 새로운 하루가 김훈의 『남한산성』(학고재, 2007)의 대단원에서도 시작되고 있다는 것은 그저 단순한 우연에 지나지 않는 것일까.

> 긴 하루가 저물었다. 그날 저녁에 임금은 나룻배로 송파강을 건너 도성으로 향했다. 부푼 강은 물살이 빨랐다. 사공은 물살을 빗겨서 노를 저었다. 배는 더디게 나아갔다. 강폭이 넓어서 강 건너쪽 산과 들이 어스름 속에서 끝도 없이 넓어 보였다. 저무는 물 위에서 작은 물고기들이 뛰어올랐다. 나루가 알려준 물고기 이름이 임금은 떠오르지 않았다.
>
> 새벽에 임금은 도성에 도착했다. 동대문 밖을 지날 때 사람의 시체를 뜯

어먹고 미쳐버린 개들이 임금의 대열을 가로막고 짖어댔다. 인왕산 위쪽에서 동이 트고 있었다. 아침 햇살에 인왕산 치마바위가 푸른 빛을 품어냈다. 최명길은 별감과 내시들을 부려서 대궐을 청소했다. 살찐 쥐들이 들끓었고, 도성 안 개들이 대궐로 들어와 어슬렁거렸다. 임금은 편전으로 들어가 다시 서안 앞에 앉았다. 최명길이 임금에게 절을 올렸다.

—전하, 아침 문안이옵니다.

(『남한산성』, 357쪽)

삼궤구고두(三跪九叩頭)의 예라는 치욕을 감당하고 도성으로 돌아오는 길, 이제 임금은 농성중 애틋하게 여겼던 나루에게 들었던 물고기 이름을 상기하지 못한다. 출성이라는 세상의 끝 이후에도 임금은 아무 일 없었다는 듯이 전쟁 전과 같은 하루의 시작을 반복하지 않으면 안 되는 것이다. 조선의 국왕이 청나라의 황제에게 항복했다는 역사적 사건의 단독성이 어찌되었든 간에, 시간은 흐르고 산천과 절기(節氣)가 의구(依舊)한 가운데 인간 또한 그러한 순환을 감당해야 하는 자연에 지나지 않는다는 것은 전혀 별개의 진실이다. '춘래불사춘(春來不似春)'이 사실상 허위에 지나지 않을, 이와 같은 자연(physis)이라는 객관 자체에 직면하여 인간은 한낱 고통받는 중생에 지나지 않는다. 그러므로 뭔가 달라졌지만 근본적으로 달라진 것은 실상 아무것도 없다. 임금도, 칸도, 김상헌도, 서날쇠도 모두 어제와 같은 오늘을 살게 될 것이다. 그들의 내일 또한 오늘과 그리 다르지 않을 터이다.

어떤 종언의 형식이 도래하더라도 삶은 계속된다. 이 점에서 기영의 '빛의 제국', 그리고 남한산성에서의 농성이란 불요불급한 예외이다. 이와 같은 크로노스적인 시간, 유물론적 자연주의에 입각한 세계는 단지 오늘만을 허락한다. 그리고 그러한 예외조차 반복되는 오늘로부터 크게 벗어나지 않는다는 것, 그들 모두가 회귀하게 될 종언 이후의 반복 또한 마찬가지라는 것은 역설적이다. 농성중의 임금도, 편력하는 기영도 실은 그와 같은 역설을 누구보다도 예리하게 시시각각 의식하고 있으므로, 방황한다. 하지만 어제, 내일과 크게 다르지 않은 오늘의 전형적인 반복과 순환을 우리는 『빛의 제국』의 현미와 마리의 편력을 통해 비로소 발견할 수 있을 터이다. 그리고 『남한산성』의 무수한 개인들 또한 그러한 주박 속에서 살아가고 있다는 사실을 결코 잊어서는 안 될 것이다. 미리 말해두자면 '주체'의 아이로니컬한 형상이 이 문제를 관통한다.

2. 주체라는 유산—마리는 현미의 미래다

이를테면 현미는 공부 잘하는 모범생이자 반장으로 선생과 학생의 신망을 한몸에 받고 있으며 "인간이 아무 의미 없이 살다가 죽는다는 게 말이 된다고 생각해?"(『빛의 제국』, 18쪽)라고 물을 뿐 아니라 약자를 보호한다는 법의 순기능을 믿어 의심치 않아 장차 판사가 되고 싶다는 희망을 품고 있는, 그야말로 "세상이 선과 악으로 이분되어 있고 인간은 그것을 분명히 판단할 수 있으며 따라서 모두가 양심에 따라 살아가기만 한다면 세상은 곧 유토피아가 될 거라고 믿"(185쪽)는 아이이다. 그리고 소지현이 생각하고 있는 것처럼 현미는 명백히 마리와 기영, 소지 모두의 과거임에 틀림없다. 그런 현미가 자신의 모호한 악의로 친구 아영을 배신하고 심지어 진국의 아파트로 향하는 "자신의 행동을 막을 수 없"(263쪽)도록 하는 자기 내부의 그 무엇을 자각하게 되는 특별한 하루의 여정을 경유한다. 진국과 키스를 나누게 되면서 정체 모를 그 무엇은 가장 강렬한 형태로 분출되고 있다.

그녀의 손은 이제 그의 가슴을 감싸안았다. 가볍게 힘을 주어 그의 몸을 자신에게로 끌어당겼다. 그러자 그의 오른손이 그녀의 허리춤을 더듬다가 블라우스의 안쪽을 파고들었다. 그제야 정신이 번쩍 든 그녀가 갑자기 그를 밀어냈다. 그와 그녀의 눈이 마주쳤다. 그는 눈길을 떨궜다. 그녀는 자리에서 벌떡 일어나 화장실로 갔다. 그리고 변기에 앉아 방금 전에 일어난 일에 대해 생각했다. 가슴이 거세게 뛰고 있었다. 키스가 처음은 아니었다. 초등학교 때에도 짝이었던 남자애와 얼떨결에 아파트 복도에서 이런 딥키스를 나눈 적이 있었지만 그것은 어디까지나 좀 심한 장난에 불과했다. 그런데 이번엔 달랐다. 온몸이 축축해지는 기분이었다. 화가 난 것과 비슷했다. 열이 나고 얼굴이 화끈거리면서 무슨 말을 해야 할지 모르게 됐고, 조금 전의 자신을 용서하기 어려웠다. 그러나 한편으로는 누군가에게 전화를 걸어 이 느낌을 전하고 싶었다. 이런 느낌을 잘 표현한 글을 읽고 싶었고, 그런 음악을 듣고 싶었다.(306~307쪽)

이것은 최초로 경험한 성적 쾌락을 경계하면서도 동시에 거기에 매료되어 전율하고 있는 현미 내부의 기묘한 도착이다. 진국의 집에서 잠정적으로 종결된 그녀의 여행은 그야말로 스스로의 의지로는 통제되지 않는 자기 자신을 발견하기 위한 것인 셈이다. 이것은 타자에 의해 자기 자신이 침습(浸濕)당하는 것을 허용하고 또한 확실히 자각했던 사실상의 최초의 경험이라고 할 수 있다. "그녀의 몸과 마음은 그 정체불명의 자율신경의 통제를 따르고 있었다. 마치 외계인이 들어와 정신을 장악하고선 사악한 짓을 시키고 있는 것 같았다. 환각상태도 아니고 그렇다고 최면상태도 아니었다."(263쪽) '신체강탈자(bodysnatcher)'에 비유되고 있다고 해도 좋을 이것은 "그것(ça)은 나보다 강했고, 그것(ça)이 갑자기 나를 엄습"[1] 하는 리비도의 억제 불가능한 에너지, 또는 그것의 모호한 근원을 부단히 환기한다. 승화(sublimation)에의 욕망을 수반하는 이것은 (명확하게 의

1) 프로이트, 「비전문가 분석의 문제」, 『정신분석학 개요』, 박성수 · 한승완 옮김, 열린책들, 2004, 316쪽. 다만 여기에서는 장 라플랑슈 · 장 베르트랑 퐁탈리스, 『정신분석 사전』(임진수 옮김, 열린책들, 2005, 75쪽)의 번역을 인용했다.

식되지는 않았지만 이제까지 그래왔던 것처럼) 그녀 자신을 예기치 않은 방향으로 이끌어갈 터이다. 실제로 그녀는 진국과 관련하여 부지불식간 수단 방법을 가리지 않는 자신을 보고 있다. 심지어 진국의 분신이자 부재하는 대상인 철이에 대해서도 실로 간단치 않은 적의를 품기까지 하는 것이다. 즉, 욕망의 크기에 비례하는 만큼의 기묘한 공격성을 자기 내부로부터 감지하게 되면서 동시에 그것이 초래하는 혼란에 휩싸인 것이라고 해도 좋다. 요컨대 자기 내부의 괴물을 자각한 것이다.

이것이 리들리 스콧의 영화 〈에일리언(Alien)〉(1979)에 등장하는 치명적인 괴수의 형상과 일정 부분 상통한다는 것은 그저 단순한 우연에 불과한 것일까. 이를테면 외부로부터 신체에 이식된 불가사의한 개체는 일정 기간 숙주를 조종하면서 성숙한 후 가슴속에서 뛰쳐나온다. 명백히 임신 및 출산에 비유될 수 있는 과정을 거쳐 탄생한 그것은 생존하고 번식하기 위해 다른 생명을 모조리 살해하는 본능적 행위 이외에 그 어떤 것도 하지 않는다. 스티븐 멀할이 적절하게 설명했듯이 이와 같은 에일리언의 형상은 실상 생명의 유지 및 생식에 관련된 동물적 혹은 자연적 생명의 충동이 악몽적으로 구현된 실체이다.[2] 또한 그것은 근본적으로 타자를 모방하는 과정을 거치지만 필경 자기 자신으로부터 연원한 것일 터인 욕망의 구조와 상당 부분 닮아 있다. 이 점에서 에일리언은 인간의 내부에 불가피하게 숨겨져 있거나 혹은 그러한 충동 혹은 욕망 등이 연원했다고 여겨지는 동물적 본성 내지는 야수성(野獸性), 그리고 그에 대해 역사적으로 연원 깊은 공포를 응축한 판타지적 실체라고 해도 무방하다. 이것이 바로 현미가 그녀의 여정을 통해 발견하고 부지불식간 두려워하게 되는 것, 즉 자기 내부의 예측 불가능한 자연이다. 근본적으로는 성욕으로부터 연원했을 터인, 도무지 예기치 않게 분출된 그 무엇이 자기 자신뿐 아니라 타인까지

2) Stephen Mulhall, *On Film*, London: Routledge, 2002, p. 19.

도 탐욕스럽게 삼켜버리는 사태를 목도하고 있는 것이다. 무엇보다도 괴물이라는 폭력적인 자연의 발견은 그녀 자신이 스스로의 불가사의한 배반을 합리화하여 납득하는 일종의 전형적인 방식에 해당할 터이다.[3)]

그럼에도 불구하고 현미는 자신이 진국의 환상을 대체할 수 있을 것이라고, 즉 욕망의 유일무이한 대상이 될 수 있을 것이라고 믿는다. 그러나 그녀의 어머니 마리는 이것이 무망한 것임을 경험적으로 명확하게 알고 있다. 나름 성공한 커리어우먼인 그녀는 세계가 개인의 의지와는 전혀 무관하게 작동하고 있다는 것을 받아들이고 있다. 뿐만 아니라 오히려 스스로가 그것에 좌우되는 사태에 대해 모종의 체념적인 태도를 내면화하고 있다. 이는 그녀 자신의 성장과 청춘의 전말에 관한 인상적인 회고를 통해 결정적으로 드러난다. 이를테면 그녀는 스스로의 의지로는 도무지 어찌할 도리가 없었던 가족이라는 예측 불가능한 그늘(한사코 국가권력과 대면하기를 거부하고자 하는 주류도매상 아버지, 우울증에 걸린 어머니, 1급 정신지체 장애 판정을 받은 큰오빠, 창고에 틀어박혀 책 읽기를 좋아하는 작은오빠)에 둘러싸여 무력감 속에서 성장했던 개인이다. 서울에 올라온 후(타자의 욕망을 매개하는 첨단의 양식으로서의 광고와 상품이 안내하는 바에 따라) 그러한 성장기의 암흑과는 전혀 상반되는, 문명의 건설 및 관리에의 의지가 관철된 상징적 장소로서 강남을 찾아가게 되지만, 예기치 않은 그러나 사소한 사고로 인해 동경했던 세계로부터 본의 아니게 축출되

3) 따라서 다음과 같은 구절은 지극히 의미심장하다. "난생 처음으로 그녀는, 정신과 육체 사이에, 생물 시간에 배운 자율신경과는 별도의, 참으로 이해하기 어려운 또다른 의미의 자율적 신경이 존재할 수도 있겠다는 생각을 했다. 그 신경은 이성의 통제도 받지 않았고 육체적 욕망과도 관계가 없었다. 그러나 그녀의 몸과 마음은 그 정체불명의 자율신경의 통제를 따르고 있었다. 마치 외계인이 들어와 정신을 장악하고선 사악한 짓을 시키고 있는 것 같았다. 환각 상태도 아니고 그렇다고 최면 상태도 아니었다. 냉철하게 자신이 하는 행동을 마치 다른 사람처럼 내려다보고 있었다. 단지 자신의 행동을 막을 수 없을 뿐이었다."(263쪽, 강조는 인용자)

어버린다. 이것이야말로 그녀가 자신의 인생이 잘못되기 시작했다는 느낌에 사로잡히는 결정적인 계기이다. 즉 그녀의 삶이 스스로의 의지와는 무관하게 진행되어온 것에 대해서 '누군가의 음모' 또는 '누군가의 집요한 악의'가 작용한 결과가 아닐까라고 반복적으로 회의하게 되는 것이다. "이 모든 것이 내가 저지른 과오 때문이라는 결론은 받아들일 수 없다." (173쪽) 그리고 이것은 라클로의 『위험한 관계』에 명시되어 있는 다음과 같은 발몽의 유명한 대사에 정확히 대응한다. "하지만 그것은 제 탓이 아닙니다."

> 그건 발몽의 탓이 아니다. 그리고 그 이유는 그것이 자연의 법칙이기 때문이며, 투르벨 부인 자신이 그가 그렇게 하도록 강요했기 때문이며, 또다른 여자가 그것을 요구하기 때문이며, 자연이 남자에게 지조만을 주었기 때문이며, 세상이란 것이 그런 것이기 때문이다. 논변의 수사학은, 점차로 논변 자체의 토대를 우스꽝스러운 것으로 만드는 방식으로 형성되어 있다. '제 탓이 아닙니다'(즉, '나는 달리 행동할 수 없었습니다')의 완고한 반복은, 그것이 그렇게 되길 발몽이 원하기만 했다면 모든 것이 달라졌을 수도 있다는 사실을 완전하게 표현한다.[4]

그렇다면 오히려 이것이야말로 마리가 스스로의 과오를 인정하고 있는 방식이다. 말하지만 자신의 삶이 공교로운 우연의 연속에 의한 불행, 간단히 말해서 운명의 희롱(장난)에 의해 좌우된 것이었으며 바로 그것에 거역할 수 없었다는 것이다. 이것은 "죄에 대한 인정의 가장 순수한 형식"이다. "'상황이 나로 하여금 그렇게 하도록 강요했어요' '나는 그것을 회피할 수 없었어요' '그건 내 통제를 벗어난 일이었어요' 같은 주장들

---

4) 알렌카 주판치치, 『실재의 윤리—칸트와 라캉』, 이성민 옮김, 도서출판b, 2004, 184~185쪽.

은 그 기저에 놓인 논리 때문에 주체의 죄에 대한 가장 좋은 증언"이라고 할 수 있다.[5] 주판치치가 정확하게 지적하고 있듯이 이것은 주체가 자신의 욕망을 양보하는 것이다. 하지만 이는 그녀가 (외부에 대해 어떤 관심을 기울이지 않고 오직 그 자체에 대해서만 몰입하는) 욕망의 일반적인 법칙에 따라 행동했다면 모든 것이 달라졌을지도 모른다는 것을 의미한다. 즉, 그녀의 생애가 애초 희망했던 방향에서 멀어진 것은 그것을 진정으로 욕망하지 않은 결과이며 그 대신 '누군가의 집요한 악의'에 순응했기 때문이다. 그러니까, 주체로서의 그녀 자신의 위치를 부지불식간 격하했던 사실을 시인하고 있다고 해도 좋다. 그리고 그녀 자신의 어긋난 삶이란 다름아닌 그러한 자기 포기가 반복된 결과이다. 그것을 누구보다도 잘 알고 있는 이는 바로 그녀 자신이다.

따라서 현미의 경우와 마찬가지로 마리 내부의 자연이 전경화된다. 담배, 초콜릿, 젊은 남성 등의 대상에 고착된 욕망, 호르몬 분비 및 그에 의한 생리적 변화 등에 관한 인상적인 수사는 주로 마리 자신을 설명하기 위해 동원된다고 해도 좋다. 그러나 그녀는 현미와 달리 그러한 에너지에 순응하는 것을 일정 부분 마다하지 않는다. 적어도 그녀는 그것을 통제하거나 혹은 거역하는 일이 대단히 어렵다는 사실 또한 잘 알고 있다. 따라서 시승하는 남성들이 자동차에 보이는 기묘한 애착이나 지점장의 대마초 흡입 등처럼 대상에 고착되어 비대해진 욕망, 도취와 중독의 무수한 사례들을 상대적으로 자연스럽게 받아들이는 편이다. 그러나 그러한 에너지가 정작 어떤 괴물의 형상으로 돌변하게 될지는 그 누구도 알지 못한다.

"그거야 아줌마가 아직 파란불도 안 켜졌는데 튀어나오니까 그렇죠. 아니 신호를 보고……"

---

5) 알렌카 주판치치, 같은 책, 188쪽.

갑자기 통제불가능한 분노가 그녀를 집어삼켰다. 보통의 여자라면 일생에 몇 번 경험할까 말까 한 수준의 노여움이었다. 그녀의 오른손이 꼬리를 밟힌 독사처럼 빠르게 운전석으로 치고 들어가 아직 말을 채 끝내지도 못한 프라다의 찰랑거리는 머리카락을 거세게 움켜쥐었다. 으아악, 여자는 비명을 질렀다. 마리는 아랑곳하지 않고 움켜쥔 머리카락을 쥐고 흔들어댔다. 그리고 12차선 도로를 가로지르는 횡단보도를 가리키며 소리를 질렀다.

"야, 너 저기 하루종일 서 있어봐. 빨간불에 건너가는 미친놈이 하나라도 있는지, 엉? 이게 죄송하다고 빌어도 시원찮을 판에, 뭐?"(175쪽)

이와 같은 분노와 공격적인 수성(獸性)을 조장한 것은 과연 무엇일까. 단지 죽을 뻔했기 때문에 그랬던 것만은 아니다. 이러한 충동의 원인은, 프라다가 교통법규를 위반했음에도 불구하고 적반하장 격으로 마리를 보행신호조차 구별할 줄 모르는 '아줌마'라고 책임을 전가하는 데 있다. 이를테면 "타자에게 나는 무엇이지?"라고 끊임없이 묻고 있으며 "그녀에게 동일성을 수여할 타자"를 찾고 있는 전형적인 히스테리증자[6]인 그녀에게 법이라는 초자아의 인정을 교란하려드는 프라다의 태도는 처벌받아 마땅한 것이다. 어떤 의미에서 그녀의 분노는 스스로의 인생을 좌우했던 외부적 힘, 즉 '누군가의 음모'가 또다시 그녀의 기대와 다른 방식으로 작동할지도 모를 가능성에 직면하여 순간적으로 그 수성(으로 간주되는 것)의 날카로운 이빨을 드러내는 것이다. 경찰관이 프라다의 편을 들고 마리에게 신분증을 요구하자 그녀의 분노는 실로 건잡을 수 없는 것이 된다. 그러나 그러한 좌절에 직면하여 그녀는 곧바로 다른 방향을 모색한다. 즉, 성욱의 욕망을 자기 것처럼 받아들이고 그것을 "마치 세상을 향한 통렬한 복수처럼 생각"(178쪽)하게 되는 쪽으로 우회, 즉 승화하는 것이다. 역시

---

6) 레나타 살레클, 『사랑과 증오의 도착들』, 이성민 옮김, 도서출판b, 2003, 45~47쪽.

다른 종류의 외부적 타자의 인정을 구하게 되는 형식을 반복하고 있는 것이다. 이 경우, 경찰로 대표되는 법이라는 이름의 금지가 바로 욕망 그 자체를 생성하는 일종의 주형(鑄型)으로 작동하고 있다고 해도 좋다.[7)]

이것을 비윤리적 혹은 비주체적이라고 말하려는 것이 아니다. 오히려 이것이야말로 그녀 자신이 끝까지 고수하려고 하는 삶의 방식이 아닐까. 어떤 의미에서 이것은 자신의 예측 불가능한 충동을 순치시키는 나름대로의 방식에 해당하며 그녀는 바로 그것을 터득하고 있는 것이다. 그녀의 삶은 실질적으로 이러한 자기 포기에의 의지에 의해 축조되고 있었던 것이 아닐까. 하물며 궁극적으로는 이러한 자기 포기의 방식을 견지한 결과, 즉 자기 처벌의 마조히즘을 기꺼이 감수·향락하는 것이다.

> 마리는 다시 턱끝을 쇄골절흔에 처박았다. 스무 살 가까이 어린 남자와 만나는 데에는 분명 마조히스틱한 쾌감이 있었다. 마치 벌거벗은 채 천장에 매달려 부끄러운 부분을 중인환시리(衆人環視裡)에 다 드러내고 있는 것 같다고나 할까. 유독 비난에 대한 감수성만 기형적으로 발달하게 되고 주변의 사소한 눈초리에도 지레 날카로워져 눈길을 피하는, 속절없이 관계 속으로 빠져들면서도 한편으론 스스로를 처벌하고 있다는 느낌에 사로잡히는.(210쪽)

마리의 여행은 단지 성욱과의 불륜 또는 트리플섹스라는 하루의 일탈을 위한 것이 아니다. 즉, 통제 불가능한 자기 내부의 괴물을 확인하는 데 그치는 것이 아니라 거기에 타인의 인정이라는 형식을 부여하기 위한 부단한 탐색의 여정이다. 뿐만 아니라 근본적으로는 자기 자신이 원인이 되었다고 할 수 있을, 소위 어긋난 삶에 대해서 타자로부터 인정을 구하는

---

7) David Miller, *The Novel and the Police*, Berkeley: Univ. of California Press, 1989; 피터 브룩스, 『육체와 예술』, 이봉지·한애경 옮김, 문학과지성사, 2000, 99~101쪽.

기존의 방식을 끝까지 밀고 나가는 것을 통해 스스로를 처벌하는 느낌에 사로잡히는데, 이것 또한 끊임없이 자율적 주체이기를 포기하면서 그녀의 삶을 지금과 같은 형태로 구축해온 자기 자신에 대한 복수와도 같은 의미이며 그것에 의한 향락의 형태이다. 요컨대 이것은 자기 내부의 괴물을 통제할 수 있는 것으로 만드는 가장 전형적인 그러나 역설적인 방식에 속한다고 해도 좋다.

그렇다고는 해도 이것이 전부는 아니다. 성욱의 요구에 순응한 후, "두 남자와 하는 섹스는 앞부분만 잘 만든 블록버스터 액션영화와 같"(330쪽)다고 곧바로 권태를 느껴버리는 것처럼 그녀의 욕망은 결코 채워질 수 없다. 그러한 진실로부터 영원히 벗어날 수 없다는 것이야말로 마리에게 그리고 그녀와 같은 주체들에게 부여된 공통의 운명이다. 뿐만 아니라 이러한 삶의 자세란 스스로를 역도산과 동일시하고 또한 역설적인 의미에서 국가를 끊임없이 의식하지 않을 수 없었던 아버지로부터 계승된 것임에 틀림없다. 실제로 "사각의 링에 올라 적(이면서 친구)인 자들과 엉겨서 오직 시간이 가기만을 바란 그런 순간이 있었을 거야. 세상에는 어쩔 수 없는 일들이 있고, 또 좋아하는 일만 하고 살 수는 없는 거니까. 이렇게 자위하며 미리 짜인 콘티에 따라 이런 자세 저런 자세를 취하며 한 회 한 회를 때웠겠지"(331쪽)라는 상념을 통해 단적으로 알 수 있는 것처럼, 그녀는 삶이 중인환시리의 링과도 같은 것이라는 인식에 있어서 역도산-아버지의 생애에 공감하고 있다.

이 하루의 편력을 통해 그녀는 이런 사실들을 자각하게 될 뿐 아니라 또 스스로가 결정적으로 변했다고 생각하게 된다. 하지만 기영이 간첩이라는 진실과 대면하여 그와 함께하기를 거절하기 위해 엄마라는 이름을 내세우는 것처럼 그녀가 자신의 방식을 고수하는 것은 여전하다. 이것이 또한 현미에게도 유전될 것임에 틀림없으며 또한 그것이 어떤 성장의 형식을 시사한다는 점에서, 이 시대의 '위대한 유산'이라는 역설을 성립시킨다고 해도 잘못은 아니다. 마리가 두 남자와 함께 모텔로 향하고 있을 즈음, 이제 막 자기 내부의 자기 아닌 것을 자각하게 된 현미는 장차 그러한 엄마의 경로를 그대로 반복할 터이다. "뭐든, 잘될 거야"라는 삶의 자세가 응축된 언어가 정확히 유전되고 있는 것처럼 말이다. 그러므로 단언하건대 마리는 현미의 미래다. 현미 또한 그러한 운명을 강렬하게 예감하고 있다.[8] 그리고 이와 같은 순환은 그리 간단히 종결되지 않는다.

3. 동물의 왕국—형식 없는 내용, 내용 없는 형식

그러나 이러한 개인의 형상이 도리어 근대적 주체의 전범에 근접해 있다는 것은 마르크스주의와 정신분석학의 지적 전통을 통해 역사적으로 널리 입증된 진실이 아닌가. 이런 의미에서 신체를 비롯한 타자에 끊임없이 굴복하면서 스스로를 정당화하는 마리, 그 어머니를 반복하게 될 현미, 그리고 삶에 찌들어 있는 개개인의 무수한 군상들은 그야말로 주체의 보편적 면모를 체현하고 있다고 해도 좋다. 이를테면 국가 안보를 관장하는 거대 기구에 소속된 기관원들, 그리고 사실상 그 역상(逆像)으로서의 남파공작원들의 면모는 이 점에서 특히 흥미롭다. 그들이 국가라는 최상위 기구에 직속되어 있는 다분히 예외적인 신분이라는 것은 말할 필요도 없다. 그럼에도 불구하고 남한의 생활세계에서 이제는 본연의 사명을 거의 망각한 채로 궁핍 또는 권태에 시달리고 있는 것으로 그려지는 남파공작원들의 한결같은 면모, 또는 파사트 같은 성능 좋은 새 자동차나 자기가 추적하는 자의 아내에게 종종 마음을 빼앗기곤 하는 박철수, 포르노에

8) "그녀는 문득, 엄마가 된다는 것은 무슨 의미일까, 그런 일이 과연 자신의 인생에 닥쳐올까, 따위를 생각했다. 끔찍하기만 할 거라 생각했지만 그것은 키스도 마찬가지가 아니었던가? 그러나 아까처럼, 끔찍했던 어떤 일들이 아무렇지도 않게 여겨지는 것, 그런 일이 반복되는 것, 혹시 그런 게 인생이 아닐까."(308쪽)

대한 도착을 감추지 않는 것으로 임무를 수행하는 위성곤 등의 모습은 과연 어떠한가? 사실상 신체나 가족 등의 자연(으로 간주되는 것)을 포함하는 대상이 환기하는 결여에 부단히 고착된다는 점에서 그들은 근본적으로 마리와 현미 그리고 남파공작원들과 크게 다르지 않다. 위를 잘라내어 끊임없이 게걸스럽게 먹지 않으면 안 되는 회색조끼 정팀장이 스스로를 말단 직원으로 자처하는 데에 이르면 (또한 위성곤의 사례가 명백하게 환기시키는 것처럼) 국가 또한 이와 유사한 종류의 원인 내지는 심지어 그것과 근본적으로 구별되지 않는 것으로 환원되어버린다고 해도 좋다. 실제로 남파공작원이든 남한의 기관원이든 간에 그들의 모든 행동과 선택은 어디까지나 마치 의지를 갖고 있는 것처럼 간주되는 정부의 존재를 직간접적으로 의식한 이후에 결정되는 것이 아닌가. 말하자면 스스로가 국가, 자본, 신체, 가족 등으로 대표되는 외부적 원인에 구애되거나 굴복/순응하고 있다는 것을 자각하고 있다. 즉, 그들 모두는 이 모든 사태가 진정으로 원한 바가 아니었다는 것을 강변하려고 한다고 해도 무방하다.

역으로 그러한 종류의 욕망이 결코 충족될 수 없다는 것은 말할 필요도 없다. 마리의 경우가 정확히 예시하는 것처럼 그들 모두는 시시각각 달라지는 대상에 갈급하여 영원히 방황할 운명에 처해 있을지도 모른다. 다시 말해 매 순간 다른 타자를 모색하지 않으면 안 되는 것이다. 따라서 그러한 대자적인 것들에 의탁하고 있는 그들 자신의 욕망의 형식 또한 무한 증식할 터이다. 이것이야말로 히스테리증자들로 만연해 있는 『빛의 제국』 내부의 일반성이다. 이러한 욕망의 부단한 자기 갱신이라는 형식이야말로 실상 "단단한 것은 모두 녹아 날아간다"는 마르크스의 표현이 단적으로 시사하는 바와 같은 자본주의의 영구혁명적 속성과 닮아 있다고 해도 좋지 않을까. 이것은 "사회적 관계의 '정상적' 기능화 속으로 과잉을 통합하는 영구적인 자기 혁명을 통해 스스로를 재생산하는 히스테리적 자본주의의 폭발"[9]이라는 생명정치(biopolitics)에 관한 슬라보예 지젝의 정의와도 상통하는 부분이 있다. 앞서 수차례 강조했던 바와 같이 『빛의 제국』에서 신체라는 탐욕스러운 동물성의 타자가 각별히 전경화되어 있다는 점은 특히 예사롭지 않다.

이것은 비단 『빛의 제국』에 한정되는 문제가 아니다. 알다시피 이와 관련된 의문을 극한까지 추구하고 있는 동시대의 작가는 김훈이다. 동물로 일반화되는 인간이라는 족속이 그가 가탁한 세계에 실로 번성해 있는 것은 결코 우연이 아니다. 특히 남한산성 안에서의 농성이라는 사태에 직면하여 조정에서 무수한 갑론을박이 오고가지만, 신분 고하를 막론하고 모든 이들에게 절체절명의 과제로 다가오는 것이 실상 따로 있다는 점이야말로 중요하다.

> 임금과 신료들, 백성과 군병과 노복들이 냉잇국에 밥을 말아먹었다. 언 땅에서 뽑아낸 냉이 뿌리는 통째로 씹으면 쌉쌀했고 국물에서는 해토머리의 흙냄새와 햇볕 냄새가 났다. 겨우내 묵은 몸속으로 냉이 국물은 체액처럼 퍼져서 창자의 먼 끝을 적셨다. 쌀뜨물에 토장을 풀어 냉이 뿌리를 끓인 다음 고춧가루를 한 숟갈 뿌렸는데, 도살장 계집종의 솜씨와 수라간 상궁의 솜씨가 다르지 않았다. 태평성대에는 냉잇국에 모시조개 서너 마리를 넣었는데, 정축년 정월의 남한산성 안에는 모시조개가 없었다. 냉잇국을 넘기면서 임금은 중얼거렸다. 백성들의 국물에서는 흙냄새가 나는구나……
>
> 서날쇠가 떠난 뒤 김상헌은 나루를 데려와서 질청 행랑의 계집종들 틈에 두었다. 나루가 끓여오는 냉잇국을 김상헌은 마셨다. 국에 만 보리밥에 무말랭이를 얹어서 먹었다. 김상헌의 목구멍 속에서 산과 들로 펼쳐지는 강

9) Slavoj Zizek, *The Parallax View*, Massachusetts: The MIT Press, 2007, p. 298; 슬라보예 지젝, 『시차적 관점』, 김서영 옮김, 마티, 2009, 586쪽. 한국어 번역본을 참조하여 부분적으로 수정하였다. 이후 이 책의 인용은 원저의 쪽수만 표시한다.

토가 출렁거렸고, 온조 이후의 아득한 연월이 지금 이 시간 속으로 흘러들어왔다. ……날쇠야 죽지 마라, 날쇠는 살아서 돌아오라…… 국그릇을 두 손으로 들어 국물을 마실 때 더운 김이 올라 김상헌의 눈앞이 흐려졌다. 서날쇠는 어디쯤 간 것인지 김상헌은 더듬을 수 없었다. 질청 앞 삼거리 공터에서, 장대 마당 쪽에서 군병들은 냉잇국을 먹었다.(『남한산성』, 265~266쪽)

신하들의 말은 사실상 공리공론의 신기루에 지나지 않고 김상헌의 의지는 서날쇠의 종적에 도무지 가닿을 수 없다. 임금은 울음으로, 신하는 말로, 백성은 두려움으로, 군병과 노복은 기한(飢寒)으로 제각기 자신만의 전쟁을 수행하고 있지만, 단지 그뿐이다. 그저 겨울이 가고 봄이 오는 것, 무엇보다도 남한산성을 포위한 저 청의 군병을 어찌할 수 없다는 식의 자명한 사실 등을 결코 어찌하지 못한다. 환원 불가능한 차이를 초극할 수 있는 방편은 그 어디에도 없다. 인간의 언어와 의지란 이처럼 만물의 운행이라는 자연, 눈앞에 박두한 사건이나 현상 앞에서, 심지어 인간 상호 간 정의(情意)에 대해서조차 철저히 무력한 것이다. 뿐만 아니라 먹지 않으면 죽는다고 하는 자연이 신체 내부에도 있다는 사실 또한 엄연하다. 그러므로 임금, 신하, 백성, 군병, 노복은 냉잇국을 마시는 일을 공동의 것으로 하면서 동류가 되고 있다. 소생하는 토지(土地)의 기운을 흡기(吸氣)하여 아득한 시공(時空)을 자기 것으로 받아들이는 일은 그야말로 보편성에 인접하는 길로서 사실상 유일무이하게 허락된 것이다. 그럼에도 불구하고 정작 농성하는 자들을 궁지로 몰아넣는 원인 또한 바로 그와 같은 보편성이다. 즉, 그들 자신의 "삶과 죽음의 길(生死路)"은 "구물거리며 살아가는 물생(物生)"이라는, 인간이라면 결코 초극할 수 없는 조건에 달려 있는 것일 터이다. 남한산성에서의 농성은 모든 이들로 하여금 이와 같은 객관에 공평하게 직면하도록 한다.

뿐만 아니라 그로 인한 파국의 가능성이 끊임없이 환기되는 사태이다.

이에 다만 망연자실할 수밖에 없을 신료들은 끊임없이 말하는 것 외에 그 어떠한 것도 스스로 하지 못한다. 무수한 쟁론과 상소와 격서와 장계로써 그들의 전쟁을 수행하고자 하는 것은 이 때문이다. 그러나 정작 농성이라는 예외를 감당하도록 하는 것 또한 바로 이러한 무의미의 형식들이다. 이것은 장차 닥쳐올 파국을 예비하기 위해 필사적으로 의존해야 하는 것이기도 하다. 그러므로 격서나 가짜 유지 등의 공백에 스스로의 뜻을 가탁하지 않으면 안 되는 것이다. 주화파 최명길을 베고 적과 사생결단(死生決斷)하자는 준열한 목소리들은 실상 자욱한 '말먼지'에 지나지 않는다. 이것은 그들이 성첩에 올라도 안전한 자리에서 전투를 관망하면서 훈수하고 탄식하는 일 외에는 실상 아무것도 하지 못하는 식의 무의미에 비견할 수 있다. 이시백이 단언하는 것처럼 전쟁이라는 사태를 마주 대하지 않고 말이라는 형식 배후에 스스로를 숨기는 것이다. 바로 그러한 두려움에 사로잡혀 있다는 사실로부터 그들은 비로소 자신이 전쟁을 감당하고 있다고 믿고 있으며 또한 그렇게 하고 있다. 그러나 이것이 실체 없는 자기기만이며 회피라는 것은 말할 필요도 없다. 그들이 진정으로 원하는 것을 부러 외면하고 있는 것은 그러므로 당연하다.

그중에서도 특히 군병의 위용 및 진퇴의 형식에 가장 구애되는 것처럼 보이는 체찰사 김류야말로 이러한 무의미에 의지해 스스로를 지탱하는 인물일 터이다. 하지만 그는 자신이 진정으로 원하는 결과가 종말 이후의 삶이라는 것만은 분명히 알고 있다. 따라서 그는 앞으로 닥쳐올 파국의 형식에 대해서 누구보다도 기민하게 대응한다.

> 청이 돌아가면 조정의 청의 퇴로를 따라서 싸우지 않고 도성으로 복귀할 것이고, 그런 식으로 환도가 이루어진다면 성안에서 투항이나 화친을 발설하던 자들은 사직의 이름으로 휘두르는 임금의 칼에 죽어야 할 것이었다. 그리고 성안이 스스로 기진하여 문을 열고 나가는 날, 끝까지 싸우기를 발

설했던 자들은 용골대의 칼 아래에서 살아남지 못할 것이었다.

(……)

마당에서 이죽거리는 군병들을 노려보며 김류는 깊이 한숨지었다. 싸움의 형식을 유지하면서 그 형식 속에서 버티는 힘을 소진시키고 소진의 과정 속에서 항전의 흔적을 지워가며 그날을 맞아야 할 것인데, 그것이 가능한 일인지 김류는 깊이 신음했다.(95~96쪽)

청군이 철수하면 임금은 주화론자들을 모조리 사사할 것이며, 조선이 항복한다면 주전론자들은 청군에게 무참히 도륙될 것이다. 그러나 파국이 어떤 형식으로 도래하든 간에 그 자신은 살아남지 않으면 안 된다. 그러므로 그는 주화와 주전 어느 편에도 기울지 않는 형체 없는 말을 자기의 것으로 삼아 오로지 농성과 전투의 형식을 만들어내고 또한 준수하기 위해서만 부심한다. 그는 항전과 죽음의 가능성을 염두에 두지 않은 채 다른 사람의 말 뒤에 숨어 어떠한 의견도 발설하지 않는다. 단지 패배와 출성이라는 자명한 결과를 예측하면서 전쟁의 형식만을 준수하는 것, 즉 "싸움의 형식 속에 투항의 내용을 키워"(83쪽)나갈 뿐인 것이다. 따라서 그는 군병의 추위를 달래기보다 굶주린 말을 먹여 마병의 운용이라는 위엄을 지키려 한다. 처음에는 척후들이 돌아오지 않았다는 것을 추궁하다가 갑작스럽게 방향을 바꾸어 기병을 운용할 수 있는 남문 앞터를 적에게 내주었다는 죄를 물어 수어사 이시백을 징치한다. 청군과의 전투에 있어서도 아군의 현격한 열세를 전혀 감안하지 않을뿐더러 적의 매복이 번연히 예상되는 상태에서 정면승부만을 고집하여 군사를 사지(死地)로 내몰고 있다. 이와 같이 위엄이라는 의장(意匠)을 내세운다는 것이 근본적으로 종말을 예비하려는 소진의 형식에 지나지 않는다는 사실을 김류 스스로도 모르지 않는다. 따라서 그에게 '되어지는 대로 되어가는 그러한 세상'에 순응하는 것 외에 어떠한 선택 가능한 지점도 존재하지 않는다. 그저 무언

(無言)과 무위(無爲)에 스스로를 의탁할 뿐이다. 즉 내용 없는 형식이야말로 그 자신의 생존을 보증한다는 사실을 누구보다도 잘 알고 있다.

그런데 이러한 태도는 코제브가 『헤겔 독해 입문』의 그 유명한 주석에서 분석했던 역사의 종언 이후의 인간에 정확하게 대응하지 않는가? 즉 김류야말로 "예외 없이 전적으로 형식화된 가치, 즉 역사적 의미에서 모든 인간적 내용이 완전히 비어 있는 가치"에 의해 삶을 영위하는 자가 아닌가? 이러한 삶은 바로 "사회적 또는 정치적 내용을 가진 '역사적' 가치의 목적을 저당잡힌 투쟁 속에서 맞는 삶의 위기와는 관련되지 않는"[10] 무의미한 자살 자체의 역상이라고 해도 좋다. 즉, 동물화와 대비되는 의미의 인간적인 삶을 보증한다고 단정된 스노비즘(snobism)의 형식이라고 해도 과언이 아니다. 알다시피 이러한 내용 없는 형식은 평범한 인간과 대비되는 '귀족과 부유층(the nobles and the rich)'에게 향유되는 삶이다. 김류가 일인지하 만인지상의 신분이라는 것은 단순한 우연의 일치에 지나지 않는 것일까. 실제로 그 자신은 일방적으로 '동물처럼' 학살당하는 수많은 군병을 관조하기만 하는 성첩이라는 위치에 있다. 뿐만 아니라 이 전투야말로 승패와 전혀 무관하다는 점에서 역사적 의미를 갖지 않는다. 다시 말해 이는 전적으로 내용을 박탈당한, 그저 무의미한 형식에 불과하지 않는가.

흥미로운 사실은 아즈마 히로키(東浩紀)의 분석대로 이러한 스노비즘의 삶의 양식이 오타쿠를 포함하는, 이른바 근대 이후(포스트모던)에 출현한 신인류에게 지배적인 것이 되었다는 것이다.[11] 그가 제시하고 있는 동

---

10) Alexandre Kojève, Edited by Allan Bloom, *Introduction to the Reading of Hegel: Lectures on the Phenomenology of Spirit*, Ithaca and London: Cornell Univ. Press, 1980, p. 162.

11) 아즈마 히로키, 『동물화하는 포스트모던—오타쿠를 통해 본 일본사회』, 이은미 옮김, 선정우 감수, 문학동네, 2007, 117~130쪽.

물화와 스노비즘 사이에서 길항하는 데이터베이스적 동물, 즉 "끊임없이 '내용'으로부터 '형식'을 분리시키는" 역사 이후의 인간이란 그러나 비단 오타쿠에게만 해당되는 전형은 아닐 터이다. 도리어 스스로를 단지 보다 나은 삶을 살고자 하는 순수한 인간 그 자체로 한정시켜 이해하는 이 시대의 무수한 개인들 모두에게 해당되는 것이 아닐까. 말하자면 자기가 연루되어 있는 국가, 회사, 학교, 은행, 관공서 등등의 모든 제도와 기관을 단지 형식에 불과한 것으로 간주하고 그것으로부터 있는 그대로의 자기 자신이라는 실질적인 내용을 부단히 분리시키고자 하는 일반적인 현상에 대응한다는 것이다. 말하자면 오로지 자신의 생계에 관계되어 있을 뿐인 무의미한 형식에 지나지 않지만 그러나 어느새 (프라모델처럼) 그 세부적인 것(조직원리, 인간관계 등등)에 부지불식간 열중하지 않을 수 없는 것으로 간주되고 있다. 소위 오타쿠 또는 얼리어답터 등을 포함하여 취미 또는 사물 따위에 열정적으로 탐닉하는 '해리적 인간'의 면모야말로 (아즈마 역시 시인하고 있듯이) 바로 그러한 내용의 다른 이름 내지는 보편적인 형태라고 해도 좋지 않을까. 이러한 전도된 내용과 형식의 순환이 현시대에 일반적인 현상이 되어 있다는 것은 『빛의 제국』의 여러 주변 사건(satellites)을 주도하는 인물들, 이를테면 남 · 북한의 정보원들이라든가 지점장, 성욱 등이 몰입하고 있는 대상들을 일별해도 쉽게 확인할 수 있다. 그리고 그러한 종류의 '위엄'들의 중핵에 김류를 비롯한 전근대(pre-modern)적 개인이 추구하고 있는 삶, 바로 그것 자체가 놓여 있다고 해도 과언이 아니다. 이러한 포스트모던적 인간과 전근대적 인간 사이의 공교로운 일치를 과연 우연에서 비롯된 것으로 간단히 치부해버릴 수 있을까.[12)]

---

12) 이러한 아이러니는 특히 『빛의 제국』에서 정팀장의 다음과 같은 말, 일종의 자기기만을 통해 단적으로 확인된다. "자, 자, 진정하세요. 저는 김선생님께 이미 설득이 됐습니다. 정말입니다. 믿어주십시오. 그러나 저 역시 우리 회사의 말단에 불과합니다. 무슨 말인지 이해하시겠습니까? 저는 그저 심부름꾼에 불과하다는 겁니다."(379쪽) 기영은 이와 유사한

4. 무상 · 역사 · 삶, 그리고 언어

리처드 세넷이라면 '공적 인간의 몰락'[13]이라고 불렀을 이와 같은 내용과 형식의 전도와 흡사한 역사에 관한 사유를 우리는 1940년대 초반의 고바야시 히데오(小林秀雄)로부터도 발견할 수 있다. 즉, 마르크스주의를 비롯한 이른바 '각양각색의 의장(意匠)'에 관한 회의를 본격화하고 '근대의 초극(post-modern)'이라는 가능성이 본격적으로 제기된 이후, 역사를 소위 '무상(無常)적인 것'으로 조형하려고 했던 관점이다. 그에 따르면 역사란 "새로운 해석 같은 것으로는 꿈쩍도 하지 않는"[14] 있는 그대로의 사실 자체이다. 다시 말해 역사에는 오로지 이미 "있었다"고 결정되어버린 과거의 사실 혹은 "분명하고 확고해진" 죽어버린 인간 자체라는 변경불가능한 부동(不動)의 것들만 존재할 수 있다. 이것은 실상 사실의 단독성(singularity)을 절대적인 것으로 수리(受理)하려는 태도라고 해도 무방하다.

"살아 있는 인간은 어차피 어쩔 수 없는 존재지. 무슨 생각을 하는지, 무슨 말을 하는지, 무슨 일을 저지르는지, 자기 자신에 대해서든, 남의 일에 대해서든, 제대로 안 예가 있었는가 말이야? 감상도, 관찰도 참지를 못하니. 그렇게 생각하면 죽어버린 인간이란 건 대단한 거야. 어째서, 그렇게 분명하고 확고해지는 걸까. 정말로 인간의 형상을 하고 있어서. 그러고 보면, 살아 있는 인간이란 인간이 되어가는 일종의 동물일지도 모르지."

이 일종의 동물이라는 생각은 꽤 내 마음에 들었으나, 생각의 실마리는

변명을 하고 있는 성곤을 "개새끼"로 단정하는데, 이는 코제브의 동물화와 스노비즘에 관한 아즈마의 논의를 참조하면 외려 대단히 정확한 명명이다.

13) 리처드 세넷, 『현대의 침몰—현대 자본주의의 해부(공적 인간의 몰락)』, 김영일 옮김, 일월서각, 1982.

14) 고바야시 히데오,「무상이라는 것」, 『고바야시 히데오 평론집』, 유은경 옮김, 소화, 2003, 228쪽. 이후의 인용은 모두 225~230쪽에서 옮겼다.

끊어진 채였다. 역사에는 죽은 사람밖에 등장하지 않는다. 따라서 이럴 수도 저럴 수도 없는 인간의 모습밖에 나타나지 않고, 움직일 수 없는 아름다운 형태밖에 나타나지 않는다. 추억이 되고 나면, 모든 게 아름답게 보인다고들 하는데, 그 의미를 모두들 착각하고 있다. 우리들이 과거를 꾸미곤 하는 게 아니다. 과거가 우리들에게 쓸데없는 생각을 못하게 하는 것뿐이다. 추억이 우리들을 일종의 동물스러움에서 구해주는 것이다. 기억하는 것만으로는 안 되는 것이겠지. 떠올려야만 하는 것이리라. 많은 역사가가 일종의 동물스러움에 머무르게 되는 것은, 머릿속을 기억으로 가득 채우기 때문에, 마음을 비우고 떠올릴 수 없기 때문이 아닐까? (「무상이라는 것」, 229~230쪽)

확고부동하여 더욱 선명한 과거와 사자(死者)라는 사실에 직면하여 여전히 유동적일 수밖에 없을 인간이라는 존재는 어떤 의미에서 인간이 되어가는 동물에 지나지 않는다. 이때 우리를 동물로부터 인간이 되도록 하는 것이 바로 추억이다. 그것은 이를테면 "나는 다만 어떤 충족된 시간이 있었음을 떠올릴 뿐이다. 자신이 살아 있다는 증거만이 충만하여, 그 하나하나가 확실하게 느껴지는 것 같은 시간"과 같은 체험의 형식이다. 이른바 '떠올리는 것'이라는 충만성의 체험은 사실을 역사라는 구조로부터 분리하여 그것 자체로 완결된 것으로 수긍하는 것이라고 해도 좋다. 요컨대 사실의 자기 완결성 내지는 미학화라고 할 수 있지 않을까. 이러한 사실을 위한 사실이라는 내용 없는 형식에 대해서라면 어떤 인간에게도 그것에 개입할 수 있는 여지는 허락되지 않는다. 오로지 히에이잔의 산전수전 다 겪은 풋내기 무녀처럼 "아아, 다 그렇고 그런 것이로구나"라고 노래할 도리밖에 없는 것이다. 그런데 이와 같은 무상의 득오(得悟)란 사실 "부딪쳐서 싸우거나 피해서 버티거나 맞아들여서 숙이거나 간에 외줄기 길이 따로 있는 것은 아닐 터이고, 그 길들이 모두 뒤섞이면서 세상은 되어지는 대로 되어갈 수밖에 없을 것이옵니다"(16쪽)라는, 김류가 이 전쟁에 대해 차마 하지 못했던 말과 정확히 조응하는 것이 아닐까.[15] 실제로 김류가 떠올리는 과거란 이를테면 다음과 같은 것이다.

> 김류가 앞으로 나아가 잔을 바쳤다. 일천육백 년 전의 무덤 속에서 피어오른 온조의 혼백이 일천육백 년을 건너서 이쪽으로 다가오지 않고 더 아득한 태고 속으로 사라지는 환영을 김류는 느꼈다. 김류의 환영 속에서 흙에 박힌 성뿌리가 뽑혀 허공으로 떠오른 남한산성이 태고 속으로 사라지는 온조의 혼령을 따라가고 있었다. 남은 날들이 며칠일까를 생각하면서 김류는 천천히 무릎을 꿇었다. 김류의 뒤쪽에서 최명길과 김상헌이 절을 올렸다.(236쪽)

온조의 사당에 제(祭)를 올리게 된 것은 근본에 의지하여 회복을 도모해야 한다는 김상헌의 진언이 가납되었기 때문이다. 그러나 초헌을 올리고 있음에도 불구하고 정작 김류가 떠올리고 있는 것은 과거 속으로 사라진 죽은 온조의 혼백에 이끌려 현재의 남한산성이 승천하게 되는 환영이다. 그것은 농성이라는 절체절명의 사태가 벌어지고 있는 남한산성 역시(일천육백 년의 세월을 초월하여 이쪽으로 다가오지 않는 온조의 혼백과 마찬가지로) 언젠가 확실한 과거가 되어 아득한 태곳적으로 사라질 것이라

---

15) 황호덕은 1930~1940년대의 제국 일본에서 근대의 초극-세계사의 철학이라는 비전에 의해 지지되고 있었던 신체제가 21세기 포스트모던의 일본에서 (또한 한국을 포함한 전지구적 현상으로서) 반복되고 있다고 주장한다. 이와 같은 역사의 반복에 관한 논의의 핵심에 고바야시 히데오의 무상적인 것에 대한 사유가 존재한다고 할 수 있다. 간단히 요약하기 어렵지만 현시대에 '무상의 시간'은 확실히 역사에 대한 전일적인 사유가 되어 있다는 것이 그의 판단이다. 이에 대해 마루야마 마사오식의 이성주의에 입각한 '구제의 시간'의 중요성을 결코 포기할 수 없는 것으로 역설하고 있다. 황호덕, 「무상의 시간과 구제의 시간—끝나지 않는 신체제, 종언 이후 일본의 역사상」, 『프랑켄 마르크스』, 민음사, 2008.

는 예견이기도 하다. 다시 말해 그들 자신이 서 있는 지면으로부터 유리되어 그 자체로서 완결된, 추억으로 지나가버릴 터이다. 그렇다면 과거란 근본이 아니라 도리어 발본적인 것으로서, 현재 역시 그러한 과거에 비추어 어차피 '다 그렇고 그런 것', 즉 무상적인 것의 현현 이상도 이하도 아닌 것이 된다. 따라서 김류에게 있어서는 남한산성의 농성이라는 것도 언젠가 아득한 추억의 저편으로 넘어가버릴 하나의 환영에 지나지 않는 것일지도 모른다. 그가 가장 준수하고자 하는 위엄이란 바로 이와 같은 무상의 형식이라고 해도 좋다. 따라서 그의 모든 언행이 공허해 보이는 것은 지극히 당연하다. 그는 어떤 삶의 실질적인 내용에도 구애되지 않은 채, 오로지 농성 이후라는 일종의 내세적 삶에만 관심을 두고 있는 자이기 때문이다. 그러므로 스스로를 완결하지 못한 '동물적 인간'만이 만연해 있는 현세란, 그에게 있어서 대저 뿌리 뽑힌 성처럼 실로 가볍기 그지없는 것이다.

그리고 그 대척점에 김상헌의 시간이 존재한다.

향 연기 속에 떠오른 온조의 혼령이 일천육백 년의 시간을 건너서 이쪽으로 다가오는 환영을 김상헌은 느꼈다. 침탈과 살육과 기근과 유랑의 들판을 가벼운 옷자락으로 스치며 혼령은 한줄기 피리 소리처럼 이쪽으로 다가오고 있었다. 성안으로 들어오던 새벽에, 새로 내린 눈 위에 빛나던 새로운 햇빛과 새로운 시간들, 서날쇠가 떠나던 새벽에 서날쇠가 나아가는 쪽에서 아침의 빛으로 깨어나던 봉우리들을 김상헌은 생각했다. 시간은 흘러서 사라지는 것이 아니고, 모든 환란의 시간은 다가오는 시간 속에서 다시 맑게 피어나고 있으므로, 끝없이 새로워지는 시간과 더불어 새롭게 태어나야 할 것이었다. 모든 시간은 새벽이었다. 그 새벽의 시간은 더럽혀질 수 없고, 다가오는 그것들 앞에서 물러설 자리는 없었다. 이마를 땅에 대고 김상헌은 그 새로움을 경건성이라고 생각하고 있었다.(237쪽)

김상헌의 온조는 아득한 옛날로부터 백척간두(百尺竿頭)의 지금으로 건너온다. 그에게 있어서 근본과 농성이라는 사태는 전혀 별개의 것이 아니다. 그것은 곧 날로 새로워지는 순간의 구체성, 즉 어떤 의미에서 앞서 고바야시 히데오가 '기억'이라고 불렀던 것과 일정 부분 상통하는, 시간의 반복 불가능한 창조성에 기초한 것이라고 해도 좋다. 무엇보다도 백제를 건국한 온조는 다시는 도래하지 않을 새로운 근본을 성취한 단독자로서 그와 같이 일신우일신(日新又日新)하는 역사적 시간의 한 서막(序幕)에 홀로 우뚝한 존재이다. 이러한 과정은 변전(變轉)의 무한 반복을 통해 역사적 시간을 그 자체로 염결한 것으로 갱생시킨다고도 할 수 있다. 뿐만 아니라 김상헌에게 있어서 이와 같은 새벽과도 같은 시간의 본성은 만물이 마땅히 간직하고 있을 뿐만 아니라 또한 따르지 않으면 안 되는 도리와도 같다.

그런데 우리는 여기에서 고대 이란에서 통용되던, "영원하며 고갈되지 않는 창조성"이라는 신적인 원리로서의 시간 개념 아이온(Aion)을 떠올리지 않을 수 없다. 파노프스키는 고대의 다양한 아버지-시간의 상징에 대해 검토하면서 "자신에 의해 창조된 모든 것을 집어삼키는" 쇠퇴나 파괴의 상징, 즉 크로노스적 시간이 이와 같은 고대적 시간관으로부터 연원했다는 것, 즉 본래 별개의 것이 아니었다는 사실에 대해 설명한 적이 있다.[16] 그렇다면 김상헌이 세계의 원리이자 정의로서 확고하게 믿어 의심치 않는 새벽의 시간 또한 마찬가지의 이면을 내포하고 있는 것이 아닐까. 말하자면 그것은 실상 밤이라는 시간과 불가분의 것이다. 즉, 무수한 사멸과 암흑을 경유했을 때 비로소 새로워질 수 있는 것이다. 실제로 그가 이러한 농성이라는 환란에 직면하여 스스로의 원리에 충실하기 위해 무수한 결사(決死)와 순사(殉死)를 운위하고 있는 것은 단순한 허언에 불

16) 에르빈 파노프스키, 『도상해석학 연구—르네상스 미술에서의 인문주의적 주제들』, 이한순 옮김, 시공사, 2002, 134~136쪽.

과한 것이 아니다. 자신을 안내한 사공을 무참히 베어버릴 뿐 아니라 항복이 기정사실화되자 심지어 자살을 기도하기까지 하는 데서 그것은 단적으로 드러난다. 요컨대 죽지 않는다면 새롭게 태어나지 못하는 것이다.

"삼전도로 가는 임금의 발 아래 시체를 깔아놓고 시체가 되어 임금을 전송해야만 세상의 길은 열릴 것"(342쪽)에서 단적으로 알 수 있는 것처럼 모든 것이 사멸하는 죽음의 시간이란 그러나 그에게 있어서 새로워지기 위해 반드시 감수하지 않으면 안 되는 무엇이다. 그러나 어떤 의미에서는 단지 깃털만큼 가벼운 것에 지나지 않을지도 모른다. 온조의 혼령이 "침탈과 살육과 기근과 유랑의 들판을 가벼운 옷자락으로 스치며" 다가오는 것도 바로 이와 같은 삶과 죽음의 변증법적 투쟁 때문은 아닐까. 다시 말해 부단히 스스로를 갱신하는 그러한 근본이란 고통으로 미만한 이 세계의 구체성을 그저 스쳐지나갈 뿐인 일종의 바람 같은 것으로 환기되는 것이다. 이러한 역설에 대해 김상헌 스스로도 깊은 비애를 느끼고 있지만, 이러한 영구혁명을 결코 부정할 수 없는 역사의 도도한 흐름으로 수긍하고 있다는 사실만큼은 결코 번복하지 않는다. 그것은 시시각각 변전하면서 오로지 전진할 뿐인, 따라서 어떤 반복도 존재하지 아니하며 어제와 다른 무수한 오늘의 연속으로 이루어진 어떤 선조적(linear) 시간을 시사한다고 해도 좋다. 그리고 이와 같은, 과거와 현재의 중요한 계기들이 상호작용하는 시간과 기억의 구조야말로 기실 역사의 다른 이름이 아닌가. 뿐만 아니라 파우스트가 필레몬과 바우키스의 오두막을 일소하고 자신의 전일적인 유토피아를 완성하고자 했던 노력으로부터 기원했다고 알려져 있는, 끊임없이 자기 자신을 변모시켜가면서 스스로를 일신시키는 자본주의적 근대의 파국적인 힘과도 닮아 있지 않은가.[17] 또한 그러

17) 김상헌이 『남한산성』 전반을 통틀어 유일무이한 장인(마이스터)이라고 할 수 있는 서날쇠와 긴밀하게 교감하는 것은 따라서 결코 우연이 아니다. 프랑코 모레티, 『근대의 서사시—괴테의 『파우스트』에서 마르케스의 『백 년의 고독』까지 근대문학 속의 세계체제 읽

한 영구혁명이란 어떤 의미에서 프랜시스 후쿠야마 등이 역사의 종언 이후에도 영원히 지속될 유일무이한 무엇으로 간주하고 있었던 것이 아닌가.[18] 그리고 김상헌은 이러한 순간성의 단속(斷續)이 초래할 암흑을 애써 외면하고 있었던 자는 아니었던 것인가.

그에 비해 영원성을 다름아닌 '삶' 그 자체에서 구하는 자가 바로 최명길이다.

> 온조의 나라는 어디에 있는가…… 최명길의 이마가 차가운 돗자리에 닿았다. 왕조가 쓰러지고 세상이 무너져도 삶은 영원하고, 삶의 영원성만이 치욕을 덮어서 위로할 수 있는 것이라고, 최명길은 차가운 땅에 이마를 대고 생각했다. 그러므로 치욕이 기다리는 넓은 세상을 향해 성문을 열고 나가야 할 것이었다. 최명길은 오랫동안 엎드려 있었다. 김상헌이 종헌을 올렸다. 잔을 올리고 물러나 절할 때, 비틀거리는 김상헌을 최명길이 부축했다.(236쪽)

지금, 온조의 나라는 없다. 그 사실은 엄연하다. 오직 최명길만이 온조의 혼령을 보고 있지도, 보려 하지도 않는다. 그러므로 왕조의 흥망성쇠라든가 세계의 파국 등으로부터 초탈하지 않으면 안 된다. 단지 인간이 살아가고자 하는 이상, 현세의 삶 그 자체만이 영원한 것이라고 할 수 있다. 최명길이 직시하고자 하는 진실은 바로 이것이다. 따라서 그는 목전에서 벌어지고 있는 이 사태를 결코 외면하려들지 않는다. 오히려 이러한 삶에는 그 어떠한 외부도 없으며 그들이 무엇으로도 감당할 수 없는 압도적인 것이 분명 존재한다는 것, 그리고 이러한 무력함을 감수하지 않는

기』, 조형준 옮김, 새물결, 2001, 59~61쪽.

18) 프랜시스 후쿠야마, 『역사의 종말—역사의 종점에 선 최후의 인간』, 이상훈 옮김, 한마음사, 1992.

다면, 즉 결단하고 또 행동하지 않는 이상, 어떠한 구원도 있을 수 없다는 진실을 기꺼이 수긍하고자 한다. 그 이후에야 삶이라는 내용을 위해서 어떤 치욕의 형식도 감수할 수 있다는, 다시 말해 성문을 열고 나간다는 목숨을 건 도약이 비로소 가능해진다. 그리고 이러한 자세야말로 농성이라는 지리멸렬한 사태에 종지부를 찍도록 하는 사실상의 유일무이한 계기가 아닌가. 또한 김류와 김상헌 등이 최명길과 달리 선택한 비전까지 포용할뿐더러 더 나아가 치욕 이후의 삶 또한 온전히 감당하고 있는 것이 된다. 농성 이후에 정확히 원래의 자리로 회귀한 임금을 최초로 문안할뿐더러 또한 비틀거리는 김상헌을 부축하는 자가 다름아닌 최명길이라는 것은 우연이 아니다. 이것은 그들 자신이 모든 것을 걸고 있는 삶 자체라는 것이 모든 종교나 역사, 이념 등과 같은 모든 피안(彼岸)의 (너머 아닌) 이편에서 반복되고 있으며 또한 앞으로 영원히 반복될 것이라는 사실을 환기한다. 적어도 이 점에 있어서만큼은 다분히 세계의 제일의적인 원인이 되고 있다고 해도 무방하다.

이들이 농성이라는 구원 없는 사태를 인내하는 세 가지 상이한 방식을 표상하고 있다고 해도 좋다. 뿐만 아니라 지금 이 시대의 '빛의 제국'에서 매 순간 무수한 외부적 원인에 굴복하고 있었던 무수한 갑남을녀가 스스로를 위안 내지는 기만하고 있는 각양각색의 의장과도 정확히 조응하는 알레고리가 아닌가. 그런데 이중에서도 농성 이후의 삶을 절실하게 요청하는 자는 비단 최명길만이 아니다. 앞서 자세히 언급했다시피 김류 역시 구명도생(苟命徒生)하고 있지만, 그 누구보다도 "칸이 여러 가지를 묻더구나. (……) 나는 살고자 한다. 그것이 나의 뜻이다"(295쪽)라고 선언하는 임금이야말로 그러한 난국을 타개하는 데 있어서 결단을 내리는 것이 가능한 유일무이한 개인에 해당한다. 뿐만 아니라 성첩을 경계로 두고 전쟁이라는 난국을 만들어내고 또한 쟁론이라는 신기루를 넘어서서 자신의 군대와 있는 그대로 대면할 것을 강력히 요구하는 자는 다름아닌 칸이다.

이 점에서 이 두 예외적 개인 간 발생하는 다음의 일치 또한 중요해진다.

임금은 늘 표정이 없고 말을 아꼈다. 지밀상궁들조차 임금의 음색을 기억하지 못했고 임금의 심기를 헤아리지 못했다. 임금은 먹을 찍어서 시부(詩賦)를 적지 않았고 사관을 가까이 하지 않았으며 양사(兩司)에 내리는 비답(批答)의 초안조차 승지들에게 받아쓰게 하여 묵적을 남기지 않았다.

……알았다. 물러가라.

……그렇겠구나.

……너의 말이 오활(迂闊)하다.

……좋지 않다. 가져가서 다시 논하라.

……천도(天道)는 계절을 경영하되 백성들이 여름 더위와 겨울 추위를 힘들어함도 또한 천도일 것이다.

……너는 강상을 높여서 말한다만 강(綱)이 상(常)에 스며서 낮아지지 않으면 어찌 강상이라고 하겠느냐.

……너의 소(疏)를 읽었다. 뜻은 가파르되 문장이 순하니 아름답다.

……말이 엇물리나 모두 크구나. 경들은 어지럽지 아니한가.(10~11쪽)

칸은 붓을 들어서 문장을 쓰는 일은 없었으나, 문한관들의 붓놀림을 엄히 다스렸다. 칸은 고사를 끌어대거나, 전적을 인용하는 문장을 금했다. 칸은 문채를 꾸며서 부화한 문장과 뜻이 수줍어서 은비한 문장과 말을 돌려서 우원한 문장을 먹으로 뭉갰고, 말을 구부려서 잔망스러운 문장과 말을 늘려서 게으른 문장을 꾸짖었다. 칸은 늘 말했다.

—말을 접지 말라. 말을 구기지 말라. 말을 펴서 내질러라.(284쪽)

임금과 칸에게 있어서 말과 사물이란 그 어떤 잉여도 없는 일체로서 구성되어야 하는 것이다. 그러기 위해서는 마땅히 사물과 현상을 있는 그대로 직시하지 않으면 안 된다. 그렇지 않다면 허탄무거한 갑론을박의 형식 내지는 환영으로 전락해버리는 것이다. 이를테면 농성이라는 불가항력의 사태를 애써 외면한 채 '최명길을 베고 적과 사생결단'하자는 식의 말만 앞세우는 서생들은 이시백과 같이 성첩에 서서 묵묵히 총안을 추스르고 목책을 세우는 등, 그야말로 구체성에 입각하여 수어사로서의 책무를 수행하고 있는, "다만 다가오는 적을 잡는 초병"(218쪽)의 태세와 극명한 대비를 이룬다. 다시 말해 그들은 목전에 임박한 사태와 정면으로 마주하지 않을뿐더러 어떤 구체적인 실천도 없이 충성을 다하고 있다는 자기기만에 자족하기 위해, 또는 일신의 안위를 도모하려 성을 빠져나가려 하는 스스로의 음험함을 은폐하기 위해 극단적인 언사를 앞세우는 자들이다. "두려워서 언설 뒤로 숨으려는 자들"(220쪽), 즉 눈앞의 엄연한 사태를 회피하려는 범인(凡人)으로서 한결같이 경원되고 있다고 해도 좋다. 실상 무엇도 감수하지 않으려는 그들이 앞세우는 말이야말로 어떤 구체적인 내용도 갖지 못하고 또한 어떤 결단도 가능하지 않다는 점에서 사실상 잉여에 지나지 않는 것이 아닌가. 반대로 이러한 난국에 직면하여 그야말로 어떤 목숨을 건 도약도 마다하지 않으려는, 다시 말해 자신의 목숨조차 초개와 같이 여길 각오를 하고 있는 자들과 이러한 범인들이 근본적으로 구별된다는 것은 말할 필요도 없다. 무엇보다도 그러한 각오를 갖고 있는 윤집과 오달제 같은 개인들은 이와 같은 잉여의 언설을 선불리 입에 담지 아니한다.

5. 동물 또는 괴물 · 외계인이라는 잉여

그런데 이와 같은 잉여를 배제한 언설이 과연 가능하기는 한 것일까. 이와 같은 일종의 일물일어설에 대한 부정이 이 시대의 지배적인 통념으로 되어 있다는 사실이 간과되고 있는 것은 아닌가. 나아가 우리는 이러한 의문에 답하기 위해 제프리 밀러의 적합성 이론에 관한 지젝의 논의를 보다 근본적인 차원에서 참조할 필요가 있다. 이를테면 인간의 배우자 선택을 위한 성적 경쟁, 또한 자본주의적 상품의 역사에 있어서 기능-효용적 비교 우위가 중요한 것으로 작용했다는 통념은 마땅히 수정되지 않으면 안 된다. 밀러에 따르면 우월성을 식별 가능하도록 지시한다고 간주되는, 성적-미학적 과시라는 적합성 지표야말로 도리어 경쟁에 있어 보다 본질적인 것이며 기능-효용은 부수적인 것이 되어왔다고 할 수 있다. 그 중에서도 정신과 언어란 이와 같은 인간이 역사적으로 발전시켜온 적합성 지표 중에서도 가장 핵심적인 비중을 차지하는 잉여(excess)에 해당한다.[19] 그렇다면 임금과 칸이 한결같이 질타하고 있는, 그리고 최명길이 말먼지로 치부하고 있는 바로 그 무수한 언설의 환영이야말로 실은 언어 그 자체의 본연적인 면모를 정확히 환기하고 있는 것은 아닌가. 또한 지젝은 계속해서 생식을 목적으로 하지 않는, 성적 활동 자체가 성적인 것이 되어버린, 인간의 성에 내포된 특별한 역설에 대해서 언급하고 있는데, 문학이라는 형식이야말로 그러한 (언설의) 잉여가 목적으로 전도된 가장 적확한 사례에 해당한다고 할 수 있다. 그렇다면 "이 책은 소설이며, 오로지 소설로만 읽혀야 한다"라는 '일러두기'의 문장이 당부하고 있는 바대로, 바로 이 『남한산성』이라는 '소설' 또한 그러한 잉여의 순수한 형태로부터 결코 무관할 수 없다는 아이러니를 단적으로 내포하고 있다고 해도 무방하지 않겠는가.

그럼에도 불구하고 무상과 역사와 언설의 잉여 등의 소위 환영으로 간주되는 것들은 칸의 질타, 그리고 임금의 결단에 의해 내파되고 있다. 농

---

19) "생산된 대상의 비기능적인 '미학적' 과시가 근본적인 것이며 그것의 잠재적 효용은 이차적이다. 즉 그것은 부산물, 기본적인 기능에 부수적인 무엇으로서의 위상을 가진다. 그리고 물론 여기에서 전형적인 사례는 쓸모없는 수사학의 과도한 과시로써 가장 탁월한 정신의 적합성 지표가 되는 언어 그 자체이다."(Slavoj Zizek, *op. cit.*, p. 248.)

성이라는 난국은 다름아닌 "너의 신하들 중에서 나를 적대하고 능멸해서 결국 너를 그 돌구멍 속으로 몰아넣은 자들을 너의 눈으로 찾아내고, 너의 손으로 묶고, 너의 군사에게 끌리게 해서 나에게 보내라"(327쪽)는 요구를 '실천'하고, 또한 삼전도로 나아가 삼궤구고두의 예라는 치욕을 감수해야 한다는 그야말로 구체적이고 선명한 '행위'로서만 타개할 수 있는 것이다. 그런데 막상 출성 이후에 이 수모와 치욕을 감당하고 있는 임금의 내면은 전혀 투명하지 않을뿐더러 심지어 담담하기까지 하다. 도리어 여기에서 전경화되어 있는 것은 오직, 실천이나 행위와는 동떨어진 항복의 의례라는 순수한 형식 그 자체이다. 그렇다면 삼전도에서 임금이 감수하고 있는 것은, 이미 출성 전후의 순간 통감하지 않을 수 없었던 치욕과 수모가 이제는 사실상 무의미한 것으로 되어버린 공백의 의례일 터이다. 사실상 이와 같은 의례란 출성이라는 결과에 부수적인 것에 지나지 않으며 그것을 가져온 결단과 행위 자체를 초과하여 준수되고 있는 일종의 잉여로 간주될 수 있다. 이미 '한 세상'의 죽음이 확실하게 선고된 이후에 진행되고 있는 이와 같은 의례에는 실상 그 어떤 내용도 탈각되어 있다는 점에서 무엇보다도 "완전한 무상의 자살(perfectly 'gratuitous' suicide)"을 실행하고 있는 것이 아닌가. 요컨대 출성이라는 목숨을 건 도약이 이미 실행된 이후의 순수한 잔여로서의 의례인 것이다.

물론 이 의례야말로 어디까지나 그러한 죽음이 삶으로 전환되는 순간에 포착되는 모종의 공백이라고 할 수 있다. 다시 말해 전쟁의 확실한 종지부를 찍고 있지만 동시에 이러한 의례의 내부에 기입되는 것은 어디까지나 '신생(新生)'이다. "조선 왕은 오랫동안 이마를 땅에 대고 있었다. 조선 왕은 먼 지심 속 흙냄새를 빨아들였다. 볕에 익은 흙은 향기로웠다. 흙냄새 속에서 살아가야 할 아득한 날들이 흔들렸다."(355쪽) 그렇다면 바로 이때가 김류와 김상헌과 최명길이 제각기 선택했던 서로 다른 삶의 길이 한줄기 외길로 합쳐지는 결정적인 순간이다. 임금은 치욕을 삶과 바꿀 것을 결단했으며 또한 삼궤구고두의 예라는 공백의 형식을 준수하면서 비로소 신생하고 있지 않은가. 바로 이와 같은 지심이라는 삶 그 자체의 물질성을 더듬으면서, 매 순간 새로 태어날 것이므로 '살아가야 할 아득한 날들이 흔들리는' 한없이 예측 불가능한 미래 또는 역사에 망연해하는 것도 가능해지는 것이다. 그렇다면 김류와 김상헌과 최명길이 지향했던 길들은 서로 크게 엇갈리지 않는다고 해도 무방하다. 뿐만 아니라 이 유일한 길이란 제도와 기구 등의 시스템을 형식으로 간주하면서도 동시에 그 내부로부터 삶 그 자체라는 내용을 보지 않으면 안 되며 아울러 그 모든 외부적 원인에 굴복하지 않을 수 없는, 소위 후기 자본주의적 개인들이 일반적으로 직면하고 있는 딜레마를 단적으로 연상시킨다. 무엇보다도 그러한 내용과 형식 사이의 긴장 속에서 매순간 내려야만 하는 결단이 오히려 욕망의 실현을 부단히 유예하면서 스스로를 합리화하는 방식과 일치되어버리지 않는가. 그렇다면 삼전도의 치욕이란 바로 이 시대의 지배적인 삶의 아이러니에 관한 어떤 결정적인 알레고리가 되고 있다고 해도 과언이 아니다. 즉 이것으로부터 자유로울 수 있는 개인은 그 어디에도 없다. 무엇보다도 "삶은 훔칠 수는 없고 거저 누릴 수는 없는 것이다"(285쪽)라는 칸의 선언에 단적으로 내포되어 있는 것처럼 이러한 형이상학적인 의례를 통해 해소 불가능한 간극을 내포한 죽음과 삶의 등가교환조차도 이루어지고 있지 않은가.

그렇다면 이 기묘한 외길은 대체 어느 편으로 뻗어 있는 것일까.

—아, 잠깐 멈추라.

조선 왕이 절을 멈추었다. 칸이 휘장을 들치고 일산 밖으로 나갔다. 칸은 바지춤을 내리고 단 아래쪽으로 오줌을 갈겼다. 바람이 불어서 오줌 줄기가 길게 날렸다. 칸이 오줌을 털고 바지춤을 여미었다. 칸은 다시 일산 안으로 들어와 상 앞에 앉았다. 칸이 셋째 잔을 내렸다. 조선 왕은 남은 절을

계속했다.(356쪽)

임금의 절을 받는 자는 바로 칸이다. 앞서 언급한 바처럼 다른 누구도 아닌 바로 그가 그것을 요구했던 장본인이다. 다시 말해 칸이야말로 스스로의 의지로 이러한 국면을 창조하고 또 주도해온 유일무이한 자인 것이다. 그것은 칸이 자기가 욕구하는 바가 무엇인지 정확히 알고 있기 때문에 가능해진 권능이 아닐까. 실제로 조선 왕이 머리를 조아리고 있는 앞에서 그는 거리낌없이 배설하고 있다. 곧 그 자신의 욕구나 의지란 곧바로 실물로 현행화되지 않으면 안 되는 것이다. 이러한 가능성을 전혀 내포하지 않는 잉여의 언설을 용납하지 못하는 것은 그로서는 당연한 일이다. 이런 의미에서 대상에 직면한다는 것은 그의 의지가 어떤 형태로 관철될 것인지를 확인하는 것에 다름 아니지 않은가. 그러므로 "칸의 결정은 신속하고 단호했다. 칸은 구운 오리고기에서 뼈를 발라내며 군대의 진퇴를 결정했고, 입을 우물거려 오리뼈를 뱉으며 명령을 내렸다"(23쪽)는 식으로 욕구와 군대의 운영이 크게 다르지 않은 것이다. 곧 그는 마치 고기를 씹어 삼키듯이 세계의 국면을 자신의 의지대로 가파르게 바꾸어가는 유일무이한 자이다. 이것이야말로 칸의 진정한 권능이라고 할 수 있다.

그런데 이러한 칸의 면모가 다분히 야수적(野獸的)이라는 것은 그저 단순한 수사에 그치는 문제가 아니다. 실제로 그의 전투의 방식이란 "인간은 새가 둥지를 짓고 거미가 거미줄을 자아내는 것처럼 건축물과 예술작품을 구성할 것이며 개구리와 매미의 방식을 따라서 음악을 연주할 것이다. 어린 동물처럼 놀고 성숙한 짐승처럼 사랑할 것이다"[20]라는 동물화된 인간의 형상에 가장 적실하게 부합하는 사례가 아닌가. 이 점에서 역사를 주도해가는 그의 권능이란 실상 본능적인 감각의 특권화로부터 기인한 것

20) Alexandre Kojève, *op. cit.*, p. 159.

이라고 해도 좋다. "칸이 고깃덩어리를 높이 던지면 개들이 솟구쳐올라 고기를 받아먹었고, 칸이 빈손으로 던지는 시늉만 하면 개들은 솟구쳐오르지 않았다. 부족장들은 허리를 꺾고 웃었다. 가을이면 들판에 가득 널린 말똥이 햇볕에 말라서 바스라졌다. 바람이 불어서 마른 말똥의 향기가 대기 속에 스몄고, 칸은 그 말똥 향기를 좋아했다. 개들이 코를 벌름거리면서 말똥 바람을 들이마셨다"(24쪽) 등에서 나타나는, 칸과 그가 키우는 사냥개 간 미묘한 일치란 바로 이 점에서 의미심장하다. 스스로가 욕구하는 바가 무엇인지 정확히 알고 또 행동으로 옮기는 칸의 면모는 역으로 말하면 욕구와 대상을 매개하는 그 어떤 것도 존재할 수 없다는 점에서 다분히 동물적이다. 요컨대 칸 자신의 권능이란 이와 같은 결코 고갈되지 않을 자연적인 활력과 에너지로부터 비롯된 것이라고 해도 무방하다. 조선은 바로 이러한 자연 앞에 굴복하고 또한 신생하지 않을 수 없었던 것이다.

칸의 탁월한 전쟁 기계－테크노크라트로서의 면모 또한 이러한 야수적인 생명력과 불가분의 것이며 오히려 이것에 의해 가능해지는 즉물성 자체에 충실한 결과에 해당한다. 칸은 모든 군병과 백성의 구체성에 입각하여 국가와 군대를 운영한다. 그러한 자연에 기초하고 있는 동물적인 존재로 환원된다는 점에서 군왕과 백성이라는 상극은 서로 통한다고 할 수 있다. 모든 환영 또한 결국 이 길로 수렴되면서 내파되지 않을 수 없다. 그렇다면 『남한산성』의 세계에서 이러한 자연은 사실상 만물의 제일의적 원인이며 불변적인 원리로 관철되고 있다고 해도 과언이 아니다. 그러므로 겨울이 가고 봄이 오는 것처럼 임금은 그러한 신생 후 담담하게 원래의 자리로 돌아가고 있는 것이다. 뿐만 아니라 그러한 구체적인 즉물성에 입각하여 농성을 수행했던 개인들, 이를테면 이시백이 마치 아무 일도 없었다는 듯이 출성 이후의 남한산성을 수습하고 서날쇠가 들어와 매년 으레 그러했듯이 봄 농사를 준비하게 되는 것이다. 김상헌조차 죽지 않기를 잘했다고 생각하는 것처럼 이러한 자연의 원환을 거부할 수 있는 존재란 그 어디에도 없다. 즉, 누구에게나 그러한 자연은 엄연하다. 단지 그러한 자연에 정직하게 대면하려는 단호한 의지를 간직한 자가 드물다고 할 수 있다. 그러한 원리를 겸허하게 수긍하는 한편으로 구체적인 사물 하나하나에 대해 있는 그대로 대응하면서 자신이 물러날 때와 나아갈 때를 명확하게 구분할 줄 아는 주요한 개인이란 칸 이외에는 오직 이시백과 서날쇠가 있을 뿐이다. 많은 논자들이 그들의 삶을 고평하고 있는 것도 바로 이러한 연유에서이다.

그런데 우리는 여기에서 다시 한번 『빛의 제국』에 대한 분석으로 소구할 필요가 있다. 이를테면 현미가 이제 막 예기치 않게 발견하게 되었고 또는 마리 또한 자기 자신의 삶을 전일적으로 지배하고 있는 원인으로 매 순간 의식해 왔던 타자, 즉 결코 억제할 수 없는 자기 내부의 충동적인 에너지가 있다. '괴물' 또는 '외계인(alien)'으로 명명되고 있는 바와 같이, 또한 현미와 마리 외에 다수의 개인들이 그러한 에너지에 대한 고착을 의식하고 있는 방식대로, 그것은 결코 회피할 수 없는 자기 내부의 자연, 다시 말해 스스로의 의지와 전혀 무관할 뿐 아니라 결코 순응하지 않을 수 없는 외부적 원인으로 간주되고 있다. 알다시피 이것은 『남한산성』 전반에 걸쳐 관철되고 있는, 칸을 비롯하여 누구나 수긍해야 마땅할 자연이라는 제일의적인 원리와 크게 다르지 않아 보인다. 다시 말해 『빛의 제국』에서 현미와 마리의 여정을 통해 발견 · 계승되고 있는 '괴물'이나 '외계인' 등의 대상이란 『남한산성』의 세계에 미만해 있는 어떤 야수성과 그닥 별개의 것이 아니다. 그렇다면 서날쇠나 이시백 등이 견지하고 있는 삶의 자세란, 『남한산성』과 『빛의 제국』의 세계에서 공유되고 있는 것으로 간주되는 '지금 여기'의 어떤 난국에 대응할 수 있는, 유일무이한 삶의 방식으로 제시되어 있는 것은 아닐까. 다시 말해 자연의 전일적 지배를 거스르지 않으면서 동시에, 무너진 성첩에 목책을 세우거나 쇠를 벼리어 병장기를 만드는 것처럼, 자신의 마음속에 품고 있는 어떤 사물의 윤곽을 구체적인 대상에 관철시키는 일이다. 요컨대 『남한산성』이 비유하고 또한 『빛의 제국』이 구체적으로 재현하고 있는 후기 자본주의적 삶 속에서 오로지 즉물성에 입각한 장인(匠人)적 자세가, 개인들이 매 순간 직면하게 되는 딜레마에 대처 가능한 사실상의 유일무이한 삶의 방편으로 제시되고 있다는, 의외로 소박한 결론이 도출된다. 그렇다면 신체 내부의 동물성을 제거하는 것으로 스스로의 건강과 윤리를 존중하면서 진정성(authenticity)을 구성하려는 박철수의 채식주의야말로 생명과 물질에 대면하여 자아를 단정하게 세련하려 한다는 의미에서 자기 자신을 소재로 삼는 장인적 자세에 입각해 있는 것은 아닐까.

그런데 이것은 근본적으로 신체라는 물질적인 조건으로부터 분리될 수 없는 주체의 역설에서 비롯된 것이기도 하다. 그리고 알다시피 이러한 측면은 일찍이 데카르트로부터 예견된 바 있다.

> 나아가 자연은 고통, 허기, 갈증 등과 같은 감각을 통해 내가 선원이 배 안에 있는 것처럼 그저 내가 내 신체 속에 있는 것이 아니라 오히려 신체와 아주 밀접하게 결합되어 있고, 거의 혼합되어 있어서 오히려 신체와 일체를 이루고 있음도 가르쳐주고 있다. 그렇지 않다면, 단지 사유하는 것인 나는 신체가 상처를 입었을 때에도 고통을 느끼지 않을 것이며, 마치 선원이 자기 배의 한 부분이 부서졌을 때 시각을 통해 이것을 지각하듯, 순수 오성을 통해 이 상처를 지각할 뿐이다. 그리고 신체가 음식물이나 물을 필요로 할 때도, 이를 단지 분명히 인식할 뿐, 허기나 갈증과 같은 애매한 감각을 갖는 일이 없을 것이다. 왜냐하면 갈증, 허기, 고통 등과 같은 감각은 정신과 신체의 결합 및 혼합에 의해 생기는 애매한 사유 양태와 다름아님이 확실하기 때문이다.[21]

---

21) 르네 데카르트, 「제6성찰: 물질적 사물의 현존 및 물체의 실재적 상이성에 관하여」, 『성찰-자연의 빛에 의한 진리탐구 프로그램에 대한 주석』, 이현복 옮김, 문예출판사, 1997,

데카르트가 회의하는 나, 코기토를 모든 명석판명한 인식의 토대로 정초했다는 사실은 널리 알려져 있다. 그러나 데카르트만큼 정신을 물질과의 불가결한 관련 속에서 해명하고자 했던 이 또한 달리 없다. 인용한 『성찰』의 한 대목에서 명백히 서술되고 있는 것처럼 신체가 상처를 입었을 때 고통을 느끼지 않고 오로지 순수 오성만으로 지각하는 코기토란 어디에도 존재하지 않는다. 이것이야말로 그가 발견했던 보편성의 실제가 아닐까.

지젝에 따르면 코기토를 철학의 시점(始點)으로 정초했던 데카르트는 실질적으로는 모든 현실을 연장 · 기계적인 물질의 영역으로 환원했다고 해도 과언이 아니다. 그렇다면 코기토란 실제로는 부정성의 관념 같은 것으로 존재하는 것이 아닐까. 이를테면 인간을 제일의적 존재로 특권화하는 르네상스적 사고에 비해 모더니티란 오히려 인간을 자연적 현실 또는 세계를 구성하는 한 요소로 격하할 때 출현했다고 해도 과언이 아니다. 그렇다면 데카르트가 정신과 신체의 매개로서 송과선이라는 기관을 설정했던 것은 인간을 실제적인 차원에서 물질로 환원하고자 하는 사고의 일단을 보여준다. 뿐만 아니라 과학이야말로 인간을 이와 같은 물질 내지는 동물로서 균질화하여 바라보는 것을 전제한 근대적 패러다임이라는 것 또한 자명하다. 이 점에서 코기토를 근간으로 하는 주체란 오히려 "현실의 실체적 부분으로서가 아니라 순수한 비물질적 공백으로 나타나는 것이다."[22] 타자의 욕망 또는 이데올로기라는 것은 바로 이 공백에 기입되는 것이라고 해도 과언이 아니다. 그렇다면 코기토가 전제하는, 인간을 동물로 간주하는 사고야말로 정확히 근대적인 형식으로 출현했다고 할

112쪽. 강조는 인용자.

22) Slavoj Zizek, *op. cit.*, p. 164.

수 있다. 널리 알려져 있다시피 진화론 혹은 자연주의는 그러한 사고의 한 정점이다. 따라서 인간은 물질에 대응하는 것으로 간주하는 사고는 근대 초기부터 있어왔으며 기술-인간으로 간주하는 사고 또한 바로 이것에 입각한 것이라고 해도 좋다.

그러므로 『남한산성』에서 칸과 임금, 서날쇠와 이시백 등의 개인이 이성주의적인 사고 또는 장인적 태도에 입각하여 행위하고 있는 것, 또한 『빛의 제국』에서 개개인들에 대한 합리적 통제와 지배의 시스템이 여전히 효율적으로 작동하고 있는 것처럼 보이는 것은 전혀 이상한 일이 아니다. 잘 알려져 있다시피 데카르트의 이원론에서 정신과 신체란 동전의 양면 같은 것이다. 그럼에도 불구하고 이러한 에피스테메에는 분명 모종의 과잉이 존재한다. 앞서 지젝이 암시한 것처럼 이러한 자연이라는 구체성 내지는 물질성이란 분명 인간성의 어떤 측면을 초과하고 있다. 『빛의 제국』과 『남한산성』이 함께 전경화하고 있는, 소위 순수한 자연 · 생명 · 삶 등으로 명명되어왔던 구체적인 영역이란 어떤 본연적인 충동으로 간주되어온 것임에도 불구하고 명백히 역사적으로 단 한 번도 그 실체를 드러낸 바 없었던 어떤 관념적인 부분에 해당한다.

그렇다면 이것은 오히려 적합성 지표로서의 잉여의 대표적인 사례라고 할 수 있는 것이 아닌가. 말하자면 그 자체의 본래적 기능이나 효율보다도, 그것이 인간 내부의 어떤 예측 불가능한 대상으로 전시되는 것이 더 중요했던 것이다. 그런 만큼 『남한산성』과 『빛의 제국』의 세계가 매혹적인 것은 삶 그 자체의 비루한 구체성과 물질성의 영역, 즉 그러한 잉여의 가차없는 전시에 따른 당연한 결과라고도 할 수 있다. 하지만 그것으로 말미암아 반드시 지배되지 않으면 안 되며 또한 통제 가능한 대상으로서의 유물론적인 자연 내지는 인간이 구성되고 또한 부각된다는 사실도 분명해진다. 이것은 또한 조르조 아감벤이 역사적으로 주권 개념의 성립을 위해 반드시 전제되어야 하는 것으로 상정했던 '벌거벗은 생명'(bare life)

이라는 가상을 명백히 연상시키지 않는가.[23] 칸이 만인에 대해 시종일관 오직 즉물성(卽物性)에 입각할 것을 그야말로 강력히 요구했던 것은 따라서 지극히 의미심장한 우연의 일치라고 해도 좋다. 그러나 이것은 『빛의 제국』과 『남한산성』의 세계 내부에서 모든 개인들이 봉착하지 않을 수 없는 불변하는 순환, 즉 어제와 같은 오늘의 (악)무한적 반복이 과연 무엇으로부터 기인한 것인지를 단적으로 환기한다.[24] 즉, 이것은 무상과 역사와 언어라는 여러 환영을 거친다고 해도, 결국 생명이라는 환영으로 회귀 · 수렴하게 되지 않을 수 없다는 구조 때문이다. 바로 이 구조를 자연적인 것으로 간주하고 있는 데서 비롯된 것은 아닐까. 말하자면 이러한 환영이 역사의 종언 이후에 모든 것을 수렴하는 실재적인 원리처럼 드리워져 있는 것이다. 이 잉여의 외부는 그러므로 좀처럼 상상될 수 없다. 역사의 종언 이후의 세계란 실상 국민국가-자본주의 세계 질서의 항구불변한 지속에 다름아닌 것으로 종종 상상되어온 것을 염두에 둔다면 『남한산성』과 『빛의 제국』의 순환과 반복 또한 의미심장하다. 간단히 말해 이것은 이 시대를 살아가는 수많은 개인을 주체로 호명하고 있는 역사적인 주박이 아닐까. 그러나 이것이 분명 신체의 감각에 근거한 순환의 환영에 의해 이제 더할 것도, 덜할 것도 없이 완성된 무엇이라는 것은 분명하다. 이러한 자기 완결성이 근본적인 차원에서 『빛의 제국』과 『남한산성』의 세계를 미적인 것으로 조형하며 또 그에 대한 매혹을 발생시키고 있다고 해도 잘못은 아니다. 또한 바로 그렇기 때문에 어떠한 실천적인 개입도 불가능한, '다 그렇고 그런 것', 즉 '무상적인 것'으로 완성해버린다고 해도 좋

---

23) 조르조 아감벤, 『호모 사케르—주권 권력과 벌거벗은 생명』, 박진우 옮김, 새물결, 2008.

24) 이와 같은 순환을 시인하는 단적인 사례로 『빛의 제국』의 다음과 같은 정팀장의 말을 들 수 있다. "사실 가정생활이라는 게, 좋은 일도 있고 나쁜 일도 있는 것 아닙니까? 그리고 서로의 잘못을 알면서도 덮어주고 애써 이해하고 그러면서 사는 거죠. 그러니 들어가셔서 문제를 해결하시고 평소처럼 살아가시면 됩니다."(379쪽)

다. 그러나 이러한 잉여의 기원이 앞서 살펴본 바대로 최소한 데카르트에게까지는 소급될 수 있다는 것은 분명 기이한 이율배반이다. 그럼에도 불구하고 지금 우리는 이것을 누구나 마땅히 수렴되지 않으면 안 되는 절대적인 권능의 근원, 곧 신처럼 숭배하고 있는 것은 아닐까.

6. 희극적인 그러나 너무도 비극적인

4번 명령. "문어단지여/ 허무한 꿈을 꾸네/ 하늘엔 여름달"(『빛의 제국』 38쪽). 기영의 무조건적 복귀를 명령한 바쇼의 하이쿠는 그야말로 갑작스럽게 도래하여 그 자신의 삶을 송두리째 바꿔놓는다. 알다시피 이것은 기영을 기존의 일상으로부터 박리(剝離)시켜버리는 지극히 당혹스러운 계기이다. 실제로 복귀 명령이 도착한 것을 확인한 그는 평소와 달리 쓰레기통이 발에 걸리고, 쓰레기를 주워담으려다 깡통에 손이 베이며, 치밀어 오르는 화를 어쩌지 못하고 쓰레기통을 걷어차는 등, 평정을 유지하려는 그 자신의 의지와 무관하게 그야말로 극심한 동요의 징후를 이미 온몸으로 표출하고 있다.

그런데 그는 대체 왜 당황하는가? 본래 남파공작원이었던 그는 언젠가 이 명령이 내려질 가능성을 항상 염두에 두거나 또는 예감하면서 살아오지 않았던 것인가. 그럼에도 불구하고 그는 암호와도 같은 전언(轉言)의 형식으로 도착한 이 문장을 해독하기 위한 방법과 절차를 사전에 모두 알고 있었다. 더욱이 이것은 과거의 자기, 즉 김성훈으로 회귀하라는, 진작부터 예비되어 있었던 명령에 다름아니다.

단지 4번 명령이 뒤늦게 도착했기 때문일 것이다. 기영의 상위자 이상혁과의 연결이 단절된 후 남한의 일상에 동화하게 되면서, 이제 그는 복귀 명령을 수신하게 되는 사태를 결코 원하지 않게 되었을뿐더러 심지어 부인하기까지 하고 있었던 것이다. 그러나 북극성을 살해하지 않을 수 없었던 악몽과도 같은 기억의 반복적인 회귀 등에 의해, 그러한 거부 자체가 근본적으로 불가능한 것임은 부단히 환기되고 있다. 그럼에도 불구하고 그가 복귀 명령의 도착이라는 가능성, 심지어 간첩이라는 스스로의 신분을 한사코 외면하거나 또는 망각하려고 하면서 일상을 영위해왔다는 사실만큼은 변하지 않는다. 따라서 그것이 정작 눈앞의 사실로 둔갑하자 극심하게 동요하게 되는 것임은 말할 필요도 없다. 그런데 이것은 무엇보다도 완전히 소멸된 것으로 알고 있었던 과거의 자신이 생환하여 현재의 기영과 대면하게 되는 대단히 곤혹스러운 사태이다. 다시 말해 뒤늦게 도착한 명령이 억압되어 있었던 자기를 회귀시켰으며 따라서 기영 자신의 정체성은 이제 이전처럼 원만하게 봉합될 수 없게끔 되어버린 것이다.

실제로 바쇼의 하이쿠에서의 '문어단지'는 (그 자신이 시사하고 있는 것처럼) 남한사회에서 스파이로서 살아왔던 그의 내력 자체가 언젠가 깨어나지 않으면 안 되는 일장춘몽에 불과한 것일지도 모른다는 그 자신의 불안을 가리키는/조망하는 것으로 곧바로 전환되기도 하지 않는가. 뿐만 아니라 이것은 남한에서 삶이라는 죽음의 '이전' 상태를 마지막 꿈으로 영위하는 모든 무지한 개인에 대한 은유로도 읽힌다. 이러한 의미의 다중성이 단순한 수사(修辭)의 차원을 넘어서는 것임은 말할 필요도 없다. 4번 명령이 지연이라는 시차(時差)를 두고 내려진 순간, 기영 자신, 그리고 '문어단지'의 내외를 둘러싼 다층적인 시차(視差)가 생성되고 있는 것은 아닐까. 말하자면 기영의 과거와 현재가 마치 무한 거울에 비친 상처럼 서로의 다각도를 대면하고 있는 지극히 기이한 사태가 빚어진 것이다. 이러한 시차에 의한 시차가 역설적인 의미에서 기영 자신을 포함한 만물을 단일한 것으로 응시하는 것을 불가능하게 하는 모종의 교란과 장애를 발생시키고 있다고 해도 무방하다. 그러므로 기영은 4번 명령이 내려지는 순간, 심지어 자기 자신까지 다중적인 것으로 상대화하지 않으면 안 되는, 그야말로 부단히 동요하는 위치에 입각하게 되는 것이다. 기영의 편력은 바로 이러한 필연성에 의한 불가피한 사태이다. 기영이 이것을 가리켜 '너무 일찍 도착한 향수(鄕愁)'라고 명명하고 있는 것, "갑작스레 귀환 명령을 받은 그로서는 이 세계의 모든 것이 이제 다른 방식으로 감각되는 것도 당연했다"(51쪽)고 생각하는 것은 그러므로 조금도 이상한 일이 아니다. 요컨대 그는 여기(남한)에 있지만 동시에 이미 저편(북한)에도 가 있다고도 할 수 있는 기이한 분열의 형식을 체현하고 있는 것이다.

그러므로 기영은 방황하지 않을 수 없다. 일단 귀환을 결심하고 사무실을 떠난 그는 자신의 존재를 포착한 기관원들의 추적을 피해 하루 동안 서울 일대를 배회하며 또한 부단히 이동한다. 그리고 실상 이것이 기영이 하고 있는 전부이다. 그의 편력은 단지 도주일 뿐 자의에 의한 것이 아니다. 뿐만 아니라 귀환 명령이 떨어지자 기영은 소지를 찾아가 그녀에게 맡겨두었던 자신의 과거에 관련된 가방을 요구한다. 갑작스럽게 명령이 떨어진 정황을 파악하기 위해 여러 공작원들과 접촉을 시도하지만 만날 수 있었던 자는 오직 북극성을 살해하기 위해 공모했던 (기억을 상기하도록 하는) 이필이다. 미행을 따돌리기는 하지만 그의 도주나 귀환은 결과적으로 모두 실패로 끝난다. 결정적으로 그는 북으로 귀환하지도 못하며 자의로 남한에 남기로 결단한 것도 아니다. 다만 그는 북한의 공작원과 남한의 생활인 사이에서 부단히 상충했던 자기 자신의 내력 및 그것을 구성하는 무수한 대상들에 대해 관찰하고 회상한다. 또한 부단히 갈등하고 번민하며 그리고 단지 그에 대한 고백을 일삼을 뿐이다. 어떤 의미에서 그의 하루의 편력은 시종일관 대상에 대한 반응으로 이루어지며 단지 소진에 지나지 않는 것이다. 어쨌거나 (외부와 대상에 의해 촉발되는) 스스로의 욕망이 가리키는 쪽으로 행위하며 그 결과로 자기 내부에서 뭔가 달라진 것 같은 느낌에 사로잡히는 식의 내면적 전회를 체험하는 마리나 현미의 경우와는 극명하게 대조된다고 할 수 있다. 말하자면 그의 하루는 그 자신의 행위의 결과로 의해 달라지는 것이 아니라, 그 자신의 신분, 즉 잊고 있었던 운명 그 자체에 추동되고 있는 것이며 기영은 그것에 의해 환기된 시차를 부단히 의식하는 일 외에는 실질적으로 아무것도 하고 있지 않다고 해도 좋다.

그러므로 정팀장이 최종적으로 기영의 살인 같은 파악하지 못한 죄에 대해 추궁할 수 없다고 말하는 것은 의미심장하다. 문제되는 것은 공작원이라는 기영 자신의 신분일 뿐 행위의 결과가 아닌 것이다. 실질적으로 북극성을 살해한 것을 제외하면 기영은 그 자신의 존재를 지워가면서 살아왔을 뿐만 아니라 남한사회를 관찰하고 그것을 바탕으로 다른 공작원들에게 그럴듯한 내력을 부여하는 것으로 임무를 수행해오지 않았는가. 그 자신도 기관원들도 알고 있다시피 그와 같은 행위들은 실로 미미하기 그지없는 것이었다. 오히려 기영은 남들과 똑같이 대학을 마친 후 마리와 결혼했으며 현미를 얻고 집을 장만하는 등등의 일상의 우여곡절을 더욱 중대하게 받아들이면서 살아온 것은 아닐까. 말하자면 바로 그러한 일상과 신변의 문제들에 관해 실질적으로 선택하고 결단했으며 또한 행위해왔던 것이라고 해도 지나치지 않다. 그런데 4번 명령이 돌출하여 이러한 영역의 원만한 유지와 영위를 근본적으로 불가능하게 만들어버리는 것이다. 기영이 처한 진정한 딜레마는 바로 이것이다. 요컨대 스파이로서의 임무에 전적으로 복종하는 대신, 이제까지 구애되지 않을 수 없었던 스스로의 일상으로부터 격리되어 그 자신이 원하든 그렇지 않든 간에 그것에 대해 단지 보고 생각하고 말하는 것 외에 아무것도 하지 않아도 되는/못하게 되는 그야말로 휴지(休止)라는 예외적 위치에 서게 된 것이다. 말하자면 스파이로서 수행해왔던 무위(無爲)를 이제 자기 자신의 신변과 내력에 대해 전면적으로 적용하지 않으면 안 되는 재귀적 구조에 입각하게 된 것이다. 말하자면 마리와 현미 등이 부분적으로나마 의식했던, 자기 자신의 존재를 회의하는 코기토라는 잉여의 형식이 그야말로 기영을 통해 전경화되고 있는 것이라고 해도 좋다. 따라서 기영은 한편으로 그 자신을 포함한 이 세계의 문화나 상징적 질서, 이데올로기 등의 자연화된 장치(device)들을 순간적으로 그러나 부단히 '낯선 것으로 제시(defamiliarization)'하면서 동시에 거리를 두는 데에만 전념해도 되는 것이다. 이 점에서 기영의 편력은 1990년대 한국사회의 급진적 전회 이후의 폐허와 삶에 관한 소외 효과의 백과전서식 나열이라고 해도 좋지 않을까.

실제로 기영이 하루의 편력을 거쳐 도달한 자각 역시 다음과 같은 것이다.

> 몸속의 피가 걸쭉한 죽처럼 천천히 흐르는 환상에 잠깐 사로잡혔다. 심한 무력감에 젖은 옷처럼 살갗에 들러붙었다. 성을 찾아나서는 측량기사 K처럼, 도대체 어디와 어떻게 싸워야 할지 알 수 없었고 그 종착역이 어디일지도 가늠할 수 없었다. 어쩌면 이것이 시작일 것이다. 여기서 한번 이들의 요구를 들어주면 카프카의 인물들처럼 그 어떤 복잡한 폐쇄회로 속을 분주히, 그러나 반복적으로 오가면서, 자신에게는 절박한 비극이 타인에게는 우스꽝스런 희극으로 변모하는 과정을 계속 겪게 되리라는 것을 예감하였다. 이들은 동물행동학을 연구하는 생물학자처럼 자신의 행동들을 무심히 내려다보리라. 짝짓기와 양육, 일과 놀이를 관찰할 것이다.(『빛의 제국』, 379쪽, 강조는 인용자)

폐쇄회로로 비유되는 팬옵티콘 내부에는 방황을 거듭할 수밖에 없을 개인 및 그들을 관찰하고 있는 감시자의 권능이 있을 뿐이다. 마르크스주의 또는 주체사상 등에 근거한 역사에 관한 의장이 소실되어버린 시대에, 기영이 줄곧 관찰해왔던 바처럼 모든 개인에게는 어떤 초극의 가능성도 허락되지 않는다. "한번 이들의 요구를 들어주"는 것과는 무관하게 이러한 폐쇄회로는 누구에게나 적용되지 않을 수 없는 운명 같은 것이다. 결국 스스로를 자기 내부의 '외계인' 같은 삶 그 자체에 굴복할 수밖에 없을 동물로 투사하는 모든 주체의 운명이 비극적으로 비치는 것은 그러므로 당연하다. 하물며 자기를 투시하고 있는 팬옵티콘 내부의 감시자의 시선과 눈이 마주쳤다고 하는 곤혹스러운 사태와 관련해서는 더욱 그러할 것이다.

그럼에도 불구하고 실질적으로는 그 무엇도 하지 않았던 기영을 대신하여, 정작 이러한 팬옵티콘이야말로 모든 것을 주재하는 만악(萬惡)의 근원이 되고 있는 것은 아닌가. 다시 말해 그것은 무엇도 자발적으로 할 수 없도록 또는 하지 않아도 되도록 기영 자신을 몰아붙인다. 뿐만 아니라 남한에서의 삶에 있어서 자신과 가족의 안위와 욕망, 취향 등에만 집중할 수 있도록 모든 실질적인 격변이나 행위를 주도하고 또한 그에 대응했던 일체의 모든 것이다. 더욱이 기영의 스파이라는 신분은 남한과 북한이라는 두 정부의 존재가 선행하지 않는다면 전혀 무의미한 것이다. 북한의 정부는 기영을 남파했고 남한의 정보기관은 심지어 기영이 남한사회에 정착하는 것을 묵인하거나 일정 부분 돕기까지 했던 것으로 판명되지 않았는가. 기영의 운명을 좌우했던 이와 같은 팬옵티콘은 기영이 모든 것에 대해 단지 성찰하고 고백하기만 하는 위치에 있을 수 있도록, 그를 대신하여 일체를 주재하고 또한 관장하는 메피스토펠레스적인 그 무엇이라고 해도 무방하다.[25)]

그러므로 이러한 메피스토펠레스는 항상 기영과 더불어 '본다'. 물론 국가기구와 같은 텅 빈 형식에 대해 무상(無償)적으로 수긍하기만 하는 속물과 달리 기영은 그것에 대해 자의식적인 순응과 적대를 반복한다. 그럼에도 불구하고 이 모든 사태를 조망하는 것은 어디까지나 남한의 정보원인 '이들'이 대행하고 있는 궁극적 권위인 국가기구일 테지만, 스파이라는 비밀스러운 신분에 의해, 또한 4번 명령에 의한 시차의 시차에 의해 이러한 관찰을 폭넓게 수행해온 이중적인 개인은 다름아닌 기영 자신

25) 프랑코 모레티, 『근대의 서사시—괴테의 『파우스트』에서 마르케스의 『백 년의 고독』까지 근대문학 속의 세계체제 읽기』, 조형준 옮김, 새물결, 2001, 36~65쪽.

이다. 귀환 명령에 번민하고 또 추적당하면서 방황하지 않으면 안 되었던 고통과는 별개로 그는 이 하루의 편력을 통해 남북한, 심지어 이 세계 어디에도 소속되지 않는, 아무것도 하지 않아도 되는 방외인으로서의 시차적 위치로 회귀하고 있다. 하지만 이것이 오히려 남북한 사회, 그리고 그 속에서 살아가는 많은 사람들, 심지어 자신에 대해서조차 몰입할 수 없도록 하는 초월적 위치를 창출한다. 마리가 기영에 대해 "패배자인 척, 우울한 척하는 얼굴의 이면에 언제나 세상 모든 것을 얕잡아보는 우월주의자의 표정"(349쪽)을 갖고 있었다고 비난하는 것은 따라서 적실하다. 실제로 기영의 도정은 그 자신의 삶과 관련된 남북한의 일상을 낯선 것으로 탈구축해왔던 무수한 기억의 현현을 재확인하는 것이라고 해도 좋다. '진정한 자기'라고 간주되는 것과 연출된 정체성 사이의 괴리를 감당하지 못하는 자들의 우스꽝스러운 희극을 완상(玩賞)하고 있는 예외는 어디까지나 기영 자신이 아닌가. 심지어 인간을 동물로 관찰하는 생물학자의 시선을 감시자의 그것과 일치시키고 있는 환상 또한 기영의 것이다. 그렇다면 자신과 감시자를 동시에 그야말로 '무심히 내려다보는' 위치에 입각하는 것이 가능한 기영이란 어떤 존재인가. 혹시 그는 근대소설의 서술자와 유사한 위치에 서게 된 것이지 않을까. 그러므로 기영이 스파이로서 "나름대로 인간의 삶과 죽음의 경계를 가르는 이야기를 줄기차게 써왔던 것"(248쪽)은 결코 우연이 아니다. 근대소설이 (국민)국가의 상징적 형식이라는 유명한 명제는 이 점에서 대단히 의미심장하다. 이러한 소외효과의 궁극적인 순간은 무엇보다도 지금이 낮인지 밤인지 도무지 분간할 수 없는 초월적인 사태로 음화(陰畵)될 때 극적으로 드러나고 있다.

걸어가는 기영을 서치라이트 하나가 포착했다. 그는 강렬한 빛에 갇힌 채 그 자리에 멈춰 섰다. 의외로 편안하고 부드러운, 비로소 자기 운명을 긍정하게 된 인간의 얼굴을 하고 있었다. 그러나 어찌 보면 눈물이 코주름을 따라 천천히 흘러내리고 있는 것도 같았다. 너무 강한 조명 때문에 얼굴의 음영이 지워져 마치 유령처럼 보이기도 했다.(385쪽)

이것은 기영이 자신의 운명을 긍정하면서 울고 있는 (또는 웃는 얼굴과 우는 얼굴을 함께 갖고 있다고도 할 수 있을) 인간인 동시에 유령인 존재로 현시되는 결정적인 장면이다. 성훈이라는, 망각된 자기가 회귀하면서 예기치 않게 의식되기 시작한 무수한 분열의 순간, 즉 개인이라는 대상 자체의 최소한의 차이(minimal difference) 내지는 간극이 그야말로 결정적으로 포착되고 있는 것일 터이다.

그러나 울고 있는 유령의 음화는 (국가를 은유하는) 서치라이트라는 초월적인 섬광에 의해 현현한 그늘이다. 오직 캔버스 내에서(만) 현시될 수 있을 법한 예외적인 사태라고 해도 좋다. 이러한 『빛의 제국』의 '빛의 제국'이 마그리트의 동명의 그림에 비견되고 있는 것은 따라서 결코 우연이 아니다. 국적 같은 초월적으로 부여된 아이덴티티를 비일상적으로 강렬하게 의식한 결과라는 것도 의미심장하다. 그러므로 이러한 전도가 항상적으로 유지될 수 없을 것이라는 사실은 자명하다. 그것은 이제 기영의 편력이 막을 내려야 한다는 것, 즉 이것이야말로 대단원의 장면이 되지 않으면 안 된다는 것을 의미한다. 과거를 소거하기로 결심하고 자기가 머물 장소를 확실히 선택한 이상 분열은 시급히 종식되어야 할 뿐 아니라 도리어 이 특별한 하루에 국한되어야만 할 터이다. 이것이야말로 기영이 긍정한 운명의 실체이다. 따라서 그가 자신의 편력에 대해 망각하기 시작하는 것은 당연하다.

국가로부터 임무를 부여받은 남파공작원의 신분과 진지한 관찰자로서의 자세를 견지하면서도 안락한 삶에 연연하지 않을 수 없었던 남한의 소시민. 그 어느 쪽으로도 수렴될 수 없었던 그 자신의 운명이 이와 같은 유령, 즉 보이는 자와 보는 자라는 부단히 상충하는 시차에 입각하도록 했다는 것은 말할 필요도 없다. 이 사후적으로 구성된 시차가 『빛의 제국』 전반을 관통하고 있다고 해도 좋다. 이러한 통합이 생물학자=국가라는 환상 배후에 위치한다고 가정되는 서술자적 권능에 의해 가능해지는 것이라면 그것은 모든 지배의 원천이 되는 팬옵티콘 내부의 '암흑지점'[26]이라는 허구와 기묘한 유비를 이루지 않겠는가. 하지만 어디까지나 그것은 스파이라는 신분 내지는 4번 명령이라는 주어진 외부적 위치에 의해 가능했던 것이었다고 할 수 있다. 하루의 편력을 통해 "그가 분명히 알고 있는 것은 오직, 그가 아무것도 모른다는 것이었고, 앞으로 그런 사정이 나아질 가능성이 거의 없다는 것이었다"(371쪽)는 사실을 분명히 자각한 이상, '무지'에 의해 그 자신이 "결백"한 채로 남아 있을 수 있는 여지란 없다. 그러므로 이제 그가 의탁할 수 있는 입지란 그 어디에도 없다. 따라서 그는 앞으로도 이 폐쇄회로 속을 계속해서 방황할 것이다. 하지만 바로 그렇기 때문에 기영은 이제 비로소 온전히 그 자신에게 근거한 이야기를 시작할 수 있을 터이다. 국가나 역사, 삶 자체 등 이 시대의 다양한 별의 지도로부터 완전히 분리되어 항상 어제와 같은 오늘, 오늘과 같은 내일이 반복될 것이라는 무망한 비전 속에 이와 같은 유령으로 살아가는 것만이 기영을 비롯한 우리 모두에게 허락되고 있는 유일무이한 비전이다. 그렇다면 2000년대의 한국소설에 각양각색의 유령의 형상, 인간이 아닌 모종의 과잉이 반복적으로 출현하고 있었던 것은 우연이 아닐 것이다. 코기토 그리고 서술자란 바로 이러한 가능성을 위한 잉여일 터이다. 하물며 앞서 언급했다시피 역사적으로 이러한 잉여는 적합성 지표로서 중요한 형상으로 기능해오지 않았는가. 그것이 지배적이었던 특정한 시대를 우리는 근대라고 명명하고 있을 것일 터이다. 이와 같은 역사의 종언 이후의 '주체'의 유동적인 형상은 그 자체로 무한한 확장을 지향하는, 도처에서 출몰하

---

26) 미란 보조비치, 『암흑지점』, 이성민 옮김, 도서출판b, 2004, 166~196쪽.

는 불특정한 형상으로서의 자본 내지는 역사적 시공간의 거리와 편차의 단축에 의한 비동시적인 것의 동시성을 그 자체의 속성으로 간직하고 있는 근대 세계체제와 상당 부분 닮아 있지 않은가. 엄밀히 말해서 기영의 내면에는 혁명과 일상이 혼돈스러운 형태로 공존하고 있으며 다름아닌 이것에 의한 시차가 그 자신의 분열을 조장한다고 해도 과언이 아니다. 그는 바로 이러한 분열과 괴리 내부에서 동요하거나 방황하고 있다. 그의 편력의 시초와 종결을 결정하는 것이 다름아닌 국가라는 사실은, 이 점에서 대단히 의미심장하다. 어떤 의미에서 『빛의 제국』의 형식은 국민국가와 근대 세계체제에 대한 기영 자신의 "결백의 수사학" 그 자체로 귀결되었다고 해도 과언은 아니다. 말할 것도 없이 이것은 실상 근대소설, 그리고 '근대의 서사시'의 전형적인 형식과 관련되어 있는 것이 아닌가. 오히려 어떤 길도 출구도 허락하지 않는 시대가 바로 근대였다. 그러므로 이 개개인들이 방황하지 않을 수 없는 시대는 결코 끝나지 않았다. 바로 그렇기 때문에 소설은 "어쩌면 이것이 시작일 것이다".

(『문학동네』 2009년 겨울 / 『자음과모음』 2010년 여름)

파국과 파견 사이
— 파국의 부정성(否定性)에 관한 성찰

지구를 거뜬히 박살내고
하품 한 번으로 온 세계인들 집어삼키리;
그놈은 바로 '권태'!
—보들레르, 「독자에게」

1. 파국 이후를 보는 눈

노스트라다무스는 틀렸다. 21세기는 그야말로 아무렇지도 않게 도래했다. 뒤이어 9·11 테러로 월드트레이드센터가 붕괴했고 아프가니스탄-이라크 전쟁으로 이어졌다. 지진과 쓰나미, 화산 폭발, 태풍과 허리케인, 홍수 등 대재앙이 세계 각지를 휩쓸었고 변종 바이러스와 신종 질병 또한 곳곳에서 창궐했다. 미국발 금융 위기로 인해 월스트리트의 신화가 붕괴되었고 그 여파로 유럽연합의 여러 나라가 번갈아 경제 위기에 봉착했다. 장기 불황의 늪에 침윤되어 있었던 일본은 도호쿠 대지진과 쓰나미, 그리고 무엇보다 후쿠시마 원전의 붕괴로 말미암은 대대적인 방사능 누출 사태라는 극한의 지옥을 경험하고 있다. 수십 차례의 전쟁에 의한 것만 따져도 어림잡아 1억에 가까운 인명이 희생당했던 전 세기와는 규모 면에서 비할 바 못 되지만, 불과 십여 년 사이에 연이은 전쟁과 재해, 위기 등으로 인해 수십 수백만이 직간접적인 피해를 입었고 또 현재까지도 그 영향으로부터 자유롭지 못하다.

종말을 방불케 하는 사태가 무수히 현전하고 있는 만큼 우리는 이 사실을 전혀 낯설게 여기지 않게 되었다. 삶을 송두리째 뒤흔들어놓는 이와 같은 결정적인 사태들은 이제 일상다반사가 되었다. 당사자들을 제외하면 그 누구도 동요하지 않는다. 그러므로 세계의 끝 또한 좀처럼 체감되지 않으며 단지 유위변전하는 일상이 영속할 뿐이다. 이러한 치명적 사태들은 그 일부의 일회적인 사건에 불과하다. 우리는 나날이 익숙해지고 또 무감각해져간다. 바야흐로 종말과 그에 대한 예언이 진부해진 시대다.

그럼에도 불구하고 우리는 세상의 끝을 예견하는 것을 중단하지 않는다. 이를테면 기후변화나 지각변동, 소행성 충돌 등의 전 지구적 규모의 재앙으로 인한 파멸이라든가 핵이나 유전자조작, 신종 바이러스 개발, 인공지능의 발명 등 기술문명의 자승자박으로 인한 인류 전체의 절멸 내지는 이러한 아마겟돈이 초래한 폐허의 사막은 무수히 가상적으로 재현되고 있었다. 아울러 '99%의 반란'이나 EU 여러 나라의 수정 노선, 중국의 굴기(崛起) 같은 미국 주도의 세계화 및 신자유주의 질서 이후를 요청하는 것으로 간주되는 동향들이 속속 출현하고 있다. 한국의 경우, 미국 산 쇠고기 수입 협의 내지는 한미 자유무역 협정 체결, 의료 민영화 정책 등이 초래할 디스토피아의 출현이 경고되고 있는 동시에 소위 '가카'의 퇴임 이후 같은 구시대의 끝 또한 계속해서 상상되고 있다. 묵시록과 디스토피아 그리고 미래에 대한 혁명적 비전은 항상 서로 맞물려 함께 가는 것이다. 그렇지만 이미 도래한 파국의 징후를 알아차리지 못하거나 대수롭지 않게 여기면서도 오로지 아직 오지 않은 종말에 대해서만 민감하게 반응하거나 더 나아가 그것을 간절하게 희구하는 것은 사실 대단히 일반화되어 있는 이율배반이라고 할 수 있다.

그럼에도 불구하고 이러한 역설적 태도야말로 인간이 종말이라는 사태를 전유하는 유일무이한 방식이라고 해도 좋다. 이미 일어났던 사건으로 간주되는 것은 진정한 의미의 파국이라고 할 수 없다. 그것은 '이후'와 '외부'가 가능하다는 점에서 끝이 아니며 또한 그것을 인지할 수 있는 존재가 바로 그 바깥에 위치할 수밖에 없다는 점에서 파국이라는 사태에서 원래부터 벗어나 있는 존재라는 것, 즉 그것과 무관하다는 것을 간접적으로 의미하기 때문이다. 오히려 어떤 형태로든 세계의 끝이 도래했을 때 그 직접적인 영향하에 놓인 사태의 내부에 머물며 그 전말을 응시할 수 있는 존재가 남는다는 것은 근본적인 차원에서 언어도단이다. 따라서 그것은 사후에는 결코 간파되지 아니하며 오로지 예언과 같은 신이(神異)한 몽상의 형식을 통해서만 직관될 수 있을 뿐이다. 그러므로 역사라는 추상의 서사가 아니라 사이와 간극에서 돌출하는 개별적인 징후와 사건들의 종합 내지는 재구성으로서만 파악된다. 다시 말해 진정한 의미에서 종말이 일어난다면 인간과 그 문명 또한 멸종해버릴 것이다. 따라서 인간의 눈으로 "종말 이후"를 직시(直視)하거나 재현할 방도란 사실상 없다. 내셔널지오그래픽의 TV 다큐멘터리 〈인류멸망 그후(Life After People)〉(2009)나 앨런 와이즈먼의 『인간 없는 세상』(이한중 옮김, 랜덤하우스코리아, 2007) 등이 재현하고 있는 인간 부재의 세계가 하나같이 카메라의 눈과 같은 비인간적 기계장치, 데우스엑스마키나를 전제하고 있는 것처럼 보이는 것은 그러므로 당연하다.

그러므로 사도 요한이 그러했듯이 묵시록은 오로지 "하늘에 문이 열려 있더라. 전에 내가 들은 첫번째 음성 곧 나팔 소리와 같이 내게 이야기하던 음성이 이르되, 이리로 올라오라. 이후에 반드시 일어날 것들을 내가 네게 보이리라, 하리라"(「요한계시록」 4:1)와 같은 신의 명령 및 성령의 가호에 의존하지 않고서는 결코 씌어질 수 없다. 여기에서 「요한계시록」이 일곱 개의 성도 공동체(the community of believers)에 보내는 서신의 형식인 것은 결코 우연이 아니다. 슬라보예 지젝이 장 뤽 낭시의 공동체론에 입각하여 전개한 논의에 따르면 성도 공동체야말로 죽은 신의 부활한 육체 그 자체로서 언제나 사후적으로 성립한다. 즉 훼손된 그리스도의 사체, 즉 그리스도의 괴물성(monstrosity)을 전제로 하여 이미 있는 것이 아니라 되어야 할 그 무엇 내지는 공백의 기표와도 같은 것이다. 그러므로 신성한 구원을 관철하고자 하는 당위와 같은, 신과 성령의 다른 이름에 대한 신념이 없다면 종말은 결코 파악되지 않는다.[1] 요컨대 종말의 묵시록은 성도 공동체라는 구성 · 기입되어야 할 미래를 위해 계시된 것으로 항상 '사전 제시(flash-forward)'에 입각한 예언의 형식으로 선취될 수밖에 없다. 그것은 항상 메시아의 재림으로 귀결된다.

2. 생존자들

그런데 최근 종말과 같은 사태를 다루고 있는 한국소설 가운데 몇 편은 이와 같은 신성(神性)에 의존하지 않는 경향을 갖는다는 점에서 특별하다. 그중에서도 김애란의 이채로운 단편 「물속 골리앗」은 재난에 직면하여 가까스로 생존한 최후의 인간의 입장에서 서술되고 있다는 점에서 앞서 언급한 묵시록의 형식과 흥미로운 대조를 이룬다. 동료들과 함께 타워크레인 위에서 고공시위를 벌이다 의문의 죽음을 당한 아버지의 장례를 치른 직후, 주인공은 전대미문의 폭우로 인해 철거 직전의 재개발 아파트 속에 어머니와 함께 고립된다. 수도도 전기도 끊어진 집에서 최소한의 식량과 비닐봉투에 담아둔 식수로 연명하던 모자는 도무지 그칠 기미를 보이지 않는 비와 남편/아버지의 상실, 세상과의 단절 등에 정신적으로 피폐해져간다. 이를 비관하여 결국 자살에 가까운 죽음에 이르게 된 어머니의 시신을 동반하여 탈출을 감행한 주인공이 고독히 목도하게 되는 것은 가도 가도 끝이 없는 '큰물 진 뒤', 종말을 맞이한 세상의 풍경이다.

주지하다시피 「물속 골리앗」은 철거 직전의 재개발 아파트, 아버지가 자신이 속한 집단의 의사표시를 위해 머물다 죽음을 맞이했고 후에 표류

---

1) Slavoj Zizek, Edited Creston Davis, "Dialectical clarity versus the misty conceit of paradox," in *The Monstrosity of Christ: Paradox or Dialectic*, Cambridge, Mass.: The MIT press, 2009.

하던 아들이 구조를 받는 장소로서 전도되는 타워크레인 등, 한국의 산업화 과정에 있어서 개발과 철거를 반복하면서 성장해온 토건 세력의 전횡이 주도적으로 강제해온 계급적 추방과 소외에 관한 의미심장한 비유와 상징적 장치들로 충만하다. 그런데 홍수라는 무차별적인 재앙은 기이하게도 강산아파트를 슬럼으로 격리시켜온, 토호와 건설 자본 간 결탁에 의한 축출과 배제의 시스템조차 휩쓸어버린다. 철거와 재개발에 직면하여 나날이 퇴락해가던 아파트를, 이제 그러한 시스템을 대신하여 세상과 단절시키는 것은 폭우와 홍수다. 온 세계를 물로 뒤덮어 평평하게 만들어버리는, 그렇게 슬럼을 포함한 지상의 모든 인위적인 구획을 무위로 돌리는 이 압도적인 재앙의 보편성은 물론 일체를 수몰 · 익사시키고 뿌리를 뽑아 부유케 하거나 부패시키지만 역으로 아파트에 갇혀 있던 주인공으로 하여금 다시금 생존을 위해 세상으로 나아가 조금이나마 분투할 수 있도록 하는 위태로운 길을 열어준다. 그 모험의 역정은 역설적으로 이 일가에게 고통을 강요한 근본적인 원인, 바로 토건과 재개발 정책의 남근적 표상으로서의 타워크레인이 망망대해 속의 유일무이한 피난처로 전도되는 것으로 귀결된다. 또한 거기에는 실제 아버지가 죽기 전까지 마지막으로 머물던 장소임을 환기하는 유령과 식료품, 아버지가 전수해준 세계에 관한 유년의 기억 등의 다양한 이미지가 출몰한다. 아버지의 환영이 인도하는 이와 같은 생존의 경로는 피로와 추위, 죽음과 고독으로 인해 피폐해져버린 주인공으로 하여금 다시금 대홍수의 파국 이후를 그야말로 간신히 견디게 하는 원동력으로 작용하고 있다. 모든 것이 불투명한 상황 속에서도 그가 다음과 같이 중얼거릴 수 있는 것은 바로 이 때문이다. "누군가 올 거야."[2)]

이 최후의 생존자가 삶의 희망을 끝까지 놓지 않을 수 있는 것은 바로

2) 김애란, 「물속 골리앗」, 『젊은 도시, 오래된 성』, 자음과모음, 2011, 92쪽.

육친애(肉親愛)의 기억이 소환하는 환상의 체험에 기초한다. 국토 전역에서 중단 없이 전개되어왔던 대규모 토건 개발의 위압적인 상징물 내지는 불길한 기형의 십자가였던 타워크레인은 이제 생전의 아버지가 그 열악한 환경에도 불구하고 씩씩하게 체조를 했던 장소이자 죽음을 목전에 둔 아들을 구원으로 인도하는 죽은 아버지의 환영이 고착되어 있는 실체로 전도된다. 그리고 그 남근적 기표에 결박되어 있는 아버지의 저 '위대한 유산'을 상속받는 일이야말로 대홍수 이후 그에게 주어진 최소한의 생존의 기술이라고 할 수 있다. 이것이 혈육을 각별히 개성적인 캐릭터로 형상화하는 과정을 통해 가족이라는 원초적 유대가 간직한 휴머니티 본연의 의미와 가치에 집중하는, 김애란 소설 고유의 장처(長處)가 유감없이 발휘된 결과라는 것은 말할 필요도 없다. 그런 만큼 「물속 골리앗」에 재현되어 있는 대홍수와 같은 파국적 계기 및 그것이 환기하는 비상사태란, 종말 그 자체에 대한 묵시록적 상상과 관계된 것이 아니다. 그것은 오히려 지상에 단단히 뿌리내린 삶을 불가능하게 만드는 천재지변이나 사회구조 등의 일체의 조건에 대한 유비로 당연히 가족 간의 소박한 유대에 기초한 평화롭고 안정된 일상의 회복에 대한 더할 나위 없이 강렬한 동경을 내포하고 있다. 따라서 이 소설에서 대홍수란 노아가 방주를 축조하면서 확신했던 신생의 계기라기보다, 최후까지 살아남고자 하는 의지를 독려하는 과거의 소중한 유산을 확인시키는 통과의례의 시련으로 주어져 있다고 해도 과언이 아니다. 이 점에서 「물속 골리앗」은 종말 이후에 도래할 신세계에 대해서는 불투명한 가능성으로 남겨둘 뿐, 그 미래와 전망에 대해서 예언할 수 있다고는 말하지 않는 소설이다.

이처럼 지상으로부터 유리되어 부유하는 최후의 생존자의 형상은 김성중의 주목할 만한 단편 「허공의 아이들」에도 등장한다. 지면 곳곳에 깊이를 알 수 없는 거대한 구덩이가 파이고 모든 동물이 불시에 사라졌으며 식물 전체가 이미 뿌리 뽑혀 하늘로 들려올라간 불가사의한 사태가 벌어져 있다. 모든 주택 또한 점차 공중으로 들리고 있을 뿐 아니라 그 속에 거주하던 인간 대부분은 투명해져 소멸되어버린 전무후무한 파국의 한 복판에 소년과 소녀, 둘만이 남아 있다. 지상에 기초하거나 거주하는 것이 근본적으로 불가능해졌으며 종래의 사회계약에 기초한 제도 및 관계 일체가 전적으로 무의미해져버린 상황이라는 것은 말할 필요도 없다. 생존자의 우애에 입각하여 가까워진 두 아이는 언제가 마지막이 될지도 모를, 마트와 거리를 순례하는 지상에서의 모험을 함께하면서, 일체가 나날이 무너지고 또 들려올라가는 세계의 황혼을 구체적으로 목격한다. 마침내 더욱 높이 떠올라 고립되어버린 소녀의 집 속에서 소년의 몸과 마음은 성장하며, 소녀는 점차 소멸해간다. 이는 세계의 종말에 직면하여 언제나 소년이 생존만을, 소녀는 소멸의 운명을 염두에 두고 있었던 데에서 비롯된 차이이다.

비극은 이 최후의 생존자 두 사람이 지극히 자연스럽게 서로를 자신의 반려로 희구하지 않을 수 없게 되었다는 점에 있고, 소년이 나날이 투명해지는 소녀의 운명에 대해 철저히 무력하다는 것을 자각하는 매 순간에 있으며, 그럼에도 불구하고 쏟아지는 잠의 유혹에 굴복하여 소녀와의 영원한 작별의 순간을 놓치게 되는 소년이 이와 같은 슬프도록 정직한 자기-원인을 수긍하지 않을 수 없다는 데 있다. 그리고 무엇보다도 이제 소년이 소녀와 이루었던 하나의 자족적인 세계가 상실되고 철저한 고독 속에 놓이게 되는 진정한 의미의 파국 이후에 봉착하게 되었다는 점에도 있다. 소녀를 포함한 사라진 일체에 대한 더할 나위 없는 상실감과 그리움에 사로잡히게 된 그는, 처음으로 자기에게도 닥쳐올 소멸에의 운명을 의식하게 된다. 소녀가 그러했듯이 이제 그 자신도 사라질 것이다. 그리고 그러한 예감에 사로잡히는 순간 그는 결정적인 성장의 징후로서 뼈가 자라는 소리를 듣게 된다. 상실이라는 더없이 깊고 어두운 심연의 의미를 절실하게 체감하는 순간, 그는 결정적으로 성장하며 또한 동시에 투명해질 운명에 처하게 될 것이다. 자신을 붙들고 있는 발밑의 대지가 이미 꺼져버렸거나 또는 언제 꺼져버릴지 알 수 없는 불확실성에 처하는 순간 아득한 하늘로 상승하게 되는 것처럼 말이다. 성장이라는 상승과 상실이라는 심연으로의 침강이 적어도 지상에서 멀어진다는 의미에서 동질적이라는 점은 이 점에서 의미심장하다.

「허공의 아이들」은 미야자키 하야오의 〈천공의 성 라퓨타〉(1986)의 공중도시, 안노 히데아키의 〈신세기 에반게리온〉(1995)과 가세 미쓰코의 〈최종병기 그녀〉(2002)의 인류 멸망 이후의 풍경 등 아니메(アニメ)의 유명한 설정과 장면, 스타일을 다분히 연상시키는, 슬프도록 아름다운 상승과 침강의 이미지와 삽화들로 충만한 초현실주의적인 동화다. 그 형식은 상실의 고통을 감수하지 않는 성장은 그 어디에도 없다는 식의 아포리즘적 내용과 일치를 이룬다. 그러므로 이 소설은 만물의 한없는 상승과 침강이 초래하는 파국의 상황 내지는 그로 인한 신생의 계기 그 자체보다, 인간 개인의 성장이 내포한 보편적인 역설에 대한 알레고리로서의 세계의 끝에 일차적인 관심을 기울인다. 최후의 생존자들이 어른이 되는 것을 목전에 둔 소년 소녀이며 그들이 일시적으로나마 오로지 서로에게만 몰입할 수 있는 완성된 퍼즐을 구성하는 것은 그러므로 우연이 아니다. 그것은 서로의 상실이라는 성장의 필연적인 단계를 전제로 하는 유년기적 공동체이며 중력과 반중력의 자연적인 작동에 의해 해체될 수밖에 없을 운명을 타고난 것이다. 요컨대 성장은 곧 그 자족적 세계의 치명적인 상실과 불가결하게 연루된다.

물론 「물속 골리앗」과 「허공의 아이들」 같은 소설들의 파국적 상상력이 근래의 한국사회가 강요하는 현실에 대한 대응으로도 읽힐 수 있는 여지는 충분하다.[3] 또는 이 최후의 생존자들의 형상이 종말과 그 이후의 신

---

3) 김형중, 「대한민국 묵시록」, 『현대문학』 2010년 7월호.

생을 지향하는 묵시록적 상상력과 전적으로 무관하지는 않다는 사실 또한 부정할 수는 없을 것이다. 하지만 이 소설들이 종말이라는 예외적인 사태 그 자체보다 그것이 극적으로 중단시키는 휴머니티의 영속하는 경향과 속성에 대해 탐구하고자 한다는 엄연한 사실 또한 간과되어서는 안 될 것이다. 무엇보다도 이 두 편의 소설은 애초부터 세계의 종말에 부활하는 메시아 내지는 그리스도의 괴물성 그 자체로부터 구원의 가능성을 구하려들지 않는다. 파국은 현존하는 세계에 대한 지양과 구원에 대한 요청이기는커녕 불변하는 인간성의 어떤 측면을 환기하는 계기이자 상징적 사건으로 설정되어 있다. 이들 소설의 시선은 오히려 메시아가 강림할 천상이 아니라 큰물로 뒤덮이거나 거대하게 꺼져가는 지상에서 고통받고 성장하며 사라져가는 개인 각자의 사정과 내력에 맞추어진다. 그리고 그 멸종의 위기 앞에서 전율하는 지상의 인간 자체에 전멸과 생존의 교차하는 가능성 일체가 잠재되어 있음을 성찰하려 한다. 이들 소설에서 파국 이후의 보편적 미래보다 그 직전의 사소하고도 구체적인 삶의 양태들에 초점이 맞추어지는 것은 그러므로 당연하다. 이 점에서 파국은 그 가능성을 시험에 들게 하고 또 유비하는 계기 이상도 이하도 아니다. 그 속에서 인간을 구조하거나 또는 파멸로 이끄는 원인은 결국 인간 자신에게 내재되어 있다. 따라서 그 어떤 메시아도 요청하지 않는 이들 소설을 통해 묵시록의 역사철학적 비전 내지는 파국의 정치경제학을 정초하려는 것은 무리다.[4)]

물론 이들 소설의 인간 이해는 어떤 의미에서는 협소한 것이다. 그것은 휴머니티 자체를 구성해야 할 미정형의 가능성으로 남겨두기보다 영속적인 본성으로 자연화하는 사고에 의존하는 바가 크다. 뿐만 아니라 그것은 재앙이라는 불가항력의 자연에 의해 종말이라는 시험에 든다. 그럼에도

4) 소수의 예외를 제외하면 진정한 의미의 묵시록적 상상력이 아직 우리에게 도래하지 않았음을 시사하는 복도훈의 논의는 이 글의 논지와는 조금 다른 관점에서 경청할 만한 가치가 있다. 복도훈, 「세계의 끝, 끝의 서사」, 『자음과모음』 2011년 가을호.

불구하고 예수 역시 그리스도이기 전에 죽음에 직면하여 "엘리 엘리 라마 사박다니" 곧 "나의 하나님, 나의 하나님, 어찌하여 나를 버리셨나이까"(「마태복음」 27:46)라고 항변하지 않을 수 없었던, 두려움에 떠는 인간이었다. 「물속 골리앗」과 「허공의 아이들」은 바로 이 신으로부터 버림받은 인간이라는 절반의 측면에 관심을 두고 있다는 사실을 부정할 도리는 없다. 여기에는 마치 자연처럼 주어진 인간의 원죄가 존재할 뿐, 그것을 대속하는 그리스도의 죽음과 부활은 성찰의 대상이 되고 있지 않다. 메시아라는 인신(人神)의 재림과 구원이라는 다른 절반의 문제는 아직 다루어지지 않았다.

3. 파국의 자기 원인과 그 회피

그런데 「허공의 아이들」에는 세계의 끝을 초래한 근본적인 원인에 관한 흥미로운 문장이 있다. "그럴 바엔 차라리 세상이 없어져버렸으면 좋겠다고 생각한 적은 있어."[5] 그리고 소년의 공상은 알다시피 참혹하게 실현된다. 직접적인 인과관계는 불분명하지만, 그럼에도 불구하고 주전 야구선수로서 인정받지 못할지 모른다는 이 사춘기적 불안의 술회 외에 일체가 상승하고 침강하는 파국의 원인은 거론되지 않는다. 그렇다면 소년이 스스로를 세계로부터 제외시키는 물색 모를 태도에 입각하여 무심코 던진 저주가 이 사태의 근본적인 원인이 되었다고 해도 무리는 아닐 것이다. 소멸에 대한 예감이 예외 없이 적중하는 것을 감안하면 더욱 그렇다. 뿐만 아니라 무수한 징후에도 불구하고 소년은 이 사실에 대해 무지하며 자신 또한 소멸할지도 모른다는 가능성을 외면하고 있다. 소녀가 사라지는 순간까지 이것은 자각되지 아니하며 그의 최종적인 종말은 유예된다.

그러므로 파국은 자기 자신으로부터 예기치 않게 오는 것이다. 그러나

5) 김성중, 「허공의 아이들」, 『개그맨』, 문학과지성사, 2011, 15쪽.

일반적으로 이 사실은 좀처럼 체감되지 않는다. 「허공의 아이들」에서처럼 예외적인 상황이 아닌 일상 속에서라면 더욱 그렇다. 이를테면 정미경의 단편 「파견 근무」에서 카지노의 도박이 제공하는 희열에 빠진 판사 강은 그것으로 말미암은 파멸을 예감하면서도 자제하지 못한다. 더 나아가 자신의 상황을 타개하기 위해, 판결에 관한 청탁을 수락하는 것을 대가로 주식의 시세 차익에 관한 정보를 얻는, 보다 확률 높은 도박에 베팅하는 방편을 택한다. 그런데 이 '이지솔루션'은 "휴양지로 떠난 출장"[6] 같은 파견 근무의 태도를 고수하는 데서 비롯된다고 할 수 있다. 파견 근무자로서의 의식은 고향 소도시에 머무는 자신의 삶을 어디까지나 한시적이고 잠정적이며 가상적인 것으로 치부하도록 하며 매사에 진지하게 임하지 못하도록 하는 태도를 조장한다. 이것은 강으로 하여금 이곳에서의 소소한 일상 전체를 진정한 삶의 궤도로부터 한시적으로 이탈한 잠정적인 여행 같은 것으로 간주하도록 하며 나아가 카지노에 출입하는 자신조차 "그곳에 가는 건 내가 아니니까"[7]라는 식으로 합리화하도록 하는 원인이 된다. 즉 자신이 생각하는 진짜 자기의 모습과는 무관하다는 착각을 고수할 수 있도록 하는 것이다. 이 자기기만적 태도는 도박과 양심을 저버린 협잡에 자신의 모든 것을 베팅하여 일상의 권태를 지양하고자 하는 희열에 대한 중독, 즉 또다른 반복으로 이어진다.

그러나 그리 대수롭지 않게 여겨지는 이 파견 근무의 일상이 실질적으로 강의 삶의 진짜 내용을 구성하고 있다는 것은 말할 필요도 없다. 그것이 치명적인 파멸로 귀결될 것인지의 여부는 아직 분명치 않지만 그 휴양지로 온 듯한 유희의 감각 속에서 강은 이미 그 자신의 필수불가결한 일부였던 가족, 재산, 명예, 양심, 직업윤리 등의 상당 부분을 양도한 채다.

---

6) 정미경, 「파견 근무」, 『문예중앙』 2011년 봄호, 246쪽.

7) 정미경, 같은 책, 252쪽.

그가 수렁에 빠져들고 있다는 불가피한 사실은 이미 삶 도처에 불길한 그림자를 드리우고 있다. 그는 이 사실을 어느 정도 예감하고 있지만 단지 한사코 모른 척하고 있을 뿐이다. 파견 근무라는 상황은 이 유예에 결정적으로 기여한다. 그러나 그 연한이 종료되었을 때 그는 돌이킬 수 없는 사태와 대면하지 않으면 안 될 것이다. 이지솔루션은 일시적인 방편일 뿐이며, 근본적인 차원에서 이러한 끝이 닥치는 것을 막지 못한다.

이처럼 파견은 최후의 파멸과 대면하는 것을 한시적으로 유예하기 위한 형식이라고 해도 좋다. 이러한 필사적인 유예는 편혜영의 장편 『재와 빨강』(창비, 2010)에서도 발견된다. 결론부터 말하자면 '그'가 C국으로 파견되어 질병과 쓰레기와 쥐떼가 만연한 전대미문의 파국과 대면하고 또 그 속에서 끝없이 영락하게 되는 일련의 과정은 다름이 아니라 자기 자신이 살인을 저질렀다는 진실을 회피하려는 데서 시작된다. 하지만 '그'는 이 치명적인 자기 자신의 리비도로부터 결코 도망칠 수 없다. '그'는 이러한 자기 원인을 망각 속에 영원히 버려두고자 하며 일체의 불가피한 우연적 계기의 작용에 모든 책임을 전가하려든다. 하지만 실질적으로 자신이 아내를 살해했을지도 모른다는 사실을 막연하게나마 의식하는 데서 오는 불안과 그것이 전도된 형태로서 쥐에 대한 부단한 살의에 추동되어 쓰레기로서의 삶을 구성하게 된다. 그리고 살인자로서의 자기 자신에 관한 진실을 결정적으로 확인하게 되는 두번째의 살인으로부터 결정적인 파국이 초래된다고 해도 과언이 아니다. '그'가 이전의 삶으로 복귀할 수 없다는 사실을 그렇게 확정되고 있다. C국에 정착한 대로의 일상은 변하지 않겠지만, 과거의 '그'는 완전히 소거되며 공중에 뜬 존재로서 남아 있게 된다. 전화를 걸어 완벽히 지워진 과거 자신의 자취 내지는 공백을 확인하는 데 집착하는 '그'는 그러나 여전히 자기 눈물의 진정한 의미를 알지 못한 채 다른 원인에 전가하는 것을 멈추지 못하는 서글픈 존재이다. 그렇게 '그'는 파견 근무의 상태를 스스로 지양하고자 하면서도 또 자기에게 닥쳐온 파국 자체를 절실하게 체감하지도 못하는 기이한 상태로 남아 있을 수밖에 없을 터이다. 그 어디에도 반영되지 않는 그림자처럼 되어버린 '그'를 식별 가능한 존재로 환원하는 타자는 없을 것이기 때문이다. 아울러 '그'의 존재 자체를 중단시키는 이러한 사태의 근본적인 원인은 다른 무엇도 아닌 그 자신의 무지와 망각과 회피와 방기를 추동하는 리비도 그 자체로 수렴된다고 해도 과언이 아니다. 이미 '그'는 쥐 잡는 동물적 기계 이상도 이하도 아닌, 그 무엇에도 기입되지 못하는 유령으로 전락해버렸지만 그럼에도 불구하고 여전히 이 사태를 불러온 스스로의 욕망을 회피하는 데 중독되어 있다. 요컨대 「파견 근무」에서도 『재와 빨강』에서도 자기 자신으로부터 연원한, 결코 돌이킬 수 없는 사태는 이미 먼저 주어져 있으며 강도 '그'도 막연하게나마 이 사실을 의식하고 있다는 것은 같다. 한사코 외면하면서 끝을 유예하려 드는 것이 바로 그 증거다. 역설적인 의미에서 그들은 모두 '끝'을 의식하고 있는 자다.

반복되는 일상과 같은 무미건조한 공정에 몰입한 채 그저 붕 떠 있는 파견의 상태에 자족하고자 하는 개인의 상은 편혜영의 소설집 『저녁의 구애』에 수록된 여러 단편에서도 중요하게 다루어지고 있는 테마다. 「토끼의 묘」나 「통조림 공장」 등의 소설에서 그 개인들은 모두 눈앞에 벌어지고 있는 기이한 사태가 내포하고 있는, 자신의 궁극적인 소외와 배제에 관한 섬뜩하고도 치명적인 징후들을 애써 외면한 채 그저 영속할 것만 같은 매일이 할당하는 임무에만 주력하고자 한다. 뿐만 아니라 전임자는 후임자에게 스스로를 실재로부터 유리시키는 파견 근무의 상태를 인계하고 후임자는 전임자를 그대로 답습하는 식으로, 불변적인 순환의 고리를 구축하는 데 있어서는 그들 모두가 일정 부분 기여하고 있다. 비평가 김형중이 "동일성의 지옥"[8]이라고 명명한, 결코 빠져나올 수 없을 미로와 같

8) 김형중 해설, 「동일성의 지옥에서」, 『저녁의 구애』, 문학과지성사, 2011.

은 파견 근무의 일상 속에서 근본적으로 변전할 수 있는 것은 아무것도 없다. 그렇다면 단지 정해진 패턴에 순응하는 것만이 허용되는 폐색된 세계 전체가 이미 "끝"을 시사하고 있는 것은 아닐까. 그 어떤 변화도 불가능하다는 점에서 현존하는 상태 '이후' 또한 가능하지 않기 때문이다. 영속하는 현재 속에서 시간성이란 전적으로 무효화될 수밖에 없다. 파견 근무란 바로 이 영원한 현재 속에 고착되는 것을 가능케 하는 형식이다. 마치 드 퀸시가 "아편에 의해 시간이 더이상 존재 않는 종말" 즉 "내면세계의 묵시록"[9]을 갈망했던 것처럼, 「토끼의 묘」나 「통조림 공장」의 '그'와 박 모두 시간이 무의미해진 이 끝의 세계에 기꺼이 중독되어 있고자 한다. 「파견 근무」와 『재와 빨강』의 강과 '그' 역시 이들과 마찬가지로 자기의 파멸을 부단히 예견하지 않을 수 없으면서도 그것을 애써 망각하고 유예하려는 파견 근무의 형식, 그 영원한 현재의 미로 속에서 순환하는 것을 중단하지 않는다.

아무것도 끝나지 않을 것 같은 이 영원한 현재의 악무한 속에서 그들 모두가 자신의 끝과 조우하는 것은 그러므로 당연한 수순이다. 예컨대 「토끼의 묘」에서 '그'는 자신이 고스란히 반복하고 있는 선배의 실종 사실을 알게 되며, 살해당한 한 사내에 관한 뉴스를 목격한다. 사내가 거주했던 실내는 자신과 선배 그리고 후에 자취를 감추는 담당자의 방과 매우 흡사하다. 말할 것도 없이 사내의 죽음은 선배와 담당자 그리고 궁극적으로는 '그'의 종말을 강하게 암시한다. 뿐만 아니라 '그'의 후임 역시 동일한 전철을 밟아갈 터이다. 유기된 토끼를 데려왔다가 별다를 것도 없다며 재차 유기하는, 파견 근무를 매개로 상속되는 심드렁한 무책임의 편재는 결국 돌고 돌아 모든 이들의 절멸을 초래하는, 그야말로 일반적인 원인이 될 것이다.

---

9) 프랭크 커모드, 『종말 의식과 인간적 시간—허구 이론의 연구』, 조초희 옮김, 문학과지성사, 1993, 181쪽.

「통조림 공장」의 박의 경우도 마찬가지다. 그는 실종된 공장장을 그대로 답습한다. "미래는 아직 시작되지도 않았는데 이미 지나버린 것 같았다. 지나버린 미래는 공장장의 현재와 다름없을 거였다"[10]는 예감은 그대로 현실화된다. 그러므로 그가 상상하는 미래, 즉 자신이 전임자를 그대로 반복하여 통조림에서 나온 산산조각난 시신의 일부를 다시금 밀봉하고자 할 것이라는 예측을 지나버린 과거와 구별할 도리는 없다. 그렇다면 박은 대단원에서 곧 자신의 시신을 목격했고 또 밀봉하려고 드는 것이라고 해도 좋다. 그렇게 스스로를 통조림에 가둬 공중에 떠버린 존재로서 그는 어디에도 귀속되지 못하고 실종되어, 고스란히 전임자의 전철을 밟게 될 것이라는 점은 의심의 여지가 없다. 「토끼의 묘」와 「통조림 공장」에서 공히 이러한 미래는 아직 정해지지 않았지만 동시에 지나버린 과거와도 같다. 타인의 실종과 죽음에 대해 파견 근무에 임하는 기분으로 애써 모른 척했던 그들은 예외 없이 자신의 최후를 사전에 목도하게 된다. 다만 확정되지 않았고 또 끊임없이 부인된다는 점에서 그야말로 부정(不定/不正)의 파국이다. 자기로부터 비롯된 원인이 또다른 자기를 살해하는 기이한 시차(視差)적 사태만이 엄연하다. 그리고 그 가능성은 자타(自他)를 막론한다. 그 불길하고도 무차별적인 절멸의 기운이 편혜영 소설 전반에 깊고 어두운 그림자를 드리우고 있다.

편혜영의 「저녁의 구애」는 이러한 문제와 관련하여 특히 중요한 단편이다. 주인공 김은 친구의 의뢰로 장례식장에 화환을 배달하기 위해 트럭을 몰아 그의 삶에 다시없을 '파견 근무'를 떠난다. 약속 시간보다 다소 늦게 도착했지만 화환의 당사자는 아직 죽지 않았기 때문에 그는 기약 없이 기다려야 할 처지에 놓인다. 그것은 한때 자신의 은인이기도 했던 어르신의 죽음을 고대해야 한다는 것을 의미한다. "김에게 어른의 죽음

10) 편혜영, 「통조림 공장」, 『저녁의 구애』, 문학과지성사, 2011, 212쪽.

은 비통하고 엄숙한 세계를 떠나 정체되고 지연되는 시간의 문제로 남았다."[11] 그러므로 그는 이 지진의 확률이 높다고 알려진 도시를 하릴없이 배회하며 그 영원할 것 같은, 지나치게 이르거나 또는 너무 늦게 도착한 지연 속에서 부지불식간 계속해서 불안과 조바심에 시달린다. "누군가는 이미 지나갔고 누군가는 좀 늦게 지나가게 될"[12] 마라토너가 나타나 국도의 저편으로 서서히 그러나 완전히 소멸하는 모습을 지켜보게 되고 김의 것과 같은 종류의 트럭이 그가 운전하다가 휘청거렸던 바로 그 장소에서 전복되어 맹렬하게 불타오르는 모습을 목격하게 된다. 또한 부지불식간 오래 끌어온 연인과의 관계를 어떤 형태로든 매듭짓고자 하는, 대단히 급작스러운 구애를 쏟아내면서 동시에 도시 전체에 닥칠 불분명한 재난에 대한 예감으로 전율한다. 어르신의 죽음을 기다리지 않을 수 없었던 비-윤리의 한없는 지연을 결국 자신이 마음속으로 경원해왔던 연인에 대한 돌연한 사랑 고백을 통해 상쇄하고자 하는 것이며 또한 그렇게라도 자신의 은밀한 욕망과 배치되게 장시간 지속되어온 두 사태를 서둘러 끝내고 싶어하는 것이다. 파국의 예감 속에서 그는 자신이 진정으로 원하던 바와 정반대로 말하는 자기기만에 열중한다. 이것은 최후까지 자신의 악과 대면하는 것을 회피하기 위한 부득이한 시도다. 이와 같은 종결에 대한 예외적인 요청은 곧 철회되며 김은 다시 본래의 차분하고도 규칙적인 호흡의 세계로 돌아가고 싶어한다. 하지만 연인은 다시 전화를 걸어오지 아니하며 김은 조등(弔燈)처럼 빛나는 트럭의 화염을 바라보고 있다. 아마도 어르신은 김 자신의 희망대로 이미 죽었거나 이제 곧 죽을 것이다. 확실치는 않지만 뭔가 끝났고 죽었으며 이전과 미묘하게 달라졌다. 그 파국의 잔해는 여전히 남아 있다. 이제까지는 일상 속에서 대수롭지 않게 여겨

---

11) 편혜영, 같은 책, 53쪽.

12) 편혜영, 같은 책, 46쪽.

졌던 자신의 부도덕에 대한 자각, 그것으로 말미암은 종결에 대한 요청이 바로 이 영원히 순환하는 현재에 균열을 일으켰다. 물론 그 틈은 삽시간에 메워지는 중이다. 이것마저도 곧 미로의 일부로 환원된다는 것을 부정할 수는 없다. 하지만 그 사이로 김이 한때나마 끝을 갈망하고 또 예감하는 자였다는 진실이 그 얼굴을 드러낸다. 사실상 자기의 사고보다 이르게 도착하여 그 현장을 목격하고 있는 존재인 김에게 마지막으로 조등의 불빛이 비친다. 김의 '저녁의 구애'는 사실상 파견 근무를 끝내고 싶어하고, 아직 파국이 완전히 박두하지 않았거나 또는 이미 도래해 있는 바로 그 시점에 이루어진다. 김을 비롯한 편혜영 소설의 주인공들은 바로 이 파국과 파견의 사이에 존재하는 자다. 그들은 한사코 회피하고자 하지만 자기의 주검을 미리 보게 되는 것으로 파국의 실재를 어렴풋하게 감지하고 있다.

4. 파국 이후

구원의 가능성은 그 이후에 온다. 예수가 십자가에 못박혀 숨을 거둔 후 사흘 만에 부활했던 극적인 사건을 통해서 말이다. 앞서 언급했듯이 그것은 그리스도의 기괴한 사체의 등가물로서의 성도 공동체라는 부정성의 기표에 대한 기입과 구성에 의해 이루어진다. 그러나 먼저 그리스도의 죽음은 곧 인간 원죄의 대속 불가능성, 즉 영원한 사멸이라는 점에서 결국 자신들의 주검을 보고 있었던 요셉과 니고데모, 마리아 등의 비탄과 절망, 애도가 선행하고 있었다는 사실을 간과해서는 안 될 것이다. 그들은 또한 아마도 더이상 시간이 존재하지 않는 구원 없는 세상에서 영원히 방황하지 않으면 안 될 것을 예감했으리라. 부활 및 재림의 약속은 바로 이 영속하는 현재의 종식을 고하는 상징적인 사건이라고 해도 무방하다.

그러므로 종말은 미래의 재해로부터 오지 않는다. 그것은 이미 도래해 있거나 아직 미처 박두하지 않은 무엇이다. 그것은 시간성이 무효화된 현세의 미로 속에서 폭력이나 성장의 아이러니 등 갖가지 이유로 방황할 수밖에 없는 자신의 주검을 사전에 목도하며 두려움에 떠는 인간 자신의 모습 안에 선재한다. 그리고 역설적으로 그 주검들을 애도하며 자신을 포함한 세계의 끝의 징후들을 언제나 간접적으로 예감하는 행위야말로, 파국 이후를 보고 또 대비하는 유일무이한 방법이라고 해도 과언이 아니다. 자신의 주검을 보는 일, 이것이 바로 아직 오지 않은 구원의 단초다.

(『문학들』 2011년 겨울호)

2부

신 없는 세계의 비참

죄와 피의 보편성
— 편혜영 장편소설 『재와 빨강』

『재와 빨강』(창비, 2010)의 주인공은 불운하다. 그는 본래 전염병과 지진이 내습한 C국에 있지 않아도 될 인간이었다. 그가 C국에서의 재앙과 직면하게 된 데는 그 어떤 합리적인 이유도 존재하지 않았다. 그의 파견은 남들보다 쥐를 잘 잡는다는, 말도 안 되는 근거에서 결정된 것이었으며 후에 밝혀지듯이 그의 파견 자체 역시 전적으로 본사 담당자의 실수에 의한 것이었다. 뿐만 아니라 C국에서 그가 막다른 처지에 내몰리게 되는 것 또한 예기치 않은 불운의 연속 탓이다. 이를테면 그는 감염 여부가 불분명한데도 억류되어 본사에 정상적으로 출근하지 못할뿐더러 또 잠깐의 실수로 트렁크를 잃어버려 물품 상당수를 분실하게 된다. 또한 그의 파견 자체가 착오에서 비롯된 것이었기 때문에 그는 자신의 의사와 무관하게 예정에 없던 휴가로 무위의 나날을 보내게 되며 무엇보다도 방문을 두드리는 자들이 그를 체포하러 온 형사라는 그 어떠한 확증도 없음에도 불구하고 단지 그의 이름을 정확히 발음했다는 데서 연유한 불안에 찬 심증만으로 쓰레기 더미에 투신한다.

알다시피 그것은 이후 그의 운명을 가름하는 결정적인 분기이다. 그러나 앞서 언급한 바처럼 그러한 연이은 불운이 꼭 그 자신만을 대상으로 한 것이 아니라는 사실에 진정한 아이러니가 있다. 쓰레기 그리고 그 쓰레기와 같은 삶은 도처에 널려 있으며 공원 내에 거주하는 다른 사람들을 좀처럼 구별할 수 없었던 것처럼 그 자신 또한 그들과 별반 다를 것 없는 존재가 되고 있다. 이와 같은 쓰레기적 삶의 익명성이란 비단 그 자신만의 전유물 내지는 운명적인 것이 아닌 것이다. 쓰레기로 전락한다는 사실에는 그 어떤 필연성도 작용하지 않으며 대상을 특정하지 않는다는 점에서 그것은 불편부당하고 무차별적인 것이다. 그렇다면 그와 같은 쓰레기의 식별 불가능성으로부터 근본적으로 자유로울 수 있는 이는 그 어디에도 없다고 해도 좋다. 마치 제아무리 방역복을 착용하고 위생에 신경을 쓴다고 해도 전염병에 감염될 수 있는 것처럼 말이다. 쓰레기의 존재를 간과하거나 신경쓰고 있지 않다고 해도 사람들이 여전히 쓰레기를 배출하고 있는 이상 그 누군가가 쓰레기로 전락할 잠재적인 가능성은 조금도 줄어들지 않는다. 바꾸어 말하면 이러한 불운은 누구에게나 공평하게 도래할 수 있는 불특정 다수의 것이다. 누구나 이러한 불운의 대상으로 간택될 수 있다는 것만이 유일무이한 필연성이라는 점을 감안하면 그가 희생자가 된 것이 도리어 우연이다. 그리고 이러한 사태를 절박하게 실감하고 있는 이는 오직 그 자신뿐, 이외의 모든 이들은 그러한 궁지에 처한 이가 존재한다는 사실에 대해서 완전히 무심하거나 무감각하다. 쓰레기로 전락하기 이전의 그처럼 대다수의 사람들은 자신이 그러한 불운이 자신을 찾아올지도 모른다는 공평무사한 가능성에 대해서는 전혀 고려하지 않은 채 삶을 영위하고 있다. 그리고 소독약과 방역복, 아파트나 회사 등의 건물 그리고 쓰레기를 태운 재 등은 그것을 (마치 효율적으로 관리되고 있는 것처럼) 불투명한 것으로 은폐한다. 하지만 그것은 어디까지나 일시적인 위안에 지나지 않는다. 불운이 나를 포함한 누군가를 급습할 가능성은 그 어디에나 있다. 마치 자신이 배출한 쓰레기 및 그것을 태운 재처럼,

도처에 퍼져 있으나 아직은 자신의 문제가 아닌 한에서 항상 잠재적인 위험인 채로만 남아 있는 전염병의 존재처럼.

그렇다면 그는 잘못해서 쓰레기가 된 것이 아니다. 도리어 쓰레기가 되었다는 것이 잘못된 것으로 오직 그 자신에게만 실감된다는 사태가 문제적인 것은 아닐까. 이러한 질문과 대면한 우리는 이 모든 파국의 원인이 그가 다름아닌 살인자로 판명된다는 사실과 무관하지 않다는 점에 주목하게 되겠지만, 그것보다 먼저 짚고 넘어가야 할 것이 있다. 그와 같은 우연적 계기란 자신의 내부에도 잠복하고 있었다는 진실 말이다. 말하자면 그 자신의 예측 불가능한 리비도 역시도 그러한 불운의 엄연한 일부를 이룬다. 그는 C국에서의 새로운 생활에 대해 (그것이 순탄할 리 만무함에도 불구하고) 근거 없는 기대를 품었던 적이 있었다. 분실 후 돌이켜보니 트렁크에 들었던 물건들은 그리 요긴한 것들이 아니었고, 그럼에도 불구하고 그는 굳이 그것들을 챙겨왔으며 또 트렁크를 필사적으로 끌고 다니지 않을 수 없었다. 그는 감기약을 구하러 약국을 찾았다가 정작 충동적으로 살충제와 쥐약을 손에 넣게 되며 그 결과 강도를 만나게 된다. 결정적으로 그는 자신의 행위가 무엇을 의미하는지 모르는 채 유진에게 전화하고 쓰레기 더미에 투신하거나 병에 걸린 동료 부랑자를 보디백에 담아 소각로에 던져버리거나 하는 것이며 그리고 무엇보다도 쥐를 잡고 있는 것이다. 엄밀히 말해 그는 자기가 무엇을 원하고 있는지 또 무엇을 하고 있는지 정확히 알지 못하면서도 언제나 돌발적인 계기에 의해 앞서 열거한 뭔가를 하고 있으며 그것은 대개 예측하지 못했던 결과를 초래하게 된다. 그 과정에서 그가 애초 의식했던 목표들은 대개 그 표적을 잃어버리고 도중에 지리멸렬해지기 일쑤이다. 도리어 파국의 잠재적인 가능성은 그 자신의 불가해한 행위에 의해 구체적으로 현실화되고 있다고 해도 무방하다. 그렇다면 그는 매 순간 자발적으로 (외부적 계기인 동시에 자기의 일부이기도 한) 그러한 우연적 계기들에 스스로를 의탁하고 있(다고 믿고 있)

는 셈이다. 요컨대 그는 "자신이 무엇을 하는지 알지 못하는" 자이다.

다만 예기치 않은 파국에 직면할 때마다 그는 자신이 살아남았다는 사실에 안도하고 있을 뿐이다. 그는 어떤 목적이나 이유가 있어서 생존하는 것이 아니라 살아 있다는 그 사실 하나로 인해 한사코 삶을 영위하고자 하는 것이다. 요컨대 생존 그 자체만이 살아가지 않으면 안 될 유일한 이유가 되고 있다. 그리고 그것이 그로 하여금 이미 결정되어버린 모든 사태를 사후적으로 정당화하도록 하며 그것에 장애가 되는 모든 것을 망각하게끔 하고 있다. 따라서 그는 그 어떤 극한 상황에도 적응할 수 있을 뿐 아니라 부랑자, 지하생활자, 방역원 등으로서의 모든 삶을 기꺼이 수긍하게 되는 것이다. 그러나 그러한 리비도 역시 어디를 향할지 전혀 예측 불가능하다는 점에서 다분히 돌발적인 계기로 작용한다. 이 살아남고자 하는 순수한 충동 앞에서 일체는 무효이다. 이 점에서 그는 어떤 극한 상황에서도 살아남는 쥐와 같은 삶을 영위하고 있다고 해도 무방하다. 그러나 그 '살고자 하는 바'가 쥐를 잡아죽이고자 하는 부단한 살의로 전도된다는 것은 지극히 역설적이다. 그럼에도 불구하고 그의 생존이 유일하게 지향하는 바는 바로 이것이며 쥐에 대한 살의 및 그 능력으로 말미암아 그는 C국의 폐허 이후에서도 살아남을 수 있게 되었다는 사실을 부인할 수는 없는 것이다. 그리고 바로 이것이야말로 그를 다른 이들과 구별하는 결정적인 지표이다. 부랑자로 그리고 방역원으로 살아가면서 그는 쥐를 잡고 있다. 알다시피 그것은 쓰레기로 전락한 그에게 살아 있다는 사실에 관한 원초적인 실감을 선사하는 유일무이한 행위였을 뿐 아니라 방역원으로서의 삶을 가능하게 했던 그 자신만의 온전한 재능이었다. 그러나 그가 쥐를 잡지 않을 수 없었던 일차적인 원인은 어디까지나 자신을 그와 같은 궁지로 내몬 세계의 모든 불가사의한 적의(敵意)에 대한 분노와 원한에서 비롯된 것이다. 그것은 마치 정글 속에서 원숭이들에게 모든 것을 빼앗기고 있던 바로 그 순간 한 원숭이의 꼬리를 잡아 물어뜯지 않을 수 없었던 충동적인 행위처럼 외화되지 않을 수 없었다.

그러나 바로 이 쥐를 잡는 행위로부터 모든 것이 근본적인 차원에서 전도된다. 예를 들어 불시에 자신을 급습하는 원숭이와도 같은 세계의 적의란 (앞서 언급한 바처럼, 그리고 그 자신도 명확히 시인하고 있다시피) 실상 그 자신의 방향을 상실한 리비도에 의해 초래된 것이라는 사실은 무엇보다도 그의 신체에 증상으로 깊이 아로새겨져 있다. 그러므로 그가 모든 사태의 원인을 연이은 불운으로 돌리고 자신이 무엇을 하는지도 모르는 채 뭔가를 결행하지 않았다면, 또한 막연히 자신의 죄를 의식하면서도 살아 있다는 사실을 확인하기 위해 계속해서 쥐를 잡지 않았다면, 그는 칼자루의 익숙한 감촉, 즉 그 자신이 전처의 부정을 알고 격분한 나머지 그녀를 살해했다는 진실과 필연적으로 대면하지 않을 수 없었을 것이다. 그리고 이와 같은 자기기만은 알다시피 정작 그가 본국에서의 삶 전반에서 일상적으로 반복해왔던 것이었다. 그 결과로 그는 동료들과 불화해왔고 원숭이에게 모든 것을 빼앗겼으며 결정적으로 아내와 이혼할 수밖에 없었던 것이다. 그렇다면 그가 C국에서 경험하는 파국이란 사실상 본국에서의 삶 그것 자체의 연장(延長)에 지나지 않는다는 점에서 도리어 보편적인 것이다. 그리고 그러한 진실과 마주하여 더이상 회피하는 것이 불가능해지는 바로 그 순간 그는 (자신이 느끼기에는 엉겁결에 우발적으로 그리고 마지못해) 살인을 저지르는 것이다. 실제로 전처가 과거 유진과 부정을 저질렀다는 것을 알게 되었을 때 또는 우연히 만나게 된 여성이 그가 잡은 쥐의 숫자를 속여 돈을 벌고 있다는 사실을 그에게 확인시킬 때 그는 마치 쥐를 잡거나 원숭이의 꼬리를 물어뜯을 때처럼 그 누군가를 죽이지 않으면 안 되었던 것이다. 그렇다면 그가 C국에 오게 된 것은 본국에서 자신의 실책으로 말미암아 이미 수습하기 어렵게 된 삶 그리고 무엇보다도 살인이라는 죄로부터 도망치기 위해 그 스스로 원했던 결과일 터이다. 바꾸어 말해서 이미 C국으로 출국하는 것을 기꺼워하기 시작했던 그 어떤 순간부터 사실 그는 이미 이 모든 사태가 자기 자신으로부터 초래되었다는 사실을 절실히 체감하고 오히려 그 파국적 현실로부터 애써 눈을 돌리고자 했던 것은 아닐까. 그러나 잘못된 삶을 수습하기 위한 이 모든 알리바이에도 불구하고 그는 다시금 살인이라는 자신의 본성적 측면으로부터 결코 도망치지 못한다. 오히려 전처를 죽였다는 사실은 한사코 쥐를 잡고자 했던 살의로 잔존하며 끝내 한 여자를 살해하는 결과로 돌아온다. 그리고 그 회피할 수 없는 사실은 누군가와 대화를 나누고 싶었을 뿐이었던 그 자신의 애초의 소망을 결코 이루지 못할 것으로 만들어버리고 있다.

하지만 이것이 오직 그 자신만의 불운이며 고독일까. 실상 자기 것을 빼앗길지도 모른다는 두려움에 사로잡혀 원숭이의 꼬리를 물어뜯는 그와 같은 존재란 도처에 상존하고 있지 않은가. 이를테면 그의 파견을 질시하는 동료들, 아내를 빼앗아갔던 유진, 그의 호소를 외면하는 경비원이라는 이름의 존재들, 그를 습격하여 살충제와 쥐약을 약탈했던 그 누군가, 감염된 부랑자를 보디백에 넣어 불태우고자 했던 다수의 부랑자들, 몇 푼의 돈을 탐해 그를 밀고했던 노인, 그 누구보다도 그의 이름을 알고 있으면서도 자신이 몰과 관련되어 있는 존재임을 부인했던 사내 그리고 이러한 파국이 자기와는 전적으로 무관하다고 생각하는 그 모두들. 이들 모두가 그와 구별될 수 있는 것은 예컨대 소독약 또는 방역복이라든가 보디백, 아파트나 건물의 벽 같은 차단막을 사이에 두고 그의 처지나 상황이 자신과는 다를 뿐 아니라 완전히 무관함을 주장하면서 스스로를 위안하고 있다는 데서 비롯된다. 그러나 전염병, 그리고 쓰레기를 태운 재는 알다시피 공기 속에 섞여 어디에나 침투할 수 있다. 또한 모든 생필품은 쓰레기로 전락하지 않을 수 없을뿐더러 그것을 태운 연기와 재는 흩어질 뿐 (그리고 태울 수 없는 것은 어딘가에 매립되어) 결코 사라지지 않은 채로 어딘가에 잔존한다. 따라서 그 속에 거주하는 쥐와 바이러스, 그리고 전염병이 불시에 그들을 덮칠 수 있는 것처럼 그들의 죄 역시 언제든 피로써 현행화될 수 있는 것이다. 즉 피(빨강)라는 기회원인에 의해 죄(재)의 예정조화가 발동할 가능성은 언제 어디서든 상존한다고 해도 무방하다. 그러나 그들 모두 역시 그러한 가능성을 한사코 회피하고 있다는 점에서 근본적으로 그와 다르지 않은 존재가 아닐까. 또한 이러한 파국을 전적으로 타자의 것으로 여기며 살아가는 우리 모두 역시 이와 같은 위안의 카타르시스에 한없이 자족하고 있는 것은 아닐까.

그것은 이를테면 인도네시아를 덮친 쓰나미, 플로리다의 카트리나, 쓰촨이나 칠레, 아이티의 대지진 등의 자연재해로 인한 죽음, 그리고 9·11 테러, 아프가니스탄과 이라크에서 벌어진 전쟁이라든가 용산 참사 등의 비극적인 사건의 희생자들, 삼성전자와 한국타이어 노동자들의 돌연사 등등 죽음이 창궐하고 있는 이 참혹한 시대에 그와 같은 사태가 여기가 아니라 저기를 습격했던 것, 또한 우리가 그때 거기에 있지 않을 수 있었던 것은 단지 운이 좋았던 것에 불과함에도 불구하고 그러한 사태를 한사코 타자의 것으로만 여기며 오로지 살아남았다는 사실로서 우리의 삶을 필연적인 것으로 정당화하기에 급급한 우리 모두의 자화상이라고 해도 무방하다. 그럼에도 불구하고 우리가 주검 위에 살아 있다는 사실만큼은 엄연하다. 그것이 바로 우리의 죄이다. 이러한 섬뜩한 죄와 피의 보편성을 이처럼 도저하게 구현하고 있는 한국소설을 나는 아직까지 본 적이 없다.

(〈문장 웹진〉, 2010년 10월)

투어의 파노라마
— 강영숙 장편소설 『슬프고 유쾌한 텔레토비 소녀』

1. 투어와 회귀

'리나'를 비롯한 강영숙 소설의 주인공들은 부단히 '투어(tour)'중이다. 그녀들은 대부분 낯선 곳을 산책하거나 여행하면서 타인과 풍경을 스쳐 지나간다. 단적으로 말해 강영숙의 단편 제목으로 '투어'가 두 번 선택된 적도 있다. 그러나 오해는 말자. 그저 한가로운 관광객이라는 의미가 아니다. 투어는 본래 '회전' '근무교대'를 의미하는 14세기 초 프랑스 고어 "tour(tourn)"에서 연원했고, 그 의미 그대로 "turn"을 어원으로 한다. (오늘날의 '여행'이나 '관광'의 의미가 들어간 것은 1640년대의 일이며 20세기 초에 들어서야 비로소 오늘날의 용법으로 정착되었다.) 그리고 강영숙 소설의 '투어'중인 개인들 다수가 먼 곳을 향해 떠나왔는데도 자신의 원점을 연상시키는 사태와 직면하거나 또는 그 반대의 상황에 놓이는 경우가 많다는 것은 이 어원과 관련하여 공교로운 사실이다.

예컨대 인상적인 단편 「문래에서」의 경우, 화자에게 동경의 대상이 되었던 활기 넘치는 '여자애'의 그림 속 죽음과 악몽의 이미지는 Y지역으로 떠나온 순간 현실로 둔갑한다. 남편의 당부에 따라 좀처럼 외출하지 않고 아이들을 비롯한 주민들과 교류하지 않는 그녀는 갈데없는 외부인이다. 따라서 죽음의 피비린내가 자욱한 동네와 주민의 기괴하고도 살풍경한 모습은 언제나 그녀에게 주변을 둘러싼 파노라마적 풍경으로 체감되고 단지 그녀의 과거와 현재에 알게 모르게 드리워져 있는 죽음의 그림자와 무작위적으로 겹쳐진다. 무엇보다도 그 죽음과 악몽의 풍경은 오히려 그녀 자신에게로 내향(內向)한다. 즉, 그녀가 이제껏 애써 외면하고자 했던, 남편과의 관계에서 형성된 불모성의 구체적인 증상들을 환기하고 있는 것이다. 그러나 그것은 정작 그녀가 남편의 다짐 및 공무원들의 출입 금지에도 불구하고 목격하게 된 동물의 사체가 대량으로 살처분되고 있는 구덩이 앞에서 극적으로 전환된다. 즉 서로 몸이 얼크러지고 뒤섞여 부패해가는, 생전의 육체적 경계가 무화된 사체에 대한 몽상은 역설적으로 입덧과 분간되지 않는 구역질을 유발할 뿐 아니라 남편의 품을 그리워하는 에로티즘적 충동[1]에 사로잡히게끔 한다. 그야말로 무한한 리비도의 구멍을 연상시키는 사체의 구덩이라는 물질적 실체 위에 천진난만하게 약동하는 '여자애'의 환영이 오버랩되는 것은 이와 관련하여 실로 의미심장하다. 역사적으로 유서 깊은 리비도라는 물질적 실체 대 욕망의 대상이라는 이미지 간 이항대립을 단적으로 환기하는 그것은 그러나 그녀 주변을 둘러싸고 있는 죽음이라는 타자와 기묘하게 겹쳐 있지 않았다면 실체화될 수 없는 것이다. 그러므로 「문래에서」의 삶과 죽음, 문래와 Y지역, 사체와 욕망 등은 서로 대립되는 것들이 아니다. 오히려 그녀의 투어는 이 이항대립적 요소들이 그 경계를 구별하기 어렵도록 상호 연쇄적으로 부단히 그 자리를 교체하고 있는 양상을 확인하는 과정에 가깝다. 종국에 어둠에 가려지는 구덩이를 뒤로한 채 "어디로도 갈 수 없을 것 같은 기분"[2]에 사

1) 조르주 바타유, 『에로티즘』, 조한경 옮김, 민음사, 2009.

2) 강영숙, 「문래에서」, 『아령 하는 밤』, 창비, 2011, 28쪽. 이 글에서 언급한 강영숙의 단편들은 소설집 『아령 하는 밤』에 실린 것들이다.

로잡혀 죽음의 공기로부터의 소독을 기다리며, 단지 밀크초콜릿을 먹어대기만 하는 탐욕스러운 욕망 자체인 남편의 존재를 그리워한다. 그러므로 그녀의 죽음을 향한 투어는 결국 스스로의 삶의 원점, 그 넓이와 깊이를 가늠할 수 없는 욕망의 자기원인으로 내향하는 원환(圓環)적 여정이라고 해도 과언이 아니다.

강영숙의 또다른 단편 「죽음의 도로」는 보다 직접적이다. 목적지조차 확실하지 않고 의도나 계획과 달리 곳곳에 장애물이 돌출하는 가운데 단지 험한 일로 인도되기만 했던 중국 여행처럼, 자살을 결행하기 위해 '죽음의 도로'라는 강변북로로 나선 '나'의 여정은 실상 매 순간 자신의 생각이나 기대에 배반하는 사태에 직면한다. 사고에 적합한 속도를 낼 수 없을 만큼 도로는 막히고, 정작 속도를 올릴 수 있게 되자 이번에는 자신의 죽고 싶은 심정에 관한 토로를 거부하는 과거와 현재의 연인에 대한 예기치 않은 분노가 계속해서 '나'를 운전하도록 만든다. 그리고 '나'의 드라이브는 자살로 귀결되는 것이 아니라 내부순환도로를 타고 도시를 한 바퀴 돌아 스스로를 원래의 자리, 즉 집으로 돌아오게끔 한다. "죽음의 도로"를 탄 '나'의 고물차는 죽음이라는 돌아올 수 없는 강을 건너기 위해 마냥 직진하는 것이 아니라 이러저러한 불요불급한 계기의 연쇄로 말미암아 결국 제자리로 회귀하는 것이다. 그리고 그 거대한 순환은 어디까지나 중요한 분기점마다 어떤 결단도 없이 단지 주저하기만 하고 싶은 스스로의 욕망이 부지불식간 지시한 경로에 의한 것이며, 그것이 형성하는 공전의 궤도는 자살을 결행할 수 없도록 하는 일체의 계기를 비춘다. '나'의 죽음을 향한 여정이 결국 원점으로 돌아오기 위한 것이라는 점은 말할 필요도 없다.

그러므로 아무리 먼 곳으로 떠난다고 해도 달라지는 것은 없다. 「아령하는 밤」의 주인공들은 상징적으로나 실제적으로 원위치로 회귀하는 것을 전제로 투어할 뿐 좀처럼 이주하거나 월경하지 않는다. 현전하는 무수한 외부의 이미지나 계기들과 조우하지만 자신의 원점으로 수렴되는 풍경으로 대할 뿐 그 핵심에 진입하는 것은 한없이 주저한다. 원래의 자리로 돌아왔다고 해서 그곳이 안주할 만한 중심이 되는 것도 아니다. 그러므로 삶이라는 투어는 반복될 것이다. 자신을 거울처럼 비추고 있는 외부는 물론이거니와 내성으로 소행(溯行)하는 과정조차 종종 그 낯선 얼굴을 거듭 드러낼 것이다. 자신을 포함한 일체를 생소한 것으로 거리를 두고 대상화하는 자의식의 무한한 여정이 강영숙의 소설을 지배한다. 그리고 그렇게 완전한 대단원은 유예된다. 그렇지만 바로 그렇기 때문에 삶도, 그리고 무엇보다 이야기도 우로보로스의 형상처럼 지속될 수 있다.

2. 나는 너를 모른다

'리나'도 그러했듯이 어디에도 귀속되지 않는 자의식의 투어란 윤리적이다.[3] 그것은 섣불리 말하거나 이해할 수 없는 대상에 대해 거리를 두고 단지 자신과 연루되는 부분적 · 구체적인 계기에 대해서만 이해할 수 있다고 말하고자 하는 태도다. 깊이나 넓이를 짐작할 수 없는 거대한 구멍과도 같은 스스로의 욕망과 그것이 지향하는 환영까지도 포함하는 일체가 자의식이라는 거울에 비치는 풍경에 불과한 것이며 그것에 대해서만 이해하거나 말할 수 있다고 간주하는 태도는 비정하지만 정직하다. 「재해지역투어버스」에서 촛불시위 현장에서 물대포를 뒤집어쓴 자신의 몰골 때문에 남자로 오해받는 것과 같이 '나'는 단지 운전기사의 연속되는 멘트를 듣고 허리케인이 초래한 거리의 각양각색의 참화를 목격하면서 나름대로 짐작하는 식으로 대상의 외면에 머무는 것을 자처한다. 심지어 재즈 뮤지션이 연주하는 오직 '지금 여기(hic et nunc)'의 일회적인 음악,

---

3) 신형철, 「만유인력의 소설학」, 『몰락의 에티카』, 문학동네, 2008.

"슬프고 장중한 장례식 뒤에, 깔깔거리는 웃음이 나오는 밝은 재즈곡"[4]에 의한 그 어디에도 없을 도취와 낙관이 현현하는 순간에조차 그러한 태도는 견지된다. 반면 사물의 이면에 존재하는 특별한 의미를 상정하거나 과도하게 부여하는 것은 극력 자제되고 있다. 타인의 고통은 결코 측량할 수 없으며 거기에 있는 것일 뿐이다. '나'는 그것을 보고 들었으며 지금 여기에 함께 있으되 단지 짐작할 수 있다고만 말하고 있는 것이다. 「그린란드」의 경우 그럭저럭 평탄했던 것으로 여겨졌던 결혼생활 및 돈독해 보였던 남편의 친구들 간 관계가 일종의 자기기만과 채무 관계라는 대단히 취약한 기반에 의해 조성된 것이었다는 진실이 폭로되려는 미묘한 순간이 있다. 그러나 바로 그 직후 남편을 포함한 친구 전부가 종적을 감추는데 단지 '그린란드'로 떠났을 것이라고 막연하게 추정될 뿐 그들의 실종의 이유 및 행방은 도무지 확인 불가능한 것이다. 단지 '나'를 포함한 '우리'는 그녀들이 알고 있다고 생각되는 남편들의 행적을 추적하는 것 이외에 아무것도 할 수 없다. 그것은 남편을 비롯한 친구들이 누구이고 어디로 향했는지 도무지 알 수 없다는 사실을 재차 확인하는 여정에 지나지 않는다. 남편들이라는 더없이 친밀한 대상에 대해 '나'를 포함한 그녀들이 알고 있었던 것은 채무 관계뿐이었고, 정작 그들의 욕망이나 행방에 대해서 아무것도 알고 있지 못하다는 사실을 인정하지 않을 수 없는 자각의 순간은 더할 나위 없이 낯설며 또한 외롭다. 그러나 동시에 지금 여기에 문득 도래한, 가족과 함께 눈사람을 만드는 설경(雪景)이 그들이 향한 장소로 짐작할 뿐인 얼음의 사막 '그린란드'와 겹쳐지는 순간이 있다. 「그린란드」의 세계에서 '내'가 익숙해져 있고 잘 알고 있다고 생각되는 일상과 관계 일체는 한낱 자기기만과 무지에 기초한 사상누각(砂上樓閣)에 지나지 않는다. 그럼에도 불구하고 그 사상누각의 개별적 환영이 어떤 인과

4) 강영숙, 「재해지역투어버스」, 『아령 하는 밤』, 창비, 2011, 127쪽.

관계도 없이 상호 오버랩되는 순간이 존재한다는 사실만큼은 결코 부인될 수 없다. 그것을 포착하는 것 또한 고독해진 자의식의 마법이다. 그러나 단지 그뿐, 그들이 만든 눈사람은 남편의 존재처럼 하루 만에 증발한다. 이와 같이 너와 나의 간극이 엄연한, 도저한 세계 속에서 섣부른 환상이나 낙관을 투사하는 것은 무리일 터다.

강영숙의 신작 장편소설 『슬프고 유쾌한 텔레토비 소녀』(문학과지성사, 2013)의 세계는 한층 더 잔혹하다. 물론 특정한 자의식의 투어에 국한되어 있는 단편의 형식과는 구별되며, 무엇보다도 한없이 타자를 지향한 나머지 스스로의 파멸까지도 초래하는 지고의 사랑이라는 이례적인 테마를 다루고 있는 것이 사실이다. 어느 날 문득, 그야말로 벼락처럼 조우하게 된 '여자애'와 '남자' 간 심신(心身)을 다한 '운명적 사랑'은 그러나 여러모로 수상쩍다. 그들은 분명 서로를 유일무이한 '하나', 알파벳의 가장 앞자리에 위치하는 'A'라는 이름으로 호명하고 있고, 나이와 신분과 세간의 시선을 초월하여 서로를 원하고 있으며 상당한 희생을 감수하고 있다. 하지만 그가 '여자애'를 집으로 들인 것은 다름아닌 술에 취해서였으며 둘의 관계의 본격적인 시발점이 된 그 일을 제대로 기억하지도 못하고 있다. 그는 술에 취해 있을 때뿐만 아니라 제정신이 돌아온 상태에서도 미성년자인 '여자애'를 강간하다시피 하며 그것을 어쩔 수 없는 내부의 야성이라는 타자에게로 귀책시킨다. 그러나 바로 그러한 책임의 전가야말로 그 자신이 죄를 지었다고 하는 사실에 관한 변경 불가능한 증표다. 그럼에도 불구하고 그는 '여자애'의 존재를 자신이 영위하고자 하는 삶과 미래의 방해물로 부지불식간 간주할 뿐이다. 그렇기 때문에 그는 자신의 죄 자체를 부단히 환기시키는 '여자애'를 내보내어 당혹스러운 사태를 시급히 종식시키려고 하며, 그녀가 자신에게 접근할만한 부도덕한 이유를 가진 '날라리'거나 '산업스파이'일지도 모른다는 추측에 도달했을 때마다 안도한다. 무엇보다도 그는 '여자애'에게 수표와 명함을 쥐여주면서 둘의 관계를 성매매, 즉 거래로 규정하여 자의적으로 봉합하고자 한다.

그러나 죄의 다른 이름은 '남자' 내부의 욕망이다. 따라서 그는 결코 '여자애'의 부재로부터 도망치거나 회피할 수 없다. 실제로 그녀가 오피스텔을 나간 직후 그는 창밖을 내다보며, 그 자신의 일상은 완전히 낯설어진다. 뿐만 아니라 출장 간 길에 인형과 인형 옷을 사오고, 돌아온 이후에도 부단히 '여자애'의 모습을 찾아 방황하는 등 기존의 일상에 비추어 도무지 이해할 수 없는 자신의 모습에 수차례 직면한다. 그리고 결국 '여자애'와 처음 만났던 바로 그 장소에서 다시금 재회하여, (여자애의 말에 따르면) 처음 만났을 때와 마찬가지로 먼저 자신의 집으로 들어가자고 말한다. 그러나 그는 여전히 '여자애'의 육체에만 갈급하여 일주일 내내 탐닉하기만 한다. 그리고 그 일체의 과정 속에서, 최초에 그녀가 '남자'의 의사에 반하여 마음대로 해보라는 듯한 미소를 지었을 때 뺨을 때렸던 것처럼, 자신이 접근할 수 없는 '여자애' 내부의 독자적인 영역을 감지할 때마다 소외되는 것 같은 불안에 휩싸여 더욱 난폭하게 그녀를 다룬다. 실상 '여자애'라는 대상을 그토록 갈구하면서도 정작 '남자'가 추구하고 있는 것은 자신의 편익에 지나지 않으며 실로 자기기만과 자기합리화의 연속이라고 해도 과언이 아니다. 그런 만큼 '남자'의 생각과 언행은 그때그때의 임기응변에 따라 되는대로 이루어지며 지키지 않을 약속을 남발하고 무엇보다도 전혀 일관되지 않는다. 심지어 '남자'는 '여자애'의 심상치 않은 통증을 감지했으면서도 자기 마음대로 거칠게 관계한다. 그들의 데이트는 그다음, 정확히 '남자'가 "이제 모든 걸 끝내야 하는 시간이 다가오고 있다는 걸 충분히 느꼈다"[5]라는 자각 이후에야 이루어진다. 그것은 무엇보다도 사실상 '남자'의 휴가가 끝났고 회사에 출근해야 하며 이제 그녀가 집에 돌아가야 한다는 것을 통보하기 위한 절차였다고 해도 과언

5) 강영숙, 『슬프고 유쾌한 텔레토비 소녀』, 문학과지성사, 2013, 62쪽. 이하 본 텍스트의 인용은 본문에 쪽수로 표기한다.

은 아니다. 그는 그저 자신의 일상에 복귀하기 위해 자신 곁에 남아 있고 싶어하는 '여자애'를 그녀의 집, 거리로 돌려보낸다. 그리고 그 사실상의 유기의 결과 '여자애'는 그야말로 이중 삼중의 비참한 지경에 내몰린다.

그런데 정작 '남자'에게 연연하는 것처럼 보였던 '여자애'의 사랑 역시 기이하다. '남자'와의 관계에 있어서 그녀는 당돌하고 붙임성 있게 구는 외향적 태도와 달리 좀처럼 그 속을 짐작할 수 없는 존재다. 불행한 가정사로 인해 살 곳이 없어진 상태에서 당장의 생존과 호구에 구애되지 않을 수 없는 그녀는 처음에는 하루의 숙식을 해결하기 위해 '남자'를 만난 것처럼 보인다. 이것은 그녀의 일상이며 실제로도 '남자'의 집을 나섰을 때 아무 일 없었다는 듯이 어딘가로 전화를 걸어 수다를 떤다. 그러나 '남자'와 재회한 후 자신의 고통을 감수하면서까지 그의 난폭한 요구를 모두 들어주며 그가 베푸는 모든 호의와 혜택에 대해 순수하게 기뻐한다. '여자애'의 불우한 환경이 '남자'의 원조를 자연스럽게 받아들이도록 한 것이기도 하지만 비단 그것이 전부는 아니다. 특히 최지민의 존재에 예민하게 반응하고 있는 데서 알 수 있는 것처럼 그녀는 이미 '남자'를 사랑하기로 결심한 것처럼 보인다. 그녀는 '남자'의 휴가가 끝난 후 피시방과 사우나, 지하철역 등을 전전하고 길거리에서 만난 동료들과 함께 원조교제에 나서며 피시방 주인 사내에 의해 성폭행당할 위기에 놓이는 등, 사실상 방치된다. 심지어 '동석'과의 관계가 소원해진 것에 대해 부단히 '여자애'의 존재를 의식하고 있는 최지민의 추궁에 직면하기도 하며 함께 원조교제에 나섰다가 실종된 S로 인해 부단히 죄책감을 느끼기도 한다. 이에 대해 '남자'가 하는 일이란, 회사의 사정과 복잡한 일상을 빌미로 자신이 필요할 때나 '여자애'의 요청에 의해 가끔 그녀와 통화하거나, 만나러 와서 관계를 맺고 노트북을 사주거나, 바다에 데려가거나, 자신의 오피스텔로 데려와 쉬게 하는 것 정도이며 가급적 다정하게 대하는 것이 전부다. 심지어 '여자애'를 임신시켰을 뿐만 아니라 돈을 주고 혼자 낙태 수술을 받도록 하는 등 더할 나위 없이 가혹한 상황에 내몬 당사자임에도 불구하고 '여자애' 자신은 '남자'를 원망하기는커녕 그와 그의 오피스텔을 항상 휴식지처럼 여긴다. 실제로 '남자'의 생각대로 그녀는 그에게 있어서 "자기 마음대로, 자기가 원하는 대로 해도 될 것"(62쪽) 같은 존재이며 '여자애' 역시 "그가 시키는 대로, 이끄는 대로 따라 하다보면 어느 순간 자기도 모르게 눈앞이 보이지 않고, 혀가 꼬이고 몸이 뒤틀리면서 머릿속이 맑아졌다. 따뜻한 물에 몸을 담그고 있을 때 따끔거리며 아팠던 몸은 그의 손이 닿으면 다시 부드러워졌다"(59쪽)와 같은 문장에서 알 수 있는 것처럼 언제나 '남자'가 기꺼이 시키는 대로 한다. 이 점에서 '여자애'의 사랑 또한 부단히 '남자'의 욕망에 자신을 일치시키고자 한다는 점에서 히스테리증자의 그것처럼 보이기도 한다.[6)]

그들은 서로를 모른다. 그렇기 때문에 단지 서로에게서 자신이 원하는 것만을 구한다. 일견 그들 간 사랑은 사도마조히즘에 입각한, 그야말로 서로에게서 자신이 보고 싶은 것만 보고자 하는 전형적인 "성관계는 없"[7)]는 그런 관계처럼 보인다. 그리고 이러한 규정은 적어도 '남자'에게는 완벽하게 들어맞는다. 그는 자신의 일상은 물론이거니와 둘의 관계에 있어서도 항상 아버지의 이름(name of the father)을 의식하는 개인이다. 더욱이 외려 '원조교제'라는 법적 · 사회적 규정이 적확해 보일 정도로 '여자애'의 유기를 전후한 시점에서 '남자'의 태도는 파렴치하기 짝이 없다. 그러나 '여자애'에게 있어서도 '남자'의 존재는 유일무이한 욕망의 자기원인이 된다. 그녀를 둘러싼 가혹한 세계는 어떤 자유나 선택도 허락하지 않는다. 단지 스스로 원하는 것을 하고 있다는 자의식을 견지하는 것만이 그녀에게 허락되고 또한 선택할 수 있는 유일한 자유다. 그리고 적

---

6) 레나타 살레클, 『사랑과 증오의 도착들』, 이성민 옮김, 도서출판b, 2003, 45쪽.

7) 브루스 핑크, 「성적 관계 같은 그런 것은 없다」, 『성관계는 없다』, 김영찬 외 옮김, 도서출판b, 2005.

어도 '남자'가 원하는 것 그것이 바로 스스로가 원하는 것이라는 사실을 자각하고 있는 것만큼 '여자애' 자신의 자의식을 충만케 하는 열정은 없다. '여자애'가 그에게 그야말로 간절히 "보고 싶어 죽는 줄 알았어요"라고 말하며 "평생 그 손을 놓고 싶지 않았다./ 그는 자기 손을 핥고 있는 여자애의 입술을 보는 순간 눈을 감았다. 여자애는 그 순간 한 치의 거리감도 없이 몸에 붙은 먼지까지 동원해 그에게 엉겨"(119쪽)붙었던 것은 그것의 구체적 확인이며, S가 실종된 이후에 그녀가 구할 수 있었던 몇 안 되는 위안 가운데 하나였다. 그러므로 '여자애'는 자신이 원해서 '남자'가 원하는 대로, 시키는 대로 한다. 이것은 단순한 마조히즘을 초월한 것이다. '여자애'의 불투명한 내면은 '남자'의 예측 · 측량을 불허하는 내부의 자연에서 비롯된 욕망과 자기기만, 자기합리화 일체를 포용할 수 있는 일종의 바다 같은 규모의 주형(le corps)[8]이라는 점에서 다분히 숭고한 것이라고 해도 잘못은 아니다. 그리고 이제 '남자'는 자신이 편리한 대로 애써 외면해왔음에도 불구하고, 이제 자신이 의식적으로 원했던 것은 물론이거니와 자기가 원하는 바를 스스로 알지 못했던 것 일체까지도 기꺼이 감수한 '여자애'라는 타자, 그것이 회귀한 치명적인 결과를 온전히 감당하지 않으면 안 된다. 그것은 필연적이다. 적어도 '여자애'는 '남자'가 시키는 대로만 했던 것, 그리고 자신에게 주어진 죽음의 가능성을 회피한 것이 S의 실종과 죽음이라는 치명적인 결과를 초래한 것에 대해 응분의 대가를 치른다. 그리고 이제 '남자'의 차례다.

3. 선고와 견지

〈조제, 호랑이 그리고 물고기들〉(2003)이라는 영화가 있다. 다나베 세이코의 동명의 단편을 원작으로 한 이 영화에서 주인공 조제는 여러모로

8) 피터 브룩스, 『육체와 예술』, 이봉지 · 한애경 옮김, 문학과지성사, 2000, 99~101쪽.

지상에 올라온 인어공주를 연상시키는 존재다. 오랫동안 원치 않는 고립 속에 살아온 그녀는 실제로 다리가 불편하다. 스스로도 츠네오를 만나기 위해 죽음과도 같은 어둡고 고독한 해저에서 올라왔다고 독백한 적도 있다. 이것은 단순한 비유가 아니다. 오히려 바로 그렇기 때문에 조제가 해저의 수족관이나 호텔 물고기관 같은 곳을 동경하는 것은 자연스러운 일이다. 그러나 영화에서 츠네오는 소설과 달리 결국 조제의 해저에 이끌려 들어가는 것을 거절한다. 일 년간의 동거를 거쳐 츠네오 자신도 이미 어렴풋하게 감지하고 있었던 것처럼, 조제는 츠네오의 많은 부분을 침해하는 존재다. 더욱이 그녀의 유폐된 세계와 완벽히 일치되는 것은 그 자신에게 있어서 외부 세계와의 완전한 단절, 상징적인 의미의 죽음을 의미한다. 오로지 둘만이 존재하는 죽음과도 같은 해저가 환기하는 강렬한 매혹에도 불구하고, 본래 거기에 있었던 조제와 달리 츠네오가 선택할 수밖에 없는 것은 이별이다.

『슬프고 유쾌한 텔레토비 소녀』에서 '여자애'와 '남자'가 세상과 격리되어 서로를 탐닉하는 장면에서 각각 해저 또는 죽음과도 같은 어둠 속에 묻혀 있는 것 같다고 자각하는 때가 있다. '여자애'는 '남자'에게 종종 바다를 보러 가고 싶다고 조른다. 뿐만 아니라 그들이 실제로 바다로 향한 날 그곳의 수족관 모텔에서 '여자애'가 〈조제, 호랑이 그리고 물고기들〉을 직접 거명하기도 하는 등, 이 영화의 한 장면을 연상시키는 대목 또한 존재한다. '여자애'는 바다에 눕고, '남자'는 빙하에 갇힌다. 함께 있는 순간, 그들은 각자의 바다에 있는 물고기처럼 형용된다. 남자 또한 이전부터 그녀에게서 단순히 원조교제로 인한 범법 및 사회적 지탄의 위험을 넘어서는, 불길하고도 불쾌한 기운을 부지불식간 감득한 것이 수차례다. 특히 그들이 재회한 순간의 신체적 접촉은 "몸과 입술이 닿는 순간 목구멍이 타들어가며 상반신이 마르는 느낌이"(50쪽) 드는 등 그야말로 '여자애'가 '남자'의 생명력을 빨아들이고 있는 것처럼 감각되며, 섹스 역시 어떤 극한(極寒)이나 해저의 체험 같은 것으로 종종 체감되기도 한다. 이외에도 "(여자애의 몸에) 손을 댔다가는 팔뚝이 잘리거나 머리통이 날아갈 것 같은 기분"(33쪽), "목이 잘린 시체 옆에 누워 있거나 몸을 잡아당기는 늪지대의 기운을 이기지 못하고 발버둥이 치며 땅속으로 꺼져들어가는 꿈을 꾸었다"(54쪽)와 같은 대목에서처럼 아예 직접적으로 파멸과 죽음을 환기하는 문장도 있다. 그러므로 '남자'의 직감은 본능적으로 '여자애'와의 관계를 끝내려고 하거나 되도록 거리를 두려고 하는 방향으로 작용한다. 이 점에서 앞서 비판한 바 있는 그의 몰염치는 '여자애'의 존재가 환기하는, 목전에 당면한 죽음에 대한 예감 앞에서 자신의 생존을 도모하기 위한 불가피한 선택에서 비롯한 것일지 모른다.

알다시피 '여자애'를 만나기 전, '남자'의 일상은 순탄했고 남부러울 것이 없으며 일체를 숫자와 이익으로 환원하는 그 자신의 세계관을 견지해도 되었다. 그러나 일주일에 걸친 '여자애'와의 동거를 통해 이와 같은 각종 징후를 경유한 후 그의 삶은 완전히 달라진다. 최지민과의 관계는 완전히 심드렁해지는 것은 물론이거니와 무엇보다도 그 자신도 어쩔 수 없는 다양한 정세와 환경의 변화로 말미암아 자신이 맡은 회사의 실적은 악화일로를 걷는다. 이후에도 '여자애'와의 관계에 고착되어 있는 '남자'의 일상은 전과 달리 전혀 순조롭지 못하다. 특히 그들이 함께 바다에 다녀온 것, 즉 둘만의 해저의 빙하에 깊이 침강한 이후부터 '남자'의 삶은 그야말로 나락에 빠져든다. 회사에서는 해고될 지경에까지 내몰리며 궁극적으로 '여자애'와의 관계로 말미암아 S를 살해한 용의자 가운데 한 사람으로 지목당하기에 이른다. 아버지의 법에 입각한 그 자신의 일상은 그야말로 매 순간 장애물에 봉착하는 것이다. 그러므로 '여자애'에 관한 그 자신의 직감은 실로 정확한 것이었다고 해도 지나친 말이 아닌 것이, '여자애'와 관계되는 한 또는 그녀에 대한 자신의 욕망을 포기하지 않는 한, 삶에 있어서 통제 불가능한 불행이라는 타자는 계속해서 돌출될 것이다. 그 자신의 삶은 계속해서 그렇게 침식되고 소진될 것임에 틀림없다. 그럼에도 불구하고 '남자'는 '여자애'를 향해 치닫는 자기 내부의 타자를 도무지 어쩌지 못하는 교착 상태에 계속해서 머물고자 한다.

'여자애'에게 있어서도 마찬가지다. '여자애'에게 있어서 '남자'와의 관계는 그야말로 고통의 연속이다. 단순한 수사에 그치는 것이 아니라 실제로 그렇다. 그녀는 '남자'와 섹스할 때는 물론이거니와 그 이후에도 원인을 알 수 없는 통증에 시달린다. 이미 아버지는 빚을 남긴 채 실종되었고, 어머니는 빚쟁이들에게 쫓기면서 식당에서 주방일을 하고 있으며, 돌아갈 집도 없어서 거리를 전전하는 등 이미 삶의 나락으로 떨어져 더이상 잃을 것이 없었던 '여자애'는 앞서 언급했다시피 '남자'를 유일한 휴식으로 여기는 대가로 마지막 남은 신체와 생명을 소진해간다. 앞서 언급했다시피 고통은 물론이고 임신 후에 낙태하며 S의 전철을 밟아 그대로 종적을 감춘다. 그도 그럴 것이 '남자'의 욕망을 자기의 욕망으로 여기는 것은 엄밀히 말해서 스스로를 죽이는 길이다. 특히 어떤 경우에도 "울지 말랬지. 무서워하지도 말랬지. 말 안 들으면 엉덩이 때려준다"(143쪽)라는 (인형에게 말한 것이지만 실상 자기 자신에 대한 다짐이기도 한) 명령을 준수하려 했던 것, 즉 금지를 항상적으로 내면화한 채, 오로지 글쓰기 및 '남자'와의 사랑이라는 환영 속을 자유롭게 유영하는 자의식을 통해서만 자신을 구속하고 있는 일체의 현실에 갇혀 있지 않으려 했던 것은 그것이 불가능해지는 바로 그 순간 그녀 자신에게 치명적인 결과로 회귀한다.

즉 최지민 앞에서 '여자애'는 "돈 받고 한 아저씨 애인"(183쪽)이었다는 세간의 선고를 수긍하는 동시에 그럼에도 불구하고 '남자'와의 관계가 '사랑'이었음을 선언하지 않을 수 없다. 한편으로 S의 실종과 죽음에 대한 경찰의 수사는 그녀로 하여금 더이상 눈앞의 현실 및 죽음을 회피했다고 하는 무지에서 기인한 스스로의 죄 또한 외면할 수 없도록 한다. 무엇보다도 그후 재차 임신했다는 사실을 밝히면서 이번에는 낳겠다고 말하는 것, 즉 인형이 아니라 가족을 갖고 싶다는 소망을 언명한 것은 결정적이다. 그것은 '여자애'가 '남자'와의 관계에 있어서 자신의 욕망에 대해 발설한 최초의 순간이다. '남자' 역시 '여자애'와 정확히 동일한 경로(최지민의 힐난과 경찰 수사)를 거쳐 "이하나가 몇 살인지 알아? 걔가 어떤 애인지 알아? 가출한 애야. 채팅으로 남자들 만나서 자고, 돈 받고, 그 돈으로 사는 애야. 당신은 그런 애를 데리고 논 거야. 불쌍한 애라구"(215쪽)와 같은 치명적인 선고에 직면해 있다. S의 실종과 죽음은 이제껏 상호 분리되어 있었던 '여자애'와 '남자'의 세계를 겹쳐지게 하는 확실한 계기가 된다. 이미 '남자'는 노트북의 기록을 통해 '여자애'의 환영을 들여다본 적이 있다. '여자애'는 '남자'의 가사(假死)를 목격했으며 최후의 섹스에서 비로소 '남자'의 빙하 속으로 떨어졌다. 이제까지와 같이 더이상 서로를 알지 못한 채 각자의 분리된 세계를 영위할 여지는 남아 있지 않다.

그럼에도 불구하고 그들은 최종적으로 이제껏 각자 견지해온 것을 포기하지 않는 선택을 한다는 점에서 어떤 경계도 넘지 않는다. '남자'는 이미 '여자애'에 대해 "저는 하나가 그런 일을 하는지 정말 몰랐습니다. 제가 알았다면 그냥 두지도 않았을 거구요"(215쪽)라는 거짓말을 했으며, 고향의 부모와 지인들에게 '여자애'의 존재를 숨길 뿐 아니라, 최후의 순간 '검정 양복'이 '하나'의 뒷자리에 앉는 것을 보고도 다시금 방치한다. 그리고 "여자애는 그때 말도 안 되는 상상을 했다. 아이를 낳고, 작은 아이가 저 골목을 아장아장 걸어 나오는 상상. 그러나 이내 상상의 내용을 바꿔버렸다. 펌프킨 클럽 아이들이 모두 저 집 앞 마당에서 만나는 상상. 자신의 상징 문양이 새겨진 깃발을 들고 세계 탐험에 나서는 상상."(230쪽) 그러므로 이제 출구는 하나뿐이다. 이제껏 그래 왔던 것처럼 '여자애'가 다시 '남자'가 원하는 것 바로 그것을 스스로가 원하는 것으로 여기는 자의식을 견지하는 것. '남자'는 내내 '여자애'의 존재가 누구에게도 알려지지 않기를 바랐다. 그리고 그들 각자가 은연중 가장 두려워했던 가능성이 마침내 현실이 된다. '여자애'는 정확히 S의 전철을 밟아 그대로 실종되며 최종적으로 '남자'를 사랑한다는 선언을 결코 멈추지 않는 자의식 자체로만 남는다. 그리고 '남자'는 '여자애'를 잃었고 바로 그 이유 때문에 경찰에 미행당하고 완전히 몰락한 채 정처 없이 떠도는 신세가 된다. '여자애'의 "온 우주를 헤매고 다니"(171쪽)는 꿈과 '남자'의 악몽은 사실상 남김없이 실현되었다.

4. 죽은 연인

그들의 뜨겁고도 차가웠던 여름은 이렇게 끝났다. 두 달 후 '남자'는 '여자애'의 실종이 자신이 바랐던 결과였다는 것을 뒤늦게 자각한다. 아니 그 자신이 '검정 양복'이 되어 실제로 '여자애'를 살해했는지도 모른다. '여자애'의 존재를 간절히 그리워하면서 모텔을 전전하는 내내 그는 시취와 괴물과 사체와 핏물 등의 온갖 죽음의 이미지로 충만한 악몽 및 죄책감 비슷한 의미심장한 징후들에 시달린다. 심지어 그들이 마지막으로 함께한 장소, 그의 고향집이 보이는 소나무가 우거진 모래언덕에 여자애의 시신과 미국 인형과 텔레토비 인형을 암매장하는 꿈을 꾼다. '여자애'의 실종 이전에 꾸었던 악몽이 모두 치명적인 결과로 회귀한 마당에 그것이 꿈인지 현실인지 식별할 도리는 없다. 실종 이후에도 계속해서 도착하는 '여자애'의 메시지 또한 환영인지 실제인지 확인하지 않아도 된다. "나는 잘못한 게 없어요"(236쪽)와 같은 항변이나 "아저씨 비가 와요"(237쪽)라는 메시지가 도착하자 '남자'가 있는 곳에도 비가 내리기 시작하는 귀기(鬼氣) 같은 것을 합리적으로 설명할 도리는 없다. 다만 '남자'에게 있어서 '여자애'가 이미 삶과 죽음을 초월하여 "아저씨, 사랑해!"(240쪽)와 같은 메시지를 보내오는 존재로 화(化)했다는 사실만큼은 변경 불가능하다. 그가 착란을 일으킨 것이라고 해도 관계없다. 아니 오히려 세간(최지민 또는 경찰)의 언어로는 도무지 형용 불가능한 '여자애'와의

'사랑'에 대해서 과거와 현재, 삶과 죽음, 현실과 환영 일체를 구별할 수 없고 어떤 순서나 질서도 없는 일련의 연속된 파노라마 같은 것으로 늘어놓는 것은 어쩌면 지극히 당연한 반응일지 모른다. 그러므로 '남자' 자신의 삶 역시 그렇게 완전히 부서진다. 이미 애초부터 '남자'는 '여자애'에게 죽음의 징후를 감득하고 있었던 만큼 그것은 원점으로 회귀한 것이라고 해도 좋다. 단지 일체를 결코 구별하거나 분간되지 않는 배경으로 돌리고 두 사람만을 유일무이하게 전경화된 영원한 연인으로 간직하고 기억하려는 '여자애'의 선언만이 존재한다. "아저씨, 우리는 세상의 마지막 연인이다! 그거 꼭 기억해."(241쪽) 최후에 '남자'가 '여자애'가 암매장된 장소를 파헤치는 것은 이 선언을 뒤늦게나마 실현하려는 필사적인 몸부림인 것만은 틀림없다. 그러나 그녀의 죽음에 관한 물질적 증거는 전혀 남지 않았다. 단지 언제나 유쾌한 선언 그 자체로 남아 있을 뿐이며,

그리고 빨간 텔레토비 인형이 이 죽음 같은 사랑의 유일한 목격자다.

(『문학과사회』 2013년 겨울호)

운명의 수레바퀴

— 윤고은 장편소설 『밤의 여행자들』

1. 자연과 물신

잭 런던의 「마푸히의 집」이라는 단편이 있다. 전대미문의 허리케인이 히쿠에르 섬의 모든 것을 휩쓰는 이야기다. 운좋게 발견하게 된 커다란 진주를 팔아 가족과 함께 살 집을 마련하고 싶어했던 원주민 마푸히와 그의 가족들도, 그 진주를 탐냈던 백인 라울이나 레비 같은 이들도 닥쳐오는 재난을 피할 수 없다. 착취하는 자도, 착취당하는 이도 공평무사한 죽음의 순간으로부터 도망치는 것은 불가능하다. 제아무리 큰 배에 의지하고 있고, 언덕에 오르거나, 나무를 붙잡는다고 해도 부질없는 짓이다. 자연의 가공할 만한 위력 앞에서 인간의 목숨은 한낱 초개(草芥)와 같다. 그러므로 어떤 의미에서 「마푸히의 집」의 진정한 주인공은 폭풍과 해일이 궁굴려가는 운명의 수레바퀴[1]라고 해도 좋을 것이다. 그것의 도저한 작

---

1) 개인을 내리쳐 한 알의 호두알처럼 으스러뜨리는 거대한 해머의 작동("뛰어난 두뇌와 거대한 조직은 한 사람의 목숨을 빼앗는 일에 집중되었지요. 그것은 거대한 해머로 호두 한 알을 내려치는 것과 같았습니다. 어리석기 짝이 없는 정력의 낭비이지요. 하지만 그 한 알의 호두는 아주 효과적으로 으스러졌습니다." 코난 도일, 『공포의 계곡』, 백영미 옮김, 황금

동은 모든 이들의 생사(生死)를 결정한다. 그 앞에서 누구도 '행동하는 개인'으로서 능동적일 수 없다. 집이나 나무 같은 히쿠에르 섬의 모든 사물과 마찬가지로 인간 또한 바람과 파도에 휩쓸려 사라지거나 부서진다. 이를 묘사하는 잭 런던의 필치는 실로 압도적이다.

유일한 예외가 마푸히의 어머니 나우리일 터다. 그녀는 허리케인에 휩쓸려 먼바다를 표류하게 된다. 무인도에 표착하게 된 그녀는 온갖 간난신고를 무릅쓴 끝에 구멍 뚫린 카누를 타고 또 헤엄쳐서 가까스로 히쿠에르 섬으로 돌아오게 된다. 조류도 상어도 살고자 하는 그녀의 집요한 의지를 가로막지 못한다. 그녀는 모든 상황을 실로 현명하게 인내하고 또 대처하여 살아남았다. 더욱이 운좋게 아들 마푸히가 갈취당했던 진주까지 되찾아오게 된다. 그녀는 실로 허리케인 이후의 생존자들 중에서도 가장 능동적으로 자신의 삶을 쟁취한 예외적인 개인이라고 할 수 있다.[2] 그리고 그녀의 삶에 대한 치열한 투쟁(으로 말미암아 진주를 되찾아온) 덕택에 마푸히와 그의 가족들은 다시금 함께 살 집을 꿈꿀 수 있게 된다. 물론 그것은 마푸히의 가족에게 주어진 행운이다. 그들은 진주를 팔아 폐허 위에 집을 짓고 살아가고자 한다. 맹목적으로 작동하는 삶에의 지향 앞에서 히쿠에르 섬의 모든 것을 파괴한 허리케인은 그토록 쉽게 과거의 것으로 망각된다. 그렇게 그들은 아무렇지도 않게 원점으로 돌아간다.

이에 대해 보르헤스는 "작품의 끝에 이르러서야 그 작품의 진짜 주인공에 해당하는 게 뭔지를 이해할 수 있다"[3]고 썼다. 그것은 다름아니라

가지, 2002, 285쪽)에 비유할 수 있는, 도저히 불가피한 운명의 수레바퀴에 대한 관심은 잭 런던의 다른 단편(「삶의 법칙」「미다스의 노예들」)에서도 나타나고 있다.

2) 실제로 마푸히와 그의 아내 테파라는 생환한 나우리와 최초로 조우했을 때 그녀를 사람이 아닌 존재, 즉 '귀신'으로 간주하고 직접적인 대면을 회피한다. 심지어 부부는 부상당한 딸 나쿠라를 제물로 바치는 것을 마다하지 않는다.

3) 호르헤 루이스 보르헤스 머리말, 「방랑, 끝없는 방랑」, 『미다스의 노예들』, 김훈 옮김, 바다출판사, 2010, 13쪽.

"그럼 나한테 먹을 걸 좀 다오. 배가 고파. 그런 다음에는 우리 모두 자도록 하자. 난 피곤하니까. 그리고 내일 이 진주를 팔기 전에 그 집에 대해서 좀더 얘기하도록 하자. 우리가 현금으로 천 프랑스 달러를 더 받는다면 그편이 낫지. 장사꾼들하고 거래를 할 때는 외상보다 현금이 훨씬 더 좋아"[4]와 같은 나우리의 말을 가리킨다. 여기에서 단적으로 드러나는 것처럼 마푸히 가족 각자의 생존을 향한 간난신고는 결국 먹을 것과 수면을 향한 동물적인 욕구 그리고 특히 진주를 팔아서 얻게 되는 집과 현금으로 수렴된다. 허리케인은 물러갔지만 그들의 갈급한 욕망과 교환되는 물질과 화폐의 체계는 이전과 다름없이 작동하고 있다. 재난은 순간의 일이며 온몸으로 체감되지만, 그들의 생존과 직결되는 물신(物神)의 위력은 비가시적이며 영속적이다. 그것은 자연의 힘에 의한 죽음의 위기로부터 스스로의 의지로 벗어난 나우리조차 그야말로 간단히 (부지불식간 자연스럽게) 굴복해버릴 만큼 위력적이다. 이러한 맥락에서 물신은 허리케인보다 강한 것이다. 『공산당 선언』을 탐독했던 열성적 사회주의자 잭 런던은 「마푸히의 집」을 통해 그가 평생에 걸쳐 경외하면서도 두려워했던 자연과 물신이라는 두 가지 대상을 이와 같이 흥미로운 방식으로 병치시키고 있었다.

2. 멀리 떠나왔어도 다를 바 없는

윤고은의 신작 『밤의 여행자들』(민음사, 2013)은 잭 런던이 끝이라고 생각했던 부분에서 출발한다. 백여 년의 시차를 초월하여 「마푸히의 집」의 후일담에 해당하는 이야기를 전 지구적 규모로 확장시키고 있는 소설이라고 말하고 싶은 것은 지나친 억측에 기초한 것일까. 히쿠에르 섬을 덮친 허리케인 같은 자연재해는 그것이 아무리 엄청난 규모로 일어났다

4) 잭 런던, 「마푸히의 집」, 『미다스의 노예들』, 김훈 옮김, 바다출판사, 2010, 64쪽.

고 해도 『밤의 여행자들』에서 더이상 특별한 것이 되지 못한다. 그것은 지구의 도처에서 빈번하게 발생하는 사건에 지나지 않는다. 뿐만 아니라 주인공 고요나(를 비롯한 한국인 일반)는 운좋게도 아직까지 재난의 직접적인 당사자가 되지 않았다. 그것은 먼 곳에서 일어난 과거의 사건이며 미디어를 비롯한 여러 매개를 거쳐 오직 풍문으로만 전해진다. 그렇기 때문에 요나와 그녀가 소속되어 있는 정글 같은 기업은 그러한 흔해빠진 재난을 한낱 여행 상품처럼 취급할 수 있다. 그것은 지루한 일상에 흥분을 불러일으킬 법한 한시적인 모험의 형식으로 세세하게 분류되고 체계화되어 고객들에게 권유될 뿐이다. 그리고 이와 같은 재난의 판매와 소비를 촉진하는 시스템으로부터 완전히 자유로울 수 있는 이는 많지 않다.

정글의 사원으로서 재난 여행을 기획하고 판매하는 당사자인 요나 역시 그런 개인 중 하나다. 그녀는 재난조차 이윤 창출의 수단으로 간주하는 기업, 극한으로 조직의 효율적 · 합리적 운영을 추구하는 관료제적 시스템 그리고 그것에 의존하여 일상과 생계를 영위하고자 하는 개인이 형성하는 보로메오의 고리 한복판에 놓여 있는 존재다. 「마푸히의 집」의 생존자들을 둘러싼 영속적인 체계는 그녀에게 있어서 일상이며 모든 사건의 발단에 지나지 않는다.

그러므로 요나에게 있어서 자연재해는 판매해야 할 상품 이외의 의미를 갖지 못한다. 오히려 그녀에게 있어서 진짜 재앙은 정글에서의 일상 자체에 있다. '옐로카드'가 선고된 듯한, 그저 회사로부터 밀려나고 있는 것 같은 막연한 예감이 그녀를 엄습하고 있다. 실적 부진과 같은 뚜렷한 사유도 없으며, 해고당한다고 해서 곧바로 생계가 곤란해지는 것도 아니다. 단지 요나가 익숙하게 안주하고 있었던 정글이라는 시스템이 기존의 관행에 비추어 그녀 자신을 배제하고 있다는 여러 징후들이 직간접적으로 간취될 뿐이다. 그러나 정글은 기업의 방식으로도, 관료제적인 시스템으로도 작동하지 않으며 그저 기계처럼 주어진 매뉴얼대로 움직이면서 정해진 패턴을 반복하고만 있다. 그녀의 상사 김과장을 비롯한 어느 누구도 해고에 관한 직접적이거나 강압적인 제스처를 취하지도 않았다. 오히려 요나를 가장 압박하는 것은 다른 무엇도 아닌 정글로부터 내몰릴지도 모른다는 그녀 자신의 불안이다. 그녀와 유사한 상황에 직면했던 많은 이들이 먼저 회사를 떠났다는 사실이 그것을 부추기지만 확실한 근거나 압력의 실체가 있는 것은 아니다. 그리고 그것에 쫓겨 그녀는 사표를 내게 되고 대신 출장을 빙자한 휴가를 얻어 재난을 사후적으로 체험하는 여행을 떠나게 되는 것이다. 미리 말해두자면 정글의 기계적인 작동에 있어서 그녀의 부재는 어떤 영향도 미치지 못한다. 그리고 이것이야말로 그녀가 한사코 회피해왔던 진실이며 불안의 실체다. 단지 자신을 둘러싼 익숙한 세계가 낯설어지는 위화감의 형태로 지속적으로 그러나 이따금씩 의식될 뿐이다.

아무튼 요나는 사막의 싱크홀로 유명한 무이를 한동안 '여행'한다. 한국인으로서의 이해(利害)와 습관을 고수하려는 몇몇 동행들의 돌발적인 행동, 좀처럼 재난을 체감할 수 없는 무료한 관광 코스, 요나의 카메라를 둘러싸고 벌어진 사소한 승강이 정도를 제외하면, 여행하는 동안만큼은 그럭저럭 괜찮았다. 무이는 멀리 떠나온 것 같은 느낌에 충분히 사로잡힐 수 있는 이국이면서도 그녀의 사전 지식과 기대로부터 크게 벗어나지 않은 관광지다. 그곳에서 요나는 여행지에서 응당 떠올릴 법한 생각들과 불현듯 돌출하는 무이에 대한 위화감, 엑조티시즘과 오리엔탈리즘, 원주민에 대한 동정과 이질감 사이에서 한국인 여행자이자 관광 상품 기획자로서 나름 적절한 평정과 균형을 유지하려 애쓴다. 이 점에서 그녀는 충분히 자기 자신에게 몰입하고 있으며 부지불식간 스스로의 관점에 대해서만 충실하고 있다고 해도 좋다.

그녀를 불편하게 하는 것은 무이와 그곳의 원주민이 아니라 오히려 「마푸히의 집」의 백인들처럼 자기 본위의 관성으로 행동하는 동행들이다. 앞서 언급했다시피 무이에 대해 위화감이 느껴지지 않는 것은 아닌데, 시선은 요나 자신을 포함한 동일자 내지는 유사한 것에 주로 이끌리며 따라서 이질적인 것들은 매 순간 간과된다. 따라서 여행하는 동안에 요나는 그녀 자신이 이해 가능한 (다시 말해 자기라는 거울에 쉽게 비춰볼 수 있는) 사소한 불편에만 신경을 쓰면 되며 실제로도 그렇게 하고 있다. 무이에서 그녀는 어쨌든 그래도 상관없는 여행자 내지는 방외인인 것이다. 이러한 위치에 자족하는 한 스스로의 존재를 뒤흔들 만한 치명적인 위험에 직면하지 않는다는 점에서 그녀는 안전하다.

문제는 요나가 더이상 그렇게 할 수 없는 난국으로 내몰린다는 점이다. 귀국을 위해 공항으로 향하는 기차에서 그녀는 공교롭게도 일행과 떨어져 현금과 여권을 비롯한 대부분의 소지품을 잃고 갈데없이 표랑하게 된다. 우여곡절 끝에 간신히 리조트 '벨 에포크'로 돌아가 본국과 연락이 닿을 때까지 며칠간 한시적으로 머물 수 있게 된 것은 다행이다. 그러나 그녀가 더이상 여행객이 아니라 그저 이국에서 난파한 이방인으로 남게 되자 모든 것은 달라진다. 그리고 바로 이때 비로소 무이의 맨얼굴과 대면하게 된다. 그것은 원주민이 생계를 영위하기 위해 관광객을 대상으로 선조(宣祖)의 생활양식을 보존한 "고귀한 야만인"[5]으로서의 배역을 연기하는 등, 하나의 거대한 극장과도 같은 인위적인 관광지로서의 무이의 실상이다. '폴'이라는, 누구도 그 실체를 확인한 적이 없는 유력자가 '사막의 싱크홀'이라는 재난에 착안해 건설했다고 알려져 있는 관광지 무이에 그들 대부분은 철저히 종속되거나 의존하면서 살아가고 있다. 그렇기 때문에 일정한 보수를 대가로 외지인들이 만족할 만한 관광지를 연출하기 위해 협력하며 심지어 목숨까지 사고파는 경우 또한 드물지 않게 발생하고 있다. "슬픈 열대"는 사라지고 있는 것이 아니라 이미 사라진 지 오래라

5) 클로드 레비스트로스, 『슬픈 열대』, 박옥줄 옮김, 한길사, 1998.

는 것이다. 단지 여행자들만이 무이라는 극장에서 (현실과 분간되지 않는 것으로) 상연되고 있는 한 편의 연극을 체험하면서 카타르시스를 향락할 뿐이다. 그리고 어디에도 소속되지 않는 존재로서 내쳐진 요나만이 무이에 관한 이 모든 진실을 목도하면서 충격에 휩싸이게 되는 것이다.

그러나 요나의 예외적 위치는 어디까지나 일시적으로 주어진 것에 지나지 않는다. 요나가 정글의 직원이라는 사실을 알게 된 매니저의 태도는 완전히 달라지며 그녀 또한 자연스럽게 고압적인 태도를 취할 수 있게 된다. 그것은 현재 정글이 그리 특별할 것도 없는 무이를 관광 상품으로 계속해서 포함, 유지할 것인가에 대해 검토하고 있다는 사정을 전하는 매니저의 이야기와 무관하지 않다. 정글의 후광에 의지하여 관광지로서의 무이의 등급을 평가하는 시점에서 그녀는 본래의 신분을 일정 부분 회복한다. 그런데 한국에서 정작 그 검토를 담당했던 직원은 다른 누구도 아닌 요나 자신이었다. 매니저에게 검토 사실이 통보되었다는 것은, 누군가 그녀의 자리를 대체하고 있을지도 모른다는 것을 의미한다. 즉, 정글로부터 내몰리거나 거부당할 수 있다는 불안(이 재차 환기되고 그것)에 시달리는 을의 입장에 처해 있다는 점에 있어서만큼은 그녀와 매니저는 동질적이다. 그러므로 그녀의 평가대로 쇠락한 관광지 무이를 부흥시키려는 계획에 동참하게 되는 것은 어쩌면 자연스러운 일일지 모른다.

한마디로 그것은 과거의 재난을 보다 거대한 규모로 정교하게 소환하여 연출하려는 프로젝트다. 즉, 어느 날 갑자기 파이게 될 싱크홀을 인위적으로 예비해놓고 희생자가 될 시체를 가족들로부터 사들여 그곳에 던져놓으며 재난에 대해 구체적으로 진술할 목격자나 심지어 희생자가 될 개인들을 미리 매수해두는 것이다. 그리고 무엇보다도 재난의 당사자가 될 원주민 개개인에게 그럴듯한 역할과 증언의 내용을 사전에 부여하는 것이다. 그러한 이야기에 따라 참여하는 개개인의 역할과 생사가 결정된다. 물론 계획대로 되기만 한다면 무이는 국제적인 이슈의 중심이 될 것이며 관광객 또한 몰려들 것이다. 그러나 이것은 어디까지나 재난을 조작하는 부도덕하기 짝이 없는 기획이다. 뿐만 아니라 자신이 목격자를 비롯한 역할을 맡은 것으로 알고 있다가 영문도 모른 채 죽어갈 대량의 희생자도 발생할 것이다. 매니저의 부탁으로 재난의 시나리오 및 여행 프로그램의 검토를 맡게 된 요나는 이와 같은 기획이 불러올 끔찍한 사태를 사전에 하나하나 확인하게 된다. 그럼에도 불구하고 그녀가 그만두지 못하는 것은 표면적으로는 재난 이후에 시행될 여행 프로모션의 독점을 매니저가 약속했기 때문이다. 무엇보다도 귀국 이후 정글에서 밀려날지도 모른다는 불안에 쫓겨 그렇게 하고 있다. 이것은 한국에서 그녀를 몰아붙였던 불안과 근본적으로 동질적인 것이다. 그러므로 요나는 멀리 떠나왔음에도 불구하고 사실상 아무것도 달라지지 않았고, 또한 무엇으로부터도 도망치지 못한 처지에 머물러 있다고 해도 좋다. 아니 사실상 정글과 겹쳐지며 어디까지나 전언을 통해서만 그 존재가 알려지는 폴의 비가시적이고 추상적인 전능에 의한 압력도 더해진다. 불안과 압력은 시공간을 초월하여 도처에 편재하는 것이다. 그러므로 요나도, 매니저도, 심지어 무이의 주민들 대부분 역시 이것으로부터 결코 자유로워질 수 없다. 그렇기 때문에 그들은 계획에 따른 파국과 희생을 모른 척한다. 심지어 요나는 "모르는 사람이었지만 익숙한 얼굴"(177쪽)을 가진 여자가 시나리오의 내용을 알고 계획을 저지해야 한다고 호소하는 것을 단호하게 거절하고 있다.

알다시피 요나와 매니저와 황작가는 재난을 연출하는 과정을 주도한다. 그들의 계획과 시나리오에 의해 재난의 규모와 전말, 그리고 무엇보다도 원주민들의 생사여탈이 결정된다. 특히 그들은 정글이나 폴과 마찬가지로 원주민들의 운명을 좌우할 수 있는 위치에 있다. 그것은 한국에서 요나가 특정 고객들에게 눈에 보이지 않는 정글이라는 체계의 일부로 작동했던 것과 유사하면서도, 동시에 보다 강력한 권위를 행사하는 주재자로서의 역할을 하고 있는 것이다. 그러나 요나에 의해 "일요일의 무이"라는 제목이 붙여진 기획은 일단 시동이 걸린 이상 하나의 기계처럼 스스로의 논리와 체계를 가지고 자동적으로 작동하기 시작하며 임의적으로 변경 불가능한 것이 된다. 원주민들은 물론이고 심지어 요나와 매니저와 황작가 같은 주재자들 역시 그 거대한 자동기계의 일부로 편입된다. 한국에서 고객 한 사람의 환불을 수수료 없이 처리하는 것을 숨구멍으로 삼았던 것과 유사한 맥락에서, 요나는 연인 럭이 죽음이 예정되어 있다는 사실을 알고 그를 구원하기 위해 시나리오의 변경을 요구한다. 그리고 럭의 생존이 결정되자마자 죽음의 운명은 그녀 자신을 향하게 된다. "내"가 희생자들을 직접 죽음으로 몰아넣는 것이 아니라 폴이나 정글 같은 자동기계가 그렇게 하는 것이라는 식의 책임 회피를 위해 마련한 체계는 그녀에게 있어서도 동일한 원리로 완강하게 작동한다. 그녀는 시나리오에 따라 예정된 죽음을 피하기 위해 필사적으로 분투하지만 (원주민들과 마찬가지로) 누가 어떤 이유에서 자신을 '악어'로 지목했는지 도무지 확인할 수 없는 상황에서 그것은 부질없는 노력에 불과하다. 요나가 정글이나 "일요일의 무이" 시나리오의 일부로서 작동하지 않을 수 없었거나 외면해왔던 일체가 고스란히 회귀하여 그녀 자신의 도무지 회피할 수 없는 죽음의 형식을 결정한다. 그것은 사실상 정글이나 시나리오 같은 거대한 체계로부터 소외되거나 유리되는 것을 두려워해왔던 그녀 자신의 불안이 결정적으로 회귀한 결과다. 계속해서 무수한 위화감에 직면했고 그것을 전면적으로 거부할 기회가 여러 차례 주어졌음에도 불구하고 그녀는 그렇게 하지 않았다. 단지 순간순간 주저했고 자신의 (이해관계에 따라) 연인만을 구하기 위해 노력했던 것이 전부다.

3. 그레이트 올드 원 — "일요일의 무이"를 둘러싼

그리고 "일요일의 무이"가 닥쳤다. 요나와 매니저와 황작가가 그토록 원했던 재난이 무이를 휩쓸었다. 단지 그들의 시나리오와는 완전히 다른 방식으로, 약간 일찍, 보다 대규모로 도래했을 뿐이다. 싱크홀이 아니라 먼바다를 떠돌던 타국의 쓰레기가 해일과 함께 무이를 덮치고 매니저와 황작가 그리고 역할을 맡았던 원주민 대부분을 죽음에 이르게 한다. 반면 시나리오에서 따라 죽음이 예정되어 있었던 이들만이 럭의 경고에 따라 이주 계획에 동참하지 않았기 때문에 살아남았다. 그리고 그것은 연인을 지키는 대가로 목숨을 내줄 수밖에 없었던 요나의 행동이 가져온 예기치 않은 결과다.

그럼에도 불구하고 요나와 매니저, 황작가가 함께 기획했던 시나리오가 의도했던 결과만은 완벽하게 성취되었다. 재난 이후의 무이는 명소가 된다. 황작가의 시나리오가 발견되어 요란스럽게 회자되고 요나가 기획했던 여행 프로그램은 수정되어 새로운 프로젝트로 진행된다. 시나리오에 따라 고요나와 황준모가 참사의 주인공으로 널리 이야기되고 럭은 요나의 연인으로 유명세를 탄다. 재난의 당사자 즉 죽은 자와 럭은 말이 없고, 무이에 몰려든 외부인 또는 제3자들만이 재난과 그 주인공에 대한 이야기를 시끌벅적하게 소비하고 또 유통시킨다. 요나와 매니저, 황작가의 시나리오와 프로젝트는 그들의 의도와는 상당 부분 다른 방식으로, 그것이 그들 자신까지도 집어삼키는 결과로 외화(外化)되었다. 그들의 삶과 죽음은 결국 여행 상품이 된다. 여행자들은 그들의 삶과 죽음에 관한 이야기의 무대를 방문하여 재난과 죽음의 기념비를 확인하고 향락(카타르시스)하고자 한다.

희생자들의 운명은 두 번 결정된다. 예측불허의 재난 그리고 정글의(요나와 매니저와 황작가의 기획을 모태로 한) 여행 프로그램을 매개로 확산되는 이야기(시나리오)에 의해. "재난은 순간의 일이며 온몸으로 체감되지만", 산 자와 죽은 자를 구분하여 시나리오와 프로그램을 통해 관리하는 시스템의 위력은 여전히 "비가시적이며 영속적이다". 그러한 시스템으로부터 배제되고 싶지 않았던 요나와 황작가의 욕망은 그들의 시나리오와 프로그램(에 의한 그들 자신의 생사에 관한 이야기 전반)이 사후(그들 자신에게 치명적인 형태로 실현된 후)에 정글의 여행 프로젝트에 의해 관리 · 유통되는 일부가 되는 것으로 실현된다. 그들 각자의 사정과 내면이 어쨌든 간에 남겨진 진실은 이것뿐이다. 즉 스스로의 욕망이 전적으로/부분적으로 작용하여 촉발된 두 객체(object), 재난과 시스템이 연쇄적으로 작용하고 또한 예기치 않게 회귀하여 그들 자신의 운명을 결정한다는 치명적인 진실이다. 이 점에 있어서 『밤의 여행자들』이 제시하고 있는 '밤의 여행'이란 시스템이라는 물신으로 모든 것이 수렴되며 개인이나 주체에 의한 일체의 해방적 가능성도 용인되지 않는 암혈도(暗穴道)를 걷는 일과 같다. 물론 이것을 근본적으로 거부하는 럭에 의한 제3의 선택이라는 여지가 존재한다는 것은 확실히 의미심장하다. 하지만 그를 고요나의 연인으로 규정하려는 시스템의 작동 앞에서 침묵하는 것 외에는 어떤 회피의 가능성도 허락되지 않는다.

「마푸히의 집」의 나우리처럼 비범한 삶의 의지로 분투하여 생존한다는 비전은 『밤의 여행자들』에서는 전적으로 폐색되어 있다. 오히려 개인들은 그 자신의 욕망으로 말미암은 운명의 수레바퀴에 예외 없이 구속되거나 치어 죽는다. 재난을 기획한 자는 바로 그 재난에 의해 죽는다. 시스템으로부터 배제되는 것을 두려워했던 이는 죽음 이후에도 그것으로부터 완전히 해방되지 못하는 역설적인 결과에 놓인다. 살고자 하면 죽고, 죽고자 하면 산다. 구원은 예기치 않은 계기로부터 돌출한다. 스스로의 욕망은 이러한 원리의 일부가 되어 반드시 회귀한다. 그러므로 탈출구는 그 어디에도 없다. 『밤의 여행자들』의 세계를 지배하고 있는 것은 개인의 역량으로는 도무지 어쩔 수 없는, 자연과 인위의 모든 측면에서 작용하는 운명이라는 이름의 객체(object)다. 이 "무자비한 밤의 여왕"은 그야말로 불편부당하게 모든 존재에 대해 그 거대한 검은 그림자를 드리운다. 요나를 비롯한 개개인이 제아무리 발버둥친다고 해도 이것으로부터 완전히 도망칠 방법은 없다. 오히려 항상 이것을 의식하면서 두려워한 끝에 그 완전한 일부가 되기를 소망하거나 침묵하는 길밖에는 없다. 이것에 대해 즉각적으로 가능한 유일무이한 반응은 측량할 수 없는 공포다. 이 점에서 『밤의 여행자들』에서의 운명이라는 이름의 객체는 러브크래프트의 「크툴루의 부름」에 등장하는 '그레이트 올드 원'의 압도적으로 불길한 형상과 닮았다.[6] 재난을 방불케 하는 예측 불가능한 형태로 사람들을 집어삼킨다는 점에서 더욱 그렇다. 그러나 그레이트 올드 원이 오지의 섬에 국한되어 있었고 필사적으로 도망쳐 살아남은 개인이 그것의 구체적인 실체에 대한 목격담을 기록할 수 있었던 20세기 초반과 달리 지금은 자연과 인위 양측 모두에서 공평무사하게 작용하는 운명의 검은 그림자로부터 결코 도망칠 수 없다. 어떤 실체도 없고 인간이 이해할 수 있는 인과에 의해 작용하지도 않는 이 그림자와 같은 것이 현시점의 전 지구를 뒤덮었다는 것. 이것이야말로 『밤의 여행자들』이 보여주는 지구라는 행성, 가이아의 실체다.

(『자음과모음』 2014년 봄호)

6) H. P. 러브크래프트, 「크툴루의 부름」, 『러브크래프트 전집 1』, 정진영 옮김, 황금가지, 2009.

언어의 묵시록과 사랑의 현상학
— 정용준 소설의 몇 가지 모티프에 관하여

1. 말 아닌 말에 대한 자의식

통념적으로 '호모로퀜스(Homo loquens)'는 인간에 대한 자명하고도 당연한 정의다. 이와 같은 사실이 회의되는 경우는 많지 않다. 오히려 그 반대라고 해도 좋다. 누구나 말하고, 말할 수 있으며, 항용 말하고 있다고 여겨지므로 별로 특별한 일이 되지 못한다. 모국어를 습득할 때의 기억을 보존하고 있는 이는 그리 많지 않기 때문에 그것은 종종 자연적 본성에서 연유한 것처럼 간주되기도 한다. 구태여 애쓰지 않아도 자동적인 메커니즘에 입각해 발설되는 것으로 생각되기 때문에 말한다는 사실 자체를 의식해야 할 경우도 별로 없다.

그렇기는커녕 말을 하고 있다는 사실을 자각하거나 또는 일부러 절감하려고 할 때 오히려 지장이 초래되곤 한다. 공중(公衆)에 대해 연설해야 하거나, 사랑을 고백하거나, 외국어를 습득하는 등, 타자와 직면하지 않으면 안 되는 순간 말은 자동적으로 나오지 않게 된다. 말의 존재가 절감되는 것은 바로 이러한, 온전히 제 것이라고 할 수 없는 말을 해야만 하는 곤란 속에서가 아닐까. 바로 말(에)의 욕망이 의식되는 순간 그것은 실로 간단치 않은 양감과 질감을 지닌 낯선 것으로 체감된다. 더듬거림이나 목멤, 침묵 같은 다분히 텅 비어 있고 비물질적인 증상(symptom)으로서 말이다. 요컨대 말의 존재는 그것의 부재, 즉 말할 수 없음에 대한 자각을 통해 가장 절실하게 감각되는 법이라고 해도 좋다. 이것이 다분히 역설적이라는 것은 말할 필요도 없다. 마치 인위적으로 목구멍의 모양을 모방하여 만들어진 'ㅇ'의 텅 비어 있는 형상처럼 말이다. 알다시피 그것은 실제로는 음가가 없는 초성을 (단지 시각적으로만) 표시한다는 잠정적 약속에 기초하여 성립된 유일무이한 글자다.

그러므로 「떠떠떠, 떠」가 "모음이 사라지길 원해"[1]라는 문장으로 시작되는 것은 의미심장하다. 본래 말더듬이인 화자가 일반인과 같이 자동적으로 말한다는 것은 불가능하다. 스스로의 의지와는 달리 그가 내뱉고자 하는 것은 파편적인 음성으로 귀결될 수밖에 없다. 뿐만 아니라 선생의 강요와 친구들의 놀림, 행인들의 시선과 같은 내외부적인 난관 일체에 봉착한 나머지 결국 그로 하여금 언어를 버리고 벙어리가 되기를 자청하도록 한다.

그러나 그가 스스로의 말을 완전히 부정하는 것은 아니다. 오히려 언어가 아니라 '모음'이 사라지길 원한다고 말하고 있는 것처럼 정작 그는 항상 텅 비어 있는 목구멍 안에서 가득 올라오고 있으나 거의 발설/실체화되는 법이 없는 그 자신의 말 아닌 말에 구애되고 있다. 그러므로 그는 앞서 언급했던 말의 부재라는 문제와 관련하여 역설적인 의미에서 '말'이라는 실체에 대한 남다른 자의식을 항상적으로 유지할 수밖에 없었던 자라고 해도 좋다.

그리고 그것은 알다시피 '그녀'와 재회한 이후 간절히 하고 싶은 말이 생기면서 더욱 강렬해진다. 특히 그녀 역시 스스로 통제 불가능한 별도의

1) 정용준, 「떠떠떠, 떠」, 『가나』, 문학과지성사, 2011, 9쪽. 이 글에서 언급한 정용준의 단편들은 『가나』에 실린 것들이다.

영역, 결코 실체를 포착할 수 없는 타자에 사로잡혀 있다는 점에서 그와 동질적인 존재다. 인형 탈과는 다른 도무지 어찌할 도리가 없는 불가항력적인 무형(無形)의 힘이 그녀 신체의 형상과 작동을 좌우한다. 그리고 그것은 원인을 특정하거나 실체나 전모를 파악할 수 없지만 동시에 더할 나위 없이 강렬한 신체적 증상으로 분명히 존재한다. 바로 스스로의 의지와 무관하게 그는 침묵하지 않을 수 없고 그녀는 잠에 빠져들어야 하는 것 말이다. 간질과 눌언(訥言)이라는 장애는 그것을 일컫는 세간의 불완전한 주형(鑄型)이다.

허나 타인이 좀처럼 범접하거나 헤아리기 어려운 특별한 세계가 그들 각자의 인형 탈, 완강한 등과 침묵 이면에 보전되어 있다. 마치 세상으로부터 단절하고 스스로를 유폐시킨 텅 빈 '비밀의 화원'과도 같은 그 세계의 존재를 서로 동질적인 것으로 은밀히 공유하고 있었다는 것만으로도 그와 그녀의 사랑은 성립하고 있다고 해도 좋다. 그리고 여태껏 장애로만 작용했던 그의 혀가 그녀와의 합일을 위한 새로운 기능에 있어서는 완벽하게 작동할뿐더러 그녀의 완강했던 등 또한 그의 사랑이 아로새겨지는 기념비와 같은 것이 된다. 그들 각자의 세계는 (그녀의 고백에 따르면) 아마도 안개가 자욱한 '꿈' 속에서 '너'를 찾고 있을, 그야말로 온몸을 다한 고통스러운 발작 너머에 있을 것이다. 또한 다른 한편으로 "목구멍에서부터 굴러온 커다란 돌멩이들이 입안을 가득 채운 기분"[2]을 의식하면서 기어코 발성되는, (동시에 세간의 냉소가 유령처럼 그 자신에게 드리워졌음에도 불구하고 그녀를 향할 수밖에 없는) "떠, 떠떠, 떠떠, 떠떠떠, 떠, 떠, 아아, 아아아하아아, 아아아, 아, 사, 사, 사아, 아, 아아, 아아아, 라라, 라라라라, 라, 라라라, 아, 아아앙, 해"[3]라는 결코 번역될 수 없는 소리로 나타

2) 정용준, 같은 책, 37쪽.

3) 정용준, 같은 책, 38쪽. 물론 이 소리가 "사랑해"라는 말을 하기 위해 발설된 것임을 짐작하기란 그리 어렵지 않다. 그리고 그 의미는 김형중이 간파한 바대로 "그간 아팠지, 사랑

날 수밖에 없을 것이다. 그렇다면 그와 그녀의 사랑이 확인되는 지고(至高)의 순간은 바로 그녀가 발작하고, 그가 더듬거리며 말하지 않을 수 없는 각자의 처절한 독무(獨舞) 속에서 출현한다고 해도 과언이 아니다. 그러나 동시에 그로서는 그녀의 몸부림을 그저 지켜볼 수밖에 없고 또한 그녀 역시 그의 더듬거리는 고백을 온전하게 귀담아듣지 못하는 무력(無力)을 결정적으로 확인하고 있다는 점에서 다분히 비극적인 장면이기도 하다. 이미 사랑을 확인한 그들은 서로의 너머를 마주보고 가닿기를 희구하고 있다. 그럼에도 불구하고 그는 그녀가 고통스러운 발작 속에서 무엇을 꿈꾸고 있는지 결코 확신하지 못할 것이다. 그녀는 스스로의 바람과 달리 영영 그의 사랑 고백을 완전한 말로 들을 수 없을 것이다. 그들 사이의 간극이 엄연하다는 사실은 변하지 않는다.

그러나 각자 사자와 판다라는 인형 탈의 폐색된 내부에만 자족했던 그들 자신의 고독은 확실하게 달라졌다고 할 수 있다. 그녀는 깨어났을 때 꿈속에서 간절히 찾아 헤매었던 그를 만날 수 있을 것이다. 그는 자신의 텅 빈 목구멍 내부에 가둬두었던 소리를 발설할 수 있게 되었고 또 들어주는 그녀를 곁에 두게 될 것이다. 바야흐로 그와 그녀 둘만의 세계가 이렇게 창조되었다.[4] 그들은 엿볼 수 없는 꿈과 본래 말하고자 했던 완전한 언어 대신, 오로지 전력을 기울일 수밖에 없는 불가피한 몸짓과 필사적인 더듬거림 같은 구체성의 대화를 나누는 세계의 아담과 이브다. 모음 'ㅇ'처럼 내부가 텅 빈 채, 실체가 없었던 공허한 꿈과 목구멍 속 소리는 서로의 존재로 말미암아 그들 내부의 공허에만 머무는 것이 아니라 현실/세계

해"(김형중 해설, 「아팠지, 사랑해」, 같은 책, 298쪽)라는 말로 환원될 수 있을 것이다. 그러나 결코 영원히 완성되지 않을 것이며 또한 특정한 의미로 간단히 치환될 수 없는 이 파편화된 음성 자체의 유일무이성을 쉽게 간과해서는 안 될 것이다. 그것이 도무지 언표될 수 없는 그녀의 발작이라는 몸짓과 대응되고 있다는 점에서 더욱 그렇다.

4) "말더듬과 발작이 둘 사이의 공간을 열었다."(양윤의, 「느낌의 서사학」, 『포즈와 프러포즈』, 문학동네, 2013, 74쪽.)

로 외화(外化)될 수 있는 특별한 지향성을 갖게 된다.[5)]

2. 말해지지 않은/못한 말과 훼손된 육신

단편 「가나」에도 유사한 상상력의 모티프가 있다. 알다시피 이 소설은 결국 말하지 못한 것에 대한 간절한 회한이 들러붙어 있는 시체의 고혼(孤魂)에 관한 이야기다. 바다를 떠돌게 되기까지의 이력과 죽음 이후의 여정, 무엇보다도 고향에 두고 온 어린 아내, '사랑받(아야 하)는 자' 하비바에 대한 간절한 그리움을 절절하게 술회하고 있다.

그러나 이 사자(死者)의 서(書)는 정작 누구에게도 말해지거나 전해지지 않은 것으로, 어디까지나 자신의 부패된 몸뚱이를 떠나지 못하는 혼백의 안타까운 푸념에 지나지 않는다. 초혼(招魂)의 의식조차 치러지지 않은 마당에 이승과 저승의 경계를 초월하여 이 '말'을 들을 수 있는 이는 아무도 없다(몇 년 전에 죽은 사촌 이수와르를 만나고 있는 것도 아니다). 누구에게도 가닿을 수 없는 만큼 이것은 철저하게 재귀적이며 또한 독백적인 '말' 자체로만 남아 있을 수밖에 없는 것이다. 그러므로 이 이야기 역시 어디에도 그 내용이나 실체를 귀속시킬 수 없으며, 텅 빈 형식에 지나지 않는다고 해도 좋다. 즉 결코 말해지지 않을/못할 이야기라는 역설에 기초해 있는 소설이 바로 「가나」인 것이다.

대신 혼백이 들러붙어 있는 훼손된 신체의 물질성이 전경화된다. 실제로 '나'의 사체를 목격하고 건져올려 처리하는 해경들이나 어부의 시선과 후각은 '그것'에 고착되어 있다. 뿐만 아니라 사자의 혼 역시 과거 자신이 아내를 맞이하고 고향을 떠나 죽음에 이르기까지의 생전의 이력을 술회하고 난 이후에는, 해류에 이리저리 떠밀리며 또한 처참하게 부패되고 허물어져갈 뿐인 스스로의 육신을 집요하게 관찰하는 데 치중한다. 무엇보

5) 이러한 행위의 윤리적 의미에 대해서는 강동호, 「비명의 노래」, 『문학동네』 2011년 겨울호, 402~404쪽을 참조했다.

다도 '나'의 주검은 수면과 해저의 물덩어리 속을 뒤척이고 전전하며 생전에는 결코 가닿을 도리가 없었던 수중의 별세계에 직면한다. 또한 매순간 분해되어 가라앉고 수중 생물들에게 먹힌다. '나'의 사체는 바다를 표류하는 유기체 덩어리로서 철저히 물질적인 것에 지나지 않는다. 마침내 해경들에 의해 물 밖으로 꺼내어지고 방수포에 덮였다가 화장되기에 이르기까지의 과정 역시 마찬가지다. 그렇게 '나'의 육체는 완전히 소멸한다.

다만 '나'의 시신과 (물질적으로) 직접 접촉했던 해경 A와 B만이 이 과정에 예외적으로 개입한다. A는 사자의 생전(生前)을 보존하고 있는 유일한 유품인 소녀와 갓난아이의 사진을 수습하고 또한 문득 상기(想起)하며, B는 화장 후 시신의 타고 남은 재 일부를 바다에 뿌려준다. 물론 생전의 사자를 전혀 알지 못했던 그들이 '나'의 시신을 수습했다는 찰나의 인연 하나만으로 그렇게 하고 있는 것은 순수하게 윤리적이다. 그리고 '나'의 고혼이 육신으로부터 비로소 해방되어 자유를 얻는 장면이 이와 같은 상기와 산골(散骨)을 통한 무심결의 애도 의식 이후에 나오고 있는 것은 흥미롭다. '아이'의 울음소리를 (아이와 아내의) 노래 같은 것으로 기억하며 견뎠던 그의 혼백이 바로 그 바람보다 가벼운 가나가 되어 고향으로, 아내의 말라붙은 성대 속으로 향해 갈 수 있게 된 것이다. 사실상 이것은 기적이며 실로 간단치 않은 의미의 도약이다. 바꾸어 말해서 해경들의 무조건적인 (무념무상의) 애도가 없었다면 그의 혼백은 허물어져가는 육신으로부터 놓여나지 못했을 것이며 따라서 그러한 귀향은 불가능했을 것이다. 즉 '내'가 결코 말하지 않았던/못했던 언어는 사체라는 물질적 외피가 유지되는 동안에는 고향으로 돌아가서 노래가 될 자유를 얻을 수 없었던 셈이다. 생전에 아내에게 말하지 못한 것에 대한 회한이 점착되어 있는 이 주검은 여러모로 결코 발설되지 못하는 소리가 떠도는 장소인 목구멍(「떠떠떠, 떠」)에 대응한다. 사체의 부패와 훼손에 대한 집요하고도 고통스러운 묘사는 말하고 싶었던 것을 말하지 못하고 있는 것에 대한 불가결한 처벌의 물질적 결과처럼 읽힌다. 동시에 벙어리인 아내와 마찬가지로 말할 수 없음에 대한 자각을 통해 더욱 절절하게 언어-노래에 구애되고 있는 자라고도 할 수 있다. 무엇보다도 소설 제목 자체가 가나, 즉 노래가 아닌가.

정용준의 소설에서 이처럼 말해지지 않는/못하는 고통이 계류(繫留)되어 있는 신체의 형상을 발견하는 것은 그리 어려운 일이 아니다. 데뷔작인 「굿나잇, 오블로」의 '오블로'(이 단편의 등장인물들이 화자에 의해 하나같이 러시아소설의 인명을 부분적으로만 차용하여 명명되고 있다는 점은 의미심장하다)도, 「벽」의 일꾼들도 그렇다. 「벽」의 일꾼들은 특별한 허락 없이 말하면 '벽'으로 전락하므로 좀처럼 말하지 않지만, 바로 그렇기 때문에 그들의 고통은 끝나지 않는다. 고된 노동과 학대로 나날이 쇠약해지며 또한 반장의 폭행으로 뼈가 부러지고 피가 튀는 일련의 과정은 지독하리만치 상세하게 묘사되고 있다. 「굿나잇, 오블로」에서 누구에게도 말할 수 없는 비밀을 안고 자신만의 환영 속으로 퇴행하기를 선택한 지난 이 년의 세월 동안 오블로의 비대한 육신 또한 스스로도 감당할 수 없는 무게와 몸피로 나날이 허물어져가고 있다. '스끼'의 시선을 통해 마치 나날이 부패하고 악취를 풍기는 살덩어리와 상처, 욕창으로 점철된 동물 내지는 살아 있는 시체와도 같이 묘사되고 있는 그녀의 모습은 가히 처절하다는 말로는 부족하다. 하지만 그녀가 오로지 붕괴되어가는 육신으로만 스스로를 표현하고 있다는 사실은 분명하다.[6]

「벽」의 '21'은 결국 '18'을 벽으로 만들고 반장이 되었으며 시신 두 구의 유기에 직접적으로 간여한다. 이때 그가 주문처럼 되뇌는 "이것은, 사람이 아니다"라는 말은 역설적으로 자신을 지칭하는 것이기도 하다. 유일

---

6) 강동호, 김형중, 양윤의 등 앞서 언급한 논자들 역시 정용준 소설의 신체 훼손에 대한 집요한 묘사가 특징적이라는 점을 공통적으로 지적하고 있다.

하게 이러한 악순환에 편입되기를 거부한 '9'도 살해당하는 등, 어떤 희망의 가능성도 부정되고 있는 「벽」의 염전은 그래서 더더욱 살풍경하다. 한편 「굿나잇, 오블로」에서도 마찬가지로 오블로가 오래간만에 편안하고 즐거웠던 때, 아마도 (그녀를 보살펴온) 스끼로 짐작되는 괴물이 그녀의 목숨을 앗아간다. 과거 죽음이 삶보다 나을 수 있을지도 모른다는 그의 물음에 오블로가 답하고 싶어했던 바로 그 순간에 말이다. 오블로도 일꾼들도 모두 말 대신 몸(이라는 물질)으로 말하고 또한 그 대가로 죽는 자들이라는 점에서 동일하다.

그러나 스끼가 오블로의 답을 듣지 않았다는 것은 확실하다. 그저 그 자신만의 환멸에 따라 결행했을 뿐인 것이다. 그것은 도무지 출구가 보이지 않는 암담한 난국을 하루바삐 종결시키고 싶었던 행동에 가깝다. 그리하여 오블로의 답변은 영원한 수수께끼로 남아버렸다. 과연 그녀도 스끼에게 동의했을까. 이러한 의문에 관한 가장 정확한 답변은 아마도 '말하지 않았으므로 알 수 없다'일 것이다. 알다시피 오블로가 보고 있었던 환상은 그녀 혼자만의 것이었고 발설되지 않았으므로 스끼를 포함한 그 누구에게도 전해지지 않았다. 「떠떠떠, 떠」의 주인공이 그토록 사랑했음에도 불구하고 그녀의 꿈을 통찰할 수 없었던 것처럼.

정용준의 여러 소설에는 이처럼 말해지지 않은/못한 언어의 고통과 신체 훼손의 물질성이 필수 불가결한 것으로 양립하거나 상호 인접해 있는 상상력이 관통하고 있다고 해도 좋을 것이다. 그리고 (이러한 상상력에 관한 아이디어가 종합되어 있는) 작가의 첫 장편 『바벨』(문학과지성사, 2014)에는 이것이 일체화되어 구체적인 물질로 구현된 '펠릿'이 범인류적인 재앙으로 주어져 있다. 즉, 전작들에서 차마 말해지지 않은/못한 말이 그것을 담고 있는 일종의 그릇에 해당할 육신의 고통과 훼손을 초래하는 직간접적인 원인으로 연결되는 식이었으며 예외적 개인의 문제로 국한되었다면, 『바벨』에서는 노아라는 과학자(와 정부)의 실책으로 말미암아 말이 펠릿이라는 부산물로 화(化)하여 배설되는 바이러스에 인류 전체가 감염되어 있다. 앞서 논의한 「떠떠떠, 떠」의 화자나 「굿나잇, 오블로」의 오블로, 「가나」의 사자같이 자기 내부에서 연유한 기이한 타자의 실체와 조우하는 것은 그저 일상적인 일이 되었다. 말을 내뱉는 순간 그것은 자신에게 고통스럽고도 치명적인 결과로 회귀한다. 입에서 튀어나온 그것이 발목으로 내려가 신체의 일부처럼 거추장스럽게 내내 매달려 있을 뿐만 아니라 급속도로 부패하여 강렬한 악취를 풍기는데, 그럼에도 불구하고 말을 멈추지 않으면 자신이 기하급수적으로 증식시킨 펠릿 덩어리에 매몰되어 질식해 죽는 경우도 빈번하다. 이것이 인류 보편적 조건이 되어버린 상황에서 과거에 그래왔던 것처럼 주저 없이 자동적인 발설에 의존하는 부류는 이제 거의 사라졌으며 말 또한 사실상 멸종의 위기에 처해 있다. 그러므로 누구나 말해지지 않은/못한 말 아닌 말에 구애되지 않을 수 없는 역설 또한 일반적인 조건으로 주어져 있다.

3. 펠릿에 관하여—말의 묵시록

일반적으로 "언어 속에서 전달되는 정신적 존재는 언어 자체가 아니라 뭔가 그것과는 다른 것"[7]을 가리키는 것으로 간주된다. 그 '다른 것'이 기의(signifié)나 인간의 정신적 본질 중 어느 편을 가리키는 것으로 상정되든 간에 『바벨』의 펠릿은 양쪽의 언어관 모두를 무화시키는 불가사의한 물질이다. 말하는 순간 배설되어 사람의 발목(나아가 목숨)을 잡는 그것이 말과 불가분의 것으로서 개개인의 자유를 속박하는 실체가 되면서 실로 격심한 변화와 혼란이 일어났다. 그리고 인류 대다수가 펠릿이라는 존재를 불가피한 것으로 수긍하거나 또는 체념하게 되면서 겉으로나마 일상의 질서와 평정을 회복한 것처럼 보이는 '바벨'의 세계/시대가 다시금

7) 발터 벤야민, 「언어 일반과 인간의 언어에 대하여」, 『언어 일반과 인간의 언어에 대하여 · 번역자의 과제 외—발터 벤야민 선집 6』, 최성만 옮김, 길, 2008, 73쪽.

도래하게 되었다. 대부분의 개인은 이 새로운 환경 속에서 그럭저럭 적응하며 살아가고 있다. 『바벨』의 현재는 바로 이 시점에서 시작된다.

이 점에서 여러모로 『바벨』은 2010년대 한국의 정치적 상황과 유비되거나 직간접적으로 그것을 환기하는 알레고리로 읽힐 여지도 다분하다. 그도 그럴 것이 『바벨』은 물론, 주인공 요나가 동생 룸이 격리된 상황에 의문을 품고 노아의 정체에 대해 탐문하다가 갑작스러운 정부의 탄압을 계기로 볼과 마리를 통해 바벨의 진실에 대해 확인하게 되기까지에 이르는 편력의 이야기가 주를 이루는 소설이기 때문이다. 하지만 정작 이 과정에서 요나가 문제적 개인으로서 행위하거나 주도하고 있는 것은 그리 많지 않으며, 대부분 바벨의 세계에 대한 장광설 및 노아와 룸에 대한 증언과 대화가 서사를 이끌어가는 비중이 상당한, 일종의 로맨스와 아나토미(anatomy)가 결합된 산문픽션[8)]적 형식을 취하고 있다. 그러므로 이 소설을 현실에 대한 우의로 읽는 것도 잘못은 아니다. 심지어 일종의 환상적 이야기로 서두와 결말을 여닫고 있다는 점에서 더욱 그렇다. 그렇지만 『바벨』이 다양한 문제의식을 촉발하는 흥미로운 소설임에도 불구하고, 이와 같은 형식에 비추어 아무래도 이러한 사태를 초래한 펠릿이라는 특별한 물질이 가장 먼저 주목을 끄는 것은 부인하기 어려운 사실이다.

『바벨』의 세계에서 펠릿이 말의 자리를 물질적으로 점유하게 되면서 이제 말은 특별한 부재(不在)가 되었다. 물론 그것은 이제 종전처럼 일상생활에서의 의사소통을 위해 자동적으로 발설되는 매체로나, 사물과 현상에 대한 명명을 통해 그 본질을 통철(通徹)하는 호모로퀜스 고유의 자격을 확립하는 데 있어서 대체 불가능한 장치로 대우받지 못한다. 말은 그저 펠릿이라는 부산물로서 실체화되기 때문에 그 흔적을 지울 수 없게

8) 노스럽 프라이, 『비평의 해부』, 임철규 옮김, 한길사, 2000. 아울러 정용준은 이미 「유령」 등의 몇몇 단편을 통해 아나토미를 위주로 한 한국어 산문픽션의 다양한 형식을 실험하는 데 있어서 발군의 재능과 실력을 보여준 바 있었던 작가다.

되었고 따라서 반드시 처리되어야 하는 지극히 번거로운 물질 같은 것으로 취급된다. 이 때문에 『바벨』의 세계를 규율하고 있는 정부는 펠릿의 처리를 사실상 통치의 긴요한 매개로 포함시키고 있다. 개개인은 이 기이한 말의 부산물뿐 아니라 그것에 대해 사실상 국가가 부과하고 징수하는 처리 비용 부담 때문에 더더욱 말할 수 없게 되는 이중 삼중의 고통에 시달리는 것은 물론이다. 이로 인해 말-펠릿 자체가 계급 간 격차까지도 고스란히 반영하고 표시하는 지표가 되기까지 하는 등 삶의 조건은 나날이 척박해진다. 어떤 희망과 출구도 허용되지 않는 이 가혹한 바벨의 시대에 사람들의 공통의 관심은 단 하나, 즉 바벨 이전의 세계로 돌아갈 수 있는가의 여부다. 그리고 그것은 자연스럽게 이러한 사태의 원인과 대책에 관한 정부의 공식적인 발표, 즉 바이러스의 고안자로 알려져 있는 과학자 노아가 인류 구원의 방주가 될 치료제를 만들기 위한 연구를 진행하고 있다는 사실을 신뢰할 것인가 말 것인가의 문제로 연결된다. 그것은 곧 과거와 같이 자유롭게 말할 수 있을 미래가 도래할 것이라는 믿음을 유지할 것인가, 회의할 것인가 또는 펠릿의 존재를 거역할 수 없는 것으로서 긍정할 것인가 아니면 마땅히 제거되어야 할 것으로 부인할 것인가 같은 언어 및 인류의 비전에 관해 무수히 파생되는 질문을 낳는다. 이러한 질문에 어떤 입장을 선택하고 있는가에 따라서 이 재난의 시대를 헤쳐가는 개개인의 삶의 태도가 결정된다고 해도 과언이 아니다. 정부의 선전을 믿는 자는 일상을 영위하고, 회의하는 자는 탄압받는다. 물론 대다수의 개인은 스스로를 어느 쪽에도 편향되어 있지 않다고 간주하는 어정쩡한 태도에 머물러 있기는 하지만. 실제로 바벨의 시대를 초래한 모든 사태의 전모를 더듬어 확인해가는 주인공 요나의 모험 역시 이러한 질문들 사이를 방황하는 것이라고 해도 과언이 아니다.

그럼에도 불구하고 『바벨』에 등장하는 일반적인 개인들의 희망대로 자유롭게 말할 수 있었던 과거가 미래의 희망으로 상정된다는 것은 어쩐지 이상하지 않은가. 어떤 의미에서 바벨의 시대는 다양한 언어가 모두 펠릿이라는 동질적인 질료로 귀결된다는 점에서 사실상 모든 언어가 하나였던 바벨탑 건설 이전의 태곳적으로 회귀한 것이라고 해도 좋지 않을까. 그리고 이와 같은 과거와 미래의 교착과 순환이라는 사태는 노아라는 한 과학자의 꿈에서 비롯되었다고 해도 과언이 아니다. 본래 말더듬이였던 그가 「얼음의 나라 아이라」라는 동화에 매료되어 말의 물질적 결정(結晶)화에 관한 연구를 진행했고, 성공했다. 단지 그것이 바이러스를 통해 전염되는 것이었고 또한 생성된 말의 물질이 동화 속 아이라의 그것과는 전혀 다른 성질을 가진 것이어서 전혀 의외의 결과를 불러온 것이다. 아주 명쾌하고 간단하다. 그것은 종래의 일상과 달리 말에 반드시 그만큼의 부피와 질량을 가진 물질적 결과가 수반되는 것이다. 또한 그것을 제거하거나 그 존재로부터 도망치는 데 일정한 과정과 대가가 따르도록 함으로써 만인으로 하여금 발설의 자동적인 메커니즘에 의존하여 섣불리 말하지 못하도록 하는 것이다. 말하자면 전 인류로 하여금 노아(와 룸과 「떠떠떠, 떠」의 화자)의 더듬거림, 즉 자동적으로 발설할 수 없는 부자유의 상태에 동일하게 놓이게 한 것이라고 해도 과언은 아니다.

뿐만 아니라 실제로 펠릿은 (소설 속의 현실이 얼음의 나라가 아니므로) 동화에 나오는 얼음 결정의 형태가 아닐 뿐 사실 인간의 말이 실제로 물질화되어 잔존했더라면 가졌을 법한 모든 성질을 고스란히 갖고 있지 않은가. 말하는 자의 상태를 반영하고 '굳이' ("발목 잡히다"라는 말이 현실화된 것처럼) 발목을 잡을 뿐 아니라 지나치게 많으면 당사자를 옴짝달싹 못하게 만들고 심지어 사망에 이르게 하며 일정 시간이 지나면 부패하여 대기 중에 휘발되어 사라지는 펠릿은 영락없이 물질로 둔갑한 말 자체다. 화자가 그 결과를 펠릿이라는 물질을 통해 무조건적으로 감당하느냐, 언어의 상징계 내부에서 해소하느냐의 차이가 있을 뿐이다. 더욱이 『바벨』의 결말에서 확실해지는 것처럼 펠릿이 없었던 시대로 회귀하는 것은 이제 요원한 일이 되었다. 펠릿은 말의 물화(物化)로서 존속할 것이며 인류는 그에 따른 부자유를 상당 기간 감내해야 할 것이고 궁극적으로는 말 자체가 사멸하게 될지 모른다. 그러나 그 외양이 흉물스럽고 부패하는 과정에서 필설로 형언하기 어려운 악취를 풍기기는 하지만, 룸, 필의 노래, 요나와 마리, 룸과 노아가 상호 간 형성한 친밀성(intimacy)의 관계 등에서 생성된 펠릿의 사례에서 알 수 있는 것처럼 『바벨』의 모든 펠릿이 그러한 것이 아니다. 바꾸어 말하자. 모든 말이 그러한 것은 아니다. 「얼음의 나라 아이라」에서 나타나듯 여왕의 목소리가 결빙되어 있는 얼음조차, 사냥꾼이 가지고 돌아온 현실 세계에서는(다른 세계로 가지고 돌아왔을 때) 아이라에서처럼 마냥 아름다운 소리를 들려주기만 한 것은 아니지 않았는가. 다시 한번 바꾸어 말하자. 아이라에 "봄이 오면 당신의 말을 다시 들으며 우리는 함께 웃을 겁니다. 당신도 영원히 아이라에 살아 있게 되는 거죠".[9)]

물론 현세는 아이라가 아니다. 그렇기 때문에 말은 우리를 영원히 살아 있게 하는 얼음이 아니라 언젠가 대기 속에 녹아 사라지는 펠릿으로 화(化)하는 것일 터다. 그렇다면 앞서 열거한 어떤 말의 펠릿이 요나와 마리, 룸과 노아처럼 일순간이나마 "우리를 함께 웃"게 하는 것인가. 우리가 일상적으로 그러하듯이 말을 감정이나 의사를 표현하는(감정/의사로 교환되는) 자동적인 수단으로만 간주해서는 안 된다. 특히 요나의 이웃 사내처럼 스스로의 말을 팔거나 팔도록 강요하는/받는 것은 금물이다. 필의 펠릿이 최초로 아름다웠던 적은 바로 노래를 불렀을 때, 즉 말이 어떤 다른 목적이 아니라 오로지 말 자체의 아름다움을 지향했을 때였다. 즉 말은 여타의 가치로 교환하기 위한 수단이 아니라 목적 자체가 되어야 한다. 노아와 룸 같은 말더듬이, 말에 대한 장애를 가지고 있었던 사람들의 펠릿이 일반인과 달리 복잡한 문양을 가질 수 있었던 것도 그들이 순수하

9) 정용준, 『바벨』, 문학과지성사, 2014, 23~24쪽.

게 말해지지 않은/못한 말의 발설 자체를 목적으로 하는 자들이었기 때문일 것이다. 말에 대한 어떤 장애도 없었던 요나와 마리의 펠릿이 그토록 복잡하고 다채로운 무늬로 아름다울 수 있었던 것은 조금 다르다. 그들의 펠릿은 서로가 서로를 수단이 아니라 목적으로 여겼던 지고의 순간에 두 사람을 연결하는 일종의 아름다운 가교의 형상으로 가로놓였다. 그렇다면 노아와 룸이 그토록 아름다운 무늬의 펠릿 속에 머물 수 있었던 이유는 간단하다. 노아와 룸은 바로 말 자체의 발설을 목적으로 했던 개인인 동시에 스스로의 의지로 서로가 서로를 궁극적인 목적으로 삼는, 둘만의 미학적(aesthetic) 유대를 형성한 일원이라는 사실을 겸비하고 있었기 때문이다.

물론 이것은 대단히 예외적인 사태다. 전 인류가 말의 영구한 상실이라는 파국의 가능성을 상시적으로 의식하지 않을 수 없는 바벨의 시대에도 오로지 노아와 룸만이 성취한 것이다. 그렇게 쉬운 일이었다면 인류 역사에서 세계의 영구평화는 진작 실현되었을 것이다. 뿐만 아니라 그 아름다운 무늬의 펠릿이 당장 인류와 말의 장밋빛 미래를 보장하는 것도 아니다. 요나와 마리가 다시 없을 순간을 공유하며 서로 사랑했지만, 펠릿은 섞일 수 있더라도 두 사람은 여전히 말하지 못하는 별개의 개체로서의 숙명을 감당해야 한다. 노아와 룸은 세상으로부터 격리되어야 하며 서로의 존재로 말미암아 둘 중 한 사람은 죽어야 한다. 그들이 만들어낸 아름다운 펠릿도 결국 증발할 것이다. 그들의 펠릿이 철저히 예외적이며 동시에 한시적인 만큼, 『바벨』의 결말이 환기하고 있는 것처럼 펠릿으로 인해 (발설의 자동적 기관인) 혀를 제거해버리는 식으로 말을 포기하는 사람의 수는 오히려 점점 늘어갈 것이며 따라서 말은 점차 사멸해갈지도 모른다. 『바벨』은 이러한 말 없는 풍경의 비관적 전망을 제시하고 상상하는 데 아무런 주저함이 없는 말의 묵시록이다.

4. 말과 사랑의 현상학

그러나 정녕 말이 그런 것이라면, 즉 언제나 말 아닌 다른 의미나 가치로 교환/환원되기 위해 존재하는 것이라면, 그래서 펠릿의 부패와 악취로 인한 한없는 불쾌와 부자유만 제공하는 것이라면 차라리 사라져버리는 것이 어떨까. 그렇지 않다고 단호하게 선언하는 일은 언제나 쉽다. 하지만 현생인류가 자연스러운 사고의 회로나 일상을 통해 별로 심각하게 의식하지 않는 말의 문제를 펠릿이라는 실체를 통해 부지불식간 온몸으로 체감할 수밖에 없는 조건에 놓여 있다는 점에서, 확실히 『바벨』의 인류가 보다 더 진화한 존재일지도 모른다. 실제로 말이 그저 증발되는 것이 아니라 확실한 양감과 질감을 가진 물질로서 눈앞에 놓이게 되고 그 결과가 항상 스스로에게 회귀하게 된다면, 그래서 『바벨』의 개인들이나 「떠떠떠, 떠」의 화자처럼 섣불리 감행할 수 없는 것으로서의 발설에 대해 보다 신중할 수 있다면 그리 나쁜 일은 아닐 것 같다. 무엇보다도 말이, 그리고 언어가 희소하기 때문에 소중한 것이 될 터이다. 심지어 말이 단지 상대적 차이를 식별케 하는 최소한의 자질로서의 음성(음소) 대 의미 사이의 자의적 결합에 기초한 체계에서 연유한 파롤(parole)의 한 사례이거나 또는 신과 같은 초월적 존재로부터 선험적으로 나누어 받은 명명이라는 신성한 권능의 양태에 지나지 않는 것으로 간주되는 것보다 의외로 나을지도 모른다. 『바벨』의 세계에서 개인의 말과 사랑에 관한 언제나 즉각적이고 물질적인, 변경 불가능한 증거가 눈앞에 놓인다. 정용준의 다른 소설의 주인공들처럼 더듬거림이나 부패한 주검 또는 살인 등의 구체적 증상이나 행동, 실체 등으로 스스로의 진심을 입증해 보이지 않아도 될 터다. 하물며 물화된 말이라는 결과가 인류 공통의 자연적 · 보편적인 조건과 질료로부터 연원한 것이라는 점을 상기해볼 때 더욱 그렇다. 무엇보다도 스스로가 맹세한 사랑의 움직일 수 없는 물질적 증거가, (그리고) 대상이 눈앞에 놓인다는 것은, 멋지지 않은가. 아름답고 영롱한 무늬의 펠릿이

나의 약속과 사랑을 규정하는 확고한 실체로 주어진다는 것 또한. 펠릿에 의한 마음과 말의 불가결한 상호 규정적 관계 그리고 그것으로 인해 인간에게 주어진 저주와 축복에 관한 상상, 이것이야말로 『바벨』이 지금 여기에 제시하고 있는 말과 사랑의 현상학이다.

(『문학동네』 2014년 가을호)

3부

너의 얼굴로 돌아보라

달변과 무언(無言)
— 천명관 장편소설 『고래』

1. 가장 소설적이지 않은 소설

이것은 허풍[1]이며 또한 "소설이 아니다"[2]. 『고래』(문학동네, 2004)가 혜성처럼 등장했을 때 기존의 논자들은 이렇게 반응했다. 하지만 으레 당대의 통념에 비추어 소설적이지 않은 스타일의 출현이 오히려 소설 형식에 관한 가장 치열한 의문을 제기하는 법이다. 역사적으로 이러한 물음과 답변의 반복이 소설 형식의 진화를 가능케 했다. 물론 『고래』 한 편이 당시 한국소설의 결정적인 전환을 가져왔다고는 할 수 없을 터다. 하지만 적어도 가장 소설답지 않은 스타일을 통해 소설이 무엇인가라는 문제에 대해 도발적인 질문을 던지는 텍스트 가운데 하나였다는 사실만큼은 부정될 수 없을 것이다. 실제로 『고래』는 서구 근대 장편소설이 제시한 리얼리즘과 그럴듯함(verisimilitude)의 형식과 기율에 상당 부분 부합하지 않으면

---

1) 서영채, 「상상력과 허풍의 미래—천명관 장편소설 『고래』와 조하형 장편소설 『키메라의 아침』에 대하여」, 『문학동네』 2005년 봄호.

2) 김영찬, 「서사의 위기와 소설의 계몽—한국소설의 미성숙, 혹은 천명관의 『고래』를 읽기 위한 전제들」, 『비평극장의 유령들』, 창비, 2006, 124~127쪽.

서, 동시에 동서양 고금의 다양한 서사 텍스트의 스타일에 빚진 바가 많은, 역설과 혼합의 산물이다.[3] 하지만 그 정체를 짐작하기 어려움에도 불구하고 『고래』는 기이한 매력을 환기하는 장구한 규모의 이야기임에 틀림없다. 허풍이며 소설이 아니라면 이 거대한 스케일의 매혹은 무엇이며 또한 어떻게 가능한가. 『고래』는 소설 또는 이야기란 무엇인가라는 오래된 질문의 핵심을 건드린다. 무엇으로도 간단히 규정되기 어려운 이 역설과 복합의 연쇄에 의해 이 거대한 스케일에 대한 매혹이 환기 · 지속될 수 있는 것이라고 생각된다. 『고래』의 형식은 그 자체로 소설 혹은 이야기란 무엇인가라는 질문에 관한 가장 흥미로운 답변 가운데 하나다.

2. 리비도라는 죄의 회귀

그러나 소설이 아니라는 단언이 무색하게도 『고래』의 주요 인물 국밥집 노파와 금복은 그 정도의 차이는 있을지언정 자기 본위적 인간이다. 노파의 경우 오로지 돈을 모으는 데만 열중한다. 눈앞의 호구(糊口)나 무뢰배의 위협에도 그녀가 모은 돈은 세상 밖으로 나오지 아니하며 생전에 사용된 적조차 거의 없다. 그것은 어떤 다른 가치로도 교환되지 않는다. 즉 경제적 · 사회적 의미를 갖는 것이 아니다. 그녀 자신이 밝히고 있는 것처럼 이것은 자신을 둘러싼 일체의 운명 내지는 "세상에 복수를 하기 위해서"라는 개인적 동기에 의해 축적된다.

원한은 알다시피 그녀의 불우한 삶의 역정에서 비롯된 것이다. 그러나 그 시초에는 반편과의 관계로 인한 일가의 폭행 및 축출이 있었다. 그것은 다른 무엇도 아닌 그녀 내부에 잠복해 있던 욕정의 각성에 의한 것이었다. 그런데 그녀는 자신의 욕망을 촉발한 물건의 당사자에게 책임을 전가한다. 실질적으로는 무구한 반편을 살해하는 것으로 주인집 일가에 복

3) 앞서 제시한 서영채와 김영찬 글 이외에 제10회 문학동네 소설상 심사평에도 공통적으로 지적되고 있는 사항이다.

수하는 한편, 이 모든 사태의 원인이 자기에게 있다는 진실을 회피하고자 하는 것이다. 그러나 이러한 시도는 바로 자신의 행위의 결과, 즉 반편의 눈을 닮은 딸을 낳게 되는 것으로 실패하게 된다. 그럼에도 불구하고 세월이 흘러 다시금 반편의 죽음을 연상시키는 바로 그 상황과 언어에 직면하자 그녀는 딸의 눈을 찔러 애꾸로 만든다. 뿐만 아니라 자신이 한동안 연을 맺었던 곰보가 딸을 간음하자 그를 살해하고, 이를 계기로 딸을 뒷산 벌치기 노인에게 팔아넘긴다. 이와 같은 일련의 행동은 자신의 행위의 결과 및 죄를 부단히 환기하는 거울과도 같은 딸의 눈빛 그리고 존재 자체로부터 필사적으로 도망치기 위한 시도라고 해도 좋다. 돈에 대한 맹목적인 집착 역시 다시금 이러한 사태에 직면하지 않기 위해 남성에 대한 욕정을 근절하고자 하는 일종의 대체물처럼 보인다. 돈은 다른 무엇도 아닌 바로 그녀 자신의 죄의식과 교환되며 실제로 그녀는 자신의 죄를 망각하는 데 일시적으로나마 성공을 거두기도 한다.

그러나 그녀의 필사적인 회피는 실로 무망한 시도에 불과했다. 자신의 죄를 정면으로 바라보지 않기 위한 모든 행동의 이력이 누적되고 또한 상호작용하여 결국 치명적인 결과로 회귀한다. 즉 반편과의 관계의 결과인 동시에 자신의 죄를 연상시키는 존재인 딸이 돌아온다. 과거에 자신을 애꾸로 만들고 또한 팔아넘겼다는 것, 즉 노파가 자신의 죄를 회피하기 위한 일련의 행동에 대한 대가로 (딸을 팔아넘긴 이후에 비로소 고착하게 된 대상인) 돈을 요구하던 딸이 예기치 않게 노파를 살해하게 되는 것이다. 결국 노파의 죽음은 일정 부분 그녀 자신이 자초한 것이다. 그녀의 죄는 결코 사라지지 않았다. 그것을 회피하려는 일련의 필사적인 행위가 오히려 치명적인 형태로 돌아오게 된다. 돈을 모아서 세상에 복수하게 되는 것이 아니라 그녀의 죄가 자신에게 복수하고 있다. 그녀는 섬뜩하도록 엄정한 인과응보의 섭리에 의해 처벌된 것이다. 노파의 모든 불운과 파멸은 결국 노파 스스로를 원인으로 하고 있다.

3. 영화(映畫/榮華)와 죄의식

노파는 자신의 돈을 매개로 "세상에 복수"한다. 다름아닌 노파의 유산을 손에 넣게 된 금복에 대해 그렇게 하고 있다. 사실 평대로 흘러온 금복은 장맛비라는 천재지변, 즉 전적으로 우연에 의해 노파가 지붕 천장에 숨겨놓았던 돈을 발견하게 된다. 금복은 노파의 죽음과는 무관함에도 불구하고 노파의 원령 또한 생전에 그토록 집착했던 돈 자체에 들러붙어 같이 상속된다. 이것을 밑천으로 삼아 금복은 후일 자신의 왕국과 거대한 위용을 자랑하는 고래극장을 건설하는 등의 세속적 성공을 구가하게 된다. 하지만 노파의 원령 또한 이 과정에 항상 따라붙는다. 그저 노파의 숨겨진 재산을 찾아냈다는 것 외에 어떤 필연적인 관계도 없이 결정적인 순간에 그 모습을 드러내 보이는 것뿐이다. 하지만 노파의 원령은 금복의 주변에 이런저런 불행을 가져다주는 식으로 영향을 미친다. 이에 그치지 않고 결정적으로 무당의 입을 빌려 금복의 운명을 예언하고 결정짓는다.

그런데 이런저런 목격담에도 불구하고 정작 금복은 크게 동요하지 않는다. 이미 과거 자신이 죽인 것이나 다름없는 남자들의 망령을 꿈속에서 목도한 적이 있었던 연유에서이기도 하지만 동시에 그녀 역시 철저히 자기 본위적 인간이기 때문이다. 실제로 일찍이 고향 바깥의 세계에 눈을 뜨게 된 금복은 출분 이후 누구보다도 자신의 감과 욕망이 이끄는 바대로 대상을 바꾸면서 살아왔다. 예컨대 동경해마지않던 외부로 그녀를 인도하고 남편 · 아버지 · 투자자의 역할을 수행한 생선장수를 통해 은원(恩怨), 남녀 관계, 재리(財利) 등의 세상의 법칙과 처음으로 조우했다. 걱정의 원초적인 생명력에 본능적으로 매혹된 나머지 앞뒤 없이 살림을 차리고 심신을 다하여 몰입한 적도 있다. 칼자국을 통해 영화가 선사하는 환영의 세계에 매혹되고, 그가 제공하는 권력과 재화와 문화의 후광하에서 일신(과 걱정)의 보호를 구하는 대가로 칼자국의 일생을 건 판타지를 충족하는 대체물로서 자신을 제공하는 식으로, 그와 그녀 사이에 형성된 욕망의 상호모방의 관계에 스스로 편입되기도 했다. 그러나 그녀가 연을 맺었던 그때그때의 욕망의 대상—아버지, 생선장수, 걱정, 칼자국 등—은 대개 비참한 파멸을 맞이했으며 그 관계는 결코 영속되지 않았다. 분명한 것은 그녀가 당시에 몰입하고 있었던 남성으로는 충족하지 못하는 또다른 욕망의 대상에 눈을 돌리는, 즉 타자를 발견하는 순간 파국은 이미 예정되어 있었다는 사실이다. 실제로 아버지는 그녀가 생선장수를 따라 고향을 떠났다는 바로 그 이유 때문에 죽음을 맞이한다. 걱정과의 운명적인 만남 이후 생선장수는 금복과 함께 쌓아왔던 모든 것을 잃게 된다. 칼자국의 호의로 영화의 세계를 알게 된 바로 그날 걱정은 불구가 된다. 그 반작용으로 인한 걱정에 대한 애착과 죄의식이 불러온 환영이 그녀의 손으로 칼자국을 살해하게 되는 결정적인 계기로 작용한다. 그녀가 새로운 대상에 눈을 뜨면 과거의 남자는 예외 없이 파멸하는 것이다.

물론 금복이 살해한 것은 칼자국 한 사람뿐이다. 비록 그녀가 자초한 상황이기는 하지만 운명의 장난이 작용한 측면도 있다. 더욱이 걱정과 칼자국의 죽음 이후 자신의 운명을 저주하고 통절하게 자책하며 스스로를 끝없는 자기 학대와 방기의 상태로 내몬다. 자신과 관계한 모든 남성을 파멸로 이끈 죄를 어디에도 전가하지 않고 스스로를 처벌하려 하고 있다는 점에서 그녀는 노파와 결정적으로 구별된다. 하지만 반편 · 곰보와의 일대일 관계 속에서 몰입의 대상이 제한되어 있었던 노파와 달리 금복이 훨씬 복잡한 인간관계 속에 놓여 있었다는 사실 또한 부인할 수 없다. 걱정의 무너진 육신과 눈빛 같은 실체에 여전히 고착되어 있으면서 동시에 칼자국에게 구애되지 않을 수 없는 괴리가 그녀 자신의 죄의식을 각성시킨다. 이것은 노파가 결코 경험할 수 없었던 종류의 상황이다.

하지만 이후 소극적으로나마 끝까지 살아남고자 할 뿐만 아니라 죄의식에 시달리면서도 끝내 그것으로부터 도망치려 한다는 점에서나 (생물학적으로는 도무지 불가능한 일임에도 불구하고) 불가불 걱정을 연상시키는 춘희의 존재를 불편하게 여기고 있다는 점에서 금복은 노파의 생애를 고스란히 반복한다. 뿐만 아니라 평대에 와서 노파의 숨겨진 재산을 발견한 후 (본래 이재에 밝았지만) 남성을 대신할 재산의 증식에 본격적으로 나서게 되면서 자신의 죄를 망각하게 되는 과정 또한 노파를 일정 부분 답습하는 측면이 있다고 해도 과언이 아니다. 그녀는 '평대의 이차 빅뱅'을 이룩한 다방, 벽돌공장, 운수업 등 다방면에 걸친 세속적 성공에 힘입어 과거의 악몽을 망각하고 다시금 자신의 죄 그리고 노파의 저주로부터 도망칠 수 있다는 믿음에 사로잡힌다. 또한 일생 동안 동경해왔던 고래와 같은 거대한 대상을 찾아 부단히 그 내용을 바꾸는 기존의 삶의 태도 역시 버리지 않고 실제로 그때그때 원하는 것을 손에 넣는 성취에 도취된다. 특히 그녀는 엑스레이 사진을 통해 죽음이 뼈로 남는 것 외에 아무것도 아니라는 유물론적 확신을 얻게 되고 이는 노파의 저주나 스스로의 죄의식을 직접적으로 환기시키는 망령 따위를 망각할 수 있게끔 하는 실질적인 근거가 된다. 그녀는 이제 주저하지 않고 죽음 이외, 즉 (뼈가 아닌) 신체의 욕구가 지시하는 바에 따르는 삶의 형식을 영위하고자 한다. 그때그때 주저 없이 남자를 갈아치울 뿐만 아니라 심지어 수련의 미에 매혹된 것을 계기로, 정확히 칼자국의 방식대로 수련을 사랑하고 마침내 남성이 되기까지 하는 등, 한편으로 과거 걱정의 원초적인 육체성 자체로 표상되었던 리비도의 중핵으로서의 고래, 즉 남근에 대한 선망을 감추지 않는 것이다. 이와 동시에 금복은 고래극장 건설에 매달리게 되는데, 그것은 그/그녀의 전부를 기울인다는 말이 무색하지 않게 금복 자신의 과거와 현재가 총합된 산물이다. 노파의 유산을 한껏 증식시킨 재산을 밑천으로 삼아, 文의 장인적 정신을 통해 견고하게 구워진 벽돌로 지어진 그것은 과거 생선장수와의 생활을 통해 확인한 이재의 재능과, 걱정의 육체를 통해 매개된 바 있었던 거대한 남성의 생명력(남근)에 대한 원초적 동경과, 칼자국이 환시했던 영화라는 환영의 세계 및 사회적 부와 권력에 대한 매혹 일체가 압축되어 있는 결정체라고 해도 지나친 말이 아니다. "고래+극장"이라는 이름은 그래서 더욱 상징적이다. 말할 것도 없이 그것은 금복이 평생에 걸쳐 매혹된 두 가지 대상이 집약되어 있는 구체적 결과물이다.

그런데 바로 이 고래극장의 완공을 정점으로 최고의 세속적 성공을 구가하고 있던 금복의 운은 기운다. 그리고 그 운이 다름아닌 금복의 주변 사람들의 존재에 상당 부분 힘입은 것이었다는 진실이 文과 쌍둥이자매의 죽음, 생선장수의 부재를 통해 역설적으로 증명된다. 벽돌공장의 파업에 대한 가혹한 탄압 또한 가까운 사람들이 금복으로부터 등을 돌리게 되는 계기가 된다. 이미 딸 춘희의 존재도 망각한 것은 물론이거니와 과거의 동료들이 등을 돌리거나 죽음을 맞이한 바로 그 직후에 금복은 다시금 사자(死者)들의 망령을 보기 시작한다. 그도 그럴 것이 금복은 자신의 믿음과는 무관하게 그때그때 동경했으나 손에 넣지 못했던 모든 대상 및 완전히 극복했다고 여겼던 죄의식의 원인 일체가 물질적으로 집약 · 구현된 고래극장을 건설하고 그것을 자랑으로 여길 만큼 부지불식간 자신의 과거에 구애되고 있었다. 그만큼 과거의 망령은 결코 사라지지 아니하며 금복이 고립을 자초한 바로 그 순간에 찾아온다. 결국 금복이 아무리 자신이 달라졌다고 강변한들 아버지와, 걱정과, 칼자국과, 文과, 생선장수의 죽음에 책임이 있다는 과거의 사실로부터 결코 도망칠 수 없다. 오히려 그것을 완벽히 망각할 수 있는 권능을 소유한 다른 존재, 즉 남성이 되었다는 교만이 금복 자신을 고립시키고 장군에 대한 품평으로 말미암은 결정적인 몰락을 자초한다.

반복해보자. 마침내 노파의 저주는 실현되었다. 그러나 어디까지나 과거의 죄와 그것을 잊거나 극복했다는 교만으로 말미암은 일체의 행적이 금복 자신을 겨냥하는 과정이다. 적어도 모든 파멸의 단초를 스스로 제공했다는 부분에 있어서만큼은 노파를 고스란히, 그러나 그가 경유했던 다채로운 과정만큼이나 보다 거대한 규모로 답습한다. 그러나 걱정과 칼자국의 목숨을 대가로 자각했던 죄의식 또한 회귀한다. 주변 사람이 모두 떠나고 남은 고립의 빈자리에 과거의 망령이 오랜 친구처럼 들어찬다. 금복을 자기기만에 빠지게 했던 부귀영화의 덧없는 소멸, 망령의 환영으로 나타나는 죄의식이 그녀 자신을 자포자기하도록 만든다. 한없이 과거로 소급하는 회한이 마침내 금복으로 하여금 고래극장을 비롯한 자신이 이룩한 모든 것을 불태우도록 한다. 전날 영사기사가 기름통을 엎었고, 노파의 망령이 참화의 규모를 확대했을지라도 결국 불을 붙인 것은 금복 자신이었다. "무모한 열정과 정념, 어리석은 미혹과 무지, 믿기지 않는 행운과 오해, 끔찍한 살인과 유랑, 비천한 욕망과 증오, 기이한 변신과 모순, 숨가쁘게 굴곡졌던 영욕과 성쇠"[4] 등 금복의 전 생애가 집약된 고래극장이 소멸되는 최후의 순간 맹렬하게 타오르는 불길 속에서 금복은 비로소 자신이 돌보지 않았던 춘희에 대한 후회, 결코 상기한 적이 없었던 고향의 언덕과 석양을 떠올리며 마침내 마음의 평화를 얻는다. 일찍이 한없이 큰 것만을 추구하면서 칼자국이 열어 보여준 영화(映畵/榮華)의 환영을 따라 부단히 유위변전한 삶 전체가 한낱 허상에 불과한 것임을 깨닫는 바로 이 순간, 노파의 저주나 망령이 개입할 자리란 없다. 즉, 금복의 일대기란 결코 하나의 대상에만 고착되지 않는 내부의 무한한 불꽃이 자신을 포함한 주변의 일체를 태워버리는 이야기다.

좀처럼 외부에 눈을 돌리지 않는다는 점에서 노파와 금복은 공통적이다. "그것이 ~의 법칙이었다"라는 문장이 남발되고 있음에도 정작 그녀들은 세상의 법칙에 관심을 두지 않는다. 자신들 내부에 생성한 환상 바깥으로 걸어나온 적도 없다. 그 욕망과 대상 사이에 형성되어 있는 환상이야말로 그녀들 자신이 일생을 유영한 장소였다고 해도 틀리지 않는다.

---

4) 천명관, 『고래』, 문학동네, 2013, 301쪽.

그녀들은 바로 그 속에서 살아가고자 하는 폐쇄적인 태도를 견지한다. 또한 다른 무엇도 아닌 자신이 고착되어 있는 그 무엇으로 인해 죽음을 맞이하게 된다. 특히 노파도 금복도 스스로의 욕망으로부터 비롯된 죄를 회피하고자 했다. 이를 위한 일련의 행위가 집적되어 파멸을 야기하는 치명적인 결과와 직면하게 된다는 점에서도 둘은 같다. 그러나 노파에게 스스로의 불운과 죄책감에 대한 자의식은 결여되어 있으며 그야말로 행위의 결과가 누적된 운명의 장난이라는 타자에 의해 그녀는 엉겁결에 압살당하고 만다. 반면 금복은 걱정과 칼자국을 동시에 남편으로 두고자 했던 선택이 어떤 결과를 불러왔는지를 자각하고 있으며, 그로 인해 각성하게 된 죄의식을 비록 한때는 망각했을지언정 동반하고 있다. 특히 칼자국은 금복에게 그야말로 동경하지 않을 수 없는 영화의 환영과 그로 인해 하나의 대상에 만족하지 못하는 데 따른 무한한 죄의식을 동시에 알게 한 존재다. 특히 근본적으로 자신을 비추는 거울이라는 점에서 동질적인 영화와 망령은 이후 평대에서의 금복의 삶 대부분을 차지한다. 즉, 쌍둥이자매의 도움으로 삶을 추스르고 춘희를 낳은 후 평대에 정착하기 전까지 금복은 망령을 동반하며 한없는 죄의식에 시달린다. 이후 영화를 꿈꾸며 고래극장을 건설하기까지 한 세속적 성공이 쇠락의 기미를 보이는 순간, 칼자국의 망령이라는 후자의 형상과 대면하게 되는 것이다. 그러므로 평대의 금복에게 있어서 지상의 영화와 저승의 망령은 사실상 서로를 거울처럼 비추면서 자리를 맞바꾸는 명암(明暗)과 같은 것이라고 해도 좋다. 그러므로 금복은 자신의 기대와 달리 결코 망령으로부터 도망칠 수 없다. 그것은 금복이 욕망의 대상으로 삼았던 것은 예외 없이 파멸하며 형해화될 수밖에 없다는 자각에 재차 직면하게 한다. 이 사실을 어렴풋이 직감한 이후부터 금복은 사실상 자포자기한다. 자신의 삶 일체가 허상에 불과했다는 사실을 자각하게 된 금복이 다시금 그것으로부터 벗어날 유일무이한 방도는 죽음뿐이다. 그러므로 노파와 달리 금복은 자기를 다시금 방기하게 되고, 그 환영의 결정체였던 고래극장에 불을 붙인 이가 다른 누구도 아닌 자기 자신이었다는 사실을 통해 알 수 있는 것처럼, 스스로 죽음을 선택한다. 죽음의 순간 "죽은 자들의 모습이 스크린 위에 겹쳐져 빠르게 지나"간다. 이것은 금복의 일생을 지배한 영화와 망령이 일체화된 형상으로, 본능처럼 떠오른 "자신의 딸, 춘희의 얼굴"[5]과 대비되어 거리를 두게 되는 유일무이한 순간이다. 금복이 이러한 환영에 대한 거리두기를 바탕으로 자신의 삶 전체를 부정하는 것, 다시 말해 죽음을 스스로 선택하는 것을 대가로 최종적으로 얻은 것은 진정으로 원하는 것이 무엇인지 알지 못했던 자기 자신에 대한 인식이다. 이와 같은 금복의 일대기를 (소설이 아니라) 비극에 가깝다고 할 수 있다면 그것은 그녀가 비범한 자질을 타고났으며 남다른 성공을 구가한 주인공으로서 오로지 자기의 실책으로 말미암은 운명의 장난으로 인해 파멸을 맞이했기 때문이다. 그러나 그것은 어디까지나 금복 내부의, 스스로를 불태우고 만 낭만주의적 열정에서 비롯된 것이다. 동시에 금복이 자신의 삶 대부분을 지배한 환영에 이끌려 변신을 거듭한 끝에 스스로의 삶을 부정하고 죽음을 선택하기에 이른 것은 누차 강조했다시피 영화라는 환영과 죄의식 간의 부단한 상호작용에 의한 것이다. 이 점에서 오이디푸스보다 차라리 줄리앙 소렐이나 라스콜리니코프를 닮은 금복이라는 자기 정향적 개인의 형상을 과연 소설의 주인공이 아니라고 선불리 단언할 수 있겠는가.

4. 달변과 무언(無言)

그러나 『고래』를 소설이 아니라고도 말할 수 있다. 부단히 타자를 향하는 리비도가 결코 사라지지 않고 삶과 죽음의 경계까지도 초월하여 결국 자기 자신에게로 회귀하는 노파와 금복의 이야기는 다분히 초역사적

---

5) 천명관, 같은 책, 300쪽.

이며 차라리 알레고리에 가깝다. 수십 년에 걸친 그녀들의 삶과 죽음의 이야기를 자유자재로 서술하는 달변 역시 다분히 구술적이다. 뿐만 아니라 텍스트 내부의 모든 사건을 전지전능한 입장에서 장악하고 있으면서 그때그때 선택된 대상에 어떤 제약이나 장벽도 없이 초점을 맞추고 있는 무소불위의 시점과 언술은, 역설적인 의미에서 라스 폰 트리에의 〈도그빌〉(2003) 같은 영화의 내레이션을 닮았다. 서술자 초점과의 일치를 당연한 것으로 전제하고 때로는 작중 사건에 대해 직접적으로 시시비비를 가리는 논평이나 도덕적 판단, 사전적 · 사후적 해석까지도 마다하지 않으면서 궁극적으로는 해당 형식에 관한 자기성찰적 구성(self-reflexive construct)을 수행하고 있다는 점에서 특히 그렇다. 두 텍스트 공히 여성의 수난사를 다룬다는 공통점은 이에 비겨 부수적이다. 물론 『고래』 쪽이 보다 능청스러울뿐더러 다분히 재기 넘치는 어조를 채택하고 있기는 하지만. 더욱이 그 일원적인 목소리는 기존의 논자들이 지적했듯이 동서고금의 다양한 텍스트에서 빌려온 "어디선가 들어봤음직한 이야기, 신파적으로 과장되거나 너절하고 허풍스런 이야기들"[6]을 천연덕스럽게 통합하고 있으며 "라블레(F. Rabelais)와 마르케스(G. G. Márquez)에서 시작해 무협기담, 성인만화, 영화 같은 키치적 대중문화가 빚어낸 현대의 인공적 가설항담(街說巷談)의 이미지 조각들"을 하나로 묶는 "현대의 브리콜라주(bricolage)"[7]의 형식을 가능하도록 하는 것임에 틀림없다.[8] 그리고 그러한 달변의 형식은 심지어 춘희라는 자폐아의 내면까지도 투명하게 재현 · 구술할 수 있는 원동력이 된다.

비단 서사적 형식에 그치는 문제만이 아니다. 앞서 누차 언급했다시피

6) 서영채, 같은 글, 358쪽.

7) 김영찬, 같은 글, 126~127쪽.

8) 그리고 이와 같은 기상천외한 이야기를 수집하여 단일한 목소리 안에 하나로 묶는 서사 형식의 근대적 기원은 명백히 독일 낭만주의 민속학의 전통에 있다.

노파와 금복의 삶에 다소간 운명의 장난이 개입되는 것은 긍정된다. 특히 금복은 전화위복의 우연으로 인해 노파의 유산과 저주를 아울러 상속한다. 반면 정작 노파의 딸이 상속받는 것은 애꾸나 외팔 같은 장애 그리고 공교롭게도 그녀가 벌치기에게 유기되지 않았다면 결코 습득할 수 없었을 벌 치는 기술이다. 이와 같은 뜻하지 않은 상속은 춘희에게도 이루어진다. 실제로 금복의 막대한 유산은 약장수가 횡령하는데 그는 정확히 금복의 전철을 밟아 유사한 형태로 파멸한다. 춘희가 계승한 것은 금복이 실질적으로 조성했으되 고래극장의 건설에 매달린 이후부터는 관심을 두지 않았던 벽돌공장의 가마였다. 물론 文의 오랜 세월에 걸친 유형무형의 가르침에 힘입어 후에 춘희 역시 벽돌 굽는 기술에 통달하기는 한다. 하지만 엄밀히 말해 딸의 존재로부터 죽은 남자의 모습을 보는 모친이 그녀를 사실상 방기한 장소에서 후에 그 자신의 전부가 된 유산을 뜻하지 않게 상속받게 된다는 점에서 애꾸와 같다. 금복이 노파를 반복했다면 이 점에서 춘희는 애꾸를 반복한다. 하지만 알다시피 그녀들 각각은 이런 것들을 특별히 딸들에게 물려주려고 했던 것도 아니었고 딸들 역시도 마찬가지였다. 그저 노파와 금복이 자신의 죄를 회피하려 한 것이 예기치 않은 결과를 불러온 것이며, 애꾸와 춘희 역시 우연찮게 몰입할 수 있는 일이 그것밖에 없게 되었기 때문에 각자 운명처럼 받아들인 것뿐이다. 이 과정에 개인들의 의도는 개입되지 않으며 이에 따른 특정한 인과관계 역시 설정되지 않는다. 그러나 그녀들은 자신이 상속한 바로 이 일에만 구애되고 각각 꿀벌과 벽돌이라는 사물에 즉(卽)하면서 스스로 세속과 교유하지 않게 된다.

그러나 춘희가 상속받은 것은 비단 벽돌가마뿐만이 아니다. 아버지가 확실할뿐더러 출생 당시에는 멀쩡했으나 어머니에 의해 한쪽 눈을 잃게 된 애꾸에 비해, 춘희는 걱정을 닮았지만 정작 생물학적 아버지조차 누구인지 불분명하고 애초부터 벙어리이자 자폐아로 태어났으며 남다른 거구의 여성으로 성장했다. 애꾸는 노파의 죽음에 일정 부분 책임이 있으며 팔 한쪽을 내주는 것으로 그 대가를 치른 데 반해, 춘희는 금복뿐 아니라 그 누구의 죽음에 대해서도 전적으로 결백 · 무고하지만, 고래극장에 불을 붙인 어머니와 모든 비상구를 걸어 잠가 다수의 희생자를 야기한 노파의 원령 양쪽 모두의 죄를 뒤집어쓴다. 위협적이고 비정상적인 것으로 간주되는 거구의 자폐아로서 어떤 항변도 불가능한 자신의 천형(天刑) 또한 부수적으로 작용하여 누명을 쓰고 교도소에 투옥되어 그녀 삶 전반을 통틀어 최악의 시기를 보내게 되는 것이다.

그러나 알다시피 춘희는 이러한 상황을 이해할 지적 능력을 갖고 있지 않다. 단지 거구의 신체만이 두드러진 결과 "바크셔"라는 모욕적인 별명으로 불리며, 주어지는 대부분의 수난을 묵묵히 감수하지 않을 수 없다. 그것은 무고한 그녀를 방화범으로 낙인찍고 교도소에 수감한 각종 국가 장치의 조직적인 억압과 규제 및 무당벌레나 교도소관들 같은 개인이 자행하는 사적인 린치 및 가혹한 고문에 의한 것이다. 이처럼 적대적인 "벽"에 사방이 가로막혀 유년의 친밀한 세계로부터 격리당한 채 도무지 이해 불가능한 고통만을 감당해야 하는 춘희가 상상 속에서나마 끝없이 과거의 평대로 소구할 수밖에 없는 것은 불가피한 일일지 모른다. 그녀는 비록 평생 그리워한 어머니 금복의 애정 어린 보살핌을 받지는 못했으되, 쌍둥이자매, 그리고 특히 文의 과묵하지만 사려 깊은 배려 속에서 성장해왔다. 알다시피 날 때부터 벙어리이자 자폐아였던 그녀는 언어나 사회 같은 외부 세계로부터 차단당한 대신 점보를 비롯한 사물 일체와 친밀하게 교감하면서 형성한 고유한 세계를 내부에 간직하고 있다. 그것은 조직과 개인의 악의에 의해 참혹한 고통만이 끝없이 가해지는 "벽"의 세계 속에서 그녀가 자유를 구가할 수 있는 유일무이한 빛이자 버팀목이다. 출옥 이후 노파의 망령이 내미는 두부를 받아들어 먹는 행위를 통해 알 수 있는 것처럼 더이상 금복과 노파의 죄를 대속하지 않아도 됨에도 불구하고 벽돌공장으로 돌아가 다시금 스스로를 불가해한 고통의 세상으로부터 고립시킨 채 단지 생존에 필요한 일체의 행위를 제외하고는 오로지 자신의 풍요로웠던 과거를 소환하는 데만 천착하는 것도 이 때문이다. 그러나 그녀로서는 과거 금복의 영화가 이룩한 흥성거리는 벽돌공장에서의 어린 시절을 다시 불러올 현실적인 방법을 알지 못한다. 그래서 그녀는 자기 손으로 벽돌을 굽는다. 더할 나위 없이 간절한 주술적 기원을 담아.

그리고 이후 그야말로 많은 일이 있었다. 실제로 유년 시절 힘을 겨루었던 소년이 트럭 운전사로 성장하여 찾아와 드나들다가 부부의 연을 맺고 훌쩍 떠나가기도 했고 아이를 낳아 어미의 기쁨을 누리기도 했다. 그러나 떠나간 트럭 운전사는 다시 찾아오지 않게 되었고 아이는 병으로 잃었다. 춘희의 고통은 실로 끝나지 않았고 어느 정도 회복되어 다시금 벽돌을 굽게 된 그녀는 이제 자신의 유일한 창조물에 자신이 그리워하는 기억에 관한 그림을 새기기 시작한다. 그리고 마침내 『고래』 전체를 통틀어 가장 인상적인 장면 가운데 하나에 도달한다.

> 몇 년이 흘렀다. 그녀는 홀로 벽돌을 굽고 있었다.
>
> (……)
>
> 다시 몇 년이 흘렀다. 그녀는 홀로 벽돌을 굽고 있었다.
>
> (……)
>
> 몇 년이 흘렀다. 그녀는 홀로 벽돌을 굽고 있었다. 공장을 찾아온 사람은 아무도 없었다.[9]

이것은 한두 줄의 문장들 외에는 텅 비어 있는 바로 그 지면이다. 그렇다고 해서 이러한 문장 외에 아무것도 쓰여 있지 않은가 하면 그렇지는 않다. 바로 앞쪽, 즉 『고래』를 덮어보면 이 문장들과 정확히 맞닿는, 겹치

9) 천명관, 같은 책, 408~413쪽.

는 자리에 춘희 자신의 유일무이한 서명, 개망초의 그림 또한 조그맣게 자리해 있다. 이 인장과 벽돌 굽기, 즉 말하지 못하는 숙명을 타고난 춘희 자신의 몇 안 되는 일생의 자기표현만이 부각되고 있는 것이다. 벽돌에 새겨진 그림을 통해 하나의 형상으로 집약되는 이 인장과 문장들은 그녀의 과거와 현재와 미래를 온전히 함축하고 있다고 해도 좋다. 개망초꽃이 흐드러지게 피고 친숙한 사람들로 북적거렸던 벽돌공장의 전성기, 언젠가 그때 그 사람들이 돌아오기를 바라는 간절한 열망, 그리고 이 모든 그리움과 열망을 담아 외롭게 벽돌을 구우면서 기나긴 세월을 견디며 흘려보내고 있는 지금, 이 소략한 인장과 문장의 반복은 춘희의 삶 전체에 관한 그 어떤 구구절절한 수사보다 압도적인 표현이다. 하지만 이렇게 인용하거나 췌언하는 것으로는 이 지면이 환기하는 느낌을 전하기에 충분치 않다. 확실히 언외의 공백은 표현을 압도하고 있다. 『고래』 전반의 통상적인, 페이지를 빼곡히 채우고 있는 달변의 문장에 비겨 오히려 더 많은 의미를 환기하는 것처럼 보인다. 개망초꽃이 피고 지는 몇 년이 세 번 반복되는 동안 단지 홀로 그림을 새긴 벽돌을 굽고 있을 뿐인 춘희 자신의 마지막 생애가 그렇게 흘러간다. 이 여백은 그녀의 세월과 시각적인 대비를 이루며 또한 그것을 고립시킨다. 더욱이 그녀 자신의 그리움으로부터 비롯된 아득한 열망이 이루어질 수 없다는 것은 확실하다. 하여 그녀가 묵묵히, 홀로, 거듭하여 벽돌을 굽고 있는 행위는 그 지면의 대부분을 차지하고 있는 공백의 넓이만큼이나 막막한 페이소스를 환기한다. 실제로도 그녀는 일생을 무언으로 일관해오지 않았는가.

문장이나 인장으로 말해진 것보다 아무것도 말하고 있지 않은 부분이 더 크다. 이 대목에 이르러 독자는 실로 망연자실해지지 않을 수 없다. 앞서 언급했다시피 춘희는 벽돌공장 터에 머물며 철저히 홀로 살아갔고 사랑을 하고 아이를 낳았지만 모두 상실한 후 스스로의 생명력을 소진하여 막대한 양의 벽돌을 남겼다. 그렇지만 단지 그뿐이다. 춘희의 고독은 그녀의 생애 전체가 그랬던 것처럼 누구에게도 제대로 전달되거나 결코 이해될 리 없는 성질의 것이다. 그러므로 아무리 세인들이 제멋대로 추측하여 떠들어댄다 해도 특별한 이야기나 교훈을 남길 리 없는 사적인 세계에 국한되어 있다. 그럼에도 불구하고 그녀가 일생 동안 구운 벽돌의 양만큼이나 또는 숨을 거둔 후 그녀의 영혼이 우주 저편으로 향하고 있는 것처럼, 어쩐지 시공을 초월한 거대한 스케일을 연상시키는 측면이 있다. 누구에게도 말하거나 이해될 수 없었던, 그녀만의 간절한 염원을 담아낸 벽돌과 그림이라는 유이(唯二)한 무언의 자기표현은 그녀의 의도나 생각과는 전혀 무관하게 (마치 노파의 유산이 금복에게 상속되고 벌치기 및 벽돌굽기 기술이 애꾸와 춘희에게 전수된 것과 정확히 유사한 방식으로) 어떤 필연도 없이 세계 각지의 건물을 구성하는 구체적인 일부로 계승된다. 춘희에 대한 세간의 요란하고 왜곡된 풍문과 관계없이 그녀의 일생을 압축한 그 흔적을 알아보는 사람이 아주 간혹, 존재한다. 무엇보다도 춘희 자신이 나날이 왜소해지는 육체의 생명력을 대가로 스스로의 간절한 소망을 담아 내면에 키워온 세계 일체는 마침내 그녀의 죽음과 함께 우주적 규모로 확장된다. 그것은 단 한 번도 외부로 발설된 적이 없었던 춘희 개인의 고독한 그리움이 어머니 금복이 일생 동안 집착 · 발산해온 큰 것, 즉 고래의 환영을 압도하는 규모로 커진 것이다. 이 점에서 생사(生死)의 초입에 점보(Jumbo)라는 거대한 이름의 코끼리를 누구보다도 가깝게 여겼던 춘희는 확실히 금복의 소망을 역설적인 형태로 이루고 있는 셈이다. 그것은 자의에 의해서든 타의에 의해서든 인간의 언어 및 세계와 소통한 적이 없었던 춘희의 자기 본위적 세계가 일생에 걸쳐 교감해온 자연과 사물 전체와 일치되고 또 관철되는 순간이다. 『고래』 전체를 통틀어 춘희 이상으로 내부의 세계를 풍성하게 구축한 개인은 사실상 존재하지 않는다. 낭만주의적 전통에서 연원한, 이와 같이 철저히 내부의 세계에만 구애되고 있는 자기 정향적 개인의 형상을 또한 어찌 소설의 주인공이 아니라고 단언할 수 있겠는가.

5. 그리고

철저히 파편화된 세계 속에서 살고 있는 오늘날의 '개인'이라면 누구나 이와 같은 거대한 이야기를 마음속에 품고 싶어하는 법이다.

(천명관 『고래-문학동네한국문학전집 19』 해설, 문학동네, 2014)

너의 얼굴로 돌아보라

— 노희준 장편소설 『넘버』

1. 범죄의 나폴레옹

"범죄 세계의 나폴레옹." 홈스가 적수 모리어티의 범죄 계획과 연출, 실행 일체에 관한 천재적인 능력에 대해 탄복하며 사용했던 비유다. 그 의미와 맥락을 조금 달리하면 이 문장은 소설가 노희준에게도 고스란히 적용될 수 있을 터다. 전대미문의 기상천외하고도 정교한 범죄 이야기를 기획하고 연출해내는 장인적 솜씨에 있어서 그는 단연 독보적이다. 우리는 이미 장편 『킬러리스트』(창비, 2011) 그리고 「살아 있음에 감사하라」(『X형 남자친구』, 문학동네, 2009)를 비롯한 몇몇 단편에서 그의 기예를 목도한 적이 있다. 하지만 그의 소설이 단순한 추리소설이나 범죄소설에 그치지 않는다는 것은 말할 필요도 없다. 홈스 시리즈 전편을 통틀어 정작 모리어티의 범죄에 관한 독립된 에피소드는 존재하지 않는데, 이 범죄자가 다름 아닌 홈스라는 또다른 나폴레옹의 역상(逆象)으로 성립했기 때문이었다. 그리고 코난 도일이 차마 말할 수 없었던 바로 이 공백으로부터, 노희준의 소설은 출발하고 있다고 해도 과언이 아니다. 살인자와 분석가의 욕망이 기묘하게 교착되는 과정에 주목한 『킬러리스트』와 같은 소설에서 홈스와 모리어티라는 쌍생아는 분리 불가능한 형상으로 출현하곤 했다. 그리고 이제 이 야누스적 존재에 관한 궁극적인 진화형이, 범죄를 취급하는 소설가 자신의 경탄할 만한 솜씨와 더불어 돌아왔다. 그렇다. 다름아닌 『넘버』(민음사, 2012) 이야기다.

2. 정체성의 기이한 교환

사건의 발단은 비교적 범죄소설의 고전적 설정에 충실한 편이다. 잘나가던 증권 브로커인 김대현은 모델 출신의 연인 한이연의 집에서 러닝머신에 목매달린 채 난자당해 죽어 있는 그녀의 시신을 발견한다. 더욱 당혹스러운 사실은 CCTV를 비롯한 모든 사건의 정황과 증거가 자신을 범인으로 지목하고 있다는 것이다. 뿐만 아니라 그는 그것이 자신의 도플갱어와도 같은 인물의 소행이라는 것을 알게 된다. 어떻게든 사건에 연루되지 않기 위해 이연과의 관련을 소거하는 등 부심하지만 실상 할 수 있는 일은 아무것도 없다. 심지어 하루아침에 증권 브로커 김대현으로서의 신분까지 도플갱어에게 완벽히 가로채이게 되고 그의 평범한 일상은 파탄에 직면한다. 가짜 대현이 이연의 살해범으로 자수했다가 무혐의로 풀려나버린 가운데 이제 그는 불가피하게 자신의 위치를 찬탈한 자와 뒤바뀌어 도플갱어 박이명으로 행세하지 않을 수 없게 된다. 그렇게 그는 스스로의 신원을 회복하기 위한 고군분투로 내몰리는 것이다.

이것이 전부라면 누명을 쓰고 경찰에 추적당하는 가운데 혐의를 벗기 위한 필사적인 노력이 보상을 받는, 소위 〈도망자〉(앤드루 데이비스, 1993) 유의 그저 그런 이야기가 될 것이다. 하지만 여기에 대현을 그런 궁지로 내몬 분신의 고백, 즉 또다른 이야기가 평행적으로 전개되고 있다. 살인에 관한 한 예술가적 자의식을 관철하고자 하는 그 자신이 술회하는 삶의 이력은 대현과 미묘하게 교차하는 부분이 있다. 심지어 대현 자신보다 대현에 대해 더 많은 것을 알고 있는 존재로 형언된다. 그러므로 대현의 일거수일투족에 대해 사실상 전지전능한 그는 그런데 정작 살해 과정 전체를 주도한 이가 다름아닌 '너', 즉 대현이라고 처음부터 지목하고 있다. 그도 그럴 것이 대현조차 자신의 BMW를 주차한 파킹랏 번호와 층수, 이연의 기호 등을 비롯한 기타 여러 일상의 사소한 기억에 대한 착란에 직면해 있다는 사실을 스스로도 알고 있었다. 일체를 주재하는 분신이 사실상 '말하는 자'로서 군림하고 있는 것과 대조적으로 『넘버』의 서두에서부터 자신의 일시적 기억상실에 대해 고백하고 있는 그는 단언컨대 '믿을 수 없는 화자'라고 해도 좋다.

그럼에도 불구하고 '넘버'의 조작을 통해 완벽하게 자신의 신분을 찬탈한 이 압도적인 타자 앞에서 그는 최초로 숫자와 기억의 조력 없이 확증 가능한 자기 자신의 고유한 실체에 대해 탐문하기 시작하지 않을 수 없다. 또한 이 데카르트적 회의와 병행하여 자신의 신분을 되찾고 살인자의 정체를 규명하기 위한 추적 또한 불가피하게 진행해야 한다. 하지만 아무리 첨단의 테크놀로지와 주도면밀한 조사를 동원한다고 해도, 기억 전반을 지탱하는 감각과 인식의 근본적인 동요에 직면하고 있는 자가 주도하는 수사의 이야기가 성공할 리 만무하다. 이명이 된 대현은 살인자의 음모를 사전에 저지하기 위해 그의 삶을 통찰하고, 또한 연예인 연쇄살인의 현장을 사후적으로 수습하면서 그의 흔적을 필사적으로 더듬어간다. 하지만 그것은 항상 그 자신에게 치명적인 결과로 돌아온다. 살인자의 구체적인 흔적이 각인된 사체와 '옆방여자'라는 외피의 물질성은 언제나 그 자신의 리비도를 이끌어내는 것으로 귀결된다. 대현과 이명을 향한 상이한 탐색의 두 경로는 정확하게 중첩되며 서로(의 욕망도) 구별할 수 없는 것으로 교차한다. 둘의 대결 또한 결국 찬탈한 서로의 삶, 즉 거북과 멧돼지 그리고 각자의 자산 등을 맞바꾸는 교환의 과정을 경유하여 이루어진다. 결국 대현을 찬탈한 이명과 정확히 대척되는 지점에서 그 또한 완벽하게 이명이 되어간다. 이것은 대현과 이명이라는 고유한 개인의 경계조차 불분명해져버리는 결과를 낳는다. 대현이 이명이고 이명이 곧 대현이다. 최종적으로 대현이 극적으로 승리하는 것처럼 보이지만, 이미 두 사람이 서로를 정확히 답습하고 또한 반복한 후의 일이다. 이 변경 불가능한 사실이 넘버와 눌러가 조장한 것인지, 본래 대현과 이명으로 지칭되었던 자들의 욕망으로부터 비롯된 결과인지 선후관계를 따지는 것은 무의미하다. 『넘버』의 결말이 단적으로 일러주는 것처럼 그것은 우로보로스의 형상처럼 머리와 꼬리를 구별할 수 없도록 서로 얽혀 있기 때문이다. 그리고 첨예한 대결과 우여곡절을 거친 이 정체성의 기이한 교착은 마침내 대현(과 이명)을 둘러싸고 있었던 넘버의 세계 자체를 겨냥한다.

3. 패치워크와 무한거울

그런데 실상 노희준의 소설에서 이와 같은 다중인격의 교란은 그리 낯선 것이 아니다. 가령 「살아 있음에 감사하라」에서 스토커의 폭언은 고스란히 S 자신의 것으로 전이되고 있다. 『킬러리스트』의 주희는 줄리일 뿐 아니라 또한 설희이며 동시에 아오아메 유키히메(靑天雪姬)이고 희수이기도 하다. 그녀들은 전생과 현생을 넘나들며 시공간을 초월하여 서로를 침범할 뿐 아니라 종국에는 분석가로서의 서린의 욕망과도 구별되지 않는 것이 된다. 『넘버』에서도 이명의 '옆방여자'는 여러 여성들의 상이한 기억을 자신의 한몸에 보존하고 있는 다면상(多面像) 그 자체다. 조금 다른 경우지만 단편 「살」(『X형 남자친구』, 문학동네, 2009)에서 개인들은 자신들의 육체적 경계가 무너지면서 서로 통과하고 겹쳐지는 당혹스러운 사태에 직면한다. 이 '나' '너'의 구분이 무의미해진 존재 결핍의 통과병이 만연한 세계에서 자신의 정체성을 보증하는 물질적 타자를 모색하고자 하는 욕망 또한 감염과 전이를 반복하고 있다. 「살」의 웃지도 못하고 울 수도 없는 소극(笑劇)들의 연쇄는 그 상호 간의 경계를 통과하는 욕망의 무한증식을 통해 초래된다고 해도 과언이 아니다.

"나는 아무도 아니다. 아무도 아니므로 누구든 될 수 있다. 더이상 나는 내가 누구인지 고민하지 않는다."(「벙어리 방울새의 죽음」, 『너는 감염되었다』, 랜덤하우스중앙, 2005, 103쪽) 일찍이 「벙어리 방울새의 죽음」을 비롯한 여러 단편에서 이미 재현된 바 있었던 "아무도 아니므로 누구든 될 수 있다"는 서로가 서로에게 감염되는 사태. 그것은 심지어 텍스트의 경계까지 초월한다. 예컨대 「시계 없는 방」은 명백히 『킬러리스트』의 전사(前史)이며 주희의 불우한 전생(들)은 『넘버』의 이연에게도 또한 분유(分有)되어 있기도 하다. 뿐만 아니라 심지어 약간 다른 관점에서 『넘버』를 비롯한 노희준의 소설 대부분이 자신의 전작을 포함한 소설과 영화의 다양한 전통과 링크되어 있을 뿐만 아니라 특히 프로이트와 라캉 그리고 지젝의 텍스트와도 일일이 거론할 수 없을 정도로 허다한 부분에서 분리 불가능하게 교착되어 있다는 사실 또한 간과해서는 안 될 것이다. 『넘버』의 전생에 해당한다고 해도 좋을 이들 텍스트들이 겹쳐지고 통과하는 상호 모방 및 참조의 사례들은 일일이 거론하기 어려울 정도로 무수하다. 결코 간단히 요약되지 않는 『넘버』의 복잡다단한 다중의 서사는 바로 이러한 특성으로부터 비롯되었다고 해도 좋다. 이 점에서 몇몇 중요한 캐릭터의 형상을 지칭할 뿐 아니라 『넘버』를 이루는 한 장의 표제로 설정되어 있는 '패치워크'는 노희준 소설의 핵심을 간파하기 위한 용어로도 유효하다. 그렇다고 해서 이 브리콜라주적 형식이 소설의 오리지널리티를 결정적으로 훼손하고 있다는 의미는 아니다. 도리어 이 텍스트 간 경계의 해체와 교착은 그야말로 타자의 욕망과 기억의 패치워크 내지는 상호 교차하는 다중인격으로서의 개인의 문제를 취급하고자 하는 소설의 내용과 확실한 일치를 이루고 있을 뿐 아니라 노희준 소설의 주요한 특장이 된다고 해도 지나친 말이 아니다.

그러므로 앞서 「벙어리 방울새의 죽음」에서 인용한 문장은 다음과 같이 변주될 수 있다고 해도 좋을 것이다. '텍스트는 아무것도 아니다. 아무것도 아니므로 무엇이든 될 수 있다.' 다양한 전생 격의 여타 텍스트들로부터 감염된 노희준의 소설은 필연적으로 무엇이든 될 수 있도록 또다른 텍스트로 링크될 터다. 감염의 자연적인 생리에 따라 텍스트의 욕망 및 그 사이의 상호 접속은 부단히 증식할 것이며 또한 이에 따라 테마와 형식과 장르와 문체 등등에 있어서 무수한 파생과 변형이 야기될 것이다. 비행접시처럼 계속해서 미끄러지는 전이의 무한연쇄를 통해서, 흡사 노희준 소설이 구축하고 있는 텍스트의 복잡다단한 미로와도 같이, 그야말로 서로 닮고자 하는 텍스트의 다층적·다중적인 상호 모방과 참조, 조합의 패치워크가 끝없이 생산될 것이다. 그렇게 어떤 텍스트로도 화(化)할 수 있다. 이것이 근본적으로 세계에 존재하는 모든 책을 읽고 또 그것들과 결정적으로 구별되는 단 한 권의 책을 쓰고자 하는 소설가의 욕망과 표리의 관계를 이룬다는 것은 말할 필요도 없다. 서로를 되비추며 상(象)을 무한히 증식시키는 무한거울적 텍스트. 이것이야말로 노희준 소설이 나름대로 구성하고자 하는 '바벨의 도서관'의 형상 그 자체인 셈이다. 그리고 이 바벨의 도서관의 장서 목록에 가장 최근에 갖춰진 소설이 바로 『넘버』이며 대현과 이명은 다름아닌 그 무한거울의 한복판에 놓여 있는 쌍생아다. 이 모든 기이한 형상들이 소설가 자신의 욕망과 분리 불가능한 것이라는 사실은 말할 필요도 없다.

4. 외피들

윌리엄 윌키 콜린스의 소설 『월장석』에서 도둑맞은 신비의 보석은 결국 자신도 모르는 새 아편에 취해 범죄의 불가결한 일부로 전락해버린 프랭클린 블레이크라는 육체의 기계적인 측면을 폭로하는 계기로 작용한다. 즉 음모를 꾸미고 종국에 다이아몬드를 손에 넣은 이는 갓프리 에블화이트지만 실질적으로 월장석을 훔치고 운반하는 자는 블레이크라는 것이다. 어떤 계기로 인해 자아를 박탈당한 범죄 기계의 형상은 코넬 울리치의 『검은 커튼』에도 등장한다. 기억을 잃었던 지난 삼 년간 D. N이라는 이니셜로 지칭되었던 자신이 저질렀을 것으로 짐작되는 죄로 인해 범인으로 지목되고, 바로 이 사실로부터 사건의 전모를 재구성해가는 프랭크 타운센드(그는 탐정이 된다)가 또한 그렇다. 여기에서 D. N은 타운센드의 본래적 자아와는 무관해 보이며 단지 범죄를 저질렀을 것으로 가정되는 신체적 외피에 지나지 않는다. 하지만 바로 그 외피 때문에 타운센드로부터 분리될 수 없는 것으로 여겨지고 또한 추적당한다. 이외에도 필립 K. 딕의 SF 「도매가로 기억을 팝니다」와 이를 영화화한 〈토탈 리콜〉(1990)도 함께 거론될 수 있을 터다. 특히 폴 버호벤의 영화에 의하면 첩보원 하우저는 자신의 목적을 관철시키기 위해 기억을 제거한 자신의 외피에 선량한 소시민 퀘이드의 정체성을 이식하는 것을 마다하지 않는다는 점에서 능동적이며 따라서 일종의 역할의 전도가 발생해 있다.

자신도 모르는 사이에 범죄를 저지르거나 범죄의 수단으로 이용당하고, 바로 그 이유로 말미암아 혐의자로 추적당하는 무력한 개인의 이야기는 이처럼 그리 낯선 것이 아니다. 하지만 보다 중요한 것은 최면이나 약물, 기억의 조작이나 상실 등의 다양한 요인에 의해 자신도 모르는 사이에 범죄와 관련된 일련의 행동을 기계적으로 수행하는 신체의 형상이 의외로 유서 깊은 전통을 확보하고 있다는 사실이다. 일찍이 데카르트의 정신에 대립하는 신체라는 기계의 개념을 통해 결정적으로 정립된 것으로 보이는 이것은 이른바 내면이나 기억이 박탈된 것으로 간주할 수 있는 휴머니티의 어떤 측면 내지는 역상(逆象), 순수한 의미의 외피 자체를 가리켜왔다고 해도 좋다. 그리고 『넘버』에서 대현과 이명의 피할 수 없는 대결이 전개되기 위해서는 이러한 형상이 불가결하다. 즉, 공교롭게도 넘버라는 숫자의 세계와 최면에 의한 기억의 부분적 박탈 사이의 상호 조력을 통해 찬탈 가능한 대현의 외피가 구성되고 있으며, 대현이 불가피하게 차지할 수밖에 없는 이명의 버려진 신분이라는 잔여 또한 존재할 수 있다는 것이다.

이러한 외피들을 둘러싸고 첨예한 투쟁이 벌어지는 가운데 이명은 물론이고 대현 또한 생명을 박탈당한 순수한 물질적 실체로서의 (여성들의) 사체 그리고 그것에 새겨진 상흔들의 의미를 읽어내는 것, 즉 그 외피에 반드시 기입되어야 할 내용(기억)에 그토록 집착하게 되는 것은 지극히 자연스러운 수순이다. 사실상 넘버라는 숫자가 구성하는 것에 지나지 않을, 그러나 자신을 결정적으로 식별 가능하게 만드는 신원의 회복에 구애되는 것 역시 유사한 맥락이다. 앞서 여러 차례 언급했다시피 본래 자기 것에 해당할 신분이나 외피 등을 박탈당했다는 멜랑콜리적인 상실감이 대현으로 하여금 이명의 살인을 반복하도록 한다. 즉, 꼰대의 육신에 지울 수 없는 자신의 흔적을 아로새기는 것 말이다. 이렇게 대현 또한 갈라테아라는 물질을 조각하는 피그말리온 즉 예술가로 화하는 것이다. 이것이야말로 대현과 이명이 결정적으로 교차하는 지점이라고 해도 과언이 아니다. 원래부터 존재했을 것으로 가정되는 진정한 자기를 찾고자 하는 대현의 모험은 결국 자신과 타자의 욕망이 본래 별개의 것이 아니었다는 사실을 인정하는 방향으로 철저히 유도되고 있다. 그리고 그것은 애초 이명이 출발했던 원점으로 회귀 아닌 회귀를 한 것이기도 하다.

그러나 자신과 타자의 외피에 무엇을 기입하려고 했든, 대현이 이명의 음모를 저지하고 극적으로 승리를 거두었든 간에 넘버의 세계는 여전히 작동을 멈추지 않는다. 넘버의 부단한 작동 속에서 이명을 반복한 대현이라는 외피 또한 완전히 소거 불가능한 존재가 되었다. 대현과 이명은 재차 위치를 뒤바꾸게 될 뿐이다. 그럼에도 불구하고 아무도 아니므로 누구든 될 수 있지만 "너(나)는 누구인가"라는 질문은 결코 포기되지 않는다. 꼰대는 죽었고 미스터리는 풀렸으며 이명의 존재는 사실상 말소되었지만 넘버와 같은 압도적 타자 앞에서 자신의 외피에 기입되어야 할 내용은 지속적으로 탐색되지 않으면 안 된다. 대현이 자신의 모험을 통해 그토록 구애되지 않을 수 없었던, 자신을 규정하는 외피 이면에 존재할 것으로 가정되는 '나(너)'란 누구인가라는 테제는 여전히 남는다.

이와 관련하여 보다 단순한 사례를 참조해야 할 것 같다. 영화 〈페이스 오프〉(1998)의 대단원은 자신의 얼굴을 되찾은 숀 아처를 아내와 딸이 기쁘게 맞이하는 장면으로 시작한다. 감독 우위썬 특유의 과장된 슬로모션과 원상회복된 가족의 미래를 축복하는 듯한 서광(瑞光)으로 충만한 그 시퀀스에서 그러나 한때 악당 캐스터의 것이기도 했었던 아처의 얼굴은 단순히 웃고 있다고 하기에는 복잡 미묘하게 동요하는 기색을 숨기지 못하고 있다. 더욱이 아내 이브와 딸 제이미에게 최악의 악몽을 선사했던 바로 그 얼굴이 생환한 가운데 살해당한 아들 마이클의 자리에 들어오기로 된 이 또한 다름아닌 캐스터의 아들 애덤이다. 물론 〈페이스 오프〉가 도덕적으로 안전한 결말을 택하고 있다는 것을 부정할 수는 없다. 과거 아들을 지키지 못했고 딸에게 꼰대 취급을 받고 있으며 무엇보다도 아내(와 가족 전체)를 캐스터의 손아귀에 떨어뜨렸던 무기력한 가장은 이제 새로운 아들과 함께 더욱 강력한 권위를 회복한 채로 복귀하게 될 것이다. 하지만 이러한 결과는 —비록 아처 자신이 원한 것은 아니었지만— 캐스터가 아처였고 아처가 캐스터일 수밖에 없었던 특정한 시기와 결코 분리될 수는 없다. 그만큼 아처 가족이 회복한 평화와 안정의 배후에는 사실 캐스터의 그림자가 깊이 드리워져 있다고 해도 좋다. 아처의 얼굴을 다시 떼어내고 애덤이 그 혈연으로부터 완전히 분리되지 않는 이상, 캐스터라는 악몽과 완전히 결별한다는 것은 무리다. 오히려 아처의 얼굴, 애덤이라는 육체 자체가 그 악마성의 물질적인 징표라고 해도 좋다. 즉, 아처(와 애덤)의 귀환은 액면 그대로 캐스터의 물질적인 일부 또는 전부가 복귀한 것일 터다. 아처의 흔들리는 표정은 아무래도 이 사실로부터 도망칠 수 없다는 사실을 직감한 데서 온 것일지도 모른다.

물론 아처는 결백하다. 하지만 다름아닌 자신의 얼굴, 정확히 말하면 아처 자신을 표상하는 육체의 일부가 죄를 지었다. 얼굴을 바꾸는 것을 받아들이지 않았다면 캐스터는 체포된 직후부터 더이상 범죄를 저지르지 못했을 것이다. 보존 약품에 담긴 아처의 얼굴 피부가 그것의 물질성을 단적으로 상징한다. 더욱이 원수의 얼굴을 자신에게 이식하고자 했던 것도, 그것을 다시 원상회복하려고 했던 것도 결국 스스로의 결정이었다는 가혹한 진실을 부정할 수도 없다. 다만 아처는 일이 잘못되었다는 사실을 알지 못했고 자신의 얼굴을 한 캐스터가 악행에 부심하는 동안 철저히 무력할 수밖에 없었으며 오직 그것을 수습하기 위해 필사적으로 고군분투했을 뿐이었다. 그러나 그 결과 확인하게 되는 것은 자신의 얼굴을 한 타자가 저지른 악행이다. 그리고 일찍이 지젝이 간파했던 것처럼 존 트라볼타는 아처보다 오히려 캐스터의 악행에 썩 잘 어울리는 연기자이며 니컬라스 케이지 역시 아처의 내면과 부합하는 외형이라는 것은 매한가지다. 더 나아가 캐스터가 대행했던 아처의 면모 그리고 그것에 근거한 악행들은 공교롭게도 가족 전체가 부지불식간 선망했던 남편과 아버지의 모습을 정확히 체현하는 것과 결코 무관하지 않다.[1] 그것은 또한 애덤의 육체에 마이클이라는 내용을 깃들게 하고자 하는 시도로 반복되고 있다. 그러므로 아처가 간절히 바랐던 나 자신의 모습은 여기가 아닌 저기, 바로 자신의 얼굴을 한 너라는 외피 너머에 있다고 해도 좋다. 그러므로 "나/너는 누구인가"라는 질문에 대해 유일하게 가능한 답변은 다음과 같은 명제다. 너는 나 그리고 나는 너다. 외피라는 공백에 기입되어야 할 것은 이것이 전부다. 이것이야말로 타자의 진정한 얼굴이며 패치워크의 조각을 단일한 정체성으로 통합하는 유일무이한 가상이다. 그리고 대현과 이명이라는 동일한 외피를 공유하고 있는 쌍생아가 그토록 서로에게 구애될 수밖에 없었던 근본적 이유이기도 하다. '너'를 자신의 얼굴로 삼기 위해 그

1) 슬라보예 지젝, 『전체주의가 어쨌다구?』, 한보희 옮김, 새물결, 2008, 277~284쪽.

토록 필사적일 수밖에 없는 주체의 보편적인 숙명은 『넘버』에서의 대현과 이명의 상호 모방을 통해 가장 치명적인 모습으로 우리 곁에 회귀하고 있다.

5. 너의 얼굴로 돌아보라

홈스와 모리어티가 서로의 진가를 알아볼 수 있었던 것은 범죄(수사/실행)에 관한 한 둘의 방법이 일치했기 때문이다. 의도와 목적이 어쨌든 간에 탐정과 교수는 단지 서로를 반복했을 뿐이었다. 그렇게 서로를 답습하면서 두 사람은 "범죄세계의 나폴레옹"의 지위를 두고 더할 나위 없이 격렬하게 반목했다. 그리고 다름아닌 나폴레옹은 『적과 흑』의 줄리앙 소렐이나 『죄와 벌』의 라스콜리니코프 같은 문제적 개인이 유사하게 선망했던 '너의 얼굴'이다. 그러나 예의 나폴레옹의 위상을, 단지 숫자일 뿐인 넘버의 세계가 완벽하게 대체했을 뿐 아니라 그 비범한 개인들 또한 실상 자신과 같은 대상을 욕망할 뿐인 꼰대와 같은 비루한 존재로 예외 없이 전락해버린 상황에서는 홈스도, 모리어티도, 소렐도, 라스콜리니코프도 문제적 개인으로서의 의미를 상실한다. 단지 대현과 이명을 비롯한 『넘버』의 개인들처럼 서로의 욕망을 답습하면서 부단히 위치를 바꾸는 상호 모방과 타인 지향의 순환만이 지속된다. 그렇게 넘버 그리고 꼰대(들)의 지배 또한 결코 끝나지 않을 것이다. 그 이중삼중의 형해화된 형식들 속에서 "나는 누구이고 또한 무엇인가"에 대해 가능한 유일한 응답은 다름 아닌 "너의 얼굴로 돌아보라"는 것뿐이다. 물론 이에 응답한다고 해서 넘버의 무의미한 반복과 답습의 순환에 구애되지 않을 수는 없다. 하지만 그렇다고 해도 응답하지 않을 수도 없다. 모든 개인은 너의 얼굴로 돌아보았을 때 비로소 자기가 되었다. 『넘버』의 너와 나를 추적하는 모험은 이와 같은 역설을 적나라하게 체현한다.

(노희준 장편소설 『넘버』 해설)

리얼리즘의 리얼리즘
— 김종은 소설집 『부디 성공합시다』

1. 가망 없는 희망

표제작 「부디 성공합시다」는 그 제목부터 역설적이다. 그다지 성공했다고 할 수 없는 성공학 강사 김형준이 성공에 대해 강의한다는 설정부터가 그렇다. 물론 그는 IMF 전후에 '변신의 귀재'인 성공학 강사로 승승장구한 적이 있었다. 하지만 이제는 과거의 명성을 상실하고 이따금 들어오는 강연 요청에 감지덕지해야 하는 영락한 처지다. 그러므로 지방 소도시에까지 와서 종종 족구장으로 활용되곤 하는 거대한 강당에 모인, 기껏해야 열대여섯 명밖에 안 되는 청중을 앞에 두고 강연해야 하는 상황을 감내하지 않으면 안 된다. 그러나 자신과 수작(酬酌)하는 턱수염을 비롯하여 하다못해 장소, 커피, 현수막 등 어느 하나 제대로 마음에 드는 것도, 뜻대로 되는 것도 없다. 청중 또한 그의 정체를 전혀 알고 있지 못함에도 불구하고 그가 설파하는 "부디 성공합시다"라는 복음에 시종(始終) 건성으로만 응답한다. 그의 인내와 기대는 매 순간 낭패와 굴욕에 직면하며 강연은 공전(空轉)한다.

오히려 그 청유(請誘)의 문장은 오로지 그 자신에게로 회귀한다는 점에서 독백적이다. 즉, 김형준에게만 들리며 또한 의미가 있는 것이다. 그가 성공을 보장하는 것으로 애써 믿고 싶어하는 '유통기한이 지난 삼각김밥 이론'의 법칙 역시 언제나 스스로의 실패와 굴욕을 재차 확인시키는 대조적인 기표로서만 환기된다. 그러므로 "부디 성공합시다"라는 명제는 매 순간, 더 나아가 인생 전반에 있어서 결코 성공을 거두고 있지 못한 개인이, 그러나 그 사실을 한사코 부인하고 싶어하기 때문에 구애되는 것뿐이라고 해도 과언이 아니다. 한때 대기업의 기획조정실을 거쳐 성공학 강사로 승승장구했던 과거의 영광에 비추어 더욱 그렇다. 반면 그는 현재 화원을 운영하면서 생계를 책임지고 있는 아내의 눈치를 살펴야 한다. 더욱이 이 지방 소도시에서의 황당하기 짝이 없는 강연과 족구 경기를 감수하지 않으면 안 되는 처지다. 다만 이와 같은 그 자신의 현실적 실패는 스스로가 설파했고 또 설파하고 있는 성공의 복음에 의해 성공을 향한 시련과 굴곡의 도정에 놓여 있는 것으로 거듭 정당화될 뿐이다. "부디 성공합시다"라는 문장은 결국 그 자신이 성취하지 못했으며 앞으로도 성취할 가망이 없는 미망(迷妄) 자체의 역상이다. 따라서 지극히 공허한 자기기만의 계기를 거듭 제공할 뿐이다. 물론 그 자신도 이 사실을 모르지는 않는다. 오히려 '유통기한이 지난 삼각김밥 이론'의 법칙들을 한사코 떠올리고자 하는 것은 자신이 낭패 또는 좌절스런 상황과 무시로 직면하거나 또는 그것을 예감할 때뿐이며, 이 사실을 애써 부정하거나 외면하기 위해서다. 그러므로 성공의 법칙이 오히려 이 성공학 강사의 가망 없는 미망을 스스로에게 부단히 의식시키고 있다고 해도 잘못은 아니다.

이처럼 가망 없는 미망에 고착되어 있는 개인은 『부디 성공합시다』(문학과지성사, 2014)에 수록된 다수의 단편에 등장한다. 이를테면 「버틸 수 있겠어?」의 주인공도 그렇다. 그는 독서논술토론 학원을 개원했다가 쓴잔을 마신 후, 후배가 필사적으로 오더를 받아 온 온라인 스쿨 준비에 매진한 끝에 디스크가 악화되어 본의 아니게 석 달간의 휴가를 얻게 된다.

이것은 나름 궁지에 몰린 상황 속에서도 선배와 후배의 동지애 어린 배려로 얻게 된 휴식이다. 재충전의 기회라는 휴가의 일반적인 취지에 걸맞게 모든 일이 순조롭게 풀려갈 것 같은 기미도 엿보인다. 그는 수술 없이 약물과 물리치료를 병행하면서 호전에 대한 기대를 갖게 된다. 아내는 직장을 얻고 후배는 매사를 빈틈없이 진행시켜간다. 뿐만 아니라 칠 년간의 학원 강사 경험을 바탕으로 아파트 주민들과의 친분을 돈독히 하면서 널리 신망을 얻게 된다.

그러나 오랜 장마로 인한 칩거생활까지도 어렵잖게 버텨낼 수 있는 평화로운 일상이 되었을 무렵, 우연히 발견된 장롱 위 누수(漏水)가 다시금 그 자신을 뒤흔들어놓는다. 단지 관리실에 하자 보수를 요청했을 뿐이었지만 관리소장, 부녀회장, 자치회장 등은 실로 어처구니없는 대응으로 일관한다. 모든 일이 잘 풀려갈 듯했던 그 자신의 예감은, 관리소장과 승강이하는 와중에 다시금 허리 통증이 도졌던 것에서 어그러지기 시작해 아파트 실세들 사이의 심상치 않은 결탁과 협잡이라는 장벽에 직면하여 무너지게 된다. 그는 자치회의에서 실세들 간 카르텔의 부정을 폭로하고 각종 개선안에 주민들의 연명을 받는 선에서 모든 문제가 해결될 것이라는 기대를 갖지만 그들의 대응은 예상 밖으로 기민하며 신속하다. 도리어 그에게 협조하기로 했던 경비원이 해고되고 그에 관한 온갖 악의 어린 소문이 유포되며 노인회를 통해 회유와 압박이 동시에 들어오는 등 그의 노력 일체는 사실상 수포로 돌아간다. 급기야 그의 허리마저 다시금 아파오기 시작하며 두문불출할 수밖에 없는 지경에까지 내몰린다. 그러나 대세가 이미 기울었음에도 불구하고 그는 자치회장에 출마할 것을 결심한다. 선배와 함께 진행해오던 학원의 프로젝트도 포기해야 하고 격심한 허리 통증에 시달리는 것까지 감수해야 할 정도로 그에게 이것은 결코 쉽지 않은 선택이다. 마지막으로 "버틸 수 있을까?"라고 자문(自問)하지 않으면 안 될 만큼 그를 둘러싼 상황이나 예감도 좋지 않다. 무엇보다도 그는 이제껏 사업, 허리 통증, 아파트 정화 운동 등의 모든 방면에서 실패를 거듭해온 인물이다. 관리소장과 부녀회장, 자치회장, 노인회 등의 카르텔에 맞서 승리를 거둘 가능성은 그리 크지 않다. 그럼에도 불구하고 그는 "더러워야 잘 팔린다고" "그런 것만 찾는단디 으쨜 것이냐"(136쪽)와 같은 어머니의 마지막 말을 통절하게 반추하며 그 가망 없는 희망을 놓지 못한다.

2. 멜랑콜리

성공학 강사와 전직 학원 강사가 고착되어 있는 가망 없는 희망은 그러나 일정 부분 상이한 종류의 것이다. 전자의 그것이 그 자신의 미망과 자기기만을 반복하여 부각하는 계기가 되고 있다면, 후자는 다분히 아파트를 둘러싼 특정 카르텔의 잘못을 폭로하고 시정하려는 오기에 가까운 의분(義憤)에서 비롯된 것이다. 그러나 특히 상황이 풀리지 않을 때마다 '유통기한이 지난 삼각김밥 이론'의 법칙이나 허리 통증과 같은 증상이 따라붙고 있다는 점에서만큼은 기묘한 공통점이 나타나고 있다. 무엇보다도 그 가망 없는 희망 배후에는 바로 '성공의 법칙'이라든가 아파트 입주자의 권리, 계약이나 원칙 등에 대한 믿음이 자리해 있다. 그것은 단순히 '다 잘될 거야'라는 식의 관념적인 낙관이나 사회적 정의의 실현을 희구하는 의지 차원에 그치는 것이 아니다. 오히려 외적 세계가 특정한 상식이나 도덕과 합치하는 순리대로 운행되어갈 것이라는 사필귀정(事必歸正)의 당위성에 관한 이상 자체에 구애되고 있는 것이다. 물론 그러한 믿음은 무수한 배반에 직면한다. 성공학 강사도, 전직 학원 강사도 스스로가 세계와 불화하고 있다는 사실을 모르지는 않는다. 오히려 세상은 그렇고 그런 것이라는 이치를 부득불 수긍해야 할 상황 앞에서 공연히 주저하는 것처럼 보인다. 다만 그럴 때마다 법칙에 구애되거나 통증에 시달리는 등의 구체적인 증상이 나타나고 있다는 점이 특별하다. 즉, 외부와 마찰을 빚거나, 내면의 드라마를 경유하거나, 정신적인 스트레스에 시달리는 선에서 그치지 않는 것이다. 오히려 스스로가 믿고 싶어하는 당위에 적대적인 상황이 조성될 때마다 그들 자신의 심신에 고착되어 있는 무엇이 강박적으로 외화(外化)되고 있다고 해도 좋다.

「등」의 화자 역시 '등'에 고착되어 있는 인물이다. 동시에 "아름다움"에 대해서도 연연하고 있다. 본래 미대 출신의 건축가인 그가 후자에 집착하는 것은 당연한 일일지 모른다. 그러나 그에게 있어서 "미(美)"란 전적으로 상실된 가치로서 동경된다. 그가 거쳐온 직장인으로서의 이력이나 삶의 관성, 그리고 그것이 축적되어 형성된 환경과 조건이 미에 대한 추구를 전적으로 무망한 것으로 만든다. 현실적으로 건축가로서 아름다움에 관한 자신의 소신을 주장하거나 관철시키는 것은 불가능에 가깝다. 또한 대학 선배의 입장으로 담당하게 된 특강에서조차 학생들이 질문하는 것은 입사에 필요한 요건과 연봉, 회사의 주가 따위다. 거짓말과 공치사, 미사여구와 같은 내용 없는 수사(修辭)만이 한없이 증식해가는 현실 속에서 미(美)로 대변되는 (사실 그것에 인접해 있다고 해야 할) 소위 삶의 진실한 의미나 가치 따위는 한낱 무용한 것에 지나지 않는다. 그러므로 그가 새삼스럽게 아름다움을 동경하는 근본적인 이유는 그것이 외장(外裝)으로만 소진될 뿐 세계에 부재하기 때문이다.

공교롭게도 '등'은 그가 미에 접근하지 못하게 하는 장벽을 의식할 때 현현한다. 그가 보고 싶어하는 미나 사람의 진면목 같은 것은 모두 그 너머에 있다. 단지 있다는 사실을 간접적으로 짐작할 수 있을 뿐 직면하는 것은 불가능하다. 모든 이는 서로의 등을 바라볼 수밖에 없는 완강한 조건하에 있다. 그 자신 또한 스스로가 추구하는 일체의 가치에 등을 돌리지 않을 수 없었으며 지금껏 그렇게 살아왔다. 하지만 바로 그 '등'이라는 장벽에 의한 접근 불가능성 자체가 역설적으로 그런 가치가 분명히 존재한다는 진실을 환기한다. 즉 '등'이 시사하는 거리와 차단이야말로 미를 포함한 일체의 진실한 가치를 (언제나 간접적으로나마) 낯선 것으로 포착할 수 있도록 하는 불가결한 조건에 해당한다. 그러므로 서로의 등을 바라볼 수 있다는 것 자체가 소중한 의미를 갖는 것이다. 실제로 그의 부모가 각각 가족에 관한 자신만의 "아름다움"의 진실을 운위할 때마다 그들의 등이 시야에 들어온다. 여직원은 사실상 그의 등을 두드려주고, 그는 여직원의 등을 보면서 인사를 건네는 듯한 기분에 사로잡힌다. 낚시 모임을 떠난 그의 동기들은 저마다 약을 삼키면서 호기롭게 "아름답다, 아름다워"(96쪽)라고 얘기하지만 정작 그들의 뒷모습은 외로워 보인다. 무엇보다도 그의 아이의 코에 구슬이 들어가 아비규환이 된 상황에서 미모로 인해 신산스러운 일생을 살아온 누이가 침착하게 구슬을 빼내는 뒷모습은 "예전처럼 환하게 빛나고 있었다"(107쪽)고 말할 수 있을 정도로 아름답다. 「등」의 모두는 비록 자신의 등을 볼 수는 없으며 현실의 세파 속에서 서로의 등을 지극히 안쓰럽게 응시하고 있는 존재들인 것은 틀림없다. 하지만 그렇게 각양각색의 등 이면에 존재하는 상대방의 아름다움을 미루어 짐작하고, 때로는 서로의 등을 두드려주며 살아가는 개인 아닌 개인들인 것이다.[1)]

그러므로 이 소설에서 '등'이란 사실상 타자가 간직하고 있는 아름다움이나 진실의 주형(鑄型)에 해당한다. 그것은 화자가 자신의 등을 보거나 두드릴 수 없다는 것, 즉 자신 내부의 아름다움에 접근한다는 것이 영구히 불가능하다는 진실을 부단히 환기한다. 하지만 또한 오로지 가족을 포함한 타자의 아름다움을 포착하거나 그것에 대해 말하는 것만큼은 가능하다는 것을 역설적으로 확인시킨다. 그것은 제약인 동시에 해방의 가능성이다. 아니, 유년 시절의 빵공장에 대한 회상을 통해 적나라하게 드러나는 것처럼 대상의 아름다움이란 오히려 거리를 두지 않는다면 포착될 수 없는 것일지도 모른다. 그리고 등으로 비유되는 장벽은 그러한 거리를

---

1) 한편 천운영 소설에도 이와 유사한 '등'의 형상이 나타난다. 차미령, 「그로테스크 멜랑콜리, 상실에 대응하는 한 가지 방식—천운영의 소설세계」, 2005년 서울신문 신춘문예.

확보하도록 하는 데 필수 불가결한 것이다. 그것은 널리 알려진 바와 같이 본래 아름다움이란 거리 두기를 통해 감각될 수 있다는 미학의 상식을 단적으로 연상시킨다. 그러나 이와 같은 '등'의 알레고리적 의미는 또한 미적 거리(aesthetic distance)의 불가결한 전제 중 하나인 사심 없음(disinterestedness)의 태도와도 연루된다. 그것은 알다시피 미적 판단이 일체의 현실적 이해관계로부터 괴리된 몰아(沒我)와 객관의 불편부당한 위치에 입각할 때 비로소 가능해진다. 그렇다면 '등'과 같은 거리와 장벽이 미의 포착을 위해 필수적인 조건으로 자각되는 바로 그 순간, 화자는 어떤 의미에서 현실로부터 스스로를 소외시키고 있는 것은 아닐까. 그가 타자의 '등' 너머, 아름다움을 포착한다는 것은 자신의 이해관계 및 일체의 거짓말과 공치사가 횡행하는 현실을 등지려고 하는 극적인 순간과 관계된다. 스스로에게 매몰되어 있다면 그러니까 거리를 통한 객관화가 이루어지지 않는다면 그것은 불가능하다. 즉, 그는 자신에게서 등을 돌릴 때 비로소 타자의 아름다움과 진실을 확인한다는 구원을 한순간이나마 성취할 수 있다. 그것은 또한 아버지와 마찬가지로, 그가 사실상 현실과 생활의 짐을 지고 있는 스스로의 등을 보거나 두드릴 수 없다는 사실과 배리(背離)적으로 작용한다. 분명 한편으로 그것은 그와 그 자신을 둘러싼 삶의 조건을 확인하거나 위무하지 못하도록 하는 제약이다. 하지만 동시에 어떤 의미에서 허위와 자기기만에 물든 자신의 세속적인 삶을 기꺼이 등지거나 외면하는 것 또한 가능케 한다. 그리고 바로 이 순간 그는 내향(內向)한다. 즉, 타자의 등 너머에 있는 아름다움을 보기 위해 입지하지 않을 수 없었던 객관과 몰아의 위치가 그를 세속의 구체적인 조건으로부터 유리시키는 가운데 역설적으로 미(와 진실)를 포착하기 위한 자기 내부의 주관성에만 몰입할 수 있도록 해준다. 타자의 아름다움과 진실이란 이러한 내향의 결과로 볼 수 있게 되는 것이다. 그러므로 아름다움(이나 진실)은 원래부터 거기에 존재했던 것이 아니다. 오히려 자신을 둘러싸고 있는 일체의 현실적 조건에 대해 등지는 것, 즉 거리를 확보할 수 있는 주관이라는 중심으로 내향하는 원근법적 전도에 입각한 내적 인간(inner man)으로서의 자각[2)]에 의해 새롭게 낯선 것으로 발견되는 것이다. 그의 구원은 이와 같은 내향의 결과로 이루어질 수 있다.

미학주의(aestheticism)에 기초한 내향적 인간의 각성이라는 해묵은 주제를 가지고 김종은의 소설에 대해 운위하려는 것이 아니다. 물론 「등」에서의 세속의 '거짓말' 일체에 가려진 것처럼 보였던 외재하는 미(와 진실)란 「부디 성공합시다」의 성공을 위한 '유통기한이 지난 삼각김밥 이론'의 법칙이라든가 「버틸 수 있겠어?」에서 사필귀정의 순리에 대한 믿음과 유사한 성질의 것이다. 앞서 언급했다시피 그것은 개인을 기망하는 일종의 거짓말이며 허상이다. 문제는 이 소설의 주인공들이 그 무의미함을 어느 정도 간파하거나 예감하고 있으면서도 그것에 기꺼이 구애되지 않을 수 없다는 것이다. 그리고 종국에 이러한 부질없는 고착으로부터 어떻게든 가까스로 벗어나고자 하는 일종의 각성에 도달하고 있다. 외부의 미란 원래부터 존재하지 않았으며 오히려 나를 포함한 모두의 웅크린 등 안에 내재하는 것이라는 각성(「등」). '유통기한이 지난 삼각김밥 이론'의 성공의 법칙과 같은 것이 실은 자기기만의 빌미 외에는 아무것도 아니며 생활의 구체적인 조건을 직시하는 것이야말로 중요하다는 사실(「부디 성공합시다」). 삶은 사필귀정의 순리에 의해 좌우되는 것이 아니라 본래 더러운 것으로 뒤범벅되어 있으므로 그것을 버텨야 한다는 진실(「버틸 수 있겠어」). 즉, 그들 모두가 이와 같은 자기기만의 대상으로부터 자유로워지는 순간이 이들 소설의 결말이 되고 있다. 그러나 미나 성공의 법칙, 사필귀정의 순리 등이 허망한 것으로 한순간에 폐기되는 것처럼 보이지는 않는다. 오히려 이들 소설에서 사실상 본래 자기 것이 아니었던 대상이 전치

---

2) 가라타니 고진, 「풍경의 발견」, 『일본 근대문학의 기원』, 박유하 옮김, 도서출판b, 2010, 40~42쪽.

(displacement)된 특정 사물이나 기표에 계속해서 연연해하지 않을 수 없는 우여곡절에 관한 이야기가 상당한 비중을 차지하고 있는 것처럼 보인다. 그것은 이러한 개인들이 소위 진정한 자기를 발견하거나 새롭게 구성하는 것이 가능하다는 믿음이 형성되는 특별한 각성의 순간을 예비하는 데 중요하게 기여한다. 이미 상실된 가치에 대한 지속적인 구애(求愛/拘礙)가 이들 소설의 주인공이 각성하는 진실한 자기 구성의 계기로 전도되고 있는 것이다. 상실된 대상에 대한 애착을 부단히 유지하려 한 끝에 마침내 자기와 동일시하는 것, 즉 자기를 구성하는 준거로 삼게 되는 이러한 도착이 다분히 멜랑콜리(melancholy)적이라는 것은 말할 필요도 없다.[3)]

3. 리얼리즘의 리얼리즘

실제로 「지구본」에는 우울증 진단을 받은 주인공이 등장한다. 그리고 그가 "내가 멜랑콜리하대요. 의사 선생님이"(165쪽)라고 명시적으로 선언하는 순간은 지극히 의미심장하다. 그것은 그가 이제껏 구애(拘礙)되어 왔던 지윤의 "난 기뻐요"(140쪽)라는 표정을 되찾은 바로 그 순간에 언명된다. 그러나 그것은 그가 주유소 사장의 아들임을 뒤늦게 알아차린 후에 다시 보여주는 허위의 표정에 불과하며 본래부터 그의 것이 아니라는 자각이 선행한 후의 일이다. 오히려 사장이 "셔츠에 달라붙은 얼룩쯤으로 여기는"(164쪽) 그 내부의 멜랑콜리한 어둠이 극적으로 외화된다. 토성의 황량하고 추운 풍경을 닮은 주유소나 소설가가 이야기하는 '점'의 '검은색' 같은 것들로 말이다. 그에게 대상의 상실은 주유소 일대의 풍경을 마치 말레비치의 〈검은 정사각형〉이 환기하는 "회화 자체의 실천 내부로부터 회화에 의해 창조되는 최초의 "내용" 또는 대상으로 간주될 수 있을

---

3) 지그문트 프로이트, 「슬픔과 우울증」, 『정신분석학의 근본 개념』, 윤희기 옮김, 열린책들, 2004.

어떤 형태" 즉 "대상으로서의 회화-표면"[4]과 같은 영도(零度)의 상태로 환원하는 계기가 된다고 해도 좋다. 그 검은 점 가운데 하나인 지구가 "이렇게 황량"하고 "진짜 재미없을 것 같"으며 또한 "구려요"(166~167쪽)라는 말에 내포되어 있는 자각은 바로 멜랑콜리의 암흑이 외화된 결과다. 그리고 이로 인해 그를 둘러싼 세계가 재편되는 것처럼 보이는 것은 「등」의 경우와 일정 부분 유사하다. 자신의 암흑으로 내향한 결과 세계가 낯선 의미를 갖고 달리 보이게 되는 것이다. 실제로 주인공은 그녀에게 핸드백값을 청구하고 그 돈을 거북이에게 줄 것이며 아버지인 사장에게 바위만큼은 건드리지 말라고 엄포를 놓겠다고 다짐하는 등, 생각만으로 뭔가 바뀌고 있는 듯한 기분에 사로잡힌다. 말할 것도 없이 이것은 그에게 있어서 이제까지의 무기력에서 벗어날 수 있을지도 모를 중대한 변화를 예고한다. 그럼에도 불구하고 그는 다시금 "그녀가 그랬던 것처럼 표정을 속여보고 싶"(167쪽)은 욕망에 포획된다. 그것이 가능할 것도 같은 기분이 드는 것은 바로 여기가 (검은) 지구이기 때문이다.

이에 반해 실상 「등」과 많은 부분을 공유하고 있는 소설인 「줄넘기」의 주인공은 자신을 둘러싼 다수의 허황된 언사(言辭)에 관한 위화감에 좀더 자의식적으로 구애되고 있는 인물임에 틀림없다. 그는 본래 화가를 꿈꾸었으나 예정에 없던 아내의 임신과 결혼으로 광고회사에 취업하지 않을 수 없었다. 「등」의 주인공과 유사하게 그 역시 자신과 자신의 회사가 제작하는 리플릿의 허황된 수사와 광고주의 주문에 기대 스스로를 속이는 일에 점차 익숙해졌던 전력이 있다. 아울러 청운의 꿈과 맞바꾼 통장의 잔고가 그와 가족을 지켜줄 것이라는 믿음에 안도하면서 자족했던 적도 있다. 그러나 수중의 현금이 부족해 아들 진영을 화교 유치원에 입학시키려는 시도가 좌절된 후 더욱더 타자의 욕망에 구애된 나머지 아이의 교육에

4) 알렌카 주판치치, 『정오의 그림자』, 조창호 옮김, 도서출판b, 2005, 14쪽.

집착하고 주식 투자에 혈안이 된 아내의 변모는 그에게 있어서 의미심장한 전환의 계기가 된다. 과거 어머니가 계와 사채를 이용해 쉽게 돈을 벌게 되자 집에 들어앉은 아버지처럼, 그 역시 주식으로 막대한 수익을 거둔 아내의 권유로 다시금 그림을 그리기 위해 직장을 그만두게 된다. 그리고 그 결과 집에 들어앉은 이후 도무지 속내를 짐작하기 어려웠던 아버지와 마찬가지로 내향한다. 그는 주위의 시선 내지는 타자의 욕망을 맹목적으로 추수하면서 그것을 합리화하는 수사와 기표를 자신의 신조로 삼는 데 여념 없는 아내의 모습에서 과거의 자신(과 어머니의 모습)을 보고 성찰한다. 「줄넘기」는 이러한 계기로 말미암아 (과거 자신 또한 몰입해 있었던 타인의 욕망을 추수할 것을 촉구하는) 세속의 허상에 대해 자의 반 타의 반 거리를 두고 낯선 것으로 바라보게 된 한 개인의 성찰적 내면에 관한 이야기다. 그 결과 그는 더이상 허황된 경구에 속지 않고 또한 스스로도 그러한 거짓말을 하지 않기 위해 아버지의 선택을 유사하게 답습한다. 진영의 질문에 대해 모르는 것은 모른다고 솔직하게 대답하는 대신, 세속적 허상에 현혹되었던 자신에 대한 부끄러움을 간직한 채 그러한 현실을 견디기로 다짐하는 것이다. 그러기 위해 그는 아들을 학원에 맡기지 않고 함께 줄넘기를 한다. 줄넘기야말로 그가 모든 것을 견디기 위한 구체성을 담보한 실체(substance)다. 즉, 세속의 모든 허황된 수사에 현혹되는 대신 아들과 함께 아무 말 없이 눈앞의 줄을 계속해서 넘는 것이다.

「상상과 거짓말」은 그러한 관리자와 대변인, 책임자 등이 내세우는 공식적인 거짓말에 의해 담당 실무자의 실제 속내에 관한 발언이 포위된 형국의 콩트다. 그리고 "상상"은 실무자의 발언을 허구적인 것으로 지칭하는 역설적인 명칭이지만, 공식적인 차원에서는 "개인적 발언"으로 부정되고 있다시피 그것이 전적으로 사적 영역, 내면적 작용에 귀속되는 것이라는 의미도 된다. 그리고 각자의 경합하는 이야기들 사이에서 그 "상상"으로 규정된 개인의 발언이 외려 진실성을 담보하고 있는 것처럼 보이는 것은 그것이 내면의 투명성을 보장하는 솔직함의 언사(言辭)를 취하고 있기 때문이다. 그리고 이 한 개인의 발언이 그것을 둘러싸고 압살하고자 하는 공식적인 표현들을 허위의 기만적인 것으로 무력화한다. 「가면」은 아예 타인이 쓰고 있는 가면을 보고 또 벗기는 특별한 능력을 전수받게 된 소년의 이야기다. 이미 전부터 남들에게 빨갱이라고 손가락질당했던 아버지의 존재를 "원숭이"의 형상에 전치시키고 있었으며 불우한 환경으로 말미암아 그 자신의 고립에 침잠해 있었던 그는 소녀에 의해 가면이 벗겨지는 불가사의한 체험을 하게 된다. 그리고 그 직후부터 세계는 전적으로 다른 의미를 가진 것으로 일변한다. 즉, 모든 이들이 건축이나 경쟁 논리, 욕망 모방의 무한연쇄와 같은 무의미한 것들에 맹목적으로 매달리고 있는 것처럼 보인다. 이러한 세태에 대해 의문을 품게 된 소년은 지극히 당연하게도 세속과 불화하며 소외를 자청한다. 뿐만 아니라 소년에 의해 가면이 벗겨진 이들 또한 이와 유사한 세상의 진실을 깨닫고 자살해 버리거나 세상으로부터 스스로를 격리한다. 소년은 세속적 논리의 무상(無常)함을 누구보다도 먼저 각성한 선지자와도 같은 인물임을 자임하지만 동시에 바로 그 능력으로 말미암아 세계로부터의 고립 또한 자초한다. 뿐만 아니라 종국에 가면을 벗는다는 것의 의미조차 그리 특별한 일이 아님을 깨닫게 된다. 그럼에도 불구하고 죽음을 맞이하는 순간, 소년은 스스로의 소외를 초래한 원형적 체험, 꿈의 한 장면으로 소급하게 된다. 달라진 것은 아버지로 짐작되는 남자와 비로소 대면하게 된다는 것뿐이다. 가면의 착탈(着脫)과 관련된 소년의 모험은 결국 그 자신의 내향을 초래한 원점으로 회귀하는 여정이라고 해도 실로 과언이 아닌 것이다.

그러므로 『부디 성공합시다』에 수록된 단편들 대부분은 결국 내향의 순간, 기존과는 완전히 다른 형상으로 낯설게 재편된 외적 세계에 직면하게 된 개인들에 관한 이야기다. 이 과정에서 한결같이 지양되는 것은 '거짓말'로 대표되는 현실의 세속적 논리이며 그 자리에 대신 들어서는 것은 주관이라는 중심이다. 그리고 바로 이 내향에 의해 새로운 가치가 포착된다. 그것을 지칭하는 명시적 이름이 아름다움이나 진실, 삶의 바람직한 의미 등 무엇이 된다고 해도 관계없다. 중요한 것은 이러한 내향을 전후하여 세계도, 개인도 완전히 다른 의미를 갖게 된다는 점에 있다. 이러한 전도에 의한 낯설게하기에 기초한 형식이 바로 리얼리즘이다. 가라타니 고진에 따르면 주관(이성)의 무한성에 근거를 두고 있는 숭고가 오히려 대상 쪽에서 발견된다고 하는 전도에 의해 풍경의 묘사가 가능해지며 "그것이 리얼리즘으로 불린다".[5] 물론 이러한 전회가 곧바로 현실 세계의 변혁으로 이어지는 것은 아니다. 김종은 소설 전체를 통틀어 우리가 살고 있는 현실 세계에 대한 날카로운 비판의식이 관철되고 있으며 바람직한 사회에 관한 비전 또한 조심스럽게 드러나고 있다는 사실을 부정하기는 어렵다. 그러나 그 비전은 결코 낙관적이지 않다. 『부디 성공합시다』에 수록된 단편들에서 두드러지는 것은 세속의 거짓말에 의해 스스로를 기만하기에 여념이 없는 개인들이며 그들이 그렇게 할 수밖에 없도록 완강하게 작동하는 기성 세계의 질서다. 그들의 내향에 의한 전도는 단지 이러한 거짓말의 세계에 현혹되지 않고 자의식적으로 거리를 두는 것 정도를 가능하게 할 뿐이다. 또한 주관에 의해 새롭게 개편된 주위의 대상에 대해 본래 자기 것이 아니었던 거짓말이나 허상, 타자의 욕망 모방이라는 매개 없이 즉(卽)하는 것이 가능하다는 믿음을 형성할 따름이다. 때로는 심지어 내성의 외화로 주변의 모든 것을 원래의 물질적 표면 자체로 환원하기까지 한다. 실제로 누이와 같은 개별적 등(「등」), 아들을 위해 연습해야 하는 줄넘기(「줄넘기」), 어머니가 보내준 흙 묻은 고구마와 허리의 통증(「버틸 수 있겠어」) 같은 것들이 세상의 거짓말에 현혹되거나 또는 회피하지 않고 직면하도록 해야 할 대상으로 발견되게 하고 있다. 거기에는

5) 가라타니 고진, 같은 책, 40~42쪽.

그들 각자가 애초부터 구애되어온 상실된 대상들 또한 뒤섞여 있다. 그리고 어떤 추상이나 이념의 매개를 거치지 않고 대상에 즉하는 것이란 소위 객관적 현실의 감각적 재현이라는 리얼리즘의 오래된 정의이자 불가능한 이상과 상통하는 것이라고 해도 크게 틀리지 않는다.

「부디 성공합시다」의 결말은 이렇다. '유통기한이 지난 삼각김밥 이론'이 환기하는 성공의 법칙이라는 추상적 원리, 인간을 우주와 등치시키는 관념적 상상력에 구애되어 눈앞의 현실과 청중의 존재를 받아들이지 못하던 형준은 사람들과 함께 '뽈'을 차고 "탕…… 탕…… 탕…… 탕……" 축구공같이 알 수 없는 방향으로 튀는 말을 주고받으며 막걸리가 담긴 대접을 들고 "짠!"하며 건배한다.(39쪽) 어떤 다른 뉘앙스로 환원되기 어려운 이 의성어의 구체성(과 청중 개개인의 개별성)에 직면한 후 그는 서울로 돌아오면서 마빈 게이의 음악을 "짠 짠짠 짠 짠짠 짠 짠짠"이라는 리듬으로 환원한다. 그리고 "아내에게서 다마스 열쇠를 낚아챌 요량이었다"(39쪽)에서 알 수 있는 것처럼 이제 성공학 강사로서의 뜬구름 잡는 삶을 그만두고 아내의 권유대로 그녀가 운영하는 꽃가게를 돕기로 한다. 그를 둘러싼 구체적 삶의 조건에 직면하는 것이야말로 형준의 최종적인 결단이다. 내향이라는 전회에 의한 세계의 재편(리얼리즘)을 통해 삶의 구체성에 (감각적으로) 즉하는 것(리얼리즘), 이것이 『부디 성공합시다』의 '리얼리즘의 리얼리즘'이라고 할 수 있을 것이다.

(김종은 소설집 『부디 성공합시다』 해설)

휴양지에서 생긴 일

— 정미경 단편소설 「파견 근무」

1. 저기에 있지 않고 여기에 있는가, 그때에 있지 않고 지금 있는가

파견 근무란 곧, 일시적인 체제 상태 바로 그것이다. 그것은 일단 지금 여기에 정박해 있지만 언젠가 돌아갈 것을 전제한다는 점에서 그 장소는 경유해야 할 기항지 이상도 이하도 아닌 것이 된다. 그 스쳐지나가는 계류(稽留)의 시간 속에서 당사자는 어디에도 속하지 않는 상태 그 자체로 남아 있다. 즉, 매 순간 낯선 객지가 될 수밖에 없을 그 시공간에 대해 진지하게 몰입할 수 없으며 그 어떤 것도 구체적인 실감을 갖지 않는, 일종의 공중에 붕 뜬 처지에 내몰리게 된다고 해도 좋다. 반면 항상 그의 시선은 언젠가 돌아가야 할 곳만을 향해 있을 것이다. 그러므로 오직 내가 "저기에 있지 않고 여기에 있는가, 그때에 있지 않고 지금 있는가"[1]라는 문제만이 절실한 것으로 다가오게 될 터이다. 이 파스칼적인 회의가 주체의 존재론적 딜레마 그 자체를 단적으로 환기하고 있다는 점에서 근대 이래로 모든 주체는 어떻게 보면 언제나 "파견 근무"라는 비상시(非常時)적인

1) 블레즈 파스칼, 『팡세』, 하동훈 옮김, 문예출판사, 2009, 25쪽.

상황에 처해 있다는 모순 속에 가로놓여 있다고도 할 수 있다. 요컨대 주체는 언제나 파견 근무에 나선 존재인 것이다. 그리고 바로 이 어디에도 속할 수 없는 딜레마를 의식하는 순간 비로소 "나는 누구인가"라는 근원적인 의문이 출발하게 된다.

2. 휴양지에서 생긴 일

정미경의 단편 「파견 근무」(『문예중앙』 2011년 봄호)의 주인공 강이 처해 있는 상황이 바로 이러한 딜레마에 정확히 대응한다. 연수원에서의 임기가 끝나고 지방 근무 순서가 되자 그는 본가가 있는 고향으로 발령을 신청하여 해당 지법의 판사로 부임하게 된다. 그런데 강은 결코 귀향한 것이 아니다. 그는 본가에 머물지 않고 오피스텔을 빌려 생활할 뿐 아니라, 서울에서 고향을 생각할 때면 떠올리곤 했던 파도나 집어등 불빛 등의 이미지에는 전혀 무심해졌으며 도리어 소년 시절에는 전혀 보이지 않았던, 부임 이후에야 비로소 알게 된 소도시의 내막을 실질적으로 구성하는 유력자들과 많은 시간을 함께 보내고 있다. 이곳에서의 그의 일과는 재판 관련 사무를 처리하고 판결을 내리는 것 외에 여가 시간에 테니스를 치고 유지들과 함께 저녁 모임을 가지며 주말에는 골프 약속을 잡고, 무엇보다도 카지노에 드나드는 것이다. 단지 지명만 같을 뿐, 엄밀한 의미에서 강이 부임하여 생활하고 있는 소도시는 그러므로 사실 그가 성장했던 고향과는 구별되는 사뭇 다른 장소이다.

그러므로 강은 처음에 이곳에 부임한 것을 스스로 "휴양지로 떠난 출장"(246쪽) 같았다고 술회하고 있는 것이다. 그는 사실상 휴가를 떠나온 기분에 사로잡힌 채 '붕 떠 있다'. 잠시 머물다 언젠가 돌아갈 것이라고 생각하고 있기 때문에 이 소도시에서 일어나는 모든 일에 대해 그리 진지한 자세를 취하고 있지 않다. 항상 적당히 거리를 유지하거나 심드렁해하고 있는 것이다. 그러므로 모든 사무와 대인 관계를 사실상 마치 요식행위처럼 대하거나 처리하고 있다고 해도 크게 틀리지 않는다.

그런데 돌이켜보면 강의 이와 같은 태도는 비단 이 소도시에서의 생활에만 국한되는 것이 아니었다. 엄밀히 말해서 그의 생애 전부가 그러했다고 해도 무방하다. 그는 굳이 법조인이 되고 싶었던 것이 아니라 단지 공부에 재능이 있는 자신을 발견했을 뿐이었다. 그리고 이와 같은 스스로의 '자연'에 입각하여 명문대에 입학한 후 사법고시를 거쳐 판사로 임용되는 엘리트의 삶을 걸어온 것에 불과했다. 이와 같은 그의 회고에는 삶에 대한 그 어떤 치열한 몰입의 순간은 전혀 발견되지 않는다. 단지 일체가 다 그렇고 그런 것이라는 심드렁한 태도만이 우세할 따름이다. 여태껏 방관자로서의 위치를 결코 포기한 적이 없었던 그였다.

그러나 바로 그 태도가 현재의 강을 형성했다는 사실을 결코 부인할 수는 없다. 뿐만 아니라 스스로는 역시 심드렁하게 거리를 두고 있다는 기분으로 대했던 것임에 틀림없지만 강은 이미, 자신이 원했든 원하지 않았든 간에 소도시 유력자들과 어울리는 삶에 부지불식간 깊숙이 연루되어 있다. 이것이 스스로 자초한 결과라는 사실을 잘 알고 있지만 그럼에도 불구하고 그는 애써 그것을 거부하거나 부정하려는 의지 따위는 갖고 있지 않다. 그저 그때그때의 흐름에 물 흐르듯 자연스럽게 순응하고자 하는 것이며 파도처럼 불가능한 목표를 향해 진퇴를 거듭하는 식의 낭비는 하고 싶지 않은 것이다. 이처럼 강의 현재 생활 또한 바로 이와 같은 방관자적 태도에 의해 조장되고 있다. 바로 그렇기 때문에 그때그때 대수롭지 않은 사무를 처리하듯 판결을 내리기를 반복하고, 유지들과 자리를 함께 하고 골프를 치며, 법을 크게 위반하지 않는 선에서 그들의 편의를 봐주는 식으로 매일을 보내고 있는 것이다. 어떤 의미에서 그는 파견 이후의 삶을 진짜인 것으로 받아들여본 적이 없었으며 앞서 언급한 것처럼 그것은 그의 삶 전체에 일관되어 있는 태도라고 해도 틀리지 않다. 스스로도 잘 알고 있는 이와 같은 자기 방기로 말미암아 그의 삶 전체가 심드렁해진다. 무엇을 해도, 하지 않아도 결과는 언제나 같다. 이러한 명제 앞에서 삶이 보다 나아질 가능성이라든가 중대한 의미를 갖고 있다는 비전 따위는 일체가 무효다. 따라서 그는 항상 "얼이 빠진" 상태로 삶을 영위하고 있는 것이다.[2] 말하자면 일종의 가상현실 속에 있는 셈이다. 그 속에서 모든 것은 다 그렇고 그렇게 흘러가기만 한다. "강에겐 이미 모든 게 사소했다."(264쪽)

탈출구는 어디에도 없다. 그런데 이 '얼빠진' 강이 더없이 살아 있는 듯한 열렬한 실감에 사로잡히는 유일무이한 순간이 있다. 바로 카지노의 녹색 테이블에서 벌어지는 "다이사이(大小)" 게임에 베팅할 때이다. 칩을 모두 잃으면 주저 없이 털고 일어나야 한다는 사실을 잘 알고 있으면서도 "크냐 작으냐"(248쪽) 그 50대 50의 확률에 베팅하는 것을 결코 멈추지 못하고 칩을 교환해오는 것을 반복한다. '얼빠진' 방관자로서 항상 양지(陽地)에서의 삶을 영위해왔던 그가 자신의 일부 또는 전부를 성공 아니면 실패라는 반반의 불확실한 가능성에 내맡기는 데 굉장한 흥분을 느끼고 있는 것이다.

그러나 그는 실상 그것이 오십 대 오십의 확률이 아니라는 것을 잘 알고 있다. 칩을 모두 잃는 데는 이십 분이면 족했지만 그것을 원상복구하기 위해서는 다섯 시간이 걸린다는 것을 그는 카지노에 처음 혼자 방문했던 바로 그날에 이미 절실하게 체감한 적이 있었다. 말하자면 카지노는 실패할 확률이 더 높은 장소인 것이다. 돈을 딸 가능성이 매우 적다는 사실을 알고 있으면서도, 오히려 바로 그렇기 때문에 그는 밤마다 카지노를 향해 차를 몰고 있다. 여태껏 실패의 늪과 인연이 없었던 그가 몰락의 확률 높은 가능성에 직면하여 자신을 베팅하는 데 맹렬한 유혹을 느끼고 또 실제로 그렇게 되고 있는 것이다. 이 점에서 그는 마치 깎아지른 절벽 위

2) 가라타니 고진, 「맥베스론」, 『의미라는 병』, 고단샤문예문고, 1982, 29쪽.

를 걷고 있는 듯한 느낌에 사로잡히고 싶어하는 것일지 모른다. 떨어지느냐 무사히 건너느냐, 그 확률은 오십 대 오십이지만 추락할 낭떠러지의 비중은 그것을 초월한다. 오히려 낙하할지도 모를 50퍼센트의 확률이 게임을 더욱 매혹적인 것으로 만드는 것이다. 돈을 딴다는, 또는 잃은 것을 만회한다는 실낱같은 가능성에 대한 욕망이 강해지면 강해질수록 더욱 그렇게 된다. 게임에서 승리한다면 생의 실감은 배가될 테지만, 그것을 우연에 맡기는 아슬아슬한 스릴이야말로 자신이 살아 있다는 사실에 대한 절실한 체감인 동시에 확증이 된다고 할 수 있다. 그러므로 반반 확률이라는 것은 자신이 카지노에 달려가는 것을 스스로에게 납득시키기 위한 일종의 알리바이에 지나지 않는다. 그는, 정미경의 전작 「밤이여 나뉘어라」(『내 아들의 연인』, 문학동네, 2008)에서도 인상적으로 등장한 바 있었던, 몰락에의 황홀경에 빠져 있는 개인인 것이다. 실제로 스스로가 파멸을 향해 치닫고 있다는 것을 번연히 자각하고 있어도 좀처럼 멈출 수 없을 만큼 그것은 더없이 치명적인 유혹이다. 이로 인해 그는 적어도 카지노에서만큼은 구경꾼이 아니게 된다.

3. 이지 솔루션

실제로 강은 도박에 중독되어 있고 그만큼 상당한 부채도 안고 있으며 따라서 가족과도 불화하고 있는 등 궁지에 몰려 있다. 그럼에도 쉽게 중단하지 못하는 것은 한편으로 "그곳에 가는 건 내가 아니니까"(252쪽), "그곳에 있었던 건 자신이 아니라고"(253쪽)에서 알 수 있는 것처럼 '나 아닌 나'라는 통제 불가능한 충동 때문이다. 앞서 다이사이 등이 환기하는 치명적인 유혹에 들린 강은 확실히 평소의 그와는 전혀 다른 존재로서 부정되고 있다. 가고 싶어서 가는 것이 아니라 나도 모르는 사이에 '나 아닌 나'가 그곳으로 인도하고 있는 것이다. 그런데 강은 이것을 자인하면서도 동시에 '나 아닌 나'의 존재가 일종의 변명 내지는 자기기만에 지나지 않는다는 사실을 알고 있다. 그것은 카지노에 출입하는 것을 자신의 의지로는 도무지 그만두지 못하는 스스로를 "어쩔 수 없는 것"으로 설명하거나 합리화한다. 분명한 사실은 이러한 논리에 입각한다면 강이 자신이 처한 난국을 스스로 타개한다는 것은 근본적으로 난망한 일이라는 것이다.

그런데 보다 '쉬운 해결책'이 있다. 홍이 일러준 정보대로 이지 솔루션의 저평가된 주식을 매입하는 것이다. 피의자에게서 나온 정보인 만큼 그것은 반반 확률의 게임도, 우연에 맡겨야 하는 일도 아니다. 실패할 확률이 적은 만큼 전전긍긍하지 않아도 상당한 이익이 보장될 것임에 틀림없다. 약간 주의를 기울이기만 한다면 망단할 것이므로, 그는 이미 상당 부분 마음이 기울었다. 구태여 오십 대 오십의 승부를 걸지 않아도, 확실하게 보장되는 부분이 있다는 점에서 여러모로 카지노의 세계와 대비된다. 굳이 몰입하지 않아도 되는 이지 솔루션(쉬운 해결책)은 그의 부채를 단숨에 탕감해줄 것이다.

그런데 그렇게 하기 위해서는 홍과 암묵적인 거래를 하지 않으면 안 된다. 다름아니라 최근 남편의 손에 살해당한 것으로 추정되는 여자에 관한 사건을 처리하는 데 있어서 여자의 어머니이자 홍의 고모 되는 쪽의 주장을 받아들이는 것이다. 즉, 여자의 사인을 자살이 아니라 남편에 의한 타살로 판결하는 데 있어서 사건 당시를 목격했다고 주장하는 어린 딸의 증언을 적극적으로 채택해달라는 청탁이다. 남편이 아내를 살해했다는 정황에 대해 여러 측면에서 미심쩍어하고 있었지만, 그렇다고 해서 그 진상이 명명백백하게 밝혀질 수 있으리라고는 기대하기 어려운 이 사건에 대해 그리 적극적인 의지를 갖고 있지 않았던 강으로서도 선뜻 받아들이기 어려운 것이다. 그럼에도 불구하고 교묘하게 강을 인도하여 자신의 고모와 그 손녀를 만나게 하고 강의 사정을 번연히 알면서 넌지시 이지 솔루션에 관한 정보를 흘리는 데서 알 수 있는 것처럼 홍의 의뭉스러운 수완은 탁월한 부분이 있다. 도박을 제외하면 이 소도시의 어떤 부분에 대해서도 가급적 거리를 두어왔던 강의 태도는 홍으로 말미암아 자신이 진지하게 간여하고 싶지 않았던 부분에 대해 본의 아니게 이끌려 들어가게 된다. 홍이 제 딴에는 공범자로서 친근하게 접근해오는 데 대해 매사에 방관자이고자 했던 일관된 자세에 심각한 침해를 입게 된 강이 진심으로 불쾌해하는 것도 사실이다.

그런데 강에게 있어서 불쾌한 것은 잠시일 뿐, 홍의 제안을 받아들이는 것이 여러모로 편리하다는 것은 두말할 필요도 없다. 도박에 중독되기 이전의 강의 삶에 비추어 가급적 문제를 일으키지 않는 이러한 손쉬운 방식은 그 자신에게 이미 상당 부분 친숙했던 것일 터이다. 무엇보다도 강은 끊임없이 심드렁해하는 얼빠진 인간이기를 결코 포기하거나 중단하지 않기 위해 홍의 제안을 받아들이는 것이다. 그리고 이는 홍 같은 이의 일시적인 침해에도 불구하고 매 순간 '나 아닌 나', 즉 지금 여기의 자기를 부정하거나 객관화하는 것, 나아가 만사에 대한 초연함에 의해 비로소 평정을 유지할 수 있게 된다. 그리고 이것은 강 자신이 견지하고자 했던 삶의 태도이기도 하다. 바꾸어 말하면 그가 홍의 제안을 받아들였던 것은 부채를 탕감하기 위해서이기도 하지만 무엇보다도 반반의 확률 속에서 어느 쪽이 진실인지 심증은 갖고 있지만 물증이 없는 상태에서 확증할 수 없다는 자기의 한계를 절감한 것이기도 하다. 그로 인해 그 판결을 전적으로 외부의 계기에 불가피하게 떠밀려 내리는 것으로 해두는 것, 즉 타자에게 위임한 것일 터이다. 그리고 그것은 여전히 휴양지에 온 것 같은 기분에 사로잡혀 있는, 지금 여기에 속하지 않는 '나 아닌 나'에 의해 전혀 진지하지 않게 행해지고 있다.

타살 혹은 자살, 유죄 또는 무죄. 그 반반의 확률 사이에 존재하는 경우의 수는 무한대이다. 도박처럼 한순간에 명쾌하게 승패가 갈리는 것이 아니다. 강이 유일하게 의존할 수 있는 법조항과 판례조차 그 모든 경우의 수를 헤아리기에는 그 그물의 틈새가 지나치게 성기다. 판사의 재량 폭이 클 수밖에 없는 사건이라는 것은 일단 차치하고서라도 그럼에도 불구하고 일단 강이 홍의 제안을 떨떠름한 태도로나마 받아들이기로 결심한 바로 그 순간에 남자의 유무죄 여부의 확률은 사전에 이미 오십 대 오십이 아니게 되었으며 유죄 쪽으로 기울게 된 것이다. 그리고 그 확률 조작을 위해 홍과 그의 고모, 그녀의 손녀, 그리고 무엇보다도 강 자신이 공모하고 있는 것이다. 그렇다면 물론 번민을 거듭하고 있기는 하지만 강이 최종적으로 "무엇보다도, 정 억울하면 항소하겠지"(267쪽)라고 생각하는 것은 이미 사전에 예비된 결과이다. 재판은 그저 무리한 판결이라는 구설수를 듣지 않기 위해 형식을 갖추는 일종의 요식행위에 불과한 것이다. 바꾸어 말해서 '다 그렇고 그런 것일 테지'라는 강 자신의 심드렁한 기질이 남자를 유죄로 몰아간 것이라고 해도 크게 틀리지 않다. 그것은 이미 결과가 정해져 있어서 어떤 흥분도 살아 있는 느낌도 불러일으키지 못한다. 베팅할 때를 제외하면 강은 언제나 '다 그렇고 그런 것이로구나'와 같은 마녀의 예언에 자신을 맡긴 채 아무것도 하지 않아도 좋은, 얼이 빠진 상태에 자족하는 존재라고도 할 수 있다. 이 상태를 벗어날 도리는 없다. 단지 카지노에서 경험하는 것과 같은, 지금 여기가 아닌 장소로의 급격한 추락이나 파국에의 상상 내지는 예감에 전율하는 것뿐이다. 그렇다면 파스칼의 존재론적인 의문이 자기를 정당화하기 위한 일종의 가상현실 내지는 알리바이처럼 작동하게 되는 기이한 딜레마가 바로 여기에서 발생하고 있는 셈이다. 지금 여기의 삶을 구체적인 것으로 실감하려고 들지 않는 강의 한결 같은 태도가 바로 이러한 사태를 초래했다.

4. 파견 근무라는 계류 상태

강과 대조적인 삶의 태도를 지닌 사람들이 있다. 바로 홍과 죽은 여자, 할머니 그리고 강이 언급하는 판례집에 등장하는 정념의 인간들이다. 그들이 내포하고 있는 공통적인 기질은 마치 도박의 속성과 닮아 있다. 불요불급하게 집요한 욕망은 반드시 파국을 초래한다. 그러므로 의심할 여지 없이 그것은 악덕에 가깝다. 반면 아내를 살해했다고 지목된 남편은 물론 아내에 대한 미움을 숨기지 못하고 있지만 그럼에도 불구하고 기본적으로 초연한 태도를 유지하고 있다. 마치 암기한 내용을 그대로 반복하는 것 같은 어린 딸에 비해 그의 담담한 말은 상대적으로 조리 있고 이치에 맞는 것처럼 보인다. 그는 무죄를 주장하고 있지만 그리 적극적이지는 않으며 다분히 자포자기하고 있는 것 같다. 그는 자신을 둘러싼 사정에 대해 마치 다른 사람의 이야기를 하는 것처럼, 평정을 잃지 않고 차분하게 들려주며 자신의 고백을 다른 사람들에 대한 이야기로 대체한다. 그는 강과 마찬가지로 신뢰할 만한 화자임에 틀림없다. 그럼에도 불구하고 자기 자신의 정념에 과도하게 몰입하지 않고 스스로마저 부단히 객관화하려들며 이야기를 들려주고자 한다. 그런데 이러한 태도에는 지금 여기를 항상 일종의 허구 내지는 가상현실과 같은 것으로 탈구축하려는 지향이 은연중에 내포되어 있다. 그러므로 그들은 훌륭한 소설가는 될 수 있다. 하지만 뭔가 공중에 붕 떠 있는 것 같은 (조망 가능한) 상태로부터는 결코 벗어날 수 없다. 오늘날 삶의 세목 하나하나에 구체적으로 반응하는 정념의 사람들보다 오히려 자기 자신의 존재마저도 항상적으로 '파견 근무'의 계류 상태에 위치시키고자 하는 이성적 인간들이 우세한 것은 틀림없어 보인다. 그러나 바로 그러한 태도가 「파견 근무」에 나타난 것과 같은 무기력, 무책임과 자기기만, 나아가 타인에 대한 무관심을 조장한다고 해도 크게 틀리지 않는다. 단언컨대 남자에게 무죄의 확률을 박탈하거나 축소한 것은 바로 강과 마찬가지로 파견 근무의 계류 상태에 계속 머물러 있고 싶어하는 지금 여기의 압도적 다수이다.

(『자음과모음』 2011년 여름호)

주사위의 다면성
— 김중혁 장편소설 『미스터 모노레일』

1. 보드게임

보드게임은 대개 평면 위, 정해진 루트에 따른 직선적인 이동을 전제로 하고 있기 때문에 단조로워 보이기 쉽습니다. 그러나 실상 주사위를 굴리는 데에 따른 무수한 경우의 수, 그리고 다양한 설정상의 찬스 같은 변수 등의 개입으로 인해 매번 승부는 달라질 수밖에 없습니다.

이것은 게임을 할 때마다 이기고 지는 것에 관한 이야기가 달라진다는 것, 즉 새롭게 씌어진다는 것을 의미합니다. 그것은 전적으로 운에 좌우될 수밖에 없는 것이어서 어떤 이야기가 될지 예측하기 어렵습니다. 그리고 바로 이 예측 불가능성이 보드게임을 흥미진진하게 만든다고 해도 크게 틀리지 않습니다.

말할 것도 없이 『미스터 모노레일』(문학동네, 2011)은 보드게임의 형식을 빌린 소설입니다. 이를테면 게임 〈헬로 모노레일〉이 만들어진 것도 사실 전적으로 우연에 의해서입니다. 그것은 주사위를 굴려서 높은 수의 눈이 나오거나 또는 찬스 카드를 뒤집었는데 그 내용이 자신의 승리에 유리한 것이 나오는 일처럼 일종의 행운이라고 할 수 있습니다. 어느 날 문득 떠오른 영감이 모노로 하여금 이것을 제작하도록 했으며 또한 대성공을 거두도록 한 것입니다. 모노가 한 것은 단지 속임수를 쓰고 규칙을 벗어나도록 하여 게임의 예측 불가능성을 증가시킨 것뿐입니다.

그러나 바로 이것이 모노와 고우창의 평범했던 삶을 완전히 바꾸어놓게 됩니다. 이러한 전환에는 그 어떤 필연성도 없습니다. 단지 처음부터 유리한 칸 또는 위치에서 시작하게 된 것과 같은 일입니다. 그렇지만 주사위를 굴린 결과가 자신에게 유리하든 그렇지 않든 간에 일단 나온 결과를 받아들이지 않으면 안 됩니다. 행운이든 불운이든 자의적으로 거부하거나 리셋할 수 없는 것, 바로 이것이 보드게임의 불편부당한 공정성입니다. 모노와 고우창이 이 우연을 선선히 받아들이고 있는 것도 이 때문입니다.

2. 플레이어

그들이 모험에 휩싸이는 것은 마치 모노가 상아주사위를 다른 사람에게 준 데서 비롯된 것처럼 보입니다. 심지어 모노가 그렇게 하게 된 것도 따지고 보면 버스 안에서의 가상의 보드게임 속에서 주사위를 굴린 결과였습니다.

그러나 그게 꼭 그렇지만도 않습니다. 알다시피 모노와 고우창의 여행은 실상 고갑수가 회사 공금 오억 원을 유용하여 유럽으로 향한 데서 비롯되었습니다. 알다시피 그는 삶이 자신의 뜻대로 되지 않는 것에 깊이 좌절하고 있었던 반면, 모든 현상과 사태에는 나름대로 의미와 이유가 있다고 생각하면서 그러한 믿음을 타인에게 강권하고 있습니다. 당위와 인과에 대한 신뢰 앞에서 우연이나 행운 따위의 가능성을 믿지 않는, 그야말로 진지하기만 한 존재인 것입니다. 말 그대로 모노나 고우창과는 정반대의 캐릭터입니다. 따라서 볼스 무브먼트라는 종교에 빠져들었던 것도 그의 성격상 무리는 아닙니다. 그 어떤 우연이나 예측 불가능성도 없는,

하나의 완결된 우주관을 제공하고 있기 때문입니다.

이와 같은 고갑수의 신념에 비추어보면 볼스 무브먼트 또한 완전한 구(球)를 이루어야 할 것입니다. 그것을 왜곡하거나 훼손하는 이는 결코 용납될 수 없습니다. 예언서를 날조하고 유니볼 성자의 뜻을 내세워 교세의 확장에만 열을 올리고 있는 비비, 그리고 현재의 교단은 지양해야 마땅한 존재입니다. 그러므로 고갑수는 볼스 무브먼트의 유신(維新)을 위해 유니볼 성자를 구출/납치하고자 하는 모험을 감행하고 오로지 그러한 목적 자체에만 몰입하면서 마치 핀볼처럼 좌충우돌하고 있습니다. 그리고 모노와 고우창의 여정은 바로 이 고갑수의 행적을 추적하는 데서 시작되었다고 해도 과언이 아닙니다.

하지만 모노의 경로는 고갑수의 그것과 완전히 대조적입니다. 원래 그는 일종의 휴식을 위해 유럽 출장을 계획한 것이었지만, 고갑수를 비롯한 여러 변수에 의해 예정은 완전히 틀어집니다. 그는 매 순간 의외의 상황에 직면하며 그때그때 목적지나 경유하는 지역이 달라집니다. 특히 이쪽 세계와 저쪽 세계를 한순간에 관통하는 통로와도 같은 존재인 검표원과의 만남은 결정적입니다. 이것이 루카를 만나고 레드와 재회하며 고우인, 고우창과 차례로 합류할 수 있도록 하는 계기가 된다고 해도 과언이 아닙니다. 본래 지향하는 바나 목적지가 달랐던 동료들이 모노의 여정에 동참하는 과정도 유사합니다. 즉, 그때그때의 즉흥적인 선택에 의해서 그렇게 하고 있는 것입니다.

고갑수를 구출한다는 더없이 진지한 목표에도 불구하고 그들의 여행이 순간순간의 긴장감 그리고 그 이상의 즐거움으로 충만한 것은 바로 이 때문입니다. 그들이 가고자 하는 길은 명백히 정해져 있지만, 그 경로와 동행 여부는 전적으로 주사위를 굴린 결과에 따라 결정되는 것처럼 보입니다. 심지어 모노가 검표원으로부터 받은 펀치는 이쪽 세계로부터 저쪽 세계로의 순간적인 비약을 가능하게 해주는 일종의 마법 카드와도 같은 것입니다. 즉, 모노 일행이 〈헬로 모노레일〉의 다섯 캐릭터에 정확히 대응되고 있는 것처럼 실상 그들은 게임 속의 플레이어가 되고 있으며 그 사실 자체를 나름대로 즐기고 있습니다.

주사위의 여섯 면이 펼쳐 보이는 예측불허의 다중적인 가능성 속에서 긴장과 이완이 반복되며 각자의 이야기는 매 순간 새롭게 씌어지고 있다고 해도 과언이 아닙니다. 상황과 사태를 주도하는 이 또한 그때그때 달라지며 누구도 그것을 이상하게 여기지 않습니다. 그들은 서로 다르다는 것을 인정하는 동시에 서로가 서로를 완전하게 해주는 상호 보완적인 다면체처럼 되어 있습니다. 마치 주사위의 형상 그 자체처럼 말입니다. 볼스 무브먼트라는 적이 명확한 실체를 갖고 있는 것만큼 승패 여부를 떠나 서로를 기만하지 않아도 되기 때문에 더욱 그렇습니다. 그렇기 때문에 게임의 즐거움은 온전히 그들 자신의 것이 될 수 있습니다.

3. 목숨을 건 자

기만하는 존재는 정작 따로 있습니다. 알다시피 바로 볼스 무브먼트의 2인자 볼보이, 즉 비비입니다. 그는 사실상 자신이 축조해낸 볼스 무브먼트를 위해 자신을 제외한 교단의 모든 사람들, 심지어 세계 전체까지 속이고 있습니다. 그 속에서 볼스 무브먼트는 대내외적으로 우주자의 가르침을 전하는 신도 오십만의 종교단체로서의 위상을 유지할 수 있습니다. 그리고 그 기만을 진실로 유지하기 위해서라면 수단 방법을 가리지 않으며 교단 내외를 막론하고 모든 반대자를 가차없이 처단합니다. 그리고 그렇게 비비의 세계는 자신이 날조해낸 예언서의 논리를 빌려 매끄러운 하나의 표면을 가진 구의 형태로 완성될 수 있습니다. 허구에 의존하고 있을지언정 그것을 훼손하려는 이는 어떤 경우에도 결코 용납되지 못합니다. 이를테면 또다른 자신만의 구에 집착하여 가족과 교단 모두를 속여왔던 핀볼 성자, 바로 고갑수 같은 이들을 말입니다.

고갑수는 유니볼 성자를 납치하고 비비는 수하를 동원해 추적합니다. 그 과정에서 고갑수에게 조력했던 교단 내의 동료들 대부분은 뜨겁게 달아오른 공을 삼키고 안으로부터 타들어가 죽게 됩니다. 자신이 추구했던 그 어떤 흠도 없는 매끈한 공과 같은 진실이 자기 자신을 내부로부터 살해하는 것과 같습니다. 그렇기 때문에 고갑수는 필사적일 수밖에 없습니다.

반대로 모든 것을 주재하는 음모가인 비비는 상대적으로 느긋해 보입니다. 하지만 만의 하나 자신의 거짓이 폭로될 경우 파멸을 면치 못하게 될 것이므로 초조한 기색을 감추지 못합니다. 비비 역시 자신이 완성한 흠 없는 허구가 고갑수의 도전으로 말미암아 자신의 목을 겨누게 된 형국입니다. 그렇기 때문에 그 역시 나름대로 필사적이며 상당한 무리를 감수할 수밖에 없습니다. 따라서 모노 일행과 달리 고갑수와 비비에게는 게임을 즐길 여유 따위란 없습니다. 그저 자신의 진실을 지키기 위한 목숨을 건 투쟁을 하고 있는 것입니다. 이러한 물고 물리는 추격전이 근본적으로 무의미한 것임을 지적하는 유니볼 성자를 매개로 비비와 고갑수는 사실상 나비의 양 날개와도 같이 겹쳐지는 존재라고 할 수 있습니다. 무엇보다도 종교와 신앙을 내세우고 있지만 이 두 사람 모두 세계를 실질적으로 지배하고 구축하는 음모와 계획을 더 신뢰하는 편집증적인 면모를 갖고 있다는 점에서 특히 공통적입니다. 음모에 입각한 그야말로 완벽한 인과관계로 구성된 세계관 앞에서는 당연히 운이나 우연 따위의 예측불허가 개입할 여지가 없습니다. 마치 구가 사실상 어떤 모서리도 없는 하나의 면으로 이루어져 있는 것처럼 말입니다.

그럼에도 불구하고 고갑수와 비비 일당은 쫓고 쫓깁니다. 그들의 경로는 당연히 퀼른에서 런던을 잇는 무수한 도로와 철로 중 하나가 되지 않을 수 없습니다. 동시에 반드시 앞선 누군가의 경로를 따라가야 하므로 오로지 겹쳐질 수밖에 없는 단선(單線), 즉 모노레일의 형태를 벗어날 수 없습니다. 그럼에도 불구하고 의도와 계획은 항상 빗나가거나 장애에 봉착하기 일쑤며 의외의 상황은 매 순간 벌어집니다. 그들이 놓인 선상(線上)은 결코 매끈하지 않은 것입니다. 심지어 비비 일당의 경우는 모노 일행과 우연찮게 조우하기도 하며 특수기동검표단의 불가사의한 개입에 의해 그들을 눈앞에서 놓쳐버리기도 합니다. 이러한 의미에서 추격전 전체는 고갑수와 비비가 공유하고 있는 구와 같은 세계관만을 추종하는 것 대신 오로지 무엇이 새롭게 펼쳐질지 알 수 없는 선을 따라가지 않으면 안 되게 만들어버립니다. 그렇기 때문에 그들은 매 순간 당황하지 않을 수 없습니다. 그럼에도 불구하고 그들 자신의 진지함과 절박함을 결코 포기하려들지 않습니다.

4. 유희 대 투쟁

그렇다면 고갑수나 비비 일당은 각각의 목적과 태도가 다를 뿐, 근본적으로는 모노 일행과 유사한 규칙에 지배되고 있는 셈입니다. 바꾸어 말해서 그들 모두는 자신의 의사와는 무관하게 그것에 말려든 것이라고 해도 좋습니다. 지정된 경로와 순번을 준수해야 하며 주사위라는 운명의 장난이 결정하는 행운과 불운 등으로부터 결코 벗어날 수 없는 것입니다. 또한 그 구체적인 내용이나 의미하는 바는 제각기 다를지언정, 궁극적으로 자신의 승리를 원한다는 점에 있어서도 모든 플레이어의 입장은 동일합니다. 요컨대 게임에 참여하고 있는 것은 모노 일행만이 아닙니다. 고갑수와 비비 일당 또한 플레이어로서 게임에 참여하고 있는 것입니다. 실질적으로 『미스터 모노레일』의 결말에서 모노 일행이 원점으로 돌아오게 되고, 고갑수를 대체할 새로운 플레이어로서 주지찬이 출현하는 것은 실로 의미심장하다고 할 수 있습니다.

다만 그것에 임하는 태도가 대조적일 뿐입니다. 앞서 언급한 대로 한쪽은 주사위를 굴린 결과를 선선히 받아들입니다. 각 면이 내포하고 있는 복수의 가능성, 그리고 그 유비로서의 일체의 다면성을 불가피한 것으로 인정합니다. 따라서 그들 각자는 따로 또 같이 삶의 의외성이나 돌발적인 변수 등에 유연하게 대처하며 때로는 그것을 즐기기까지 하고 있습니다. 다른 한쪽은 이 모든 것을 부정한 채, 오로지 자신 내부의 단면에만 집착한다고 할 수 있습니다. 게임 속에서조차 그렇기 때문에 이러한 자신의 면모를 인정하기 전에는 유희란 결코 가능하지 않습니다. 『미스터 모노레일』이 어느 쪽을 바람직한 삶의 태도로 제시하는지는 비교적 분명해 보입니다.

그러나 정작 항상 선두에 서는 것은 고갑수이며 실질적으로 모든 것을 주재하는 이는 비비입니다. 이와 같은 자신만의 유일무이한 구를 내부에 품고 있는(항상 정방형의 면 한가운데에 •의 형상으로 표시되는 주사위의 한 면과 같은) 이들이 없다면 주사위는 미완성인 채 남아 있을 것이며 게임도 결코 성립하지 않을 것입니다. 실제로 모노 일행은 이들 그중에서도 고갑수를 뒤쫓기만 할 뿐, 단 한 번도 앞서나가지 못합니다. 게임을 만든 것은 모노지만 그것을 실제로 시작하고 또 끝내는 이는 고갑수뿐입니다. 그 와중에 자신이 완성한 대상을 지탱하기 위해 다른 누구보다 고민하고 분투하는 이는 비비입니다. 모노 일행이 게임 속에서 유희하는 동안 고갑수와 비비는 격렬하게 투쟁하고 있었습니다. 그리고 세계의 실질적인 질서 내지는 현실의 상당 부분을 구축하고 운용해나가는 것은 바로 이 투쟁의 편에 선 존재들이라는 진실을 부정할 수는 없습니다.

그러나 비비가 자신만의 세계를 완성하기 위해서 유니볼의 존재가 요구되었으며 유니볼 성자가 유일무이한 존재로 남기 위해 비비의 수완이 필요했다는 역설처럼, 이 둘, 그러니까 유희하는 자와 투쟁하는 자는 서로에게 필수 불가결한 존재로서 상호 보완적인 관계를 형성하고 있습니다. 바꾸어 말해 유희와 투쟁 혹은 초연과 몰입은 흡사 주사위의 각 면처럼 서로 변증법적인 관계를 이루고 있습니다. 그러므로 이것이 없다면 현실이든 게임이든 간에 결코 흥미로워질 리 없는 것입니다. 그러므로 세계는 이러한 극과 극, 면 대 면의 모순적인 공존으로 존립하고 있는 것이 사실입니다.

그리고 그 어느 편도 간단히 배제할 수 없는 주사위적인 종합이 바로 『미스터 모노레일』의 세계라고 할 수 있습니다. 그렇다면 보드게임에 입각한 단선적인 모험의 경로가 그야말로 세계라는 다면체, 그 각양각색을 모두 포섭하고 있는 실로 간단치 않은 아이러니가 발생하고 있는 셈입니다. 그리고 이것이 선조적(linear)인 플롯에 입각해 있는 소설이라는 형식과 기묘한 유비를 이루고 있는 것은 비단 우연의 일치처럼만 보이지는 않습니다.

(프레시안, 2011. 8. 19)

소설이라는 이야기의 미로에 대처하는 세 가지 방법
— 박성원, 정한아, 박민규의 소설

1. 전이로서의 인터로망—박성원 소설집 『도시는 무엇으로 이루어지는가』

'인타라망(因陀羅網)'을 인터로망(inter-roman)으로 오독해보자. 어떤 원인도 이유도 없이 닥친 당혹스러운 사태 앞에서 갑작스레 나락으로 떨어질 위기에 처한 삶, 어떤 출구도 발견할 수 없을 그와 같은 악몽이 연쇄적으로 파급되어가는 인드라의 그물, 그것과 흡사한 이야기가 되어버린다는 것일 터이다. 하나하나의 이야기들이 그물처럼 상호-교차하여 이루어지는 거대한 이야기의 우로보로스적 연쇄 속으로 밀어넣어진 주인공들이 끊임없이 난국에 봉착하게 되는 이야기 속의 이야기 바깥의 다시 또 그 이야기. 그 이야기의 그물망 사이의 무(無) 또는 아득한 간격 내부에서 헤매지 않을 수 없는, 시작과 끝이 도무지 구별되지 않는 이야기의 미로이다. 그렇다면 이 인터로망이야말로 박성원의 소설을 가리키는 가장 정확한 명명이 되지 않겠는가.

박성원의 네번째 소설집 『도시는 무엇으로 이루어지는가』(문학동네, 2009)는 바로 이러한 미로의 가장 정교한 현시라고 해도 좋지 않을까. 이를테면 「캠핑카를 타고 울란바토르까지 2」에서 보잘것없는 SF작가 지망

생이 조우하게 된 냉동인간 '여자'란 백 년 전 「캠핑카를 타고 울란바토르까지」에서의 주인공이 천신만고 끝에 아버지의 무덤 속에서 찾아낸 로또복권을 갖고 튀어버린 이복누이이다. 「캠핑카를 타고 울란바토르 2」에서 주인공이 쓰고 있는 소설은 비평가 김형중이 이 소설집의 해설에서 지적하고 있듯이 존 맥티어넌의 영화 〈열세번째 전사〉 등의 무수한 전거(典據)를 참조하고 있지만, 냉동인간 그녀가 시간을 도약하면서까지 이루고 싶어했던 꿈 역시 일찍이 오십여 년 전 로버트 A. 하인라인의 SF소설 『여름으로 가는 문』의 주인공 대니얼 데이비스에 의해서 해피엔딩으로 성취된 적이 있었던 것이다. 또한 「도시는 무엇으로 이루어지는가 2」에서 아빠를 찾아다니다가 매미에게 속아 강제로 몸을 팔게 된 소녀가 실은 「도시는 무엇으로 이루어지는가」의 '털 많은 코끼리'라는 말을 유언처럼 남기고 죽은 아내의 유년을 방불케 한다는 사실은 이미 예고되어 있지 않았던가. 「캠핑카를 타고 울란바토르까지」에서 (미래로) 사라져버린 누이를 찾아다니게 된 배다른 동생은 바로 「도시는 무엇으로 이루어지는가 2」에서 이 소녀와 조우하여 함께 '캠핑카'를 타고 사막, 즉 울란바토르로 떠나고 있다. 그러나 「도시는 무엇으로 이루어지는가」 연작의 시작과 함께 성장한 소녀가 결국 병에 걸려 죽을 것이며 그녀의 아이 또한 입양되어 떠나는 것으로 이미 결정되어 있다는 기이한 원환(圓環)은 그들의 유목민되기가 그리 간단히 희망적인 것으로 전환될 수 없다는 것을 단적으로 일러주지 않는가.

『도시는 무엇으로 이루어지는가』 전반에 걸쳐 그들 각자는 대개 복잡하게 얽힌 미로 속에서 상실해버린 무엇인가를 간절히 찾아다니고 있지만 결국 찾을 수 없는/찾지 못하는 자들이다. 또한 '우리는 달려간다 이상한 나라로' 연작에서처럼 갑작스러운 재난 앞에서 어찌할 바를 모르고 당황하거나 또는 문득 자기 내부의 그것(ça) 내지는 심연의 암흑을 자각하게 된 개인들도 있다. 그들 각자는 모두 이러한 난국, 또는 이야기 내부에서 어떤 길도 출구도 발견하지 못한 채 스스로의 의지와는 전혀 관계없이 부침만을 거듭하고 있다. 다만 다른 이야기로 계속해서 미끄러지고 있을 뿐이다. 많은 논자들이 지적한 것처럼 이러한 인터라망으로부터 세계에 대한 어떤 비전을 발견하려고 한다는 것은 그야말로 어불성설이지 않을까. "얘야, 법은 바뀌지만 시간은 절대 바뀌지 않는단다"(89쪽)라는 아버지의 말에서 알 수 있는 것처럼 시간으로 표상되는 자연(physis)이라는 아프리오리를 초월할 수 있는 것은 그 어떠한 것도 없다.

단지 이야기가 계속될 뿐이다. 즉, 끊임없는 미끄러짐에 의한 전이(Übertragung)의 무한한 연쇄만이 남는 것이다. 이전의 종결된 이야기에서 억압되어 있었던 무엇은 곧바로 다른 이야기에서 현행화된다. 이것은 믈라덴 돌라르가 "전이는 처음에 무의식의 열림으로 나타난다. 즉 전이를 수단으로 '기본적인 규칙'은—기억, 반복 그리고 억압된 것의 재구성이라는 뒤따르는 과정들을 초래하는—자유연상의 흐름을 유발한다"[1]고 설명한 것에 일정하게 부합한다. 따라서 이러한 전이라는 저항에 의거해 무의식은 무의식이기를 중단하고 현행화되지 않으면 안 된다. 곧 억압된 것이 이야기라는 상징적 질서로 전환 또는 종결되어버리는 것이 아닐까. 또한 하나의 이야기는 다른 이야기의 분석가의 위치를 점유하며 이러한 위치는 끊임없이 뒤바뀌는 것이다. 분석되지 않으면 안 되는 대상이 곧 이야기를 유발한다. 바꾸어 말하면 이야기의 바깥에는 아무것도 없는 것이다. 이것이야말로 박성원이 구축한 인타라망=인터로망의 진정한 구조라고 할 수 있지 않을까.

그러나 알다시피 이 인터로망의 연쇄는 셰에라자드의 역상(逆像)이자 우리로 하여금 길을 잃게 하는 이야기의 미궁이다. 여기에서는 테세우스의 용력도 아리아드네의 실도 무의미하며 오히려 이 주인공들은 미노타

---

1) Mladen Dolar, "Beyond Interpellation," *Qui Pale* Vol.6, No.2, Spring/Summer, 1993, p. 85.

우로스의 형상을 한 자기 자신을 조우하게 되거나 그저 방황하거나 또는 실종되거나 하는 것이다. 그들은 전이시키기 위해, 다시 말해서 자신의 무의식을 중단하기 위한 자유연상을 위해 미궁의 막다른 골목 및 그곳에 도사리고 있는 경찰과, 아내의 갑작스러운 죽음과, 매미와, 재앙과도 같은 미래와, 자기를 더듬는 아빠와 같은 남자 등등과 계속해서 조우하지 않으면 안 된다. 그러므로 이야기가 현실을 닮은 것이 아니라 오히려 현실이 이야기를 닮아 있는 것이라고 할 수 있다. 돌라르의 말처럼 "전이가 언어의 차원에 기입되어 있는" 이상 이러한 사태는 불가피한 것이며 동시에 기이한 매혹을 발생시킨다. 『도시는 무엇으로 이루어지는가』가 단적으로 환기하는 이러한 난국을 지지하기 위해 '니나가 잡혀 있는 모험의 세계'의 이야기는 여전히 계속되지 않으면 안 된다. 그러므로 박성원 소설의 인타라망=인터로망을 가장 적실하게 요약하는, 일찍부터 예비되어 있었던 다음과 같은 경구가 있다. "무의식은 이야기처럼 구조화되어 있다."

2. 고통과 상실에 대처하는 성장의 지도, 그 아리아드네의 실—정한아 소설집 『나를 위해 웃다』

어떤 고통의 미로 속을 헤맨다고 해도 반드시 출구를 발견할 수 있을 터이다. 거인증으로 일생을 고통받았던 엄마는 그러나 누구도 적대하거나 증오하지 않았으며 무엇보다도 '나'를 잉태하게 되면서 더이상 혼자가 아니게 된다(「나를 위해 웃다」). 아프리카의 동물이 독자적으로 살아남았듯이 철거 위기에 놓인 집창촌에서조차 고통스럽더라도 혼자 살아가려는 결심을 오롯이 간직한 이들이 있다(「아프리카」). 길 잃고 상처 입은 채 키부츠에 모인 동료들은 국적을 불문하고 음악이라는 파동에 의해 위안받는다(「첼로 농장」). 자신을 사랑할지도 모른다는 느낌이 착각에 의한 것임이 밝혀졌음에도 오히려 오래전 잃은 동생을 연상시키는 강사 J의 상처를 위로하면서 마테의 그윽한 향기 속에서 삶에 대한 기대를 버리지 않는 대학원생도 있다(「마테의 맛」). 할머니의 유일무이한 나무의자를 찾지 못한 대신에 남편의 전처가 낳은 아이를 받아들일 결심을 하고 또한 그러한 여정을 통해 할머니에 대한 기억을 더욱 선명한 것으로 간직하게 되기도 한다(「의자」). 우연히 조우한 첫사랑에 연연하는 아내를 자전거를 타고 마중하는 남편은 동시에 나와 동생까지도 보듬어 안는 아버지라는 든든한 중심이 되고 있다(「댄스댄스」). 이국의 직장에서 억울하게 퇴출당한 후 갑작스럽게 내리는 소나기에 무심코 천막을 뒤집어쓴 주인공은 주위에 쳐져 있는 수백 개의 천막 및 그 속에서 생활하고 있는 사람들을 발견하고 말할 수 없는 동질감과 위로를 느낀다(「천막에서」). 젊은 시절 이혼한 후, 자식과 며느리를 교통사고로 잃고 두 손녀를 고단하게 양육해온 할머니는 관자엽의 이상으로 과거의 감정과 기억에 몰입하여 허밍을 하고, 동거해온 애인의 아내와 자식들을 확인한 직후에 화자는 오래전 잃어버렸던 은색 팔찌를 되찾는다(「휴일의 음악」).

정한아의 첫 소설집 『나를 위해 웃다』(문학동네, 2009)는 삶이라는 미로 속에서 방황하는 우리를 출구로 인도하는 아리아드네의 실이다. 또한 비평가 차미령의 해설처럼 신산스러운 삶을 영위하는 개인들의 내면 또는 존재의 심연에 잔잔하게 번지는 파문을 물 · 불 · 돌 · 바람 · 나무 등의 성분, 즉 '이미지의 다발들'의 아스라한 혼융과 순환에 비유하여 아로새긴 소설들을 모아놓고 있기도 하다. 『나를 위해 웃다』에 등장하는 각양각색의 개인들이 스스로의 성취를 사회적으로 인정받거나 특별히 구원받거나 하고 있는 것은 아니다. 그러나 세계에 대처하기 위한 그들 나름의 방법을 이제 막 터득했다는 식으로 작지만 의미 있는 성장을 이룩하고 있다. 그것은 대개 삶의 지극히 사소한 세목들에 관한 깨달음이 가족을 포함하는 타인에 대한 이해와 포용의 자세로 연결되는 형식으로 이루어진다. 이러한 성장은 자아와 세계에 대한 어떤 근본적인 관점과 태도의 변경과 관계되어 있다고 할 수 있다. 그것은 어디까지나 잠정적인 것이며 자신의 내면에서 이루어진 일종의 미세한 변화에 불과하다고 할 수도 있지만 그럼에도 불구하고 그러한 가능성을 발견했다는 사실 자체보다, 발견할 수 있을 것이라는 확고한 믿음이 더욱 소중하다는 것을 역설한다는 점에서 『나를 위해 웃다』의 소설들은 그 자체로 독보적이다.

정한아의 소설은 고통과 희생을 당연한 것으로 전시하는 세태에 대한 거부 및 그에 대한 치유와 위로의 필요성을 솔직담백하게 연주하는 실내악과도 같다. 고통/상실에 대처하는 방법을 알게 될 것이라고 말을 건네는, 이와 같은 성장의 이야기들을 읽으면서 어찌 생의 낙천주의자가 되지 않을 수 있겠는가. 예컨대 "동생이 돌아와서 신발을 벗자, 낡은 여덟 개의 구두가 나란히 긴장을 풀었다"(173쪽)라는 문장에 이르면 한국소설에 있어서 그리 간단치 않은 역사적 의미를 내포하고 있는 '아홉 켤레의 구두'는 정한아의 소설에서 드디어 가족이라는 주인을 찾아 휴식할 장소를 얻게 된 것이 아닌가.

그런데 서구 리얼리즘 소설의 전성기를 거론하는 데 있어서 반드시 포함되지 않으면 안 되는 정전들 가운데 상당수, 이를테면 찰스 디킨스의 『위대한 유산』『올리버 트위스트』라든가 조지 엘리엇의 『사일러스 마아너』 등의 장편소설이 내포하고 있는 휴머니즘은 보다 근본적인 차원에서 정한아의 소설이 견지하려고 하는 기본적인 자세와 유사하지 않은가. 올리버 트위스트에 대한 낸시의 헌신, 에피의 양육을 통한 사일러스의 개과천선 및 타인에 대한 이해. 그리고 이러한 과정을 통한 성장 및 대단원에서 이루어지는 모종의 화해는 『나를 위해 웃다』에 등장하는 인물들이 연출하고 있는 포용과 위로로부터 그리 멀지 않은 지점에 있다고 해도 좋다. 흔히 간과되고 있지만 이러한 미학적 (사회) 통합으로서의 형식은 근대소설 자체가 내장하고 있는 역사적 · 본연적 기능에 속한다. 또한 이것은 역사적으로 소설에 대한 일반의 공통감각을 형성하는 데 일조해왔다고 할 수 있다. 정한아의 소설은 이러한 공통감각을 한국적 버전으로 계승한 최신의 사례에 속하는 것은 아닐까. 물론 그러한 소설의 전통이 현실 또는 실재를 어떻게 구축하거나 또는 간과해왔다는 사실은 전혀 별개의 문제이긴 하겠지만 말이다. 그러나 심지어 카프카조차도 정한아 소설의 지향에 부합하는 다음과 같은 아포리즘을 남긴 적이 있다는 것은 근대소설의 전통에 대해 숙고하는 데 있어서 마땅히 생각해보지 않을 수 없는 문제이다. "절망하지 마라. 설혹 너의 형편이 절망하지 않을 수 없더라도 그래도 절망은 하지 마라. 이미 끝장이 난 듯해도 결국 또 새로운 힘이 생겨나는 것이다. 최후에 모든 것이 정말 끝장났을 때는 절망할 여유도 없지 않겠는가."

3. 사랑과 연애의 병행 세계—박민규 장편소설 『죽은 왕녀를 위한 파반느』

무규칙 이종 소설가 박민규가 연애소설을, 그것도 장편으로 쓰게 된다면? 『죽은 왕녀를 위한 파반느』(예담, 2009)는 상상만으로도 더없이 흥미로울 법한 이러한 생각이 현실로 되어버린 사건이다. 그러나 이루지 못한 사랑의 기억에 대한 페이소스가 짙게 배어나올 뿐 아니라 작가 자신 또한 '80년대 빈티지 신파'라고 명명하고 있는 소설임에도 불구하고 『죽은 왕녀를 위한 파반느』는 기본적으로 박민규라는 레테르와 분리하여 생각할 수 없다. 다시 말해 그는 연애소설도 '박민규'식으로 쓴다. 이 시대에 지극히 당연하게 통용되는 상식 아닌 상식, 클리셰, 스테레오타입을 끊임없이 '낯설게 만들어(defamiliarization/아우라를 박탈하여/문맥으로부터 이탈시켜)' 조롱하면서, (삼미 슈퍼스타즈, 자취생, 왕따, 고시원 체류자 등을 방불케 하는) 역사적으로 가장 유래 깊은 마이너리티이자 아웃사이더, 못생긴 여자 그리고 그녀를 사랑할 수밖에 없는 남자를 옹호하고 있다. 박민규가 아니라면 불가능했을 풍속과 대중문화에 대한 미시적 · 현미경적 관찰 및 세계 전반에 관한 허블망원경식의 조망이 병행되고 있는 것도 그러하다.

기본적으로는 연애소설의 문법 또는 신파적 관습을 적절하게 활용하고 있지만, 주인공이 일하고 있는 백화점의 일상을 중심으로 한국사회의 마이너리티에 대한 인상적인 회고와 자본주의사회하의 '서로가 서로에게 신으로 비치는' 타인 지향형의 삶에 대한 통렬한 비판이 이 소설을 단순한 연애소설로 읽을 수 없도록 한다. 그러나 연애소설로서도 뛰어나다고 할 수 있는 것이 누구도 돌아봐주지 않아 자기만의 해저에 웅크리고 있던 여자의 빛을 알아보고 세상 바깥으로 이끌어내는 주인공의 진심이 담담하면서도 애절하기 때문이다. 이에 주저하면서도 머뭇거리며 반응하지 않을 수 없는, 점점 주인공에게로 이끌려 마침내 "눈을 뜨고 바라보던 방안의 풍경과… 흐트러진 이불이며, 그런 사소한 사물들과… 베갯잇에 떨어진 몇 올의 머리카락마저도… 당신을 그리워하는 느낌이었습니다. 저는 결국 매일 아침 당신이 보고 싶고… 당신을 떠나서는 살 수 없는 여자가 되어버린 것입니다"(286쪽)라고 고백하기에 이르는 여자의 마음 또한 애틋하다. 사랑과 연애가 불가능한 근본적인 장애에 관한 트라우마를 안고 살아가는 마이너리티들조차, 결국에는 '지금 사랑하지 않는 자 모두 유죄'라는 운명을 거절하지 못하는 모습을 적절하게 제시하고 있는 것이다. 그러한 심정을 담은 연애에 관해 정곡을 찌르는 아포리즘이 도처에 존재한다. 삶의 비의 및 한국사회의 일반적인 측면에 관한 통찰과 연결되기도 하는 이 절절한 아포리즘에 비하면 이 소설의 기본적인 줄거리와 구조는 사실 기존 신파의 관습에 지나치게 의존한 것이 아닐까 하는 생각이 들 정도로 훌륭하다. 80년대의 인정세태에 대한 묘사와 대중문화의 아이콘에 관한 흥미로운 참조와 인용 또한 흥미롭다.

그러나 가장 흥미로운 대목은 『죽은 왕녀를 위한 파반느』가 그저 한 편의 소설이 아니라는 점이다. 출판사에 의해 '라이터즈컷'이라고 명명된 정체불명의, 하지만 인상적인 후기에서 소설은 두 갈래 이야기로 분화한다. 화자의 교통사고로 인해 운명적으로 엇갈려 오랫동안 만나지 못했던 두 주인공이 독일에서 해후하는 것이 본래의 이야기라면, 주인공이 교통사고로 죽고 그의 친구였던 요한이 여자와 결혼한 후 현재 그를 회고하는 소설을 쓰고 있는 또다른 이야기가 후기에 부가되고 있다. 그런데 바로 요한이 쓰고 있는 소설의 내용이란 바로 이 원래의 해피엔딩이다. 이와 같이 『죽은 왕녀를 위한 파반느』의 대단원은 '이야기 안의 이야기 바깥의 다시 또 그 이야기'의 기묘한 순환을 구성한다. 다시 말해 SF소설이나 영화를 통해 우리에게 익숙해진 소위 '병행세계(parallel world)'를 구현하고 있는 셈인데, 이 두 가지 상반되는 이야기는 소설의 최종 결말에 가서 다시 한번 인상적으로 합쳐진다. 그런데 이 병행세계는 곧 주인공이 죽느냐, 요한이 죽느냐 그리고 누가 궁극적으로 여자와 결합하는가라는 상반되는 결말을 놓고 벌어지는 운명적인 투쟁에 의해 비롯된 것이라고 할 수 있다. 이 세계에는 주인공이 있으나 요한이 없고 저 세계에는 요한이 있으되 주인공이 존재하지 않는다. 이러한 병행세계란 존재/비존재에 관한 윤리적인 결단, 그리고 그것의 사후성의 문제를 환기하는 측면이 있지만, 어쨌거나 『죽은 왕녀를 위한 파반느』에서는 세화라는 딸이 이 병행세계 양쪽에 존재하고 또 의식되는 대단히 인상적인 장면을 통해 모두에게 다 바람직한 결과로 봉합되고 있다. 여기에 초월적 요인이 개입하지 않을 수 없다는 것은 곧 모든 것을 좌우할 수 있는 서술자의 권능 배후에 누가 위치하는가라는 소설에 관한 가장 근본적인 질문을 던지도록 한다.

(『불교문예』 2009년 가을호)

세계의 어떤 개인도 결코 혼자일 수는 없으며 또한 그래서도 안 된다

— 김훈, 김인숙, 김연수의 소설

1. 패관(稗官)의 무상(無常)과 영원(永遠)—김훈 장편소설 『공무도하』

김훈은 다음과 같이 쓴다. "백수광부의 사체는 하류로 떠내려갔고, 그의 혼백은 기어이 강을 건너갔을 테지만, 나의 글은 강의 저편으로 건너가지 못하고 강의 이쪽에 사는 사람들의 이야기이다." 알다시피 〈공무도하(公無渡河)〉라는 시원적(始原的) 노래는 망자의 넋을 위로하기 위한 것이 아니었다. 다름아닌, 남편의 죽음이라는 도하(渡河)를 슬퍼하는 아내의 측량할 수 없는 심정에 몰입하지 않을 수 없었던 여옥이 그 사건을 목격한 남편 곽리자고에게 공후를 타며 불러준 것이었다. 즉, 강의 이편에 살아남은 자들을 위한 노래였다. 김훈이 그러한 태초의 사실을 응시하며 썼다고 하는 『공무도하』(문학동네, 2009)는 바로 그러한 "강의 이쪽", 즉 세속의 살아남은 자들에 관한 소설이다.

하여, 『공무도하』의 주인공은 실상 죽음을 목도하지 않을 수 없었던 그들 모두라고 해도 무방하다. 이를테면 장철수는 추락사한 연마공을 추도하면서 "……인간은 비루하고, 인간은 치사하고, 인간은 던적스럽다. 이것이 인간의 당면문제다. 시급한 현안문제다……"(35쪽)라고 인간의 삶에 대해 선언한다. 오금자는 TV에서 아들이 개에 물려 죽었다는 소식을 보고 졸도한 후 자취를 감춘다. 방조제 공사장에서 크레인에 깔려 사고사한 방미호에 대해 아버지 방천석은 단지 보상금으로 부채를 상환했을 뿐 어떠한 언급도 흔적도 남기지 않고, 해망을 떠난다. 그들이 목도한 죽음은 예외 없이 첨예한 분쟁의 한복판에서 벌어진 것이며 따라서 사자(死者)에 대해 임의로 의미 부여하며 가타부타 떠드는 자는 많다. 그러나 정작 살아남은 자들은 그와 같이 공허한 갑론을박에 대해 일언반구도 없이 그 자리를 떠나는 것 외에 아무것도 하지 않는다고, 또한 할 수 없다고 해도 좋다. 그리고 방천석이 남긴 집에 살아남은 자 모두, 즉 오금자와 장철수, 그리고 후에가 우연처럼 모여 깃들 뿐이다. 더욱이 종국에는 남자들은 떠나고 여자들만 그 집에 남아 살아간다. 때가 되면 떠날 자는 떠나고 남을 이만 남는 것, 이러한 인간사는 누구도 거역할 수 없는 자연의 이치와도 같은 것이다. 남든 떠나든 살아남은 자로서는 그들이 목도한 죽음과 어떤 형태로든 결별하거나 또는 그것을 어떻게든 삶으로 전환하여 아무런 윤리도 당위도 필연도 없는 끊임없는 고해의 바다, 약육강식과 아비규환의 삶을 그야말로 죽지 못해 살아가지 않으면 안 될 터이다. 『공무도하』의 강 이편이 바로 이러한 세계라는 것은 구태여 말할 필요조차 없다.

정작 그러한 죽음에 연연하는 자는 기자(記者)인 문정수이다. 그는 무수한 죽음의 사례를 취재하기 위해 나그네처럼 고단하게 떠도는 자이다. 차마 기사로 쓰지 못할 개별적인 죽음들에 구애되지 않을 수 없는 자기 자신으로 인해 고통과 번민의 나락으로 다그쳐지고 있다. "당신의 이름이, 짐승들을 먹이고 거두는 목희(牧姬)라서 평화로움을 느꼈습니다"(91쪽)에서처럼 노목희가 지친 그를 거두어 위로하는데, 그렇다면 그의 본명은 실상 정수(偵獸)일 것이다. 따라서 세속의 무수한 삶에 마음을 기울일 수밖에 없으므로 그는 끊임없이 쓰거나 말하지 않으면 안 되는 것이다. 노목희는 그를 측은하게 여기지만, 그러나 문정수의 고통이 온전히 그 자신의 몫임을 잘 알고 있으므로, 또한 어떠한 전이도 불가능하며 또한 무의미하다는 사실을 알기 때문에 구애되지 않으며 다만 그의 이야기를 들어주고 방임하며 그 자신의 그림으로 승화시키는 데 열중할 뿐인 것이다. 세속이라는 강에 휩쓸려내려가는 삶들을 목격하고 이야기하며 또한 초탈하는 그들의 관계가 여옥과 곽리자고의 그것과 같다는 것은 말할 필요도 없을 것이다. 그들의 대화에서 '살아남은 자의 슬픔'은 윤리가 아니라 온전히 무상의 자연과도 같은 것으로 환원된다.

아득히 오래전, 반고(班固)는 이렇게 적었다. "소설가라는 것은 대개 패관(稗官)에서 비롯된 것으로 소설이란 길에 떠도는 이야기와 항간에서 들을 수 있고 말할 수 있는 것들로 만들어진 것이다.(小說家者 流蓋出于稗官街談巷說道聽塗說者之所造也)"(『漢書藝文志—諸子略小說十五家千三百八十篇序』; 조남현, 『소설원론』, 고려원, 1982, 14쪽) 아득한 옛날, 왕명에 의해 중원의 여항(閭巷)에 떠도는 하잘것없는 이야기를 기록해야만 했던 패관들의 심정은 문정수의 그것과 같지 않았을까. 그들 자신이 채록하는 가담항설과 도청도설이 성인의 도(道)에 부합하지 못하는 것임을 지극히 잘 알고 있었을 것이다. 그렇다면 혹시 그들은 후세에 사적(史籍)으로 남지 못할지도 모를 그러한 이야기의 덧없는 소멸의 운명을 부단히 의식하면서도 한편으로 기록이라는 가망 없는 희망을 끝내 놓지 못했던 것은 아니었을까. 실제로 그들이 기록한 것은 한갓 소설가들에 의해 허무맹랑한 이야기로 꾸며져 항간에 유통되었을 뿐 지금에 이르러서는 전해지지 않고 있다. 그러므로 내가 아는 한 패관만큼 스스로의 글쓰기가 내포한 무의미 그리고 그것을 강요하는 영원성의 형이상(形而上)을 의식하지 않을 수 없었던 자들은 달리 없다. 즉, 그들을 글쓰게 했던 것도, 그리고 그로 인한 기록을 아무것도 아닌 것으로 간과하도록 하는 것도 모두 결국은 사(史)의 명분에 입각한 것이다. 그렇다면 그러한 명분이라는 형식에 의해 휩쓸려 사라질 운명에 처하는 항간의 무구한 삶은 오히려 그와 같은 무의미 내지는 공백 그 자체로 존속해온 것이라고 해도 무방하다. 그러한 무의미를 포착하는 것이야말로 실은 그것을 공백으로 남겨두는 도(道) 내지는 아르케(arche)와도 같은 로고스를 가장 강렬하게 의식하는 역설적인 형식이 아닐까. 『공무도하』가 환기시키는 것도 정확히 이와 같은 진실이다. 다름아닌 자연이라는 영겁을 대타로 하는 세속의 무의미이다. 아득한 옛날, 소설(小說)이 바로 이와 같은 무의미를 기록하는 형식으로 성립되었다는 것은 과연 우연에 불과한 것일까. 그렇다면 어떤 의미에서 『공무도하』는 패관이 구술하는 세속의 이야기를 시(와 예술)의 개별성의 영원으로 위안하는 이야기일 터이다. 김훈이 응시하고 있는 세계의 측량할 수 없음이란 그러한 역설의 어느 한 지점을 가리키는 것일지도 모른다. 덧없는 것들이 간절히 가닿고자 하는 아득한 세월, 그것은 삶의 다른 이름이다.

2. 부정성, 유령, 캔슬 불가—김인숙 소설집 『안녕, 엘레나』

도하란 곧 죽음이므로 마땅히 이 비루한 세상에서 살지 않으면 안 된다. 김인숙의 소설집 『안녕, 엘레나』(창비, 2009)는 바로 이와 같은, 반드시 살아가야만 하는 삶들에 대해 말하고 있다고 해도 좋다. 지극히 당연하게도 이러한 삶의 주인공들은 하나같이 성공담이나 입신출세 등 이 시대의 모범적인 삶의 경로로부터 낙오해 있거나 세계와의 불화를 거듭한다. 이를테면 돌이킬 수 없는 어떤 순간에 대해 지극한 회한을 거듭하면서 세상으로부터 스스로를 유폐시키고 있는 히키코모리적인 청년 백수(「안녕, 엘레나」)이거나 비행기에서 떨어졌기 때문에 계속해서 그것을 쫓아가지 않으면 안 되는 "몸집 작은 아이"의 환상, 그것에 대응하는 고단한 삶을 살아가고 있다고 해도 좋을 피붙이들을 자책 어린 심정으로 스스로와 동일시하는 어느 중년 여성(「어느 찬란한 오후」) 또는 자식의 죽음에 비통해하는 막내딸의 모습을 무연(無緣)히 지켜보아야 하는 노모(「산

너머 남촌에는」) 등등이다. 그러나 그들은 대개 바로 그러한 가족과의 불가결한 연(緣) 자체를 결코 부정할 수 없다는 필연성(necessity)에 입각하여 나름대로의 위안을 얻고 있는 존재들이며 따라서 고해(苦海)의 세파(世波)에 그리 간단히 굴하지는 않고 있다. 말할 것도 없이 이것은 이 시대 한국사회의 지배적인 세태에 대한 작가 자신의 의미심장한 반응일 터이다. 그 내부의 부(腐)의 측면까지도 가족이라는 사태의 불가결한 일부로 포용하고자 하는 『안녕, 엘레나』의 비전이 모종의 윤리적 태도를 내포하고 있다는 것이며, 이것이 이 소설집을 관통하고 있는 미덕이 되고 있다는 사실을 결코 부정할 수는 없다.

『안녕, 엘레나』 전반을 통틀어 가장 탁월한 작품 중의 하나로 거론될 수 있을 법한 「조동옥, 파비안느」에서 이는 단적으로 확인된다. 화자는 이혼 후, 훌쩍 브라질로 떠나버린 어머니의 사망 소식을 듣고 다분히 착잡한 심경을 토로하고 있다. 그런데 어머니의 결단은 사실 딸이 16세 때 낳았던 사생아의 존재를 감추고 대신 양육하기 위해 이루어진 것이며 화자 자신이 그 사실을 누구보다도 잘 알고 있다. 수령옹주의 일화를 통해서 절절하게 승화되고 있는 생이별한 자식에 대한 애끓는 모정은, 브라질의 어머니에게서 자신에게로, 다시 어머니의 사망 소식에 관한 포르투갈어 편지를 보내온 브라질의 16세 소녀에게로 이어지면서 해소 불가능한 부재의 원환을 구성하게 된다. 무엇보다도 여기에서 자식의 죄를 고통스러운 격절(隔絶)로서 대속하면서도 그것을 부단히 자기 비하의 유머로 승화하고 있었던 개잡년, 조동옥, 파비안느의 역정이 또한 대단히 희귀한 성스러운 삶의 한 사례에 속한다는 것은 말할 필요도 없다. 그런데 의미심장하게도 그들 각자가 감당하지 않으면 안 되었던 것, 그리고 성모에 근접한 어머니의 형상에 의해 일정 부분 초극되는 것은 다름아닌 (자식의) 부재 그 자체가 아니었던가. 소설 전체를 통틀어 가장 강렬하게 전경화되는 이것은 그러나 동시에 시공간을 초월하여 (수령옹주를 포함하여) 자식과의 격리에 당면한 자들을 서로 마주보게 하지 않았던가. 이것은 「조동옥, 파비안느」가 단순한 사모곡에 그치지 않는다는 것을 의미한다. 더욱이 『안녕, 엘레나』에서 결코 간과하지 말아야 할 지점을 우리에게 단적으로 상기시킨다고 할 수 있다. 말하자면 이는 이 소설집이 위난의 삶과 파탄에 이른 가정, 마이너리티 등에 대해 그저 위안의 한 형식을 제시하려는 것이 아님을, 다시 말해 우리의 삶 일반을 구성하고 있는, '필수 불가결한 동시에 다분히 불가해한 그 무엇'을 포착하고 있다는 것을 의미한다.

이를테면 이것은 심지어 국가와 민족을 팔아 자신의 영달만을 도모했던 이완용조차 「그날」에서 내외의 고유한 어둠에 기투(企投)하지 않을 수 없었던, 그 결과로 자객의 칼에 난자당하는 상황에 직면하는 자로 그려지는 것과 유사한 것이다. 뿐만 아니라 이와 같은 어둠에 유혹당하는 이로 우리는 「현기증」의 주인공을 거론하지 않을 수 없는데, 부단히 비행하지 않을 수 없는 기장이라는 직업을 가진 그는 어느 날 날아온 케이브 클럽에의 초대장으로 인해 동굴로 표상되는, 즉 삶의 불가해한 이면으로 강렬하게 이끌려들어간다. 그리고 그러한 어둠이라는 거대한 공백이 오히려 세계의 불가결한 일부를 구성하고 있음을 확신하게 된다. 「조동옥, 파비안느」에서 표현되는 통한 어린 상실과 격절, 「안녕, 엘레나」에서의 '캔슬불가'의 '내 인생의 오 분' 등처럼 이 소설집 전반에 걸쳐 이와 같은 없음-어둠-공백-구멍-실종-부재-결여 등으로 표상되는 이른바 부정성(否定性)에 대한 감지가 현저하다는 것은 부인할 수 없는 사실이다. 이 점에서 『안녕, 엘레나』가 환기하는 중요한 교훈 가운데 하나는 그러한 부정성을 부정(不正)하려는 고투가 실로 무의미하다는 것이며, 오히려 그러한 불가해한 영역을 수긍하는 것이야말로 지상의 삶 그 자체라는 어떤 체관 같은 것이다. 그리고 그 기저에는 이 시대를 살아가는 개개인이 삶을 긍정하기 위해서는 오히려 그러한 태도가 필수 불가결한 전제가 되어야 할 것이라는 확고한 믿음이 깔려 있다. 이미 죽었다는 사실을 명확히 자각하지 못한 채 비루한 가족의 삶과 죽음을 지켜보며 성장해가는 유령(「숨 – 악몽」)의 형상이라든가 딸이 죽었는데도 잠을 잘 수 있는 막내의 모습을 긍정하고 있는 노모의 모습 등에서 알 수 있는 것처럼 이러한 비-인간의 의미심장한 형상들은 사실상 어떤 의미에서 그러한 부정성의 인격화라고 해도 그리 틀리지 않는다. 「안녕, 엘레나」에서의 구원 역시 아버지의 예언, 즉 '캔슬 불가'의 '내 인생의 오 분'이라는 크나큰 공백, 또한 이 세상의 무수한 엘레나들을 환상의 자매로 받아들이는 아버지의 몽상을 긍정하면서 비로소 올 수 있었던 것이 아닌가.

요컨대 그러한 부정성은 지양되어야 하는 것이 아니라 마땅히 삶의 일부로 받아들여져야 하는 것이다. 『안녕 엘레나』는 삶의 신산스러움이 가져다주는 무수한 부재와 결여 또한 삶의 일부임을 시인해야 한다는 가망없는 희망을 통해 이 강의 이편에 사는 비루한 삶을 견디게 할 수 있을 법한 비전의 한 형태를 제시하고 있다고 해도 무방하다. 김인숙의 소설은 그러한 삶과 측량 불가능한 삶의 부정성 간의 부단한 길항이라는 삶의 새로운 전체성을 구성하려 하고 있다. 이것이야말로 지금 우리가 『안녕, 엘레나』을 읽어야 하는 가장 중요한 이유일 터이다.

3. 세계의 어떤 개인도 결코 혼자일 수는 없으며 또한 그래서도 안 된다—김연수 소설집 『세계의 끝 여자친구』

고통은 그러나 비단 삶에서만 비롯되는 것이 아니다. 이를테면 누군가가 어떤 계기에 의해 이 세계의 무엇이 진짜이고 무엇이 가짜인지 확신할 수 없도록 되어버린 존재론적 곤경에 당면하게 된다면 어떨까? 마치 바닥이 꺼진 듯한 이와 같은 사태에 봉착하게 된다면 누구나 내가 과연 여기에 있는 것인지 없는 것인지, 즉 스스로의 존재 여부에 대해서도 회의하지 않을 수 없게 될 터이다. 그것은 또한 나 자신과 관계 맺고 있는 세계 내의 무수한 타자들 역시 그 존립의 근거를 상실하게 된다는 것을 의미한다.

그러나 제아무리 세계 및 자기의 존재가 믿을 수 없는 것으로 되어버린다는 끔찍한 회의에 사로잡혀 있다 할지라도 이미 세계 속에 내던져진 이상 인간은 지금 여기에 홀로 있지 않으면 안 된다. 어느 누구도 이 '사실'을 나누어 감당해줄 수 없다. 존재 자체가 이미 고통이라는 것은 아마도 이런 의미일 것이다. 스스로의 존재를 감당하는 자는 오로지 자기 자신뿐이라는 지극히 자명하고도 고독하기 그지없는 진실.

김연수의 변화무쌍한 소설들에 대해 단정적으로 '이야기'한다는 것은 어떤 의미에서 무망한 노릇이지만, 『세계의 끝 여자친구』(문학동네, 2009)에 등장하는 개인들만큼은 제각각의 계기에 의해 이와 같은 "세계의 끝"을 마주 대한 자들이라고 할 수 있다. 이를테면 「케이케이의 이름을 불러봤어」에서는 (한국인 입양아 출신의) 애인 케이케이의 본명으로 상정되는 어떤 단독성(singularity)에 다가서지 못한 채 그를 떠나보낼 수밖에 없었던 것에 대해 말할 수 없는 회한을 느끼는 미국인 여성이 등장한다. 케이케이의 유년을 찾아 한국을 방문한 그녀가 고용한 통역 '해피(혜미)' 역시 장애를 가진 아들의 불가해한 울부짖음에 대해 무력하게 번민만을 거듭할 수밖에 없었던 고통스런 과거를 간직하고 있다. 우연찮게라도 헤어진 애인이 운전하는 택시에 타게 될 확률을 마음속으로 헤아리고 있는 「당신들 모두 서른 살이 됐을 때」의 주인공은 물론이고 자신의 이야기를 들어주지 않는 남편이 근본적으로 형용할 수 없는 타자(他者)에 불과하다는 엄연한 사실에 깊이 시름하고 있는 「모두에게 복된 새해 – 레이먼드 카버에게」의 아내 또한 영원할 것으로 믿었던 어떤 것의 상실과 조우한 자들이라고 할 수 있다.

그들은 대개 과거에 자신들이 애착했던, 누군가와의 친밀하고도 단단한 관계로 인해 형성된 작고 안정된 세계, 바로 그것이 붕괴되어버린 폐허 앞에서 망연자실해 있는 개인들이다. 그들이 직면하지 않을 수 없었던 것은 다름아닌 타인은 타인일 뿐이며 개별자는 그러한 세계의 원리에 철저하게 무력할 수밖에 없다는, 어떤 의미에서는 지극히 소박한 진실이라고 해도 좋다. 이것이 세계의 엄연한 진실이라는 것을 부인할 수는 없지만 정작 『세계의 끝 여자친구』에서 주로 환기되고 있는 바는 이것이 아니라, 그럼에도 불구하고 '세계의 어떤 개인도 결코 혼자일 수는 없으며 또한 그래서도 안 된다'는 미적인 당위이다. 이를테면 「케이케이의 이름을 불러봤어」에서 상처를 간직한 두 여성은 소통되지 않는 각자의 '언어'에 관한 자의적인 '오해'(의미 부여)를 경유하여 도리어 서로의 진실에 도달하게 되고 있다. (말할 것도 없이 이것은 언어라는 형식이 언표화되지 못하는 무수한 층위를 근본적으로 간과하도록 하지만 그러한 간과가 없다면 언어에 의한 소통이 근본적으로 불가능해질 것이라는 역설을 환기시킨다.) 「케이케이의 이름을 불러봤어」에서의 두 여성 사이의 소통 불가능성이라는 제약이 오히려 그들 간 거리를 초극하게 하는 근본적인 조건으로 작용하고 있는 셈이다.

「당신들 모두 서른 살이 됐을 때」에서 화자는 전 애인 종현의 택시 안에서 용산참사 당시의 불길을 상기하면서 세상에 미만해 있는 고통에 대해 생각하는 동시에, 과거 이 택시를 거쳐갔던 무수한 사람들의 고독과 삶에 대해 조금이나마 감지하고 싶었다는 종현 자신의 이야기를 주의깊게 듣게 된다. 피아노를 조율해주러 온 아내의 외국인 친구, 싱으로부터 아내의 고독에 대한 이야기를 들은 「모두에게 복된 새해」의 '나'는 새해가 오기를 바라는 마음으로 아내의 귀가를 고대한다. 이처럼 김연수의 소설은 모든 개인이 단지 혼자에 지나지 않는다는 완강한 이치의 해소 불가능성에 대해서 '설령 그렇더라도 우리는 ……해야 한다'는 가망 없는 희망을 결코 놓지 않도록 해주고 있다.

「세계의 끝 여자친구」에서 메타세쿼이아 나무 아래 묻힌 시인의 편지에서 나와 '희선씨'가 확인하게 되는 것은 자신이 죽고 난 이후에도 자신의 편지가 수신인에게 전해지기를 바라는 시인 자신의 간절한 마음이었다. 물론 그것은 나와 희선씨에 의해 죽음을 초월하여 배달될 것이다. 그러나 이보다 더욱 중요한 것은 시인과 그 애인의 이룰 수 없었던 사랑이 그럼에도 불구하고 이 세계에 남을 수 있었다는 것이다. 작가가 말하고 싶었던 것도 이 세계의 모든 고통의 끝에는 바로 그러한 '사랑'이 있다는 것일 터이다. 김연수의 소설 제목을 원용하여 다시 말하자면, 세계의 끝에는 바로 여자친구가 있다.

(『불교문예』 2010년 봄호)

개인성의 자각으로부터 소설의 형식으로
—백영옥, 염승숙, 윤이형, 최제훈의 소설

1. 유쾌한 자기 긍정의 순간—백영옥 소설집 『아주 보통의 연애』

백영옥의 『아주 보통의 연애』(문학동네, 2011)는 유령처럼 순간적으로 현현하는 '가장 보통의 존재'들로 충만한 소설집이다. 가령 「푹」의 희생자이자 살인자인 강지영은 항상 등장인물의 배후에서 서성거리는 유령과도 같은 인물로 나타나며, 그 얼굴 역시 마스크에 가려 식별되지 않는다. 그러나 그녀의 존재는 사람을 찌를 때의 주저함이 없는 '푹'이라는 소리 그 자체로서, 그리고 그녀가 순차적으로 보내오는 피해자들의 반지와 손가락을 통해 강렬하게 입증되고 있다. 또한 「청첩장 살인사건」의 주인공 최한석은 자신에게 청첩장을 의뢰한 고객들의 결혼식에 참석하고 특히 꼭 결혼사진을 찍어 자신의 흔적을 은밀히 각인시키는 데서 남다른 의미를 찾는 인물이다. 알다시피 이는 그를 알아보는 사람이 있다면 불가능해진다. 그런데 그 사진들이 그를 살인사건의 유일무이한 용의자로 지목하도록 하는 증거가 된다. 또한 불청객이라는 사실이 적발되어 도망치는 모든 것이 정지된 순간에 그 자신의 존재가 가장 선명해지고 있다.

「육백만원의 사나이」 또한 파산하여 모든 것을 잃게 되고 심지어 루게

릭까지 걸리게 되었을 때에야 비로소 자신의 실체를 직시하게 된 한 사내에 대한 소설이다. 그는 자신의 장기를 팔아 마련한 '육백만원'으로 비유되는 자신의 전부가 루게릭에 의한 기억상실을 빌미로 삼은 자기기만의 내력에 지나지 않았다는 새삼스러운 진실을 확인하게 되고 있다. 그리고 더이상 전락할 여지도 없어진 바로 그 순간에 자신의 진실과 대면하게 되는 전도가 발생한다. 이처럼 『아주 보통의 연애』에 수록된 소설들은 대개 자신의 희미한 존재를 있는 그대로 자각하고 인정하게 되는 보잘것없는 개인들의 비애 및 어떤 도약의 순간에 대해 쓰고 있다.

이 점에서 각별한 의미를 갖는 「아주 보통의 연애」에서 주인공은 영수증 정산 업무를 맡고 있다. 다른 직원들의 경비사용내역에 정통하기 때문에 전 직원의 사생활이나 비밀에 대해서도 잘 알고 있는 편이지만 정작 그녀 자신의 존재란 미미하다. 그녀가 남몰래 마음에 두고 있는 이정우조차 그녀의 본명을 김한아가 아니라 '하나씨'로 착각하고 있을 정도이다. 그도 그럴 것이 대필 작가로서 고객들의 삶을 대신 살아야 했으며 끊임없이 애인을 바꾸지 않으면 안 되었던 엄마 김하진과 마찬가지로, 그녀 역시 영수증에 기록된 다른 직원들의 삶의 흔적들을 정산/처리하는 데만 매달려야 했고 특히 이정우의 세세한 삶의 궤적을 선망 어린 태도로 답습하고 있었기 때문이다.

그가 제출한 모든 영수증을 확인하고 추적하여 그의 기호와 취향, 삶의 방식 전부를 공유하고자 하는 '아주 보통의 연애'를 향한 집요한 욕망은, 실상 그녀가 자기 자신이 아니라 오로지 타인에 대해서만 구애되는 존재라는 사실을 시사한다. 따라서 그녀는 언제나 '하나'에 미달할 수밖에 없다. 바로 그렇기 때문에 이정우을 향한 그녀의 열망은 그녀의 가족들, 엄마 및 동생 '둘'의 취향과 일정 부분 겹치거나 또는 식별되지 않게 되어버리는 것이다. 그런데 엄마와 이정우가 연애를 시작했다는 치명적인 진실에 마주하게 된 그녀의 태도는 이전과 미묘하게 달라진다. 그녀가 오랜 번민 끝에, 찢어버렸던 영수증을 공들여 복원하여 이정우에게 돌려주는 것에서 알 수 있는 것처럼 바로 그 진실을 부정하지 않고 받아들이고 있는 것이다. 동시에 다른 누구의 것도 아닌, 그녀 자신만의 최초이자 마지막이 될, 순전히 이정우를 위한 영수증과 함께 사진을 찍어 소중하게 간직하고자 하고 있다. 이제부터 그녀는 어쨌든 자기 자신을 위한 내역이 기록된 영수증을 들여다보며 살아가게 될 것임에 틀림없다. 이제 그녀가 자신의 욕망과 결핍을 타인으로부터 구하는 일은 좀처럼 없을 것이다. 소박하지만 동시에 대단히 유쾌한 이 자기 긍정의 순간에 비로소 김한아라는 개인의 존재는 그야말로 스스로 빛을 발하고 있다.

「강묘희미용실」의 강묘희 역시 본래 모든 삶의 시계를, 작가 H를 위시한 자기 외부에 맞추어놓고 살아가고 있었던 인물이다. 그렇다보니 작가 H의 충실한 편집자 내지는 일종의 '고스트 라이터'로 십수 년의 세월을 살아오면서 이제 그녀는 스스로 여행을 떠나기보다는 여행기를 읽는 것을 더 좋아하게 되었으며 또한 내비게이션의 안내가 없으면 곧바로 길을 잃고 헤매지 않을 수 없는 흐리멍덩한 존재가 되어버렸다. 즉, 외부의 어떤 기준이나 지침에 스스로가 완전히 고착되어 있었으므로 자신이 진정으로 원하는 것이 무엇인지, 또는 어디로 가야 하는지 갈피를 잡지 못하고 방황하는 것이다. 그런 그녀가 자신과의 결혼생활을 부주의하고 불성실하게 회고한 H의 소설 초고를 읽은 후 이제껏 한 번도 해보지 못했던 과감한 일탈을 결행하게 된다. 회사에 사표를 내고 자신의 이름과 같은 상호를 내건 사천의 "강묘희미용실"을 찾아 충동적으로 여행을 떠난 것이다. 자신과 여러모로 다르면서도 또한 비슷한 '여자'와의 만남을 경유하여 결과적으로 그녀는 이제껏 자신이 연연해왔던 자기 외부의 가치 또는 그런 것 하나하나에 구애되는 것을 오히려 편하게 여겼던 과거와의 단절을 선언하기에 이른다. 그것은 자신의 삶에 내포되어 있을 낙관적 비전을 결코 포기한 적이 없었다는 자각, 그리고 무엇보다도 자신의 미각을 통해 생 자체의 충일한 감각을 절실히 실감하는 것으로 나타나고 있다. 「아주 보통의 연애」와 같이 「강묘희미용실」 역시도 일종의 타인의 그림자로 살아올 수밖에 없었던 개인들의 유쾌한 자기 갱생기에 해당한다.

이처럼 백영옥의 소설들은 대개 "평범한 신분으로 여기 보내져 보통의 존재로 살아"왔으므로 "당신의 기억 속에 남겨질 수 없었"(언니네 이발관의 노래 〈가장 보통의 존재〉)던 개인들의 자기 긍정의 내력을 다루고 있다. 그러나 오직 외부의 가치에만 구애되어 살아온 보잘것없는 존재들이 있는 그대로의 자신을 인정하고 또 용서하는 일은 쉽지 않다. 여러 소설을 통해 여실히 나타난 것처럼 그것은 진통을 경유하며 그야말로 가까스로 이루어진다. 만인에 대해 무수히 양산되고 있는 형해화된 가치 및 외부의 형식들을 추종할 것을, 살아 있음에도 사실상 살아 있는 것이 아닌 유령과도 같은 희미한 존재로 남을 것을 부단히 강요하고 있는 이 시대의 보편성을 염두에 둘 때, 이것은 더욱 어려운 일이 되는 것일 터이다. 그럼에도 불구하고 백영옥 소설의 주인공들은 이와 같이 간단치 않은 자기긍정의 순간을 통해 더없이 강렬하게 자신의 존재를 입증해 보이고 있다고 해도 좋다. 자신을 확인할 수 있는 것은 어느 다른 누구도 아닌 오직 자기 자신뿐이라는 지극히 명쾌한 진실. 한낱 미미한 존재에 불과했던 그/그녀들은 적어도 이러한 자기 인식이 가능할 뿐만 아니라 무엇보다도 중요하다는 사실을 자각하는 데 도달하고 있는 것처럼 보인다. 이러한 비전에 동의하든 동의하지 않든지 간에, 그 평범한 진실을 실감하는 결정적인 한순간, 백영옥 소설의 주인공들이 그 어느 때보다 찬란히 빛나고 있다는 사실만큼은 부정할 수는 없다.

2. 노웨어맨을 위해 가로등 되기—염승숙 소설집 『노웨어맨』

그러나 여기, 백영옥과는 대조적인 방향으로 나아간 작가의 소설집이 있다.(『노웨어맨』, 문학과지성사, 2011) 그 표제작 「노웨어맨」에서 오랫동안 '동네 슈퍼'를 성실하게 운영해왔던 소상인인 장용은 인근에 대형 할인 마트와 기업형 슈퍼마켓이 들어선 후 매출이 격감하고 생계를 유지할 길이 막연해지자 고민 끝에 주변의 자영업자들을 규합하여 시위에 나선다. 하지만 대기업을 상대로 한 그들의 시위는 아무런 호응이나 파문도 일으키지 못하고 6개월 만에 무위로 돌아가버린다. 함께 시위에 나섰던 동료들이 마트의 사원으로 들어가는 등 하나둘 떠나갔음에도 불구하고, 오직 장용만은 피켓을 내리지 않는다. 하지만 그 외로운 투쟁 끝에 그에게 돌아온 것은 가게의 폐업과 신용불량자라는 나락, 그리고 브로커들의 충동질에 의해 선택하지 않을 수 없었던 파산자라는 낙인뿐이다. 그는 그 직후 실종되어 말 그대로 '어디에도 없는 사람'이 되고 만다. 파산 후 회생 불능 상태가 되어 사회적으로 그 존재가 말살되어버린 개인들을 이르는 '노웨어맨'이라는 보통명사는 역설적인 의미에서 이제 장용을 지칭하는 고유명사가 되고 있다.

대기업과 같은 시스템의 가차없는 작동 앞에서 개인이 운영하는 동네 슈퍼와 같은 '개별적인 것'들의 설자리가 위축되고 있다는 인식. 이것이야말로 장용과 같은 노웨어맨들이 속출하는 근본적인 이유이다. 그리고 자신만의 디자인을 창조하고 싶었던 아들 장공수 또한 현재 자신의 정력과 노동을 '-st'로 표현되는 이미테이션을 만들어 납품하는 데 바치고 있다. 여기에서 '-st'가 자신만의 진정한 것을 창조하고자 하는 개인들의 의욕과 노력을 무위로 돌려버릴 만큼 강력한 힘을 지닌 가짜의 기표라는 것은 말할 필요도 없다. '루이비통'과 '마르니' 같은 명품의 레테르를 무한대로 참칭할 수 있는 '-st'의 전일적인 매력 앞에서 개인의 창조력이나 성실성 등은 실로 무의미한 것에 지나지 않는다. 사람들이 현혹되고 또 추종하는 것은 마트나 명품에 달라붙어 있는 편의성, 저렴한 가격, 명품의 권위 등이기 때문이다. 대기업이나 자본이라는 거대한 후광을 입고 있는 저 대량생산된 상품들 앞에서 오로지 자기 자신에게만 의존해야 하는 개인들은 그저 하나하나 노웨어맨으로 전락할 수밖에 없는 것이다.

그럼에도 불구하고 아버지 장용은 사고뭉치인 아들 장공수를 돌본다. 후에 장공수 또한 가진 돈 모두를 털어 아버지에게 송금하며 그 직후 아버지가 실종되자 장사까지 팽개치고 그를 찾기 위해서만 전념한다. 수소문 끝에 마침내 대면하게 된 아버지는 그러나 벽으로 숨어든 목소리의 형상으로만 남아 있다. 바람에 날려온 모래 먼지에 의해 지워졌다 나타나기를 반복하는, 더없이 쓸쓸하고도 무력한 모습으로 말이다. 연민하지 않을 수 없는 아버지의 그 마지막 모습 앞에서 장공수는 자신의 진실을 포기한 채 이미테이션이라는 가짜의 그 한정 없는 양산에 굴복하지 않을 수 없는 무력한 처지에 대해 고백하고 있다. 그것은 장공수 역시 후에 아버지의 전철을 그대로 답습할 수밖에 없을 것이라는 암울한 전망과 관계된다. 그런데 이 비할 데 없이 쓸쓸한 부자의 닮은 뒷모습을 통해 역설적으로 시스템의 가차없는 작동 앞에서도 어디까지나 자기 생의 주인이고 싶었던 그들의 숨겨진, 그러나 지극히 강렬한 열망을 읽어내는 것은 과연 무리한 일일까. 또한 막다른 처지에 내몰렸음에도 불구하고 서로를 돌보지 않을 수 없는 혈연이라는 인연을 결코 놓지 않으려고 하는 그들의 소박한 의지가 의미하는 비전은 무엇일까.

한편 「레인스틱」에도 이 노웨어맨에 상응하는 존재들이 그야말로 도처에 있다고 해도 좋다. 이 소설은 별안간 사람이 기울어져버린 채 굳어버리는 초현실적인 병이 창궐하고 있는 시대 속에서도 자신의 자리를 마련하기 위해 분투하고 있는 한 청춘에 대한 이야기이다. 입사를 위한 최종 면접에서 자신이 앉을 의자를 챙겨오라는 지시를 받은 '나'는 기울어져 굳어버린 레인스틱들 사이를 헤치고, 무엇보다도 자신이 들고 있는 의자를 탐내는 생면부지 사내의 방해를 뚫고 회사로 향하고 있다. 생존을 위해 자신의 위치를 확보하거나 사수하지 않으면 안 되는 저마다의 달리기 속에서 그 역시도 그 주위의 레인스틱들을 애써 외면하면서 달리지 않으면 안 된다. 그러나 막상 그 와중에 의자의 한쪽 다리가 부러져나가 그의 전력을 다한 질주는 무위에 그쳐버린다. 면접장에 제대로 도착한다고 해도 이제 그가 앉을 의자는 없을 터이다. 그는 이제 레인스틱들과 함께 "부러진 의자를 들고 어느 한순간 덜컹거리지 않는 법이 없이 전동차에 의해 이동해 가는" 자신의 처지를 수긍하지 않을 수 없다. 거대한 대지의 눈으로 바라봤을 때, 단지 개인들은 살아가기 위해 필사적인 것일 뿐이며, 레인스틱으로 기울어지는 것과 같은 불행은 단지 그러한 질주에 자연스럽게 제동이 걸리는 것일 터이다. 그는 자신이 앉아 쉴 수 있는 단 하나의 자리를 간절히 소망하지만, 이와 같은 삶의 이치만큼은 선선히 수긍하고 있다.

이처럼 『노웨어맨』에 수록된 소설들에는 병이나 불행처럼 풍파의 형태로 닥쳐온 불가항력적 사태가 자연 내지 운명의 아포리아로부터 초래된 것임을 회피할 수 없는 진실로 수리하려는 지배적인 태도가 있다고 해도 과언이 아니다. 이것은 갑작스럽게 도래한 초현실적 사태로 비유되고 있는 세계와 삶의 부조리성 내지는 불확실성 그 자체를 있는 그대로 포용하고자 하는 대단히 성숙한 관점임에 틀림없다. 그런데 이와 같은 자연사적 인식에 따르면 인간이 능동적으로 할 수 있는 일이란 사실상 전무하다고 할 수 있다. 누구나 손이 떨어져나가거나 별안간 기울어질 수 있다는, 그 가차없는 보편성 앞에서는 인간의 어떤 노력도 무의미해질 것은 당연하다. 오히려 「라이게이션을 장착하라」에서 두드러지게 나타나는 것처럼 때로는 그 불확실성 속에 자기 자신조차 맡겨버리려는 충동이 들기도 할 터이다. 예측 불가능한 길안내를 하는 '라이게이션'이 성공을 거두었던 것은 불확실한 미지의 세계로 자신을 인도하려는 이들의 욕망 때문이다. 그리고 그들 중 대다수는 영원히 돌아오지 못할 길로 떠나 실종되어버리고 만다. 그러나 라이게이션의 정직하지 않은 안내에 입각한다면 개인들은 역설적으로 자신이 가야 할 길을 스스로 탐색하지 않으면 안 된다. 단언컨대 그것은 지금 자신이 어디에 위치해 있는지 진지하게 자문하는 일로부터 출발한다.

> '나는 어디에 있는가를 아는 것, 내가 위치한 그 명확한 지점을 깨닫는 것이야말로 스스로 해내야만 하는 인생 최대의 과제야. 내가 여기 이렇게 '있다'는 사실을, 나 외에 그 누가 대신 증명해줄 수 있는데?'(189쪽)

그렇다면 무엇보다도 중요해지는 것은 그 불확실성의 자연사적 이치 속에서 인간은 전적으로 무력하며 또한 무지한 존재에 불과하다는 사실을 자각하지 않으면 안 된다는, 소크라테스에게 내려진 신탁과도 유사한 명제일 터이다. 염승숙 소설의 노웨어맨들은 바로 그러한 자각에 이르는 '곡선을 걷는 시간'을 경유하고 있다. 그리고 이 지난한 과정을 통해 비로소 온전한 의미의 '개인'으로 거듭되고 있다고 해도 좋다. 그렇다면 이 개인들은 과연 어디로 향해 가고 있는 것일까?

이를테면 「바디펌 기기의 생활화」의 금련은 자신이 일하는 보디숍에서 지니로 불리고 있지만, 여기에는 어떤 필연성도 없다. 단지 지니라는 이름을 거쳤거나 앞으로 거치게 될 여러 직원들 중 한 사람에 지나지 않는다. 심지어 그녀는 보디체커에서 헬퍼로 한 단계 강등당하게 되는데, 그것은 목표 체중 감량에 실패했기 때문이기도 하지만, 무엇보다도 사원 특별 교육에서 최저점을 받았다는 이유에서이기도 하다. 자신의 개성을 포착한 캐리커처를 그려오라는 과제에서 특색 없는 그녀의 얼굴 때문에 캐리커처를 그리는 것이 불가능하다고 거부하는 화가로 인해 그녀는 캐리커처를 제출하지 못하고 만다. 이처럼 금련은 그녀의 존재나 외모에 있어서 고유성을 말소당한 인간으로 묘사되고 있다는 점에서 앞서 언급한 여러 노웨어맨의 형상과 다르지 않다.

그런 그녀가 스스로를 회복하기 위해 선택하는 길은 "한평생 우두커니, 그러나 꿋꿋이 홀로 서"(223쪽) 다른 존재들의 밤에 빛을 비추는 가로 등이 되는 것이다. 그리고 그것은 먼저 가로등이 되어 그녀를 비추고 있었던 다른 이들의 존재를 의식하는 일인 동시에 또한 가로등이 되고 싶다고 말하는 또다른 여자를 발견하게 되는 것이라는 점에서 그녀 자신만의 외로운 선택은 아니다. 이러한 삶의 진실을 발견하고 서로가 서로에게 빛을 비추는 자립적인 존재의 일원이 되겠다는 자기 정향적인 결단을 내리는 것에는 물론 실로 간단치 않은 모순이 내포되어 있다. 온전한 의미의 개인이 되기 위해서는 '서로'와 자연이라는 타자 속에서 스스로를 적극적으로 해소하지 않으면 안 되는 것이다. 이제 곧 타자로 이별하게 될 손을 다정히 맞잡을 준비를 하는 것처럼 말이다. 그럼에도 불구하고 이것이 노웨어맨이 속출하고 또 그것을 불가피한 사실로 수리할 수밖에 없는 시대에 추구할 수 있는 최상의 윤리적 결단 가운데 하나라는 것만은 분명하다. 염승숙의 소설들에서 서로가 서로를 알아보고 또 돌보고자 하는 개인간의 친밀한 관계가 우세한 것은 바로 이러한 비전에 근거한 것이다. 의미심장하게도 비틀스의 노래 〈Nowhere Man〉은 타자의 욕망과 같은 레테르로만 한없이 수렴되어가는, 언제나 '지금 여기에 없는 인간'에 대한 풍자와 비판의 의미를 담고 있는 곡이다.

3. 소설이라는 형식, 그 중력을 거스르는 방법—윤이형 소설집 『큰 늑대 파랑』

이 시대에 살고 있는 개인들을 노웨어맨 등의 유령과 같은 존재로 구축(構築/驅逐)해버리고자 하는 압력은 확실히 상당한 것으로 보인다. 『큰 늑대 파랑』(창비, 2011)에 수록되어 있는 윤이형의 단편들 역시 이에 관한 문제의식으로부터 출발하고 있다는 점에서 앞서 논의한 소설들과 공유하고 있는 부분이 있다. 그러나 그 작품들이 모두 자기만의 선명한 개성을 지니고 있었던 것처럼, 그녀의 소설들 또한 그러하다는 사실을 부정할 수 없다. 그중에서도 특히 『셋을 위한 왈츠』(문학과지성사, 2007)와 비교했을 때 현저하게 달라진 부분이 바로 『큰 늑대 파랑』만의 고유한 특성이 될 것이다. 이미 많은 사람들이 의식했던 부분으로 재차 언급한다는 것이 새삼스럽기는 하지만 아무래도 게임이나 영화, 애니메이션, 장르문학 등에서 영감을 얻은 것으로 보이는 흥미로운 설정들을 적극적으로 활용하고 있다는 점이 바로 그것이다. 그런데 그 설정들 자체가 앞서의 문제의식과 관련하여 다분히 시사적인 의미를 갖고 있다는 점에 특히 주목할 필요가 있다.

이를테면 「스카이워커」에서 '나' 지현은 자신만의 방식으로 높이 도약하는 데 열성적으로 몰입하고 있는 트램펄린 선수이다. 「스카이워커」의 세계에서 트램펄린은 자못 특별한 의미를 갖고 있다. 즉, 칠백팔십이 년 전의 핵전쟁으로 파멸을 맞이한 지구를 재건했다고 알려져 있는 용 드라키스를 경외하기 위한 일종의 종교의식인 것이다. 따라서 트램펄린이라는 종목에는 도약시 반드시 준수해야 할 엄격한 규칙과 절차가 존재한다. 프로그램 안에 용틀임 동작을 반드시 포함시켜야 하며 일정 높이 이상으로 도약해서는 안 되고 연기중 웃는 것도 금지되어 있다. 그것은 오직 드라키스의 성스러운 승천만을 모방하고 찬양할 것을 고식적으로 요구하는 경직된 형식에 지나지 않는다. 본래 트램펄린이 종교의식의 일종이라는 사실을 알지 못한 채, 단지 높이 떠오를 수 있는 기예(技藝) 그 자체의 매력에 빠져 트램펄린에 입문했던 화자는 따라서 자연스럽게 의문을 품게 된다. 그것은 그녀 자신의 도약에 관한 순수한 매혹과 그로 인한 성취감을 근본적으로 제약하고 있는 것에 불과하다.

따라서 그녀는 트램펄린과 유사하지만 전혀 다른 논리에 기초하고 있는 또다른 종목 '탕탕'에 자연스럽게 이끌리게 된다. 그것은 지구의 재건이 드라키스가 아닌 프로메사인들의 손에 의해 이루어졌으며 현재의 지구인 또한 중력을 자유자재로 다뤘던 그들의 후손이라고 믿고 있는 이들에 의해 행해지는 스포츠이다. 그것은 중력을 거슬러 비상하는 일 자체의 즐거움에 순수하게 몰입하고자 하며 그런만큼 어떤 제약도 없다. 심지어 중력을 자유자재로 통어할 수 있는 능력을 얻는 경지에까지 이를 수도 있다. 이 '탕탕'이 허여하는 가능성, 즉 '스카이워킹'하는 이들과 조우한 이후에 그녀는 보다 높이 더 자유롭게 도약하고 중력에 거스르고자 했던 자신의 욕망에만 순수하게 몰두할 수 있게 된다. 실제로 그녀는 실제 트램펄린 경기에서 기존의 틀을 깨는 연기를 시도하고 그 순간 자체를 즐김으로써 촉망받는 선수로서의 미래를 기꺼이 포기하게 된다. 그럼에도 불구하고 무엇보다도 자신이 사랑하는 트램펄린/탕탕이 있고, 중력을 자유자재로 컨트롤하는 경지에 이르고자 하는 새로운 목표가 생겼으며, 그러한 자신을 변함없이 응원하는 가까운 사람들과 '스카이워커'들이 있는 한 그녀에게 도약과 비상은 언제나 즐겁고 흥분되는 일이 될 것이다.

이처럼 외부로부터의 억압뿐 아니라 자신이 내포한 한계까지도 초월하여 상승하고자 하는 의지와 열망은 또다른 소설 「완전한 항해」에서도 유사하게 나타나고 있다. 그것은 무수한 다른 인격들을 자신에게로 편입시키고 그들의 삶을 대신 살고 있는 인간 여성 창연과, 오직 한 번뿐인 삶을 자신의 의지와 지향대로 온전히 불태우려고 하는 루족 창 사이의 기묘한 대조를 통해 단적으로 드러난다. 창은 자신의 운명을 위탁하거나 그것에 굴복하는 것을 끝내 거부한 채 오로지 자신의 한계를 초월한 가장 빠른 속도의 상승만을 지향하다가 결국 스스로를 찬란히 산화시키는 데 이른다. 이 점에서 창은 사실상 「스카이워커」의 지현과 크게 다르지 않은 존재라고 할 수 있을 터이다.

그런데 대체 지현이나 창은 무엇으로부터 벗어나 그토록 간절히 날아오르고 싶어하는 것인가? 중력을 거스른다는 것의 의미는 과연 무엇일까? 말할 것도 없이 그것은 오직 중력을 거스르는 것 그 자체만이 목적일 뿐, 그 어떤 다른 목적을 추구하기 위한 수단이 되고 있지 않다는 점에서 '미적인 것(the aesthetic)'에 대한 열정적인 지향이며, 그로 인한 자기만족이다. 그러므로 그들은 정확히 예술가로서의 삶을 살고 있다고 해도 좋을 것이다. 그것은 중력으로 상징되는, 종교와 같은 권위나, 기존 체제, 안락한 삶 또는 심지어 자신의 한계라든가 정해진 운명 등이 내포하고 있는, 자신을 땅에 발붙이도록 구속하는 힘으로부터의 완전한 해방을 지향한다. 그러나 두 소설에서 나타나고 있는 것처럼 그것은 상당한 진통을 경유해야만 한다. 중력으로부터 이탈하기 위한 그들의 비상이 오히려 중력이라는 강력한 구심력의 존재를 단적으로 확인시키며 그렇기 때문에 그들은 희생을 감수하지 않으면 안 된다. 마치 「이스투아 공원에서의 점심」에서 자신을 친절하게 대해준 루시를 구원하기 위해 주인공이 스팸봇으로서의 자신의 용도를 부정하지 않을 수 없었던 것처럼 말이다. 그들 모두를 지상으로 이끄는 가장 강력한 힘은 중력에 견인되지 않을 수 없는 그/그녀 자신의 체중이며 스팸봇으로서의 기능이다. 이 점에서 윤이형 소설의 주인공들이 초월하고자 하는 대상은 자기 자신의 존재 형식 그 자체이며 이는 중력으로 은유되는 여타의 맥락 모두를 포괄하고 있는 무엇이라고 해도 좋다. 요컨대 그들 자신의 무게가 중력으로부터 자유롭고자 하는 의지를 배반한다는 것이다. 따라서 그들은 스스로의 일부 또는 전부를 부정하는 과정을 반드시 경유해야 한다. 단언컨대 이것이 바로 자신의 한계를 초월한다는 것의 진정한 의미이다.

그러나 「큰 늑대 파랑」이 제시하는 파국적인 상황에 비추어보면 그것은 쉬운 일이 아니다. 모든 인간이 좀비로 전락하여 서로가 서로를 잡아먹는 불가항력적인 상황은 엄밀히 말해서 인간 자신으로부터 연유한 것이다. 특히 1996년 3월 파랑의 어머니들과 아버지가 별다른 이유 없이 시위대열에 참가하다가 충동적으로 방향을 바꿔 타란티노의 영화를 보러 갔던 무의식적인 선택의 순간에 그 파국이 잉태되었다고 할 수 있다. 파랑이 탄생 순간부터 예리하게 감지했던 것처럼 영화 속의 피와 현실의 희생자가 중첩되었을 때부터 이미 피내음은 짙게 풍기고 있었다. 그리고 십

년 후 파랑의 어머니들과 아버지 중, 오로지 인터넷이라는 가상 세계 속에서만 자신의 정체성을 유지하고 있으며 프리랜서로서 하고 싶지 않은 일을 하지 않는다는 신조를 유지하고 있는 사라, 생활인으로서 타인들을 불행의 늪으로 몰아넣지 않을 수 없는 자기 자신의 역할을 위악적으로 조소하는 재혁, 부도덕한 타인들과 재능이 없는 자기 자신을 아울러 경멸하면서 그 어떤 것에도 책임을 지려들지 않는 정희는 인간이 산주검으로서 서로가 서로를 뜯어먹는 피내음으로 칠갑된 세상에서 제각각 좀비가 되어버린다.

여기에 정체성의 문제를 정치가 아닌 문화의 영역에서 감지하고자 하는 세대의 일관된 자세에 대한 비판의 의미가 내포되어 있다는 것은 의심할 여지가 없다. 무엇보다도 삶을 일종의 취향이나 선택의 문제로 간주하고 진지하게 사유하려들지 않는 그들의 태도가 십 년 전에 비해 그리 달라지지 않았다는 사실은 분명하다. 더욱이 각각 머릿속이 텅 비어버린 채 단지 맹목적인 욕구만이 남아 다른 인간을 먹이로 삼고자 하는 좀비의 생태가 모든 행동에 '특별한 이유가 없이' 다른 이의 죽음을 부지불식간 방관했던 과거 그들 자신의 모습과 닮아 있다는 것은 단순한 우연의 일치가 아닐 것이다. 요컨대 그들 자신의 삶에 대한 무감각과 자기기만이 이 파국을 불러온 것이라고 해도 무방하다. 오직 그들과 근본적으로 다를 바 없지만 손도끼로 스스로를 지키겠다는 일말의 의지를 포기하지 않고 있는 아영만이 파랑의 도움으로 살아남는다.

그렇다면 컴퓨터의 이미지로 잉태되고, 세계에 파국이 도래하자 애초의 약속대로 자신의 어머니들과 아버지를 구원하기 위해 도시를 배회하며, 실제로 좀비가 된 그들에게 죽음이라는 영원한 안식을 선사하면서 성장하는, 그리고 최종적으로 손도끼를 든 아영을 등에 태우고 어둠 속을 질주하는 '큰 늑대 파랑'이란 과연 무엇인가. 파랑의 모험은, 과거 친밀한 관계였지만 이제는 제각기의 삶을 영위하고 있는 네 사람을 정확히 십 년

이 지난 시점에 같은 경험을 공유한 하나의 세대로 관련시키는 데 있어서 불가결한 것이다. 그러므로 이 파랑이라는 환상적 존재는 상호 연관성을 상실한 각 개인의 삶에 역사와 구조를 부여하고 또 환기하는 실체인 것은 아닐까. 세계로부터 오직 피내음만을 맡는 파랑의 눈에 인간과 좀비 모두 산주검이라는 명명하에 서로 구별되지 아니하며 사실상 일원적으로 통합된다는 점에서 이것은 추상화에의 리비도 그 자체이다. 실제로 파랑이 모든 산주검의 숨통을 끊는 일종의 사신(死神)과도 같은 존재로 묘사되어 있다는 것은 이 점에서 다분히 의미심장하다. 그것은 허구 아닌 허구로서 개인을 주체로 변모시키는 소설 그 자체의 형식이라는 과잉(excess)을 단적으로 연상하게 한다. 그렇다면 윤이형 소설의 환상 아닌 환상들은 정확히 이 과잉을 의식하도록 하는 전도된 실체라고 할 수 있다. 의미 없는 스팸 메시지를 무한히 생산해내는 스팸봇이 잠시나마 점심을 즐길 수 있는 공백은 오로지 이스투아(historie; story) 공원에만 있는 것처럼 말이다. 그러므로 파랑의 모험, 스팸봇의 메시지 등이 부단히 새로운 이야기를 생산할 수 있는 것은 바로 이 과잉에 기초한 것이다. 윤이형 소설의 중력을 거스르는 힘, 실로 간단치 않은 자기 초월에의 지향은 이와 같은 소설의 형식에 대한 주도면밀한 자의식 덕분이라고 해도 과언이 아니다.

4. 이야기는 계속될 것이다. 우리가 잠들지 않도록—최제훈 장편소설 『일곱 개의 고양이 눈』

잘 알려져 있다시피 최제훈의 『일곱 개의 고양이 눈』(자음과모음, 2011)은 결코 간단히 빠져나올 수 없는 미로와도 같은 소설이다. 각기 독립된 이야기인 것처럼 보이는 네 개의 장은 사실 서로 긴밀히 교착되어 있다. 예컨대 「여섯번째 꿈」의 결말은 「π」에서 M이 번역하고 있는 동명의 일본 미스터리소설의 일부로 고스란히 반복되며 그 줄거리 역시 거의 같다는 식이다. 그런데 한편으로 「여섯번째 꿈」의 연우는 번역하고 있는 소설의 내용에서 대수롭지 않은 디테일의 일부를 슬쩍 바꾸어놓는 데서 쾌감을 느끼는 인물인데, 이것은 「π」의 M도 마찬가지이다. 과거 M이 번역했던 소설의 제목이 하필 『일곱 개의 고양이 눈』인 것, 「π」의 의미심장한 기호로 나타나는 '샛강모텔 314호'가 「복수의 공식」의 세번째 에피소드의 배경이 된다는 사실, 그리고 무엇보다도 "자, 이야기를 계속해봐. 잠이 들지 않도록"과 같은 문장이 『일곱 개의 고양이 눈』 전체를 개폐(開閉)하며 「π」에도 인용된다는 것 등, 사소한 디테일의 연쇄는 일일이 거론하는 것이 무의미할 정도로 다채롭다. 심지어 각 장 또는 소설 전체가 『일곱 개의 고양이 눈』 속에 책의 형태로 등장하거나 서로 참조하고 인용되는 경우도 있다. 그 각각의 이야기들은 상호 보완적인 동시에 상호 교란적이다. 앞서의 이야기는 다음의 이야기와 연결되면서도 동시에 미묘하게 변주되는 식으로 그것을 배반한다.

이것은 각 이야기 내부에서도 마찬가지이다. 이를테면 영화 〈라쇼몽〉을 연상시키는 「복수의 공식」에서 다섯 사람의 '진실한' 고백들이 가리키는 각각의 '사실'들은 서로 부단히 착종되고 또한 상충하고 있지만 그럼에도 불구하고 우로보로스의 형상처럼 꼬리에 꼬리를 물고 연결되어 있으며 결국 원래의 자리, 이야기의 시작으로 돌아온다. 무엇이 진실이고 또한 허구인가는 전적으로 무의미하며 마치 뫼비우스의 고리와도 같이 그 경계를 알 수 없는 채로 순환하고 있다고 해도 과언이 아니다. 그리고 「복수의 공식」의 이와 같은 구도는 다른 세 편의 이야기에도 고스란히 적용되고 있으며 궁극적으로 『일곱 개의 고양이 눈』이라는 이 기묘한 소설 전반으로 확장된다고 할 수 있다. 단적으로 말해서 그 각각의 이야기들은 부단한 변주를 거쳐 시작이 곧 끝이고 끝이 곧 시작인, 서로 연결되어 순환하는, 결코 영원히 끝나지 않는 이야기의 무한(∞) 그 자체가 되고 있다.

"완성되는 순간 사라지고, 사라지는 순간 다시 시작되는 영원한 이야기.

무한대로 뻗어나가지만 결코 반복되지 않는 파이처럼." 그녀의 얼굴이 가까이 다가왔다. "그게 바로 당신이 갈망하는 단 한 편의 완벽한 미스터리 소설 아니었어?"(「π」, 『일곱 개의 고양이 눈』, 282쪽)

따라서 지양되는 것은 반복이며 오로지 영원히 지속되고자 하는 소설의 형식 그 자체만이 남아 있다. 이 점은 『일곱 개의 고양이 눈』을 여타의 소설들과 구별시키는 중요한 특성이라고 할 수 있다. 바꾸어 말해서 영향의 불안으로부터 완벽하게 자유로워질 수 있도록, 그 어떤 기존의 이야기와도 닮지 않은, 오직 자신만의 독창적인 이야기를 계속해서 쓰고 싶어 하는 작가의 보편적인 열망이 구체화된 실체라고 해도 무방하다. 바꾸어 말해서 이 결코 끝나지 않는 이야기들 배후에는 오직 소설가 자신의 '말하는 입'만이 존재할 뿐이라는 것이다. 이 말하는 입이 진정으로 바라는 것은 부단히 떠드는 것을 언제까지나 중단하지 않는 것이며 또한 결코 동일한 이야기를 반복하지 않는 셰에라자드적 욕망 자체이다. 바로 이것을 위한 우로보로스적 형식이며 그 외에 별개의 목적을 추구하지 않는다고 해도 좋다. 단지 이 무한증식하는 이야기의 미궁을 건축한 설계자 자신의 솜씨에 대한 자기만족이 무엇보다도 선행하는 것으로 보인다. 이 즐거움은 그 끝없는 미로 속에 스스로 걸어들어와 헤매는 독자들의 '재미'를 조망할 때 아마도 배가될 것임에 틀림없다. 바로 그렇기 때문에 이 미로의 명칭이 실상 '(Cafe) 재미로'가 되어 있는 것일 터이다. 아울러 이 소설가의 자기만족이란 그 바깥에 존재하는 모든 외부, 예컨대 실제 현실도, 기존의 모든 이야기도 이 미궁의 완성을 위해서라면 얼마든지 동원되거나 흡수할 수 있을 만큼 몹시 탐욕스러운 실체이다. 세상의 그 어떤 이야기와도 닮아 있지 않음에도 불구하고, 『일곱 개의 고양이 눈』에 수록된 이야기들이 기존의 영화라든가 장르문학의 관습을 미묘하게 환기시키는 것도 바로 이 때문일 것이다.

그러므로 이 끝나지 않는 폐쇄된 이야기의 미로가 추구하는 것은 오직 그것을 건설하는 자와 그 속에서 헤매는 이의 재미일 뿐, 다른 어떤 것이 아니다. 각 이야기들의 시작과 끝이 서로 연결되어 순환하고 있는 데서 단적으로 유추할 수 있는 것처럼, 『일곱 개의 고양이 눈』은 단지 이와 같은 그것 자체의 폐쇄적이며 자족적인 형식으로 족한 것이며, 그 재현(representation)의 대상(object)에 전혀 눈을 돌리지 않는다. 즉 『일곱 개의 고양이 눈』에서는 현실이라는 외부가 그리 중요한 의미를 갖지 못한다는 것이다. 요컨대 끝나지 않는 이야기를 지속시킬 수 있다면 그것으로 족한 것이다. 바꾸어 말해서 이야기 궁극적으로는 소설 자체의 무한증식을 가능하게 하는 형식, 그 지속 가능성에 대해서만 제일의적인 관심을 기울이고 있는 것이라고 해도 좋다. 이것은 리얼리즘이 아니며, 오히려 낯설게하기(defamilization)에의 부단한 욕망 자체가 전경화되어 있다는 점에서 다분히 형식주의적인 것이다.

문제는, 그 스타일 및 방향은 판이하게 다르지만 염승숙과 윤이형의 소설에서도 비교적 두드러지게 나타난다고 할 수 있는 이와 같은 의욕이, 『일곱 개의 고양이 눈』에 이르러서는 소설 형식 이외의 어떤 다른 목적을 추구하는 것을 근본적으로 무화시키는 형태로 나타나 있다는 사실이다. 말할 것도 없이 이것은 미학적인 태도이다. 그리고 소설 혹은 문학의 역사적 · 사회적 역할을 더이상 기대할 수 없게 되었다거나 또는 주체의 상징적 형식으로서 근대문학이 이제 종언을 고했다는 식의 관점이 지배적인 것으로 된 오늘날, 이 미학적 형식으로서의 소설 또는 이야기의 무한증식이라는 가능성을 적극적으로 타진하는 일은 의외로 중대한 의미를 갖고 있을지 모른다. 이것은 앞으로 소설이라는 장르가 어떤 다른 가치에 의존하지 않고 독자적인 활로를 모색할 수 있는 비전을 제시한다고 해도 과언이 아니다. 말하자면 어쨌든 소설가 또는 이야기꾼이라는 말하는 입은 여전히 새롭고 흥미로운 이야기를 계속해서 떠들고 싶어할 것이다. 이에 호응하여 소설은 그리고 이야기는 상호 간, 그리고 외부와의 다양한 교착을 통해 어떤 반복도 없이 무한증식할 수 있다는 것은 새삼스러운 자각이다. 소설과 문학의 역사적 의미 및 시효에 대한 앞서의 지배적인 관점에 동의하든 동의하지 않든 간에, 이 소설에 관한 뫼비우스 또는 우로보로스의 형상과 관련된 비전이 장차 무수한 흥미로운 이야기를 증식하도록 하여 우리에게 들려줄 것은 틀림없어 보인다. 그러므로 이야기는 계속될 것이다. 우리가 잠들지 않도록.

(『문학동네』 2011년 여름호)

4부

기계의 이야기, 이야기의 기계

먹고 배설하는 신체로 회귀하라

— 박광현 감독의 〈웰컴 투 동막골〉 자세히 보기

1. 산주검의 환몽

푸르디푸르게 펼쳐져 있는 풀밭을 배경으로 머리에 꽃을 꽂은 여일(강혜정)이 티 없이 맑게 웃으면서 하늘을 향해 손을 흔드는 모습이 부감(俯瞰)되는 가운데, 돌연 급강하해오는 비행기가 나타난다. 추락의 위기에 직면하여 비명을 지르고 있는 연합군 조종사 닐 스미스(스티브 태슐러)의 시야에 문득 조종석 정면을 날고 있는 나비 한 마리가 들어온다. 그의 생명이 경각에 달린 급박한 시퀀스에서 유독 슬로모션으로 처리된 영화 〈웰컴 투 동막골〉의 이 인상 깊은 도입부는 여타의 외부인들, 리수화(정재영), 장영희(임하룡), 서택기(류덕환) 등의 낙오한 인민군, 탈영한 국군 장교 표현철(신하균)과 위생병 문상상(서재경) 등과 마찬가지로 스미스 역시 동막골이라는 심산유곡의 무릉도원에 진입하기 위해서는 나비의 영접을 받아야 한다는 것을 의미할 터이다. 이는 『장자(莊子)』의 호접지몽(胡蝶之夢), 즉 내가 꿈속의 나비가 된 것인지, 나비가 현실이라는 꿈속의 내가 된 것인지 분간하기 어려운 물아일체의 시원(始原)에 그들 모두가 진입했음을 알리는 알레고리임에 틀림없다. 이와 유사한 상태를 가리키는 라캉의 용어를 빌려 다시 말하자면 주객의 분화가 이루어지지 않은 거울 단계 이전, 이른바 상상계(the imaginary)적 세계가 지배적인 것으로 된다는 선언에 다름아니며, 그런 의미에서 "아이들처럼 막 살아라"라고 하는 동(童)막골이라는 지명 및 마을의 상징이라고 할 수 있는 여일의 존재는 다분히 의미심장하다고 할 수 있다. 말하자면 그들 모두는 자연과 하나가 되는 무릉도원의 환몽(幻夢) 속으로 젖어들게 되는 것이다.

그런데 알다시피 동막골로 들어온다는 것은 결코 쉬운 일이 아니다. 리수화 일행은 국군의 일방적인 학살 및 추적을 피해 깎아지른 절벽에 위태롭게 매달려 도주하다 동료 하나가 실족하여 떨어져 죽는 사고를 겪는다. 또한 탈영한 국군 장교 표현철과 위생병 문상상의 조우 역시 기묘한 형태로 이루어진다. 본대로부터 이탈하여 도주했던 문상상이 처음으로 주저앉은 장소 곁에는 자기의 목울대에 총부리를 겨누고 자살을 기도하는 표현철이 있었다. 비록 리수화 일행이 겪었던 고난에 비할 바 아니지만, 두 사람 또한 동막골에 이르기 위해서는 반드시 죽음이라는 위기(계기)를 경유해야 하는 것이다. 알다시피 스미스 역시 비행기 추락이라는 죽을 고비를 넘겼던 것은 마찬가지였다. 요컨대 리수화와 표현철, 스미스, 누구를 막론하고 외지인이 동막골에 이르기 위해서는 반드시 죽음을 무릅써야 하는 것이다. 뿐만 아니라 동막골 주민의 인도를 받지 않으면 결코 들어갈 수 없는 폐쇄적인 장소이기도 하다. 그리고 그들 모두가 종국에 죽음을 맞이하게 되는 것 또한 동막골을 위해서이다. 그렇다면 동막골은 이처럼 죽음을 감수해야만 들어갈 수 있는, 그리고 모두에게 반드시 죽음을 선사하는 장소라고 할 수 있다.

그렇다면 이미 그들 모두는 동막골로 들어왔던 그 시점에 이미 죽었던 것은 아닐까. 앞서 그들이 진입했다고 하는 무릉도원의 세계, 그리고 상상계란 주체(subject)로서는 결코 들어설 수 없는 곳이기 때문이다. 다만 그들은 어떤 이유로 죽음을 유예받았을 뿐이다. 동막골이라는 유토피아란 말하자면 실제 죽음이 유예된 산주검(the living dead)이 꾸고 있는 환몽일 터이다. 한 폭의 동양화 혹은 원색의 애니메이션을 연상시키는 동막골의 지극히 아름다운 풍경은 그러나 주체의 죽음을 선고하는 것을 의미하기 때문에 외려 서늘한 것이다. 리수화 일행이 절벽에 매달려 도주하는 신은 특히 시사적이라고 할 수 있다. 그들의 동료가 실족하는 것은 "이짝으로 가면 살기는 사는 거외까?"라는 장영희의 다급한 질문에 리수화가 "걱정 말라. 난 어떤 순간에도 동지들을……"이라며 장담하는 순간이다. 추락하는 그의 외마디 비명이 울려퍼지는 가운데 카메라는 먼산이 운무에 휩싸인 아름다운 모습을 원경으로 포착한다. 그리고 바로 다음 숏에서 그는 돌바닥에 떨어져 참혹한 죽음을 맞이한다. 그런데 그것은 땅에 떨어지고 뼈가 으스러지는 음향효과로 처리되어 있다. 따라서 적어도 이 신의 경우, 선경의 이미지는 시각적으로 훼손되지 않는 것이다. 요컨대 죽음이란, 도무지 이 세상에 존재할 것 같지 않은 아름다운 선경(仙境)을 연상시키도록 연출된 미장센 속에 매장되는 것이다. 말하자면 이는 개인의 죽음과 선경의 아름다움이 결코 별개의 것이 아님을 시퀀스 자체의 형식이 시사하고 있는 단적인 사례에 해당한다고 할 수 있다.

2. 데카르트의 '신체'

누구나 알 수 있듯이 동막골은 유토피아의 판타지가 구현된 공간이다. 한국전쟁으로 서로 죽고 죽이는 동족상잔의 환란 와중에도 유독 동막골만은 전쟁의 포화로부터 격리되어 평온하고 풍요로운 일상을 영위하고 있다. 그리고 그러한 낙원의 이미지는 표현철과 문상상이 마을로 처음 들어오는 시퀀스에서 가장 구체적으로 구현되고 있다. 벙그레하니 웃고 있는 하회탈 모양의 등이 배열된 대나무 숲길을 지나면 아이들의 밝은 웃음소리가 들려오는 가운데, 당산나무를 중심으로 평화롭게 뛰어놀고 있는 아이들과 나무 밑에서 한담을 나누는 촌로, 바구니를 들고 있는 아낙네부터 그네를 뛰고 있는 처녀애들의 모습 등이 아름답게 펼쳐진다. 이것이 일반적인 한국인의 마음속에 자리잡고 있는 이상적인 고향의 정경, 그리고 한민족의 훼손되지 않은 시원적 장소의 이미지로 연출되고 있음은 어렵지 않게 짐작할 수 있다.

그런데 이 유토피아의 중추에 '먹을 것'이라는 생존의 문제가 놓여 있는 것은 언뜻 어울리지 않는 것처럼 보인다. 실제로 생존에 필요한 구체적인 물질을 중시하는 판타지란 상당히 낯선 것이기 때문이다. 특히 동막골의 주민들은 "웰컴 투 동막골"이라는 환영 인사를 그들 나름의 다른 언어로 표현하고 있다. 그것은 바로 "뭐를 좀 먹었어요?"라는 말이다.

이것은 순박한 동막골 사람들이 표현할 수 있는 최대의 후의에 해당한다. 리수화 일행과 표현철 일행이 서로를 적대시하는 일촉즉발의 상황에서도 그들의 주된 관심사는 오로지 "그 뭐이나, 그, 벌통 옆에 감자밭 있잖아요. 새로 심군 데. 그 밭 초입부터 멧돼지가 길을 쫘악 내버렸으요"라는 전언과 이로 인해 한 계절을 굶게 되지나 않을까 하는 걱정에 고착되어 있다. 총과 수류탄을 한갓 '작대기'와 '쇳덩이'에 지나지 않는 것으로 인식하고 있는 그들에게 있어서 인민군과 국군 일행의 대립은 조금 부아가 많이 난 것에 지나지 않는다. 그러므로 "이보라우. 이거 안 보이네? 기깟 돼지길이 뭐이가 걱정이가? 이넘 까면 이 마당에 송장길 생기!"라는 리수화의 위협이 전혀 통하지 않는 것은 당연하다. "근디, 있잖아요. 쟈들하고 친구나?"과 같은 여일의 말처럼 동막골 주민들의 눈에 외지인들은 비슷한 색의 군복을 입고 작대기와 쇳덩이로 서로를 위협하고 있다는 점에서 동질적으로 비칠 뿐이다. 뿐만 아니라 바로 이어지는 여일의 말은 예의 그 "뭐 좀 먹었어요?"이다. 더욱이 촌장의 어머니가 리수화의 호통에 아랑곳하지 않고 변소로 향하는 이어지는 시퀀스는 대단히 시사적이라고 할 수 있다. 단적으로 말해서 먹고 배설하는 일 앞에 그들의 대립은 전혀 무의미한 것이 된다.

후에 리수화 및 표현철 일행이 마을에 남게 되는 계기도 따지고 보면 수류탄으로 폭발시킨 그들의 '먹을 것', 즉 곳간의 양식을 벌충하기 위해서이다. 뿐만 아니라 "거, 기리니까니, 고함 한번 디르디 않고, 부락민들을 휘어잡을 수 있는, 거, 위대한, 영도력의 비결이 뭐요?"와 같은 리수화의 계면쩍은 질문에 대해 "뭐를 마이 멕여야지, 뭐"라고 너무도 간단히 대답해버리는 촌장의 말은 이들에게 먹는 문제보다 중요한 문제는 없다는 것을 시사한다. 요컨대 동막골 주민들은 먹을 것을 먹고 배설할 것을 배설하는 신체로 한정되고 있다고 해도 좋다. 그리고 〈웰컴 투 동막골〉의 재치 넘치는 유머는 대체로 리수화나 표현철 일행에 대한 동막골 주민이라는 신체의 무지로부터 비롯된다. 그러니까 생물로서의 기본적인 욕구만이 남아 있는 소위 자연 그 자체로서 원초적인 인간의 형상으로 그려져 있다고 할 수 있다. 역사적으로 이와 같은 물아일체의 상태를 형언했던 형식은 알레고리였다. 그렇기 때문에 이 영화에서 리얼리즘이 불가능한 것은 당연하다.

한편 밤낮을 잊고 격렬하게 서로를 적대하던 리수화 일행 대 표현철, 문상상 간 대립 구도가 잠정적으로 휴전 상태에 들어가게 되는 것은 쏟아지는 잠의 유혹에 굴복하면서부터이다. 또한 잠에서 깨어난 그들 모두의 대립을 중재하는 것도 그들 앞에 놓인 '먹을 것'이라고 할 수 있다. 그뿐만이 아니다. 리수화, 장영희, 서택기와 표현철, 문상상, 그리고 닐 스미스를 포함한 모두가 갈등 관계를 청산하게 된 계기는 마을의 식량을 축내고 동구와 스미스, 여일을 습격하는 멧돼지를 합심하여 사냥하고 또한 나누어 먹는 데서 비롯된다. 그러니까 전혀 인간과 근본적으로 소통이 불가능한 존재이자, 어떤 동일성도 발견할 수 없는 자연 그 자체의 모습이라는 점에서, 가라타니 고진적 의미의 '타자'[1]에 부합하는 존재의 희생이 필

---

1) 가라타니 고진, 「교통 공간에 대한 노트」, 『유머로서의 유물론』, 이경훈 옮김, 문화과학사, 2002 참조.

요한 것이다.

다른 한편으로 이 멧돼지는 마치 미야자키 하야오(宮崎駿)의 만화영화 〈원령공주〉(1997)에서 멧돼지의 모습으로 등장하는 분노한 재앙신의 모습을 연상시킨다. 그러나 아시타카가 재앙신을 죽이고 저주를 받아 마을로부터 멀리 떠나게 되는 것과 달리, 표현철 일행과 리수화 일행, 그리고 스미스는 멧돼지를 죽이고 나서 비로소 동막골에 함께 머물 수 있게 된다. 실제로 멧돼지를 합심하여 처치하고, 그 고기를 나누어 먹는 과정에 참여하는 이는 모두 외지인이다. 그것은 서로의 장벽을 허무는 계기를 마련하기 위해 외부에서 그야말로 시의적절하게 출현한 멧돼지, 즉 타자라는 희생양이 오직 그들에게만 필요했기 때문이다. 그리고 그것을 나누어 먹고 또 그 다음날 리수화와 표현철이 서로 마주보며 배설하면서 암묵적인 정전협정을 체결하게 되는 것이다. 이미 먹고 배설하는 신체로 존재하는 동막골 주민들이 고기를 먹지 않는 것은 그러므로 당연하다. 말하자면 그러한 제의에 참여할 필요가 없기 때문이다. 거꾸로 이러한 일련의 과정은 외지인들이 '뭐를 좀 먹'는 동막골 주민, 즉 먹고 배설하는 신체로 동화되어가는 과정이라고 해도 무방하다고 할 수 있다.

그런데 누구나 짐작할 수 있듯이 이것은 결국 퇴행에 지나지 않는 것이 아닐까. 말하자면 동막골의 이름이 의미하듯이 이것은 아이들처럼 막 사는 것이다. 먹고 배설하는 것으로 족한 존재, 즉 유아로의 퇴행. 이것이 동막골의 지상명령이다. 그러므로 이에 따르지 않는다면 이 마을에 평화롭게 거주한다는 것은 불가능하다. 그러나 이것은 단순한 퇴행에 그치는 것이 아니다. 무엇보다도 이러한 단계에서 주객의 분별이 가능하지 않다는 것, 혹은 이루어지지 않는다는 것은 말할 필요도 없다. 이것이 이른바 민족의 시원이자 순수라고 명명될 수 있다면 그러한 명명은 역설적 의미에서 외려 정확한 것이다. 피아의 분별이 없는 물아일체의 단계, 이질성의 존재 자체가 봉쇄된다는 점에서 그처럼 순수한 것이 또 어디에 있을 것인가.

그러한 의미에서 동막골의 주민들은 기본적으로 이러한 순수의 단계에서 자족하고 있는 유토피아의 시민인 동시에 자기 마을을 세계의 전부로 알고 있는 동굴의 수인과도 같은 존재라고 해도 무방하다. 일찍이 일본의 비평가 마에다 아이(前田愛)는 「감옥의 유토피아」라는 글의 서두에서 유토피아와 감옥이 역사적으로 서로 유비의 관계를 가지고 형성된 것임을 논증한 바 있지만,[2] 그러한 의미에서 동막골은 민족의 시원, 그 유토피아적 형상의 미니어처인 동시에 다른 한편으로는 먹고 배설하는 신체를 수감하고 있는 감옥이며 또한 플라톤의 동굴과도 같은 장소인 것이다. 실제로 그들 자신의 말처럼 주민들은 동막골 바깥이나 산 아래에는 거의 나서려들지 않는다. 이러한 동굴의 수인으로서의 무지는 그러나 피아의 분별이 없는, 단지 먹고 배설하는 신체로서의 순진무구를 보장하는 것이기도 하다. 그러한 의미에서 동막골은 그곳에 거주하는 주민들과 함께 먹고 배설하는 무구한 신체로 남아 자기의 세계에 고립된 채, 스스로의 환상을 만끽할 것을 모든 이에게 촉구하는 장소라고 해도 좋을 것이다. 그리고 이러한 동막골 주민의 형상은 특히 데카르트가 정신과 별개의 기계로서 간주했던 '신체'의 그것과 흡사하다.

3. 부재하는 언어

리수화 일행이 여일과 최초로 조우했던 장면을 떠올려보자. 피곤에 지쳐 바위에 기대어 잠들어 있었던 일행 곁으로 돌연 하얀 그림자가 휙 하고 지나간다. 인기척을 느낀 그들이 깨어나 주위를 경계하는 가운데 리수화가 돌아서서 총을 겨누는 전경으로부터 문득 검은 그림자가 서서히 자기의 모습을 드러낸다. 바로 여일이다. 그리고 머리에 꽃을 꽂은 그녀가

---

2) 마에다 아이, 「감옥의 유토피아-「암흑의 도쿄」」, 『도시 공간 속의 문학』, 지쿠마쇼보, 1989, 100쪽.

그들에게 던지는 첫 말은, 그 유명한 "뱀이 나와"이다. 이와 같은 짤막한 시퀀스는, 위험을 감지한 곳이 아니라 전혀 뜻밖의 장소로부터 위험이 출현할 것이라는 사실을 알리고 있다는 점에서 호러영화의 클리셰(cliche)에 대한 패러디 혹은 일종의 메타언어에 해당한다고 해도 무방하다. 그리고 호러영화라면 예상치 못한 곳에서 뱀이 스멀스멀 기어나와야 하는 상황이라 할 것이다. 실제로 이 장면에서 리수화 일행의 얼굴에는 하나같이 묘한 긴장감이 어려 있다. 뿐만 아니라 바로 다음 숏에서 뱀이, 아니 뱀 같은 것이 떨어져 순간적으로 장영희의 어깨를 스친다. 그러나 그것이 전부이다. 그것은 그들 자신의 불안을 자극하여 리수화 일행으로 하여금 스스로 모든 탄환을 소진하도록 하는 복선으로 작용하고 있을 뿐이다.

그런데 호러영화에서 빌려온 이와 같은 일련의 장면이 유머러스하다는 것은 뭔가 기묘하지 않은가. 물론 강혜정의 천연덕스러운 연기가 돋보이는 부분이라 하겠지만, 무엇보다도 이러한 유머는 근본적으로 리수화 일행과 여일 사이의 상대방에 대한 몰이해, 혹은 그로 인해 어긋나고 있는 의사소통에서 비롯된 것이다. 예를 들어 여일이 "이래 이래 손을 빨리 막 휘저으믄, 다리도 빨라지미. 다리가 빨라지믄, 팔은 더 빨라지미. 저, 따이 뒤로 막 지나가미. 난, 참, 빨라"라는 말로 '자기가 빨리 달린다'라는 의미를 표현할 때, 리수화는 그것을 전혀 이해하지 못한다. 상식과 예상을 벗어나는 이러한 재치 어린 문답에서 바로 유머가 발생한다고 할 때, 이러한 상황을 이해 가능한 것으로 전환시키는 것은 장영희의 "꽃 꽂았습네다"라는 말이다. 흥미로운 점은 여기에서 '달리다'나 '미치다'와 같은 개념어들이 감각적 재현에 근거한 즉물적인 언어로 전혀 '낯설게 되어(defamiliarize)' 있다는 것이다. 이는 "뭐를 좀 먹었어요?"와 같이 욕구를 직접적으로 매개하는 데 적합하며 또 소용되는 것으로 동막골의 주민들이 일상적으로 구사하고 있는 언어라고 할 수 있다. 그리고 이것은 기본적으로 내 편, 네 편을 가르는 이념적 언어와 완전히 다른 종류의 것이다. 그러므로 동막골 주민들이 혈연을 공유하는(공유한다고 믿어지는) 한 민족이 양편으로 나뉘어 상쟁하고 있다고 하는 한국전쟁이라는 상황을 이해하지 못하는 것은 당연하다. 이러한 이질적인 두 언어 사이에서 발생하는 소통 불능 혹은 미묘한 불협화음, 이것이 바로 〈웰컴 투 동막골〉 전반부의 유머를 결정하는 중요한 요소에 해당한다.[3)]

그뿐만이 아니다. 팝콘의 강설(降雪), 멧돼지 사냥 등과 같은 인상적인 에피소드에서는 심지어 언어가 완전히 소거되어 있다. 애니메이션과 같은 효과를 위해 인위적으로 연출된 판타지임을 굳이 감추려 하지 않는 이 두 장면이야말로 알다시피 외지인들이 화해하게 되는 결정적인 계기에 해당한다. 그렇다면 이 영화에서 서로 다른 생각을 고수하는 인간 사이를 화해시키는 데 말은 전혀 불필요한 것이다. 그리고 그 저변에 이념을 앞세우는 언어는 필경 분쟁을 조장하기 마련이라는 믿음이 깔려 있다. 그렇다면 오히려 바람직한 화해란 영화의 여러 스태프가 대단히 공들여 세련한 미장센 속에서, 등장인물들이 상황에 따라 즉각적으로 반응하는 데서 오는 것이 아닐까. 또한 그것은 결국 수면과 사냥(멧돼지 고기를 나누어 먹게 되는)이라는 욕구의 만족을 위한 행위로부터 비롯되는 것이다. 〈웰컴 투 동막골〉의 백미에 해당하는, 이 두 차례의 아름다운 애니메이션적 시퀀스는 서로 다른 이념을 간직한 인간 간의 화해를 이른바 '미적 조화'와 유비의 관계에 놓고 있다.

재삼 강조하지만 여기에서 언어란 불필요하며 또한 부재하다. 『노자(老子)』의 표현대로라면 "道可道, 非常道. 名可名, 非常名"인 것이다. 언어로 환원 불가능한 도(道)의 심오한 의미에 대해 강조하고 있는 이러한 아포리즘에 비추어볼 때, 〈웰컴 투 동막골〉의 화해의 판타지 또한 말로는 도저히 표현될 수 없는 무엇이 존재한다는 믿음을 천명하고 있다고 해도 과

3) 물론 장영희는 여러모로 외지인들 중 동막골 주민에 가장 근접해 있었던 인물이라고 할 수 있다.

언이 아니다. 단언하건대 그것은 동막골 주민들로 대표되는 이른바 유기적 일체로서의 민족/민중의 순수성이 회복 가능하다는 믿음이며, 그것이 오로지 미적인 방식으로만 표상될 수 있다는 신념이다. 특히 민족/민중이라는 선험적 범주하에 모든 개별자들이 근본적인 차원에서 평화롭게 합일되는 경지를 지향하는 데 있어서 언어를 배제하고 '미(美)'라는 통합의 형식을 취하는 것은 적절하다고 할 수 있다.

예컨대 칸트는 『판단력비판』에서 다음과 같이 쓰고 있다.

> 아름다운 것은 개념에 따라 판정되어서는 안 되고, 개념 일반의 능력(오성)과 합치하기 위한 구상력의 합목적적 조화에 따라 판정되지 않으면 안 되므로, 누구에게나 만족을 주지 않으면 안 된다고 하는 정당한 요구를 해야 할 미적 예술에 있어서 그러한 미감적인, 그러나 무조건적인 합목적성의 주관적 규칙이 될 수 있는 것은, 규칙이나 준칙이 아니라 주관 속에 있는 한갓된 자연에 지나지 않는다. 그러나 이것은 규칙이나 개념하에서 포착될 수는 없는 것이요, 다시 말하면 주관의 모든 능력의 초감성적 기체(어떠한 오성 개념도 도달하지 못하는)이다. 따라서 이것과의 관련에 있어서 우리의 모든 인식능력을 조화시키는 것이 곧 우리의 자연적 본성의 가상적인 것에 의하여 과해진 최종의 목적인 것이다. 우리가 어떠한 주관적 원리도 지정할 수 없는 이러한 미감적 합목적성의 근저에 하나의 주관적인 그러나 보편타당한 선천적 원리가 있는 것도 이렇게 해서만 가능하다.[4]

널리 알려진 대로 칸트에게 있어서 미란 개념적 사유의 대상이 아니고 보편적인 규칙도 없으며 따라서 논의될 수 없는 것이다. 미적 예술은 오성에 입각한 조화에 따라 판정될 수 있지만 정작 그러한 조건 없는 합목

---

4) 이마누엘 칸트, 『판단력비판』, 이석윤 옮김, 박영사, 2005, 232~233쪽.

적성의 준거가 되는 것은 주관 속의 '자연'이며 오성이 미치지 못할, 주관의 모든 능력의 초감성적 기체라고 할 수 있다. 요컨대 미란 오성이 인식할 수 있는 비례와 균형 같은 조화의 상태와 유사해 보이지만 사실 그 이상의 무엇을 갖고 있는, 어디까지나 감성을 초월하는 주관 내부의 어떤 자연에 의해 파악될 수 있는 것이다. 이것과 관련하여 인간의 "모든 인식 능력을 조화시키는 것이 곧 우리의 자연적 본성의 가상적인 것에 의하여 과해진 최종적인 목적"이다. 칸트에 따르면, 미란 이성에 의한 분별과 판단의 문제에 결부되는 것이 아니라 인식의 전체적인 조화를 목표로 하는 인간의 자연적 본성과 관련되는 것이라고 해도 좋다. 이와 같이 비개념·무규정·감각에 기초한 미에 대한 의미 부여와 관련하여 테리 이글턴 같은 비평가는 『미적인 것의 이데올로기』에서 "칸트의 입장에서 보면 미적 판단에서 자연 발생적으로 의견의 일치에 도달하고, 어떤 현상이 숭고하다 또는 아름답다는 데 동의할 수 있을 때, 우리는 우리 자신을 기민한 공감각에 의해 느낌이 연결되어 있는 주체들의 공동체를 만들어 진귀한 형태의 상호주관성을 행사하게" 될 뿐만 아니라 '미적인 것(the aesthetic)'이 우리를 정서적·직관적 차원에서 법의 모든 권위와 결합시킨다고 주장하고 있다.[5] 그는 근대 일반을 비판하고 있으면서 주체 간 감각에 기초한 상호주관성의 결합에 의한 공동체가 무엇인지를 명시하고 있지는 않은데, 사실 국민국가야말로 그것의 가장 실제적인 형태라고 해도 크게 틀리지 않을 것이다. 역사적으로 낭만적 열정에 기초한 내셔널리즘의 발흥과 고양이 상상된 공동체로서의 근대국가를 구성하는 데 있어서 필수 불가결한 과정이었다는 사실을 떠올려보면 이 점은 더욱 분명해진다. 요컨대 미적 조화란 국민국가의 결집을 도모하기 위한 가장 이상적인 방식에 해당된다고 해도 무방하다. 그것은 인종과 세대, 성별, 계급적 이해관계 등을 모두

5) 테리 이글턴, 『미학사상』, 방대원 옮김, 한신문화사, 1995, 73쪽.

초월하는 정서적 연대감에 근거한 국민의 아이덴티티를 생성하고 그것에 기초하여 결집을 호소하는 방식을 취하는 것이 일반적이다.

다시 〈웰컴 투 동막골〉 속 화해의 판타지로 돌아가보자. 요컨대 이 장면들은 그러한 미적 조화의 이데올로기적 기능을 충실히 수행하고 있는 단적인 사례라고 할 수 있지 않을까. 감독을 비롯한 여러 스태프들이 특히 이 장면들을 그리고 〈웰컴 투 동막골〉 전체를 비현실의 판타지로 연출해 보이기 위해 갖은 노력을 기울였다는 사실은 잘 알려져 있다.[6] 그로 인해 실사영화임에도 불구하고 애니메이션적인, 대단히 아름답고 색채가 풍부한 환상적인 이미지를 창출하는 효과를 가져왔다. 동막골의 평온한 일상 및 각종 갈등과 화해, 그리고 그곳의 수호를 위한 기투에 이르기까지의 내러티브는 누구나 알 수 있는 것처럼 회복해야 할 민족의 가치를 재삼 강조하기 위한 것이며 그 화합은 다분히 인위적인 미적 조형의 의장을 통해서 한층 강조되고 있다. 요컨대 민족의 화합이란 본래 〈웰컴 투 동막골〉의 조경과 같이 '아름다운 것'이다.

이러한 미적 형식에서 근본적으로 '차이의 체계(system of differences)'인 언어가 무용지물일 수밖에 없는 것은 당연하다. 가라타니 고진은 『트랜스크리틱』에서 칸트가 말한 오성으로서의 주관성을 선천적인(a priori) 능력, 즉 언어적인 능력으로 보고 있는데,[7] 이것은 변별적인 자질을 지닌 기표 간 차이와 대립을 통해 형성된 랑그라는 보편적 체계에 준거한 규칙을 공유하게 되면서 개인 간 커뮤니케이션이 가능진다는 사실을 가리키는 것이라고 해도 좋을 것이다. 그런데 〈웰컴 투 동막골〉에 나타나 있는 화해의 과정이 이러한 커뮤니케이션에 의한 것이 결코 아니라는 점은 이미 앞

---

6) 김현정, 「〈웰컴 투 동막골〉은 어떻게 태어났나 (2)—세트, 특수 효과」, 『씨네21』, 2005년 8월 2일 자.

7) 가라타니 고진, 『트랜스크리틱—칸트와 마르크스 넘어서기』, 송태욱 옮김, 한길사, 2005, 80쪽.

서 누차 언급한 바 있다. 비평가 안시환이 적절하게 지적하고 있듯이 그것은 전적으로 동막골이라는 공간이 마련해놓은 우연 혹은 상황에 의한 것이며[8] 언제나 미적 조화의 상태로 유비되면서 관객에게 '그럴듯한 것(verisimilitude)'으로 받아들여진다. 도리어 차이의 체계로서 언어를 초월하며, 추상적인 개념으로 포착할 수 없는 그 이상의 의미를 갖는다. 말하자면 '도(道)'인 것이다. 하지만, 중국계 미국인 문학연구자인 짱 룽시는 역사적으로 완전히 변별되는 것으로 인식되어왔던 '도'와 로고스가 기실 의미와 표현 간 해소 불가능한 위계를 전제한 상태에서 의미의 우위를 내세우는 전통이라는 점에서 대단히 유사한 것임을 지적한 바 있다.[9] 그리고 〈웰컴 투 동막골〉의 화해의 판타지에서 언어가 소거되는 것은 이러한 전통적인 위계에 입각한 것이다. 여기에는 이러한 '도'가 말이 아니라 미를 통해서만 감각될 수 있다는 생각이 전제되어 있다.

그렇다면 동막골을 그러한 공간으로 만들어낸 존재는 과연 누구인가. 이를테면 수류탄이 터져 곳간의 모든 옥수수가 팝콘이 되어 눈처럼 내리는 더없이 아름다운 동화적인 시퀀스는 사실 인민군 대 국군의 극한적인 대립이 소위 먹을 것이 내리는 축복으로 전이된 예기치 않은 결과라고 할 수 있다. 이 팝콘의 강설 아래 인민군과 국군 양측이 모두 잠에 빠져들면서 대립은 사실상 종결된다. 하지만 이러한 종결은 판타지에 입각한 것이다. 이것이 가능하려면 전적으로 어떤 초월적인 권능에 의지해야 한다. 흥미로운 점은 유대 민족의 엑소더스에 이와 유사한 장면이 있다는 것이다.

> 내가 이스라엘 백성이 불평하는 것을 들었노라. 그들에게 말하여 이르기를, 너희가 저녁에는 고기를 먹고 아침에는 빵으로 배부르리니 내가 주 너

---

8) 안시환, 「이상한 나라의 동막골—판타지와 역사는 어떻게 만나야 하는가」, 『씨네 21』, 2005년 8월 31일 자.

9) 짱 룽시, 「글쓰기의 가치 저하」, 『도와 로고스』, 백승도 외 옮김, 강, 1997.

희 하나님인 줄을 너희가 알리라, 하라, 하시니라.

저녁에는 메추라기가 와서 진영을 덮었고 아침에는 이슬이 군대 사방에 깔려 있더라.

깔려 있던 이슬이 올라가니, 보라 광야의 지면에 둥글고 땅 위에 내리는 서리같이 작은 것이 있으므로

이스라엘 자손이 그것을 보고 무엇인지 알지 못하여 서로 이르되, 이것은 만나라, 하니 모세가 그들에게 이르되, 이것은 주께서 너희에게 주어 먹게 하신 빵이라, 하니라. (「출애굽기」, 16:12~15)

광야에서 굶주리던 유대 민족에게 만나를 내리는 것은 신의 권능을 알리고 그들을 무사히 젖과 꿀이 흐르는 땅으로 인도하기 위함이다. 신을 거역하고 모세의 영도에 따르지 않는 이들은 이러한 기적을 통해 마침내 야훼에게 귀일하게 된다. 마찬가지로 팝콘이 내리는 기적이란 다름아닌 외지인들에게 동족 간의 상잔을 중단하고 동막골이라는 민족의 가나안에 정주하도록 하는 어떤 지상명령이 되는 것이다. 이로 미루어 동막골은 신체의 본능과 신의 권능만이 남아 있는 아름다운 천국이 되는 것일지도 모른다. 신이 마련한 이와 같은 조화의 질서 속에서 커뮤니케이션이란 곧 분쟁을 조장하는 것이 된다. 그저 먹을 것에 충실한 입이라는 기관의 본능을 수락하고 그것을 부여한 신의 권능에 순응하면 되는 것이다. 팝콘의 강설, 멧돼지 사냥의 시퀀스는 바로 외지인들이 그러한 원리를 받아들이는 계기가 되는 것이다.

그러나 먹고 배설하는 욕구만이 남아 있는, 심지어 커뮤니케이션의 언어조차도 망각해버린 이들을 가리켜 과연 온전히 살아 있는 존재라고 할 수 있을까. 이를테면 조지 로메로 감독의 〈살아 있는 시체들의 밤〉(1968)으로부터 최근의 〈레지던트 이블〉 시리즈로 이어지는 계보의 영화에 등장하는 산주검들은 대개 이미 죽어버린 상태에서 단지 식욕만이 남아 작

동하고 있는 불가사의한 개체라고 할 수 있다. 〈웰컴 투 동막골〉은 이들 영화와 전혀 다른 스타일을 취하고 있지만, 언어로 대표되는 상징적 질서로부터 벗어나 오로지 욕구만 보존된 채 작동하고 있는 신체를 주요하게 등장시키고 있다는 점에 있어서만은 기묘한 유비관계를 형성하고 있다고 할 수 있다. 그렇다면 이것은 과연 우연의 일치에 지나지 않는 것일까.

슬로베니아의 비평가 미란 보조비치는 유충에서 나비로 변태하는 과정에서 소생과 부활의 상징적 의미를 읽어내고자 하는 유서 깊은 서구의 철학적 전통을 지적하고 있다. 앞서 언급했다시피 〈웰컴 투 동막골〉에서 빈번하게 활용되고 있는 나비의 이미지는 이러한 통찰과 관련하여 특히 의미심장하다고 할 수 있다. 특히 보조비치에게 있어서 산주검이란 스피노자가 『에티카』에서 간주하고 있는 것처럼 "외적 원인에 의해 지배되어 자기-파괴적으로 행위하지만 결코 자살 행위 자체를 저지르지는 않는" 존재를 가리킨다. 물론 나비로의 소생을 전제하는 유충과 라이프니츠가 요구했던 것처럼 죽은 뒤에도 살아남을 피조물, 산주검의 형상은 결코 동일하지 않다.[10] 그러나 이미 여러 차례 논증한 것처럼 동막골에 거주하는 주민들은 모두 외적 원인(동막골이 마련하는 우연과 상황)에 의해 지배되고 있으면서도 죽지 않은 상태(욕구는 남아 있는)에 머물러 있다는 점에서 보조비치가 정의한 산주검의 형상과 흡사하다. 다만 엔딩 신에 잘 나타나 있듯이 진짜 죽음을 맞이했을 때 그들은 나비로 부활하는 것이다. 그리고 주검을 덮은 하얀 눈 무덤 위로 나비가 날아다니는 것과 같은 실제로는 불가능한 판타지를 실현시키는 것은 야훼와 같은 초월적 존재이다. 이미 죽었으면서도 죽지 않은 상태로 머물러 있으라고 명령하는 존재 또한 그러한 신이다. 말하자면 동막골이라는 공간을 보존하고 또 초월자의 존재를 입증하기 위해 그들은 죽지 못하는 것이다. 상황과 우연이라는 초월적

10) 미란 보조비치, 『암흑지점—초기 근대철학에서의 응시와 신체』, 이성민 옮김, 도서출판b 2004, 44~53쪽.

이며 또한 필연적인 자장이 동막골의 운명을 결정하고 있는 것은 따라서 결코 우연이 아닌 것이다.

그뿐만이 아니다. 야훼는 본래 유대 민족의 유일신이다. 유대 민족에게 내려진 신의 은총은 곧 가나안 땅에 선주하고 있던 이민족에게는 곧 재앙을 의미하는 것이었듯이, 동막골은 기본적으로 타자에 대해 배타적인 공간이다. 예컨대 표현철 일행과 리수화 일행을 환영했던 나비라는 존재는 스미스의 추락하는 비행기의 프로펠러에 휘말려 들어가 찢기거나 공수되는 연합군을 습격하고 있다. 무엇보다도 혈연적으로 이종인 스미스가 결코 동막골 주민이 되지 못하는 존재라는 점이 중요하다. 커뮤니케이션의 언어가 유일하게 요구되는 부분이 바로 이곳이다. 실제로 스미스가 동막골의 주민들과 친해졌던 것은 그의 이름을 반복해서 불러주는 호명의 과정을 겪으면서부터이다. 그러나 스미스와의 소통은 종내 이루어지지 않는다. 말이 필요 없이 즐겁게 놀 뿐인 가운데 정작 그의 커다란 체구에 맞는 옷은 정작 떠나기 직전에 만들어지며, 무엇보다도 스미스와의 의사소통이 가능해진 것은 리수화와 표현철을 포함한 외지인들이 동막골을 떠나게 되는 이유로 작용하게 된다. 무엇보다 그는 다섯 사람과 함께 죽지 않는다. 폭격을 근본적으로 중단시킬 수 있는, 그러니까 동막골의 운명을 좌우할 수 있는 권능을 지니고 있기 때문이다. 이는 폭격이라는 전쟁과 학살의 원인이 어디까지나 스미스와 같은 타자에게 귀속되어 있다는 것을 의미한다. 그러므로 그것은 동막골의 주민이나 표현철, 리수화 일행으로서는 어쩔 수 없는 위치이다. 반대로 말하자면 동막골을 수호할 자격을 지닌 것은 오직 혈연적으로 동질적인 리수화, 표현철 일행인 것이다. 미국인인 스미스는 한민족의 시원적 장소 동막골을 수호할 자격에 생래적으로 미달할 수밖에 없다. 그런 의미에서 〈웰컴 투 동막골〉의 내러티브는 사실 야훼와 같은 초월적 존재로 은유되는 국민국가의 배타성에 의해 결정되고 있는 것이라고 해도 좋을 것이다. 그러한 배타성은 심지어 다리위의 피난민을 폭사시킬 수밖에 없었던 죄를 끊임없이 자책하는 이도 "우리가 여기까지 어케 왔니? 따라오디 못하는 부상자들, 여성 동무들 다 내 손으로 죽이고 왔서"라든가 "원래 나는 선봉에 서는 게 맞디 않는 사람이야. 전쟁 나구 우리 부대원 다 죽어개지구 나 혼자 살어남었다구 고저 달아준 중대장이었거든"과 같이 원죄를 기꺼이 시인하는 자도 용서하지 않는다. 징벌을 피할 수 있는 것은 오로지 동막골 주민뿐이다. 그만큼 가혹하기 짝이 없는 것이다.

4. 공통감각으로서의 내셔널리즘

이러한 분석이 물론 〈웰컴 투 동막골〉의 연출 의도와 부합하지 않는 것임은 말할 필요도 없다. 2000년대 한국영화의 일반적인 투자-배급 시스템 속에서 관객 동원을 염두에 두고 제작된 이 영화는 세련된 스타일에 비해 이데올로기적으로 다분히 소박한 내용을 담고 있다고 할 수 있다. 그것이 한국인 일반의 감수성에 부합하는 형태라는 것도 분명하다. 예컨대 감독 박광현은 애니메이션 〈반딧불의 묘〉의 감독 다카하타 이사오(高畑勳)와의 대담에서 다음과 같이 말하고 있다.

> 저는 기존에 한국에서 전쟁영화를 다룬 방식들이 지나치게 폭력 중심으로 다루고 있어서, 물론 전쟁이 이렇게 비참하다는 것을 알려주고 싶었을 거에요. 그런데 꼭 그 방법만 있느냐, 거기에는 다분히 사람들의 말초신경을 자극하고자 하는 의도가 보인다는 생각을 많이 했습니다. 전쟁을 해서 비참해지는 상황도 있지만 전쟁을 하지 않으면 참 행복할 수 있겠구나 하는 이야기를 하고 싶었어요. 그것이 우리가 늘 다루는 한국전쟁을 좀 다르게 풀어나가는 방법이 아닌가 생각을 하는 거죠. 그렇지만 가장 행복한 어떤 공간, 아이처럼 행복하게 살 수 있는 행복한 공간을 만들어놓고 그렇게 소중한 곳도 전쟁은 그들을 희생시킬 수 있다는 중요한 경고를 하

고 싶었어요. 그것을 제가 전쟁을 바라보는 관점이구요. 아까 다카하타 이사오 감독님도 말씀하셨지만 이라크에서 겪는 고통…… 사실 전쟁의 주체자들은 늘 법의 권력 위에 있는 사람들인데…… 사실 우리가 〈반딧불의 묘〉에 반감을 갖고 있는 것도 거기 살고 있는 사람들은 아무 잘못이 없는데도 불구하고 나라 전체를 미워하게 되는 결과를 가져오잖아요. 그렇지만 전쟁을 일으키고자 했던 주체들은 위에 있는 법의 권력이라는 거죠. 제가 〈웰컴 투 동막골〉에서 표현하고 있는 것은 전쟁의 가장 큰 주체자, 법의 권력의 이기심이 부른 전쟁이 아주 하층민에 있는 아무것도 모르는 서민들에게 제일 큰 아픔으로 다가온다는 것이 전쟁의 가장 큰 비극이라는 점이죠.[11)]

간단히 말하면 소박한 민중주의이다. 그리고 일반 관객에게 전쟁에 희생된 민중의 형상에 대한 아이덴티티의 동일화를 요구하고 있는 것이다. 그런데 〈웰컴 투 동막골〉과 동일한 논리적 기반에서 출발하고 있다고 할 수 있는 〈반딧불의 묘〉는 사실 식민지 시대에 대한 표준적 기억을 간직하고 있는 일반적인 한국인 관객에게는 불편하게 다가오는 것이 사실이다. 이 애니메이션이 일본 제국주의를 찬양하거나 옹호하려는 목적에서 제작된 것이 아님은 분명하다. 오히려 그 반대이다. 국내에도 잘 알려져 있는 것처럼 〈반딧불의 묘〉는 1945년 태평양전쟁이 막바지에 이른 시점에서 천진난만한 남매, 세이타와 세츠코가 전쟁이라는 상황 속에서 서서히 그러나 비참하게 죽어갈 수밖에 없었던 상황을 애절하게 그려내는, 1980년대 후반 일본 극장판 애니메이션의 수작에 해당한다. 뿐만 아니라 전쟁이 강요하는 절박한 상황에 따라 그들 남매를 외면하는 어른들을 등장시키고 있다. 다시 말해서 〈반딧불의 묘〉에 등장하는 모든 인물은 전쟁과 무

---

11) 「다카하타 이사오 · 박광현-한일 감독 대담」, 『씨네 21』, 2006년 5월 29일 자.

관하며 또한 무력할 수밖에 없는 희생자로서의 개인의 모습을 하고 있다. 생존이라는 문제에 직면한 이상, 그들은 전쟁에 대해 어찌할 도리가 없는 것이다.

세계는, 그리고 아름다운 자연은 이러한 희생자들에 냉혹하기 그지없다. 특히 그것이 이 두 영화를 비극으로 만들고 있다. 이들 영화에서 연출되고 있는 세계와 자연은 그저 무심하게 〈웰컴 투 동막골〉의 주인공들을 산주검으로 만들고 〈반딧불의 묘〉의 인물들 머리 위에 폭탄을 투하한다. 이들 영화의 문맥에서 그러한 상황을 조장 · 강요하는 존재가 머리 위에 불길한 그림자를 드리우는 폭격기의 위협적인 굉음과 공습으로 동일하게 표상되고 있는 것은 단지 우연에 지나지 않는 것일까. 그리고 누구나 알 수 있듯이 그것은 미국을 가리키며 또한 거역할 수 없는 역사의 도도한 흐름에 의한 것이다. 그렇다면 심지어 아우슈비츠의 학살에 대해 자신이 오로지 상부의 명령에 따라 관료로서 행동했다는 아이히만의 자기 변호 또한 정당화될 수 있는 것이 아닐까. 그 또한 다만 소여로서의 역사 및 사회에 저항하지 않았을 뿐이다.

또한 〈반딧불의 묘〉에서 제시되고 있는 나라를 위해 일한다는 개인의 상이라든가 특히 세이타의 아이덴티티의 일부를 형성하고 있는 군국주의의 그림자가 일반적인 한국인에게 불편하게 느껴지는 것은 거기에 일본의 전쟁 책임, 그리고 식민지에 대한 착취와 억압의 기억이 소거되었다는 것과 같은 역사적 맥락이 탈각되어 있으며 또한 일본 국민을 희생자로 만든 책임을 미국이라는 외부에 전가하고 있다는 감각 때문일 터이다. 그렇다면 동일한 종류의 질문을 〈웰컴 투 동막골〉의 배경이 되는 한국전쟁에 대해서도 던져볼 수 있는 것이 아닐까. 한국전쟁은 과연 북한의 남침이나 미국의 남침 유도에 의해 빚어진 사건이었는가. 그리고 한국전쟁 당시 민간인 학살 모두가 과연 미군에 의해서만 자행된 것이었던가.

〈웰컴 투 동막골〉과 〈반딧불의 묘〉에서 표현되고 있는 희생자 의식이 위험한 것은 내셔널리즘을 정당화하거나 과도하게 표출[12]해서가 아니라 내셔널리티의 외연을 막연하게 확장하면서 거기에 귀속된다고 하는 기준을 개개인의 주관적인 감성에 두고 있다는 점에 있다. 뿐만 아니라 그러한 기준에 입각했을 때 혈연을 같이하고 있다는 사실만 의식한다면 누구나 스스로를 그 집단의 성원으로 간주할 수 있다. 그리고 그것은 그 집단 내부에 속하는 모든 것에 대해 같은 성원으로서 관대해질 것을 요구한다. 박광현과 다카하타가 공감했던 것처럼 〈웰컴 투 동막골〉과 별반 다를 바 없는 미의식과 민중주의를 내세우고 있는 〈반딧불의 묘〉에 대해 일반적인 한국인이 불편함을 느끼는 것은 그것이 외부, 즉 과거의 식민 지배자의 이야기로 받아들여지기 때문이다. 즉, 국적으로나 언어/문화적으로나 〈반딧불의 묘〉가 상정하는 피해자의 외부에 현존하기 때문이다. 유사한 표현이라고 해도 그것이 내외 중 어느 쪽을 대상으로 삼고 있느냐에 따라 공감의 여지가 달라진다는 것, 그것이 바로 칸트가 말했던 공통감각(common-sense)의 속성이며 전형적인 미적 판단에 해당한다. 그리고 바로 이것이 내셔널리즘의 중요한 속성 가운데 하나인 것이다. 그러므로 그와 같은 공통감각을 뿌리치지 못하는 이상, 차이의 사이에 입각한 초월적(transcendent) 시좌(視座), '비판'이란 결코 가능하지 않다.

그렇다면 개인은 커뮤니케이션의 언어를 망각한 상태에서 단지 먹고 배설하는 신체로 남아 있어야 한다. 앞서 언급한 것처럼 이것은 〈웰컴 투 동막골〉의 지상명령이다. 이에 입각하여 내셔널리즘은 그러한 신체를 미적인 유기체로 조직한다. 그러나 신체에 대한 이러한 명령은 포스트모던 이후, 개인에 대한 후기자본주의의 요구와도 관계된다고 할 수 있다. 즉, 마치 자연스러운 욕구처럼 보이는, 그러나 기실 자본에 의해 끊임없이 생산되어 결코 해갈되지 않을 욕망에 충실하고 또 그에 따라 소비하라는 명

12) 강성률, 「민족의 이상향과 과도한 민족주의의 함정」, 『내일을 여는 역사』 2005년 겨울호.

령인 것이다. 그렇다면 개인에 대해 데카르트적 의미의 신체로 남아 있으라는 것은 내셔널리즘과 자본주의 공동의 요구인 것이다. 뿐만 아니라 내셔널리즘적 선동과 후기 자본주의의 환경 사이, 그 보로메오의 고리에서 교묘하게 줄타기를 하고 있는 한국영화의 생산구조에 대한 기묘한 유비에 다름아닌 것이다. 그러한 의미에서 〈웰컴 투 동막골〉은 한편으로 영화라는 장르의 발흥과 유통을 허락했던 역사적 · 사회적 조건을 근본적으로 환기시키는 역설적인 효과를 낳고 있다. 민족과 민중이 상상의 공동체로서 공백의 기표가 되고 순진무구한 아동이 보호와 훈육의 대상이 된다는 믿음이 역사적으로 형성된 것이라는 사실이 자명해진 오늘날, 〈웰컴 투 동막골〉은 이러한 진실을 역설적으로 환기시키고 있다고 해도 과언이 아니다.

(2008년 경향신문 신춘문예 대중문화평론 부문 당선작)

재앙의 시대, 자기(自己)라는 운명
— 나홍진 감독의 〈추격자〉 다시 읽기

1. "어디 가냐. ……들어가자."

조지 W. 부시 미국 대통령이야말로 이 시대 진정한 의미의 위대한 예언자임에 틀림없다. 알다시피 그는 2003년 이래 지구 도처에서 불법적으로 확산되고 있는 대량살상무기에 대한 우려를 끊임없이 표명해왔다. 그것이 이라크에 존재할 것이라고 단언하면서 전쟁을 일으키는 실수 아닌 실수를 범하기도 했지만 예언이란 언제나 반쯤 들어맞는 것이며 항상 저주를 포함한다는 점을 십분 감안하면 적어도 대량살상무기에 의한 희생이 현실화될 것이라는 부시의 우려는 (사사오입의 확률 정도로) 적중했다고 해도 좋을 것이다. 말하자면 이라크에서 불과 수천 킬로미터밖에 떨어져 있지 않은, 이른바 '대량살상무기 확산 방지 구상(PSI)' 미참여국들, 예컨대 인도네시아, 방글라데시, 미얀마 그리고 중국 등지에서 희생자가 수백 만에 이르는, 사상 최대의 대량 학살이라고 할 법한 재앙들이 최근 몇 년 사이에 잇달아 벌어지고 있는 것이다. 물론 생화학무기나 핵무기 등에 의한 피해가 아니었다는 점을 들어 정작 부시는 자신과 무관한 일이라고 강변하겠지만, 그것은 미국이 통제할 수 있는 '법의 테두리' 내지는 검속할 수 있는 경로 너머로부터 강습해왔다는 점에서 그가 항상 의중에 두고 있을, 즉 미국의 통제 외부에서 유통되어 그 실체가 드러날 수 없는 대량살상무기의 실체에 정확하게 부합한다고 해도 좋다. 우리는 결코 발견할 수 없는/발견되지 않는 역설적인 의미의 대량살상무기의 존재를 이미 이라크의 사례를 통해 충분히 확인한 바 있다. 더욱이 그러한 재앙들은 흔히 핵무기 수백 수천 개의 위력이라는 식의 수사로 설명되지 않는가. 다만 그 대량 살상의 주체가 인간이 아니라 자연이라는 점은 결코 간과할 수 없는 부분일 터이다.

하지만 세계를 통치하는 자로서의 부시 대통령의 초인적인 통찰 앞에서 이러한 차이는 사소한 것에 지나지 않을지도 모른다. 무엇보다도 부시는 취임 직후, 그러한 재앙을 가져온 근본적인 원인을 방지하려는 전 지구적 협약, 교토의정서로부터 미국을 기꺼이 탈퇴시키지 않았던가. 현재의 재앙을 방기해버린 근본적인 결단이라는 점에서 그와 같은 부시의 선택이야말로 진정한 의미의 대량살상무기였다고 해도 맞지 아니한가.

바야흐로 유례없는 대량 학살의 시대다. (부시는 그 자신의 등장으로 이 사실을 예언했다는 점에서 R.A.T.M 같은 미국의 하드코어 밴드와 동렬에 놓인다고 해도 좋다.) 자연이 인간을 대대적으로 공습하고, 수십 수백만이 속절없이 죽어가는 일이 되풀이되고 있다. 그 원인 및 정도의 차이는 있을지언정 세계 도처에 재앙으로 인한 무수한 죽음들이 반복되고 있다는 것은 불가피한 진실이다. 그만큼 이것은 장차 어딘가에 재래할지 모를 운명과도 같은 것이다. 그럼에도 불구하고 알다시피 이것은 이제 비극이 아니라 일상이 되었다고 해도 크게 틀리지 않는다. 사후의 혼돈이나 폐허를 프레임으로 분절하는 (마샬 맥루한이라면 "감각의 확장"이라고 명명했을) 매스미디어의 페티시 속에서 이러한 사태에 대해 일반화된 태도는 애도가 아닌 간과와 망각이다. '영화가 아니라 실제 상황'임을 되풀이해서 강조해야 했던 9·11 테러 당시의 스펙터클 같은 것이 아니라면 그러한 태도는 지극히 자연스러운 것이 되었다. 역으로 비극은 영화와 같은 판타지의 형식에 부합하지 않으면 결코 경험할 수 없는 것이 되었다고 해도 좋다.

공교롭게도 그러한 대량 학살의 비극은 바로 할리우드 영화를 통해 가장 일반적으로 체험된다. 보통의 매스미디어와 달리 영화는 알다시피 재앙으로 인한 충격과 공포를 재현하고 도처에 시체가 널려 있는 비참한 모습 등을 시각화하는 데 결코 인색하지 않은 형식이다. 9·11 테러 이후, 갑작스럽게 '실재의 사막'으로 소환되어버린 미국인들의 보편적인 공포와 불안을 반영한 〈우주전쟁〉(2005), 〈나는 전설이다〉(2007), 〈미스트〉(2007), 〈클로버필드〉(2008)와 같은 독특한 재앙영화들이 조심스럽게, 그러나 잇달아 제작된 것은 따라서 당연한 일일지 모른다. 단적으로 말해서 이것은 그와 같은 비극에 대한 미국인들의 기억과 애도를 위한 재앙의 현현(epiphany)이라고 해도 지나치지 않다. 특히 도무지 정체를 알 수 없는 괴물이 출현하여 유조선을 파괴하고 자유의 여신상을 참수하며 마천루를 연이어 무너뜨리는 뉴욕의 무참한 현장을 마치 한 개인이 캠코더로 촬영한 것처럼 연출하고 있는 〈클로버필드〉는 그러한 흐름의 정점에 있는 영화라고 할 수 있다. 다만 제작 과정에서 주요한 참조로 삼았던 영화 〈블레어 위치〉(1999)처럼 〈클로버필드〉 또한 그와 같은 학살의 원인을 모호한 공백으로 남겨두고 있다. 재앙의 피해자들이 '그것(it)'이라 명명하고 있는 그것은 프로이트가 말했던 '다스 에스(das Es)'와 문자 그대로 일치한다. 언제나 부분으로만 포착되고 있다는(원활히 통합되지 않는다는) 점에서 자아 및 초자아와 끊임없이 반목하고 있는 리비도의 모호한 근원을 암시하는 "그것(ça)은 나보다 강했고, 그것(ça)이 갑자기 나를 엄습했다"[1]는 것이다. 그렇다면 미국인들은 어떤 심연으로부터 기어올라온/회

---

1) 프로이트, 「비전문가 분석의 문제」, 『정신분석학 개요』, 박성수 옮김, 열린책들, 316쪽, 2004. 여기에서는 장 라플랑슈와 장 베르트랑의 『정신분석 사전』(임진수 옮김, 열린책들, 2005, 75쪽)에 번역된 문장을 인용했다.

귀한 자신 이하 혹은 이상의 괴물과 대면하고 있는 것일까. 심지어 〈우주 전쟁〉의 외계인, 〈나는 전설이다〉의 바이러스, 〈미스트〉의 기괴한 크리처 모두 파국을 가져온 존재이며 유래와 정체가 불분명하다는 점에서는 모두 동일하다. 그야말로 대량살상 '무기'라고 할 수 있을 법한 '그것'은 그렇다면 이제 재앙에 관한 하나의 스테레오타입이 되어버렸다고 해도 과언이 아니다.

전 지구적인 규모로 발생하고 있는 재앙과 학살인 만큼, 이러한 스테레오타입이 비단 할리우드만의 전유물이라고 할 수는 없다. 특히 한국의 경우, 단지 상대적으로 규모가 작을 뿐이어서 예컨대 〈살인의 추억〉(2003)에서는 도합 여섯 명이 교살당했고 〈괴물〉(2006)은 현서 외에도 대략 수십여 명의 인간을 포식했으며 〈추격자〉(2008)의 지영민은 열세 명을 잔혹하게 살해했다. 성수대교 및 삼풍백화점 붕괴, 아현동 가스폭발 사고, 대구 지하철 방화, 그 밖에 일일이 열거하기 어려울 정도로 반복되는 대규모 재앙에 관한 한국인 일반의 경험에 비추어볼 때 사실 대량 학살이 아닌 것이 의아할 정도지만, 어쨌든 그 의미와 정체가 모호한 살해는 〈검은 집〉(2007) 등의 영화에서도 반복되고 있다. 그렇다면 이러한 순수한 살해의 충동이야말로 한국인 일반이 마주하고 있는 괴물이라고 할 수 있을까.

영화 〈추격자〉의 대단원에서 마침내 그토록 간절하게 추격했던 '그것'과 대면한 엄중호가 황급히 도망치려는 영민의 머리채를 붙잡아 끌고 가는 곳은 경찰서도, 그 어떤 다른 장소도 아닌, 살인이 벌어졌던 현장인 집 내부이다. 그것은 영민이 주인을 살해하고 점거한 이후, 희생자가 아니라면 누구도 발을 들여놓을 수 없었던 도살장 내지는 무덤이라는 다른 세계에 불가피하게 그러나 자발적으로 입장하게 된 것을 의미할 터이다. 이것은 중호로 하여금 대문을 열자마자 갑작스럽게 영민의 얼굴과 맞닥뜨리도록 한 컷에서 이미 예정되어 있었다고 해도 무방하다. 이때 그가 회심의 미소를 흘리며 던지는 한 구절의 대사는 우리를 그러한 어떤 암흑의 핵심과도 같은 다른 세계로 인도하는 의미심장한 명령이라고 해도 좋지 않을까.

"어디 가냐. ……들어가자."

그곳에서 우리는 과연 무엇과 대면하게 될 것인지.

2. 잠재적인 것으로서의 참수(斬首)

망원동 24-1번지. 도시라는 압도적인 약육강식의 정글에 은폐된, 모든 것의 처음이자 마지막이 되는 장소. 알다시피 〈추격자〉에서 영민과 중호의 생사를 건 마지막 혈투는 바로 그곳에서 벌어진다. 물론 자신의 손으로 영민을 처단하지 않으면 안 됐을, 중호의 집요한 분노가 반영된 연출이겠지만, 일단 들어선 이상, 그 역시 쉽게 이곳을 빠져나갈 수 없다. 실제로 이제까지 영민을 일방적으로 폭행해왔던 중호는 집안에 들어서자마자 영민에 의해 최초로 상처 입게 된다. 뿐만 아니라 그 상처로 인해 무지막지하게 구타당하며 심지어 죽음의 목전에까지 내몰린다.

그러나 중호가 비단 영민에 의해서만 궁지에 처하게 되는 것은 아니다. 중호가 영민을 제압했던 격투 초반의 순간을 떠올려보자. 다음 숏에서 그의 눈에 들어오는 것은 거실 한가운데 푸른빛의 수족관에 담겨 있는 미진의 절단된 머리와 두 손이다. 기묘하게도 그는 (명백하게 전경화된) 그러한 무참한 광경으로부터 시선을 떼지 못한 채 한동안 그 자리에 우두커니 정지해버린다. 그가 자신의 경악과 분노를 자각하고 눈을 돌리는 순간, 영민이 휘두르는 골프클럽이 얼굴로 날아들며, 격투의 우위는 반전된다. 그렇다면 결국 중호가 죽음의 위기에 몰리는 것은 신체의 일부에 대한 그 자신의 응시 때문이다. 결코 거부할 수 없었다는 점에서 그것은 중호를 집안이라는 사지(死地)로 이끈 불가항력의 원인이라고 해도 좋다.

하지만 이것은 어디까지나 영민의 악을 확인한 중호의 분노가 절정에 다다랐다는 것을 강조하는 내러티브 혹은 동기부여(motivation)로부터 비롯된 행동일 터이다. 그럼에도 불구하고 이러한 중호의 응시가 미진의 죽음이 완전하게 선고된 상태에서 이루어졌을 뿐 아니라 또한 그녀의 절단된 머리와 두 손 또한 앞서 영민이 몽롱한 눈빛으로 그것을 바라보는 신에서 이미 환시된 적이 있었다는 사실을 염두에 두어야 한다. 그러므로 엄밀히 말하자면 중호에게도 관객에게도 그것의 제시는 새삼스럽게 분노나 경악을 더할 만한 사태는 아닌 셈이다. 미진이 영민에게 비참하게 살해당했다는 사실을 지극히 잘 알고 있는 상황에서 중호는 죽음을 감수하면서까지 그녀의 참수(斬首)를 직접 확인하지 않으면 안 되었을까. 다시 말해서 그는 도대체 무엇 때문에 그 급박한 상황에서 그것을 응시하고 정지했으며 또한 무엇에 대해 새삼스럽게 그토록 경악하며 또 분노했던 것일까.[2)]

이후 미진의 신체(의 일부)는 격투 와중에 수족관이 부서지면서 바깥으로 꺼내어지며 그들의 몸싸움에 휩쓸려 한동안 종적이 묘연해진다. 그 이전까지 마치 격투에 실제로 참여하기라도 하듯이 빈번히 그리고 의미심장하게 포착되고 있었던 것과는 사뭇 대조적이다. 실제로 〈추격자〉 프로듀서의 인터뷰에 따르면 해당 장면의 미진의 머리는 최종 시나리오 단계에까지 본래 결정적인 위기에 몰린 중호가 영민을 후려치면서 사태를 반전시키는 역할을 부여받고 있었다.[3)]

그런데 실제 영화에서 그러한 역할을 대행하고 있는 것은 다름아닌 망치이다. 그것은 앞서 영민이 미진을 살해할 때 사용되었던 것으로 보이며 또한 최종 격투 장면에서 중호가 영민에게 대항하기 위해 손에 들었다가

2) 시나리오에 따르면 이 신 이전에 중호는 이미 오형사로부터 미진의 사체에서 머리와 손이 절단되어 사라졌다는 사실을 들어 알고 있었다. 그러나 개봉된 프린트에서 이 부분은 삭제되었다.

3) 최광희, 「이 정도면 된다고? 절대 안 된다—〈추격자〉 김수진 대표」, 『필름2.0』, 2008년 3월 20일 자.

던져버렸던 무기라는 점에서 미진의 원혼과 중호의 분노가 함께 달라붙어 있는 것으로 간주될 수 있을 특별한 사물이다. 이로써 복수는 산 자와 죽은 자가 함께 한 징벌에 의해 명실상부하게 완성되는 것 같다.

하지만 미진의 머리에 관한 여러 차례의 의미심장한 포착에서 알 수 있듯이 원래 콘티의 흔적은 최종 격투 장면 이곳저곳에 고스란히 남아 있는 것처럼 보인다. 그렇다면 미진의 머리야말로 대상을 때린다고 말해지기는 하지만 결정적으로 때리지는 않은/때릴 수 없는 그 무엇이다. 실현되지 않은/실현될 수 없는 것이지만 항상 실현 그 자체를 암시한다는 점에서 그것은 들뢰즈적인 의미에서 잠재적인 것(the virtual)을 닮아 있다. 중호가 망연자실했던 순간은 바로 그것을 목도한 데서 비롯된 것이 아니었을까. 즉 잠재적인 것의 현현을 의식했다는 압도적인 역설 앞에서 당혹해할 수밖에 없었던 결정적인 순간이 존재한다는 말이다.

더욱 흥미로운 것은 〈추격자〉에 그것과 유사한 또다른 사물이 존재한다는 사실이다. 그것은 전편에 걸쳐 부녀자 살해의 도구로 언급되지만 정작 스크린상에서는 단 한 번도 제대로 내리쳐진 적이 없는 '정'이다. 흔히 간과되지만, 그것은 오직 미진에게 사용될 뿐이며 그나마 빗나가 도리어 영민의 손을 다치게 한다. 오히려 사람을 살해하는 도구로 비추어지는 것은 어디까지나 망치나 해머일 뿐, 정이 살해라는 목적을 달성했던 신은 존재하지 않는다. 정으로 사람을 죽였다고 주장하는 것은 오로지 영민의 말 이외에는 없는 것이다. (그에 반해 십자가에 못 박힌 예수 그리스도의 조각상이 정의 구체적인 결과물로서 비추어진다.) 그러한 의미에서 영민의 정 역시 대상을 때린다고 말해지기는 하지만 결정적으로 때리지는 않은/때릴 수 없는 그 무엇이라는 점에서 미진의 절단된 머리와 유사하다고 해도 좋을 것이다. 요컨대 정과 미진의 머리는 하나같이 그것이 향해야 할 목표로부터 미묘하게 어긋나고 있다. 그리고 그 어긋남이 〈추격자〉에서 벌어지는 사건의 시작과 끝을 개폐한다.

분석관이 단언했듯이 여기에서 정이 그 어떤 여성에게도 삽입된 적이 없을 영민의 성기를 상징한다는 것은 자명하다. 그렇다면 미진의 머리는 그것의 삽입을 기피했던 여성 성기의 환유가 된다고도 할 수 있다. 영민이 유독 (여타의 경우와 달리) 희생자의 신체 일부를 굳이 집으로 가져와 수족관에 넣어두고 도취한 눈으로 완상(玩賞)했던 것은 단적으로 말해서 그것이 욕망 충족 내지는 목적 달성의 영구적인 지연(遲延)을 가리키는 대상이기 때문이다. 결코 현실화될 리 없는 것인 만큼 그러므로 그것은 숭고한 환영(幻影)이며 매혹은 그로 인해 발생한다고 해도 좋다. 실제로 조명이 극도로 자제된 집 내부에서 유독 푸른빛을 발산하고 있는 수족관은 부단히 신체의 일부만을 프레이밍하는 스크린을 닮아 있지 않은가. 공교롭게도 그 스크린을 파괴하는 것은 미진의 머리 및 정의 역할을 대행하는 망치이다. 현실로 작용하는 것은 사실상 이것뿐이라고 해도 크게 지나치지 않다. 그렇다면 영민의 리비도는 항상 예기치 않은 결과를 가져올 뿐인 것이다.

그렇다면 중호야말로 정확히 그 이면에 위치하는 존재이다. 그는 미진을 구하기 위해 필사적으로 뛰어다녔던 자신의 추적이 결국 실패로 귀결된 상황에서, 자신조차도 미진의 생사에 결코 개입할 수 없는, 현실화되지 않은 가능성에 불과했다는 사실을 상징적으로 현시하는 사물을 목도하고 있다. 다시 말해서 중호는 미진의 죽음에 있어서 전적으로 무의미한 가능성에 지나지 않았다는 사실을 확인하기 위해 그 자리로 불가피하게 유인된 것이다. 그는 바로 이것과 대면했기 때문에 망연자실했던 것이다. 영민에게 마지막 일격을 가하려는 순간 들이닥친 형사들에게 붙잡혀 바닥에 쓰러진 중호는 다시 미진의 머리와 마주하게 되는데 이때 그는 확실히 "때려지지 않은/때릴 수 없는" 그것과 동일한 참수의 형상으로 조형(프레임/조명)되어 있다. 뿐만 아니라 이미 죽은 미진이 눈물을 흘리는 것을 목격하는 중호의 환상에서 이러한 동일화는 극대화된다. 뿐만 아니라 영민은 삽입될 수 없는 그것으로만 남아 있으며, 중호의 추격과 복수 또한 궁극적으로 좌절된다는 점에서 결코 실현될 수 없는 잠재적인 것으로만 남아 있다. 감독이 단언한 대로 중호와 영민은 결국 같은 부류이며 서로 같은 극이 반발하는 만큼 어긋날 수밖에 없는 것이다. 중호 역시 괴물로 그려지는 것은 따라서 결코 우연이 아니다. 그렇다면 〈추격자〉는 분명히 현실로 보이거나 혹은 현실을 촉발하지만, 결코 현실이 아닌 그것들이 격돌하는 더욱더 그로테스크한 영화가 되는 셈이다. 그렇다면 우리는 스릴러라고 명명된, 결코 목표에 도달할 수 없는 잠재적인 것들의 향연을 목도하고 있는 것이다.

3. 동물적인 것이라는 아브젝시옹

그럼에도 불구하고 〈추격자〉는 '그럴듯함(vraisemblance)'에 관한 관객의 감각과 기대에 한껏 부응하는 영화이다. 흥미로운 점은 정작 모든 행동과 사건을 유발하는 핵심, 즉 살인 및 추격의 동기가 한없이 모호하게 처리되어 있음에도 불구하고, 관객들이 순수한 살인마로서의 영민의 존재를 더없이 공포스럽지만 자연스러운 것으로 받아들이는 동시에 그를 추격하는 중호의 맹렬하고도 절박한 의지에 깊이 공명하면서 몰입하게 된다는 데 있다. 말할 것도 없이 이것은 나홍진 감독의 군더더기 없는 연출과 김윤석, 하정우 같은 역량 있는 배우들의 예사롭지 않은 호연에서 비롯된 결과일 것이다.

하지만 〈추격자〉의 리얼리티는 아무래도 육체들이 직접 격돌하는 추격과 격투 신에서 특히 고양되고 있는 것이 사실이다. 그것은 어두운 산동네의 골목 사이를 헐떡거리며 뛰어다니면서 소위 엎치락뒤치락 '개싸움'을 벌이는, 말하자면 서울이라는 도시의 가장 저급하다고 알려져 있는 주택가에서 빈민 내지는 하급 범죄자들이 몸 그 자체로 격돌하고 있는 디테일들이다. 리얼리즘 및 자연주의의 역사적 전통과 결코 무관해 보이지 않는 이러한 리얼리티는 김윤석이 인상적으로 언급한대로 그야말로 "동네 개들 중에서 제일 성질 더럽고 못된 개였다가 멧돼지가 한 마리 내려온 거지. 들개나. 맞장 뜰 수밖에 없는 상황이 온 거다. 거의 짐승적인 본능이다"[4)]로 표현되고 있다. 이것은 〈추격자〉라는 영화 전체의 내러티브를 자연화(naturalize)하는 장치라고 해도 크게 틀리지 않는다. 예컨대 자신의 생리를 간취해내는 영민의 예민한 후각으로부터 오형사(박효주)는 그의 예사롭지 않은 악을 인식하게 된다. 뿐만 아니라 여자들을 죽였다는 영민의 말을 중호가 완전히 믿게 되는 것도 영민이 성적 불구라는 사실을 확인한 후의 일이다. 분석관의 심문을 통해 그 같은 사정을 확인한 기수대장이 '브라보'라고 외치며 박수를 치고 있는 것도 영민의 살인이 납득될 수 있는 형태로 전환되었기 때문이다.

영민의 살의가 인식되는 것은 그러한 형식이 아니라면 불가능하다. 말하자면 유독 후각 및 발기하지 않는 성기 같은 신체의 일부가 영민의 악을 식별하도록 하는 기표가 된다는 것이다. 요컨대 이는 기관이라는 동물적 자연과 결부되어 있는 특성이다. 그러므로 살인의 구체적인 동기나 이유가 부재한 것은 지극히 당연한 일이다. 역으로 영민의 악을 알아보려면 그것을 동물적인 것으로 환원하지 않으면 안 된다. 더욱이 당초 목적을 위해서는 수단 방법을 가리지 않는 포주였던 중호 역시 4885 영민을 직감적으로 알아보았을 뿐 아니라 거의 본능적으로 그를 추적하고 있다는 점에서 다분히 동물적이라고 할 수 있다.

대개 우리는 이것을 그럴듯한 것으로 받아들이고 있다. 여기에 IMF 구제금융 사태 이후 한국사회가 사회 구성원 대다수에게 마치 약육강식의 야생처럼 체감되고 있는 현실이 개재되어 있다고 해도 잘못은 아니다. 그러나 잘 알려져 있다시피 자연에는 이러한 악이 결코 존재하지 않는다.

4) 장미, 「동네에서 가장 야비한 개가 잔인한 들개와 싸우는 얘기다—〈추격자〉의 쫓는 전직 경찰 김윤석」, 『씨네 21』, 2008년 2월 19일 자.

동족의 살해라는 행위 그 자체를 순수하게 향락할 수 있는 동물이란 지구상에 오직 인간 외에는 없다. 그런 의미에서 소위 영민 같은 사이코패스야말로 비자연이며 다시 말해 동물이 아니다. 이것이 자연 또는 동물적인 것으로 보이게 되는 착시(錯視) 아닌 착시가 발생하고 있는 것이다. 이러한 착시는 일찍이 홉스나 루소, 칸트 등이 인간사회 내부에서 빈발하는 불화와 상쟁, 궁극적으로는 전쟁을 인간의 불가피한 본성에 의한 것으로 간주한 이래 역사적으로 친숙한 것이 되었음에도 불구하고 자연 이상 내지는 이하의 것을 자연으로 받아들이는 역설을 내포하고 있다는 점에서 다분히 기묘하다고 할 수 있다.

리얼리티를 확보한 동물 아닌 동물이 도시를 다시 활보할 수 있게 되자 미진은 곧 (탈출했음에도 불구하고) 비참하게 살해당한다. 그런데 우리는 이미 영화 〈괴물〉에서 이와 유사한 악몽과 조우한 바 있다. 말할 것도 없이 괴물은 바로 동물 아닌 동물이 정교하게 시각화된 바로 그것 자체로서 오직 먹이(희생자)를 찾는 충동에 의해 한강 주변의 지하를 자유롭게 배회하고 또한 현서의 생명을 앗아간다. 그럼에도 불구하고 정작 괴물이 아닌 바이러스가 문제시되는 식으로 사태 원인으로서의 혐의가 전혀 다른 쪽에 부여되는 등, 사람들이 한사코 외면하고 또 회피하고자 하는 대상이 되고 있다. 그렇다면 이것은 명백히 줄리아 크리스테바가 『공포의 권력』에서 이론화했던 아브젝시옹(abjection)에 해당한다고 할 수 있다. 거대한 하수구 속에 시체를 늘어놓은 채 도사리고 있는, 본래 자기 일부였던 특정한 폐기물에 대한 기묘한 애착이야말로 모두가 기피하는 괴물에 대한 관객 일반의 실감을 가능하게 하는 원인이라고 해도 좋다. 그것이 오직 충동에 의해 사람을 살해하고 집어삼키는 동물 아닌 동물의 형태로 출현하게 된 것이다.

영민은 명백히 그 괴물의 인격화라고 해도 크게 틀리지 않는다. 주거불명의 전과자 출신에 가진 것이라곤 몸뚱이밖에 없는 한 석공이 무단으로 점거한 변두리 주택에 도사리고 있으면서 밤이면 희생자를 찾아 도살해버리는 것이다. 관객이라면 누구나 그 사실을 알고 있는 가운데, 그는 진작에 범인으로 지목·체포되지만 시장에 대한 오물 투척이라는 사건과 연루되어 영민이 열세 명을 잔혹하게 살해했다는 사실은 러닝타임 내내 좀처럼 확정되지 않는다. 기동수사대의 관련자들이 대부분 확신을 갖고 있었음에도 불구하고 법적으로 영민은 오히려 연쇄살인범의 누명을 뒤집어 쓴 무고한 시민으로 남아 있었다고 해도 좋다. 다시 말해 영민=범인이라는 등식은 한사코 외면되며 급기야 무혐의로 석방되는 사태에까지 이르게 된다. 요컨대 누구에게나 외면될 수밖에 없는, 사태의 원인으로 지목되기에는 지극히 하잘것없는 빈민이라는 점에서 영민 역시 도시의 폐기물에 지나지 않는 존재인 것이다. 법과 경찰로부터 끝내 외면당하는 점에 있어서는 일개 '포주 새끼'에 불과한 중호 역시 마찬가지이다. 희생당한 여성들과 함께 그들은 어떤 의미에서는 명백히 조르조 아감벤이 『호모 사케르』에서 상정한 바 있었던 "벌거벗은 생명으로서의 신성한 인간"을 연상시킨다고 해도 좋다.

그들은 모두 (동물적인 것으로 번역되는) 리비도의 원천이자 대상이라고 할 수 있지만 그것을 식별하거나 또는 개입 가능한 자아나 초자아란 결코 존재하지 않는다. 따라서 동물 아닌 동물, 그러한 아브젝시옹들은 오직 그것들끼리만 서로를 욕망하거나 투쟁하지만 도달 가능한 목표라는 것이 전적으로 부재한 상황에서 그러한 관계는 항상 어긋나며 서로에게 온전한 영향을 미칠 수 없다. 〈추격자〉에 등장하는 잠재적인 것들, 예컨대 정, 미진의 머리, 중호, 영민 등의 존재들은 모두 그러한 것들이다. 즉 에너지의 방향은 존재하지만 그것은 항상 목표에 도달하지 못하고 지리멸렬해지는 오작동 내지는 잠재적인 것으로만 남게 되는 그 무엇인 셈이다. 그러한 폐기물은 어디까지나 현실화될 수 없지만 동시에 강렬한 애착을 불러일으키는 것이다.

정작 문제삼아야 할 것은 다름아니라 바로 이러한 것들이 동물 내지는 자연적인 것으로 환원되는 구조이다. 앞서 누차 언급했다시피 〈추격자〉에서 이른바 '짐승들의 혈투'가 리얼리티를 환기한다면 그것은 실감나는 악몽과도 같은 것일 터이다. 여기에서 리얼리티와 악몽의 관계란 "다양한 이야기들 속의 겹쳐지는 양상, 즉 변화 없는 한결같음은 '실제로 일어났던' 어떤 것의 현실성을 알려주는 반면 '중요하지도 않고 잘 드러나지도 않는' 생략이나 덧붙여진 세부 묘사는 꿈의 실재를 암시해주는 것"[5]이라는 지젝의 언급에 정확하게 대응한다. 즉, 진짜 외상과의 대면을 회피할 수 있도록 현실로 도피하는 (현실을 유지하는) 리얼리티인 것이다. 그렇다면 영민과 중호가 동물로서 그토록 처절하게 대결하는 것에 관한 실감이야말로 현실 그 자체라고 할 수 있다. 또한 단지 충동에 의한 존재를 상정하고 그것을 동물로 간주하지 않으면 현실을 유지할 수 없는 것이다. 역으로 도리어 리얼한 것(the real)은 〈추격자〉라는 악몽에서 그 현실화가 유보되지 않으면 안 되었던 잠재적인 것들이 아닐까. 폐기된 그것은 순수한 동물 혹은 인간으로서 일관이 불가능한 무수한 분열과 도착, 오작동의 계기 등으로 회귀하고 있다. 반쯤 묻힌 채 부패해가는 시체들로 둘러싸인 망원동 24-1번지의 축축하고 음습한 저택 내부는 바로 그런 것들이 떠돌고 있는 장소이다. 리얼리티로 상정하면서 우리가 한사코 외면하려는 아브젝시옹들은 그와 같은 죽음 충동의 다른 이름이라고 해도 좋다.

4. "실수하면 죽는다"의 리비도

살해와 복수의 충동은 제대로 그 대상을 향하지 못하지만, 결국 그러한 오작동이 대상을 파괴하는 원인으로 연쇄된다. 미진에게 내려찍혀야 할 정은 빗나간 대신, 망치가 하필 바로 그때 초인종을 누른 노부부를 가

5) 슬라보예 지젝, 『전체주의가 어쨌다구?』, 한보희 옮김, 새물결, 2008, 295쪽.

격한다. 미진은 마침내 탈출하지만 영민은 공교로운 우연에 힘입어 망치를 손에 넣고 바로 그것으로 그녀를 살해하게 된다. 이때 그야말로 개미처럼 짓밟히는 슈퍼의 여주인은 원래 그의 예정에 없었던 대상이다. 그렇다면 카메라에 포착되는 영민의 살인이란 어떤 의미에서는 항상 우발적인 것이다. 영민이 마치 그러고 싶지 않았다는 듯이 "아니 왜, 왜 사람을 괴롭혀요. 예?"라고 외치며 노부부를 살해하고 있는 것도, 어떤 의미에서 슈퍼의 여주인이 마치 죽음을 자초하고 있는 듯이 보이는 것도 사실은 이 때문이다. 그가 살해하고 싶었던 대상은 원래 미진이었으니 말이다. 뿐만 아니라 중호는 미진의 머리 대신 (영민이 그녀를 살해했던) 망치로 영민을 두드려 패고 있다. 오로지 망치만이 어떻게 돌고 돌아 어떤 목표물에든 적중하게 되는 거의 유일무이한 사물이라고 해도 좋다. 다시 말해서 이것야말로 영민이나 중호, 관객이나 감독의 의지와 무관하게 어떻게든 작동하여 독립적인 결과를 만들어내는 무기이다. 영민과 같은 인간은 단지 격발시키는 계기가 될 뿐이다. 그렇다면 어떤 의미에서 그것은 인간의 의지가 전혀 개입되지 않으며/개입될 수 없으며 오히려 그것을 부분적으로 연루시키거나 혹은 살해와 복수의 직접적인 원인이 되는 물자체(Ding an sich)를 환기시킨다고 해도 좋다. 이것이야말로 어떤 예외도 허락하지 않는 보편 내지는 필연이다. 기이하게도 잠재적인 것들의 오작동은 바로 그것을 촉발시킨다.

그러나 스크린 내부에 현존하는 망치가 살인이라는 결과와 연결되기 위해서는 반드시 그러한 오작동을 포함하지 않으면 안 된다. 이것은 그 유명한 「오이디푸스 왕」에서의 운명의 역설을 연상하게 한다. 알다시피 테베의 왕 라이오스는 신탁의 실현을 미연에 방지하기 위해 그의 아들을 죽이라는 명령을 내리는데, 바로 그러한 운명에의 거부가 실현을 예비하는 제1의 단초가 되며 이는 후에 오이디푸스가 코린토스를 떠나는 것에 의해 다시 반복된다. 말하자면 신탁은 그것에 대한 거부를 사전에 전제하지 않는다면 결코 성취될 수 없는 것이다. 이와 유사하게 〈추격자〉에서 망치란 그러한 인간의 의지와 행동 내지는 착오와 실수라는 오작동을 포함하는 죽음에의 운명 그 자체일 터이다. 〈추격자〉를 비극적이라고 말할 수 있다면 바로 이것 때문일 것이다. 즉, 자기 자신의 오작동, 다시 말해서 서로에 대해서 잠재적인 것으로 될 수밖에 없는 것이, 그것을 포함하는 불가피하지만 예기치 않은 죽음의 운명을 예정하고 있는 것이다.

이것의 다른 이름은 재앙이라고 할 수 있다. 〈추격자〉의 재앙이 자연적인 것으로 보이는 것은 비단 인간이 동물(아닌 동물)로 묘사되기 때문만은 아니다. 본래 인식 가능한 자연이란 인간이 변동의 계기로 작용하기는 하지만 항상 그 결과가 어떻게 돌아올지는 거의 예측할 수 없는 무작위라고 할 수 있다. 예컨대 이것은 지구온난화로 인한 기후변화가 촉발되면서 자연 상태의 균형을 회복하기 위한 모종의 조정을 동반하게 되는데, 정작 그것이 어느 시기 어떤 지역에 무슨 결과를 초래할지는 전혀 알 수 없으며 종종 예측불허의 대규모 자연재해 및 그로 인한 인명 피해를 불러오게 된다는 환경생태론자들의 일반적인 필연론에 정확하게 대응한다고 해도 좋다. 그러나 기실 이러한 조정은 자연의 항상적인 상태이며 달리 말하면 균형 회복을 위한 대량의 죽음을 양산한다는 측면에서 전지구적 규모의 죽음 충동이라고도 할 수 있다. 〈추격자〉에서 경찰로 대변되는 공권력의 작동이 전혀 무력하거나 시종일관 엉뚱한 방향으로 향하는 것도 다름 아닌 연쇄살인 및 그것을 둘러싸고 있는 일체의 악을 이와 같은 불가피한 재앙으로 간주하는 관점 때문이다. 다시 말해 국가나 사회 같은 집단이 재앙 그 자체의 발생 및 현존에 개입할 여지는 없다. 오로지 사전의 예측과 방재, 사후의 수습만이 가능할 뿐이다. 재앙 그 자체를 오직 피해라는 연루의 형태로서만 파악할 수밖에 없는 것과 마찬가지의 단절인 셈이다. 예컨대 도시는 (동물의) 포식이 아닌 (인간의) 살육을 위한 살육을 은폐·차단하는 기묘한 정글이고, 따라서 어디선가 미진 같은 희생자가 죽음에 임박하여 비명을 지르고 있는데, 정작 그 장소를 알 수는 없다. 미진이 살해당하고 있는 바로 그 순간 중호가 자신의 주위를 둘러싸고 있는 무수한 주택들을 두리번거리면서 지극히 절망적인 표정을 하고 있는 것은 그러한 자연적인 충격에 자신이 철저히 무력한 존재로 남아 있을 수밖에 없다는 사실을 절실하게 체감하고 있기 때문이다. 그렇다면 그것은 철저히 도시라는 인위에 의한 재앙이 아니었을까.

그러나 알다시피 미진을 죽음으로 내몬 이, 다시 말해 영민에게 굳이 미진을 보냈던 이는 바로 중호 자신이다. 영민으로서는 그리고 작동해야 할 망치로서는 사실 그 대상이 미진이 아니라도 관계없었을 터이다. 하지만 일단 중호의 결정으로 미진이 '배달'되는 순간에 그녀는 죽음의 대상으로 고정되는 것이다. 따라서 미진의 죽음이라는 그야말로 무수한 오작동으로 인해 예측할 수 없는 것으로 증식해가는 우발적이고 불가피한 재앙에 작용하고 있는 사실상의 거의 유일한 의지는 중호의 것이라고 해도 좋다. 달리 말해 우연찮게도 "실수하면 죽는다"라는 말로 이미 사전에 그러한 사태를 정확하게 예언하고 있었던 중호의 리비도야말로 재앙이라는 자연의 직접적인 · 인간적인 계기를 제공하고 있는 것이다. 흔히 간과되고 있지만 영화가 종반에 이르기까지 중호가 추격했던 것이 사실 영민이 아니라 미진이었다는 것을 기억하지 않으면 안 된다. 말하자면 그는 본래 '자기 것'이었던 것(그것이 미진이든, 미진을 보낸 자기 자신의 리비도든, 실수로 간주되는 것이든 혹은 그 전부든 간에)을 되찾기 위해 추격을 강행하는 것이다. 바로 그렇기 때문에 그토록 절박하게 집요할 수 있었던 것은 아닐까. 그렇다면 〈추격자〉는 스스로가 운명적인 사태의 계기이자 근본이 되는 바로 '그것'임을 들여다보게 된 한 개인이 비극의 주인공으로 전락하는 이야기라고도 할 수 있다. 그런 의미에서 미진의 머리야말로 중호 자신이 계기가 되어 촉발했던 이른바 '자기 이상/이하의 자기'가 회귀한 결과이며 운명의 다른 이름이라고 할 수 있다. 그러므로 영화의 결말에서 미진과의 상징적인 동일화가 이루어지는 것은 결코 우연이 아니다. 미진과 중호가 함께 흘리는 눈물은 불가피한 죽음을 감당해야 했던 그녀, 그리고 그것의 계기가 된 자기 자신에 대한 애도일 터이다.

5. 진짜 자기의 공포

플래시백. 영화 〈클로버필드〉에서 가장 전경화되어 있는 것은 그 어떤 것도 아닌 핸드헬드, 즉 한없이 흔들리는 시점이라고 해도 좋다. 괴물(it)은 오로지 그렇게 포착되지 않으면 안 된다. 그것과 정면으로 마주하는 누군가는 반드시 죽음과 대면하게 된다. 인간을 집어삼키는 그것은 어떤 무기로도 침식할 수 없는 거대하고 강력한 힘이다. 뿐만 아니라 그것으로부터 떨어져나오는 부산물들은 어둠 속에 잠복하고 있어서 어디서 불쑥 출현할지 알 수 없다. 그것은 인간을 포획하여 어디론가 견인해가려들며, 그것으로부터 상처 입은 인간은 도무지 알 수 없는 무엇에 의해 잠식당해가다가 마침내는 붕괴되어버린다. 이것은 이른바 인간 내면의 공포 그 자체와 닮아 있지 않은가. 앞서 언급했다시피 이것이 다스 에스이며 어떻게 증식하게 될지 예측 불가능한 리비도의 도무지 거부할 수 없는 필연에 상응한다는 점을 감안하면 더욱 그러하다.

주인공 롭이 아비규환의 뉴욕 심장부로 자진해서 들어갔던 것은 물론 베스를 구하기 위해서이다. 그러나 그것은 어디까지나 (트래비스를 향해 말하지만 사실은 베스에게, 그리고 자기 자신에게 던진 말이었던 "오늘밤, 행운을 비네"에서 단적으로 확인되는 것처럼) 자기 자신의 리비도에 의한 결과이다. 문제는 그의 일행들 역시 원하든 원하지 않든 간에 롭과 함께 그곳을 향하지 않으면 안 되었다는 것이다. 그리고 그들이 그곳에서 확인하게 되었던 것은 바로 그들 자신의 공포의 현신으로서의 괴물이며, 그것이 자신들을 삼키고 있는 목불인견의 참상이었다.

알다시피 그것이 연상시키는 것은 명백히 9·11 테러와 월드트레이드센터의 붕괴라는 사건이다. 이것이 미국인들에게 있어서 그러한 억압된 리비도가 재앙의 형태로 도래했다는 것을 상징적으로 알렸던 사건이라는 것은 말할 필요도 없다. 단언컨대 그것은 본래 자기 것이지만 어떤 형태로 회귀할지 결코 예측할 수 없었던, 다분히 역동적인 자기 이상/이하의 그 무엇이다. 그런데 공포란 바로 그런 낯선 자기와 대면할 때 발생하며 대개의 경우, 그것이 실제 자기의 모습으로 확인되는 것이 일반적이다. 단적으로 말해서 〈클로버필드〉의 그것은 세계 전체를 지배하는 패권 국가로서 항상적인 전쟁과 내란의 상태를 방조하며 때로는 적극적으로 참전하는, 다시 말해 수십 수백만의 대량 학살을 조장해왔던, 전 인류적 규모에서의 죽음 충동이라고 할 수 있을 법한 미국이라는 재앙 자체가 회귀한 것이라고 해도 크게 틀리지 않다. 그것을 이제 뉴욕이라는 자국 내부의 핵심에서 조우하게 된 것이며 〈클로버필드〉는 바로 그러한 외상에 관한 영화이다. 결말에서 이제까지의 모든 참상을 기록해오던 허드가 그것의 입과 대면한 직후, 자기의 눈이 되어왔던 카메라 앞에 참수의 형태로 낙하한 것은 명백히 그 점을 풍자하고 있다고 해도 좋다.

〈클로버필드〉의 결말은 그것이 공중에서 바다로 낙하하는 것을 우연찮게 포착한 신으로 끝맺고 있다. 즉, 그것이 어디에서 온 것인지, 과연 무엇으로부터 기인한 것인지는 끝내 공백으로 남겨두는 것이다. 그러나 마지막이 곧 시작이 되는 기묘한 순환에서, 어찌되었든 그것은 뉴욕이라는 내부로 회귀하고 있다. 뿐만 아니라 이유가 없는 재앙과도 같은 것이니만큼 그것은 오히려 누구에게나 차별 없이 도래한다는/도래할지도 모른다는 점에서 보편 내지는 필연이다. 원인과 결과 사이에 공백 내지는 오작동이 있지만 도리어 그것이 운명을 구축한다는 점에서 이것은 〈추격자〉에서의 정·참수-망치의 관계와 상당 부분 닮아 있다고 해도 크게 틀리지 않다. 이는 결정론이며 그런 점에서 정치적으로 보면 다분히 수상쩍은 결론이지만 그렇다면 정확히 그 역도 가능하지 않을까. 예컨대 서두에 언급했다시피 부시가 예언했던 (실체 없는) '대량살상무기'가 오히려 전혀 다른 지역에서 지진과 홍수라는 재앙의 근원이 된다는 식의 난센스이다. 그러나 이것은 정반대로 어떤 특정한 리비도가 그야말로 대량살상'무기'로서 세계의 현 상태, 나아가 세계 모든 재앙, 즉 대량 학살을 초래할지도 모를 계기 중 하나가 되고 있다는 것을 지극히 부각시키는 유머이다. 인간은 바로 그러한 대량 학살을 촉발하는 '계기'로서 작용한다. 스피노자의 세계관에 의거한다면 이것은 결코 부인할 수 없는 진실이다.

생성의 계기로서의 잠재적인 것은 현행을 전제한 가능적인 것이 아닌 만큼 예측 불허이다. 그러나 인간은 그러한 예측 불허에 어떤 형태로든 작용한다. 〈추격자〉와 〈클로버필드〉에는 예측할 수 없는 형태로 현행화할 지도 모를 몰락에 대한 지극한 실감과 공포가 있다. 그것은 지금 어딘가에 도사리고 있을지도 모를 어떤 '괴물'에 대한 시공을 초월한 하나의 공통적인 반응이다. 두 영화는 모두 그것이 다름아닌 바로 자기를 가리키며 그 누구도 그러한 운명으로부터 벗어날 수 없다는 사실을 민감하게 의식하고 있다. 자기 자신에 의한 종말과 파국의 운명을 현시하고 있다는 점에서 〈클로버필드〉와 〈추격자〉는 특정한 묵시록의 비전을 공유한다. 그리고 지구의 현 상황은 이러한 재앙의 공유가 결코 우연이 아니라고 말하고 있는 것 같다.

(『문학선』 2008년 여름호)

폐허의 정령

— 월드와이드웹과 텍스트의 데이터베이스라는 물질적 기반에 의거하고 있는 소설들에 대하여

> 사람들은 분명한 것들(to phaneron)을 아는 것과 관련해서도 속는다. 이는 모든 헬라스인 중에서 가장 현명한 자였던 호메로스와 마찬가지이다. 왜냐하면 이를 죽이고 있던 소년들이 다음과 같은 말을 하면서 그를 속였기 때문이다. "우리는 보고 잡은 것들은 남겨두고 가며 보지 못했고 잡지 못한 것은 가지고 간다."
>
> —히폴뤼토스, 『모든 이교적 학설들에 대한 논박』, Ⅸ, 9[1)]

1. 초월과 무화

바야흐로 시공과 차원, 텍스트 내부와 외부의 경계를 초월하거나 무화시키는 소설들의 시대, 라고 단언하는 것은 조심스럽다. 리얼리즘의 재현(representation)이 본래부터 내포한 현실과 허구 사이의 자가당착을 고려하면 더욱 그렇다. 또한 발자크의 '인간희극' 연작들이 서로 미묘하게 겹쳐지며 라스티냑 같은 인물이 그 방대한 허구의 세계의 일부분을 관통하고 있다는 사실은 잘 알려져 있다. 아이작 아시모프의 유명한 SF소설 '로봇'과 '파운데이션' 연작 역시 수만 년을 초월하여 상호 중첩·연결되어 있는, 그야말로 환상적인 우주적 규모의 역사를 구성하고 있는 가운데

1) 『소크라테스 이전 철학자들의 단편 선집』, 김인곤 외 옮김, 아카넷, 2005, 231쪽.

각 개별 작품들 간 빚어지는 미묘한 불일치와 모순 역시 용인되고 있다. 한편으로 추리소설의 전통에서 종종 저자 자신의 분신처럼 여겨지곤 했던 인물들의 형상은 엘러리 퀸에 이르러 작가와 탐정이 사실상 동일시되는 지경에까지 이르렀다. 폴 오스터는 그러한 장치를 절묘하게 활용하여 『뉴욕 3부작』을 쓰기도 했다. 하물며 한국의 경우 구보와 이상의 존재는 또 어떤가? 박태원과 김해경이라는 실명이 과연 그들보다 우월하거나 선행한다고 말할 수 있는가?

그럼에도 불구하고 2000년대 후반부터 출현하고 있는 몇몇 한국소설은 이러한 시공과 차원의 월경이라는 문제에 있어서 확실히 예사롭지 않은 탐색을 시도하고 있다. 박성원의 선구적인 연작은 개별 텍스트 간 경계를 초월하여 복합적으로 얽혀들지 않을 수 없는 인타라망(因陀羅網)의 무한연쇄에 연루된 개인들의 출구 없는 난국을 축조했다.[2] 최제훈은 "펜로즈의 계단"을 걷는 소설가의 편력에 유비 가능한 "3차원의 환영을 파괴"하는 '평면, 다차원, 미로, 무한, 네버 엔딩' 등의 다양한 수사가 첨부될 수 있는 흥미로운, 소설에 대한 소설을 쓰고 있다.[3] 박성원과 최제훈 소설에서의 인물 및 사건이 개별 텍스트 간 경계를 초월하여 그 시작과 끝을 알 수 없도록 마치 우로보로스의 형상처럼 상호 연루되기도 하고 또 완전히 그렇게 되지 않기도 한다는 것은 잘 알려져 있다. 여러 장르의 관습을 능숙하게 차용하는 최제훈과 유사하게 조현의 경우 무수한 종류의 텍스트가, 그야말로 부단히 유위변전하는 의식의 매개를 통해 윤회라는 필연 내지는 자타불이(自他不二)의 상응의 구조로 접속 · 수렴되는 사건

2) 이와 같은 간단한 요약은 신형철, 「아포리아의 제국」, 『몰락의 에티카』, 문학동네, 2008; 강동호, 「악몽 속 세상, 세상 속 악몽」, 『작가세계』 2011년 가을호; 이수형 해설 「고장난 기계가 사랑을 꿈꾸는가」, 『하루』, 문학과지성사, 2012 등과 같은 기존 논의로부터 촉발된 바가 크다.

3) 남진우, 「부유하는 서사 증식하는 세계」, 『문학동네』 2012년 봄호, 165쪽.

들을 드러내 보인다.[4] 최제훈과 조현의 소설에서 거론되는 다종다양한 텍스트의 목록에 있어서 그것이 실존하는가, 그렇지 않은가를 구별하는 것은 그리 중요한 문제가 되지 못한다.

윤이형의 단편 「큰 늑대 파랑」(『창작과비평』 2007년 겨울호)도 약간 다른 측면에서 흥미롭다. 모든 이들이 살아 있는 시체가 되어 서로를 뜯어먹게 되는 세상의 종말도, 사라 · 재혁 · 정희 · 아영 개개인의 소외와 생사(生死)를 초월한 구원도 모두 그 원인과 결과가 복합적 · 다층적으로 얽혀 있다. 물론 그것은 세상의 근저를 잠식해가는 '피내음'에 대한 부지불식간의 간과로부터 초래된 것이다. 또한 무엇보다도 "늑대의 이름은 파랑이다. 파랑은 우리를 지킨다. 우리는 파랑을 지킨다. 언젠가 우리가 우리를 잃고 세상에 휩쓸려 더러워지면, 파랑이 달려와 우리를 구해줄 것이다"[5]와 같은 창조자의 선언이 관철된 결과다. 그러나 1996년의 한 남학생의 죽음으로부터 촉발된 '피내음'과 그에 대한 외면이란 이후에도 장소를 막론하고 동시다발적으로 매 순간 발생하고 있으며 그만큼 누구도 그 책임으로부터 벗어날 수 없는 동시에 직접적으로 죄를 추궁할 수 없는 문제가 되고 있다. 뿐만 아니라 파랑은 모니터와 인쇄물, 현실의 경계를 초월하여 출현하는 초현실적인 존재지만, 1996년 이후 거의 대면한 적이 없을 뿐 아니라 사실상 완전히 분기된, 각기 다르지만 어딘지 모르게 미묘하게 겹쳐지는, 사라 · 재혁 · 정희 · 아영 각각의 병렬적인 삶 및 파국에 직면한 사태를 관통하고 있다. 즉, 「큰 늑대 파랑」에는 사실상 모니터와 현실, 희생자와 생존자, 한국인 회사원과 동남아시아 노동자의 자녀, 이상과 현실 등 일견 상호 무연(無緣)해 보이는 별개의 괴리된 세계들이 중첩되는 계기가 존재한다. 이 점에서 아무리 미미한 순간이나 지엽에 불과

4) 조형래, 「나는 텍스트의 바다로 다이브한다—조현 『누구에게나 아무것도 아닌 햄버거의 역사』」, 『자음과모음』 2011년 겨울호.

5) 윤이형, 「큰 늑대 파랑」, 『창작과비평』 2007년 겨울호, 323쪽.

할지라도 그 필연적인 연결 자체를 도외시하는 일이 도무지 걷잡을 수 없는 예기치 못한 사태를 초래할 수 있다는 것을 경고하고 있는 소설이라고 해도 과언이 아니다. 다만 파랑이 부모들에게 영원한 안식/또는 삶을 향한 모험이라는 양가적 의미의 구원을 제공할 수 있었던 것은 '피내음'에 대한 간과라는 자기원인에 대해 그들 모두가, 출생 직후부터 '피내음'을 각인하고 있었던 파랑의 창조라는 사건을 통해 자신도 모르는 사이에 대응했기 때문일 터이다. 파랑의 형상과 기억을 가장 오래 간직하고 있었던 아영만이 가까스로 구명도생(苟命徒生)할 수 있었던 것이 그 단적인 증거다. 그야말로 차원을 초월하여 질주하는 파랑은 '우리'와 자신을 동시에 상실한 부모들의 각기 다른 평행적인 세계와 파멸을 자유롭게 넘나들고 또한 관통하면서 예언을 성취하는 결과로 회귀한다. 이 점에서 파국과 구원의 궁극적인 원인은 결국 과거에 망각된 자신들로부터 연유한 것이다. 아울러 이러한 세계들의 다층적 교차와 비약에 입각한 「큰 늑대 파랑」의 내용은 좀비영화와 게임, 리얼리즘 소설 간 과감한 크로스오버에 기초한 형식과 흥미로운 일치를 이룬다.

그렇다면 도대체 무슨 일이 일어난 것일까. 파랑이 모니터와 종이의 표면 위에 출력된 평면적 화상(畵像)이라는 물리적 제약을 극복하고 육화된다. 일견 상호 무연해 보이는 세계 또는 각 장르 및 개별 작품들, 실제 및 가상의 텍스트 간 관습적 · 물질적 경계가 아무렇지도 않게 무화되고 또 교차하는 등의 난감한 사태가 현시되고 있다. 이를 그럴듯한 것(verisimilitude)으로 받아들이는 현상은 확실히 과거에 비해 일반적인 것이 되었다. 단지 환상적인 것(the fantasy)을 취급하는 장르 문화적 관습에 대한 광범위한 차용이 자연스러워졌다고 설명하는 것으로는 충분치 않다. 실제로 실재(reality)와 외양(appearance), 사실과 허구 간 역사적으로 유서 깊은 이분법에 대한 의문을 재차 환기하는 이들 소설에 대한 대다수의 논의 역시 주로 그 현상의 역사적 · 문화적 의미와 징후를 읽어

내려는 방향으로 개진되고 있다. 즉 이와 같은 시공과 차원의 초극 및 무화에 기초한 상상력의 형식에 기입되어야 할 특정한 현실에 관한 대응과 같은 내용을 발견하고자 하는 복수(複數)의 시도 자체가, 특정 집단이 공유하던 스타일이 확산되었다는 식의 설명에 만족하지 못하는 일군의 생각이 존재한다는 사실을 방증한다. 이러한 관점을 밀고 나간다면 이 환상 · 가상의 난국은 반드시 해명 또는 타개되어야 한다. 그러나, 과연 정말 그런가.

2. 객관의 중력

심지어 2010년대에 들어 출현한 몇몇 소설은 더욱 극단으로 치닫는다. 손보미의 「과학자의 사랑」(『현대문학』 2012년 6월호)은 서두에 명시되어 있는 것처럼 브라이언 그린 박사가 『포퓰러 사이언스』 2012년 1월호에 기고한 「고든 굴드—과학자의 사랑」을 "설치미술가이자 린디합퍼인 손보미씨"[6]가 번역 · 정리한 글임을 자임하는 소설이다. 『포퓰러 사이언스』는 지금도 간행되고 있는 잡지일뿐더러 고든 굴드, 손보미 또한 실제 인물인 고유명사지만 알다시피 「고든 굴드—과학자의 사랑」은 전적으로 가공의 문헌이며 전개되고 있는 사건 역시 허구이다. 그럼에도 불구하고 서술자(와 좀처럼 구별되지 않는 역자 또한 함께)는 독자가 해당 내용에 대한 정보를 갖고 있다는 것을 전제한 상태에서 이야기하고 있다. 아예 가공의 잡지명을 제목으로 삼고 있는 오한기의 「더 웬즈데이」(〈문장 웹진〉 2012년 6월호)는 사실상 실존하지 않으므로 누구도 읽을 수 없는 허다한 텍스트들이 이루고 있는 하나의 작은 도서관이다. 한편으로 이상우의 「중추완월(中秋玩月)」(『문학동네』 2011년 가을호)과 김솔의 「은각사(隱刻寺)」(〈문장 웹진〉 2012년 7월호)는 각각 홍콩 누아르 및 세계 각국의 B급 갱영화의

6) 손보미, 「과학자의 사랑」, 『현대문학』 2012년 6월호, 85쪽.

전통 및 미시마 유키오의 『금각사(金閣寺)』 등이 선행하지 않았다면 결코 출현할 수 없었을 소설이다. 이와 같은 일련의 소설들에 있어서 에셔의 판화 또는 펜로즈의 계단 등이 현시하는 자기 완결적 구조 내지는 전생과 후생을 유위변전하는 윤회의 필연적 순환 같은, 불가피하게 수렴되지 않을 수 없는 유형무형의 체계를 수립하는 일은 중요한 직무로 여겨지지 않는다. 오히려 최제훈이나 조현의 또다른 측면, 즉 그들 자신이 의존하고 있는 문화적 관행과 취향 등에 기초하여 하나의 자족적인 세계 내지는 텍스트의 성좌를 구축하고자 하는 의지를 끝까지 밀어붙이고 있는 것처럼 보인다.

일찍이 김형중과 손정수에 의해 주목[7]된 바 있었던 이러한 기이한 스타일에 대해 최근 백지은은 "독자 시점의 소설"이라는 범주를 통해 설명하고자 하는 흥미로운 논의를 개진한 바 있다. 즉 "간접 현실이 퍼뜨리는 공감력과 비체험이 끌어내는 개연성은"[8] 인식이 아니라 취향의 공유에 입각한 '반투명한 언어'에 의해 매개되며, 이를 중심으로 저자와 독자 사이의 공모가 성립되는 가운데 사실상 서술자가 독자의 시점에서 이야기를 전개해가는 새로운 형식을 발견하고 있는 것이다. 이것은 "비동화의 공감"을 통해 개별자이면서 전체로서의 조화로운 유대를 확보할 수 있으며 동시에 "다른 세계의 리얼리티를 통해 현실 세계의 자유와 구속에 대해 함께 느끼는" 취미 또는 공감의 코뮤니타스(communitas)를 향한 의지와 관련된다. 간접 현실과 비체험을 매개로 한 "모두인 동시에 하나인" '공감 의지'에 내포되어 있는 가능성을 타진하고 있다는 점에서, 그리고 그것을 은연중에 실로 예사롭지 않은 정치적 비전으로 개시(開示)하고 있다는

---

7) 김형중, 「프랑켄슈타인 박사의 소설쓰기—2011년 여름, 한국소설의 단면도」, 『문학과사회』 2011년 가을호; 손정수, 「허구 속의 허구, 꿈속의 꿈—현실을 반영하지 않는 소설들」, 『현대문학』 2012년 7월호.

8) 백지은, 「공감 의지 2012—독자 시점의 소설들」, 『세계의문학』 2012년 겨울호, 360쪽.

점에서 백지은의 논의가 갖는 의의는 크다. 말할 것도 없이 이는 가라타니 고진과 아즈마 히로키가 입안한 '반투명한 언어'의 개념에 의거, 칸트적 의미의 즉, 미적 판단을 위한, 이성이나 감각이 아니라, 취미의 이상적 규범인 공통감각(gemeinsinn, commonsense)[9]을 적극적으로 재해석하여 새로운 공동체의 이념으로 정초하려는 아이디어에서 비롯된 것이다.

실제로 최제훈과 조현, 손보미와 이상우, 김솔의 몇몇 소설은 특정 독자와의 관행 및 취향의 공유에 입각해 쓰였다. 「과학자의 사랑」에서 나타나는 것과 같은, 독자의 기대지평을 사전에 공유하고 있는 것을 상정한 시점이 이에 부합하는 형식이라는 것도 부정하기 어렵다. 그런데 가령 「과학자의 사랑」은 손정수의 지적[10]과 같이 「그들에게 린디합을」(『현대문학』 2011년 4월호)뿐 아니라 "당신은 언젠가 중력에 맞서서 날아오를 거요./ 그리고 당신은 음탕한 여자가 아니오"[11]라는 결말의 문장을 매개로 전작 「폭우」(『문학동네』 2011년 가을호)와도 연결된다. 그것은 「폭우」에서 맹인 남편을 두고 생계에 시달리는 아내인 '그녀'가 병원에서 본 잡지 『BlueShoe』에 게재된 "나를 여기에 두지 말아요. 내가 중력을 이기고 날아오를 수 있게 도와주세요. 나는 그렇게 음탕한 여자가 아니랍니다"라는 노랫말로 나타난다. 그러나 그 원곡의 출처와 실재는 끝까지 불분명한 채로 남겨진다. 손보미 자신이 「폭우」의 모티프가 되었다고 고백[12]한 바 있으며 「폭우」에도 인용된 뮤지컬 〈위키드(Wicked)〉의 〈중력을 넘어서(Defying Gravity)〉라는 곡의 가사와도 엄연한 차이가 있다. 오히려 그것은 「폭우」와 「과학자의 사랑」 또는 심지어 손보미의 다른 소설 「6인용

9) 이마누엘 칸트, 『판단력비판』, 백종현 옮김, 아카넷, 2009, 238~243쪽.

10) 손정수, 같은 글, 300쪽.

11) 손보미, 같은 글, 111쪽.

12) 손보미, 「작가노트-중력을 넘어서」, 『2012 제3회 젊은작가상 수상작품집』, 문학동네, 2012, 39쪽.

식탁」(〈문장 웹진〉 2011년 8월호)까지 관통하고 있는, 그와 그녀들의 부정(不貞)을 둘러싼 도무지 이해와 소통 따위가 불가능한 것으로 남겨진 상호 교착(交錯)과 시차(視差)의 미스터리를 촉발하는 예언이거나 각자가 뒤늦게 깨달은 진실에 대한 언명처럼 작용한다. 「폭우」에서 이 노랫말은 '그녀'가 강사를 집으로 초대하여 배우자들의 의심을 본격적으로 촉발하는 계기가 되는 동시에 기이하게도 그것에 대한 항변으로 마치 사전에 마련된 것처럼 보이기도 하며 특히 '그녀'가 처한 팍팍한 삶과 공교로운 난국의 의미심장한 출구처럼 제시되어 있기도 하다. 한편으로 「과학자의 사랑」에서 그것은 고든 굴드를 일생 동안 괴롭혔던 두 가지 문제, 즉 중력장 이론의 완성을 무산시키는 백억분의 일 오차와 에밀리 로즈의 본심에 관한 해소 불가능한 의문을 (여전히 미스터리한 것으로 남아 있기는 하지만) 스스로 타개한 결과로 나타난다.

그러나 확실히 손보미 소설의 진정한 주인공은 '그녀'나 '고든 굴드'라기보다 소설에 등장하는 모든 주요 인물이 제각기 간직하고 있는 자기만의 세계가 상호 화해나 소통이 불가능하도록 평행적으로 교착되고 있는 난국이며 동시에 그럼에도 불구하고 그러한 사태의 핵심으로 일체를 이끌어들이는 실체 없는 구멍의 불가사의한 인력 자체다. 앞서 언급한 여러 단편에서 각각 '중력' '폭우' '6인용 식탁' 등으로 환유되고 있는 그것은 주체가 식별하거나 측량하는 것이 불가능하며 어떤 법칙이나 질서로도 수렴되지 아니하는 평행과 우연, 불확정성 등을 모두 포괄한다고 해도 좋을 무저갱의 어둠이다. 텍스트의 이면에 실제로 존재하며 작용한다는 사실만큼은 분명한 그것은 바로 그러한 특성 때문에, 그리고 결코 언명되거나 추상화될 수 없기 때문에 오히려 마치 '중력'이나 '폭우'처럼 어느 누구도 거부하거나 회피할 수 없는 무차별 · 무작위의 필연성으로 작동한다. 요컨대 사실은 반드시 확인되어야 하는 것도 아니고, 운명은 특별한 이유가 있어서 부과되는 것이 아니며, 어떤 인과도 없이 사소한 계기가 치명적인 결과로 회귀할 수 있을 뿐 아니라, 모든 시차 또한 해소되지 못할 수도 있고, 세계는 완성된 것도, 반드시 그렇게 되어야 하는 것도 아닌 그 자체로 있는 것이다. 하지만 또한 반드시 그런 것만은 아니며 이 모든 것의 반명제나 역명제도 얼마든지 가능하다. 다만 통념과 달리 전자가 여러모로 후자의 상위에 정위된다. 그리고 이 기이하지만 철저하게 불편부당한 우주를 나름대로 타개하려는 일체의 시도는 무의미하며 누구나 회로(回路)의 내부를 영원히 유전하지 않을 수 없다. 바로 이것이 손보미 소설의 기저에 자리한 세계관이다. 인간의 주관이 이 불가항력의 자연 앞에서 빛을 잃고 망연자실하는 무수한 순간은 오로지 이와 같은 표상 불가능한 암흑을 불현듯 간접적으로만 환기하는 계기로서만 중요하다. 이 지하의 어둠 속에서 텍스트 간의 경계 내지는 각각의 실재나 진위 여부라든가 저자와 독자의 구별 등이 중요한 문제가 되지 못한다는 것은 자명하다. 오히려 특정 텍스트의 표면에서 돌출했던 모티프가 텍스트나 현실, 또는 기타 여러 영역의 경계를 초월하여 어디에서든 아무렇게나 출현할 수 있거나 연결될 수 있다는 것이야말로 자연스러운 현상이다.

공교롭게도 이와 같은 도저한 자연은 오늘날의 과학이 기꺼이 인정하고 있는, 전통적 방법론에 의해 도무지 해명되지 않을뿐더러 인간중심주의를 근본적으로 배척[13]하는 객관과 닮았다. 다만 과학이 그 해명을 기약하는 부단한 실천의 벡터로서 기능하고자 하는 스스로의 신앙을 포기하지 않고 있는 것과 달리 손보미 소설의 자연은 그와 같은 종류의 범접 자체를 허용하지 않거나 지양한다. 단지 그 드러냄의 순간적인 계기 그리고 "당신은 언젠가 중력에 맞서서 날아오를 거요./ 그리고 당신은 음탕한 여자가 아니오"와 같은 언어를 통한 직관과 위안, 초월의 가능성만을 조심스럽게 구성하고 있을 뿐이다. 그러나 그것이 반드시 통상적 의미의 구원

13) 존 그레이, 『하찮은 인간, 호모 라피엔스』, 김승진 옮김, 이후, 2010.

으로 수렴되는 것은 아니다. 가령 고든 굴드가 평생 동안 매달렸던 백억 분의 일 오차는 결국 오차가 아니었으며 그의 방정식은 이미 완성되어 있었다는 사실이 사후에 밝혀진다. "'고든 굴드의 트라이앵글', 중력에 저항하는 지역"은 "천분의 일 밀리미터에 불과한 크기이지만 문자 그대로 몸이 공중으로 떠오는 말로 표현할 수 없는 행복감 경험을 가능하게 해주는 공간임과 동시에 발을 잘못 들여놓으면 죽음을 맞이할 수 있는 위험한 공간"[14]이라는 실체가 바로 그 증거다. 그러나 중력을 넘어설 수는 있지만 그것은 죽음의 가능성을 담보로 한다. 에밀리 로즈는 결국 고든 굴드를 좋아했다고 고백했지만 바로 그 순간 비비안에 대한 사랑 또한 환기되며 그는 극심한 피로를 느낀다. 「과학자의 사랑」은 기존의 손보미 단편들과 달리 고든 굴드의 의문이 나름의 해답을 얻고 있다는 점에서 예외적이며, 일말의 가능성을 시사하는 것처럼 보이지만 유보와 여지는 항상 남겨진다. '반드시 그렇지 않을 수도 있다'의 가능성과 같은 불편부당한 객관으로부터 결코 벗어나지 않는 것이다.

3. 텍스트와 디테일의 폐허

『연애소설을 읽는 노인』(1989)의 안토니오 호세 볼리바르에게 있어서 '연애소설'은 자신의 삶 전반에 연애라는 것을 투영시키기 시작하는 계기이며 인간에 대항하는 암표범의 목숨을 건 사투라는 불가사의의 전모를 이해 · 전유하도록 하는 틀이다. 그것은 인간의 무지와 야만에 대응하여 노인이 근접하고자 하는 충만한 삶의 신비를 향한 이야기 자체를 구성하고 있다. 이 점에서 뒤늦게 습득한 문자와 '연애소설'은 비록 그것이 무용하거나 근본적으로 환상에 지나지 않을지언정 그에게 있어서 일종의 삶의 해방적 계기로 작용한다고 해도 틀리지 않다. 그가 '읽을거리'를 찾아

14) 손보미, 같은 글, 110쪽.

여행을 떠나고 의사가 정기적으로 가져다주는 연애소설을 애지중지하면서 탐독하는 것은 바로 이러한 이유에서이며 그러나 또한 『연애소설을 읽는 노인』의 세계 속에서 그것이 그만큼 희귀하기 때문이다.

반면 오한기의 「더 웬즈데이」에서 주간지 『더 웬즈데이』로 대표되는, 삶의 형식을 매개하는 그러한 이야기들은 실로 널려 있다. 분명 '나'의 아버지에 관한 사실과 이력은 주간지의 기사를 통해 전해지며 그와 관계된 민수의 배우로서의 면모와 각종 스캔들 역시 마찬가지다. 이연의 노동조합운동 및 한상경의 편력과 실종을 촉발한 그들 자신의 욕망 역시 각종 텍스트에 의해 매개된 삶의 형식과 구별되지 않는다. 심지어 『더 웬즈데이』의 세계에 실로 미만해 있는 외면적 간접화에 의한 욕망의 모방[15] 그리고 그것을 가능케 하는 무수한 인명과 텍스트를 단순히 추종하는 것에 만족하지 못하는 '나'를 비롯한 여러 개인들은 아예 실제로 포르노소설을 쓰기까지 한다. 그러나 일체를 비근한 것으로 전락시키는 사전 규정의 수사가 넘쳐나는 이 세계 속에서 '나'와 한상경이 쓰는 소설은, 존 카사베츠의 아류인 〈세입자들〉처럼, 언제나 원본의 아우라를 발산하는 것으로 상정된 대상들에 가닿지 못하고 지리멸렬해진다. 마르크스 붐처럼, 그러나 단 한 차례에 그쳤던, 귀마개를 한 채 오로지 자신만의 경기에 집중하고자 하는 동경은 도무지 그것을 불가능하게 하는 타자들이 넘쳐나는 세계 속에서, 그리고 그것조차 실상 외면적 간접화에 의한 욕망의 모방의 회로에서 근본적으로 벗어나지 않는 것이라는 점에서, 언제나 무망한 자가당착의 비전에 그치고 만다. 가령 '내'가 실제로 만났던 민수는 사진이나 영화를 통해 접한 배우나 섹스 스캔들의 주인공으로서의 면모와는 사뭇 다른 매혹의 대상이었지만 그 즉시 통속극의 여주인공이라는 표상으로 치환된다. 반면 볼링장에서 만난 하켈리네를 닮은 여성에 대해 기꺼이 매혹

---

15) 르네 지라르, 『낭만적 거짓과 소설적 진실』, 김치수 · 송의경 옮김, 한길사, 2001.

되고 싶어하지만 곧 원 배우와 다른 면모를 발견하고 심드렁해진다. 타자를 향한 욕망의 모방을 부추기는 각종 수사가 주간지의 지면상에서 이미 진부해져버린 세계 속에서 그들은 언제나 하고 있는 섹스보다 하고 싶은 섹스를 동경할 수밖에 없으며 바로 그렇기 때문에 포르노소설을 쓰거나 한상경처럼 영원히 방황하게 되는 것이다. 그러므로 "저도 곧 떠날 겁니다"라든가 "아직 도망치는 중이에요"[16]와 같은 언명은 구원을 향한 탈출이 아니라 이연의 경우처럼 단지 대상을 바꾸는 것에 불과하다는 점에서 결국 원점으로 회귀하는 일이다. 단지 가능한 것은 모방의 대상인 타자의 환영과 자기가 속한 세계 간 해소 불가능한 낙차와 괴리 및 그로 인한 허무와 비애를 실감하는 것뿐이다. 그러므로 주간지 『더 웬즈데이』가 양산해내는 것과 같은 각양각색의 우상(偶像, idola)이 끝을 모르고 추종되는 세계 속에서 열거되는 인명과 텍스트 같은 외면적 간접화의 대상 대부분이 가공의 산물인 것도 결코 우연이 아니다.

「더 웬즈데이」의 세계에서 일체는 마치 볼링장처럼 내용을 상실한 형해(形骸)나 폐허로 체감될 수밖에 없다. '나'와 한상경, 이연, 민수는 모두 스스로의 진정성(authenticity)의 도착된 거울인 미망 속에서 기꺼이 배회하고자 하는 자들이다. 그러나 그들의 꿈은 알다시피 이미 지나가버렸거나 미처 도착하지 않았으며 앞으로도 영원히 그런 어중간한 상태에 머물 것이다. 공교롭게도 김솔의 소설에도 그러한 불가능한 꿈을 좇는 개인들이 등장한다. 김솔의 「은각사」에는 앞서 언급한 대로 『금각사』를 추종·극복하려는 야마다 남매들이 등장하여 무라카미 류의 『69(Sixtynine)』식으로 그들만의 허랑방탕한 혁명을 도모하지만 뜻을 이루지 못한다. 김솔의 「소설 작법」(『문학과사회』 2012년 가을호)은 아예 "진짜" 소설가가 되고 싶어서 개인 창작과 공동 협업, 예술가로서의 자의식과 백과사전 판

16) 오한기, 「더 웬즈데이」, 〈문장 웹진〉 2012년 7월호.

매 피라미드 조직의 일원, 문학의 혁명 대 표절과 사기 사이를 오고가며 이중삼중의 모방과 참조를 감수했음에도 불구하고 종국에 가서 '내가 쓴 것'에 대한 미련을 버리지 못하는 작가 지망생을 출연시킨다. 그 과정에 참여하는 개인들을 지칭하는 이름은 의미심장하게도 '도메크' '마사오' '공손승' 등이다. 저자 자신이 "수십 편의 소설들을 읽고 단장취의(斷章取義)한 무명의 편집자"[17]라고 자인하고 있는 것처럼, 각양각색의 텍스트가 크로스오버되고 있는 김솔의 소설들은 그러한 타자를 모범으로 삼아 좌충우돌하는 개인들의 어처구니없는 모험을 재기발랄하게 그리고 있다는 점에서 흥미롭다. 하지만 그 근저에 결코 자신의 것으로 전유할 수 없게 되었으며 언제나 항상 부분적인 탐닉만 가능한 그와 같은 대상들에 대한 멜랑콜리가 자리하고 있다는 점에 있어서만큼은 「더 웬즈데이」와 유사한 세계관으로부터 출발하고 있다고 해도 과언이 아니다. 단지 그 텍스트를 쫓는 모험의 유희 자체에 보다 몰입하고 있는 편이다.

한편 이상우의 소설에는 욕망을 매개하는 타자라고 이를 만한 것이 없으며 따라서 주체도 없지만, 그렇다고 해서 동물과 속물들이 산주검처럼 배회하고 있지도 않다. 다만 그러한 일체의 존재 이전/이면의 폐기되고 부서진 파편들 내지는 죽음의 그림자가 배회하고 있는 꿈속 세계 그 자체일 뿐이다. 가령 「중추완월」의 '위'는 비극적 최후를 맞이하기 이전부터 이미 죽음 목전에 갔던 적이 있고 사체를 처리하는 청소부였으며 그 페티시즘적 일부로서 손을 곁에 둔 채 집착하고 있는 등, 죽음은 이미 그의 일부이자 친구였다. 자신의 소임을 기계적으로 이행한 결과로 가해지는 무자비한 폭행과 살해 청부에 대해 그토록 초연할 수 있는 것은 이 때문이다. 오히려 결코 하나의 전체로 완성될 수 없을 (세계와 신체의) 부분과 말단들 자체가 매 순간 독자적으로 실감되고 있다. 이와 같은 디테일이 위

17) 김솔, 「제3회 웹진문지문학상 수상소감」, 〈웹진 문지〉, 2012년 2월. 김솔 및 오한기와 이상우의 소설을 구성하고 있는 각양각색의 텍스트에 대해서는 별도의 논의가 필요하다.

를 비롯한 모든 사람의 생사 및 그에 관련된 사건의 전말보다 더욱 생생하며 또한 중요한 것이다. 그것은 이승의 삶 · 완결성 · 어떤 전체 등을 항상적으로 저해하는 불가사의한 부(否 · 腐)의 분열된 리비도 일체다. 그러므로 「중추완월」이 영화적 스타일을 차용한 일종의 내용 없는 형식만으로 완결되어 있는 것은 당연하다. 이것은 이러한 디테일을 그나마 통합시키는 최소한의 장치다.

이상우의 「비치」(『문학동네』 2012년 여름호)에서 퇴물배우인 '내'가 이모의 사체를 찾아가는 여정에는 사실 어떤 필연적인 이유도 없다. 그러나 그녀의 죽음은 마치 메이처럼 그의 편력에 함께하며 실제로 '나'는 술집 화장실에서 구두끈으로 목을 매단 적도 있다. 단지 이모의 사진이 촬영된 장소를 찾아다닌다고 하는 최소한의 동기가 메이와, 그녀가 '커티스 메이필드'로 명명한 '나'를 이끌어간다. 하지만 사실 그들이 방문하는 각 장소가 이모 자신의 삶과 나름 관련되어 있을지도 모른다는 것보다 중요한 것은 그곳의 풍경, 분위기, 타인들의 웃고 떠드는 행위 등의 디테일이다. 사진과 달리 이모가 그 현재의 장소에 자리할 곳은 없다. 마치 유년 시절 남자와 싸우던 이모의 모습보다 그 상황에서 계속해서 들이마셔야 했던 자신의 콧물만을 기억하고 있는 것처럼 말이다. 일반적으로 삶에 있어서 중요한 것들로 간주되는 것보다 그러한 사소한 디테일과 그것이 환기하는 전반적인 분위기가 우위에 있다. 그렇기 때문에 이모의 사체가 안치된 수납장을 곁에 둔 채 검시관의 사소한 일상에 대한 장광설을 듣고 주머니에서 빠져나가는 희미하고 낯선 모래알의 감촉을 느끼며 해변의 소리를 감각할 수 있는 것이다. 「중추완월」과 「비치」에서 그러한 디테일들이 달과 같이 어디에서 엄연한 객관으로 떠 있다는 사실만큼은 부정할 수 없는 것이다.

이상우의 또다른 소설 「객잔」(〈문장 웹진〉 2012년 7월)에 대해서는 기존의 심사평을 인용해보는 것도 좋겠다. "「객잔」은 이와 같은 경향을 대표하는, 다분히 기이하지만 매혹적인 스타일로 조직된 단편이다. 절정곡(絶情谷)의 단장애(斷腸崖)에서 십육 년의 시차를 두고 투신했던 양과와 소용녀가 『신조협려(神雕俠侶)』의 전개와 달리 서로를 찾아 헤매다가 엇갈린 끝에 찾아들고, 소설의 배경과 동시대에 실존했던 문인 이규보가 찾아와 시를 쓰는 기이한 흑백의 장소가 객잔이다. 소용녀가 「영정중월(詠井中月)」을 언급하는 기이한 장면이 단적으로 시사하는 것처럼 (물론 무협소설의 전형적인 장치 중 하나이기는 하지만) 중원과 고려, 역사와 소설, 실제와 가상이라는 다양한 격차를 초월하여 공존하는 그들 각자는 화자인 '나'를 통해 매개될 뿐 결코 서로를 대면할 수 없다. 객잔에 머무는 동안 그들은 단지 자신 그리고 서로에 대한 꿈을 꾸고 있을 뿐이지만 세계의 끝, 사후 세계, 꿈속으로부터 결코 분리될 수 없는 이 객잔에서 그들 자신이 꿈속에 나비가 된 것인지, 나비가 꿈속에 그들 자신이 된 것인지 구별할 도리는 막연하다. 심지어 '내'가 규보이기도 하고, 양과이기도 하며 미야세이기도 한 이 세계 속의 모두는 서로의 일부 또는 전부를 미묘하게 답습하거나 공유하고 있다. 그들 자신의 경계는 지극히 모호하며 도착적이고 심지어 서로를 그대로 통과해나갈 정도로 실체가 없는 유령 같은 것이 되어 있다. 그러므로 그 어떤 미래도, 이해도, 의미도, 내용도, 정체성도 가능하지 않은 이 기묘한 세계에서 나를 포함한 등장인물 모두의 이름은 사실 아무것도 아니게 된다. 그들 각자는 그저 자신들의 부질없는 미망과 집착의 부서진 편린들을 잠시 마주하고 스쳐지나갈 뿐이다. 아이의 주검과 떨어져나간 팔과 남창과 창기와 파계한 승려와 그저 아무나 베는 검객 같은 폐기된 것들이 주위를 배회하고 있는 세상 저편의 풍경 속에서 일체의 미망과 집착은 자신의 좆을 빨거나 우물에 뜬 달을 길어올려 간직하려는 식의 부질없는 행위에 지나지 않는다. 백일몽 그 자체라고밖에 설명할 도리가 없는 이 단편에서 분열과 모순과 자가당착은 극단적으로 전경화되어 있다. 그리고 그것들은 인간이라면 누구나 감수하지 않을 수 없는 것이다."[18]

이와 같은 이상우의 소설은 세속의 전일적 · 통합적 구심력에 대응하는 디테일과 죽음의 파편적인 원심력을 두드러지게 한다. 그리고 앞서 언급한 손보미와 오한기, 김솔의 소설과 유사하게 칸트적 의미의 "반감의 비애"에 기초해 있다고 해도 틀리지 않다. 칸트가 일생 동안 관철하고자 했던 미적 판단의 자기규정으로 간주될 수도 있는 그것은 "이런 비애는 운명이 다른 사람들에게 씌우는 해악에 관한 것이 아니라,—이런 비애의 원인은 공감이다—사람들이 서로 간에 저지르는 해악에 관한 것으로서,—이런 비애는 원칙적으로 반감에 의거한다—이념들에 의거한 것이기 때문에 전자의 비애가 기껏해야 단지 아름답다고 여겨질 수 있는 데 반하여, 이런 비애는 숭고한 것이다"와 같은 문장에서 규정되고 있는 것이다. "사람들이 이 세상에 대해 더이상 아무것도 듣지도 보지도 않기 위해 그리고 이주하고 싶어하는 황야, 그러면서도 극도로 고통스러운 거주밖에는 인간에게 제공할 수 없을 정도로 그렇게 아주 황량해서는 안 되는 황야의 광경이 불러일으키는 흥미로운 비애"[19]인 그것이 자연에 대한 역학적 숭고에 의거하고 있는 매혹의 근거라는 것은 말할 필요도 없다. 그리고 그 자연은 세속을 실질적으로 작동시키고 구성한다고 여겨지지만 동시에 근대 이후 모든 분쟁과 해악의 근원이 되어왔던 인간중심주의 · 오리지널리티 · 합리 · 인과 · 전체성에 대한 신앙의 맞은편에 선다. 그 영속하고 도무지 거부할 수 없는 자연이 손보미와 오한기와 이상우의 소설에서 각각 세속에 대응하는 객관, 타자에 부단히 미달하고 남은 폐허, 부서지고 남은 디테일의 아브젝시옹(abjection) 등으로 체현되고 있는 것이라고 해도 과언이 아니다.

---

18) 조형래, 「2012년 10월 '이달의 소설' 선정의 말」, 〈웹진 문지〉 2012년 10월.

19) 이마누엘 칸트, 같은 책, 292~293쪽.

그런데 왜 하필 지금 이러한 형식이 가능해진 것인가? 이와 같은 언표 · 식별 불가능한 영역이 각양각색의 스타일의 혼성모방 · 상호 연결을 통해 간접적으로나마 포착 · 암시되고 또한 독자들에게 실감될 수 있는 실질적인 기반은 과연 무엇인가? 공교롭게도 앞서 언급한 소설 가운데 일부는 그 가능성을 근본적인 차원에서 무망한 것으로 치부하거나 부정하는 인식을 드러내 보인다는 점에서 이러한 의문을 제기하는 일조차 자가당착에 빠질 수 있다. 그럼에도 불구하고 미리 말해두자면 이것이 가능한 물질적 조건은 이미 우리 곁에 도래해 있는 것으로 보인다. 그리고 이와 같은 의문에 답하기 위해서는 다소의 우회를 거쳐야 한다.

4. "인터넷에 쓰는 글은 지울 수 있는 게 아냐. 잉크로 새기는 거지"[20]

디스플레이를 들여다보면서 키보드를 두드리고 마우스를 클릭하거나 스크린을 손가락으로 터치하는 개인의 모습은 확실히 포스트 산업사회의 인간에 관한 보편적 자화상이다. 우리가 몰입하고 있는 대상이 보조기억장치의 데이터를 불러온 것이든 아니면 월드와이드웹에서 패킷 단위로 전송된 것이든 간에 말이다. 테크놀로지의 발전에도 불구하고 인터페이스의 매개를 통해 디스플레이 너머 또는 기기 자체의 배후에 존재하는 (저장된) 것으로 가정된 데이터와 교감한다는 형식 자체는 그리 변하지 않았다. 그런데 디스플레이를 응시하며 입력장치를 조작하고 있는 신체 그 자체를 여전히 그 자신이라고 단언할 수 있을까. 만약 그렇지 않다면 월드와이드웹의 어느 한 영역을 부유하거나, 또는 터치 · 클릭할 때마다 이동하는 페이지와 페이지 사이에 존재하고 있는 것인가.

전통적 이분법에 기초한 물음이지만 답하기는 쉽지 않다. 분명한 것은 사이버스페이스를 유영하는 자아라는 흔해빠진 수사(修辭)를 단순히 간

20) 데이비드 핀처, 〈소셜 네트워크〉, 2010.

과해서는 안 된다는 점이다. 그것은 일반적으로 〈매트릭스〉(1999)나 〈트론〉(2012) 등의 영화에서 '실재의 사막'과 대응되는 것으로 구현(프로그래밍)된 가상현실 내의 모험에 이끌려들어간 개인과 같은 의미로 통용된다. 하지만 그것이 전부는 아니다. 오히려 인터넷의 다양한 웹사이트를 방문한 기록이 해당 서버에도, 자신의 컴퓨터에도 고스란히 남게 된다는 사실에 유의해야 할 것이다. 굳이 블로그 또는 SNS를 하거나 댓글을 달지 않더라도 우리는 월드와이드웹의 프로토콜 및 익스플로러나 사파리 같은 브라우저의 매개를 통해 자신이 거쳐가는 무수한 사이트가 무작위 · 무순서로 중첩되어 있는 경로의 흔적을 남긴다. 즉, 사이버스페이스를 구현하고 있는 기성의 틀 위에 자신의 정처 없는 여행과 관련된 이야기라고 해도 좋을 무언가를 의식하지 못하는 사이에 항상적으로 쓰고 또 갱신하게 되는 것이다. 개인이 이동했던 경로는 터치나 클릭, 즉 방문에 의한 엄연한 실천의 결과가 된다. 그 흔적은 물질적으로 기록되어 축적되며 사이트에 따라 보존하기도 하고 정기적으로 삭제되기도 하기 때문에 언제나 파편적으로 떠돌게 된다. 대개 합리적 선택의 결과도 아니고 전혀 일관성을 발견할 수 없을 뿐 아니라 매 순간 갱신되는 그 흔적의 부분적인 집적과 총합은 그러나 일종의 패턴을 형성한다. 일정 부분 개인의 충동과 취향을 부지불식간 반영하고 있는 그 패턴의 총체를 '나 자신'과 무관하다고 거부할 도리는 없다. 아즈마 히로키는 그 패턴의 공동체적 집합으로부터 "일반의지 2.0"이라는 새로운 정치의 기반을 정초하려고 했지만 여러 면에서 그것은 아직 미정형의 가능성으로만 남아 있는 상태다.[21] 오히려 '지금 여기'에 엄연히 현존하는, 이러한 유영의 흔적이 산출하는 파편과 패턴에 구애될 수밖에 없는 개인의 형상 및 그것을 둘러싼 물질적 조건을 회피한다는 것이 더이상 불가능해졌다는 사실에 보다 유의할 필요

21) 아즈마 히로키, 『일반의지 2.0』, 안천 옮김, 현실문화, 2012.

가 있다. 즉, 디스플레이를 들여다보며 터치 · 클릭을 한다는 것은 결국 기존의 모든 텍스트를 전방위적으로 그야말로 탐욕스럽게 집어삼키고 있는 월드와이드웹에 대한 부단한 상호 참조와 모방에 입각하여 자신의 불규칙적인 여정에 대해 매 순간 쓰고 또 쓴다는 것을 의미한다. 또한 월드와이드웹을 사실상 지탱하는 전 지구적 자본주의 및 투기 자본, 유무선 초고속 인터넷망 등의 토대로부터도 분리하여 사유될 수 없다. 그리고 그 과정 자체는 실상 월드와이드웹에 구축된 기존의 복합적이며 다층적인 틀에 접속하여 거기에 부분적인 변경을 가하는 것이라고 해도 틀리지 않다. 비록 그 즉시 의식의 저편으로 처분되어버렸을지언정, 그 행위의 흔적에 관한 자동기술의 일부 또는 전부는 잉크와도 같은 물질적 실체로 새겨져 결코 지워지지 않은 채 지금 이 순간에도 어딘가를 부유하고 있다.[22] 즉 우리는 자동기술과 망각을 반복한다. 하지만 그 흔적은 어딘가에 남아 있을지 모른다. 오히려 그것은 철저히 0과 1이 구성하는 이진법을 기반으로 하는 디지털 신호로 환원될 수 있다는 점에서 철저히 수적이며 동시에 반드시 HDD(hard disk drive)상에 자기(磁氣)적으로, 플래시메모리나 SSD(solid state drive)에는 전기적으로 기입되는 데이터로 환원될 수 있다는 점에서 물질적이다. 무선 인터넷의 보급만큼이나 일반적이고 구체적인 토대로서 작동하는, 이와 같이 일반화된 시대적 조건으로부터 완벽히 자유로울 수 있는 개인은, 그리, 많지 않다.

프리드리히 키틀러는 "기술적 미디어는 전략적으로 인간의 감각을 능가하도록 개발됐기 때문에 소위 인간의 모델이 된다"[23]고 썼다. 회화, 영

---

22) 이상은 조형래, 「네트워크의 사생활—90년대 초반 대중소설에 나타난 컴퓨터와 네트워크, 그리고 그것을 둘러싼 거주공간의 표상들」(대중서사학회 2011년 상반기 학술대회 발표 원고) 중 일부를 전면적으로 개고(改稿)한 것이다.

23) 프리드리히 키틀러, 『광학적 미디어: 1999년 베를린 강의』, 윤원화 옮김, 현실문화, 1999, 60쪽.

화, TV 등이 입각해 있는 착시 효과가 일반화되면서 오히려 인간의 시각적 인지 방식을 실질적으로 규정해왔다는 이러한 단언은 그 논점을 약간 달리하면 기본적으로 인터넷과 같은 뉴미디어에 대해서도 유사하게 적용될 수 있다. 그러나 스크린을 통해 출력된 (근본적으로는 가상에 불과한) 사이트 및 프레임, 그리고 그것이 환기하는 각종 디지털 이미지 등에 의해 우리의 감각이 결정되는 것 못지않게 중요한 문제가 있다. 그것은 앞서 설명한 바와 같은 월드와이드웹상 개인의 편력에 대한 자동기술 및 불가항력적으로 망각해버릴 수밖에 없었던 그 물질적 실체의 일부 또는 전부가 회귀하여 부지불식간 우리 자신의 어떤 부분을 실질적으로 결정하게 될지도 모를 갑작스러운 사태에 대한 불안이다. 가령 아마존의 웹마스터(인간이 아니라 프로그래밍된 알고리즘 자체가 인격을 획득하게 된 존재)가 과거 구매 내역을 기초로 개인의 기호와 취향에 적합한 추천 상품의 목록을 전송해오거나 페이스북이 스스로도 잊고 있었던 인맥을 복원하여 친구를 추천해올 때 느끼지 않을 수 없는 찬탄 섞인 경악 그리고 또한 개인정보유출 사태 및 그로 인한 피해가 부각될 때마다 두드러지는 집단의 알레르기적 반응 등이 그 대표적인 사례다. 이 모두는 개인에 의한 온라인/오프라인에서의 사소한 선택이 누적된 결과다. 그러나 이것은 빙산의 일각에 불과하다. 심지어 직접 인터넷에 로그인하지 않았다고 해도 마찬가지의 사태에 직면할 수 있다. 데이비드 핀처의 영화 〈소셜 네트워크〉에서 마크 주커버그가 '페이스매쉬'를 구축할 때 사용했던 여성들의 사진은 각 기숙사 웹페이지에 저장되어 있던 개인 신상 데이터베이스를 해킹하여 얻어진 것이었다. 그 여성들이 자신의 사진을 서류로 제출했든, 직접 온라인에 등록했든 간에 월드와이드웹에 직간접적으로 연결되어 있는 한 어느 누구도 자기로부터 비롯된 일부 또는 전부가 예기치 않게 회귀하는 사태로부터 결코 자유로울 수 없다는 사실은 자명해졌다. 또한 어떤 개인이 사이버 범죄로 처벌받게 될 때, 다시 말해 법의 이름 아래 호명될 때,

이것은 그 자신의 IP, 즉 위치를 확인할 수 있도록 하며, 동시에 움직일 수 없는 그 자신 행위의 증거로서 채택된다. 이것은 하드디스크에 저장한 파일이나 직접 인터넷에 남긴 글 못지않게 그 자신의 행위에 관한 결정적인 흔적으로 간주된다. 개인의 실명과 신체는 이러한 맥락에서는 전적으로 무의미하지만 행위의 결과나 정치적 성향, 취향 정도는 완벽하게 식별 가능하다. 그러나 이러한 행위의 흔적이 구체적으로 포착되거나 실체화되는 것은 사실 예외적인 사태다. 우리는 매일 자신의 여정을 쓰고 그것은 물질적으로 저장되지만 그 대부분은 소거되거나 일부만 남으며 그나마 완벽히 망각되는 것이 보통이다. 그럼에도 불구하고 이와 같은 구체적인 물질성의 객관에 입각한 '억압된 것의 회귀'의 가능성에 전율하는 것은 이 시대의 일상적인 조건이 되었다고 해도 과언이 아니다.

한편 나카다 히데오(中田秀夫)의 〈링〉(1998)은 알다시피 브라운관 컬러 TV 시대의 일반화된 공포를 반영하고 있는 영화다. 노이즈와 전자파로 칠갑된 사다코의 화상이 브라운관의 형광면 너머 현실 이편으로 주사(走査, scan)되는 순간, 누군가 죽는다. 단적으로 말해 그것은 화면 배후의 공허(실제로 브라운관 TV 수상기의 뒷면을 두드려보고 거기에서 울리는 텅 빈 소리를 들어본 적이 있는 이라면 무슨 의미인지 짐작할 수 있을 것이다)에 원령 같은 불가사의한 타자가 잠복해 있을지도 모른다는 막연한 불안에서 비롯된 것이다. 그도 그럴 것이 우리는 TV를 통해 실상 보고 싶어 하거나 적어도 감당 가능한 착시에만 만족해왔다. 그러기 위해 부지불식간 외면해버린 리비도 내지는 수신하지 않은 전파의 총량은 실로 막대할 것이다. 적어도 어딘가에 실재한다는 사실만큼은 확실한 그것이 원한 어린 육신이라는 구체적인 내용과 형식으로 육화되어 브라운관의 주사선을 찢고 나오는 기이하기 짝 없는 회귀 앞에서 망연자실하지 않을 수 있는 개인은 그리 많지 않을 것이다. 그러나 〈링〉의 사다코의 원한에는 납득할 만한 하나의 이유가 있다. 뿐만 아니라 원령의 습격은 TV 수상기가 있는 곳이라면 어디든지 그야말로 무차별적으로 이루어지며 심지어 사다코의 원한과 직접적인 관계가 없는 이들까지 희생된다. 이러한 〈링〉의 살인이 '방송국에서 일원적으로 송출된 전파라는 원인—TV 수상기를 통해 무차별적으로 수신되는 결과'라는 형식과 닮아 있는 것은 결코 우연이 아니다. 사다코의 원령은 비디오 리코더를 통해 재생될 때 최초로 인지되지만 최종적인 습격과 살해는 비디오 리코더 없이도 TV 수상기를 통해서 매개된다. 이 점에서 영화 〈링〉은 원령의 형상으로 표상되는 불안의 내용이 그것을 취급하는 매체의 형식과 결코 무관하지 않다는 사실을 보여주는 단적인 사례다.

그렇다면 인터넷이 연결되어 있는 곳이라면 어디든 무차별적으로 접속 가능하지만 직접적인 대면은 불가능한 객관의 형식으로서의 월드와이드웹 역시 유사한 공통의 조건을 부여하지 않을까. 그곳에 사다코의 원한 같은 해석 가능한 단일한 이유와 원인 및 그것을 일방적으로 수용해야 하는 개인들은 더이상 존재하지 않는다. 오히려 앞서 설명한 바와 같은 "기존의 모든 텍스트를 전방위적으로 그야말로 탐욕스럽게 집어삼키고 있는 월드와이드웹에 대한 부단한 상호 참조와 모방에 입각하여 자신의 불규칙적인 여정에 대해 매 순간 쓰고 또" 쓰지만 "그 대부분은 소거되거나 일부만 남으며 그나마 완벽히 망각"된다. 그것은 주간지 『더 웬즈데이』와 유사한 역할을 하는 네이버나 구글 또는 페이스북 같은 사전에 마련되어 있는 틀에 의해 인도되거나 포착되지만 언제나 개인의 진정성의 이상을 달성하는 데는 미달하거나 초과할 수밖에 없는 아이디나 주민등록번호 같은 파편적인 데이터로만 남는다. 그 각자의 불완전한 여정이 월드와이드웹이라는 '6인용 식탁' 주위로 부단히 모여들게 되는 것은 사실이지만 항상 어긋나거나 결코 만나지 못하는 자기만의 진실에 관한 무수한 평행세계만을 양산한다. 그 아브젝시옹의 죽음과 배설의 메커니즘을 방불케 하는 방식으로 매 순간 산출되는, 무수히 겹쳐지지만 결코 완전히 동일하지는 않은 흔적의 파편들은 다분히 「중추완월」이나 「객잔」의 꿈의 세계에서 부유하고 있는 유령과도 같은 개인의 형상과 닮았다. 그리고 그것은 개인의 의사나 인과와는 전적으로 무관하게 돌연 회귀하여 치명적인 결과를 가져온다. 이것이야말로 이 시대의 '폭우'나 '중력'과 같은 무차별적인 필연의, 부동의 객관이며 토대다. 앞서 거론한 소설가들 역시 시인하고 있듯이 이 미로와 같은 세계에 출구는 없다. 그들이 공통적으로 감행하고 있는 세계, 텍스트, 저자와 독자 간 구별을 근본적으로 무화시키는 모험의 여정까지도, 시공간의 경계를 대수롭지 않게 초월할 수 있고, 어떤 인과도 없이 상호 연결되어 있으며, 무수한 텍스트를 데이터베이스화하여 어떤 통합적 원리도 없이 단지 윈도 · 프레임에 의해 상호 중첩시킬 뿐 아니라, 누구나 독자인 동시에 저자가 될 수 있는 월드와이드웹의 근본적인 속성과 닮아 있다는 것은 과연 우연에 불과한 것일까.

오해가 없었으면 좋겠다. 나는 앞서 거론한 여러 소설들이 이러한 난국을 단순히 반영하고 있다거나 참조하여 구상된 것이라고 말하고 있는 것이 아니다. 월드와이드웹이라는 장치가 이 시대 개개인의 감각과 일상, 이력을 실질적으로 규정하고 있는 물질적 조건이 되고 있는 만큼 텍스트 역시 부지불식간 이러한 조건에 유비되거나 구속되지 않을 수 없는 난감한 사태가 출현했다는 것이다. 그럼에도 불구하고 오한기와 이상우의 소설은 어떤 단일한 정체성이나 진정성을 구성하는 것이 불가능해진 개인의 난국을 조장하는 자연에 대한 반감의 비애를 표현한다. 손보미의 근작은 일체를 불가해한 모순 · 역설 · 교착 · 회귀의 무저갱으로 이끌어들이는 객관의 중력을 냉정하게 인정하고 있으면서도 동시에 그것에 맞서는 일말의 가능성에 대해 몽상하고 있다. 김솔의 소설은 아예 소설의 데이터베이스를 횡단 · 질주하는 모험이 무의미할지언정 기꺼이 감행할 만한 유쾌한 것이라고 거듭 말하고 있다. 이러한 세계의 폐허를 자의식적으로 다시 쓰고 또 '변경'하고자 하는 그들 각자의 시도에 과연 어떤 가능성도 없다고 잘라 말할 수 있는가. 바로 이 백억분의 일 오차의 지점에 소설 형식의 도약과 추락이라는 양가적인 가능성이 모두 사전에 예비되어 있다. 우리는 이 '분명한 것들(to phaneron)을 아는 것과 관련해서도 속는' 모험을 기꺼이 감행해야 한다.

(『문학들』 2013년 봄호)

로봇은 휴머니티의 꿈을 꾸는가
— 박민규 단편소설 「로드킬」

바야흐로 9·11이 일어났었고 십여 년 후 동일본 대지진이 있었다. 그리고 그사이에 연달아 일어난 테러와 재해 속에서 무수한 인간이 아무렇지도 않게 죽어나갔다. 그 사건들의 원인을 성찰하는 것도 물론 중요한 일이다. 그러나 이 기이한 대량 학살의 시대 속에서 자신이 왜 그렇게 되었는지 제대로 알 겨를도 없이 '로드킬'당한 불귀의 객들은 대관절 어찌해야 할까. 물론 순수하게 애도해야 할 터이다. 그런데 그것은 본래 살아남은 자들의 업이다. 놀란 고혼(孤魂)들의 어리둥절한 심정 자체는 우리가 어찌할 수도, 그것에 가닿을 수도 없다. 뿐만 아니라 이들은 자신의 죽음 또한 스스로의 의지와는 전적으로 무관하다는 진실을 재차 환기시키는 존재다. 말하자면 이 시대의 대량 학살은 그것이 담보하고 있는 이중삼중의 부조리를 절감토록 하며 순수한 의미에서 난공불락의 타자다. 인간이 도무지 어찌할 수 없거나 가닿을 수 없는 것은 언제 어디서나 그러나 항상 간접적으로 직감되기 마련이다. 이를테면 신자유주의나 기업 등과 같은, '시스템'에 의해 피해를 입었다는 사실을 인지하고 있는 이가 다른 누구도 아닌 왜 하필 자신이 선택되었는가라는 부조리를 쉽게 납득하지 못할 때처럼 말이다. 그러므로 운명적으로 부여되었다는 것 외에는 해명이 불가능한 불가항력적인 일체에 대해 과연 인간이 어떻게 대응하고 있는가를 묻는 일 또한 나름대로 의미 있는 것임에 틀림없다.

박민규의 소설들은 대개 더 나아가 그것과 봉착하는 사태에서 출발한다. 바로 인간이 아닌 각양각색의 외부 일체 말이다. 그것은 '붐'과 같은 돌연한 사태이기도 하고, 외계인이나 우주 같은 지구 바깥의 존재가 되기도 하며, 인과관계를 벗어난 무작위 그 자체인 경우도 있다. 「로드킬」(『자음과모음』 2011년 여름호) 역시 그렇게 시작되고 있다. 이 소설의 세계를 실질적으로 결정 · 구축하고 있는 유일무이한 행위자(agent)는 '기업 아시아'다. 그리고 노동으로부터 소외당한 인간 리와 사이토, 요사, 반대로 오로지 노동 그 자체로서만 존재하고 있는 로봇 막시와 마오의 형상이 그 결과가 된다. 영화 〈블레이드 러너〉의 암울한 디스토피아 내지는 노동과 소외에 관한 마르크스주의의 오래된 묵시록적 비전을 연상시키는 양란(壤欄) 지구에서, 리를 비롯한 인간들은 단지 모든 것을 운에 맡기는 룰렛과 같은 도박에만 탐닉할 수밖에 없다. 인간이 스스로의 힘으로 삶을 개척한다거나 주도하는, 즉 원인과 결과의 주인공이 될 수 있는 가능성 전부를 박탈당한 상태에 놓여 있기 때문이다.

따라서 양란의 인간들은 전적으로 운에 의존하지 않아도 되었던 과거를 그리워한다. 단지 일순간만 주인이 되거나(선거) 또는 영속적인 노예로 머물러 있을지라도(계장이라는 직위) 인정 투쟁에 의해 적어도 삶을 주도하거나 또는 개입하고 있다는 것을 실감할 수 있었던 종말 이전의 시대 말이다. 이러한 회고를 제외하면 양란의 인간들이 할 수 있는 일은 아무것도 없다. 기업 아시아에 의해 부여된 시스템 그리고 운이 모든 것을 결정한다. 리나 사이토처럼 미혼에 취한 채 룰렛에 가진 것 전부를 위탁할 수 있을 뿐이다. 심지어 이러한 사태를 지양하려는 리 나름의 노력조차 종국에는 엄청난 속도로 돌진해오는 셔틀에 치이느냐 그렇지 않느냐라는 도박의 형식으로 귀결되고 만다. 이 점에서 확실히 「로드킬」의 인간은 양란을 창조한 시스템 그리고 그것이 조장하는 운이라는 타자를 전적으로 수락하지 않을 수 없는 존재다. 노동 및 인정(認定)이 매개하는 휴머니티 내지는 주체성을 대가로 내주고서 과거를 그리워하기만 하는 것이다. 그러한 제약 속에서 리가 할 수 있었던 것은 오로지 란의 아기가 자신과 같은 죽음을 당하지 않도록 로드킬당하기 직전에 놓아버리는 일뿐이었다.

그럼에도 불구하고 노동은 확실히 휴머니티의 근본적인 조건 중 하나인 듯하다. 노동하는 것이 존재의 이유인 막시와 마오가 보통 '인간적'이라고 여겨지는 속성들을 나누어 갖고 있는 것을 보면 더욱 그러하다. 마오는 모차르트를 들을 줄 알며 막시는 인간 아기의 유해를 심상히 보아 넘기지 않는다. 인간인 관리자 요사는 정작 인간 자신의 실책 탓에 이러한 사태가 벌어졌다는 진실을 어렴풋이 짐작하면서도 그 사실을 인정하지 않기 위해 시스템 자체의 완전성에 대한 맹신을 결코 포기하려들지 않을 뿐 아니라 항상 그것에 취해 있고자 한다. 이에 비해 로봇 막시의 결단과 실천은 이루 말할 수 없이 중대한 의미를 갖고 있다. 아기의 유해를 끝까지 애도하고자 하는 막시의 미약하지만 그칠 줄 모르는 전진은 특히 감동적인데, 이것이야말로 「로드킬」의 인간들이 지레 포기해버린 휴머니티의 숭고한 부분이다.

그런데 인간은 또한 본래 자기기만에 입각한 존재가 아닌가. 운에 전적으로 자신을 맡기거나 또는 그런 것에 굴복하는 스스로의 모습을 한사코 회피하여 그저 편해지고자 하는 것도 인간 본성의 한 측면이라는 사실을 부정할 도리는 없다. 운이나 시스템 같은 거대한 기계의 일부가 되어 있으려 하는 스스로의 욕망이 어디까지나 외부에서 연유한 것임을 믿고자 하는 무기력한 이들로 충만한 곳이 바로 「로드킬」의 세계다. 반면 음악이나 애도, 윤리, 노동, 인정 등의 주체성을 위한 인위적인(fictional) 형식들은 철저히 인간에게서 분리되어 있다. 애초부터 인간 본유의 것도, 자연적인 것도 아닌 이와 같은 주체성의 대타자들이 그러나 오로지 인간에 의해서만 구현될 수 있다는 것은 자명한 공리였다. 그런데 「로드킬」에 이르러 아기의 유해를 있는 그대로 애도하고자 하는 윤리적인 의지가, 인간과 닮았으되 결코 인간은 아닌 막시의 실천이라는 독자적인 실체를 얻고 있는 것이다.

막시는 보통의 SF영화에 등장하는 인간을 닮고자 하는 로봇의 형상과 유사하면서도 다르다. 그것은 일반적으로 인간성의 일부 또는 전부를 자신의 것으로 전유하고자 하는 목표에만 맹목적으로 매진한다. 반면 막시는 자신의 이해를 따지지 않고 오로지 인간을 위한다는 자명한 법칙에만 입각하여, 리의 생명에 관한 최후의 결단을 계승하고자 하는 유일무이한 대상이 되고 있다. 그야말로 휴머니티의 고유한 측면을 점유해버린 기계라는 객관의 허구적(fictional) 출현이다. 주판치치가 『실재의 윤리』에서 상정했던 윤리-기계는 막시를 통해 그 완벽한 형상을 얻었다고 해도 좋을 것이다. 바꾸어 말하면 휴머노이드라는 조어가 단적으로 나타내듯이, 휴머니티가 더이상 인간의 전유물이 아니게 될지도 모른다는 가정은 역설적으로 윤리를 포함하는 그것이 인간에게 그저 자연적으로 부여되는 것이 아니라는 사실을 단적으로 보여준다.

리에게 있어서나 막시에게 있어서나 아기의 유해는 결국 자신의 윤리를 입증하기 위한 이타성의 증표가 되고 있다. 리는 그것을 로봇 막시라는 외부에 위임한 최후의 인간이다. 아기에 대한 애도의 의무를 결코 포기하지 않는 막시의 모습은 우리가 마땅히 인간이 되기 위해 쟁취해야 할 휴머니티의 중요한 속성을 마치 거울처럼 비추고 있다. 「로드킬」은 동시에 원래 타자였던 그것이 독자적인 외피를 입게 되는, 그리하여 결국은 인간과 관계없는 것으로 회수될지도 모를 섬뜩한 가능성에 대해서까지 몽상하고 있다. 그러므로 우리는 그 모든 불가항력성에 대해 결코 굴복하지 말아야 할 것이다. 심지어 죽음이라는 예측불가의 사태에 직면했을 때조차 애도의 형식이라는 휴머니티, 그 인위성을 부단히 개입시켜야만 한다. 인간이 만들어낸 시스템, 셔틀이 어떤 경로와 속도로 다시 인간을 덮치게 될지는 결코 알 수 없다. 그것이 희생을 초래한다는 사실은 변하지 않는다. 하지만 이러한 개입이야말로 우리가 여전히 인간임을 주장할 수 있는 유일무이한 의지다.

(〈웹진 문지〉 2011년 8월호)

종교 아닌 종교, 그 도상의 설계도
— 이인화 장편소설 『지옥설계도』

『다빈치 코드』의 로버트 랭던 같은 인텔리 탐정에게 있어서 일체는 도상(icon)이며 엠블럼(emblem)이다. 인간의 손으로 만들어진 것 중에 의미 없는 것은 없다. 동시에 결코 해석될 수 없는 대상이란 존재하지 않는다. 오히려 피살자의 시신까지도 포함하는 그것들 모두는 사실상 랭던의 해석을 기다리고 있다고 해도 과언이 아니다. 마땅히 해석되어야 할 그 비의들의 연쇄는 일련의 질서와 규칙에 따라 집적되어 마침내 하나의 완결된 의미에 도달한다. 그것은 특정한 비밀을 은폐하고 독점하여 실질적으로 세계를 운용해온 세력과 관련된 은비주의(隱秘主義)의 전체상을 폭로한다. 물론 그것은 일견 대단히 복잡해 보이는 과정을 거친다. 그런 만큼 그것을 해결하는 데 필요한 모든 자질과 지식을 갖고 있는 랭던이 탁월한 지적 능력의 소유자인 것처럼 보이는 것도 사실이다. 그러나 모든 수수께끼에는 그것에 상응하는 답이 반드시 존재하기 마련이며 그것들 모두는 상호 불가결하게 연관되어 있다는 식의 세계관은 실상 어떤 우연이나 무의미, 불가항력을 인정하지 않고자 한다는 점에서 의외로 단순한 것이다. 오히려 세계는 인과관계로 빈틈없이 구성된 거대한 도상으로 간주된다. 우리는 단지 그것을 해석하기만 하면 된다. 그러나 그것은 누구에게나 허락된 것은 아닌, 일종의 특권이다. 그러므로 비밀을 움켜쥐고 세계를 좌우해온 세력의 일원적인 권능 그리고 오직 지적인 능력만으로 그것에 도전하는 영웅적 개인의 특별한 자질에 초점이 맞춰지는 것은 불가피하다. 또한 비밀에 대한 접근을 허락받았다는 점에서 양자는 가히 데칼코마니적 존재다. 세계를 실제로 견인하는 동력은 바로 그 비밀과 밀접한 관련이 있다.

이인화의 『지옥설계도』(해냄, 2012)는 『다빈치 코드』 같은 소설과 많은 부분을 공유하는 소설이다. 세계의 질서를 실질적으로 지배 · 규율하는 미국과 중국 정부, 초국적 자본, 카마엘 등의 복수의 세력이 있고 그것에 도전하여 굴기(崛起)하려고 하는 공생당 같은 신흥 조직이 있다. 강화인간의 존재를 주축으로 적도 동지도 없이 치열한 암투가 벌어지는 와중에서 세계의 운명은 실질적으로 이미 확정되었거나 또는 이제 막 결정되고 있는 중이다. 그러한 선험적인 진상으로부터 동떨어진 범인들이 일상 속에서 자족하고 있는 가운데, 단지 어떤 계기로 말미암아 그러한 암투의 한복판으로 자의 반 타의 반 이끌려들어간 예외적인 개인이 있다. 과거 촉망받았던 엘리트 수사 요원이었지만 이제는 영락한 처지의 김호가 바로 그다. 이혼의 회한 및 딸에 대한 애정과 자책 사이에서 번민하며 스마트폰의 사용에조차 그리 능숙한 편이 아닌, 그야말로 평범한 사십 대 중년인 그는 하지만 유독 이유진의 피살로부터 촉발된 사건의 진상에 접근하는 데 있어서만큼은 강화인간 이상의 탁월한 지적 능력을 발휘한다. 일차적으로 그것은, 쉽게 간과되곤 하는 대수롭지 않아 보이는 단서와 징후와 기미를 누구보다도 예민하게 감득해내는 능력에서 비롯되는 것이다. 그것들의 의미를 추리하고 해석하는 것은 차후의 문제다. 어떤 점에서 김호의 그러한 남다른 능력은 강화인간들의 그것만큼이나 선험적으로 소여된 것이다. 그러므로 비록 그가 다소 시행착오를 경유할지언정 사건의 모든 진상에 도달하게 되는 것은 당연한 일이다. 뿐만 아니라 누구도 해결하지 못한 비밀을 규명하고 딸을 구하기 위해 고군분투하는 과정에서 무기력하고 삶의 신산스러움에 찌든 사십대 이혼남의 이미지는 온데간데없이 사라진다. 오히려 크리스털 볼룸은 사실상 단호하게 사건의 내막과 세계의 진상을 해명하고 카마엘의 하수인을 지목하는 그가 완벽한 자기 삶의 주인공으로 자리매김하게 되는 장소다. 그러므로 이후 직장에서 퇴직했음에도 불구하고 자오얼의 첩보 기관에 대응하는 새로운 공생당의 일원으로서의 참여를 제의받게 되는 것이다. 그렇게 김호는 세계를 운용하거나 변혁하고자 하는 은밀한 핵심에 접근할 수 있는 자격을 부여받게 된다.

그러나 김호가 결코 도달할 수 없는 별개의 세계도 있다. 그것은 카마엘의 획책에 의해 식물인간이 되어버린 강화인간들이 더불어 떨어진 꿈의 심연, 바로 '인페르노'의 세계다. 물론 『이상한 나라의 앨리스』의 경우처럼 자의로 토끼굴 속의 원더랜드를 찾아낸 것은 아니다. 단지 스스로의 의사와 무관하게 뿔뿔이 흩어져 어딘지 모를 각 지역에 강림했을 뿐이다. 그러나 인페르노는, 스틱시아라는 이제는 소멸해버린 제국의 국호가 스틱스 강이라는 이승과 저승의 경계를 나누는, 오래된 신화 속에 등장하는 고유명사를 연상시키듯이 여러 면에서 현세와 직간접적으로 매개되는 장소다. 그러므로 그 잃어버린 세계에 표착한 강화인간 즉 세마엘들은 예외 없이 이 세계에서 습득한 지식과 정보 같은 자질을 무기 삼아 생존과 공명을 도모할 수 있다. 이 점에서 로빈슨 크루소 또는 영화 〈아바타〉의 제이크 설리와 같은 존재라고 해도 무방하다. 본래 비루한 청춘에 지나지 않았으며 강화인간으로 거듭난 후에도 아랍 부호의 축첩에 대한 연정을 버리지 못했던 준경이 예언자 던컨이라는 신화적인 제정일치의 반군 지도자를 거쳐 마침내 신생 통일제국의 황제로 등극하는 것은 말할 것도 없고 심지어 뜻을 이루지 못하고 스러져버린 몇몇조차 예외 없이 한때나마 세마엘로 숭앙받거나 한 세계의 지도자로 입신하게 되는 등, 그들 모두는 인페르노라는 세계 질서의 핵심에 근접한다. 준경을 비롯한 그들 모두는 본래부터 그러한 운명을 타고난 채로 인페르노에 도착했다는 점에서 평민들과 근본적으로 다른 존재다. 그렇지 않다면 준경과 그의 부대는 누구도 굴복시키지 못했던 근성의 승부사 동방군령 드라기에게 참패하지 않을 수 없었을 것이다. 그리고 선험적인 소여에 기초하여 혹독한 시험을 이겨내고 바야흐로 세계의 중심에 도달한다는 점에서 준경과 김호의 여정은 상당 부분 닮았다.

어떤 경로로든 실질적으로 세계를 좌우하는 핵심에 도달하는 김호와 준경을 비롯한 개인들의 모험에는 그러나 어떤 우연도 작용하지 않는다. 그들 각자에게 부여된 남다른 자질이나 운명은 모든 사태의 향방을 결정하는 원인으로 작용하며 궁극적으로 그들의 편이다. 이것 이상으로 강력한 필연이 어디 있겠는가. 결국 이 소설의 세계에서 일체는 원인이 있고 필연적이다. 해석되지 않는 것은 존재하지 않는다. 그리고 그 세계의 전모에 도달하는 자가 권능을 손에 넣는다. 비밀을 손에 넣은 이만이 자신이 속한 세계를 실질적으로 규율하는 신적인 존재에 도달하는 것이다. 이 점에서 『지옥설계도』의 모든 비밀은 궁극적으로 신성성(神聖性)에 근접해 있다. 『지옥설계도』에 설정된 사건 및 꿈이라는 대상의 질서를 읽어내는 것이 가능하도록 특별한 자질을 부여받은 자들의 필사적인 투쟁이 벌어지는 것이며 이외의 존재는 모두 부수적이다. 이것이야말로 이 소설에 설계되어 있는 세계들의 공통성이다.

(세계의) 형상의 감추어진 비의를 해석하면 세계와 인간을 운용하는 본질적 질서에 가닿을 수 있는 것, 그것은 단적으로 말해 고전적 의미의 도상이 갖고 있는 핵심적 기능과 흡사하다. 이 점에서 『지옥설계도』의 영웅적 개인들이 직면해 있는 복잡다단한 설계도는 근본적으로 종교적 믿음 내지는 사고에 기초해 구축된 것이라고 해도 잘못은 아니다. 그러나 인페르노의 준경도 이미 알고 있는 것처럼 이 도상의 설계도에는 애초부터 구

원의 문제가 철저히 배제되어 있다. 오히려 현세든 인페르노의 세계든 간에 일체를 움직이는 원리는 선택받은 개인 및 세력들 간의 권력과 이해를 둘러싼 투쟁에서 비롯된다는, 자본주의보다는 오히려 동아시아의 세계 및 인간 이해의 전통적인 방식으로 (어떤 정치적 이유에서 1980년대 한국에서 대중적으로 새롭게 조명되고) 발견된 법가적 세계관에 대한 종교적 믿음에 기초해 있다. 이러한 믿음 속에서 개개인의 구원은, 에스페르 마이우스 1세의 선정에 대한 부기(附記)를 통해 알 수 있는 것처럼, 어디까지나 특출한 개인이 베푸는 현세적인 시혜에 지나지 않는다. 사실상 종교를 부정하는 종교라는 모순적 믿음에 기초해 있는 이러한 세계관이 오늘날의 한국정치를, 그리고 '인페르노 나인'이라는 게임을 실질적으로 구동시키는 데는 유용할지 모르며 실질적으로 광범위하게 공유되고 있는 생각인 것도 맞다. 하지만 그것만이 지금 여기의 알파이자 오메가로서 마땅히 관철되어야 한다는 생각이 과연 타당한가에 대해서는 의문이다. 아니 단호하게 거부하고자 한다.

(『자음과모음』 2013년 봄호)

5부

우리는 원무(圓舞)를 추며 추측하지만,
비밀은 가운데 앉은 채 알고 있다

"우리는 원무(圓舞)를 추며 추측하지만, 비밀은 가운데 앉은 채 알고 있다"

— 이기호 단편소설 「이정(而丁)」

이기호의 결정적인 전환을 알렸던 전작 「탄원의 문장」(『문학과사회』 2011년 겨울호)에는 결국 완전히 해명되지 않은 채 남겨진 아득한 대명사가 하나 있다. 판결문에 기록되어 있는 박수희의 마지막 말 "이 선배가 왜 이렇게 자꾸 술만 따라주실까?"라는 문장의 '이'다. 피의자 P를 가리켰던 '이'에 대해 주목하는 이는 아무도 없지만 과거 P의 연인이었던 최에게는 각별하게 다가온다. 그녀의 탄원서 아닌 탄원서에 명시되어 있는 것처럼 스스로가 P를 부르는 '이 선배'라는 말에 특별한 의미를 부여했던 적이 있었기 때문이다. 박수희가 '이'를 자신과 같은 의미로 사용한 것은 아닐까라는 의심을 품고 최는 그녀의 고향으로 향한다. 그런데 정작 최를 기다리고 있었던 것은 전혀 다른 사태였다. 즉, '아가'인 외동딸이 좋아했던 고구마순을 심은 채 거두지 않는, 세상의 유일무이한 존재를 여읜 노부부의 애끓는 육성이며 이 사건이 자리한 사양(斜陽)의 슬픈 풍경이다. 이를 확인한 그녀는 한동안 담벼락 아래 쪼그려앉아 우는 것으로 박수희의 '이'를 통찰하고자 했던 것을 대신한다. 결국 '이'는 그녀를 '이'에 관한 자신의 의문을 부정하지 않을 수 없는 의외의 장소로 인도한 셈이다. 그러므로 대명사 '이'가 가리키는 것은 결국 주와 객 사이의 부단히 전도되는 관계 속에서 그 어떤 것으로도 대체될 수 없는 것으로 남겨지는 자신만의 고유명사다. 동일한 표기의 대명사라 할지라도 그 방향은 서로 교차할지언정 일치할 수 없으며 좀처럼 포착 불가능하다. 거기에는 세간의 제도와 규칙으로 수렴될 수 없는 잔여 또한 항상 남겨질 터이다. 최의 '탄원의 문장'에는 단지 서로를 짐작할 수 있을 뿐 '저' 객관에 결코 가닿을 수 없는, 그럼에도 불구하고 또한 바로 그렇기 때문에 각자의 '이'가 내포한 고유성에 구애되지 않을 수 없다는 진실을 통감한 자의 대상 없는 탄원으로 충만하다. 이 절절한 문장에서 '이'라는 대명사는 비로소 각자의 고유명사가 된다. 그리고 그것을 읽은 자는 '괴물'에서 '인간'으로 그야말로 가까스로 전신한다. 다름아닌 누군가의 '이'로 호명되는 것에 의해.

그리고 이제 「이정(而丁)」(『창작과비평』 2012년 여름호)에서 바로 '이정'이라는 고유명사를 둘러싸고 유사한 사태가 전개된다. 그것은 조선의 레닌으로 불렸던 박헌영의 호이기도 하고 그의 추종자였던 최근식이라는 한 좌절한 혁명가가 선택한 딸의 이름이기도 하다. 그러나 정작 그 이름을 부여받았으되 부모의 요절로 일생을 가난과 역경 속에서 살아야 했던 한 여성에게는 '고무래가 되겠다'는 혁명적 의미를 내포한 만큼, 모든 불안의 씨앗인 지우고 싶은 낙인이 되어왔다고 해도 과언이 아니다. 하지만 정작 그녀로부터 개명에 필요한 일체의 절차를 위임받은 아들 정수환에게 있어서는 육친의 과거에 접근하도록 한 실마리이자 바로 그것으로 말미암아 자신의 파멸을 초래하게 된 근본적인 동기로 작용하기도 했다. 그러나 박헌영이 자신의 호에 무슨 의미를 부여하려고 했는지, 최근식이 혁명가로서의 이상을 포기하고 동료들을 배신했는지 그리고 특히 외할아버지의 이력을 확인한 수환이 어머니를 찾아가 개명에 대해 무엇을 생각하고 또 말하려고 했는지 등에 대해서 정작 이정이라는 기표가 확인해주는 것은 사실 아무것도 없다. 최근식이 추앙했던 혁명가의 이름을 따 딸의 이름을 지었다는 것 그리고 그의 배신을 확신하고 있었던 김명국이 그 명명 자체가 어불성설이라고 부정한 것에 대해 이미 오래전 죽은 최근식도, 이제 목숨이 경각에 달린 채 의식불명인 수환도 침묵할 수밖에 없다. 이정 자신이 제아무리 필사적으로 아들의 속내를 헤아리고 싶어해도 김노인이 자신의 실언에 대해 용서를 구한다고 해도 그들이 할 수 있는 것은 단지 수환의 기적 같은 회생을 기다리는 것뿐이다. 오히려 수환이 말하지 못한 그것은 영원한 비밀로 남을 것이다. 김노인의 말마따나 '이정(而丁)'을 그 문자적 형상 그대로 '쇠스랑'과 '망치'로 봐야 한다면 이 변경 불가능한 사태는 더욱 엄연해진다. 그 기호의 이데올로기적 의미나 당위, 지향 등과 무관하게 여기서 문자란 곧 형상의 유사성에 기초한 상형문자 이상도 이하도 아니기 때문이다.

그러므로 "우리는 원무(圓舞)를 추며 추측한다/ 하지만 비밀은 가운데 앉은 채 알고 있다(We dance round in a ring and suppose/ But the Secret sits in the middle and knows)"라는 프로스트의 시에 비추어 「이정」은 의미심장하다. 최근식도, 정수환도 이정에 관한 누구보다도 치열한 삶의 진실을 간직한 채 죽었으며 또 이제 곧 죽을지도 모른다. 하지만 정작 이정이라는 이름을 가진 당사자는 그들 내부 비밀의 심연에 가닿을 수 없다. 나의 '이'와 너와 '이' 간에 상쇄할 수 없는 차이가 존재했던 것처럼, 각자가 간직하고 있는 이정이라는 고유명사 사이에도 이미 죽음이 갈라놓은 메울 수 없는 간극이 벌어져 있다. 단지 그 주위를 돌며 애도하고 필사적으로 추측하는 것만 가능할 뿐이다. 하지만 그 '가지 못한 길', 가닿을 수 없는 아득한 거리를 초극하고자 하는 그들의 부질없음, 하지만 그토록 간절한 원무와 추측이야말로 살아남은 자들의 소관이다. 그것을 촉발한 것은 이정이 때로는 아버지나 남편처럼 여겨졌던, 사려 깊고 신중하며 착하디착했던 수환이다. 그가 사고 직전 왜 개명에 관한 서류를 소중하게 간직한 채 어머니 이정을 찾아왔는지는 아마도 알 수 없을 것이다. 하지만 사실상 수환(의 사고)을 사이에 두고 서로를 마주보게 된 것으로 말미암아 이정도, 김노인도 최근식이 간직하고 있었던 이정에 관한 사연에 나름대로 접근할 수 있게 되었다. 그 결과, 실로 오랜만에 세상에 나온 김노인은 최근식에 대한 맹목적인 증오를 일정 부분 포기하게 될 것이다. 그녀 또한 이제 이정이라는 이름을 쉽게 버릴 수 없을 것이다. 그것은 죽은 자들 그리고 수환이 간직하고 있었던 비밀과 무관하게 그들 각자의 몫을 온전히 그러나 통절하게 감당한 결과다. 물론 그 원무와 짐작이란 사실상 거울에 비친 자신의 모습을 보며 춤을 추는 것에 지나지 않을 것이다. 이정과 같은 고유명사는 여전히 쉽게 치환될 수 없는 '쇠스랑'과 '망치'라는 보이는 그대로의 형상 자체로 남아 있을 터이며 수환이 그 고유명사에 대해 간직한 비밀 또한 여전히 가운데 앉아 있을 뿐일 것이다. 우리는 그저 영원히 침묵하게 될지도 모를 비밀의 주위에서 더없이 슬프게 동상이몽하고 있는 것이다. 무엇보다도 이정이 곧 잃게 될 수환은, 무엇으로도 대체할 수 없는 더없이 소중한 존재다.

그리고 이와 같은 타자에 대한 불가피한 포기가 "소유를 위한 모험에 지배되는 에너지들로부터 해방되고 예측과 (비)충만성의 추에게서도 자유롭게 되는"[1], 지극히 비논리적이며 측정 불가능한 영역이라는 것은 분명하다. 수환을 비롯한 여러 사람의 목숨을 대가로 내주지 않을 수 없었던 이정을 둘러싼 애달픈 개별성의 원무(圓舞)에 비하면 어떤 의미에서 박헌영이라는 혁명가의 역사적 위의는 오히려 사소한 문제다. 오히려 무수한 동상이몽을 촉발하는 있는 그대로의 이정이라는 고유명사 자체가 바로 문학을 지칭하는 대명사의 다른 이름인 것은 아닐까. 그렇다면 과거 「수인(囚人)」이라는 소설 및 소설가라는 불요불급한 존재의 의의에 관한 흥미로운 알레고리를 개진한 바 있었던 이기호가 이제 「탄원의 문장」

---

1) Anne-Lise Francois, "Preface," *Open secret: The literature of uncounted experience*, Stanford: Stanford Univ. Press, 2007, p. 12.

과 「이정」을 통해 언어와 문학이 근원적으로 내포한 아포리아를 포착하는 단편소설의 한 가능성을 타진하고 있는 것이다. 그의 소설의 결정적인 진화는 이미 시작되었다고 해도 좋다.

(〈웹진 문지〉 2012년 8월호)

어떤 시작도 끝도 없는 장소
— 박솔뫼 단편소설 「겨울의 눈빛」

박솔뫼의 전작 「우리는 매일 오후에」(『현대문학』 2012년 8월호)에 등장하는 '우연 속에 작아진 남자'의 형상은 다분히 페드로 알모도바르의 〈그녀에게〉(2002) 속 단편 무성영화 〈애인이 줄었어요〉의 주인공을 방불케 한다. 작아진 남자들이 모두 연인의 질 속으로 들어가고 있다는 점에서 특히 그렇다. 그러나 이 인물상의 공통성에 특별한 필연이나 이유가 작용하고 있는 것 같지는 않다. 다이어트 신약의 부작용으로 인해 축소되어 번민하다가 연인 암패로의 질 속으로 들어가는 것으로 영원한 안식을 구하는 알프레도는 명백히 〈그녀에게〉의 주인공 베니그노의 욕망을 체현하는 분신과도 같은 존재다. 베니그노의 사랑의 성취와 파멸을 불가분의 것으로 촉발하는 저 알프레도의 형상이 「우리는 매일 오후에」에서 특별한 이유 없이 축소되어, 그 어떤 선조적(linear) 시간 내부의 어떤 시작도 끝도 없이, 어제와 특별히 달라질 것 없는 매일의 오후를 연인 '나'와 함께 동시적으로 향락하는 '남자'의 모습이 완전히 같다고는 말할 수 없다. 단지 어떤 계기로 인해 작아지고 연인의 질 속으로 들어가는 남자의 상이 텍스트 간 그리고 시공과 현실의 경계를 초월하여 미묘하게 겹쳐진 것처럼 보일 뿐이다.

이렇듯 유사하면서도 미묘하게 어긋나는 인물 형상의 겹쳐짐은 박솔뫼의 단편들 사이에서도 빚어지고 있다는 점에서 결코 일회적이거나 예외적인 사태가 아니다. 가령 「해만의 지도」(〈문장 웹진〉, 2012년 9월호)의 우석의 모습은 '내'가 놓치고 있는 길을 지도에 기록한다는 점에서 「우리는 매일 오후에」의 길눈 밝은 '남자'를 연상시키기도 한다. 또한 기타를 연주하며 노래를 부르고 몇몇 친구들과 함께 방을 쓰는 미래를 꿈꾼다는 점에서 있어서는 「겨울의 눈빛」(『창작과비평』 2013년 여름호)의 '남자'의 과거를 일부 분유하고 있기도 하다. 무엇보다도 그는 '나'와 해만의 지도를 그리는 여정을 줄곧 함께하지만 정작 서로 약간씩 다른 지도를 그리고 있을 만큼 장소에 관한 동일한 체험을 공유하고 있지 않으며 또한 미묘하게 어긋나 있다는 점에서 다분히 「겨울의 눈빛」의 '나'와 '남자의 관계를 방불케 하는 측면이 있다. 한편으로 「해만」(『창작과비평』 2010년 겨울호) 이후 박솔뫼 소설 주인공의 대부분은 '해만'에 구애되는 이들로서 겹쳐진다. 그렇기 때문에 박솔뫼 소설의 주요 인물들은 대체로 상호 완전히 같지는 않은 개별자인 동시에 서로가 서로에게 그림자가 되는 존재로서 교차하고 있다. 이는 최근 박솔뫼 소설에 등장하는 개인들의 보편적인 존재의 형식이라고 해도 좋다.

비단 인물의 상에만 국한되는 문제도 아니다. '해만'과 '부산'은 최근 박솔뫼의 여러 소설을 관통하는 장소의 키워드다. 뿐만 아니라 「해만의 지도」에 등장하는 '데파트'와 중국집, 「우리는 매일 오후에」의 일본음식점은 여기에 있으면서 여기가 아닌, 일본과 중국이면서 동시에 일본과 중국이 아닌, 일상 속에서 다른 세계와 연결되는 기이한 교차점이자 통로로서 존재한다. 그곳에서 카레라이스를 먹거나 하는 일은 분명 지금 여기의 일상 속에서 벌어지는 사건이지만 그 인공적이고 이질적인 분위기로 말미암은 초현실적인 위화감을 환기하고 있다. 그것은 이곳에 속해 있지 않은, 아득한 저편의 세계를 어딘지 모르게 연상시키는 지금 여기의 식사다. 무엇보다도 특히 「우리는 매일 오후에」에서 막 발생한 것으로 되어 있었던 고리 핵발전소 사고는 「겨울의 눈빛」에서 사실상 전면화된 파국의 원인으로 되어 있다. 그것은 주민들이 대피하고, 떠날 수 없는 사람들만 남은 부산, 특히 해운대라는 파국 이후의 황량한 폐허를 초래했다. 알다시피 그것은 이미 한국의 현실에서 여러 차례 문제시된 적이 있었던 고리원전 1호기 사고가 불러왔을지도 모를 참화의 잠재적인 가능성이 전면화된 상황이다. 동시에 이미 일본에서 후쿠시마 원전 사고를 통해 결정적으로 현실화된 특정 지역의 사태가 부산과 해운대라는 장소에 기묘하게 겹쳐지고 있는 것이다.

그러므로 이 「겨울의 눈빛」이라는 소설은 단독적이되 결코 개별적으로 성립하지 않는다. 그것은 「우리는 매일 오후에」와 같은 박솔뫼의 다른 소설, 그리고 대대적인 참화의 가능성을 보존한 채 지금 이 순간에도 여전히 가동되고 있는 다수의 원전을 품은 한국의 현실, 그리고 이미 그것이 앞서 실현되어버린 후쿠시마 원전 사고 이후의 황폐와 부득불 겹쳐지지 않을 수 없다. 여기에서 현실과 텍스트의 가상, 이 텍스트와 저 텍스트, 여기와 저기, 과거와 현재와 미래 사이에 확실히 존재하는 것으로 여겨지는 세속적인 경계와 분별은 실상 무의미한 것이 된다. 오히려 그것을 넘어서거나 관통하거나 순간적으로 무화시키는 다수의 통로 및 계기가 무작위적으로 돌출되고 있다. 따라서 「겨울의 눈빛」을 비롯한 박솔뫼의 여러 소설에서 어제, 저기, 가상의 사건이란 사실상 오늘, 여기, 현실에 있어서도 절대 무관한 것이 될 수 없다. 오히려 일상적인 차원에서 시간적으로나 공간적으로 저편의 세계에서 발생했거나 또는 잠재적인 가능성으로만 간주되는 사건이 다층적인 계기와 통로를 거쳐 이편의 세계에서 이미 결정적으로 실현되어버린 사태를 체현하고 있다. 이 점에서 「겨울의 눈빛」의 부산과 해운대는, 언제나 잠재적인 가능성으로만 시사되었으며 이미 이국에서 선취되어버린 파국이 마치 데칼코마니처럼 겹쳐져 도래해버린 장소라고 해도 틀리지 않는다.

「겨울의 눈빛」의 이와 같은 초현실적 형식이 단순히 원전 사고의 위험성을 경고하거나 후쿠시마 사태를 둘러싼 역사적 맥락을 재현하는 데 그치는 것이 아니라는 사실은 말할 필요도 없다. 그것은 잠재적인 것이 이중 삼중으로 현행화된 것이며 달리 말해 가능성의 세계가 열린 것이다. 즉, 이 소설의 부산과 해운대는 우리가 실제로 살아가고 있는 현실의 그림자에 가까운 세계이고 동시에 거기에 겹쳐져 있는 다수의 텍스트와의 연결점과 맞닿아 있는 장소다. 그러므로 이 소설에 일어나는 특정한 사건은 대개 복수(複數)의 사태나 가능성과 관계된다. 예컨대 해운대는 삼 년 전의 사고에 의해 고리 핵발전소 사고와 불가결하게 연루되어버렸지만 동시에 '나'에게 있어서는 어딘지 모르게 '경포대나 낙산' '서해안 어디' '어느 대도시의 번화가' '경주 안압지' 등의 장소를 불요불급하게 연상시키는 장소이기도 하다. 여기에 고리 핵발전소 사고를 다룬 다큐멘터리에서 감독을 포함한 해운대 출생의 사람들이 간직하고 있는 다채로운 기억, 그중에서도 대통령의 방문을 앞두고 청소를 위해 하루종일 걸었던 한 사진작가의 기억이 '내'가 읽거나 본 책의 문구 및 오래된 한국영화의 장면과 겹치기도 하고 다시 온갖 마천루가 들어선 근래의 풍경이 덧씌워지기도 한다. '내'가 K시에서 소요하면서 다큐멘터리를 보고 있는 극장의 스크린은 감독이 해운대의 모든 부분을 관찰하고 있었던 오래된 극장의 창문과 자연스럽게 중첩된다. 이처럼 여기가 곧 저기이고 저기가 곧 여기이며 어제와 오늘과 내일이 다르지 않을 뿐만 아니라 이 텍스트와 저 텍스트를 연결하는 통로는 이외에도 무수하게 편재하고 있다. 그런 만큼 그 속에서 세속적인 의미에서 매 순간 일신(一新)되는 시간 속의 삶은 가능하지 않다. 오히려 시간과 장소, 텍스트를 초월한 기시감의 무한 반복 속에서 필사적으로 구애되어야 할 어떤 대상(object)도 없이 그저 심드렁하게 살아갈 뿐인 것이다. 그러므로 고리 원전 1호기 사고가 초래한 것으로 되어 있는 결정적인 사태 이후에도 '나'와 '남자'를 비롯한 남겨진 이들은 그리 특별히 달라지지 않은 매일, 어떤 결정적인 분절이나 단속(斷續)이 부재한 시간을 그저 심드렁하게 영위하고 있을 뿐이다. '나'는 해운대와 부산에 남은 사람들의 상처를 이야기한 그렇고 그런 다큐멘터리 대신, 비일상적인, 말도 안 되는 사건들의 연쇄로 구성된 영화를 보고 싶어하지만 그러한 희망은 결코 성취되지 않는다. 오히려 부산과 해운대를 중심으로 한 세계 속에서 종말은 이미 실현되었지만 그 징후와 긴밀하게 연결된 카이로스적 시간의 의미는 재구성되지 아니하며 모든 사건이 그저 덧없이 흘러가고 막연하게 기다릴 뿐인 크로노스적 시간 속을 방황할 뿐인 것이다.[1] 그러므로 「겨울의 눈빛」은 묵시록과 종말 그리고 그러한 끝을 목표로 기입되어야 할 허구 및 시간의 인과론적 분절의 의미를 근본적으로 전도시키고 있는 의미심장한 소설이다.

그러므로 그저 희미한 가능성만이 중첩되면서 특별한 계기 없이 지속되기만 하는 크로노스적 시간 속에서 가능한 것은 텍스트의 내 · 외부를 넘나드는 영속적으로 끝나지 않는 이야기이며 또한 뭔가가 의외로 많고 동시에 없는 듯 있는 장소다. 내가 아는 누가 누구고 보고 싶은 무엇이 무엇인지, 결코 대답되지 못할 질문의 연쇄이며 그럼에도 불구하고 시간과 공간과 텍스트의 구별 없이 부단히 이어지기만 하는 무작위적인 순환의 고리다. 저편 세계의 사태를 지금 여기의 '나' 자신과 무관한 것으로 분리하는 어떤 필연도 보장되지 않는 세계 속에서 '나'는 실로 편재하고 흘러가는 모든 사태에 연루되며 또한 그렇지 않을 수도 있다. 그렇게 「겨울의 눈빛」이라는 개별적 소설은 곧 세계의 전부 그 자체와 겹쳐지고 또 연결된다. 단지 그렇게 거듭 유위변전(有爲變轉)하는 세계 속에서 K시의 세

1) 프랭크 커모드, 『종말 의식과 인간적 시간—허구 이론의 연구』, 조초희 옮김, 문학과지성사, 1993, 59~60쪽.

개의 극장 중 하나처럼 누군가에게는 부지불식간 그러나 반드시 구애되지 않을 수 없는 유일한 것이 있을 뿐이다. "그때나 지금이나 내가 아는 누가, 때로는 내가 가장 잘 아는 내가 무얼 하며 하루를 보내는지를 이야기하는 것으로 어째서 참을 수 없이 화가 나는지는 알 수 없고 그리고 또 언제나 내가 견뎌야 할 모멸감은 나보다 크다. 그러나 나는 그 모든 것들과 함께 오래 살아남을 것이다"(151~152쪽)는 문장에서처럼, 저편과 이편의 세계가 겹치고 겹쳐 있는 종말 이후에도 그렇고 그렇게 삶은 계속된다. 그러나 그저 '나' 자신이 애착하지 않을 수 없는 무언가가 여전히 남아 있을 뿐이다.

(〈웹진 문지〉 2013년 8월호)

2ero÷1conology / 제로(0)의 도상학

— 김중혁 소설집 『1F/B1』

『1F/B1』(문학동네, 2012)에 관한 의문 하나. 저자가 그렇게 명시하고 있다고 해서 'C1+y=:[8]:'가 '시티는 스케이트보드'로, '1F/B1'이 '일층, 지하 일층'으로 그렇게 간단히 치환되어도 좋은 것일까. 만약 그렇다면 왜 "시티는 스케이트보드" 또는 "일층, 지하 일층"으로 적혀 있지 않은 것일까. 가령 'C1+y'라는 대소문자 알파벳, 숫자, 덧셈 기호의 조합으로 구성된 도상이 'city'라는 단어로 매개되고 다시금 그것이 '시티' 즉 도시로 환원되기 위해서는, 애초 저자 자신이 발휘했던 재치에 상응하는 동일시의 비약이 요구된다. '=' 대 도로, ':[8]:' 대 스케이트보드 간의 형상적 유사성은 일단 차치하기로 하자. 바로 그 유사성으로 말미암아 '1F/B1'은 윤정우에 의해 한때 'FBI'로 읽히기까지 하지 않았는가. 그렇다면 여기에 결코 간단히 묵인되어서는 안 될 의외의 간극이 존재하는 것은 아닐까.

실제로 「C1+y=:[8]:」에서 '숏컷라이더즈'의 낙서는 일반인들의 시선이 닿기 어려운 '벽의 끄트머리'에만 쓰인다. 더욱이 낙서를 남긴 숏컷라이더즈의 멤버들은 화자에게 보드를 타는 법을 포함하여 거의 아무것도 가르쳐주지 않고 있다. 화자의 문장과 낙서 그리고 화자 자신과 숏컷라이더즈 사이에는 해소 불가능한 '넘사벽'의 간극이 존재한다고 해도 좋다. 스케이트보드를 배우든 숏컷라이더즈와 이야기를 나누든 간에 그것을 해소하려는 모든 노력은 그 자신이 연구에 비유하면서 어렴풋이 간파하고 있는 바처럼 철저히 외설적인 작업에 그친다.

그러나 순전히 자신의 힘으로 스케이트보드를 타게 되었던 순간, 즉 일시적으로 숏컷라이더즈처럼 되었을 때에야 비로소 낙서의 의미를 재구성하고 일종의 내비게이션인 그것이 지시하는 바에 따라 결국 '보드빈터'를 발견하는 일이 가능해진다. 물론 이는 사후적 추적에 불과하다는 점에서 간극은 여전하다. 하지만 스케이드보드를 탈 수 있는 시설이 마련된 보드빈터 및 거기에 이르는 골목길을 자신이 만들고 싶었던 도시의 모습과 방불한 것으로 발견하는 일은 그 안내에 따르지 않는다면 불가능하다. 또한 화자가 바닥에 널브러지고 이지는 부드럽게 하프파이프를 타는 식의 차이는 있지만 기본적으로 '보드빈터'는 안전한 시행착오 즉 상승과 추락의 왕복이 가능한 텅 빈 장소다. 그곳에도 정글과 마찬가지로 절벽이 있다. 그러나 이지나 긴허리아기말원숭이 같은 전임자의 인도에 따라 어디에나 있는 낙하의 가능성에 안전하게 즉(卽)하는 것이 가능해진다. 그를 삶으로 견인하는 안도와 위안을 선사하는 일회적 사건은 그러나 결코 재귀하지 않을 찰나에 불과하며 망각되기 위한 것이고 또한 말해질 수도 없다. 긴허리아기말원숭이(이것이 가공의 동물이라는 점은 의미심장하다)가 추락으로부터 자신을 구했다는 정글의 신비에 대해 말하지 못했던 것처럼 낙서와 숏컷라이더즈, 보드빈터에 대해 이야기하는 일은 언제나 무위로 돌아갈 수밖에 없으며 실제로도 실패한다. 단지 그 형상만을 모방하여 도상화하는 것, 즉 그것을 그대로 옮겨 적는 것만이 그가 할 수 있는 일의 전부다. 그러므로 'C1+y=:[8]:'이라는 형상 자체는 그것의 언표 불가능성을 시사하는 역설적인 기호다. 바로 여기에서 이 도상과 "시티는 스케이드보드"라는 명제 사이를 가르는 간극 역시 단적으로 환기된다.

「1F/B1」은 또 어떤가. 비흔개발이 보낸 용역들과의 '암흑 속의 전투'를 거쳐 '건물관리자연합'으로서의 연대를 실감하게 되는 과정에서 중요한 역할을 담당하는 윤정우는 '/'로 표현되는 사이를 포착했다고 선언하고 있다. 알다시피 이것은 층과 층 사이에 존재할 수밖에 없는 슬래시 매니저들의 처지를 대변하는 기호로 간주된다. 그러나 구현성의 표현대로 "깜빡이는 형광등보다 외로운"(171쪽), "지하실의 매캐한 공기 속에서 하루하루 죽어가고 있"(173쪽)었던 건물관리자들은 '암흑 속의 전투'를 계기로 극적으로 회생했다고 해도 과언이 아니다. 그런데 네오타운의 가치를 떨어뜨리기 위해 하루 동안 폭행과 절도, 기물 파괴를 일삼았을 뿐이었던 용역들이 특공직원을 자임하는 것과 마찬가지로, 그들에게 대항하는 이문조를 비롯한 건물관리자들의 태도와 언사 역시 필요 이상으로 비장할 뿐 아니라, 용역 일곱 명을 붙잡아 경찰에 넘겼던 일련의 과정을 굳이 '전투'라고 명명하는 등 다분히 과장되어 있다. 윤정우가 더할 나위 없이 진지하게 '본부'로 호출하는, 모든 관리실을 하나로 연결하는 통로의 중심인 동시에 건물관리자들의 연대가 확인되는 상징적 장소인 비밀관리실은 정작 이제 그들을 저버린 구현성이 설계했던(심지어 1F/B1과의 형상적 유사성이 두드러지는 1581가 패스워드로 설정되어 있는) 것을 넘겨받은 것이다. 창조자가 방기해버린 그 지하의 카타콤에서 건물관리자들이 자신들의 연대를 확인하면서 도취해 있는 동안 또다른 지상의 유산, 그들이 관리해야 할 네오타운의 건물들은 나날이 퇴락해간다. 더욱이 그들을 '슬래시 매니저'라고 명명할 뿐만 아니라 특히 책을 쓰고 있다는 점에서 정확히 구현성을 반복하는 장본인이 바로 윤정우다. 심지어 그는 통로에서 들려오는 자신의 목소리에 대한 반향이 다른 관리자의 응답이든 메아리든 상관없이, 마음이 편안해지는 결과에 자족하고 있다. 건물관리자라는 본연의 존재 이유나 연대의 실체보다 중요한 문제로 보이는, 이와 같은 고립의 타개에 관한 자기도취는 어떤 의미에서 구현성의 과대망상증을 계승한 데서 비롯된 것이다. 1F과 B1가 슬래시를 경계로 접으면 겹쳐지는 데칼코마니의 형상을 취하고 있는 것처럼 말이다. 오히려 구현성, 이문조, 윤정우 등이 하고 있는 일체의 과장된 의미 부여를 시종일관 거부하는 인물은 조천웅이다. 특히 매사에 신랄하게 빈정거리는 인물인 그에 따르면 '/'는 "그냥 일층 위에 이층 있고, 이층 위에 삼층 있다는 표시"(203쪽)라는 문장에서조차 직접 지칭되거나 언표될 수 없는 것으로 남는다.

『1F/BF』의 이러한 도상들은 파노프스키가 『도상해석학연구』에서 규정한 바대로 항상 해석과 조화, 의미 부여를 향한 욕망을 촉발시킨다. 하지만 동시에 확정 또는 포착 가능하다고 믿었던 바로 그 순간에 빠져나가버리는 공백 내지는 암흑과도 같은 무엇이 항상적으로 남을 수밖에 없다는 환원 불가능성의 복합적인 형상 자체이기도 하다. 실제로 「3개의 식탁, 3개의 담배」에서 최종적으로 '2021394194'로 표시되었던 수명의 시계는 바로 죽음의 시점에 틀린 것이 된다. 그렇지만 블랙홀 체험관에서 여자아이와 함께 관람했던 빛의 우주, 바로 그 스페이스로 발사되는 극적인 상승의 순간이기도 하다. 「바질」은 또 어떤가. 암스테르담에서 예기치 않게 주어진 하루의 휴가, 단추 가게 내부의 어둠 속에서 무심결에 확인하고 싶어했던 검은 실루엣은 지윤서와 그녀의 집 모두를 집어삼키는 정체모를 식물의 무한증식, 현실의 악몽으로 회귀한다. 박상훈과 차우영은 모두 자기 나름의 동기에 의해 그것과의 사투에 연루된다. 한편 「유리의 도시」에서 유리가 추락하는 원인은 유리의 자살로 표현되는 불가해성 자체다. 단지 거기에 고은진과 이윤찬 같은 개인들의 욕망이 불가결하게 들러붙어 있을 뿐이다. 「냇가로 나와」의 천천도, 「크라샤」의 윤조빌딩도 이와 같은 좀처럼 포착 불가능한 영도(零度) 자체와 인접해 있는 대상들이다. 그러므로 『1F/B1』 전체를 마감하는 문장을 통해 "도시는 절대 낡지 않는다. 나만 낡아갈 뿐이다"(274쪽)라고 단언되고 있는 것은 당연하다. 그 영도의 대상을 곳곳에 품고 있는 집합 또는 그것 자체인 도시는 변할 리 없다. 유전(流轉)하는 것은 그것들에 구애되는 인간 자신의 자기기만과 도취, 희망과 악몽, 기억과 망각, 환멸과 애착 등의 온갖 미망들뿐이다. 그러나 사실상 영도의 대상들과 인간의 미망 사이에는 엄연한 격절이 있다. 『1F/B1』의 도시와 건물들 및 그것이 구성하는 도상은 쉽사리 언어 혹은 의미로 치환되지 않는 영역을 항상 보존하며 따라서 대상과 그것의 전유 사이의 메울 수 없는 간극을 단적으로 환기시킨다. 영원히 해명되지 않을 비밀을 간직한 대상들로 구성된 도시 앞에서 인간은 때로는 유쾌하게, 때로는 지나칠 정도로 비장하게 심사숙고하고 또 동상이몽하면서 서성거리지 않을 수 없다.

(『문학과사회』 2012년 겨울호)

상처받은 애착의 형식

— 백가흠 소설집 『힌트는 도련님』

드디어 소설가 백가흠이 소설가의 이야기를 하기 시작했다. 이것은 획기적인 전환이다. 『귀뚜라미가 온다』(문학동네, 2011)나 『조대리의 트렁크』(창비, 2007)의 독자라면 이 의미를 모를 리 없을 터이다. 여러 비평가들이 거듭 지적해온 것처럼 이제까지 그의 소설들은 대개 무참하기 짝 없는 현세의 지옥을 냉정하게 관조하는 카메라의 눈과 같은 위치에서 쓰였다. 그 속에서 개인들은 서로가 서로를 잡아먹는 아귀다툼을 벌이며 그보다 더 비참할 수 없는 축생의 모습으로 조락해갔다. 이에 대해 전혀 무력할지언정 적어도 외면만은 하지 않겠다는 자세로부터 많이 물러서지도, 그렇다고 너무 나아가지도 않는 아슬아슬한 긴장 속에 백가흠 소설이 환기하는 페이소스가 있었다고 해도 과언이 아니었던 것이다.

그런데 『힌트는 도련님』(문학과지성사, 2011)에 수록된 여러 단편, 이를테면 자전소설로 발표된 「P」는 말할 것도 없고, 「그래서」나 표제작 「힌트는 도련님」 등에도 전적으로든 부분적으로든 작가 자신을 연상하지 않을 수 없는 소설가의 형상이 등장한다. 친구의 죽음과 관련된 트라우마적인 기억을 반추하는 자전소설을 쓰고 있지만 곧 그것을 이중 삼중으로 부정해버리는 기묘한 형식 바깥에 위치하고자 하는 작가라든가 자신이 쓰고 있는 글이 하얗게 사라져버리고 있음에도 불구하고 계속해서 그것에 고통스럽게 매달리지 않을 수 없는 소설가의 유령, 어느 사이에 자신이 쓰고 있는 소설의 주인공과 자연스럽게 섞여 좀처럼 구별되지 않는, 마감에 쫓기는 한 소설가의 모습 등이 그것이다. 공교롭게도 그들은 모두 소설을 뜻대로 쓰지 못하고 있다는 강박에 시달리고 있다. 자신이 만들어낸 이야기조차 스스로 제어하지 못할 뿐 아니라 심지어 그것이 의도를 배반하여 제멋대로 증식하거나 또는 완전히 날아가버리는 사태에 대한 소설가의 불안이 전면화되어 있는 것이다. 그것에 잠식되어버린 채 의미를 알지 못하고 방황을 거듭하는 그들에게서 카메라의 눈이 환기하는 미묘한 냉정과 긴장이 철회되어 있는 것은 그러므로 당연하다. 도리어 여기에서 거울에 비친 자신의 뒷모습을 응시하는 마그리트의 저 유명한 그림 〈금지된 재현〉의 아이로니컬한 형상 또는 자신이 창조해낸 소우주의 무저갱 속으로 삼켜지고 마는 어느 과학자의 모습이 연상되는 것도 무리는 아니다.

통제를 벗어난 이야기는 비단 소설에 국한되지 않는다. 이를테면 「그리고 소문은 단련된다」에서 실종된 두 여인을 둘러싼 소문은 사실과 무관하게 증식과 확산을 거듭하여 한 사람의 삶을 완전히 잠식하거나 그 소문의 당사자로 지목된 이를 자살에 이르게 한다. 그런데 이러한 사태의 근본적인 원인은 그녀들의 실종에 관한 진상에 누구보다도 집착했던 그들 자신에게 있다고 해도 좋다. 바로 그렇기 때문에 제멋대로 진화한 소문이 자신들의 기대를 결정적으로 저버렸다는 사실을 절감하지 않을 수 없었던 것이며 따라서 다분히 재귀적이다. 소문의 예기치 않은 생장과 번식은 그들의 의지와 무관하다는 점에서 단지 파국의 계기로 작용하고 있었을 뿐이다. 그리고 진실은 정작 이 모든 사태와는 전혀 관계없는 의외의 지점에 놓여 있었다. 소문이나 그들의 욕망 등은 그것을 건드리지 못했다. 단지 사건의 진상으로부터 격리된 채 자족적인 이야기를 써나가고 있었을 뿐이다.

때로는 환상이 이러한 배반과 파국에 직면하게 하는 경우도 있다. 「통(痛)」의 주인공 원덕씨로 하여금 현실의 고통을 견디게 하는 것은 약물이 환시하는 환영이다. 유년의 기억으로부터 연유한 그 황홀하게 어지러운 꽃잎의 꿈은 원덕씨가 베트남의 전장에서 자의로 뒤집어썼던 고엽제의 하얀 강우(降雨)와도 기묘한 이미지의 유비를 이룬다. 그런데 정작 원덕씨의 고통스러운 삶 전반을 인내하게 했던 것도 바로 이것이었다. 몽환은 자신의 삶을 기만하고 피폐하게 만들었던 김중사라든가 국가권력 등의 다양한 원인들에 대해 애써 눈감게 하고 또한 그로 인해 스스로를 마취시키는 것을 가능하게 했다. 이와 같은 환상은 근본적으로 자신으로부터 연유한 것이었지만 스스로를 배반하는 결과를 초래한다. 공중 앞에서 자신의 추악한 나신을 노출하는 자기 처벌의 형식이 그의 유일한 무기로 둔갑해 있는 것처럼 말이다. 그러므로 이러한 자기기만의 시원이 되었던 젊은 날의 어느 한순간을 늙은 원덕씨가 더없이 슬프게 바라보지 않을 수 없었던 것은 당연하다. 그것은 끝내 자기 삶의 주인이 되지 못했다는 진실을 뒤늦게 깨달은 자의 회한이다. 「쁘이거나 쯔이거나」의 쯔이 역시도 K-POP이라는 환영에 대한 그녀의 지향이 스스로를 자신의 이름 자체를 부정당하는 지옥으로 이끌고 결국 자살에 이르고 마는 근본적 원인으로 작용했다는 점에 있어서만큼은 원덕씨의 경우와 유사하다. 내부적 원인은 외부의 요인 못지않게, 때로는 그 이상으로 치명적이다.

이처럼 삶의 주인으로서 역할을 수행하지 못하고 그것에 끊임없이 배반당하는 하위 주체의 멜랑콜리에 대한 관심은 백가흠 소설에서 지속적으로 다루어졌던 테마이다. 이것은 앞서 언급했던 단편들 외에도 「그때 낙타가 들어왔다」나 「그런, 근원」 등에서 계승되고 있다. 그중에서도 특히 백가흠 소설 고유의 인장(印章)을 고스란히 갖고 있으면서도 동시에 그것을 넘어서는, 결코 예사롭지 않은 윤리적 지향을 보여준다는 점에서 『힌트는 도련님』의 백미에 해당하는 「그런, 근원」에서의 근원의 역정은 조금 특별하다. 근원이 자신의 삶의 주인공이 되지 못하는 것은 유년의 트라우마에서 연유한 수동적 태도로 일관하는 데 있다. 그는 거듭된 불행으로 말미암아 원하는 바를 드러내기보다 주저하거나 지레 포기하는 태도를 내면화한 채 매사에 있어서 사장이나 캐쉬 등과 같은 타인의 결정에 의존하고자 한다. 그들은 부단히 제약과 금지를 부과하고 있으며 근원 역시 그것을 기꺼이 받아들이는 방식으로 그들을 선망하고 있다. 특히 금지 하나하나를 준수하고 또 그것에 집착하는 것은 그로 하여금 처음에는 사장, 이후에는 캐쉬의 곁에 남아 있을 수 있도록 지탱하는 무엇이 된다. "당신을 포기하지 않는 한 당신을 사랑할 수 없어"[1]와 같은 사랑의 정식에 정확히 들어맞는 셈이다. 물론 삶이 불행이라는 이름하에 결정적인 순간마다 자신의 기대를 저버렸던 반복에 이미 익숙해져 있는 근원이 부단히 자신의 욕망을 회피하려드는 것은 당연한 결과일지 모른다. 실제로 그가 그것을 넘어서 최초로 무언가를 요구하는 순간, 그들의 기묘한 유대는 해체되고 만다. 뿐만 아니라 그러한 대가를 감수하고 잃어버린 어머니와 상봉하기 위해 떠났을 때에도 근원은 다시 한번 자신의 기대가 배반당하는 사태와 맞닥뜨리게 된다. 그 길의 끝에 죽어가는 어머니가 아닌 이름 모를 주검 곁에서 보내는 일야(一夜)가 기다리고 있었던 것이다. 그런데 근원은 여느 때처럼 이 최종적인 배반, 육친과의 해후가 불가능해진 결과를 자연스럽게 수긍한다. 이 우연에 의해 만나게 된 익명의 주검을 애도하고 또 매장하는 것에 의해 말이다. 금지의 감수를 통해서만 누군가에게 애착할 수 있었던 근원의 살의 방편은 바로 여기에서 빛을 발한다. 그것은 명목상 어머니와의 조우를 기꺼이 포기하는 것, 바로 금지에의 순응을 대가로 우연과 익명이 시사하는 가능성의 일체(一切)를 기꺼이 애도하고자 하는 태도로서 전회된다고 해도 좋다.

---

1) 레나타 살레클, 『사랑과 증오의 도착들』, 이성민 옮김, 도서출판b, 2003, 20~25쪽.

근원의 사례에서 알 수 있듯이 스스로 설정한 금지에 충실하고자 하는 강박증은 역설적으로 대상에 대한 애착을 가장 강렬하게 드러내는 형식이라고 할 수 있다. 기묘하게도 「그래서」의 노 평론가라든가 『힌트는 도련님』의 여러 단편에 등장하는 소설가들 역시 이와 무관하지 않은 것처럼 보인다. 바벨의 도서관에 대한 욕망, 자신의 뜻대로 쓰이지 않는 소설에 대한 부단한 불안 모두는 실상 그들 자신이 스스로에게 부과한 제약으로부터 연유한 것이 아니었던가. 심지어 참혹하기 그지없는 아비규환의 지옥에 대해 불편부당한 거리를 유지하는 카메라의 눈과 같은 관점을 취하고자 하는 백가흠 소설의 지배적인 태도 역시 사실상 작가 자신이 서술자에게 스스로 부과한 제약이자 금지에 해당한다. 그것은 근원의 경우처럼 사실상 이 현세의 디스토피아를 뜻대로 하기는커녕 도무지 어찌할 수 없다는 깊은 절망에 따른 무력감에서 비롯된 것이라고 해도 잘못은 아니다. 그렇다면 이것은 도리어 모든 대상에 대한 애착과 사랑을 역설적으로 표현하고자 하는 백가흠 소설만의 고유한 방식으로 간주해도 좋지 않을까. 일찍이 비평가 황종연은 이기호와 백가흠 소설의 몰사회적인 소극, 또는 공포물적인 장면을 가리켜 어떤 이상화된 질서에 관한 상처받은 애착을 나타내는 것이라고 단언한 바 있는데,[2] 이것은 백가흠 소설의 근원에 내포되어 있는 형식적 속성을 가리키는 지적으로도 얼마간 유효하다. 이 점에서 『힌트는 도련님』은 백가흠의 소설들이 발단하고 있는 어떤 형식의 근원, 그 비의를 넌지시 일러주는 텍스트로서 중대한 의미를 갖는다. 그렇다면 다음과 같이 단언할 수 있겠다. 백가흠의 소설이 재현하는 난국에 대해 더할 나위 없는 무력감에 사로잡힌 독자라면 그 무력함의 크기만큼 세계로부터 상처받았고 또 꼭 그만큼 세계에 애착하고 있는 것이라고.

(『창작과비평』 2011년 겨울호(전면 수정))

---

2) 황종연, 「매맞는 아이들의 정치적 상상력—2000년대 소설의 한 단면」, 『문학동네』 2007년 가을호, 380쪽.

그리고 여전히 "복수는 나의 것"

— 김경욱 단편소설 「염소의 주사위」

복수는 전적으로 타자다. 그러므로 누구의 것도 될 수 없다. 햄릿은 일찍이 이 사실을 간파하고 주저했던 최초의 인간이다. 그의 복수를 위해서는 몇 차례 우연이 요구된다. 예컨대 휘장 뒤에서 햄릿의 칼을 받는 이는 오로지 폴로니어스, 즉 레어티즈와 오필리어의 아버지여야 한다. 또한 레어티즈와의 결투 와중에 칼이 바뀌어야 하며 하필 다른 누구도 아닌 왕비가 독배를 들이켜야 한다. 무엇보다도 일체의 원인으로서 원령의 출현이라는 초자연이 전제되어야 한다. 복수는 햄릿 자신이 아니라 불가사의한 운명에 의해 견인되는 것이다. 박찬욱의 영화 〈복수는 나의 것(Sympathy for Mr. Vengeance)〉(2002)의 타이틀은 그래서 더욱 반어적이다. 복수란 우연을 포함한 일체의 가능성을 잔혹한 복수의 연쇄로만 수렴케 하는 기계장치의 신(deux ex machina)의 전유물일 뿐, 결코 내 것이 될 수 없다. 강풀의 웹툰 〈26년〉(2006)의 경우도 마찬가지다. 광주민주화항쟁에서 목숨을 잃은 이들의 신원(伸寃)을 위한 유가족들의 목숨을 건 내기는 미정의 가능성이라는 타자에 맡겨진다. 최후의 저격이 이루어지는 순간, 총성과 함께 웹툰은 끝나는 것이다. 반면 김지운의 영화 〈악마를 보았다〉(2010)

에서 수현은 이 결과를 극력 거부하려든다. 하지만 복수에 대한 맹목적 집념이 초래한 예측 불가능성에 휘말려 뜻하지 않게 괴물로 전락한다. "복수가 복수를 낳는다"라는 격언의 진정한 의미는 이것일지도 모른다. 결국 복수를 주재하는 것은 '복수씨'(Mr. Vengeance)라는 어떤 인격이 아닌 복수 그 자체이다. 단적으로 말해 복수가 복수한다. 이것이 복수에 대한 유일무이한 진리다

"나는 착한 사람입니다." 〈복수는 나의 것〉의 인상적인 첫 내레이션처럼 앞서 열거한 텍스트들의 '복수씨' 모두는 착하다. 그런데 이는 그들이 선택한 결과가 아니라 단지 소여에 지나지 않는다. 김경욱의 소설 「염소의 주사위」(『문학동네』 2012년 봄호)에서 동생을 죽인 '염소'에게 복수하려는 '사내' 역시 마찬가지다. "법 없이도 살 사람"(205쪽)의 역할에 충실한 그는 매사에 있어서 주어진 조건이나 금지에 바보스러울 정도로 맹종하는 편이다. 법 없이도 살 사람, 이 말은 결국 모든 법에 순응한다는 의미와 같다. 하지만 그것은 무조건적인 것이 아니라 불행의 형상을 하고 찾아오는 처벌에 대한 공포에서 비롯된 강박이라는 점이 특별하다. 유년시절의 뱀주사위놀이 그리고 무엇보다도 동생의 비명횡사가 그것을 학습시켰다.

하지만 동생의 죽음으로 인한 그들 자신의 불운이란 결국 선택의 순간마다 주사위를 던지는 내기에 결정의 몫을 내맡겼던 형제의 습관이 회귀한 결과가 아닌가. 동생이 죽음에 이르게 된 사태는 일차적으로 염소 일행과의 조우라는 외부적 원인으로부터 비롯된 것이다. 후일 고교생의 신분으로 담배를 피웠던 동생 및 그를 꾸짖었던 자신의 과실에 대해 자책하기도 하지만 사실 이러한 불행의 도래에 대체 어떤 필연성이 개입했던 것일까. 단지 동생이 "짝수가 나오면 빨갱이고 홀수가 나오면 아니다"(211쪽)라는 임의적인 판정의 결과를 거부하고자 주사위를 삼키고 도주했던 것은 의미심장하다. 이것이 결정적으로 염소의 광기에 장치되어 있던 안전핀을

제거하게 된 것이다. 즉, 어떤 결과가 나오든 받아들여야 한다는 게임의 규칙은 이제 거꾸로 그들 자신에게 칼끝을 겨누게 된다. 그러므로 동생은 죽고 사내는 살아남아 염소의 행방을 추적한다.

사내는 자신이 아닌 복수가 복수한다는 진리를 체득하고 있다. 거대한 사(기)극일지언정 권선징악이 세상사의 사필귀정일 것을 소망하지만 기이하게도 인과응보만은 믿지 않고자 한다. 이러한 역설을 의식하는 만큼 그는 모든 외부적 원인의 작동이 나타내는 징후에 민감하다. 하지만 오년 만에 염소를 찾아가는 버스의 승객 수는 짝수, 죽음의 숫자로 조짐이 나쁘지 않았던 것과 달리 내비게이션은 결코 거짓말을 하지 않음에도 사내를 잘못 인도한다. 그리고 무엇보다 사내의 복수 없이도 이미 염소는 불운의 희생양이 되었다. 사내가 찾아낸 염소는 가난과 질병으로 오래 고통받았으며 무엇보다도 교통사고로 목숨이 경각에 달려 있는 상태이다.

즉, 복수가 이미 복수했다. 권선징악은 이미 달성된 상태다. 문제는 오랫동안 복수의 원념을 불태워왔던 사내로서는 자신의 징악이 전혀 개입되지 않은 이 자동적인 결과를 수긍하기 어렵다는 것이다. 염소는 사내의 손으로 처벌해야 했다. 하지만 염소 자신으로부터 연유한 어떤 운명의 장난이 사내보다 먼저 그를 파멸로 몰아붙인 것이다. 확신과 무관하게 사내는 이 복수의 메커니즘에 있어서 철저히 무력했다. 사내로서는 아무래도 억울하지 않을 수 없다. 그는 이제 역설적으로 염소의 극적인 생환을 고대하며 병원 주변을 배회한다. 하지만 기적은 일어나지 않으며 염소는 죽는다. 그리고 성도 공동체 즉 교회가 더없이 독실한 신자로 살아온 염소를 종교의 인과응보에 따라 구원했으며 시신까지 인수한다. 불가항력적인 운명이 염소를 처벌하고 또 구원했다. 사내가 이 사실을 쉽게 받아들일 리 없다.

그럼에도 불구하고 모든 법에 복종하는 '법 없이도 살 사람'인 사내가 이러한 운명의 장난에 의한 결과를 받아들이지 않을 도리는 없다. 하물며 이 불가피한 방임을 초래하게 된 근본적인 원인이 자기 자신에게 있으므로 더욱 그렇다. 뱀주사위놀이가 결국 자신들의 운명과 불가결하게 연루되는 것으로 예기치 않게 회귀했던 것처럼(동생의 꿈이 이 사실을 단적으로 환기한다) 또한 동생의 주머니에서 우연찮게 나온 담배와 주사위가 형제의 명줄을 결정하게 되었던 것처럼, 무엇보다도 염소의 생사를 운명에 맡긴 것은 다름아닌 사내 자신이다. 그는 염소를 눈앞에 두고도 처벌을 포기했던 여러 차례의 전력이 있다. 빈곤과 병고에 시달려 더없이 초라해진 염소를 그의 악마성에 걸맞게 고통스럽게 처벌하겠다고 다짐하다가 사소한 실책으로 놓치게 되었다는 사내의 말은 다분히 자기기만적이다. 오히려 살인과 그 뒷감당에 대한 공포, 수면 욕구와 같은 자기 내부의 자연을 이기지 못했다는 것이 정확하다. 심지어 사내가 염소를 찾아나섰던 것은 아버지가 죽었을 때, 빚보증을 섰다가 집을 날렸을 때 그리고 직장에서 해고당한 바로 지금이다. 복수의 동기는 개인적 불행에 대한 울분과 구별되지 않는다. 사내에게는 사냥이 필요했던 것이며 염소는 그 표적으로 적절했을 뿐이다. 증오가 사내 자신의 불행을 상쇄했고 울분을 망각하게 했으며 또한 계속해서 살아갈 수 있도록 했다. 사내 자신의 삶을 위해 복수가 완결되어서도, 표적이 죽어서도 안 되는 일종의 게임에 탐닉하고 있었던 것이다. 이러한 아포리아 속에 염소를 향한 일생을 건 추적이 있었다.

이제 사내보다 먼저 운명이 염소를 엄습했다. 복수는 종결되었다. 그가 낙담하는 것은 당연하다. 살아가기 위해 이제 그에게는 새로운 표적이 필요하다. 택시 운전사가 염소를 죽였다는 사실이 빌미가 된다. 이제 그에게는 새로운 목표가 생겼다. 그래도 역시 운명이, 복수가 복수할 것이다. 하지만 이 사실을 알고 있음에도 그는 이 복수의 게임을 갈망하지 않을 수 없다. 여전히 "복수는 나의 것(Vengeance is Mine)", 그가 항상 준수하지 않을 수 없는 법이다. 이 압도적인 명제가 사내를 견인해간다. 그것이 어느 방향으로 향할지는 결코 알 수 없다. 운명이라는 이름의 욕망이 설치하는 이중 삼중의 덫에 항상적으로 구애되지 않을 수 없는 인간 보편의 아이러니다. 하지만 이러한 게임에 기초한 자기기만이 그나마 사내를 스스로 살게 하고 또한 앞으로 나아가게 하는 것만은 분명하다.

(창비문학블로그 〈창문〉 2012년 5월 8일)

죽음에 이르는 삶

— 조경란 장편소설 『복어』

누구나 죽는다. '그것'이 언제, 어디서, 어떤 형태로 도래할지 미리부터 알고 있는 사람은 없다. 그러나 그 불가피한 타자는 항상 '나'의 내부에 도사리고 있다. 단지 '내'가 죽는 것이며 그것을 대신해줄 수 있는 이는 그 어디에도 없다. 이 점에서 죽음이란 철저히 자기원인적이며 동시에 단독적인 사건이다. 그리고 그것을 감당하고 있는 이가 지금 이 순간에도 무수히 있을 것이라는 사실과 함께 그 잠재적인 가능성이 '나'에게도 언제든 현행화될 수 있다는 것이야말로 보편타당한 진실이다. 대개 삶이란 죽음이 언제나 우리와 함께한다는 엄연한 진실을 망각하거나 또는 한사코 회피하려는 과정과 일치한다고 해도 좋다. 자신의 영원한 부재를 환기하는 이 치명적인 진실과 정면으로 마주하려는 이는 드물다.

이 점에서 『복어』(문학동네, 2010)는 특별하다. 『복어』의 '그녀'에게도 '그'에게도 육친의 자살로 인한 죽음의 그림자가 짙게 드리워져 있다. '그녀'는 할머니로부터 비롯된 자살의 가족사(家族史)적 내력에 절실히 구애(拘礙)되고 있으며 그만큼 죽음에의 부단한 유혹에 시달린다. '그'는 투신자살한 형에 대한 기억으로부터 자유롭지 않으며 실상 형이 살지 못한 삶을 대신해서 살고 있는 자이다. 어떤 의미에서 그들은 (절대 자신의 것이 될 수 없을) 타인의 죽음 그리고 죽음이라는 타자를 자신의 일부로 수긍해야만 했다는 점에서 공통적이다. 즉, 자의든 타의든 그것으로부터 도피할 수 없었던 '예외적인' 개인들이라고 할 수 있다. 다만 '그녀'는 자살이라는 불가피한 운명을 향해 스스로 걸어들어가고자 하며 이미 형의 자살을 직접 목도한 바 있었던 '그'는 그러한 '그녀'를 한사코 만류하고자 하는 것이다. 그리고 그것은 형의 자살을 목격하고 감당해야만 했던 '그'와 아버지의 꿈을 통해 전해 들었던 '그녀' 간 차이에서 비롯된 것처럼 보인다. 실제로 '그녀' 역시 아버지의 자살에 직면했을 때에야 비로소 '그'가 내민 구원의 손길을 온전히 맞잡고 있지 않은가.

그러나 '그녀'의 이러한 전환은 순전히 '복어'를 경유하지 않으면 안 된다. 최초의 자살 시도로부터 물러선 '그녀'는 할머니가 삼켰던 복어 내부의 독, 그 죽음의 원천 자체를 응시하고자 한다. 그러나 그것을 직시하려 할 때마다 '그녀'의 눈앞에 펼쳐지는 것은 복어라는 생물의 일부이다. 다시 말해 복어의 독은 눈과 뼈라는 유기체의 일부와 분리 불가능한 것이며 이 점에서 사실상 생명력의 다른 이름일 터이다. 요컨대 죽음이라는 공허는 오로지 생명의 구체성을 주형으로 삼을 때에만 비로소 포착될 수 있는 것이다. 그렇다면 죽음을 보고자 했던 '그녀'에게 정작 환기되는 것은 다름아닌 삶이다. 하물며 어떤 의미에서는 할머니의 죽음을 반복함으로써 실상 아버지의 어머니가 되고 싶었을 '그녀'가 아버지의 부음을 접한 후 자살을 감행했던 것은 결국 그러한 욕망을 향한 마지막 몸부림 같은 것은 아니었을까. 그것은 진정으로 죽고자 하는 것이 아닐뿐더러 실제로 그녀는 이 치명적인 음독 이후에도 결코 죽지 않는 것이다. 그리고 그것은 알다시피 삶으로의 결정적인 전회였다.

이처럼 죽음은 언제나 간접적으로만 포착 가능한 것이다. 주형 내부의 부재와 공백으로서만 말이다. 그렇다면 애초 '그녀'가 〈Sew Me〉 즉 그

실리콘 껍질의 형상을 조형했던 것은 의미심장하다. 그야말로 조각조각 기워진 사람의 허물을 다분히 관을 연상케 하는 좌대에 뉘어놓은 채 '그녀'는 자살을 위한 여정을 떠났던 것이다. 아울러 여행으로부터 돌아온 '그녀'는 사임을 모델로 삼아 그와 유사한 작업을 반복하고 있다. 그런데 이번에 '그녀'가 조각하는 것은 그러한 공백 내부를 채우는 역동적인 양감 그 자체이다. 젊은 여성과 노파의 형상을 오고 가는 유전(流轉)하는 삶 전체, 〈숨〉이다. 그것은 마치 위협을 느끼는 순간 독을 품은 채 스스로의 외피를 한껏 부풀리는 복어의 형상과도, 또한 풍선 내부의 공간으로 빨려 들어갔다가 페니스의 형상으로 재생하는 남자의 생의 충만성과도 정확히 일치하지 않는가. 뿐만 아니라 '그'가 지속적으로 천착하는, 삶의 장소로서 건물 내부의 텅 빈 공간 그 자체에 기입되어야 할 그 무엇과도 유사하다. 그렇다면 '그'와 '그녀'는 그러한 공백을 주재하는 자라는 점에서 공통적이다. 그리고 그 공백 내부에서 사실상 죽음은 삶의 다른 이름이 된다. 죽음과도 같은 공허에 항상 삶이라는 내용이 채워지지 않으면 안 되는 전회만이 남는다. 바로 그렇기 때문에 '그녀'는 마지막 장면에서 고개를 세워 공기를 가르지 않을 수 없었던 것이다.

그러므로 죽음을 의식한다는 것은 바로 지금 여기의 삶에 대해 생각한다는 뜻이다. 삶과 죽음은 표리이며 근본적으로 다르지 않은 것이다. 하지만 우리는 복어의 살과 뼈와 눈과 장기만을 보고 다룰 수 있을 뿐, 독이 환기하는 죽음의 추상성 앞에서는 한없이 무력해질 수밖에 없다. 따라서 우리는 오직 삶에 대해서만 말할 수 있다. 그리고 그것은 동시에 우리가 죽음에 대해 이야기할 수 있는 전부이기도 하다. 이것이야말로 『복어』가 삶과 죽음의 분리 불가능성이라는 아포리아를 정면으로 응시하면서 시인하고 있는 진실이다. 더불어 이러한 아포리아의 장소로서의 공백을 주재하는 '그'와 '그녀'처럼 『복어』는 삶에 대해 말하는 것이 궁극적으로 죽음에 대해 말하는 것과 다르지 않다는 사실을 재차 확인하고 있다. 그리고 그것이 삶과 죽음을 주재하려는 예술가적 욕망과 의지와 닿아 있다는 사실을 결코 부정할 수는 없다. 이 점에 있어서 『복어』라는 소설이 전례 없이 미적인 태도를 보여주고 있다는 사실만큼은 분명하다. 항상적으로 잠재되어 있는 죽음이라는 예측 불가능한 타자를, 삶을 이야기함으로써 온전히 감당하고자 한다는 것. 그것만큼 예술가적 주체의 이상을 구현하는 일이 그 어디에 있을 것인가.

(『문학과사회』 2010년 겨울호)

데이터베이스의 암흑 지점

— 윤고은 소설집 『1인용 식탁』

「1인용 식탁」의 '나'에게 혼자 식사하는 것을 불가피한 것으로 받아들이게 하는 것은 무엇일까. 「아이슬란드」의 화자로 하여금 아이슬란드로의 이민을 꿈꾸게 하는 것은 무엇 때문인가. 「인베이더 그래픽」의 젊은 소설가가 백화점의 화장실을 자신의 집필실로 삼지 않으면 안 되도록 하는 것은 과연 누구인가. 「로드킬」에서 '남자'를 모텔에 고립시키고 또한 동물적인 존재로 퇴화시켜 '여자'와 함께 '로드킬'당하도록 견인하는 근본적인 원인은 대체 어디에 존재하는 것일까. 「달콤한 휴가」에서 어디에도 없으나 동시에 어디에서도 그 존재를 의식하지 않을 수 없는 빈대에 관한 주인공의 망상장애를 부추기는 것은 대관절 무엇인지.

『1인용 식탁』(문학과지성사, 2010)의 독자라면 누구나 품지 않을 수 없는 이러한 질문들에서 우리는 이 소설집에 수록된 단편들 전체를 관통하고 있는 불안의 상상력 또는 그 형식의 구조와 조우하지 않을 수 없다. 간단히 말해서 그러한 불가피한 난국을 조장하는 것은 다름아닌 '주위(周圍)' 또는 상황이라고 할 수 있다. 예컨대 「1인용 식탁」과 「아이슬란드」의 주인공들을 그러한 처지로 내모는 것은 그들 자신의 직장에서의 생활이다. 또한 「인베이더 그래픽」의 소설가는 자신을 백수로 취급하는 아버지를 포함한 가족들의 시선으로 인해 자신이 편안하게 소설을 쓸 수 있는 장소를 찾아나서지 않을 수 없었던 것이다. 「로드킬」에서는 폭설이라는 자연재해 및 일체의 면식(面識) 관계를 배제시키는 모텔 내부의 시스템이 '남자'와 '여자'를 그렇게 퇴화시켰다고 해도 좋다. 뿐만 아니라 「달콤한 휴가」에서 주인공의 망상장애의 원인이 되는 빈대란 미디어의 기사 및 이웃간의 소문에 의해 그 실체를 증식해갔던 것이다.

이처럼 간단히 규정하기 어려운 다채로운 사역(使役)적 원인들은 마치 살아 있는 생물처럼 실체화되어 모든 개인들의 내면을 잠식해가는 무엇이 되고 있다. 그리고 그것은 주인공들로 하여금 그것으로부터의 위화감을 자각하고 어떻게든 대처하지 않을 수 없는 특정한 상황을 조성한다. 『1인용 식탁』의 몇몇 단편들은 이와 같은 대처의 내력과 사정에 관한 이야기로부터 출발하고 있다. 그러나 그러한 행위들은 대개 무망한 시도에 지나지 않는 것이 된다. 그러한 주위와 상황과 이웃과 동료와 소문 일체는 주인공들로 하여금 도무지 타개하기 어려운 적대적인 세계를 구성하며, 그것으로부터 벗어나려는 욕망과 시도 자체가 오히려 그러한 상황에 더욱더 강하게 포박되도록 하는 원인으로 전도되어버리는 역설적인 결과를 낳는다. 윤고은의 소설들은 바로 그러한 개인들이 처해 있는 난국의 아포리아를 간명하게 실체화하고 또 확인시키는 데 있어서 전대미문의 기발한 상상력을 구현하고 있다고 해도 좋다. 그리고 윤고은의 전작에서 중요하게 사용된 상징적인 어휘를 빌리자면 '중력'이라고도 할 수 있을, 이와 같은 아포리아에의 불가해한 '인력'은 알다시피 '지금 여기', 21세기 초엽 한국에서 개인들을 구속하고 또 구축(驅逐)하는 유형무형의 원심력과 구심력에 관한 하나의 결정적인 유비이다.

궁극적으로 이러한 총체적인 난국 속에서 개인들이 선택할 수 있는 유일무이한 경로란 그러한 세계의 인력에 굴복하거나 또는 패배했다고 간주되는 자기 자신을 있는 그대로 수긍하는 데서 출발하는 것으로 제시되고 있다. 이를테면 「1인용 식탁」의 화자는 혼자 자유롭게 먹는 방법을 배우기 위해 학원에 등록하였으나 실제로 그 과정은 그 자신이 혼자 식사하는 유일한 사람이 아니라는 사실에 위안받는 것에 지나지 않았다는 진실을 자각하고, 혼자 식사하는 일을 온전한 즐거움으로 삼기 위해 학원에 재등록한다. 「달콤한 휴가」에서의 주인공은 스스로 기꺼이 빈대의 숙주가 됨으로써 끝없는 망상장애로부터 놓여나 안도감을 느끼고 그야말로 '달콤한 휴가'를 떠난다. 동경의 대상이었던 아이슬란드 또한 실상 「아이슬란드」의 주인공이 구속되어 있던 일상과 근본적으로 다르지 않은 장소임이 밝혀진다. 무중력이란 한낱 증후군에 지나지 않으며 모든 개인은 그 자신을 끌어당기는 인력으로부터 결코 자유로울 수 없다. 마치 「로드킬」의 모텔과도 같은, 『1인용 식탁』의 주인공들을 둘러싸고 있는 상황이라는 식별 불가능한 시스템은 더할 나위 없이 완강하며, 도무지 그 근원을 알 수 없는 인력으로 그 고객들을 유인하고 있는 가운데, 그것이 야기한 불안 그 자체를 긍정하는 것 이외에는 어떠한 선택의 여지도, 해방의 가능성도 없는 것이다. 그렇지 않다면 스스로가 왜 그런 수렁에 빠질 수밖에 없었는지 알지도 못하는 상황에서 '로드킬'당하거나 아니면 백화점 청소부나 커피숍의 아르바이트, 또는 자신과 유사한 처지의 백수에게 밀려나지 않을 수 없는 상황에 직면하게 된다. 꿈조차 한낱 교환 대상에 지나지 않는 것으로 전락해 있으며 심지어 그러한 '상품'을 최초로 고안한 박현몽이라는 개인조차 아류 내지는 후발주자들과의 경쟁에서 패배하여 완전히 몰락해버리고 만다.

이 "인간이 서로를 잡아먹는" 불가항력적인 상황의 실체는 그러나 끝내 모호한 암흑과도 같은 것으로 남아 있다. 그 현실의 유비가 예외 없이 (도무지 현실세계에서는 일어날 수 없을 듯한) 환상으로서 구현되는 것은 따라서 (알레고리가 아니라) 상징적이다. 그러한 환상의 원인이라든가 맥락 등의 내용이 근본적으로 박탈되어 있으며 어떠한 비전도 제시하고 있지 않다는 점에서 『1인용 식탁』의 환상들은 근본적으로 형해화된 형식의 집적이라고 해도 무방하다. 「1인용 식탁」과 「달콤한 휴가」의 주인공들이 불안 그 자체로서 긍정하지 않을 수 없었던 그것은 도무지 거부할 수 없는 중력에 관한 기존의 무수한 관념과 이야기들이 형성하고 있는 보다 거대한 데이터베이스로부터 연유한 것이라고 할 수 있다. 그러나 그것의 실체가 보이지 않거나 불분명한 것은 그것이 (미란 보조비치가 말했던 바) 억압과 배제의 원천으로서의 팬옵티콘 내부의 '암흑 지점'과 직접적으로 연결되어 있는 무엇이기 때문이다. 어떠한 내용도 좀처럼 식별 불가능한 그러한 (인위적인 것이지만 그 인위성을 좀처럼 인식하기 어려운) 형해화된 형식들이 개인들을 부지불식간 급습하거나 또는 제약하고 있는 것이야말로 이 시대의 일상적 조건이 되어버리지 않았는가. 실제로 이것을 가장 예민하게 의식하고 있는 청년들이야말로 그 실체 없음 앞에서 방황을 거듭하고 있지 않은가. 그러한 의미에서 윤고은의 소설들은 그 형식 자체로서 그러한 난국의 근본적 원인을 암흑 그 자체로 포착하고 있는 대단히 희귀한 사례에 해당한다고 해도 무방하다. 바로 암흑지점의 데이터베이스이다.

(『문학과사회』 2010년 여름호)

나는 텍스트의 바다로 다이브한다

— 조현 소설집 『누구에게나 아무것도 아닌 햄버거의 역사』

『누구에게나 아무것도 아닌 햄버거의 역사』(민음사, 2011)라는 기이한 제목의 소설집을 펼쳐든 독자라면 누구나 상상력의 기상천외함과 다채로움에 놀라지 않을 수 없을 것이다. 조현의 단편들은 방대한 우주와 차원을 무대로 삼고 있으며 시공간적 분할을 간단히 초월한다. SF적 상상력과 역사소설의 형식 등의 장르적 경계 또한 자유롭게 넘나들며 때로는 그 연장선상에서 기존의 리얼리즘적 소설에 근접한 형식을 채택하는 것도 마다하지 않는다. 조현이라는 작가는 이러한 장르의 월경 및 분할, 종합에 있어서 어느 누구보다 능숙한 편이다. 그러나 이것이 전부가 아니다. 동시대 소설들을 구성하는 기상천외한 상상력의 문화적 원천을 확인하는 것이 그리 어려운 일이 아니게 된 오늘날, 이러한 시공과 형식의 이합집산을 가리켜 전적으로 생소한 것이라고는 말할 수 없다. 다만 이와 같은 장르와 형식의 자유분방한 교착을 구가하려는 의식이라는 실체가 이 소설집 전반에 걸쳐 관철되어 있다는 것이 보다 중요하다.

이를테면 표제작 「누구에게나 아무것도 아닌 햄버거의 역사」는 『Brownjohn, Hamburger, Tomlinson』이라는 페이퍼백 한 권이 이 사람 저 사람을 전전하면서 구축하게 된 평행세계에 대한 소설이다. 또한 그 제목 그대로 아무것도 아닌 사소한 대상들의 이력이 형성한 일종의 대체 역사다. 가령 마이클 햄버거는 실존 인물이며 그의 이력 역시 대부분 사실 그대로다. 하지만 실제로 그는 이 소설이 명기하고 있는 것보다 한 해 일찍, 즉 1924년에 출생했다. 역사적 사실은 미묘하게 어긋나 있다. 위와 같은 제목의 펭귄 현대 시인 선집 14권도 실제로 존재한다. 그러나 그를 선집에 포함시킨 당사자 이본 마멜은 알다시피 제임스 미치너의 『소설』에 등장하는 편집자의 이름이며 그 캐릭터 또한 일정 부분 겹치는 데가 있다. 허구는 실제 사실과 미묘하게 교차한다. 이와 같은 사례들은 이외에도 여러 군데에서 발견된다. 그렇지만 단지 이것이 전부라고 말하려는 것은 아니다. 이 소설에서 역사적 사실과 허구는 근본적으로 대등한 지위를 가진다. 이 페이퍼백에 연관된 다양한 계기들이 우연찮게 구성하게 된 시의 역사로 수렴되는 일종의 잠재태로서 말이다. 그 중심에는 물론 마이클 햄버거라는 시인의 이름과 햄버거라는 보통명사 간 동음이의라는 우연 아닌 우연이 결정적인 계기로 놓여 있다.

하지만 그에 못지않게 중요한 것은 이 한 권의 시선집이 마이클 버거의 탄생에 핵심적인 아이디어를 제공하게 되기까지의 이력이다. 말하자면 햄버거에 의해 쓰인 시가 이본 마멜의 사적인 추억과 관련되어 페이퍼백으로 출간되고 그중 한 권이 커닝스 대위의 손에 들어가 한국으로 운반되었으며 또 그가 출국하기 직전 분실되었던 것, 십오 년 후 이태원의 헌책방에서 카피라이터 김경주의 눈에 띄어 맥도날드의 기업 이미지 제고를 위한 판촉 수단으로서 마이클 버거와 책갈피 시에 관한 중요한 영감을 환기하기까지의 일련의 과정이다. 각각 나름의 이력을 갖고 있는 이 사소한 우연적 계기들 사이에는 어떤 상호적인 인과관계가 성립되지 않는다. 카피라이터 김경주와 그 배후에 있는 맥도날드 사의 특정한 의도 및 실천에 의해 종합되기 전까지는 말이다. 그렇지만 여기에서 제외되어도 무방한 과정이란 존재하지 않으며 마이클 햄버거의 시선집은 이러한 유전(流轉)을 통해 매 계기마다 새로운 의미와 연루된다. 마침내 그것은 시의 생산과 유통, 소비에 관한 하나의 다른 소우주, 즉 전 세계의 시가 맥도날드사에 납품되는 상품으로서 관리되고 있는 별세계를 우리 앞에 현시한다. 사소한 일련의 사건과 계기의 우연한 연쇄는 "누구에게나 아무것도 아닌 시의 역사"로 수렴되는 것이다. 여기에서 지금 여기의 우리가 살고 있는 세계와 같으면서도 다른 평행세계를 통시적으로 구성하고 또 전해줄 수 있는 유일무이한 존재로서 서술자가 배후로부터 부상하게 된다.

그런데 이 소설집에 실려 있는 대부분의 단편 또한 사실상 이와 유사한 위치의 서술자에게 초점을 맞추고 있지 않은가. 이를테면 「종이 냅킨에 대한 우아한 철학」의 화자는 인간 바깥의 존재, 즉 휴머노이드 애쉴리 조안나이다. 그녀는 인류 문명의 정수를 통찰하기 위해 T. S. 엘리엇과 메리 설리번 사이에 교환되었던 일련의 서신에 대한 고고학적 조사를 수행하고 있다. 이는 실제와 허구를 넘나드는 다양한 문헌 기록 및 에피소드와의 교착을 통해서 인간 정신의 어떤 층위를 고증하게 되는 과정이라고 할 수 있다. 그것은 종이 냅킨으로 대표되는 사소한 일상의 사물들의 다양한 내력과 변전(變轉)을 관통하는 '다야드밤(공감)하라'는 지상명령에 관한 것이다. 이것을 통해 각양각색의 사물도, 시인을 포함한 인간 자신도 매 순간 새로운 의미로 일신될 수 있다. '공감'은 지구에 존재하는 어떤 사소한 대상도 소홀히 대하지 않게 되는 능력이자 궁극적으로는 인간이라는 종(種)이 미래에 필연적으로 직면하게 될 대멸종에 대처할 수 있었던 유일무이한 잠재적 가능성으로 평가된다. 이것이 시간의 흐름에 따라 켜켜이 쌓여온 사물의 내력과 구체적으로 조응하는 시라는 장르의 고유한 '전통'과 관련되어 있다는 것은 말할 필요도 없다. 그리고 앞서 언급했다시피 실재와 허구를 넘나드는 다양한 텍스트의 참조와 재구성을 통해 일종의 오해에 기초한 종합적 인식에 도달하고 학술 보고의 형식을 빌려 이러한 이야기를 하고 있는 인간 이외의 존재가 전면에 두드러지게 되는 것이다. 이 인간명 애쉴리 조안나 역시 인류 문명의 어떤 부분에 대해 '다야드밤', 즉 시적 상상력에 기초한 공감을 하고 있는 화자라는 사실을 부인할 수는 없을 것이다.

이처럼 조현의 소설들에는 다양한 사물이나 개인의 내력을 관통하면서 또 그것을 외부로부터 종합하고자 하는 특정한 의지가 우세하다. 그 대상들은 일견 상호 무관해 보이지만 이러한 의지가 수행하는 탐색의 여정에 의해 그 각각의 구체적인 의미가 부여되면서 동시에 그 개별성을 훼손하지 않는 전체로서의 하나의 소우주를 이룩한다. 예컨대 「옛날 옛적 내가 초능력을 배울 때」에는 이 소설집 전반을 통틀어 가장 리얼리스틱한 주인공에 해당할 현이 등장한다. 과거 그의 연인이었던 S는 가니메데인임을 자처하고 있는데, 이는 스스로를 여성으로 간주하는 생물학적 남성으로서의 하위 주체적 정체성을 환유하고 나아가 자신을 인정해줄 다른 세계에 대한 열망을 표현한 것이다. 현은 S의 '심연'을 알게 되고 그녀를 멀리하게 되지만, 고향 가니메데로 돌아가겠다며 떠난 S를 결코 잊지 못하고 있다. 실제로 그는 S를 여성으로 인식시켜줄 자기최면의 방법을 오랫동안 찾아다니며 고행조차 마다하지 않는다. 그러나 그것은 무위로 돌아가며 단지 유리창과 성에, 우주의 항성과 별자리 등의 대상을 전전하는 몰아(沒我)적 체험을 체현하는 계기가 된다. 오히려 그는 자신에게 지울 수 없는 흔적을 아로새긴 S를 간절히 그리워하며 또 지향하고 있다는 사실을 결코 부정할 수 없다는 것을 깨닫는다. 나아가 그것이 모든 사물이 형성하는 만다라적 질서에 입각한 것이라는 우주적 인식에 도달하게 된다. 이러한 맥락에서 현은 우주 어딘가에 반드시 존재할 S의 주파수를 찾아 부유하는 운동의 지향성 그 자체로서의 생의 충만감에 사로잡히게 된다. 요컨대 S를 그리워하면서 만물과 공명하고자 부유하는 의식은 우주와 사물의 보편적인 존재론에 입각하여 현 자신의 존재 이유이자 근거가 되고 있다.

이러한 조현 소설들의 존재론에 따르면 나와 타인, 외부의 사물들은 근본적으로 별개의 존재가 아니다. 그중에서도 의식은 이 세계에 편재하는 다양한 대상을 지향하며 또한 종합하는 실체로서 부유하고 변전하면서 무한한 확장을 거듭할 수 있다. 「라팜파, 초록빛 유형지」「돌고래 왈츠」 등의 단편들에서 이러한 의식은 SF적인 설정에 입각하여 구체적인 실체를 얻게 된다. 인간의 육신과 삶을 경유 가능한 외피(shell)로서 자유자재로 활용하는 외계의 고등한 지적 생명체는 남아메리카의 시인 그리고 텔레마케터로서 한시적 삶을 경유하여 지구와 우주의 생명 일체라든가 자신이 몰입하고 있는 이성의 존재 등과 시공간을 초월하여 상호 공명하는 것으로 나타난다. 그러므로 개별자들은 서로 무관하지 않으며 한정된 육신의 경계 너머 다른 존재들에 가닿고자 하고 있다. 우주에 이러한 의식들이 충만한 이상 그리고 무엇보다 그 불가사의한 절대적인 타자들에 대한 탐색에의 의지를 포기하지 않는 한 인간인 우리는 결코 혼자이거나 고립되어 있는 존재가 아니다. 심지어 「생의 얼룩을 건너는 법, 혹은 시학」에 구체적으로 나타나 있는 바와 같이 타인에게 간절히 가닿고자 하는 마음의 약동은 단순한 유체이탈을 넘어서 자아가 타자의 육체로 전이되는 신비한 체험을 가능하게 할지도 모른다. 특히 언어의 번역 불가능성이나 재현 불가능성에 내포되어 있는 얼룩, 어둠, 그늘 등은 궁극적으로 존재의 본질을 이해하기 위해 필수불가결하게 예비되어 있는 미지의 상태라고 해도 좋다. 자아와 타자가 동일시되는 은유 또는 윤회는 바로 이와 같은 "생의 얼룩을 건너는 여정"이 되는 것이다. 말할 것도 없이 이것은 프랑스 상징주의자들이 논했던 '상응(correspondence)'에 기초한 시의 메커니즘과 근본적인 차원에서 일치한다. 그렇다면 윤회와 시학은 사실상 하나의 개별자가 다른 존재에 가닿을 수 있는 유일무이한 방법이라고 할 수 있다. 그리고 『누구에게나 아무것도 아닌 햄버거의 역사』에 수록된 단편들 사이를 부유하는 단일한 종류의 서술자의 의식은 정확히 이러한 윤회와 은유를 수행하고 있는 것이라고 해도 좋다. 다름아닌 이 세계에 편재하는 무수한 실제와 가상의 텍스트의 바다를 유영하면서 말이다. 그것은 일생동안 낙백(落魄)이라는 개별자의 불우한 운명과 한계에 구애되지 않을 수 없었던 한 재사(才士)를 해방하여 일생 동안 사랑했던 연인과 조우하도록 하는 초탈의 원동력이자 출발점이 되고 있다.

『누구에게나 아무것도 아닌 햄버거의 역사』의 서술자 또한 이처럼 하나인 동시에 여럿의 형상을 갖고 있다. 각 단편의 화자에게 초점을 맞추면서 다양한 모습으로 변전을 거듭하고 또 그 상이한 모습들과 상호 교감하고자 하는 서술자는 그 자체로 윤회를 거듭하는 몰아적 의식으로 나타나 있다. 그렇기 때문에 또한 소설집 외부의 무수한 비아(非我) 일체, 특히 이 세계에 존재하고 또 부재하는 모든 텍스트와 감응하고자 하는 분명한 의지로서 자신을 드러내 보인다. 장르를 참조하고 실제와 가상의 무수한 텍스트를 인용하면서 쓰이고 있는 이 소설집의 형식은 그 방대한 텍스트의 바다로 기꺼이 다이브하고자 하는 이 서술자의 의식을 전제하지 않는다면 결코 가능하지 않다. 아울러 독자들 또한 이러한 의식의 유전이 제시하는 지도에 따라 유사하면서도 상이한 화자들의 내력들에 초점을 맞추게 되고 그 내부의 다양한 표식들이 제시하는 링크를 따라 외재하는 무수한 텍스트의 데이터베이스에 접속하게 된다고 해도 과언이 아니다. 이러한 안내에 의해 독자들 또한 '나'와는 다른 존재의 본질에 가닿고자 하는 지향에의 유영에 동참할 수 있다. 이와 같은 타자와의 공감, 그 몰아의 형식을 통해 인간이 결코 고독한 존재일 수 없음을 역설적인 의미에서 재차 '자각'하게 될 터이다.

물론 우리는 먼저 타자의 바다를 자유롭게 유영하는 의식이라는 '이타적 유전자'적 실체가 리비도와 무의식적 환상에 기초한 신체의 유물론 그리고 주체라는 과잉의 형식으로부터 완전히 독립하여 존재할 수 있는 것인지를 심문해야 한다. 몰아와 해탈, 윤회가 반드시 개체의 죽음을 전제하지 않으면 안 된다는 것은 이 점에서 의미심장하다. 그럼에도 불구하고 우리가 어떤 형식의 외피에도 쉽게 안주하지 않고 자유자재로 자신을 변환시켜가면서 무수한 외부의 타자라는 텍스트에 기꺼이 접속하고자 하거나 심지어 그 속에서 스스로를 해소해버리는 데 전혀 주저함이 없는 전례 없이 유동적인 영혼(ghost)과 조우했다는 것은 확실하다. 조현 소설의 형식이 이토록 변화무쌍할 수 있는 것은 바로 이러한 부분 때문일 것이다. 이 점에서 『누구에게나 아무것도 아닌 햄버거의 역사』는 이러한 테마를 다루는 데 있어 대단히 의미심장한, 내용과 형식이 일치하는 매력적인 서사 형식의 새로운 가능성을 우리에게 현시하고 있다고 해도 과언이 아니다.

(『자음과모음』 2011년 겨울호)

때로 무연(無緣)은 인연보다 강하다

— 기준영 장편소설 『와일드 펀치』

특별한 이유 없이도 만나지는 그런 인연이 있다. 우연찮게 같은 날, 각각의 루트를 통해 강수와 현자와 완주의 집에 스며든 태경과 미라는 그렇게 조우했다. 필연적이지 않았으므로 그들의 만남에 대수로울 것은 없었고 따라서 무덤덤했다. 단지 미라는 갈 데 없이 비에 젖었고 태경은 꼬박 하루 그리고 다시 이틀하고도 반나절 동안 죽은 듯 잠만 잘 정도로 피로했다. 그런 그들을 현자와 강수 부부는 자신들의 결혼기념일 여행을 위해 집을 비워주는 것으로 기꺼이 환대한다. 그 주인 없는 집이 바로 자신들의 새로운 이야기를 기입해야 하는 텅 빈 공간임을 태경과 미라 또한 모르지는 않는다. 단지 오다가다 마주쳐 마치 이웃처럼 서로에게 깃들게 되는 그녀와 그 사이는 그래서 더욱 간명하다. 그렇게 절실한 사연 없이 시작되는 이런 관계도 있다.

그저 옆에 있었기 때문일 터이다. 이 밖에 별다른 계기는 없다. 태경과 미라는 그렇게 말을 섞고 서로의 디테일에 대해 눈여겨보게 되며 아무렇지도 않게 태경의 딸을 만나는 데 동행하고 또 사랑을 나눈다. 특별한 사건이 없었는데도 그 과정이 지극히 자연스러워 오히려 이상할 지경이다.

다만 자기 자신과 삶의 불행에 대해 각별히 집착하지 않으며 또한 그것을 구태여 전시하려들지 않는다는 점이 그녀와 그의 유일한 동질성이다. 그와 그녀의 대화는 서로에 대해 지나치게 몰입하지 않으려 하는 만큼 이제 막 합을 맞춰보기 시작한 액션 배우들처럼 어색하거나 통하지 않는 부분이 있다. 하지만 앞으로 차츰, 이라는 기대감을 품게 할 만큼은 충분히 서로에게 위안이 된다. 그리고 이제 그들 곁에 여행에서 돌아온 현자와 강수 부부 그리고 완주가 머물러준다. 하지만 이 동거인들은 근본적으로 서로 무연(無緣)하다. 이 사실은 변하지 않는다. 이를 상쇄하는 것은 그저 서로 옆에 있다는 것뿐이다. 이만치 적당한 거리를 두고 서로와 사물의 비밀에 깊이 들어가지 않는 태도는 그들 모두가 공유하고 있는 암묵적인 룰이다. 그들은 서로에게 다시 한번 무익 무해하다. 그렇게 자신과 서로를 보호한다. 어떤 인과가 개입되어 있지 않으므로 이것을 거부하기란 쉽지 않다.

그리고 다시 그 무연의 다른 극단에 우영이 있고 그 옆엔 우영의 엄마가 있다. 재혁이나 미라처럼 그리고 무엇보다 엄마처럼 무해 무익한 존재들은 우영에게 각별하다. 자신을 집요하게 추적하거나 또는 길잡이로 여기고 있다는 점에서 사실상 동전의 양면 같아 별다른 정념을 환기하지 못하는 천석과 해미 등과 달리 이들은 서로에 대해 깊이 파고들지 않으며 하필 곁에 있다는 사실 외에 또한 무연하다. 이 소설 『와일드 펀치』(창비, 2012)에는 자기 지시적인 문장이 특히 많은데 예컨대 이렇다. "우영은 엄마가 걱정스러운 생각을 몰아낼 때의 태도를 알고 있었다. 지금처럼 아무렇지 않게 상황을 열거하고, 감정들을 미끄러뜨리고, 더는 추궁하지 않고 흘러가게 두는 것. 그것이 그녀의 태도였다. 별일 아냐. 우영은 대꾸했다. 내가 엄마를 닮은 것뿐이야. 남의 불행에 방문을 열어줄 정도로 친절해. 그걸로 내 감정이 보상받는 게 아닌데 시험해보는 거지. 달리 절박한 일이라도 있는 건 아니니까."(63쪽) 엄마에 대한 우영의 '쿨'하지만 사려 깊은 이해를 함축하고 있는 이 문장은 실상 이 소설의 개인들이 서로와 서로의 삶에 대해 취하고 있는 태도에도 정확히 대응한다. 서로의 상처에 대해 집요하게 구애되지 않고 그렇게 계속해서 열거하고 미끄러뜨리며 흘러가게 두는 것. 서로 결정적인 상처를 주고받지 않기 위해 떨어질 수도 가까워질 수도 없는 엄연한 거리를 유지하는 이것이 이 소설의 성인들이 암묵적으로 공유하고 있는 룰이다. 우영이 남달리 성숙해 보이는 이유도 이것이다. 그는 미라가 애인으로부터 폭행당하는 것을 목격했던 바로 그 순간 그녀를 마음에 품을 뿐 섣불리 거리를 좁히려들지 않는다. 미라는 어느 순간까지는 우영을 알지 못했다.

이러한 룰을 체현하는 이는 단연 미라다. 특히 그녀의 말이 그렇다. 그녀의 그칠 줄 모르는 발설은 비단 하나의 대상에 국한되지 않는다. 하나의 목표를 겨냥하여 '후벼파는' 것이 아니라 주변의 모든 사물과 현상을 매개로 하여 계속해서 뜬금없이 이동한다. 곁에 있기만 하면 또한 하필 지금 여기에 연상되기만 하면 그 맥락이 없고 무의미한 이야기의 대상이 된다. 그녀의 말은 계속해서 열거하고 미끄러뜨리며 흘러가게 두는 것, 그 자체다. 곁에 인접한 모든 사물과 현상이 그녀로 하여금 말하게 하는 것이다. 이 점에서 그녀의 발설은 완주의 그것과 닮았다. 한편으로 은유가 아니라 환유의 구조에 기초하여 그치지 않는다고 해도 좋겠다. 어떤 대상과 기표도 그녀 말의 수평적 구조를 이룰 수 있으며 따라서 영원히 계속될 수 있다. 이 소설에 무수한 고유명사가 등장하는 것도 이 때문이다. 의사소통이 이루어지지 않는 것은 아니지만 심지어 태경과 우영조차도 그녀의 말에 집중하여 반응하는 경우는 그리 많지 않다. 오히려 그녀의 말이 그치지 않는 한 진지하거나 몰입하지 않아도 되며 따라서 어떤 무엇으로부터도 상처받지 않아도 된다. 이것이 조장한 적당한 방임이 오히려 그들 사이를 편안하게 한다. 이와 같은 그녀만의 고유한 어법은 곧 강력한 처방전이 된다. 샐러드인지 칵테일인지 좀처럼 구별하기 어려운

'와일드 펀치'처럼 환유의 무한연쇄에 의해 비어 있는 시공간에 기입될 수 있는 고유명사는 이미 우리 곁에 무수히 준비되어 있다. 우연이든 우연이 아니든 곁에 있다는, 즉 이러한 말들과 인접했다는 기연(奇緣)만으로 다른 무엇과도 같아질 수 없는 하나의 문장, 하나의 이야기를 이룰 수 있다. 그러므로 이제 동일성의 구조가 서로 다른 대상들을 관철하지 않아도 된다. 무리해서 서로 같아져야 할 필요도 없다. 항상 의미는 통하지 않거나 일부분만 전해지겠지만 영원히 알지 못하는 부분이 있는 것도 그런대로 나쁘지 않다.

한때 자신의 고통을 이기지 못하고 심장을 도려내 엄마에게 주고자 할 만큼 격렬했던 '제니'(「제니」, 『문학동네』 2009년 가을호)는 이처럼 초연한 성년들이 되어 돌아왔다. 그 상흔은 애인의 폭력에 시달렸던 미라의 기억에, 유리병으로 동맥을 그었던 태경의 손목에 고스란히 남아 있다. 그렇지만 미라는 태경을 데리고 옛 남자와 함께 살았던 빈집을 찾아 과거를 반추할 만큼 괜찮아졌고 태경 또한 원점으로 돌아와 스텐트를 시작할 만큼 이제 아무렇지도 않다. 강수와 현자의 집 이층에서 곁을 붙이고 지낸 담담한 시간이 이를 가능케 했으되 회복된 것은 두 사람뿐만이 아니다. 현자와 강수가 그리고 강수의 누이 미수 등, 이 집에 스며든 무연한 개인들이 자신의 아픈 기억에 대해 더 깊은 냉정을 유지할 수 있게 된다. 완주가 재잘거리고 뛰어노는 집안에서 태경과 미라가 서로에게 근접하고자 했던 시간은 결국 그 주변의 모든 이들에게 치유의 시간을 제공했다. 물론 모든 사람이 행복해진 것은 아니다. 재차 배신한 남편으로 인해 우영의 엄마는 여전히 고통받고 있으며 해미는 우영에 대한 애착에 상응하는 대가를 받지 못한 채 출국했다. 그들은 모두 서로가 서로에게 무연한 타인이라는 진실을 끝내 받아들이지 못했다. 하지만 혈연적으로 순수한 타인인 태경과 미라, 완주와 우영이 자동차에 동승하여 하나의 유사-가족을 이루는 해프닝은 무연이 필연으로 전환되는 결정적인 순간이며 이 소설 전체를 통틀어 가장 빛나는 장면 가운데 하나다. 그리고 이들이 구성한 기묘한 공동체가 억지로 천석의 동일자로서의 역할을 수행할 것을 강요받고 대신 칼에 찔렸던 우영의 목숨을 구원하는 원동력이 되기도 한다. 우주 전체에 의미보다 무의미의 비중이 압도적인 것처럼 때로는 무연이 혈연보다 강하다. 그럼에도 불구하고 우영을 구출하는 순간의 기억이 제각각이었던 것처럼 우영, 완주, 현자, 강수, 미라, 태경은 여전히 무연한 서로에 대해 다 알지 못할 것이다. 하지만 그들은 그렇게 서로에게 무해무익함으로써 자신과 서로를 보호하는 무연의 공동체를 한동안 유지할 것이다. 이 소설에 등장하는 무수한 고유명사들처럼 이것은 어떤 다른 무엇으로도 결코 대체되거나 환원될 수 없을 터이다. 그렇게 해서 각기 다른 이야기가 무한정 계속될 수 있을 것이다. 이러한 기묘한 형식을 가능케 하는 환유(換喩)는 곧 환대(歡待)와 치유(治癒)의 다른 이름일지도 모른다. 때로는 이러한 말장난이 정곡을 찌를 때도 있는 법이다.

(『자음과모음』 2012년 여름호)

다시, 대화와 반목으로
—『젊은 도시, 오래된 성(性)』

이광수는 도쿄에서 『무정』을 썼다. 그의 교양은 동시대 일본의 문학론으로부터 직간접적인 영향을 받아 형성되었다. 루쉰 역시 일본 유학을 통해 얻은 지식과 경험에 기초하여 소설을 썼다. 이보다 앞서 나쓰메 소세키는 만주(와 조선)를 여행한 기록을 남기고 있으며 다카하마 교시의 소설 『조선』에 대해 찬사를 남긴 적도 있다. 한국과 중국, 일본 삼개국의 소설 형식이 그 태생에서부터 국제적인 성격을 공유하고 있었음을 보여주는 사례 가운데 일부다. 그 흔적은 한 · 중 · 일 삼개국이 공유하고 있는 '小說'이라는 표기에 확실히 각인되어 있다. 그러나 이것이 "소설, 샤오슈(xiǎoshuō), 쇼세쓰(しょうせつ)"로 달리 읽힐 수밖에 없었던 것처럼, 그 공통성 내부에는 애초부터 간단히 상쇄될 수 없는 차이가 배태되어 있었다. 그리고 제국, 식민, 피식민의 역사 및 그것을 둘러싼 민족주의의 형성은 한 · 중 · 일 삼개국의 소설로 하여금 독자적인 진화의 경로를 선택하도록 했다. 오늘날 우리가 이 세 나라의 소설 사이에 존재하는 해소 불가능한 차이에 주목하게 되는 것도 이 때문일 것이다. 그럼에도 불구하고 이 지리적으로 인접한 세 나라의 문학은 오랫동안 서로 영향을 주고 또

받아왔다. 항상 호의적으로 소통해왔다는 의미가 아니다. 차이 속의 동일성을 인식하거나 또는 동일성 속의 차이를 발견하는 식으로 대화와 반목을 거듭해왔다는 편이 진실에 가깝다. 이광수와 같은 사례는 반복되지 않았지만, 이를테면 가라타니 고진은 일본어로 번역된 윤흥길의 『장마』를 고평했으며, 나카가미 겐지는 『이야기 서울(物語ソウル)』이라는 소설을 출간한 적이 있다. 이러한 사례는 일일이 거론할 수 없을 정도로 많다. 교류는 언제나 있어왔다.

『젊은 도시, 오래된 성』(자음과모음, 2011) 또한 그러한 소통의 최신 버전이라고 할 수 있다. 그렇지만 자연 발생적인 결과물이 아니라는 점에서 특별하다. 알다시피 이 소설집은 한 · 중 · 일 삼개국의 명망 있는 작가들로 하여금 '도시'와 '성(性)'이라는 동일한 주제로 한 지면에 소설을 발표하도록 한 인위적인 기획의 산물이다. 이 흥미로운 경연에서 그 다양성과 차이가 의식되지 않는다면 거짓말이다. 예를 들면 이렇다. 성이라는 테마를 받아든 정이현은 에이즈 환자임을 자처하는 한 여인과 관계를 가질 뻔했던 한 중년 가장의 자기기만과 호기, 비겁함에 대한 소설 「오후 네시의 농담」을 썼다. 반면 쉬이과가 쓴 소설 「해산물은 나의 운명」은 중산층 부부의 단조로운 일상을 뒤흔들어놓는 탐욕스러운 가정부의 난입에 관한 이야기이다. 집안을 어지럽혀놓은 채 잠든 자신의 흐트러진 모습을 목격당했다는 사실을 의식하게 된 한 여성이 그로 인해 사소하면서도 근본적인 내면의 변화에 직면하게 되었음을 예감하는 소설은 고노 다에코의 것(「붉은 비단」)이다. 단도직입적으로 말해서 이 세 소설은 공통된 테마에 입각하여 쓰인 것이라고는 하지만 실상 완전히 별개의 이야기들이다. 바꾸어 말해서 '성'이라는 테마가 환기할 수 있는 상상력의 스펙트럼이 얼마만큼 다채롭게 확장될 수 있는가를 단적으로 보여준다고 해도 과언이 아니다. 이는 같은 테마하에 쓰인 다른 세 편의 소설, 나아가 '도시'를 테마로 한 여섯 편의 소설 모두에 해당되는 이야기다. 심지어 같은 국적의 작가들 이를테면 이승우와 김애란 그리고 쑤퉁과 위샤오웨이의 소설 사이에도 간단히 상쇄될 수 없는 차이와 개성이 존재한다는 것은 말할 것도 없다. 아버지에 대한 근원적인 공포로부터 스스로를 보호하기 위한 칼, 대홍수라는 재난 속에서 유일한 피난처가 되는 타워크레인, 상식적으로는 설명 불가능한 욕망을 간직한 채 죽어가는, 비둘기 그 자체인 개인, 도무지 예측할 수 없는 각양각색의 인생유전과는 대조적으로 마냥 청명하기만 한 하늘 등이 어떤 동일성으로 결코 수렴될 수 없다는 사실은 명백하다. 그러므로 차라리 앞서 단언한 대로 이 소설들이 전적으로 상호 무관한, 개별적인 작품이라는 사실을 인정하는 편이 낫다고 생각한다. 그러므로 『젊은 도시, 오래된 성』을 읽는다는 것은 바로 이 결코 중복되지 않는 다양성이 마련한 소설의 성찬을 음미하는 일이 되어야 할 터이다. 동일한 시기와 주제, 그리고 같은 지면을 요구받은 한 · 중 · 일 삼개국의 대표 작가들 대부분이 사실상의 각개약진을 통해 나름대로 최상의 성과를 거두고 있기 때문이다. 기획이 의외의 결과를 낳은 셈이다.

실제로 과문한 한국인인 내게 있어서 「샹차오잉」의 샤오마나 「해산물은 나의 운명」의 샤오타오 같은 인물들은 흥미롭지만 대단히 낯설다. 샤오마가 웅크리고 있었던 '샹차오잉'이나 사후 세계가 담담하게 현실을 대체해버리고 있는 '사도 도쿄' 같은 장소를 본 적도 그다지 없다. 이런 차이로부터 비롯된 생소함을 있는 그대로 받아들여 자신을 비추는 거울로 삼는 것이 바로 소통의 진정한 의의라고 썼던 적이 있다.[1)]

그리고 이는 마땅히 우리에게 얼마간 친숙한 내국인 작가들이 내포하고 있는 생소함을 향해서도 적용되어야 한다고 생각한다. 반대로 『젊은 도시, 오래된 성』에 수록된 단편들에서 미묘하게 공유되고 있는 어떤 특성에 대해서도 생각해볼 여지가 있다. 이를테면 자기 자신의 실책이라든

---

1) 조형래, 「소통의 그림자—2010 한중일 문학 심포지엄 참관기」, 『자음과모음』 2011년 봄호.

가 분명한 외재적 원인 등으로 간단히 수렴될 수 없는 어떤 불가사의한 사태에 의해 삶의 변화 내지는 각성이 이루어지는 형식의 소설이 다수인 현상을 과연 어떻게 설명할 수 있을까. 혹시 한·중·일 삼개국의 작가들은 이러한 실체를 알 수 없는 타자가 환기하는 근본적인 위기에 관한 어떤 공통의 직감을 갖고 있는 것은 아닐까. 그것을 실체화하기 위해서라도 대화와 반목은 앞으로도 계속되어야 한다. 1940년대 일제 치하의 경성에서 전시(戰時)라는 격랑에 휩쓸린 배에 동승하고 있었던 조선과 일본 지식인들의 무기력한 동상이몽에 관한 어떤 소설에서처럼 말이다. 제국신민, 식민자와 피식민자라는 유사하면서도 다른 신분과 처지로부터 비롯된 갈등을 통해 그들 간 동일성 속의 차이, 차이 속의 동일성을 부단히 확인하고 있는 이 작품은 다름아닌 다나카 히데미쓰의 『취한 배(醉船)』이다.

(『문학과사회』 2011년 가을호)

문학동네 평론집
신 없는 세계의 비참

초판인쇄 2015년 12월 23일
초판발행 2015년 12월 30일

지은이 조형래
펴낸이 염현숙
책임편집 강윤정 | 편집 홍진
디자인 김마리 유현아 | 마케팅 정민호 나해진 박보람 이동엽
홍보 김희숙 김상만 한수진 이천희
제작 강신은 김동욱 임현식 | 제작처 영신사

펴낸곳 (주)문학동네
출판등록 1993년 10월 22일 제406-2003-000045호
주소 10881 경기도 파주시 회동길 210
전자우편 editor@munhak.com | 대표전화 031) 955-8888 | 팩스 031) 955-8855
문의전화 031) 955-3576(마케팅) 031) 955-2678(편집)
문학동네카페 http://cafe.naver.com/mhdn | 트위터 @munhakdongne

ISBN 978-89-546-3924-8 03810
* 이 책은 2012년 서울문화재단 예술창작지원을 받아 출간되었습니다. 서울문화재단

* 이 도서의 국립중앙도서관 출판예정도서목록(CIP)은 서지정보유통지원시스템 홈페이지(http://seoji.nl.go.kr)와 국가자료공동목록시스템(http://www.nl.go.kr/kolisnet)에서 이용하실 수 있습니다.(CIP 제어번호: 2015035526)

www.munhak.com